先锋话剧研究资料

程光炜　主编
赵黎波　编

中国当代文学史资料丛书

百花洲文艺出版社
BAIHUAZHOU LITERATURE AND ART PRESS

图书在版编目（CIP）数据

先锋话剧研究资料 / 赵黎波编. — 南昌：百花洲文艺出版社，2017.8
（中国当代文学史资料丛书 / 程光炜主编）
ISBN 978-7-5500-2191-4

Ⅰ.①先…　Ⅱ.①赵…　Ⅲ.①话剧剧本 – 文学研究 –
中国 – 现代　Ⅳ.①I207.34

中国版本图书馆CIP数据核字（2017）第090721号

先锋话剧研究资料

XIANFENG HUAJU YANJIU ZILIAO

赵黎波　编

出 版 人　姚雪雪
责任编辑　臧利娟
书籍设计　方　方
制　　作　黄敏俊
出版发行　百花洲文艺出版社
社　　址　南昌市红谷滩世贸路898号博能中心一期A座20楼
邮　　编　330038
经　　销　全国新华书店
印　　刷　江西千叶彩印有限公司
开　　本　720mm×1000mm　1/16　　印张　24
版　　次　2018年4月第1版第1次印刷
字　　数　360千字
书　　号　ISBN 978-7-5500-2191-4
定　　价　48.00元

赣版权登字　05-2017-133
邮购联系　0791-86895108
网　　址　http://www.bhzwy.com
图书若有印装错误，影响阅读，可向承印厂联系调换。

总　序

◎程光炜

一

中国当代文学史（1949—2009）有"前三十年"和"后三十年"之分期。后三十年中，又有"七十年代文学""八十年代文学"和"九十年代文学"等不同段落。本丛书的选编对象，是后三十年文学。然而，文学发展脉络除不同段落之外，还应有先后出现的流派、现象和社团将之串联成一个整体。在中国现代文学史上，仅二十年代的文学就有文学研究会、创造社、沉钟社、未名社等大大小小的社团或流派，从这些现象中，既可观察这一段落文学的起伏跌宕、相互排斥与前后照应，也能对它们的纹理组织和贯穿线索有清楚的了解。

由于当代文学史的历史沉淀不够，研究者与研究对象之间的历史距离还较短，它作为一个历史河床的激流险滩就来不及显露出来，供研究者做准确的测量、计算和评估。按照我做历史研究的习惯，凡是漂浮在文学批评和各种文坛传说中的文学现象，都不会列入研究目标，我会耐心地等它逐渐沉淀下来，待纹理组织和脉络线索都清楚显露出来之后，才把一个个作家作品这种单位摆放进去，设置一个位置。观察思潮，也应该强调它的历史稳定性，否则宁愿放着不做。但是我们知道，自所谓新时期文学开始运作之后，被文学批评推出的文学现象就层出不穷，例如伤痕文学、反思文学、寻根文学、先锋小说、新写实小说、女性文学等等，而且它们大都被已经出版的许多文学史著作所采用，在大学中文系文学史课堂上讲授了几十年。我没做过统计，关于它们的各种论文不说上千万字，少说也有几百万字。更值得注意的是，有很多研究论文详细讨论它们之间的承传关系①，或者对某现象的内涵外延加以界定②，也分析到某现象在向另一现象转型过程中出现的种种问题③，如此等等。由此说明，当代文学史历史分期、段落传承、概念界定、现象、社团和流派等等的历史化研究，也并不像有些悲观者认为的那样犹如散兵游勇，布不成阵。④

因资料整理和学术研究没有跟上来，从伤痕文学、反思文学、先锋话剧、朦胧诗、寻根文学、先锋小说、新写实小说、女性文学、第三代诗歌、文化散文、九十年代长篇小说到60后作家三十年来的文学史序列，除作家主动提倡、文学批评和杂志组织等推动因素外，是否还有社会思潮的刺激、外国文学的影响和文学圈子的催发，还都没有被认真清理和反思。关于现代文学史上的文学研究会、创造社、太阳社、沉钟社、新感觉派、乡土小说、京派、海派等社团和流派的文献史料，是经过几代学者数十年来默默无闻地爬梳、搜集、辑佚、整理和研究，才逐渐浮出历史表面，最后被确定下来，成为学科的概念、术语、范畴的。而我知道，对当代文学史上这些重要现象文献史料的收集整理，还只是处在启动的状态，更不用说以一所大学之力，几代学者之力，开辟为研究领域了。虽然如上所说，零星的"关系""转型""段落传承"等研究已有不错成果，但与现代文学史如此大规模、长时段和投入几代学者之力的宏大工作相比，远没有提到议事日程上来。这个事实，必须引起学界同人足够的重视。

二

本丛书的编撰是一项进一步充实当代文学史文献史料整理的工作。它分为《伤痕文学研究资料》《反思文学研究资料》《改革文学研究资料》《寻根文学研究资料》《先锋小说研究资料》《新写实小说研究资料》《新历史小说研究资料》《女性文学研究资料》《朦胧诗研究资料》《第三代诗歌研究资料》《先锋话剧研究资料》《文化散文研究资料》《九十年代诗歌研究资料》《茅盾文学奖研究资料》《九十年代长篇小说研究资料》和《外国文学译介研究资料》，总计十六种，基本涵盖了当代文学史后三十年的重要现象。如果按照本文第一部分讨论现代文学史社团、流派、现象的观点，可以将十六种资料略作分类。第一类为文学现象，如"伤痕文学""反思文学""改革文学""新历史小说""先锋话剧""文化散文""茅盾文学奖""长篇小说""外国文学译介"等；第二类为社团，如"朦胧诗""第三代诗歌""九十年代诗歌"等；第三类为流派，例如"寻根文学""先锋小说""新写实小说""女性文学"等。所谓文学现象，是指受到当时社会文化思潮和文学思潮的影响而兴起的一种文学创作现象，集中反映着当时作家、批评家的思想状况、文学观念和审美意识，尤其是文学探索的精神。随着这些思潮的转移、跌落，这些现象也随之弱化和消失。所谓文学社团，按照既定的文学史认知，它一定有社团章程、组织、文学主张和相对固定的文学圈子，有固定的批评家和文学受众，关于这一点，"朦胧诗""第三代诗歌"和"九十年代诗歌"都符合这些条件。

从文学史的角度说，凡文学社团都有社团章程、组织、文学主张和固定的文学圈子，有固定的批评家和文学受众。例如"朦胧诗"，它源于1969年出现于河北白洋淀插队知青中的"白洋淀诗人"，主要成员有姜世伟（芒克）、栗世征（多多）、岳重（根子）、孙康（方含）、宋海泉、白青、潘青萍、陶雏涌、戎雪兰等，在北京工作或在外地插队的北岛、江河、严力、彭刚、史保嘉、甘铁生、郑义、陈凯歌等，也曾与这些诗人有交往。1978年12月，创办了诗歌小说和美术杂志《今天》，而以发表诗歌为主。杂志主编是北岛、芒克，成员有方含、江河、严力、食指、舒婷、顾城、杨炼等。由北岛起草的"发刊词"代表了该杂志的章程、组织和文学主张，他们宣称：该杂志是要"植根于过去古老的沃土里，植根于为之而生、为之而死的信念中。过去的已经过去，未来尚且遥远，对于我们这代人来讲，今天，只有今天！"⑤《今天》这个文学社团从1978年到今天，已经存在了三十七年，是中国当代文学史上存在时间最长、杂志延续至今的一个社团。虽然，它的主编、编委和成员几度变化，该杂志后来还转移到国外，但仍然一直坚持了下来。在我看来，"寻根文学""先锋小说"和"新写实小说"是可以作为文学流派来研究的。首先，它们都曾有自己的"文学宣言"，固定的作者圈子，相对统一的创作风格，不仅影响了后来一代作家的创作，而且通过创作转型，当年的创始者后来也一直延续着当年的文学主张、审美意识和创作风格，例如莫言、贾平凹、韩少功、李锐（寻根），余华、苏童（先锋）等。

鉴于上述社团、流派和现象的史料非常分散，缺乏系统整理，本丛书拟以"资料专集"的形式出版。作为同类著作的第一套大型工具书，我们力图通过勾勒后三十年文学发展的基本脉络，展现大量而丰富的历史信息。同时意识到，这套丛书的出版，将为下一步更为细化、具体的史料整理工作开辟一条新路。如果从当代文学史文献收集、辑佚和整理工作的长远考虑，中国当代文学史的"社团史""流派史"等，也应在不远的未来启动和开展。比如，"白洋淀诗人群"与《今天》杂志的沿革关系，至今还是众说纷纭，有一些模糊不清的诗人回忆文章，但缺乏详细可靠的考证。又比如《今天》杂志编委会在八十年代的改组和分裂，也是各执一词，史料并不可靠。"寻根文学"的发起是1984年12月在杭州召开的那次文学的"当代性"会议，然而这次会议由哪些人发起、组织，具体策划是什么，与会人员名单是如何选择、确定，没有翔实材料予以叙述，零星片断的叙述倒是不少，仍不能令人满足。另外，散会后，韩少功、阿城等是如何产生写作那些"宣言式"文章念头的，具体情形包括活动情况，研究者仍然不得而知。在我看来，如果没有大量的建立在考证基础上的"社团史""流派史"史料丛书的陆续问世，仅凭简单材料写出的同类著作不仅价值不高，历史可信度也很低。这套书的工作，仅仅是为这一长期并意义深远的学术工作，打下一点初步基础而已。

三

在编选体例上，我们在遵循过去文学史史料丛书规则的前提下，也对这次编选提出了自己的要求。

一、每本书的结构，分为主选论文和资料索引两个部分。主选论文是全文收录，资料索引只选篇目和文章出处。在资料索引部分，要求编选者尽量穷尽能够找到的资料，当然非正式出版的报刊不在此列。

二、视野尽量开阔，观点具有历史包容性，强调点与面的结合。主选论文，应以当时文学思潮、论争文章和后来有价值的研究文章为编选对象；突出主要作家作品，一般作家作品可放在资料索引部分，作为对主选论文的陪衬，但也要求尽可能地丰富全面。

三、鉴于每本资料只有三十万字左右规模，这就要求编选者具有"选家"的眼光，用大海淘沙的耐心和精细触角，把对于历史来说，值得发掘和发现的文献史料贡献给各位读者。

由于各位编选者都在大学工作，承担着繁重的教学科研任务，尽管这套丛书筹备了好几年时间，还经过开会商讨和电子邮件的多次协商，但展现在读者面前的丛书，仍有不少遗憾之处，它的疏漏也在所难免，望读者批评指正。

2015年5月11日于北京

注释：

①杨晓帆：《知青小说如何"寻根"》，《南方文坛》2010年第6期。这篇论文运用详细材料，叙述了阿城1984年发表短篇小说《棋王》后，被仲呈祥、王蒙等归入知青小说。1985年提倡"寻根文学"后，更多的批评家开始按照对寻根文学的理解，认为它是这种现象的代表作之一，之后在接受各种访谈时，阿城也有意无意根据采访要求，重新讲述这篇小说是如何寻根的故事。这个案例，一定程度上说明，"知青小说"向"寻根文学"转换过程中的某种秘密。

②旷新年：《写在"伤痕文学"边上》，《文艺理论与批评》2005年第1期。作者力图在五十至七十年代文学和九十年代文学的关系脉络中，分析"伤痕文学"产生的原因，以及它如何在九十年代全球化大潮中逐渐衰老的深层背景。

③吴义勤的《告别"虚伪的形式"》（《文艺争鸣》2000年第1期）论及余华八十年代／九十年代小说的"转型"问题。还有很多学者，都有这方面的论述。

④从事现代文学研究的赵园，一次就曾当面对笔者谈到"当代文学"就像一个"菜市场"。这种认为当代文学史研究状况，始终没有自己的学科自觉和秩序的看法，在现代文学研究界十分普遍，一方面说明当代文学史研究确实存在问题，与此同时，也表明许多学者在耐心阅读已有成果之前就下结论的草率。

⑤《致读者》，载《今天》1978年12月23日《创刊号》。

目　录

中国当代文学史资料丛书

中国
当代

4

文学史
资料丛书

《车站》三人谈

唐　因　杜　高　郑伯农

无场次抒情音乐喜剧《车站》，是写一群乘客在郊区某车站（剧本把车站象征为"人生的某个十字路口"）等公共汽车进城，然而车却始终不在这里停靠。他们等了一天又一天、一年又一年，才终于发现"站牌"可能失效，"线路"已经改变。等车的人中间有一个"沉默的人"，在第一次车未停靠之后就离开了车站，自己走了；等车的各种人在候车时相互交谈，表现了他们的身份、乘车的目的，也涉及了当前现实生活中的某些现象和问题。该剧采取小剧场演出形式，台词很多时候是用"多声部"，即多人同时说出的。

自《车站》在刊物上发表（《十月》一九八三年第三期）并在北京人民艺术剧院小剧场公演以来，在读者和观众中引起了很大争议。许多人明确指出，这个戏在思想内容上、在若干带有倾向性的问题上，存在着较为严重的错误。也有人认为这个戏是创新探索的新成果。我们认为，《车站》的出现，是去年戏剧创作和戏剧舞台演出中一个值得注意的现象。

一九八三年十二月中旬，本刊邀请评论工作者唐因、杜高、郑伯农三位同志，就《车站》这个戏进行座谈。下面发表的，就是他们在这个座谈会上的发言摘要。

——编者

唐　因：

《车站》的出现不是一个孤立的现象，而是当前一种社会思潮的反映。有人认为这个戏的问题在于采用了西方荒诞派戏剧的手法。绝对化地说用了荒诞派的手法就不好，这过于简单了，主要还是看作品表达的是什么样的内容。

用"不要犹疑彷徨，消极等待，要争取时间，认真进取"这样的意思来解释《车站》，我以为并不符合实际。我们应该从作品所表现的真正的思想内容、观众对整个剧本的艺术形象的实际感受来研究，才能得出比较中肯的结论。

《车站》这个戏里有三种存在："公共汽车"、等车的普通群众、"沉默的人"。

"公共汽车"在戏里，是人们实现自己某些生活愿望的唯一的依靠。进城路很远，他们那些微小的、然而完全合理的愿望要得到实现（比如看望孩子、下一盘棋、和约会好的对象见面等等，除了那个供销社经理想进城赴"关系户"的吃请之外——然而这在当前也习以为常，算不得什么大罪过），都得靠这趟公共汽车。这是他们希望之所在。他们等了又等，好不容易车来了，于是一哄而上，你推我挤，狂奔呼号……可是汽车压根儿不在这儿停靠。人们只好再等。然而车来了依旧不停，希望一再落空。人们等了十年，以后又等了许多年，头发都等白了，仍然搭不上车。整出戏反复表现的就是这个，给人的印象十分强烈。舞台上的演出使人感到，这趟公共汽车对等车的人一而再、再而三地进行愚弄，本来应当为大家服务的公共汽车，竟如此腐败，简直不可救药，令人愤慨。人们在等车时进行交谈，谈的也全是社会生活中种种不正常现象，越发烘托出公共汽车的腐败不是偶然的。这显然并不是在批评某一趟公共汽车存在的弊端，而是有着某种寓意的。

第二个存在是等车的普通群众。他们的愿望是合理的，只因为这趟公共汽车不顾人们死活，他们不但什么事也做不成，连生命都消耗在无望的等待之中。从他们的叫喊、埋怨、抗议中，使人产生了这样一种感觉："这样的日子还能过下去吗？""还能再忍受下去吗？"但他们还是忍而又忍，等了再等。他们是受人摆布的"群氓"，一批可怜的"芸芸众生"。

第三个存在是"沉默的人"。这个人始终一言不发，看到第一辆车不靠站，就悄然离去。剧本里九次出现这个人的主题音乐，一次舞台提示里说，这音乐震响了宇宙。可见这是作者的希望之所在。这是个什么人呢？演出说明书里说他是"象征着时代的召唤……争取时间，认真进取的人"。其实，剧本中的这个象征人物，使人感到不过是一个孤立于群众之外、大有"众人皆醉吾独醒"意味的个人主义者。假如作者是要批评生活中的弊端，写出一个体现时代精神的人，那么这个角色就应该和群众一起来改造环境才对。然而这位孤独者早已看透了公共汽车是不可信赖的，所以只顾走自己的路，并且不屑于和愚昧的"群氓"为伍。把这样的人物作为剧本的理想境界，这和我们今天的现实，和我们前进的方向，是多么格格不入。

与"沉默的人"相对照的那些等车的人们，他们很可怜，很值得同情；可是明明被一而再、再而三地欺骗了，却还对永远也不会来的"公共汽车"抱有幻想，还要无望地等待下去，一直到发现站牌也许已经废弃，完全无望的时候，才知道迈开步子走路。这又是多么可悲。剧本所要揭示的"国民劣根性"，大概就在于此吧。

如果我们评价作品是从其实际的内容出发，就不能不承认，这出戏表现了对我们现实生活的强烈的怀疑情绪。要像"沉默的人"那样，看破、摆脱这一切，走自己的路，我认为这就是作品的主题。我们正在进行"四化"建设，是为了改变我国目前贫穷落后的现状，使生活变得更美好。如果在这样的道路上，有的只是可怜而又可悲的"芸芸众生"，只有不屑于和"群氓"为伍的"沉默的人"才是值得称赞的，那么，我们的生活还有什么希望呢？

"十年动乱"和其后一段时间里，有些人对社会主义制度、党的领导的信任产生了动摇，我们希望他们觉悟起来，坚定起来。我们的戏剧应当负有真实反映生活、提高人们觉悟、鼓舞人们斗志的作用，而不应该相反。

我们不是排外主义者，对西方现代主义文艺，有批判、有选择地借鉴，是对的。有些同志对此进行了实验，用以表现某种特定的内容，取得了成绩，人们是赞赏的。但是我们不应陷入盲目性。我们有一些同志，一方面对马列主义艺术科学的原理产生了怀疑，另一方面又对西方现代主义感到新奇，结果就把西方现代主义文艺当成了楷模，把他们的理论当成了自己艺术创作的思想支柱。其实，西方现代派文艺的哲学观是唯心主义的，尽管它们也揭露了资本主义社会的某些生活侧面，有些作品还达到了某种深刻性，但这些作品中往往充满了孤独感、失落感和绝望感，他们看不到出路。而我们有些同志却认为，现代派文艺就像现代科技新成就一样，最先进，而我们古典文艺、革命文艺的优秀传统和先进的文艺理论却统统是"蒸汽机时代的产物"，理应废弃了。盲目崇拜西方现代文艺的结果，必然导致从内容到形式、从艺术观到哲学观，统统照搬，以此来反映和评价我们的现实生活，其结果是可想而知的，《车站》即是一例。洋为中用，批判地吸收、借鉴是一回事；认为马列主义艺术科学的原理过时了，要用西方现代主义取而代之，是另一回事。认为中国的文艺也应该走西方现代派的道路，这当然不是一个借鉴手法和创新过程中的失误问题了。

当然，我并不认为作者在动机上如何不好，他很可能是在探索的过程中模糊了艺术的方向。正因为如此，才需要人们向他指出。这应该是完全正常的。

杜　高：

话剧创作在反映新的现实生活和塑造体现时代精神的新人形象方面，正走向一条越来越广阔的艺术道路。我们不是看到反映现实题材的新剧目正在一个接一个地争相上演吗？这预示着话剧创作的又一个新高潮就要来临。可能有的同志还没有敏感到这个新高潮的到来，还流露着某种忧虑情绪。他们没有看到党的十二大精神已经日益深入到广大剧作者的心灵里，成为何等巨大的思想力量，激励着他们去积极地反映时代生活的深刻变革，讴歌人民的伟大创造。话剧对现实生活的艺术反映，必将越来越丰富、越广泛、越深刻。这就是时代对艺术的客观要求，也是社会主义文艺发展的必然趋势。从这点来说，忧虑是没有根据的。

但是，有没有使人感到忧虑和心情沉重的现象呢？还是有的。比如我看到有的作者兴致冲冲地走着一条同时代要求不尽符合的艺术道路，有的作品表现出不健康的创作倾向和宣扬某些错误的社会思想。而这些作者和作品，不但得不到及时的正确的批评和帮助，反而总要被一部分同志的喝彩和赞扬所包围。一些看到了错误的同志，又保持一种"谨慎的沉默"，缺乏批评的热情。我想，对于一个真正忠诚于社会主义戏剧事业而又有远大抱负的艺术家来说，他终会感到诚挚的批评比廉价的喝彩更有价值，更亲切和更可宝贵。虽然这往往需要有一点思考的时间。

看过《车站》以后，我就遇到了这种情况。这个戏明明存在着比较严重的倾向性问题，而我所面对的又是一位年轻有为的作者，一位充满艺术理想的导演，和一群同他志同道合的演员。我不免沉重地叹息了。难道他们没有感到他们倾注了那么大的艺术激情所扮演的这个故事，非但不是在帮助观众正确地认识生活、激励观众奋发向上的情绪，反而是在把人们引向一种思想的歧路，引进一种对我们社会的怀疑和对生活前景的迷惘中去吗？难道那一个个无望地等候在车站上，一边发着牢骚，一边互相埋怨，浑浑噩噩地消耗着自己生命的人们，真是他们的同时代的人民精神面貌的真实写照么？难道他们也都会以为戏里那个具有象征意味的不负责任的"汽车公司"，因为任意改变"线路"而带给等车人们的人生悲剧，就是我们的人民的现实命运么？难道他们真的相信自己是在把一个"富有新意"的艺术品呈献给他们的观众了么？这是多么地费人思索啊！

但这一切又并非是不可理解的。只要回顾一下《车站》产生前后我国理论界、文艺界流行着的某些理论和思潮，就不难从《车站》中看出与之相联系的一种文艺创作倾向。

有一些理论家带着悲观的情绪总结我们的历史经验，和看待现实中存在的种种矛盾和阴暗面，而错误地提出了社会主义制度不断产生着"异化"现象的理论。他们没有想到这个理论很容易被一部分对现实抱着怀疑的青年知识分子所接受，同他们中间存在的所谓"三信危机"正相吻合，成为这种思想情绪的一种理论依据。一部分青年由于受到"十年动乱"的影响，有的又受到外来资产阶级思想的侵蚀，在历史发生重大转折的时期，产生某种精神上的危机和思想上的迷惘，是不足为怪的。他们不相信党能领导人民实现"四化"，不信任社会主义制度比资本主义制度优越，不信仰共产主义学说是科学真理。于是，他们钻进西方资产阶级陈旧、发霉的哲学讲义中去寻找答案，来解释自己当前遇到的现实问题。曾经出现的"萨特热""弗洛伊德热"，就是这种思潮的表现。有一些文艺作者甚至对我们的人民也丧失了信心，他们不是历史地看待人民中的缺点，而认为我们的人民身上存在某种固有的"劣根性"，而挖掘所谓"国民性弱点"，成了某些作者热衷的主题。与此同时，戏剧界又兴起了一阵"创新"的热潮。当我们对"左"的文艺教条主义和公式化概念化的创作倾向进行批判以后，戏剧创作必然有新的创造和新的探索。但这却引起了一部分青年剧作者文艺思想上的混乱和迷误。他们把批判"左"的错误当作从根本上抛弃马克思主义的文艺原理和基本观点。把反对公式化概念化当作是对社会主义文艺成就和革命传统的全盘否定。而他们的"创新"，又不过是一头倒进西方现代艺术的怀抱。把西方资本主义文艺看成是"世界文艺"。抹杀社会主义与资本主义两种文艺性质的根本区别。这样一来，他们的戏剧"创新"，实际上不过是从内容到形式照抄西方荒诞派戏剧，步西方没落文艺的后尘而已。

《车站》这个作品就是在这样的社会思潮和文艺思潮的影响下产生的，反过来又几乎成了这种错误理论和思潮的一种形象演绎，这也许是年轻的作者和他的合作者们始料未及的。

《车站》的作者熟悉并且推崇西方现代派戏剧，他写过一些有关戏剧观的论文，基本观点是我们的戏剧观落后陈旧，不能适应现代要求。他写的第一个剧本《绝对信号》（与另一位作者合作），经过一位有才能的导演的艺术处理，在小剧场演出了。《绝对信号》在一定程度上反映了生活的真实，也塑造了如老车长和蜜蜂姑娘等比较生动的人物形象，但同时也表现出了明显的思想缺陷。作者过多地同情主人公黑子的犯罪行为，并把他的犯罪原因归咎于社会。但是这个戏在演出上运用了一些新的表现手法，着意渲染犯罪者的心理活动，因而博得了评论者的赞扬，有的评论文章甚至认为这个戏是"戏剧新潮流的信号"，文艺批评的这种片面性，在某种程度上起到了助长作者发展他的消极面的不良作用，作者接着又拿出了《车站》。这部作品中所流露的不健康的思想情绪和艺术倾向，也就更为明显了。

《车站》演出后，又有同志赞扬说这个作品表现了"不要等待"这样一个富有哲理性的抽象主题。而这个主题是有世界意义的。因为爱尔兰人贝克特写过一个有名的荒诞派戏剧《等待戈多》，《车站》同它很相像，所以具有世界性。

《车站》的主题果真是抽象性的"不要等待"吗？果真是嘲讽一些人身上的"惰性"吗？当然作品里也有这样的意思，但主要的思想不在这里。我们只要看一看剧中那个寄托了作者人生理想的"沉默的人"这个形象所代表的思想倾向，就能体会作者的主要意图是什么了。这个"沉默的人"是作者心中的"觉醒者"形象，是"进取者"的化身。但他却漠然于周围人们的"惯于等待"，他既无意去唤醒人们，也无意催促人们积极进取。这个形象给观众的感受只是用沉默来对抗周围的世界，来抗议"汽车公司"对人们的愚弄和欺骗。这个人物一句台词也没有，给观众的印象却十分强烈。这是一个"抗议者"的形象。作者在剧本提示中一再让这个形象化作越来越宏大的"宇宙之声"，作为对那群上当受骗的等车人们的嘲讽，用意是深沉的。那群可怜的人，一等几十年，头发白了，两眼昏花了，才觉悟上了当，于是一片激愤的控诉："到哪里去告他们？""我们全被坑了！"这些台词就都不能说是抽象的或朦胧的了，而分明是一些很直接、很明确、很强烈的对现实社会的政治性的批判。所以我想，虽然作者把这个戏标作"抒情音乐喜剧"，但改叫"社会评论剧"，更符合它的实际。

我们应当通过对《车站》的分析和讨论，认真地总结经验教训。我希望作者、导演和参加演出的同志们和我们一起来做这个工作。列宁有一段话，我们应当记取："遵循着马克思的理论的道路前进，我们将愈来愈接近客观真理（但决不会穷尽它）；而遵循着任何其他的道路前进，除了混乱和谬误之外，我们什么也得不到。"

郑伯农：

《车站》这个戏不仅借鉴了西方现代派的表现形式，也体现了西方现代派作品所惯常表达的思想内容。其实，内容和形式本来就是很难分割的。（唐因：西方荒诞派作家说过，社会生活本身就是荒诞的，用正常的手法不足以表现，只有用荒诞的手法才能表现其本质。）《车站》向我们说明了一个问题：对西方现代主义文艺应保持清醒的头脑，如果不加分析、不加批判地一味"引进"，就很容易在学习其表现方法的同时，把现代主义思潮也一起搬过来。作者也许是想写一个抽象的主题：在人生道路的十字路口不要等待，要积极进取；但在等待和进取的背后还有一个思想：是屈从于社会生活的潮流，还是摆脱这一切而自我选择道路。这就很容易让我们想起存在主义哲学。《车站》在手法上是荒诞的，在思想上有着浓厚的存在主义色彩。

存在主义有两个很重要的观点，一是存在先于本质，一是自我选择。也就是说，人的本质并非由社会存在所决定，人是可以超脱社会而自由选择的，选择后才确定了人的本质。这虽是对资本主义的叛逆，但却是唯心主义的。我们承认并重视人的主观能动性，认为它对人的发展道路确有很大影响，但也要看到人是不能脱离社会而存在的，人在社会上生存，就必然受到社会物质生活条件和各种社会关系的制约，只有在这种制约中才能发挥自己的主观能动性。存在主义很容易导致无政府主义。萨特就说过："人不外是由自己造成的东西。"他甚至说："我们要求的是以自由为目的的自由，是在各种特殊环境下均有的自由。"这在西方是比较流行的一种政治观点和生活态度。我们是社会主义社会，要讲社会需要、组织安排、计划经济，不可能任何事情都由个人自行选择。不仅我们的社会不可能，恐怕任何社会都不可能一切事情完全由个人"自由选择"，这是显而易见的。

《车站》里描写了两种人，一种是微不足道的芸芸众生，一种是作者心目中的理想人物——沉默的人。第一种人尽管各式各样，但他们有一个共同的特点：按社会生活的常规、正常的潮流而前进，他们要进城，就要等车、乘车。另一种人则看透了现存的一切，他不相信汽车，不相信这条线路，不相信司机，也不相信等车的群众，他不相信按照目前的办法能够达到前进的目标，要"走自己的路"。我认为，不相信现存的东西，走自己的路，"自我选择"，"自我奋斗"，这就是《车站》的主题。

《车站》的表现方法尽管荒诞、抽象，但剧本里不可避免地还是有许多具象的东西。它提供的这一群等车的人，实际上就是一个小的社会，是大社会的一个缩影。其中有通过自学要考大学的青年，到城里找对象的姑娘，常常为人"走后门"的主任，沾染了流氓习气的愣小伙子，到外贸部去办讲习班传授细木工手艺的木匠等等，这一切全让人确定无疑地知道，作者描写的是社会主义新中国的现实生活。但是，这里却只有混乱和骗局。"汽车公司"是骗人的，司机成心要甩下等车的群众，"站牌"是过了时的，名不符实。作者说，"车站"象征着人生的十字路口。那么，这一切具体描写都象征着什么呢？我们还可以看到，剧中一群等车的群众的命运就是不断地上当受骗，从希望到幻灭。他们只有一点很卑微的人生要求：进城下一盘棋，吃一杯酸牛奶，等等。就是这些也得不到实现。剧中的老木匠说了一句点题的话："……等，倒不要紧。人等着，是因为人总有个盼头。要连盼头也没有，那就惨了……用戴眼镜这小伙子的话说，叫做绝望。"这又体现了对现实生活的什么看法、什么态度呢？我们的社会里虽还存在着不少阴暗面，但我们也有强大的光明面。光明、前进的东西，是主导的，一天天在扩大。我们的社会生活中还有许多陈规陋俗，但是整个社会前进的轨道是正确的，那些陈规陋俗，正是要破除，要改革的。在《车站》这部作品里，我们看不到一点光明面的影子，看不到一点改革的希望。所有这一切描写，对我们的现实，我们的未来，是一种不真实的、歪曲的反映。不能说作品任何一个细节都没有真实的生活依据，不是的。我是指作者对生活总体的把握，对生活发展趋势的表现，是违反生活真实的，颠倒了的。《车站》对现存的生活轨道表示怀疑和否定，但也没有明确地写出该往什么地

中国当代文学史资料丛书

方走，该怎么走。一切全是迷茫的。等待也罢，走自己的路也罢，出路和前途在哪里？都看不到。人走散了，"汽车公司"依旧在骗人，要乘车的人仍然坐不上车，生活依旧没有希望。作品里所反映的人生，笼罩着一层灰暗的色调。显然，《车站》一剧把西方现代主义作品的这样一种情绪也搬过来了。现代主义作品有些也揭露了资本主义社会的弊端，但它要人们做到的却不是从根本上改变现实生活，而是自我嘲讽，无可奈何。或者是钻到个人的小天地中去，寻找一种自我的解脱。因为他们认为，生活本身就是颠倒混乱的，是"异化"的，社会和个人是对立的，生活就是一连串的错误和痛苦。难道《车站》所宣扬和流露出来的，不也正是这样一种思想观点吗？

"十年内乱"给我们留下两种思想包袱，两种后遗症。一种是僵化、半僵化；一种是看破红尘，怀疑一切。这两种东西能够互相转化。从极端狂热转到完全幻灭，从句句照办转到怀疑一切，不是极个别的。我们对扫除前一种遗毒做了一些工作，今后还要继续做。后一种遗毒也不能忽视，这是一种社会思潮。诗歌界有人认为"新诗潮"对过去生活的态度就是"我不相信"四个大字。有人写了这样的"哲理诗"："期待是最漫长的绝望，绝望是最完美的期望。"这和《车站》的思想有某种共通之处。有些同志不但觉得共产主义事业太渺茫，而且对群众也很失望，认为中国人的"国民性"太落后，无所作为，只会消极等待，只会屈从于命运的安排。我觉得，《车站》正是这种思潮在戏剧领域中的反映。

《车站》的作者写过一些较好的作品，对人要全面分析，不能以一部作品论作者。研究《车站》，重要的是从中总结出一些经验教训，以促进人们共同来清除一种错误的社会思潮，消除这种思潮在文艺领域的影响。我们不仅要指出《车站》的失误是什么，还应该尽量准确地分析出作者是怎样导致这种失误的。这才能使作者从走进去的迷宫里退出来，才能使他们的创作才华和创作激情得到真正充分的发挥。这才是我们的真正目的。

唐　因：

我感到对西方现代主义文艺的讨论，还有待进一步深入。譬如，对现代派作品揭露资本主义的深刻性究竟如何看？《车站》作者在他写的一部介绍西方现代派写作技巧的著作中，称赞荒诞派戏剧《等待戈多》这个作品的技巧"非常深刻"。技巧虽有相对的独立性，但它始终是依附于内容的，是为表现内容服务的。技巧只有高下、优劣之分，何谈本身的"深刻"与"浅薄"？深刻当然是指思想。说这种技巧高明，有助于揭示深刻的思想，可以；说这种技巧本身就非常"深刻"，怕是不够恰当。话再说回来，现代派作品在揭示生活上到底能深刻到什么程度？恐怕不能那么赞扬备至。现代主义作品可以具有一定的真实性和深刻性，但同时必然带有不可避免的局限性。这是那些作者们的世界观和哲学观所决定的，也是他们的生活范围和题材范围所决定的。他们对推动历史前进的人民群众的了解和反映，是相当贫乏的，苍白无力的，对于社会的发展、历史的动向的揭示，当然更谈不上什么深刻，甚至往往是违背历史唯物主义观点的。难道不应该这么全面地、公允地评价现代派及其作品吗？

从文学与戏剧运动的发展角度来看，粉碎"四人帮"以后，在新的历史时期里，文学家、戏剧家本应与新的时代相结合，与我们的人民群众相结合，表现新的时代，创造新的人物形象，大部分作家按照这个要求去做了，但也有一部分作家没有完全跟上时代的步伐。

杜　高：

《车站》这部作品的出现，向我们的青年作家们提出了一个很严肃的问题：要正确地认识和反映我们的现实生活，不学习马列主义理论是不行的，单靠着从外国文艺作品里去寻找灵感和思想方面的启示，以及某些现成的艺术形式，用这些东西来套我们的生活，也是绝对不行的。我们今天对生活的改造，我们的"四化"建设事业，尽管前途多艰，却是无比壮美的。一些青年作者面对着我们所处的时代和现实生活，暴露出思想上的一些弱点，他们缺乏必要的思想理论准备和生活实践的锻炼。这个问题应引起我们的重视。

我强烈地感到，艺术创新原是何其艰难的任务，一些青年作者把它看得过于轻易了。虽然他们想用一些新东西来丰富我们的戏剧艺术，这种愿望是值得鼓励和赞扬的，但创新除了要认真学习和掌握古今中外人类优秀的文化遗产之外，更需要到人民的斗争生活里去，深刻地了解我们的时代和我们的人民。我们的作者们迫切需要扩大自己的生活视野，憋在屋子里，局限在一个狭小的天地里，是不可能反映出时代的真实面貌来的。当然更谈不到艺术上的创新。《车站》里的人物，被作者当作了一种概念、一种符号来写。作者说过，他不要写性格、写矛盾，也不要塑造有典型意义的艺术形象，他认为这都是一些过时的、陈旧的戏剧观念，他要求他笔下的人物，就是理念的符号和一种象征。

这听来颇为新奇，其实也正是西方现代主义荒诞派戏剧"反情节""反性格""反戏剧"理论的一种衍化罢了，因而也就很难谈到真正意义上的创新。

通过对《车站》这个作品的分析，我觉得确实能帮助更多的作者们汲取许多经验和教训。

原载《戏剧报》1984年第3期

话剧《车站》观后

何　闻

话剧《车站》的剧本发表在1983年5月的《十月》上；6月以后，北京人民艺术剧院试验演出过若干场。看演出较之读剧本，印象要强烈得多了。

1

《车站》写的是在一个城市郊区公共汽车站上发生的事情。星期六傍晚，一群乘客正焦急地等车进城。他们各有自己想做的事：姑娘去初次会见男朋友；老人去参加象棋赛；做母亲的急着回家看望孩子；木工师傅要去揽活；一个供销社的主任是到"关系户"那里去"吃请"；一个愣小子则不过是想进城去逛逛，喝瓶酸牛奶……可是，他们左等右等，汽车却总也不来。终于有一辆车来了，人们叫喊狂奔，你推我挤，汽车却并不停下，竟轰然而去。人们在埋怨和咒骂中，焦急不安地等了又等，又一辆汽车自远而近，人们又叫喊狂奔，你推我挤，这辆车竟也不停，又轰然而去。人们在焦虑、希望、失望、埋怨和愤恨中一次一次地被耍弄，然而他们一直在等下去，让时间在不知不觉中流逝。后来一看表，才发现在车站已经等了十年，人老了，背驼了，头发也白了。直到这时，有人才看到站牌是模糊不清的，也许这个车站早就被废弃了。于是，他们愤慨地指责公共汽车公司"坑人"，后悔自己当初为什么没有看清站牌。直到这时，大家才想到，在等车的一群中，原来有一个沉默的人，他早已在众人的毫无希望和消耗生命的等待中，独自悄悄离去，步行进城了。他们也早该像他那样，抛弃对公共汽车的任何幻想，步行进城的。

剧本给人的印象是，这趟汽车线路和公共汽车公司——它本来是应当为

中国
当代
文学史
资料丛书

公众服务的，现在却完全置公众于不顾，令人气愤。每个乘客——他们是我们生活中的普通人，都有自己的一点合理的、平常的生活愿望（赴"关系户"之宴，虽不合理，现在却也习以为常），可是这些很平常的愿望，最终都由于公共汽车的极端不负责任而被葬送了；并且由于连站牌都模糊不清，等车竟等白了头。他们要从郊区进城，路途遥远，不能不把希望寄托于这趟公共汽车，但是他们却被人愚弄了！

在舞台上这场可悲、可怜的等车事件中，等车的人们发出了痛苦的、愤怒的叫喊："我们再也不能等待啦！无用的等待，无益的痛苦……""咱就等了一辈子，就这样等啊，等啊，等老啦！""汽车站牌子竖在这里，哪能唬人哪？""这也太气人了，把乘客当猴耍！要不停车就别在这竖站牌子！""岂有此理！叫乘客在车站上白白等到白头到老……荒唐……太荒唐啊……""我们被生活甩了，世界把我们都忘了，生命就从你面前白白流走了……""咱们白等了，让汽车公司给坑啦！"最后，是演员们"从自己的角色中化出"，各走到剧场的一角，分别向观众说话："该说的不是已经说完了……那他们为什么不走呢？……那就告诉他们快走吧！""等，倒不要紧。人等着，是因为人总有个盼头。要连盼头也没有了，那就惨了……用戴眼镜这小伙子的话说，叫做绝望。绝望就好比喝'敌敌畏'……"

全剧如此强烈地表达乘客们由于等不上汽车而产生的恼怒、痛苦、悲观、屈辱和绝望，这难道只是在批评我们现实生活中某个交通运输部门存在的问题吗？显然不止于此。《车站》在表现人们等车而陷于绝望的同时，还通过各种人物之口，说出了我们现实社会的种种弊端和不正之风，诸如交通秩序混乱、服务态度恶劣、某些商品短缺、"关系学"、"开后门"、缺乏文明礼貌、调动工作进城靠门路、农村教育质量不高，等等。舞台上的演出使人感到，我们的生活是一片混乱，而且也看不见前途和希望。

我们当前的生活中，的确有许多严重的弊端，许多重大的困难。我们正为此进行艰巨的斗争。我们的斗争正在逐步取得成果，虽然困难重重，但是我们的前途是充满希望的，中华必将振兴，社会主义事业将取得更大的胜利。文艺创作应当真实地反映这场斗争和斗争发展的趋向。我们的创作自然应当揭露生活中的黑暗面，这种揭露，不仅在于引起疗救的注意，而且应当增强疗救的信心。然而，《车站》却不但不能达到这种效果，反而有可能助长人们失去信心。

作者曾说，这出戏"讲究的是一种艺术的抽象，或称之为神似"[①]；又说，它"有种象征意味"[②]。问题是，它所象征的是什么。这里面，也许还有从存在主义那里来的"自由选择"等等奥妙的道理，但是给观众的直接印象，却只能是：这样的公共汽车和等车人的命运，就象征着今天的生活。

也许有人会说，难道不准揭露生活的阴暗面吗？我以为，《车站》的问题完全不在于它揭露了生活中的阴暗面，而在于这样的"揭露"，它所"象征"的东西，是对我们现实生活的一种扭曲。借用这出戏里一句台词来概括，就是："谁都看着，就是没治！"既然"没治"，一切都还有什么希望呢？

2

有人说，《车站》是在抨击当前的某种"国民性"：犹豫、等待、牢骚、不满，而不能奋发向前。这自然并非什么"国民性"，但即使是某些人身上的弱点，自然也是应该批评的。然而，剧中所表现的其实并非如此。这场等车事件，其罪过完全在于公共汽车，人们从郊区进城，唯一可以依靠的是这趟汽车，他们一盼再盼地等待，乃人情之常，完全值得同情，又有什么可指责的呢？剧本讽刺和抨击的并不是什么犹豫和等待，倒是这群等车的人在一而再、再而三地被要弄的情况下，对这趟根本不顾老百姓死活的汽车还抱有幻想。剧本展示给我们的是：明明是完全腐败的、根本不能依靠的东西，这群芸芸众生却还对之寄予希望，并且在事实的一再的教训面前，也还不能觉悟，直到连站牌是否废弃也弄不明白时，才犹豫着迈开自己的步子。他们对于生活的这种幻想，是多么可怜、可悲而又可笑啊！

那么，什么才是我们的出路呢？与可怜、可悲、可笑的芸芸众生相对照，剧本推出了一个"沉默的人"。他在众人无望的等待开始不久，就悄悄走开，步行进城了。这个"沉默的人"，虽然在舞台上停留的时间很短，而且没有说过一句话，但剧本为他谱写的音乐却震响着、贯穿着全剧（"沉默的人"走后，他的音乐反复出现了几次，作者将这种音乐比作"探索""嘲讽""宇宙声""进行曲"）。由此可见，这正是作品主题之所在。

但是，这样一个超乎群氓之上的"沉默的人"，果真就是我们应当向往的理想人物吗？《车站》的演出说明书说："沉默的人则象征着时代的召唤，未来属于不说废话，争取时间，认真进取的人们。"我们生活中，的确有许多认真进取的人，他们有革命的理想和世界观，能和群众一起，勇于革新，善于斗争，勤于进取，他们是群众中的一员，又是生活中的先驱者。而《车站》中这个象征性的人物，同那些在"时代的召唤"下，"认真进取"的社会主义新人，有什么相似之处呢？他充其量不过是一个脱离群众、孤芳自赏、高踞于芸芸众生之上的"超人"。他是一个自命为"举世皆醉我独醒"的角色，他什么都看穿了，对什么都不抱希望了，因而他才鄙弃人们对现实所存有的幻想和等待，走自己的路。其余那些等车的人可怜可悲的遭遇，正证明他是唯一正确的。这就是剧本在这个人物身上寄托的理想。然而，这是我们对于现实、对于群众的正确的态度吗？人们不免发问：这个作者心目中的理想人物，为什么不关心人民的疾苦，不同群众一道来改变现状，而是对其周围的人们采取不屑于一理的态度，扬长而去呢？这种人生态度和处世原则，正是我们应当反对的，而作品却十分赞美，这将把剧中的乘客和剧场中观众引向一条什么样的道路呢？

3

《车站》演出时，把收在鲁迅先生散文诗集《野草》中的《过客》，也当作一出戏剧，放在《车站》之前同台演出，而且扮演"过客"的演员又在《车站》中扮演"沉默的人"，他刚从《过客》结束时下场，紧接着又在《车站》开始时上场了。为什么要如此安排呢？且不说把散文诗《过客》当作戏剧来演是否适宜，即以这两个作品的思想素质来说，人们也看不出两者之间有什么关联之处。可是演出者却宣称："《车站》试图沿用鲁迅先生半个多世纪以前开创的这种戏剧手段，并且进一步作了些新的尝试……"③这就给人一种印象，仿佛《车站》这样反映生活，是从鲁迅先生那里继承来的。

鲁迅先生在1925年3月所作的《过客》中，塑造了"过客"这个和黑暗的旧社会彻底决裂，不畏艰险，不计得失，始终坚持奋进的革命者的形象。"过客"虽也感到孤独和前途的渺茫，感到疲惫和劳顿，但他不相信老翁说的前面是坟地，也不相信小女孩说的前面是盛开鲜花的坦途，而是清醒地面对现实，不接受一切"布施"，倔强地往前走去。《过客》同《野草》中的其他作品一起，真实地反映了鲁迅这个时期从进化论者到共产主义战士的转变过程。我们从《过客》中感受的是鲁迅先生严于解剖自己的科学态度和大无畏的反帝、反封建战士的彻底革命精神。

且不说《过客》的时代已经过去，我们的社会理想和精神境界已经大大超越了"过客"的历史局限和思想局限，即以作品论作品，《车站》中那个"沉默的人"，难道能够跟《过客》中的"过客"同日而语吗？那种孤傲、高踞于群众之上的个人主义者，难道可以和坚韧不拔的革命者相提并论吗？把两个思想素质相反的作品放在一起演出，把《车站》说成仿佛是对《过客》戏剧手段的"沿用"，如果不是一种混淆，也是过于轻率了。

《车站》不是什么继承《过客》的结果，而是盲目崇拜、生搬硬套西方现代派戏剧那一套社会观点和创作思想的产物。《车站》的作者曾经写过一本题为《现代小说技巧初探》（以下简称《初探》）的书。在这本有着许多思想上、理论上的混乱和错误的小册子里，曾两次赞赏地提到贝克特的《等待戈多》。作者在其他文章和讲话中，也多次谈到这个作品。爱尔兰作家贝克特1952年写的两幕剧《等待戈多》，是西方荒诞派戏剧的代表作之一。这出戏主要写两个瘪三在荒凉的乡间土路上无聊地等待戈多的情景，至于戈多是谁，为什么要等他，剧中都未交代。直到戏剧结束时，戈多也没有出现。贝克特像其他荒诞派作家一样，把客观看作是荒诞、残酷、不可思议的，所以《等待戈多》剧中人物的语言和行动也不可思议。西方有的评论家认为这出戏是"揭示人类在一个荒谬的宇宙中的尴尬处境"[④]。这个作品是资本主义社会生活和人们精神状态的某种反映，对于人们认识资本主义的荒谬有一定的参考作用，但是剧作家的世界观、哲学观和社会观，则是唯心主义和虚无主义的。我们赞成有批判地借鉴西方现代文艺的某些有价值的东西，事实已经证明，只要借鉴得当，是有利于我们的文艺创作的，但是我们绝不能把荒诞派戏剧的社会观点和创作思想吹得神乎其神。《车站》的作者在《初探》里，是如何评价《等待戈多》的呢？他说：

　　二次世界大战后，先锋派戏剧的代表人物贝克特写了一出轰动西方的现代悲剧《等待戈多》……剧中人左等右等总不见来的这位戈多的喻意十分明白，那就是被人们象祷告上帝那样期待着的未来。渴望从贫困和苦难中得以解脱的人们无止境地等待温饱，可这位主人公却始终未曾出场。

戈多是贝克特对现代社会的一种认识，或者说是他的世界观的一种艺术的概括。观众和读者尽可以从这个抽象的形象中得出自己的看法……我们这里仅仅就艺术方法而言，不能不认为这种手法的运用是出色的。贝克特塑造戈多这个形象用的方法，我们不妨称之为艺术的抽象。

贝克特的《等待戈多》中人物的台词，大都写得十分平淡，近乎现实生活中不求连贯的语言的碎片，然而全剧贯穿起来看，却荒诞至极，细细一想，竟又十分深刻。

既然内容"十分深刻"，言下无限崇拜这就不难理解，作者眼中的《等待戈多》与作者笔下的《车站》，为什么如此相似了。两出戏都写"等待"，前者等待戈多，后者等待汽车，两出戏都写"等待的落空"，但前者讲的是在资本主义社会里，未来不能解脱的等待者的贫困和苦难，后者所写，却是社会主义社会。

鲁迅先生所写的过客，是一个对旧社会深恶痛绝，而且绝不回头、奋然前行、追求未来的战士；《车站》的"沉默的人"却是一个走"自己的路"的孤独的个人主义者。这两个形象的社会内涵是如此鲜明地迥然有异、黑白分明，为什么却要说《车站》是"沿用"了鲁迅的戏剧手段而写成的呢？说它是受了《等待戈多》之类唯心主义、虚无主义的社会观和艺术观的影响，不是更为确切吗？

4

《车站》的产生不是偶然的，它是当前某种错误的社会思潮在文艺创作上的反映。

党的十一届三中全会以来的路线、方针和政策，把我们的国家引上了一条欣欣向荣的、建设社会主义现代化的康庄大道。五年来，我们取得了巨大的成绩，我们仍然面临着许多问题和困难，我们正在克服这些困难，并且取得了显著的成效，这就是我们的现实。绝大多数人是紧跟着党，满怀信心地前进的；

但是由于"十年动乱"的后遗症和外来资产阶级思想的侵蚀，一部分人的思想长时期地陷在迷乱与动摇中，他们的个人主义、自由主义、无政府主义发展起来，逐渐形成用一种消极、悲观、冷漠的眼光看我们的现实，直至对共产党的领导和社会主义的前途表示怀疑甚至否定。

文艺创作中的某种思潮，往往是某种社会思潮的表现。我们的文艺家本来应该通过自己创造性的艺术劳动，通过对生活的真实反映，振聋发聩，潜移默化，以分明的爱憎，提高人们的觉悟，鼓舞人们从事社会主义建设大业的斗志。我们的许多作品都发挥了社会主义文艺的这种积极的功能。但是，一个时期以来，在文艺空前繁荣的形势中，也出现了一些有错误倾向的作品，它们颠倒历史、歪曲现实，散布各种各样消极悲观、腐朽庸俗的思想情绪，宣扬各种各样资产阶级唯心主义、利己主义的世界观，对读者和观众起了有害的作用。在文艺理论上，一些同志热心鼓吹西方现代派文艺，企图把西方现代派作为我国文艺发展的方向。他们在"借鉴""创新""崛起"的名义下，在盲目地把西方现代派鼓吹得天花乱坠的浪潮中，要把西方现代派的世界观、艺术观也一股脑儿地"移植"过来，作为我们文艺创作的指导思想。《车站》便是一个明显的例证。

注释：

① 《车站》作者：《有关本剧演出的几点建议》，载《十月》1983年第3期。

② 《车站》剧本。

③ 《车站》演出说明书。

④ 《中国大百科全书·外国文学》第1卷第128页—129页。

原载《文艺报》1984年第3期

评话剧《车站》及其批评

曲六乙

本刊今年第3期发表了何闻对话剧《车站》的评论。评论者对作品中他认为是不健康的思想情绪提出批评,这是必要的。对一个文艺作品,往往有不同的甚至很分歧的看法,应当有所争鸣,以利于共同提高认识,这也是必要的和正常的。曲六乙同志对于《车站》的评价和有关评论文章提出了自己的看法,现发表于下。

——编者

一

今年三月,《文艺报》《戏剧报》分别发表了对话剧《车站》进行批评的文章。他们有些意见是对的,对作者很有教益,但还有不少批评则是值得商榷的。

批评文章说,《车站》的演出,"使人感到我们的生活是一片混乱","是把人们引向一种思想的歧路","是对我们现实生活的一种扭曲"。我觉得这些批评不符合《车站》的创作实际。《车站》的作者高行健说:"多声部话剧《车站》是一个初步尝试",它"遵循着喜剧的一般规律","展现了在人生道路上等车的人们如何白白浪费着生命,以及他们心理变化的过程"。北京人民艺术剧院演出《车站》的说明书,则进一步点出作品的主题:"未来属于不说废话,争取时间,认真进取的人们。"

为了验证这些话,这里有必要简述一下剧情:八个乘客在郊区一个汽车站上候车进城，往来汽车不少，可都不停。乘客们十分着急，发了许多牢骚和议论（在现实生活中，我们都有这类不愉快的烦恼）。其中一个沉默的人看看手表，望望天空，一声不响地徒步进城了。这里作者用了怪诞的夸张手法：时间飞速地逝去。七个乘客等了一年两年，十年二十年，人们都变老了，这时才发现站牌上没有站名，上面贴了一张改变线路的通告，但字迹已模糊不清。他们有的懊悔，有的谩骂，有的灰心丧气，悲观厌世。这时他们才想起沉默的人，羡慕他当机立断，没有傻等。这时，在聚光灯的束光里，沉默的人出现在观众席后四周的高台上，在昂扬的音乐旋律中挺胸阔步地前进着。导演构思的寓意是：让沉默的人的永远进取的形象，在其他乘客（包括观众）的心灵上得到映照。戏的结尾，乘客们停止了牢骚，在"宏大而诙谐的进行曲"（剧本舞台提示语）的旋律中，互相关照着一起动身进城。《车站》通过对比与映照手法，讽刺了七个乘客在废弃了的车站上稀里糊涂地傻等，在自我烦恼中白白浪费了时间、青春与生命；与此同时，歌颂了沉默的人的不说废话、认真进取的精神。剧本给人们这样的启示：不要等待，要做时间的主人，不要怨天尤人，要克服自身的思想惰性。

剧本给予我们的思想启示是深刻的，它使我们联想起史无前例的动乱年代，足足浪费了长达十年之久的青春与生命。也必然联想到现实生活里那些令人烦恼的事：排队理发、洗澡、买票、挂号看病、买紧俏商品，多少宝贵的时间在烦恼的排队等待中悄悄溜走。尤有甚者，由于官僚主义和体制上的各种弊端，人们不得不在"文山会海"、推诿扯皮、"研究研究"、公文旅行中过日子。时间、效率、速度，对祖国"四化"建设是多么重要啊！记得周总理在批评某市建设工作的严重拖拉作风时说："拖呀拖，拖呀拖，大姑娘拖成了老太婆！"田汉在1957年也发出过"为演员的青春请命"的呼吁。时间的浪费，是人世间最大的浪费。所以鲁迅曾说：无端浪费人家时间，无异于图财害命。至今有谁能计算清楚我们十亿人口，多年来在上述那些消极生活现象中，究竟浪费了多少宝贵的时间、青春与生命！而党自三中全会以来，采取了那么多的措施，诸如改革体制，克服各级领导的官僚主义，加强与扩大服务行业等等，其目的之一便是为了尽快消除上述不利于"四化"建设的各种消极生活现象，让人们的青春与生命，在建设社会主义两个文明中，迸发出耀眼的火花。

或许有人会说：你这些联想有道理，但与《车站》无关。因为它反映的只是等车的小问题，况且七个乘客都并不愿意浪费自己的宝贵时间，作者为什么不批评造成浪费的原因，反而要对他们进行讽刺呢？两篇批评文章也有类似的责难。但我要说，剧本有意不写明造成浪费时间的客观因素，正是作者的高明处。因为，如果就事论事，或写汽车公司的官僚主义，或司机的故意刁难，或写客多车少的矛盾等等，固然也有教育作用，但这样就容易写得肤浅：观众和乘客就会完全归咎于客观的或社会的原因，而疏于从自己身上寻找原因。我们在生活中常常碰到这种现象：一方面埋怨别人浪费了自己的时间，另一方面自己却不思奋发，安然如故，仍在继续浪费着自己和别人的宝贵时间。这就是多年来由于缺乏效率观念而养成的，或叫积习甚深的一种习惯惰性。这种习惯惰性在我们大多数人身上，都有不同程度的积淀，因此，作者在《车站》里通过对比、映照的手法，呼吁人们不要像七个乘客那样怨天尤人，不要强调客观条件给自己带来的困难，不要在争吵与谩骂中自寻烦恼，而应像沉默的人那样，不埋怨客观条件，不讲废话，不浪费宝贵时间，留着精力走自己应走的路。想做时间的主人，只能靠自己去主动争取。作者有意把车站象征着人生道路的一站，就是想赋予剧本以普遍的深刻的含义。作者这种创作意图，在剧中是否准确地体现了出来，以及体现了多少，可以分析、探讨，但不应把这种象征手法的运用，曲解为作者对社会主义道路，对社会主义现实生活的不满与怀疑。所谓"对现实生活的一种扭曲""引向一种思想的歧路"等等的批评，是不公平的。

　　但另一方面必须指出，由于作者套用了荒诞派的许多表现手段，如隐喻和抽象的手法，以及意识流的语言，特别是那些语义含混、可以作不同理解的多层次的台词，给观众的欣赏和感受，造成了相当的困惑，致使剧本的主题思想笼罩了一层朦胧的雾瘴。还有，作者对乘客们的消沉、绝望、悲哀的情绪，写得也太过分了。诸如，"我们被生活甩了，世界把我们都忘光了"，"不死就这样活着又多无聊啊"，"这叫什么生活啊，倒不如死了好"等等。当然，剧中人物的话，并不就是作者想说的话；人物的思想并不就是作者要表达的思想。特别是这些话，这些思想情绪，出自被作者所批评、所讽刺的人物口中。显然作者是要通过自己肯定的正面人物"沉默的人"在舞台上的对比与映照，来否定那些乘客的悲观厌世、绝望哀鸣的思想情绪。但遗憾的是，作者精心设计的沉默的人的艺术形象，抽象，苍白，贫血，作者赋予人物以音乐形象，如

"宇宙声""宏大而诙谐的进行曲"等音乐旋律的烘托,意图虽好,却不能增强人物形象的感染力。而那些乘客的悲观消沉情绪,却写得十分具体而又强烈。两者对比、映照的结果,便产生了"正不压邪"的印象。作者曾十分欣赏自己对沉默的人的塑造,用了"艺术的抽象"手法。但这"艺术的抽象"的手法由于没有运用得当,它反而变成了一条绳子,捆住了作者艺术创造的翅膀。作者没有料到自己竟是自食苦果。

这里还应着重指出,七个乘客的悲观厌世的思想情绪,不是作者的凭空杜撰,而是真实地反映了前一个时期社会上一度流行的所谓"信仰危机"的错误思潮。有那么一些人,从消极方面接受建国以来某些政治运动,特别是"文化大革命"的教训。他们对党的领导不信任,对马列主义、毛泽东思想不信仰,对"四化"建设缺少信心,对社会主义道路表示怀疑。《车站》中某些乘客流露出的孤独感、上当感、幻灭感,实际就是这种错误思潮的曲折映射。当然,问题不在于作品是否可以反映这种错误思潮,关键在于作者如何反映以及怎样对待这种错误思潮。我们没有任何依据责难作者有意渲染这种错误思潮。但近年来的某些作品患有一种奇特的流行病:以让人物对社会主义现实生活大发牢骚为时髦,并以此取悦、讨好某些观众。我不知作者是否受到这种流行病的传染,但却未能注意调动有力的艺术手段,对这种思潮进行令人信服的批驳与疏导,从而造成了作品的严重思想缺陷。这个问题,是应该引起我们足够的重视的。

二

批评《车站》的文章说:"《车站》有浓厚的存在主义色彩。"不瞒读者,我也曾有过这样的看法,还一度写过批评稿。经过一番调查研究,发现不对了。这里提醒读者注意几个事实。高行健的《现代小说技巧初探》和七篇有关戏剧理论的论文,大都写在几年前社会上流行现代主义和"萨特热"的时候,但作者似乎没有受到"萨特热"的辐射。在九万字的《初探》里,对萨特及其存在主义只介绍了十二行文字。他认为存在主义是一种哲学思潮在文学上的反映。字里行间,对萨特并没有什么好感,更没有任何吹捧。高行健是个不隐讳自己观点的作者,他在几篇论文中曾申明自己写的六个剧本,分别运用了西方现代派一些艺术技巧与手法。在谈到创作《绝对信号》时说：这个剧本"一方面沿用了传统的矛盾冲突的手法，又把这番矛盾冲突象情势剧一样置于一个特定的情况之中"。此外，他谈到创作《喀拉巴山口》时，也提到对萨特情势剧描写环境手法的借鉴，但至今没有任何人批评它们宣扬存在主义。而有趣的是，相对说来它们是作者六个剧本中思想倾向、艺术描写较好的两个剧本。这说明，尽管我们不接受存在主义哲学观点，而萨特的某些艺术技巧仍然可以批判地接受。作者也持有这种观点。我们没有必要把萨特的艺术技巧（还有倾向好的剧作）视为瘟疫。

那么，在《车站》的创作实际中到底有没有"浓厚的存在主义色彩"？有人说有。理由是沉默的人"不相信汽车，不相信这条路线，不相信司机，也不相信等车的群众，他不相信按照目前的办法能够达到前进的目标，要走'自己的路'"。但另一方面这种批评又说："'汽车公司'是骗人的，司机成心要甩下等车的观众，'站牌'是过了时的。"这些自相矛盾的批评与指责，既不符合剧作实际情况，又违反人们正常的逻辑推理。这里应当指出的是，批评者之所以进行这样的指责，是为了硬让读者相信，《车站》在宣扬存在主义哲学观点。大家知道，存在主义哲学宣传虚无主义、人生的荒诞和对现实社会的怀疑。于是批评者就"分析"出沉默的人有五个"不相信"，以此来"论证"沉默的人"看透了现存的一切"，对社会主义现状表示怀疑，对人生采取了虚无主义态度。这不符合事实。又如，存在主义的一个重要原则是"自我选择"。于是批评文章便"论证"出《车站》的主题是："不相信现存的东西，走自己的路，'自我选择'。"天哪，如果这个莫须有的推论法能够成立，那么古今中外的戏剧人物，如娜拉的出走，王昭君的出塞，赵五娘的上路，崔莺莺的酬简，徐九经的辞官以及《战斗里成长》里赵石头的投身革命，都属"自我选择"，岂不都沾上了"浓厚的存在主义色彩"，全成了萨特的忠实信徒？

还有一种意见说，沉默的人"不关心人民的疾苦，不同群众一道来改变现状"所以是个人主义者（在另一篇文章中又冠以"极端"二字）。此外又说他还是一个"抗议者"的形象，他"用沉默来对抗周围的世界"。这实在是天方夜谭式的责难，沉默的人不愿其他乘客一起傻等，一声不吭，徒步进城，怎么就成了"对抗周围的世界"的"极端个人主义者"呢？这种意见在批评《车站》时，还把过去一些同志对《绝对信号》的评论联系到一起，这也是很

先锋话剧研究资料

奇怪的。他认为，高行健"写的第一个剧本"《绝对信号》既反映了生活的真实，也"表现了明显的思想缺陷"。但"这个戏在演出上运用了一些新的表现手法，着意渲染犯罪者的心理活动，因而博得了评论者的赞扬"。而这种赞扬"在某种程度上起到了助长作者发展他的消极面的不良作用，作者接着拿出了《车站》"。

这里出现了几个明显的错误。首先，作者先写的剧本不是《绝对信号》，而是《车站》，只是北京"人艺"上演这两个戏的时序有了颠倒。因此，指责《绝对信号》的评论者们助长了作者发展他的消极的不良作用，以至产生了《车站》，这是不负责的批评。其次，说《绝对信号》因"着意渲染犯罪者的心理"，才博得了评论者们的赞扬，这也不是事实。我翻遍了所能读到的有关评论文章，至今还没有发现这种糊涂评论者。但我赞成这位批评者的这句话："诚挚的批评比廉价的喝彩更有价值。"我确信那些评论《绝对信号》的文章，不是"廉价的喝彩"。

三

高行健是一位有才华的作家。他的《现代小说技巧初探》和一系列戏剧论文，存在一些错误和缺点，有些论点需要进一步商榷，但他不是西方现代派的盲目崇拜者。那种批评他对西方现代派戏剧"盲目崇拜""无限崇拜"，并以《车站》作为"明显的例证"，指责作者"把西方现代派的世界观、艺术观也一股脑地'移植'过来，作为我们文艺创作的指导思想"，"企图把西方现代派作为我国文艺发展的方向"的说法，这实在是委屈了作者。我仔细研究了他的全部理论著作和六个剧本，在那些论文中，我感觉到他对近年来戏剧演出商业化倾向的不满，为演出质量不高、上座率低而焦虑，也为如何从银幕、荧屏前夺回失去的戏剧观众而沉思。他和志同道合的导演林兆华等人结成一个创作集体，立志为创造适应今天观众审美需求的话剧艺术而不断地进行各种试验，其中包括小剧场演出形式的尝试。他先后写的六个剧本（其中一个是同别人合写的），分别采用喜剧、闹剧、抒情、叙事等体裁、风格进行多方面试验。有成功，也有失败，这是正常现象。如果说，"666"的发明者没有665次的失败，就不会有最后一次的成功；居里夫人没有经过无数次失败，也不可能发现镭元素，那么也应允许文艺创作上出现失误。《车站》就是这样的作品。

作者如能认真总结经验教训，就会把今天的失误变成以后走向成功的阶梯。至于批评，应当坚持两分法，以理服人，不宜以偏概全，草率从事。我愿和同行朋友一起克服存在于我们身上的主观随意性和片面性，坚持与人为善和实事求是的原则，为繁荣与发展社会主义戏剧事业，贡献出一份力量。

原载《文艺报》1984年第7期

先锋话剧研究资料

开放的戏剧

胡伟民

导演的天职在于发现与创造：发现生活的真谛，作出独特的解释；创造新的演出形式，运用新的艺术语汇塑造人的灵魂。无视观众"喜新厌旧"的审美心理，观众就用"门可罗雀"来惩罚我们。为了创造出思想深刻、形式新颖的戏剧作品，需要建立开放的戏剧观念。

开放的戏剧观念意味着在坚持现实主义方向的前提下，向各种戏剧流派、各种演剧方法全面开放。

怎样搞戏？能不能按照一种固定的模式去制造一批批戏剧？谁都会说这是可笑的，可惜，长期以来我们正是这样主张的。我们在提倡现实主义创作方法时，往往对世界上其他戏剧流派持贬斥态度。我们赞赏斯坦尼斯拉夫斯基演剧体系的同时，对其他演剧方法不屑一顾。这种独尊一家、罢黜百家的做法使我们患了艺术贫血症。

黄佐临在一九六二年就指出："只认定一种戏剧观的狭隘局面"，使我们"受尽束缚，被舞台框框所限制，严重地限制了我们的创造力"。近几年来，我们自己的戏剧革新家作出了打破此种僵化局面的努力，通过《培尔·金特》《周郎拜帅》《绝对信号》《红鼻子》等演出表达了自己的戏剧理想和探索精神。可惜，这些演出究竟意味着什么，我们没有作出积极而公正的评价，这是令人遗憾的。

为了克服这种现象，我以为应该突破对现实主义创作方法的狭隘理解。现实主义要求真实地反映生活，至于用什么手段反映生活的真实性，应该允许艺术家有自己选择的自由。布莱希特说："现实主义的概念被理解得太窄了，好象这是在谈论一种包含着某种清规戒律的时髦的文学模式……在这样一个重要问题上，我们不能这样行事。要知道，我们是有可能给现实主义制定一个更为广泛、更为有效、更为合理的概念的。"布莱希特毕生的艺术实践都在追求一种"更为广泛、更为有效、更为合理"的现实主义概念。他坚持现实主义宝贵传统，也不拒绝现代主义艺术提供的新经验。他是位广阔的现实主义者，可以认为，布莱希特的戏剧作品，是传统的现实主义和西方现代美学新经验、古老的东方戏剧经验的结晶体。二十世纪艺术领域里引人注目的现象之一，就是现实主义艺术家对于现代主义艺术表现出极大的兴趣，现实主义与现代主义的交叉、汇合、渗透，已经形成一股潮流。我们习惯于"纯而又纯"，借鉴吸收一些别的流派，深怕会败坏了声誉。这是不必要的担心。事实上，戏剧中的表现主义、象征主义，在揭示生活内在真实，深入表现人物潜在意识方面，有不少长处。重视直接描绘，竭尽全力模仿和再现生活，当然是反映生活真实的一种方法，然而，除此之外，不应忽略还有另一种重视间接描写，运用象征手法来表现生活真实的方法。

戏剧中的象征因素运用，在古往今来的杰作中有许多范例：莎士比亚《李尔王》中的暴风雨，奥尼尔的《琼斯皇》中的森林，关汉卿《窦娥冤》中的六月雪，姚一苇《红鼻子》中的面具，不仅仅是某种具体自然景物，而是象征某种社会力量的意象。以上例证可以说明，在现实主义作品中，运用象征因素是卓有成效的。如同黑格尔在《美学》中所说的，象征的价值"并不在于它本身，在于它呈现给我们的直接性，而是在于它给我们的思想所提供的更为广阔更为一般的意蕴"。过去，我们对此没有给予足够的注意，现在，情况正在改变，《血总是热的》中的"机器人"，《屋外有热流》中的热流，《车站》中的车站，《秦王李世民》中的陶俑，既是戏剧性的，又是净化、诗化了的耐人寻思的意象。我们逐渐明白了，舞台非常需要虚拟的象征，探求新的戏剧演出形式，不从再现生活迈向表现生活，几乎是不可想象的。认真研究象征主义和表现主义戏剧流派，有助于现实主义艺术家从现实的经验上升到更高更广的水平面上，扩大理解，扩大作品的内涵意义。克拉克在《现代戏剧研究》中说："把那些似乎是某人确实说过的话或做过的事记录下来是不够的，必须借助一种象征的语言和表演，加上布景和灯光，把他的思想，他的下意识的心灵，他的行为简括地表现出来。"作为一个导演，我对此深表同感。

舞台的创造天地是非常广阔的，我们无须作茧自缚，我在自己的艺术实践中体会到，依附于一个形象的实体，又超脱了它，使具象与抽象融合，让艺术形象具有高度的概括力量，是多么有意思的事情啊！

开放的剧作，要求开放的戏剧观。要求高度重视并深入表现人的精神生活。因此我认为在现实主义创作方法的基础上，处理诸如再现与表现、情节与人物、说理与抒情、客观与主观、感情与思考、事件与哲理等矛盾方面时，不应忽视或削弱后者。我们可以融百家所长，不拘一格，别具一格，运用多种艺术手法深入揭示人的心灵的复杂性，借此表达对现实的深刻思考。

原载《文艺研究》1985年第2期

再谈"开放的戏剧"

胡伟民

话剧和某些戏曲剧种的现状，大家都很忧虑。应该忧虑，的确是存在一些问题。但是我不太同意某些同志的看法，认为目前话剧已经到了"无可奈何花落去"的程度。有的同志在文章里写道：不必再希望"重睹芳华"，五十年代的那种兴旺景象不可能再出现了。我觉得那是太悲观了。我是一个戏剧的乐观主义者。我认为只要有人类文化存在，戏剧演出就永远存在。不管你大众传播工具电视如何强大，不管你电影发展成为宽银幕、球幕，各种各样的电影手段多么丰富，戏剧仍然是不可代替的。这里有一个最本质的问题。欣赏电视和电影归根结底是人和映象的会见，就是在屏幕上通过录像带放出映象，或者是录制在胶片上放映在银幕上的映象，然后人和影像会见。而戏剧演出是人与人的会见。人与人的会见这就是戏剧美学的重要本质。这种魅力是影视永远无法代替的。这样的例证，我看即使越开文学艺术的领域，越开戏剧的领域，也是这样的，这种直观性的魅力无法代替，即使全世界用强大的传播工具，转播世界杯足球赛，仍然有那么多的人兴高采烈地奔向西班牙，冒着烈日去观看世界足球大赛。因为球场里的感染力，那种现场观赏的愉快，是电视不能提供给他的。所以总统去、总理去、国务卿也去，包括贫穷的人，坐不起飞机骑自行车、带着啤酒，也要到球场去看踢球，这就是一个非常朴素的例证。因此我们没有理由悲观。戏剧永远存在，戏剧是万古长青的。当然，戏剧确实出了一点问题，我们不能盲目到不承认客观上有危机，但总体来讲，不应该悲观。特别看到这几年来的中国戏剧界的情况，我觉得更加应该乐观。如果说中国的电影从《小花》《苦恼人的笑》开始到最近的《黄土地》《海滩》《一个和八个》这样的电影，意味着一个新的电影时代的开始。中国第五代电影导演的崛起，

先锋话剧研究资料

意味着谢晋时代的结束。谢晋本人也在探索，他还在进行卓越的创造，但是他代表的电影观念迫切需要更新。新的电影观念正在猛烈地冲击中国影坛。戏剧领域里，也同样发生这样的事情，以郭、老、曹和焦菊隐代表的北京人艺的时代已经结束。高行健、李龙云、林兆华等这一批作者和导演所开创的北京人艺新时代已经开始。以戏剧界来讲，从《屋外有热流》到《WM》（《我们》）构成了一个新时期。《屋外有热流》最早揭开了序幕，《WM》又把它推到了一个新的高点。戏剧，开始从封闭式的戏剧走向开放式的戏剧。这就是我们现在的特征——开放式的戏剧。开放式的戏剧出现并不是以某一个人的意志为转移的，它是戏剧发展的逻辑。没有姓高的、姓李的、姓马的，总还有姓胡的、姓陈的、姓王的出现，必然有一批人来冲击旧的观念，努力开创新的时代。这是客观规律，一代有一代的艺术语言，一代有一代的艺术家，如同马克思所说的：每一代人都在完全改变了的条件下，继续先辈的事业。因此，郭、老、曹和焦菊隐时代的结束，并不意味着我们抹杀他们的功绩。他们对中国的话剧运动做出了卓越的贡献。他们培养了很多后来的，包括现在正在岗位上的许多同志，是他们培养长大的。但是那个时代的终结是不可避免的，新的时代必然开始。因此，从这个意义来讲，一九八五年的中国话剧舞台的形势特别好，从北京来讲有《野人》《WM》的出现；上海有《魔方》的出现；浙江有《山祭》的出现。这都是好形势。也许这些作品的数量和质量在全国话剧演出中所占有的百分比仍然只有百分之几或百分之十几，但我仍然要说这个百分之几是有力量的；这个百分之几就是中国戏剧的希望；这个百分之几是胜过百分之九十几的！因为它意味着新生力量的崛起，新的思潮的崛起！这是我对目前话剧形势一种比较乐观的估计。我同意说现在话剧出现了转机，而且我觉得不仅是转机，而且是生机，出现了一个生气勃勃的局面。

开放式的戏剧有哪些主要特征和表现？开放式的戏剧从整体来看，是对当代生活思考的深刻性，对传统戏剧法则的冲击，以及创造新的舞台语汇的强烈探索精神。思考的深刻性这一点特别要紧，因为有分量的文艺作品总是能够对时代提出问题，并且表达作家自己的见解。这种表达是通过作品来说话的。我们这个时代理应产生大思想家、大艺术家。因为，从历史上看，凡是多灾多难就要引起大的思考，就要引起大的社会变革，就要出大的思想家、艺术家。我们的灾难还不深重吗？我们度过了十年噩梦般的生活，举着最革命的旗帜，喊着最革命的口号，实行大踏步的后退，后退到崩溃的边沿。对这一段多难的历史，文学艺术家要不断进行思考，对正在进行的变革也要认真进行思考。在这样的土壤中，应该产生大的思想家，大的戏剧家，大的艺术家。当然啦，也不是那么容易。因为写"文化大革命"这种题材也不是那么好写。有的同志屡屡提出来不让写这个题材。我对此大惑不解，认为没有什么道理。翻开一部文学艺术史，中世纪欧洲的黑暗统治，搞僧侣哲学，搞清教徒，搞清心寡欲，结果迎来了文艺复兴，人的解放，一次大的思想解放活动。沙皇尼古拉二世在俄罗斯搞农奴制暴政，实行最残酷的压迫，结果政治上出现了拉辛、布加乔夫等农民起义的领袖。在统治阶级的内部则出现了十二月党人，贵族起来反对他。这个历史时期，在文学领域里出现了星光灿烂的局面：文艺批评领域里的车、别、杜；在小说创作中出现了托尔斯泰、果戈理、高尔基；在戏剧里出现了奥斯特洛夫斯基、契诃夫；在美术界出现了巡回画派；在音乐界出现了强力集团。人们都在思考：为什么我们要遭此磨难？

中国到封建社会行将解体的时候，出现了曹雪芹。他看到那座大房子撑不住了，非得倒下来了。他思考，写出了震动世界的巨著《红楼梦》。我觉得现在形势特别好，四次作代会上，胡启立同志说应该尊重艺术家自己创造，要有创作自由。在政治上，中央一再讲要彻底否定无产阶级"文化大革命"。我们的作家正在这方面进行认真思考。李龙云同志的《小井胡同》几经反复，终于上演了。这是我们文化政策的胜利，文化政策的进步。我们上海也有一些作家在这方面进行思考。当然，上海的形象不大好，比较"左"，但是作家的勇气还是有的。只要有肯思考的作家存在，我们的艺术就有希望！《马克思秘史》作者把马克思作为一个人来写。马克思是伟大的，但他是人。作者就是要写一个伟大的人，这是对造神运动的反思。可这个作品却遭到不公正的批判。沙叶新同志还写了另外一个剧本《大幕已经拉开》，可是没有拉开几天就又被闭上了。闭上是没有道理的。作家在中国城市改革正在萌动的时候，写了一个非党的技术人员，对工厂里很多事情有看法，有主见，也说了几句牢骚怪话。对这样的人能不能委以重任？作家发现了这点，显示了作家的眼光，作家写出来，表现了作家的勇气；作家写出来有人看，表现了作家的技巧和智慧。可是这样的作品给"闭"上了。这是很不正常的现象。我们作家的思考范围非常广。像李龙云同志对我们建国以后历次大的运动进行思考，有的是对"文化大革命"

进行思考；有的就当前存在的问题进行思考。思考的深刻性，就是作品的灵魂。有些作品对我们的国民性进行了鞭挞。我们现在某些人的素质不大好，要改造。鲁迅先生伟大，就是他看到阿Q精神的人太多，祥林嫂这样絮絮叨叨，一天到晚诉苦的人太多，像孔乙己无所事事的人太多，国家就没救了，他鞭挞这种国民性。今天需要鞭挞新的国民性，趋炎附势、阿谀奉承、说假话等等，很厉害，需要鞭挞。有的作家看到了这一点，像《车站》，就在这点上做文章的。这样的作品，也许在目前还没有被许多人认识，但是我相信，若干年后会有更多的人认识它的价值。《车站》是个好作品，遭到一系列不公正的批评也是不合适的。奇怪的是，当某个作家对生活思考得越深刻的时候，他就越倒霉。他如果写"妈妈只生我一个好"，"走路要走人行道"，保证他没事。但是，我们的作家是非常可爱的。沙叶新同志讲：我是屡写屡批，屡批屡写，因为我有责任感。如果他要求过一种平静的生活的话，他可以不写。写电视剧还可多赚钱。

开放性的戏剧，在对待现实主义的态度上，采取了更加开放的观点。现实主义是个好东西，真实地反映生活的本质的真实。但是，我们过去对现实主义的理解过分地偏狭了。现在现实主义走上了比较广阔的道路。并不一定要直接模仿生活，某些抽象的、象征性手法多一点的作品，仍然可以纳入现实主义范畴。问题是否表现了现实的本质真实。这是观念上的重大突破，现实主义和现代主义的美学新经验的结合是一个重要的新趋向。西方美学新经验，在表现生活的时候，往往离开生活的原型，荒诞派的许多手法，它跟生活本身的原型相距甚远，但是在某种程度上它仍然深刻表现了生活的本质。去掉荒诞派对人生比较消极的一面，它的艺术创新的语汇是可以为我们所用的。我们有些中青年作家的作品，就是从中吸取了有用的东西为我所用的。即使像布莱希特这样的大戏剧家，也是走的这条路，使现实主义和现代美学的新经验相结合。我们应该重视现代美学提供的新经验，不宜对十九世纪末叶兴起的，西方的现代派艺术采取绝对排斥态度，凡是对我有用的都可以吸收和运用。这一点在《野人》《车站》的创作中都有痕迹，这是无可讳言的。因为只要它表现了中国的人、中国的生活、中国的现代生活的本质真实，我觉得就很好。

开放的戏剧的再一个特征就是表现为现实主义的话剧传统对于自己民族古典戏剧传统的重视、吸收和利用。中国古典戏剧美学经验被重视了、利用了。

当代的中国的开放式戏剧的作者、导演、演员已经迈上了这条道路，这是条健康的道路。这样搞可能有些同志看不惯，觉得有些杂。我觉得杂七杂八非常好，话剧、戏曲从来不是纯种马。杂是好事情。生活中的一道菜叫大杂烩就很好吃。品种讲杂交，人的品种也有杂交，混血儿很漂亮，又健康。在演剧方法上，中国现代的话剧开始打破了以制造幻觉为自己根本创作目的的局面。在舞台上伪装一个跟生活一模一样的环境、人和事情给观众看。我们接受的传统戏剧教育总是教我们一个标准：真像呀！可是，现在很多艺术家有意识地追求不像。这又是一个很大的差异。从追求像到追求不像，我觉得在演出方法上是个很大的进步。追求非幻觉，打破幻觉，不追求客观上的逼真性，而更多地追求舞台艺术手段的假定性，因此顺理成章，以追求逼真性为自己目标的斯坦尼斯拉夫斯基体系一统天下的局面被打破了。斯坦尼斯拉夫斯基是有很大功绩的大戏剧家，但是他的体系统治了我们很长时间。任何一种学说，如果长期统治没有其他的学说介入，就容易僵化。不打破斯氏体系的垄断，其他各种戏剧流派就介绍不进来。现在开始出现新的变化。中国开始研究布莱希特。今年四月份在北京召开了中国首届布莱希特研究会，虽然到会的人不多，但它的意义是很大的。中国也开始研究梅耶荷德。这就是说在演剧方法上出现了一个吸收"诸子百家"各种演剧体系、各种演剧方法的局面。这个局面是很可喜的。在此土壤上，才有可能诞生令我们目瞪口呆的作品。这太好了，要不然从南到北都一个面孔，多单调啊！吃菜还有苏州菜、扬州菜、四川菜、广东菜几种呢，我们为什么只能给观众提供一种戏剧模式呢。现在已经逐渐出现了艺术创造上各种体系、各种流派的苗子。它们或多或少，或深或浅地在舞台上出现。从美学上讲，要打破幻觉，要现实主义，要使用假定性，就得允许有些象征的、变形的手段出现。这就需要对戏剧的其他流派，如表现主义的流派、象征主义的流派进行研究。我们以前对这些东西不研究，唯现实主义一家独尊，实际上，往往把自然主义混同为现实主义。我们要研究这些流派，不断地充实自己。

再一个特征就是中国的话剧舞台上出现了一些在结构上讲，简直不像戏的戏。李渔的"立主脑""减头绪"经典性的指示，现在有很多作家不遵守，而是无主脑、多头绪。给你纷杂的一片，让你自己去想。多层次、辐射式的结构，在小说创作中就写这样的小说；在戏剧里如高行健就写这样的作品，在结构方法上很不一样。结构不仅是个技巧问题，而是一个戏剧思维问题，对生活如何认识以及用什么手段来表现我所认识的生活。因此，结构问题不仅是技术上的问题，而且是作家对生活的认识把握以及表达生活的热情。现在，出现了一种新的戏剧思维，改变了单纯讲故事的法规。在叙事的方法上不是按照顺序先第一件，然后第二件、第三件，而是跳着来，先讲第七件，然后第五件、第四件、第八件，它是七跳八跳，往往是以人的心理情绪来结构全剧，按照人的意识活动来结构全剧，按照情绪来结构全剧，而不是按照事件的顺序来结构全剧，再也不是以讲一个故事为满足，而是以深刻地挖掘人物的内心来表达人物深层意识来结构全剧。这种新型的剧本有人看不惯，觉得这不是戏。这就像一个爷爷对孙子说，你为什么不像我？没道理。孙子可以反问一句，我为什么一定要像你呀？只要我能够跑、跳、游泳、劳动，有生殖能力，你就应该承认我是一个生命，你就应该允许我存在。像你你才喜欢我，不像你你就打我，这没道理。写了跟郭、老、曹结构的完全不一样的剧本，你就不能说我这不是戏。戏剧长期以来积累了一定的法则，一定的规律。但是如同贝多芬说的：为了创造美，没有规律不可以打破的。我们应该欢迎那些迥然不同风格的作品出现，不然的话我们只能看老面孔。曾经有一位罗马尼亚的画家在北京美术馆看油画展。我们征求他的意见。他说我真佩服这位画家，他一个人就画满了整个大厅。因为，即使是出自一百个画家之手，都是一个味道，没有风格，没有个人特点。而艺术劳动恰恰是最讲究个人特点。个人的特点越鲜明，作品就越有价值。我们应该欢迎一些跟以往的戏剧迥然不同的作品，尽管它跟我们看惯的东西不一样，要知道，我们习惯的东西随着时间、地点、条件的变迁，它不可能是永远正确的。永远正确，永远是神话，永远是幻想。按照一定的戏剧规则，制造一批批合乎规格的戏剧，这永远是幻想，不可能，没有现成的模式可找。模式在我们自己身上，这并不是虚无主义，对前人的创造要充分尊重，但决不能受它束缚，不然的话，我们就没有救了。观众心理是"喜新厌旧"的，他们总是希望你提供新东西。

开放式的戏剧更多地注意发挥戏剧的综合优势，改变话剧单纯姓"话"的观念，开始出现了音乐、舞蹈和戏剧不仅是简单的相加，而且是化合、渗透的局面，其他艺术门类的优越作用在演出中间已大量地被运用，这也是十分可喜的现象。长期以来，话剧被误认为只是讲话。我认为戏剧就是一切。这话怎讲呢？即所有人生的一切它都能表现，这是从内容讲，从三皇五帝一直到今天，只要你有本事，你就表现好了。特别是插上了假定性的翅膀，我们在舞台上就能够不必伪造一架飞机而开飞机；不必造很多树，用人扮演树，树木成行；山洪暴发，自行车在标牌之间穿梭而行，这些在舞台上都已经出现了。戏剧能表现世界上所有的东西，问题是思路要开阔，充分运用舞台的假定性。从另一个意义上，戏剧就是一切，意味着戏剧是所有的艺术门类的综合体，它包容绘画、雕刻、美术、音乐、舞蹈等等艺术样式。按照系统论的观点，如果把戏剧比作一个系统工程，那么，"整体之和大于整体本身"。戏剧把所有的因素都糅到一块，建立在两根大支柱上，一根支柱是人物，另一根支柱是冲突，所有的一切都有机地结合在一块，就能产生某种单独的艺术门类所不能产生的作用，发挥戏剧的优势。这种发展方向是世界性的。美国的音乐剧，东欧史诗歌舞话剧都是往这个方向发展的。北京的《WM》有这方面的成分；《野人》《放鸽子的少女》也都有这样的成分。它们也许还没有强化到能够使征服人的十分令人信服的作品出来，但这种走向已经出现了。充分发挥戏剧的综合优势，改变单一的话剧姓话的观念，这样的戏剧，标志着新兴戏剧正在诞生。

另外，我们中国的话剧目前越来越重视观众的参与，这是一个很好的现象。我前面讲过，戏剧乃是人与人之间的会见。这种会见不是被动的一方授予，另一方接受，而是相互起作用。任何戏剧革新家，都把他们革新的注意力放在如何最大限度地动员观众的创造意识，使观众从被动的欣赏意识转化为创造意识，转化的越多，剧场越有趣。现在中国话剧都注意到这一点。例如用半岛式的舞台演出的三面环看的《绝对信号》，以及上海青年话剧团用中心舞台演出的《母亲的歌》，其目的是拉近演员与观众的距离，产生最大程度的亲切感。江苏省话剧团演出的《路，在你我之间》也是这种努力的一部分。最近上海大学生会演的《魔方》这出戏，一个主持人一会儿在台上，一会儿在台下，根据台上的事情向观众即兴发问，剧场的气氛十分生动、活跃。每天演出都不一样，因为观众的回答不是一样的。如有个女大学生报名到新疆去。这在大学生中间当然是个壮举，因此去采访她。其实这个女大学生有很多苦衷，她说了很多心中的话。她说的话完全不是粉饰的豪言壮语，原来她因为家里房子小，要让弟弟结婚，她不去弟弟就没法结婚等等，很实在。然后主持人就向观众发问，因为前面刚演过一个小片段叫《流行色》，他说你们看看这位大学生是什么流行色？有的说是绿色。问他为什么是绿色？回答说，我觉得在她身上很真呀，很真就很可贵。绿色代表生命。我觉得她还是有生命的。有的观众说看不清楚，模糊一片，是杂色；有的观众说看她挺红的，是红色。观众席一阵哄笑。演出带有很大的即兴成分。这里面怎样向观众发问是事先规定好的，然而观众怎样回答，都是在剧场当场发生的，很可爱，剧场气氛非常舒服。当然，这要求演员的机智，要有表演的弹性，要求对即兴回答作出自己进一步的诱发，再发问，努力把观众的创造意识最大限度地调动起来。

另外一个问题就是对探索人物的内心深层的意识，表现出极大的兴趣。在主客观上更侧重表现主观，更侧重表现人物的内心。在亚里斯多德式动情的乐趣和布莱希特式的思考的乐趣之间，更侧重于思考的乐趣。我们的戏剧不再更多地把注意力放在讲一个故事，弄几个情节，更侧重于表现人物的内心思维，内心意识。这样的创作和演出开始多起来了。

还有一点是戏剧理论的研究正在往纵深发展。以往的戏剧理论，常常对戏剧的特性作单一的探索，例如起、承、转、合，主题、高潮、人物、语言一一加以剖析。现在这样的研究远远不能满足需要，对戏剧理论需作综合性、多层次、多角度的研究。它研究的范围将涉及哲学、美学、心理学、行为学、传播学、语言学、生理学等等。它涉及的范围不仅局限于戏剧本身特性的研究，它必须研究其他学科，必须研究其他艺术门类。这是当代科学相互交叉的共同特点。我们中国的戏剧理论工作者，还要认真研究东、西方戏剧文化的比较。戏剧理论的研究需要广角，理论研究才能对我们的实践有指导作用。不仅理论家需要从宏观的角度来研究戏剧，对实践家来讲，也要研究理论，使自己朦胧的不太有意识的状态变为自觉的状态，使自己的实践更加有力量。

话剧舞台上实验性的演出层出不穷，中国的话剧舞台从来没有出现这种多样化的局面。莱辛在《汉堡剧评》中说过：多样化是产生艺术快感的源泉。只有多样化才能产生快感。别看话剧暂时处在低潮，但是戏剧界正在调整自己的步伐，正在思考时代，思考戏剧本身。戏剧将迈出新的一步。在这种情况下，我们有什么理由悲观呢！戏剧的特征说明了戏剧永远存在。戏剧的现状，需要实践家、理论家做出艰巨的努力，迈出新的步伐。戏剧的复兴，指日可待。当然阻力、困难还是很多的。我们自身的修养，我们认识生活的能力，我们的艺术技巧，我们表达生活的手段，都是不够的，再加上许多其他障碍。对于这些东西，中国知识分子捧打够了，有足够的思想准备。只要我们自己是诚恳的，有责任心，就无所畏惧了。我们要充满信心，多样化的局面是符合客观规律的。马克思曾经在一次论战中说："你们赞赏自然悦人心目的千变万化和无穷无尽的丰富宝藏，你们并不要求玫瑰花和紫罗兰发出同样的芳香。但是你们为什么要求世界上最丰富的东西——精神，只有一种存在的形式。"可见，精神产品应该要求多样化。我们应自豪地说：我在探求，我在创造前所未见的戏剧，因而，我幸福！

原载《剧艺百家》1985年第2期

要什么样的戏剧

高行健

本世纪初，中国曾经从欧洲引入了一种戏剧，一种以语言为主的戏剧，当时中国人把它叫作新剧，以区别于我们原有的戏曲。而以京剧为代表的中国传统戏曲，三十年代介绍到欧洲去的时候，欧洲的戏剧家们从梅耶荷德到阿尔多、布莱希特，都相继到亚洲的传统戏剧中去寻找现代戏剧的方向，这便是西方现今种种先锋戏剧的先驱。事情就这么古怪。

说事情是古怪的，恰如说世界是荒诞的，也恰如说存在是合理的一样。那么，不存在的，或企图存在的便该有生存的理由。由此我为自己从事的戏剧实验找到了如下这许多理由：

一、戏剧原本诞生于原始的宗教仪式。在中国则起源于傩。这是一种驱神赶鬼禳灾祈福的祭祀。人们戴上木雕的面具，手持各种家伙，念起表达着人们意愿的咒语，伴以歌舞，之后，身心都得以满足，或者说得以愉悦，或者说得以解脱。这就是戏剧的源起。现在面临危机的戏剧也还得从这一源泉中去汲取生命力。这里具备了现代戏剧的种种形式的萌芽和一切内在的冲动，问题就在于如何去认识，或者说重新发现戏剧艺术不会枯竭的源泉。

二、戏剧不是文学。戏剧当然也可以成为文学的一种样式，写出一种文学价值很高可供人反复阅读的剧本，并且足以供学者们用文学批评的方法加以分析、阐述、论证。但这样的戏剧不如叫作戏剧文学。此外，戏剧还有它自己独立存在的理由。理由之一，这里不妨称之为剧场性。所谓剧场性，指的是戏剧乃是剧场里的艺术，而剧场可以是任何一个公众场所。戏剧之需要这种公众的场所，是因为戏是演给观众看的，需要有同公众交流的场所。这场所，从露天的集市到庙堂里的戏台，以及现今拥有各种技术设施的现代化剧场，乃至于体育馆、酒吧间、废弃的仓库和地下室，无一不可。正是这种剧场性决定了戏剧首先是一种需要同观众交流的表演艺术。而戏剧的文学性只是它的一种属性。

三、戏剧是一种表演艺术，但不是一切表演艺术都能成戏。戏剧区别于歌舞就在于它具有一种特殊的戏剧性。对这种戏剧性的理解不同便产生了种种不同的戏剧。一种古老的理解认为戏剧是动作，一个戏倘没有一个贯穿的动作便失之散漫。这曾经是这门艺术不可抗拒的规律。尔后，这种动作则可以体现为一个故事，把人物的行动组织到情节中去，有悬念，有高潮，有结局，世人的悲欢离合皆可成戏。戏剧到了易卜生手上，他把政治的、社会的、道德的种种问题也当成动作，于是唇枪舌剑，任何一种思想冲突都变成了戏，即所谓话剧，戏剧居然也就成了语言的艺术。

阿尔多提出一个新的命题：戏剧是过程。通过格罗多夫斯基和康道尔的艺术实践，现代戏剧便确认了这种戏剧性。戏剧一旦建立在这种认识之上，便找到了一个更加广阔的天地。

变化可以是一个过程，那变化本身也就有戏。发现也可以是一个过程，恰如没有结局的对比也可以是一个过程一样，自然也都有戏。而这种过程中出乎意料的结局或变化，即所谓惊奇，同样也可以有戏。换句话说，戏剧不仅仅是过程，戏剧还可以是变化、是对比、是发现、是惊奇。这便是未来的戏剧对戏剧性的理解。建立在这种理解性之上的戏剧自然会是别的样子。

四、戏剧是在剧场这样一个现实的直观的世界里，再现由艺术家虚构的并且由观众的想象力加以完成的一个非现实的世界，在有限的空间和时间内去展示原则上无限的空间和时间，过去、现在与将来，人世、天堂与地狱，现实、幻想与思考都可以呈现在观众面前，这就是戏剧的魅力。戏剧家们没有理由捆住自己的手脚，只限于在舞台上吃力不讨好地去模拟一个弄得苍白、贫乏的现实环境。现代戏剧只有从笨重的布景、道具构成的那个直观的环境中跳出来，首先回到像京剧中那样的光光的舞台或是像摆地摊耍把戏的江湖艺人的那片空空的场地上来，才能重新赢得艺术表现的这种自由。

五、表演艺术，从根本上说，是建立在某种假定性之上。演员不必也不可能在舞台上去杀人或就此死掉。一个好演员总会通过表演，令人信服地表现死亡。无中生有，假戏真做，才是表演艺术的真谛。因此，最好的表演便是回到说书人的地位，从说书人再进入角色，又时不时地从角色中自由地出来，还原为说书人，甚至还原为演员自身，因为在成为说书人之前，他先是作为一个人的演员自己。一个好的演员善于从自己的个性出发，又保持一个中性的说书人的身份，再扮演他的角色。建立在这种表演艺术之上的现代戏剧，自然会对剧作、导演、舞美、音响和灯光都提出新的要求。

六、表演艺术的这种假定性导致了对戏剧的另一种认识，即戏剧便是游戏，一种智力发育完全了的成人的游戏。然而，成年人做起游戏来比幼稚的孩子要吃力得多。这种困难便在于先要帮助他们克服对戏剧的种种成见，让他们重新明白剧场里是在做戏。不只是演员的表演，整个这门艺术都是建立在一个假定的前提之上：对演员来说，"我"如果是角色"他"的话，对观众而言，"我"如果相信的话。而一个戏艺术上的成败就在于能否使演员和观众都信服这种假设。倘能找到一套办法帮助观众同演员一起来做这种游戏，一起在剧场里共同确定这种假定性，将是一种理想的戏剧。

七、没有比面具更能表明戏剧这门艺术本质的了。远古时代，戏剧同歌舞分家的标志应该说是面具的出现。它给人提供了在现实生活中无法实现的一种可能性：人可以不是他自己，而是另外的一个什么人，或是另外的一种样子。人们在现实生活中无法取得的经验在戏剧中都可以感受。其实，成年人需要戏剧如同儿童需要游戏。只不过儿童只凭自己便能进入游戏，而成年人进入游戏便需要面具。又如果这面具不只演员戴着，观众也都戴起来的话，未来的戏剧便会进入到一个全然新鲜的天地。

八、现代戏剧重新捡回面具的时候，自然而然地也将把歌舞、哑剧、木偶，乃至于武术和魔术这些戏剧的传统手段统统捡回，这时它也就不再只是话剧了，但它也不必像京剧那样一切都程式化。它将是一种十分自由的艺术，但仍然保留着这门艺术的品格。它可以是一个比喻，一则讲完了或是没有讲完的故事，一首诗或一部史诗，一段独白或几种交错的叙述，一场武打或一段演唱，一种没有语言的形体的对话或一番幻象，也可以把这一切都交织在一起，也可以弄得单纯到近乎单调的地步，只要还有一种趣味，也就仍然是戏剧。

九、当现代戏剧重新捡回了面具、歌舞、哑剧、木偶，乃至于武术和魔术这些手段之后，观众在看了那许多快活的、时髦的，有时也刺激、也壮观、也古怪的戏之后，往往还会有一种遗憾，竟又会重新感到对语言的渴求。这是因为现代人之间的交流最充分的还是语言，语言毕竟是人类文化最高的结晶。形体和视象固然也可以构成一种艺术语言，但如果忽视了语言，戏剧将失去文学曾经赋予它的那种表现力和深度。反对戏剧文学化并不意味着摈弃语言。

戏剧的繁荣曾经有过仰仗文学家的时代，观众那时候是听到雨果、席勒、易卜生的名字才到剧场去的。戏剧也曾经有过明星的时代。人们到剧场里来欣赏的是像梅兰芳这样的名旦的表演，并不知道打本子或改本子的是何许人。现代的戏剧则是导演的时代。导演们都雄心勃勃，剧场成了他们自我表现的天地。人们到剧场里来，与其说看莎士比亚或莫里哀，不如说看的是某大导演的设计，因为导演们用古人或死人的剧作来做试验更为方便。导演艺术的花样翻新对剧作家来说，无疑是一个挑战。但如果不能导致新一代的作家进入这个天地，不能不说是戏剧的一种危机。可以期待的应该是作家、导演和演员们合作的时代。如果就此都取得共同的认识，一种新的戏剧就诞生了。

十、现代戏剧需要的语言不只是通常的台词，戏剧家们在找寻形体语言的同时，对戏剧中的语言也要有一番新的认识。现代作家在语言艺术上已经取得许多成就。超现实主义的诗歌对语言规范的突破扩大了语言的表现力，小说的意识流导致了一种更为充分的内心独白，荒诞派剧作家通过那种不连贯、无逻辑的语言揭示了一个非理性的世界，这些研究都表明了语言的潜力还大可发挥。

戏剧语言同一般文学语言的区别就在于它是一种不只诉诸文字而首先是有声的语言。它在剧场里是一种可以感知的直接的现实，它不仅仅表述人物的思想感情，还可以在演员与演员之间，演员与观众之间，实现一种活生生的交流。因此，剧场里的语言应该十分自由，不必只限于人物间的对话，还可以在演员和人物、人物和观众、演员和观众之间建立各种交流，自然，再只用通常写人物的对话的老办法写剧本就不够了。

十一、剧场里的语言既然是一种有声的语言，就完全可以像对待音乐一样来加以研究。从原则上来说，音乐具有的一切表现力，语言也同样可以达到，而且只会更加细致，更为感性。剧场里的有声语言既可以是多声部的，也有和声和对位，形成种种和谐的与不和谐的语言的交响，也还可以不按语法和逻辑这类通常的语言表达方式，而是援引乐句和曲式的进行方式来处理。因为，有声的语言，从本质上来说，也是在时间的过程中实现的。于是也就会出现一种音乐性的语言结构，这当然是一种非文学性的新的戏剧语言。

十一、语言比音乐更容易激发想象和联想。只要把语言的这种潜力充分调动起来，它的感染力连音乐也无法相比。未来的戏剧不妨期待这样一种非陈述性的语言，不去讲述他人的以往的经验，而去诱发观众的想象。它大量诉诸暗示、象征与假定，或是角色从站在"我"的立场上诉说"他"，变为向着观众"你"来诉说"我"，把彼时彼地变为此时此地，把想象的当成现实的，把可能的变成直观的。那么，剧场中的语言就将取得语言在发展成为文字之前所曾经拥有的像咒语一样的魔力，意愿的形成也就同时产生形体的和有声的语言。语言在剧场里就成为演员和观众的一种身心的需要。这也就是未来的戏剧的语言同一般的文学语言的区别。

十三、作为一种生理和心理现象的语言是不受时间和空间约束的。而戏剧恰恰总苦于时间和空间的限制，剧作家们不得不把自己的想象力限制在分幕分场的格式里，导演的设计也总被剧中的时间地点束缚住手脚，而这一切又倒过头来把演员的表演纳入到自然主义的死胡同里去。戏剧倘若要取得像文学拥有的一样充分自由的表现力，就必须也找到像文学所依赖的语言同样自由的手段。其实，这种手段戏剧生来就有，只不过喜欢程式的人们自己定下了许多莫名其妙的规章，硬要在划定的格子里跳舞。而戏剧表现的自由恰恰就蕴藏在戏剧自身的表演之中。戏剧中演员的表演正如同文学中的语言一样，其实是无所不能的。中国传统戏曲中的表演早已展示了这种自由，过去与未来，现实与梦境，活人与冤魂，演员与他扮演的人物，就在光光的舞台上，不靠任何布景、灯光与音响效果，当着观众的面，瞬间就变化了，而且来来去去，极其自由。当然，这并不是说，要把一个个活生生的现代灵魂，硬塞进一成不变的程式中去，那受束缚的灵魂也一定会非常痛苦。这里说的是现时代的戏剧一旦找寻到让今天的观众也能够接受的方式来重新确定戏剧的这种假定性，戏剧的表现力便会获得极大的自由，哪怕连下意识与抽象的思考都可以在剧场中得以表现。

十四、当戏剧赢得像文学一样的自由，不受时空限制的时候，在剧场中就可以创造出各种各样的时间与空间的关系，把想象与现实、回忆与幻想、思考与梦境，包括象征与叙述，都可以交织在一起，剧里场也就可以构成多层次的视象形象。而这种多视象又伴随着多声部的语言的交响的话，这样的戏剧自然不可能只有单一的主题和情节，它完全可以把不同的主题用不同的方式组合在一起，而难得有什么简单明了的结论。其实，这也更加符合现时代人感知和思考的方式。

原载《文艺研究》1986年第4期

高行健的多声部与复调戏剧

林克欢

　　当代戏剧在其发展的过程中，意识和结构都显得越来越复杂了。它不再单纯提供让人效仿的典型，不再提供某一真理标准或价值尺度，不再以单纯的娱乐为自己的使命。生活的复杂性，作家感受的多样性，生活自身所包含的复杂的价值关系，创作者思想认识自身的复杂矛盾，必然突破非此即彼的价值判断与线式因果关联的结构形式，审美价值的多元性与结构的多重性，正日渐成为当代戏剧的普遍特征。几个既彼此纠葛又彼此独立的行为与意识所构成的戏剧性，两个或两个以上平行发展的戏剧层次所形成的总体感，使人在其中浮现的透视图像与传统舞台上所出现的透视图像大不相同了。

　　在为数不少的探索者中，高行健或许可以说是一位先知先觉者。他的多声部与复调戏剧所引起的广泛的关注、争论和兴趣，正说明问题的重要性。从《绝对信号》（与刘会远合作）开始，高行健不断地进行实验，摈弃了那种非此即彼的一元论的绝对理念，探索各种异乎线式因果关联的叙事模式。在他看来，舞台不是把世界编织成故事，而是按照现实的形象构成世界；不是叙述一个结局完全包含在起始的人为安排，而是呈现一个有着无数选择可能性的完整的世界模型。

　　在《野人·关于演出的建议与说明》中，高行健写道："本剧将几个不同的主题交织在一起，构成一种复调，又时而和谐或不和谐地重迭在一起，形成某种对立。不仅语言有时是多声部的，甚至于同画面造成对立。正如交响乐追求的是一个总体的音乐形象，本剧也企图追求一种总体的演出效果，而剧中所要表达的思想也通过复调的、多声的对比与反复再现来体现。"[①]这段文字可以看作对演出《野人》一剧的某种提示，也可以看作他多年来所追求的创新告白。

他在接受《文汇报》驻京记者唐斯复的采访时说，他对现实和人生的复杂、重叠、丰富的感受，在一个传统的封闭式的戏剧结构里是容纳不下的。他说《野人》一剧借鉴交响乐的结构，以多主题、多层次对比的框架为结构。②

在《要什么样的戏剧》一文中，他又说："当戏剧赢得象文学一样的自由、不受时空限制的时候，在剧场中就可以创造出各种各样的时间与空间的关系，把想象与现实、回忆与幻想、思考与梦境，包括象征与叙述，都可以交织在一起，剧场中也可以构成多层次的视象形象。而这种多视象又伴随着多声部的语言的交响的话，这样的戏剧自然不可能只有单一的主题和情节，完全可以把不同的主题用不同的方式组合在一起，而难得有什么简单明了的结论。其实，这也更加符合现时代人感知和思考的方式。"③

高行健一再谈论和探索戏剧的多声部、多层次、多主题和复调性。这种以两种或两种以上的不同声音、不同元素、不同媒介的重叠、错位、交织、对立……造成总体形象、总体效果的内在复杂性，既是一种与线式因果关联的叙事模式不同的叙事结构，一种与传统不同的审美旨趣，也是一种崭新的戏剧思维。不同的意识，不同的感受，时而平列，时而交织，相互影响又不相互消融，相互抵触又相互照应。它造成感受的多样性，传达认识的复杂性，以适应当代观众感知和思考的繁复性。因此，高行健的探索与创新，远远超越出纯技巧的范围，超越出个别作家风格化追求的意义，触发了戏剧观念、结构、视点、技法等一整套戏剧范式的变革。

一

无场次话剧《绝对信号》是高行健的多声部戏剧的第一次尝试。作者以类似境遇剧的方法，向人们讲述三个经历不同、个性各异的年轻人和老年车长在一节守车上与车匪遭遇时的行为与心境。尽管黑子在犯罪道路上究竟走多远，车匪扒车的阴谋能否得逞，足够构成牵动观众注意力的悬念；冲突的尖锐程度和三个青年的爱情纠葛，也足够敷演一出环环紧扣、波澜迭起的情节剧。但作者的旨趣，不在于诱发观众在陡变与突转中关注情节发展的或然判断，而是从特定情势中人的外部行为，深入到人的心灵世界，使外部行为与内部行为交叉对应，形成双层透视，从而避免了滑入平庸的情节剧的窠臼。

在《绝对信号》中，人的外部行为只构成情节的主干，在主干的周围蔓生出无数的枝杈。这些枝杈便是被外部现实所诱发的内心生活、所触动了的意识深处的世界。作者在《有关演出的几点建议》中说："这出戏着重的是人的心理活动，但又不同于一般的心理剧。"④与把现实世界仅仅看成一种严密的逻辑秩序的简单化认识相反，剧作力图表现人的自身矛盾以及情感、观念的复杂多样性，不仅表现角色在某一特定时刻的具体生活内容，而且还表现了在他心头飞掠而过的思绪与心象；不仅表现某一角色的回忆与想象，而且表现角色在特定心理状态下的回忆与想象；探究人的外部行为与内心生活的相互关系，强调过去经验对现在行为的影响以及两者的有机统一，表现了一种在复杂认识的基础上把握人及其周围环境的能力。

在蜜蜂姑娘忐忑不安的心中，回忆与想象、执着的追求与朦胧的预感交织在一起。她似乎闻到草原苦艾的香味，听到蜂姐们熟悉的歌声与笑语，但又仿佛看到了紧扣在黑子腕上的手铐与车匪阴冷的脸色。一是同伴的温暖，一是罪犯的冷酷；一是对平凡劳动的向往，一是对铤而走险的惊恐：突现了蜜蜂姑娘时而模糊，时而明晰，似有若无、复杂多变的主观现实——这是心境的"多声部"。

黑子的形象呈现，包括了现实场景中的黑子，黑子自己回忆、想象中的自我，小号回忆、想象中的黑子以及蜜蜂姑娘想象中的黑子。在现实场景中，登上守车的黑子，是一个已经踏上犯罪道路又心怀不安的罪犯；在他自己的回忆中，他怨恨姐姐顶替了父亲退休的职位，怨恨老丈人嫌他没有钱将他拒之门外，是一个怨气冲天的倒霉鬼；在蜜蜂姑娘的想象中，他坦荡地将小号对蜜蜂的爱恋如实地转告给她，让她自己作出抉择，是一个情操高尚的谦谦君子；在小号的想象中，黑子是粗野的，动辄拔刀相向、挥拳打人，是个手狠心毒的下流胚。在全剧中，这几种形象，互相矛盾又互相补充，它们都从特定的视点，透视出黑子复杂性格中的某些本质特征，构成一个活生生的不可分割的黑子的整体形象——这是人物形象的"多声部"。

在人物形象与心境的"多声部"之外，剧作家是有着更大的抱负或追求的，那便是在现实层面之外的整体象征。全剧行将结束的时候，刚刚经历生死搏斗的老车长以平静的口吻对三个年轻人说："孩子，你们都还年轻，还不懂得生活，生活还很艰难啊！我们乘的就是这么趟车，可大家都在这车上，就要懂得共同去维护列车的安全啊。"这浅显的说教或许正包含作者超越表象层面的野心。虽然，这些话出自老年车长之口未必合乎性格逻辑；小号叉开双腿，尽情吹奏舞曲，那热情、嘹亮的号声，也未必是生活自然的升华。但把一节守车当作社会的象征，把列车行进所发生的抵触、冲突、碰撞，当作社会生活的交响曲，把列车从始发站到曹家铺的行车过程，当作黑子充满矛盾与不安的心路历程，在现实生活的表层之外，建构象征的层面，这种可能性是存在的。

二

高行健写过一组短剧和一出独角戏，由于没有正式演出过⑤，影响较小。人们或许可以怀疑把"舞台调度和动作减少到最低限度"⑥的"语言的戏剧"或仅有一个角色絮絮叨叨地大段说理或叙事，能否始终唤起观众的注意力，怀疑"现代折子戏"的现代性，但从拓展现代戏剧手段的艺术表现力的角度出发，这几出短剧却自有不可抹杀的价值。

《躲雨》是一出需要精细体味的抒情短剧。一对涉世未深的少女的呢喃细语，由于表达的大多只是一种情绪、一种感受，极容易被当作舞台剧的大忌——顺拐戏。但由于有另一角色——"退休老人"的存在，雨景中就有了两种色调、两种意义：青春与暮年、笑声与叹息、滔滔不绝与沉默寡言……形象的对比、心境的照应、动作的反差，虽不是剧烈的冲突，甚至也不是轻微的抵触，其内蕴的戏剧性是诗意的抒情意味中呈现出来的人生境况的不同。因此，心境的对比也就成了生存的对比。对细心的读者来说，这一对小姐妹："甜蜜的声音"和"明亮的声音"，其实也不尽相同。盼望"让毛毛细雨把衣服都湿透了""恨不得脱光衣服、让雨水淋一场""想在雪地里打滚"的姑娘们，在那一段两个声音同时诉说的场景里，其实已各自领略了"不断破碎着的镜子比完整的月亮更好看""不知道我的未来在哪里"的心境。对未来幸福的朦胧的憧憬，夹杂着朦胧的不安，感受的复杂性呈现出少女情感世界的"多声部"；而小姐妹的心境与退休老人的心境的差异，则呈现出人物心境的"复调"，使这出小小的短剧，包容了较为繁复的生活内容和较为丰富的抒情意蕴。

如果说《躲雨》将两位少女与一位退休老人纳入同一场景，是不同声部的对位；那么《喀巴拉山口》将两组不同的人物和两个独立的事件以近似的主题前后串联在一起，便类似线性的变奏了。在风雪交加的黄昏，高原公路上吉普车熄火与八千米高空的飞机引擎发生故障，情势同样危急严酷。假若说，司机尚可以用自己的经验和毅力，帮助姑娘与风雪、严寒搏斗，一步步蹚出得救之路；那么，年轻的女乘务员只能以自身的镇静安定，让乘客心存一线生还的希望。作者所要告诉人们的是："只要还有生命，就闪烁着希望。"同样是生活的希望，不同的处境，不同的搏斗，谱写出生命颂歌的变奏。

在这一小折戏中，作者还采用了叙述（表演）的"复调"。每一位演员都承担着叙述者与角色的双重职责。高行健说，他借用的是评弹的形式，并将两名艺人的互为伴唱和搭腔，改为四名演员扮演四个叙述者和五个角色。评弹形式中存在一个贯串始终的说白与弹唱的叙述者（表演者），他对角色的扮演几乎全是一种"引述"。这种快进快出的"引述"，使得演员的表演十分自由。整体的时空结构与叙述方法与传统剧作大异其趣。《喀巴拉山口》男女演员的叙述，有些像集体朗诵或多口词，而两个不同事件的串联，借助的仅仅是舞台空间切割的方法，尚未表现出舞台叙述的巨大艺术表现力。但这类实验，不论成功的程度如何，都是有价值的，都提示了另一种充满活力的舞台表现的可能性。

《行路难》是一出妙趣横生的讽喻剧，作者借用戏曲的行当，借用戏曲的程式动作，甚至借用戏曲的锣鼓经，却写成一出绝不会与戏曲混同的现代折子戏。

在净化了的舞台上，安置四块高低不一的圆木桩，小丑、老丑、武丑、方巾丑四个"只有行当、没有人物"的角色，以木桩为牢，借行路为喻，为观众扮演一出小小的人生闹剧。主角是甲、乙、丙、丁"人中四丑"。丑或许不仅是行当的称谓，而且是人性的构成（或潜在）因素，扮演丑角，从某种角度上说，也是扮演人自身。行路难，行路难，行路之难莫过于举步。那高低不一的木桩仿佛像磁石吸铁一般具有非凡的魔力，任凭催促，紧锤慢锣横竖都一样，个个都只在木桩上做戏。于是，拿大顶也好，鹤子翻身也罢，都不仅仅是一种戏剧程式，而且是一种戏剧语汇；锣鼓声也不再仅仅是舞台气氛或节奏，而成了一种舞台嘲弄。在一种脸谱化的夸张表演和舞台变形之后，程式、道具、角色、场景……几乎不需要再外加任何意义，统统自然而然地升华为象征。其扮演性，一目了然，明白晓畅；其娱乐性，笑骂成趣，浑然天成。这可能是四个现代折子戏中最难演的一折，它要求扮演者必须有戏曲演员的功底，但这是锻炼和培养高行健所要求的理想演员——唱念做打的全能演员的极好实验。

喜剧小品《模仿者》是四个现代折子戏中角色最多的一出，也是含意最深的一出。形影相吊，影不离形。影子的悲哀在于丧失了自我。模仿者充其量不外是生活或艺术的影子而已。"这主儿"觉得可乐的是，原来并非只是自己才有影子，时髦姑娘有影子，忧郁症患者有影子，长者也有影子，生活中的影子何其多。可悲的是，人在镜子中看到的正是自己。以为在虎嘴上添上第三根胡子便是创新的"这主儿"，何尝不是模仿者。高行健在影子与模仿者之间画上等号，或许可以使人领悟出个中的奥妙。嘲弄者不自觉的自我嘲弄，正是《模仿者》辛辣的喜剧性之所在。

一出小戏能达到这样的思想深度是难能可贵的。只是《模仿者》的主要价值，恐怕不在它的思想的深刻性方面。"这主儿"与"模仿者"的形体动作除了左右不同外，其他近乎一模一样，但表情与台词却由两位演员分别扮演。作者将语言与表情加以分解之后，为了让观众看得清楚、明白，模仿者的表情必然近乎夸张，表情与语言的关系便失去通常的有机统一性。这种人为的分割，这种同步的分离，必将造成一种怪异的感觉、一种乖张的喜剧性。"这主儿"与"模仿者"的关系，表面上看来十分简单，形体动作的相似更加重这一误解。"这主儿"讨厌"模仿者"，又从"模仿者"照见了自身。事实上，这"模仿者"既是"这主儿"的影子又不完全是他的影子。加之，"模仿者"语义上宽泛的概括性，远远大于"这主儿"的影子的含义；而"这主儿"的影子形象的生动性与感受的怪异性，又非"模仿者"抽象的宽泛概括所能涵盖，剧中既重叠又交错的和声、对位便显得异常复杂。

三

《车站》在高行健的剧作中，不算是最成功的，却是最多灾多难的。它长久地被误解，被贬低，被歪曲，几乎成了评价高行健剧作的一个症结。

《车站》叙述：周末下午，城郊公共汽车站聚集着一群各式各样的人。他们之中有想到城里文化宫赶一局棋的"大爷"，第一次约好在公园门口会朋友的"姑娘"，想进城遛遛马路、喝喝酸奶的"愣小子"，忙于复习功课、准备考大学的"戴眼镜的"，急于回家为一家人缝补洗刷的"做母亲的"，专做细木工、硬木活、准备为城里外贸公司开班带徒弟的"师傅"，专程赶到城里同庆楼赴宴的供销社的"马主任"；此外，还有一个沉默的中年人。他们一等再等，汽车不是不靠站，就是渺无踪影。他们焦急、烦躁、抱怨、失望，虽然也觉得应该走，但又怕万一人走车来，白白地辛苦了一遭，真是越等越舍不得不等。一年、两年、三年……整整过了十个年头，人们才发现站牌子上没有站名，似乎张贴过通告，却又被风吹雨打，早没影儿了。众人这才喃喃着，走吧，走吧，走吧！当众人互相照看、互相牵扯着正要一起动身的时候，马主任拦住大家，他还要系鞋带儿，造成另一次迟滞。

与此相对应的是，那个"沉默的人"。他本来是最早到车站、排在队首的，但在等了一阵子之后，头也不回，大步走了。此后，"沉默的人"的主题音乐多次隐约再现，与戏剧场景中众人的等待形成一种声画对立。

这是一出不折不扣的象征剧。剧名是象征的，场景是象征的，音乐是象征的，人物则近乎符号。或许生怕读者、观众不容易理解，作者甚至对景观作了这样的提示："（车站的）铁栏杆呈十字形，东西南北各端的长短不一，有种象征的意味，表示的也许是一个十字路口，也许是人生道路上的一个交叉点，或是各个人物生命中的一站。"[7]不幸的是，人们大多不理会这一切，既不理会作者本人的提示，也不探究剧作"本文"的实际。有人以为这出戏"表现了对我们现实生活的强烈的怀疑情绪"[8]，有人则断言《车站》是"套用贝克特的《等待戈多》的产物"[9]。

"沉默的人"所引起的误解就更严重一些。从政治批判出发的，说他是一个"孤立于群众之外、大有'众人皆醉吾独醒'意味的个人主义者"[10]；追求现实功利的，认为他"走了十年、二十年还继续在那里走，也没有到达城里"[11]，足见比不走的人群也高明不到哪里去；年轻的激进评论者，则批评"沉默的人"的存在，与"荒诞性根本是两码事，与整个基调是分裂的"[12]，"一下子就使剧作丧失了'非理性'的品格"[13]。但问题是，《车站》并不是"社会评论剧"[14]，艺术象征的不确切性，使得人们无法、也不应去为它的每一艺术构成：台词、场景、色彩、音响、动作……寻找现实生活确切的对应物。《车站》也不是一出荒诞戏剧，手法的荒诞只是一种戏剧假定的巧妙运用，剧作并不表现生存的荒诞或人与自身的本质的疏离。人们对"沉默的人"的理解与评价大可各有不同，但一个不愿在无为的等待中耗尽生命、迈开双腿、积极进取的"沉默的人"的存在，便使《车站》与荒诞戏剧划清了界限。作者标明这是一出"无场次生活抒情喜剧"，"无望的等待"是作为喜剧嘲弄的对象，而不是作为对人类生存处境所作的历史性估量。"沉默的人"选择了积极的行动，这本身既不是荒诞的，也不是"非理性"的，为什么一定要以"非理性"的完整性来要求它呢？无望的等待与积极的进取，这是两种对立的人生观念、两种不同的处世哲学、两种大异其趣的生活态度。作为象征性的舞台形象，"沉默的人"象征一种人生观念、一种处世哲学、一种生活态度……并不因为其载体是单独的"一个人"，就象征个人主义者，难道将"沉默的人"改为多数，就象征集体主义者么？同样的道理，不同年龄、不同性别、不同身份的"无望的等待"者，也不象征群众、象征芸芸众生，而是象征一种思想、一种心理、一种集体无意识。"沉默的人"的主题音乐反复隐约出现，既是一种对应，也是一种提示，音画对立所构成的嘲弄，明白无误地表达了作者积极的人生态度。

在《车站》中，高行健进行不同声部同时叙述的戏剧实验，"时而两三个，最多到七个声部，同时说话"[15]。他把这称为"多声部"，并自认"出现一种复调的成份"[16]。但这只是作者的主观设想而已。且不说同是盲目等车者的"同音齐唱"能否构成复调，其舞台体现恐怕是要落空的。或许反复阅读的细心读者，能够体味同时说话的角色所说的内容的微小差别。在环形剧场里，演区设在观众中间，几个演员在不同的方位上表演，坐在固定座位上的观众只能听清站得离你最近的那个角色的台词内容，更多的时候连这个站得离你最近的角色的台词也听不清。假若是在框式舞台演出，几个同向发声的声音，相互干扰就更加严重。因为众多的角色同时说话，观众实际上只听到汇集成总体效果的嘈杂的"噪音"。正是这种人人都在说、又听不清每个人说些什么的"噪音"所汇成的"主旋律"，有可能成为一种集体无意识的极好象征。

高行健喜欢运用象征。他的作品剧情发生的地点，多是一节车厢、一个山口、一座工棚、"莫须有的彼岸"，或干脆就是一个"光光的舞台"。他的人物的名字，在《绝对信号》《喀巴拉山口》中，小号、蜜蜂、车长、车匪、司机、乘客、乘务员……是以职业、爱好命名的；在《车站》里，大爷、姑娘、做母亲的、师傅、马主任、愣小子、戴眼镜的、沉默的人……则连职业、爱好也不甚了然，只剩下一些意义极其宽泛的通称；《躲雨》的"明亮的声音""甜蜜的声音",只有音色的差别;《行路难》中的小丑、老丑、武丑、方巾丑,干脆只是行当。人物的岁数往往是三十、四十、五十……也失去较为精确的生理特征的意义。与追求现实表象的高度自我完满的自然主义戏剧不同,高行健所表现的,大多是处在某种情势下,不同的人的不同选择、反应和心境。我不知他是否受到法国新小说的影响,但这种对环境、细节、人物个性的确切表象的虚脱,确实使作品极容易上升为对人与人、人与环境、传统与现实、现实与未来……的哲学思考,并使象征成为建立呈现场景的现实内容与超越现实形式的内在意义的双层结构的重要方法。

四

假如说,《车站》是一种是非分明的强烈对比,盲目等车者多声部的和声,实际上无异于"同音齐唱";那么,《野人》则表现了价值判断的困惑与逻辑的二律背反。作者不再用同一的价值观念去评判一切、协调一切,不同声部的对立,既表现了权衡不定的矛盾认识,也表现了错综复杂的情感。复调性,或者说二元化的审美观照,成为这一现代史诗剧最显著的特征。

高行健说:"本剧将几个不同的主题交织在一起,构成一种复调,又时而和谐或不和谐地重迭在一起,形成某种对立。"复调,本是音乐的术语,它原指多声部音乐中,若干旋律同时进行而组成相互关联的有机整体。关于音乐中对立的主题,恩·迈耶尔说:"不是两个任意的主题,而是两个在性格方面互相对立的至少也是互不相同的主题。通过这两个对立的主题的辩证性的对比,就产生一种斗争性的戏剧成分……"⑰对戏剧来说,并不一定只有冲突、抵触才能构成戏剧性,平列有时也能构成戏剧性。但这种平列往往是各种具有独立价值和独立意识的不同事物的对比,是美学效应的二元对立。高行健在《野人》中,不把重点放在对丰满的人物形象的刻画与对完整的人物命运的描绘上,不提供理想的典型;也不提供同一的价值尺度,不依据统一的意识来展开情节,而是平列地展现各种彼此无法代替的意识和不相混合的声音。

薅草锣鼓、礼赞上梁的号子、驱旱魃的傩舞、《陪十姐妹》的婚嫁歌以及老歌师反复吟唱的民族史诗《黑暗传》……在剧中不仅构成另一种文化氛围,也显示另一种不同于文人文化的价值。追求神人同化的巫术文化,在宿命的颤抖与愚昧的膜拜中，却也反映了先民与大自然亲近、沟通、和谐相处的理想与愿望。古风犹存的劳动号子和山野情歌，在原始、落后中却也表现了对自然美的赞颂，闪射出平淡寡欲的微光。这是辉煌的古远文化的孑遗，也是因袭的历史重负。纯真与愚昧，极难剥离地交织在一起，质朴自然又尚未开化，几乎是同一面孔的不同表情，呈现了社会发展在继承与扬弃上的两难处境。

第二章末尾，伏案而睡的生态学家在梦幻中，左右对称地浮现幺妹子与芳的身影。幺妹子冲他喊着"胆小鬼！胆小鬼！"，芳在低声地诉说着，"你根本不懂得一个女人的心……"在生态学家心灵天平两端的两个女人，几乎是等值的。一个是心灵纤细的都市女性，一个是果敢泼辣的山野女儿。虽然她们都未必能真正地理解生态学家，但各有其动人、可爱之处。芳的爱情清醒、实际，却多少是利己的，幺妹子的爱情纯真、无私，却缺少独立人格。在全剧中，芳不代表文明的美德，幺妹子也不是一个原始的理想。她们的价值是完全不同的，不可比较的。她们各自以自己独特的品格和魅力，显示了对立双方不可代替的价值。生态学家与芳的离异及对芳的思念，与幺妹子的爱情纠葛及对幺妹子的爱情拒绝，表现了现代人对情感的复杂性的体验及对生活的复杂性的思虑，也表现了人类自身发展中对人性美的艰难选择。

以大自然为衣食父母的老歌师曾伯，为自己的不断杀生而感到痛苦。他对大自然的善的依恋，对人性恶的憎恨，对古朴民风被当代政治功利与经济利益所扭曲的严厉批判，都深潜在这无可奈何的自责之中。掌握着开采主动权的梁队长，不愿多砍树木，认为树木通人性。他心疼这些树木，从心底为它们哭泣。在他对买木材的人的训斥中，在他把人比作蝗虫、比作狼的嘲讽中，蕴含着人类深深的自省。人对大自然的掠夺性开采与大自然对人的报复性惩罚，人对生态平衡的破坏与对生态平衡的追求，揭示了事物的关系与事物的矛盾，寄寓着剧作家的愤慨与剧作家的希望。

遗憾的是，在对非文人文化的客观展现中，高行健处处流露出他对这种古朴文化的复杂认识与矛盾心境。但在对现代文明作出历史性估量时，对生态环境遭受严重破坏的过分焦虑，单一的批判眼光，影响了他的心智，妨碍了辩证的客观评价。他展示了当代都市生活的嘈杂烦闷，展示了豪雨成灾，江河泛滥，展示了掠夺性的砍伐，并借助还原为演员身份的表演者的朗诵，将被工业废水、城市垃圾所污染了的生态环境的丑与未被剥光的、处女般的、还保持着原始生态的森林的美相比较，天平的过分偏斜，使二元化观照所构成的复调险些变成多声部和声的主调音乐。

人类原始创造力与现代文明之间的审美比较，之所以给我们造成选择的困难，不仅在于任何文化都是一种异常复杂的多元系统，而且在于生活本身所包含的矛盾的、复杂的价值关系。二元判断的矛盾，是生活自身的矛盾。二元现象在艺术中的表现，是当代艺术的显著特征之一。美国评论家R.W.B.路易斯说："事实上，现代文学的最高峰，往往采取最终的两重性形式，这是诚实的天才对世界所能作的最好的描绘——即二元论没有得到解决而产生的诗境，一切美德和价值都不无讽刺意味地同时存在强有力的对立面，因此马上变得颇为可疑。"⑱逻辑的二律背反，事物对立两极的相互超越，无疑是当代哲学思辨中最令人困惑、也最令人感到兴味的命题之一。价值的权衡不定与二元论没有得到解决所产生的诗境，则是当代审美思辨中极富魅力与意味的探索。它提供一种新的角度，一种新的可能性，一种完全不同于非此即彼的一元论的审美观照与创作方法。

五

《野人》是迄今为止高行健所写的结构最为复杂的一出戏，也可以说是我国当代话剧创作中结构最为复杂的一出戏。

《野人》打破了传统剧作惯常使用的闭锁结构，场景忽古忽今、忽城忽乡，时间跨度数万年，空间变幻无定，从地壳颤动、火球翻滚、混沌初开的洪荒年代，到当代人所面临的社会、经济、文化、习俗、环境和事业、婚姻、家庭等严峻课题。作者一方面对历史进程进行大跨度的纵向历时性考察，一方面又把发生于不同时空的事物进行横向的共时性的并列呈现。现实、传说、想象、梦幻……交错联结，开放型的网络结构，为纵横交错的宏观审察，提供了一个多元、多层、多变量的动态模型。

与《模仿者》《躲雨》《行路难》《喀巴拉山口》《独白》等短剧的各种单项实验不同，《野人》将歌舞、音乐、面具、哑剧、朗诵熔于一炉，探索一种将众多的艺术媒介加以综合的总体戏剧。剧中有傩舞、伐木舞，有民谣、俚曲的演唱，有各式各样的面具表演，有民族史诗的吟诵，有近乎多口词的演员朗诵。形体、语言、音响、灯光、色彩……充分地发挥了各自独特的艺术表现力，形成多种不同的照应与对位，又共同构成一个严谨的有机整体，以统一的艺术构思与总体的戏剧氛围，呈现剧作家所认识、所领悟、所感受的人类情感，去激发观众深层的意识、思想、情感和本能。

高行健在他的剧作的演出说明、建议或其他文章中，经常提到要把戏剧从所谓"话"剧即语言的艺术这种局限中解脱出来，恢复戏剧这门表演艺术的全部功能。他说："我认为如今我们称之为话剧的戏剧，不必把自己仅仅限死为说话的艺术。剧作家也不必把自己弄成仅仅是一种文学样式的作者的地步。"[19]他又说："戏剧就不只是一种语言的艺术，原始宗教仪式中的面具、傩舞与民间说唱、耍嘴皮子的相声和拼气力的相扑，乃至于傀儡、影子、魔术与杂技，都可以入戏。"[20]高行健认为戏剧需要捡回它一个多世纪丧失了的许多艺术手段。他把充分地运用唱、念、做、打多种表演手段的戏剧称作"完全的戏剧"，声称《野人》是现代戏剧回复到戏曲传统观念的一次尝试。

原始戏剧本来就是一种综合的艺术。众多艺术因素的分离与表现形式的纯化，实际是后来的事情。至于严格限制时空表现的"三一律"和写实戏剧的兴起，不外只有一个世纪的时间。纯化能使各种艺术因素的表现力发展到极致，但它毕竟是一些人为的束缚。为了避免戏剧的僵化，寻求戏剧更新的潜在活力，不少戏剧革新家不约而同地把目光投向戏剧的源头。

"残酷戏剧"的倡导者阿尔托，从巴厘戏剧受到启示，提出了总体戏剧的设想。他将不着重形诸文字、依据前于逻辑的以及魔法式经验的东方戏剧称为"真实的戏剧"，将完全置于意识的控制之下，着眼于呈现人物、化解冲突的西方戏剧称为"戏剧的替身"。他希望调动所有的视觉因素和听觉因素，挖掘每一艺术因素的最大的舞台效应，"总体"（total）地去影响观众的心智与潜意识。

布莱希特从东方戏剧的散点透视与原始间离中，发现一种未完成的、发展的世界图像，从而发展了他自己的一整套间离理论和多层次的整体思维的方法，使创作者和欣赏者同时获得更广阔的思考空间和各种选择的可能性。

尤涅斯库之所以探寻戏剧的源头、"回到戏剧的内在模式上去"，是为了获得思想、方法、技巧、表现的真正自由。他说："人们将会说我写的是杂耍歌舞，写的是杂技。好极了，让我们和杂技合为一体吧……如果没有思想自由

的完全保证，作家就不能成其为作家，他就不能讲出一些别人还没有讲过的东西。"㉑

高行健始终把技法的变革与观念的变革紧密地联系起来，他主张戏剧重新捡回它近一个多世纪丧失了的许多艺术手段，是为了使现代戏剧能够成为"一种十分自由的艺术"㉒。高行健喜欢罗伯·格里耶和布托尔这两位小说技艺和形式的发明家，说他们在乔伊斯之后又一次更新了小说的观念和技法，承认自己萌生写作多声部戏剧的念头是受了布托尔的启发。

在当代中国，极少有像高行健这样注重形式试验和形式创新的戏剧家。几乎他的每一出新戏，都是一次新的艺术尝试。他不断地为自己、也为导演和演员提出新的难题与新的挑战。在《绝对信号》中，他希望把音响节奏当作剧中的"第六个人物来处理"，使它"既是剧中人物心理动作的总体的外在体现，又是沟通人物与观众的感受的桥梁"。㉓在《车站》中，"人物的语言，有的语意分明。有时又语焉不详或词不达意，为说话而说话……"㉔挖掘非理性语言的艺术表现的可能性。他的四出现代折子戏，分别采用了四种不同的剧作法，每种剧作法都调动了各自不同的表现手段。在《野人》中，他自觉地提出并实践了复调戏剧这一崭新课题。

与复调小说的单一形态不同，复调戏剧的构成手段，不仅是叙述者与主人公角度不同所形成的不同层次，音乐、音响、舞蹈、电影、灯光、布景、调度、色彩……一切艺术媒介和视听手段，均可造成平列、重叠、错位、拼贴与间离。当然，舞台演出中非语言成分的处理，用形体、声响、灯光、色彩、台位……去构成各种照应与对位，更多的是由导演、演员、舞台美术设计家、灯光设计家来实现的。但"完全的戏剧"的有益尝试，使得以文学手段进行创作的戏剧文学超越了文学的范畴。对多媒介、多手段的总体构思，对剧场性与戏剧假定的高度重视，使剧本近乎演出总谱。它将对今后的剧本创作产生深远的影响。

六

在高行健的多声部与复调戏剧中，有一种使他极感兴趣的对位法，便是演员与角色的复合与分离。他极少要求演员与角色的完全同化。他认为："最好的表演便是回到说书人的地位，从说书人再进入角色，又时不时地从角色中自由地出来，还原为说书人，甚至还原为演员自身，因为在成为说书人之前，他先是作为一个人的演员自己。一个好的演员善于从自己的个性出发，又保持一个中性的说书人的身份，再扮演他的角色。"[25]

在《车站》的末尾，盲目等车的人群的扮演者，还原为中性的叙述者，对着观众嘲讽、抨击他（或她）刚刚扮演的角色。在《喀巴拉山口》，四个演员扮演五个角色，形成四个声部。在戏剧的开头与结尾部分，四个人同时还原为中性的说书人，承担着类似歌队的叙述者的任务，把发生在喀巴拉山口公路上和高空中的两则感人的小故事，完全包容在他们的叙述之中。在《行路难》中，行当即角色，以演员身份出现在观众面前的扮演者，他们不完全是中性的说书人，而是预分了行当（角色）的演员，因此他们既是演员又是角色。在戏的末尾，刚刚从他们所扮演的角色脱身出来的演员，各自拎着角色的靴子，也还残存行当的痕迹。《野人》中，生态学家和还原为"扮演生态学家的演员"的扮演者，在剧中似乎偶有重叠之处，但差别是明显的。一是有独特的生活经历和内心世界的人物，一是只作叙述与理性评判的说书人。曾镇南之所以误把生态学家当作"人类面对被玷污毁损的大自然痛苦地惊醒的理性声音的代表"[26]，正是混淆了角色与他的扮演者的差别。

戈登·克雷曾经把演员比作"超级傀儡"，并引起了许许多多的争议与攻击。但他认为演员必须站在他的角色之外，以保持对他的能力的完全控制，却为后来的许许多多的戏剧艺术家所接受。尽管在高行健的戏剧实验中，他所要求的形体与台词、声调与表情的既统一又分割，对即兴表演的注重，已将表演艺术的变革提到日程上来。但本文不想去涉及情感控制、情感表现等纯粹属于表演艺术的课题，我只想指出，角色、演员本人与中性的扮演者同化、重叠、分离……其微妙、复杂的关系，足以形成多种不同的角度，成为复调戏剧的重要表现手段。高行健的探索之所以有着重大的价值，是因为戏剧艺术的生命力归根结底在于舞台，表演的复调性，是一个尚未很好开发、有着巨大潜力的领域。

1987年2月一稿

1987年5月二稿

注释：

① 《高行健戏剧集》，北京：群众出版社，1985年，第273页。

② 《毁誉参半的话剧〈野人〉》，《文汇报》1985年5月17日。

③㉒㉕高行健：《要什么样的戏剧》，《文艺研究》1986年第4期。

④㉓《绝对信号·关于演出的几点建议》，《高行健戏剧集》第82页。

⑤ 正当此文的改稿写毕时，北欧传来消息，高行健的短剧《躲雨》，已由瑞典皇家话剧院搬上舞台，导演彼特·沃尔奎斯特。

⑥ 《高行健戏剧集》第184页。

⑦ 同上，第85页。

⑧⑩⑭唐因、杜高、郑伯农：《〈车站〉三人谈》，《戏剧报》1984年第3期。

⑨ 陈瘦竹：《谈荒诞戏剧的衰落及其在我国的影响》，《社会科学评论》1985年第11期。

⑪ 溪烟：《评价作品的依据是什么？》，《文艺报》1984年第8期。

⑫ 刘晓波：《十年话剧观照》，《戏剧报》1987年第1期。

⑬ 刘圣佳：《戏剧本体的迷失》，中国青年艺术剧院院刊《青艺》1987年第1期。

⑮㉔《车站·有关演出的几点建议》，《高行健戏剧集》，第134、135页。

⑯⑲⑳高行健：《我的戏剧观》，《高行健戏剧集》，第275—283页。

⑰ 恩·迈耶尔：《音乐美学若干问题》，北京：人民音乐出版社，1984年，第70页。

⑱ R.W.B.路易斯：《〈熊〉：超越美国》，《福克纳评论集》，北京：中国社会科学出版社，1980年，第207页。

㉑ 欧仁·尤涅斯库：《论先锋派》，《法国作家论文学》，北京：三联书店，1984年，第574、575页。

㉖ 曾镇南：《释〈野人〉——观剧散记》，《十月》1985年第6期。

原载《文学评论》1987年第6期

首都戏剧界座谈《桑树坪纪事》

《戏剧：中央戏剧学院学报》记者

今年伊始，中央戏剧学院推出一台引人注目的现代西部话剧《桑树坪纪事》。该剧系根据朱晓平同名中篇小说及另外两部"桑树坪系列中篇"小说改编而成。改编陈子度、杨健、朱晓平；导演徐晓钟、陈子度；舞美设计刘元声等；由中央戏剧学院86级表演干部专修班演出。这个戏讲述的是发生在十年浩劫中关中平原一个叫作桑树坪的小村庄里的悲剧故事，通过对几个农民形象不同角度的描绘和塑造，反映了在温饱线上挣扎着的农民的真实生活，表现了农民对苦难民族的贡献以及在封建文化制约下他们自身灵魂的扭曲。该剧上演未过十场，但却引起强烈的社会反响，轰动戏剧界。这个现象对于当前的"戏剧危机"、对于改革创新的戏剧潮流都是一个异乎寻常的收获。为及时总结经验，推动话剧事业的发展，2月6日《人民日报》《文艺报》《戏剧报》和本院联合召开座谈会。首都文艺界有关同志曹禺、陈荒煤、唐达成、英若诚、刘厚生、江晓天、黄宗江、蓝翎、林兆华、顾骧、缪俊杰、钟艺兵、游默、颜振奋、王贵、丁一三、曲六乙、田本相、王育生、叶廷芳、童道明、林克欢、杜清源、马也、李维新、康洪兴、陈坪、文椿、杜家福、易凯、朱汉生、朱晓平，以及本院教师徐晓钟、丁扬忠、谭霈生、晏学、田文、张仁里、马惠田、关瀛、何炳珠、郦子柏、高芮森、陆毅、焦一明、丁涛、陈子度、杨健、刘元声等出席会议或作了书面发言，下面是部分同志的发言摘要。

一、一部当代戏剧的力作

缪俊杰（会议主持） 《桑树坪纪事》受到戏剧界、文艺界和社会各界的热烈欢迎。这出戏是近几年，甚至是多年来我们戏剧进行创新探索带总结性、标志性的作品。它从内容到形式在探索方面都有许多值得总结的经验。

英若诚（书面） 最近半年来，首都舞台上迎来了一出又一出精彩的话剧，从首届中国艺术节上的《狗儿爷涅槃》《曹植》《不知秋思在谁家》，到最近的《黑色的石头》《搭错车》《有这样的庄稼人》等等。作为这一时期话剧创作演出高潮的，则是《桑树坪纪事》。无疑，前几年我们常听到的不景气、"危机"等言论，至少是太悲观了。话剧在经历了观众更严格的思想和审美要求的考验和电影电视的冲击后，已经证明自己是有强大生命力的。话剧的生命力首先来自戏剧文学的创作。这是话剧的优势和潜力。五四以来，话剧一直是新文化运动的主力军之一。今天，以《桑》剧为代表的这一批话剧又一次担当了这个角色。尤其可贵的是，这些本子都有强烈的特色，各不相同，谁也不是"样板"，这是成熟的标志。这使我们对话剧创作的前景也充满了信心。

唐达成（书面） 话剧《桑树坪纪事》是一部大胆直面人生、具有深刻历史内涵的力作，舞台上呈现出的黄土高原的农民命运，痛楚酸辛，回肠荡气，令人震动深思，给人以新的省悟和启迪。

形成黄土高原那个角落中农民命运的悲剧，无疑与旧体制的弊端和"十年动乱"的背景等因素有关，但问题的复杂与严峻之处，更在于这一切又和千百年来长期积淀下来的传统意识、传统心理、传统行为方式互相纠结缠绕在一起。从这个舞台上众多人物盘根错节的纠葛与心态中，看得异常分明：队长金斗的儿媳彩芳新婚丧夫后，与年轻麦客真心相爱，遭到的竟是全村人的干预压制，甚至几乎要了麦客的性命，而当队长硬要彩芳嫁给小叔子时，却并没有一人同情、干预，终于使她唯有以死相抗争；另一个善良的闺女，被骗来嫁给疯子，虽然她那样忍泪吞声、委曲求全，换来的却是同村人的戏弄与凌辱，而被逼上疯狂之途。这惊人的惨剧让人们看到，落后愚昧的素质与心理，可以形成何等地麻木与残忍。编导以撼人心魄的真实揭示出：在自然经济的落后生产力所形成的贫困状况下，封建宗法观念、家长等级观念、男尊女卑观念、狭隘排外观念以及变相买卖婚姻，都仍然有如幽灵缠绕渗透在人们的心理与素质中，这不能不成为我们民族前进的可怕阻力与惰力。话剧虽然写的是动乱时期边远地区农村的生活，但作者的深刻开掘，却不能不使我们联想到，当前的改革与开放和以经济建设为中心发展先进生产力，对于改变农民的命运，具有何等的紧迫性；而在物质文明建设的同时，正视长达数千年之久的传统文化形态，彻底改变传统的文化心理、文化素质、文化机制又具有多么迫切的现实意义。

黄宗江　这个戏用北京人的话讲是"镇了"。中国话剧需要镇，中国观众也需要镇。我们讲"上帝就是人民"，上帝是人，因而也就最聪明，也最愚昧。这个戏之所以"镇了"，就在于使我们的人民真正地聪明起来。

蓝翎　话剧感到许多框框得突破，要改革、创新。《桑》剧作为一个话剧能受到观众的热烈欢迎，剧场效果如此强烈是很难得的。可贵之处在于，它使作为龙的传人的我们通过悲剧性的片断表演意识到应当觉醒了。

曲六乙　这是一出能够震动人们心灵的好戏，这是话剧在龙年的第一声春雷。它是新时期话剧的一个标志，总结了自《屋外有热流》到《绝对信号》《车站》《野人》《WM·我们》《一个生者对死者的访问》等等剧目的各方面经验。将重大的社会内容和尽可能完美的艺术形式进行了相当理想的结合。这是一个重要经验。

田本相　这个戏对当前的戏剧艺术是一种升华，达到了真正的艺术独创性。它是对这些年来所进行的各种戏剧实践的一种回答，包括借鉴和反思。这个回答很有力，肯定对戏剧界有很大影响。舞台演出是活人的艺术，的确是电影、电视所无法代替的，月娃和青女迫嫁的场面我们在《黄土地》中也能见到，但它的凝聚力更强大。我认为这个戏是一出具有中国特色的现代戏剧。

顾骧　《桑树坪纪事》不仅仅是对新时期戏剧十年的一种总结，从《狗儿爷涅槃》到这个戏，可以说它标志着话剧艺术探索逐渐走向成熟。它在处理表现艺术与再现艺术的关系，写意与写实的关系，生活的现实性与现代主义的艺术处理的关系等方面，都比前一时期的探索圆熟。在表现时代和表现人民、寻求一种恰当的手段表现时代精神和时代生活方面，戏剧显然已经开始成熟了。

林克欢　这是一出等待了很长时间的好戏。从思想内涵到艺术成就上，它是这些年探索戏剧中比较好的。透过戏剧场景的凝重的历史感，透过对民族命运的反思，达到戏剧场景的文化批判的深度。它的成功还表现在它的艺术成就上，是一种对模仿生活、表现真实的再现性舞台的倾斜，让人受到舞台表现的张力。

江晓天　我认为这个戏的改编是成功的。戏虽然压抑，但令人振奋、感奋！把生活的复杂性、丰富的思想内容和完美的表现形式都体现出来了。戏中有几处改编，原小说中是没有的，改得非常好。这个戏比一些正面讲改革的作品强有力得多，深刻，它呼唤了改革，说明了改革的紧迫性和必要性，我们这个民族不能再等了，否则贫穷不能解决，封建的东西不能消除，这对我们是个极大的折磨和灾难。

曹禺　从剧本讲不是传统写法，不是起承转合的老套子，是散文式的话剧，是一片生活。但是奇怪，凝聚力和吸引力却非常强。散文式的剧本演起来并不散，给人以完整、圆满的感觉。这是头一点。第二点，演出效果十分强烈，震撼人心，观众的情绪是完全被台上的戏控制住了，几乎无暇去挑剔，几乎没有机会让你去琢磨其中的缺憾和不足。有许多地方让人激动不已，这种效果是怎么造成的，应该好好地分析一下，研究一下。写意的东西与写实的东西结合得如此完美，应该找一找其中的规律。第三，从立意上讲，与《狗儿爷涅槃》同样深厚，含蓄。《狗儿爷涅槃》基本上是以一个旧式农民的心理来说明解放后的农民政策。这个戏的焦点，是住在这块有五千年历史的土地上的农民，实际上也是我们这个民族身上的和心灵上的重大负担。因此，它所蕴含的内容是巨大的，可以引起人深刻的反思。导演的巨大功力是少见的，在剧本、导演、演员、舞台和其他艺术家们当中，我觉得导演的力量突出。此外，这出戏是在改革、搞活、开放这样一个大背景下出现的，说明新的形势下，戏剧创作充满了生机，说明了我们的戏正向着新的深度和更高的水平发展。如果这样的戏多了，我们还有什么样的戏剧危机呢？

马也　看戏之后深受震动，我认为中国话剧的确是逐渐走向了成熟。这个戏是一个对我们民族历史进行深刻反思的戏，艺术家以直面人生的勇敢、坦率和彻底精神，把真正的社会使命感、人道主义追求融入戏剧当中，以一腔如火的激情和同情，不掩饰、不雕琢，全方位地展现了挣扎在温饱线上的农民的真实生活图景。

陈荒煤（书面）　我看了话剧《桑树坪纪事》很高兴，也很感动。感动的一方面，是看到编剧、导演、表演、舞美设计都明显地表现出一种勇于创新探索的精神，使人感到这是一种向新型的话剧迈出的可喜的一步。尽管在舞台设计上很简单朴素，"桑树坪"不过是一个小土坡和两三个窑洞，然而在那荒诞的时期所展现的现实生活中一些善良人们的不幸遭遇和命运，通过人物性格真实地刻画，演员表演的真实，依然把那个时代背景、复杂的人际关系、人物悲惨的命运表现得淋漓尽致，感人肺腑、催人泪下。至少我是不止一次流了眼泪。导演大胆运用了一些象征手法，穿插一些舞蹈动作，首尾一段深沉的歌唱。打老牛"豁子"一场，运用了电影中慢镜头的处理，这不仅突破了舞台表现的局限性，也增加了强烈感受，却丝毫没有减少现实主义的力量。但是一般话剧的动作、语言，"打牛"这场戏就很难表现，也不会产生这样强烈的效果。看起来有些矛盾，和话剧形式有些不像，形式上有些象征的东西，然而演员的演技、感情的真挚、自然、朴素，个性鲜明，非常真实。它仍然是一部以情动人，刻画了典型人物的、深刻揭示了种种矛盾的现实主义的作品。我认为这是在探索与创新中最难能可贵的。探索与创新，特别是走出一条有中国特色的社会主义文艺道路来，是一个较长的实践的过程，还需要不断地摸索、实践，不能求全责备，要允许有不足、缺点甚至错误，关键首先要勇于探索、创新。就这个戏来看，我觉得这有些不足之处，"打死老牛"这场戏是好的，但彩芳和榆娃表白内心感情时突然插进一段男女舞蹈，就觉得不太谐调，可再研究一下。"割麦的人"离村时在转台上集体转动中没有突出对榆娃的同情与关心，使得动作性更强烈一些，这时最好有陕西的民乐伴奏。王志科的故事，被戴上"杀人犯"的帽子交代不清，几场戏也显得零乱一些，应把李金斗说王志科的那些"嫌疑"提前交代一下。首尾主题歌应打字幕，现在不见得都能听清楚。彩芳跳井应走到井台边稍停，然后灯灭。我希望整个戏进行中有些陕西民乐陪衬。我认真建议不必片面追求地方口语化，使一些语言听不清，还是说普通话好。下乡知识青年这个人物太缺乏个性了。总之，我祝贺这个戏曲成功，并希望进行修改，更完整，作为一个保留的新型话剧，长期演下去。

叶廷芳　我们多年来渴望一种艺术作品的出现：内容与形式的完美结合。我认为《桑》剧就是一部在现代意义上的现实主义杰作，也是现代意义上的非现实主义的杰作。这个戏证明了我们这些年在戏剧方面的探索是卓有成效的。

童道明　这个戏的成功，来自于它的创作者直面民族悲剧的非凡勇气和舞台现实主义表现的非凡功力。当我们把现实主义和浪漫主义相结合作为我们的理论基础的时候，往往把现实主义理解成加一些浪漫主义的玫瑰色。这个戏在舞台上呈现的形象丰富性有赖于表现手段的多样化。演员的现实主义表演有时真能达到斯坦尼斯拉夫斯基所说的"把感情撕成碎片"的程度，在超越了这个逼真的极限之后，导演又能挥洒自如地用非幻觉造型手段创造出高度概括性的形象语言。一切舞台技巧都不是孤立地存在着，而是服务于构筑一个有助于进行历史反思的形象体系。在外露的各种戏剧冲突的表层上，伸延着一个令人深思的生活冲突，也就是说在人物关系中存在着人与生存这样一个社会冲突。悲剧美的交融是这个戏的一大特色。《桑》是一个集大成的舞台创作，几十年来的现实主义话剧传统和十年的革新成果在这个戏中都得到凝聚，因此它的艺术完整性是令人信服的。

康洪兴　我认为这个戏是一出很高雅的戏，同时又具有雅俗共赏的特点。时代感强，非常民族化。它使探索戏剧走到一个新高度，解决了很多重大困难。导演的艺术处理，使得这个戏超越了题材本身的承载量。导演方法充满民族风格和民族气派。导演方法诉诸观众以各种审美心理的综合效应。

朱汉生　我看了几次，每次都有新的感受。这个戏预示着我们的戏剧要走出危机，振兴起来。它使我们能从民族文化的深层结构上让我们思考社会弊端，思考灾难的原因。

杜清源　这个戏对我们的戏剧命运和民族命运进行了双重启蒙。

丁涛　这个戏使我们感到了话剧的成熟，一是把话剧引到历史的深度和力度，再是把话剧舞台语言问题解决得非常好。十年当中对目的自由与手段自由的追求，在这个戏中得到了实现。

王贵　衷心祝贺演出成功！如此完美、强烈、震撼的艺术呈现，开掘了龙的传人自我戕害这一沉重的悲剧主题，因而中国观众对戏当哭。你们的演出艺术是我梦想中的艺术追求。我要成为你们的同盟者！怎么在一夜之间，中国剧坛一下子成熟了这么一大批现代的、民族的、年轻的表演精英？太使人感动了！中国的、多元化的、新层次上的现实主义戏剧振兴万岁！中国戏剧大有希望，《桑树坪纪事》便是个信号。

李维新　中央戏剧学院应当拿出对戏剧发展有指导作用的戏来，《桑》剧就是这样一出戏。

谭需生　如果说这个戏标志着我国戏剧探索的逐步成熟的话，我以为此话并不为过。一个大艺术家应当包容量很大，能够吸收一切成果，把它融化，造就出一部艺术作品。这个戏的导演正给了我这样的感觉，这很值得庆幸。形式的探索带有永恒性，这些年的探索很有成就，其中也包括许多剧作家在探求的课题，就是对人的本体的把握，这种探索更艰难。因为主客观阻力更大，作家的主观模式也最深。对人们把握从浅层的人的价值观向人的本体突进，因而舞台体现就与以往大不一样。这个戏是这两种探索的汇合，逐渐成熟。把它看作是中国戏剧走向的话，那么这种走向很光明。改编的剧本不是很完整，杀牛以后的戏力度很不够，这中间可能有整体结构问题，可以再调整。重要的在于，舞台语言与剧本的内在实质融合得非常好，导演手段把内容上升到表现性的高度，使剧本完全变了。这一点很不容易。《桑》剧的路子只是一条，探索的路子却应当多轨道前进，这样才能使我们的戏剧活跃一些，质量更提高。

田文　这个戏里舞美的作用发挥得是充分的。有人曾认为舞美在探索戏剧中是走在前面的，此话听起来很好听，但实际上是对舞美这一现象的否定。因为如果舞美在舞台上独立到超出导、表演的话，那舞美实际上就等于灭亡了。《桑》剧像《陈毅市长》一样属于散文结构，《陈》剧是由陈毅串下来的，而《桑》剧是由转台串下来的。显然，在这个戏中舞美的作用是任何探索剧目都比不了的。但是舞美的作用不是独立存在的，它与表演、导演合在一起才发生上述的那种作用。

徐晓钟　这几年戏剧界出现了许多新的创作现象，理论上提出了许多新的问题，应该说这是我们戏剧界同行一种很勇敢的、很有创造性的劳动。正是这些勇敢的探索，推动了戏剧的发展。它也牵动了我们中央戏剧学院的教学。我们教学和科研的知识结构的三个组成部分是：坚持现实主义基础；在更高层次上研究传统艺术的美学原则；有分析地吸收现代戏剧（包括现代派戏剧）的一切有价值的成果。我们不但搞教学，同时也参与戏剧探索。我们一直想通过一个作品的创作和演出，表达对戏剧发展的思索，引起学校老师们对戏剧教学的思索。这就是我们排演《桑树坪纪事》的初步想法。为什么选上《桑树坪纪事》的小说呢？因为小说中写了农民对民族的贡献，同时写了他们的苦难。通过李金斗和他的族人，反映了几千年的文化心理对民族发展的阻碍。小说毫无掩饰地写了封建文化心理和封建闭锁在农民心灵上的负担，写出了对永恒江河的信念。我们在戏里没有什么特别的追求，主要是通过这几年戏剧界同行的探索，使得我们体会到，一切新的、外来的观念、演剧原则、舞台艺术语汇还是需要和我们民族的传统美学原则相结合，和中国观众的传统欣赏习惯相结合。对布莱希特的理论、斯坦尼斯拉夫斯基的理论在把它们区别开以后再结合它。对情与理的关系、对间离效果与共鸣的关系、对再现与表现的关系以及个人的美学追求都有所考虑。我个人想追求既破除生活幻觉同时创造一种和中国民族、民间审美相适应的诗意的幻觉，叫作诗化的意向，以及形式与内容的完美结合。这个戏中所做的，有些成功，有些并不尽成功。我们相信结合的原则可以是肯定的，它是有生命的，但是具体的结合原则和办法以及形态、临界点，应该是多种多样的。因此《桑树坪纪事》只是向戏剧界同行们学习的一个成果。虽然这个戏有我们自己的若明若暗的、自觉半自觉的艺术追求，但它的确是个集大成之作。没有戏剧界同行们这几年的努力探索，不会有《桑树坪纪事》的今天。

丁扬忠　我看了五遍，在我的观剧史中，像这样喜欢看、掉着眼泪还得看、看过还想写文章的，不多，这是一个。这些年中国进行艺术探索，又产生严重的戏剧危机，但的确又出现了一批好戏，怎么回事？中华民族有希望，中国戏剧界了不得，有一大批有才干的人，有韧性。未来的戏剧还是要看中国。话剧大有前途，因为真正反映时代，从力量与速度上看，还是话剧为最。

钟艺兵（书面）　任何一部真正的"创作"。都应该是"承前启后"的；可是我们通常见到的大量的文艺作品却并不都具有"承前启后"的意义。

新时期以来的话剧创作，经历了一个从思想内涵到艺术表现的曲折复杂的探索前进的过程。我认为，到目前为止，作为探索的成果，称得上是"承前启后"的剧目，一个是《狗儿爷涅槃》，一个就是《桑树坪纪事》了。前者在舆论宣传上没有得到足够的重视，有其种种错综复杂的原因，且不去说它；后者一出来就受到戏剧界的格外重视，这是自然、正常的现象。

我觉得在这几年关于戏剧观念问题的争论中，有些看来十分尖锐对立的观点，其实只是概念上的理解不一，并非真有什么不可调和的矛盾。理论研究不能空对空。倘若都从具体作品入手，又从宏观的戏剧发展规律着眼：争论是不难解决的。能不能就《狗儿爷涅槃》《桑树坪纪事》这样的创作实践，把一些长期存在分歧的戏剧理论问题拿出来痛痛快快地再讨论一番呢？奇怪得很：大家反而一致欣赏、赞誉这样的戏，不争论了。当然，如何从理论上评价《桑树坪纪事》，认识上也并不完全一致，比如有人说它是现实主义的发展，有人就说它是中国真正的现代戏剧。我看这无关大局，只要大家都认为应该这样探索下去，而且认为《桑树坪纪事》也不必成为大家都来模仿的模式，这就找到了共同点。

《桑树坪纪事》的成就，首先是它的导演艺术。导演极大地吸收、容纳了中国民族艺术的传统和近几年借鉴外国经验进行戏剧探索的优秀成果，使整个舞台上创造出来的艺术形象摒弃了概念化和说教，显得真实、自然、丰富、强烈、新颖、易懂，激起了广大观众的共鸣。这自然不是一个单纯的技巧问题。如果导演的才华不是用来表现"桑树坪"这个带有普遍意义的偏远农村的悲剧故事，而是去玩味少数人才能理解的个人情趣，那么，这才华仍然是"无用武之地"的。《桑树坪纪事》写的是"文革"期间发生的事，但却使我们想到今天的中国社会并未彻底摆脱我们民族几千年历史形成的思想文化传统中消极影响的一面。从这个意义上讲，这出戏不是远离现实的，而是深切地呼唤着今天的改革、开放的。

《桑树坪纪事》的出现，使我们再一次看到了悲剧的震撼人心的、能够唤醒人们美好情感的巨大力量。当你看到舞台上农民们"杀牛"的情景时，你会想到这哪里是杀牛，分明是在断绝农民的活路！月娃、彩芳、青女的命运是悲惨的，而金斗仅仅为了使两间窑洞重新归李氏家族所有，竟不择手段地把王志科弄去坐大牢，而且整村的人都默许了这件事，真让人不寒而栗！然而这些故事并没有使我们悲观、颓丧、绝望、消沉，而是使我们震惊、警醒、思考、感奋起来。要改变现状，建设未来。这就是悲剧的积极效果。

《桑树坪纪事》是由小说改编的。由此想到话剧与文学的联系本应该成为新时期话剧创作的一大优势（当然，不必戏戏都去改编），可惜这几年重视不够。其实，其他姐妹艺术都有这方面的成功经验，电影《芙蓉镇》《红高粱》《老井》《人鬼情》和电视剧《四世同堂》《新星》《希波克拉底誓言》都是从小说改编而来的。改编是一次转换语言的再创造，并不轻而易举，也不低人一头。关键是我们的话剧作者如何冲破自我封闭，敢于适量借助于文学紧密联系现实生活的优势来丰富、发展话剧艺术。

汪兆桂（书面）　《桑》剧是一出多元化、高层次、充满着诗意的激情和浓郁的美学韵味，蕴含深刻哲理的心理悲剧。导演在戏剧手段的运用上，将象征主义、表现主义、间离效果、哑剧和荒诞戏剧等多种表现手法融为一体，将

先锋话剧研究资料

现代音乐、歌舞、民间戏曲熔于一炉，调动一切戏剧手段为导演的总体构思所用，使人物的深层心理和情感得到了合理的外化和延伸，从而制造出了一种充满生机活力的新现实主义戏剧。

以"地头估产"和"杀牛"两场戏来看，足见李金斗的形象内涵和《桑》剧的艺术魅力。"估产"一场使观众看到李金斗是一个勤勤恳恳、老实巴交、软弱可欺、麻木不仁的形象。这一形象哲理内涵告诉人们：愚昧麻木非但不能自立，而且总是被动挨打。同时导演在"估产"和其他的许多场次里，通过象征的手法用"牛"的形象对李金斗这个人物向观众作了巧妙而又准确的隐喻。他对桑树坪的庄户人"俯首甘为孺子牛"，因此，把他比作桑树坪的一头老黄牛，或者说在他身上有一股老黄牛的精神是一点不过分的。与此相呼应的是：在"杀牛"这场戏之前，通过导演的处理，又在"爱牛如子"这段小场戏里，将那头用道具和演员的舞蹈来象征的"牛"完全"人格化"了。和"估产"一场不同，"杀牛"一场戏完全采用了虚拟的写意处理，把全剧的悲剧气氛推向了一个悲壮激越的高潮。因此"杀牛"这场戏有着双重感人力量：一则它形象地揭示了全剧的深刻哲理，二则给人以巨大的悲剧感染力。在这场戏里导演极大地发挥了假定性戏剧功能。以催人泪下、振聋发聩的磅礴气势，把观众带进了巨大的情感振荡和严峻的深沉思索之中：我们的国家要振兴、民族要腾飞，在人类即将进入21世纪的今天，如果不是我们亲手埋葬愚昧，或者就将是我们被愚昧吞噬掉！这，正是出自演出者们和导演对人民和民族深深的爱，也是《桑》剧的导演所要告诉我们的生活真理！"戏剧不回答生活中人们关心的问题，人们怎么会关心戏剧？"这正是艺术家的良心所在，是艺术家责任感的驱使，是对今天戏剧和现实的关系所作的深刻的哲理思考。《桑》剧就是这样尖锐地提出并回答了今天现实生活中人们值得关心的问题。另一层意思是说："牛"的被杀，是对背负着愚昧精神重负的李金斗一次象征性的抨击，是对李金斗人的价值的一次彻底的象征性毁灭。这场戏的象征意义比青女到"围猎"后变成美女石的处理，显得更为悲壮、动人。

《桑》剧还有着自己鲜明的"这一个"的独特品格和美学个性：它质朴无华、深刻而鲜明、含蓄且又强烈。巧妙地把具象和抽象这一对戏剧现象中矛盾着的对立统一物有机地融合了起来，赋予舞台形象以丰厚的美学韵味，在处理虚与实的关系时，导演尤其善于"确定性与不确定性互相依赖而构成艺术的魅力"，给舞台造成一系列"尽在不言中"的戏剧效果。

对青女的处理正是这种独特的美学个性的表现。关心和爱护《桑》剧的同行认为：美女石的突然出现，易给观众造成视觉上的断裂感，进而也有的同志建议将"美女石"改为受辱后衣难遮体的青女本人蜷缩在地。但这是一个值得从美学上认真探讨和审慎处理的问题。艺术中的具象是指确定的形象，抽象指不确定的形象。由青女变成的"美女石"本是"不确定"的形象，倘若换成衣难遮体的青女本人躺地，势必构成"确实"的形象。"美女石"是具象和抽象的有机的对立统一体，它是被辱后的青女形象的淡化与抽象，它既包含着受辱的青女具象，反映出被"围猎"受害后的青女形象的抽象，总之它是以象征形式出现的虚拟形象，这个虚拟的形象意味着青女的贞操，纯洁和人的有价值的一切被彻底扼杀和粉碎了，唯有她的躯体尚存。导演这种虚拟的淡化处理，是对人民和受害的青女寄予的最美、最崇高的歌颂，以及深深的同情与爱戴，这是这一虚拟处理的不可忽视的弦外之音，言外之意。

易凯（书面）　今天的艺术所面临的是一个"春秋战国"式的时代，话剧要想在与文学、电影、电视、音乐、舞蹈等艺术样式的激烈抗争中立足，必须具备两个基本条件：一是往思想哲理的涵盖上，要与当代人类最新、最科学的思考同步合拍；二是在艺术审美的把握中，要高扬话剧"活人"艺术所独具的气魄和魅力。《桑树坪纪事》的演出，之所以令人们震动、兴奋、倾倒，我以为就是在这两个方面都向前大大地跨进了一步。

《桑》剧的思考是具有现代人的气魄的。面对着桑树坪系列小说所提供的丰富多彩的故事情节、人物形象（其中任何独立的一幕都足以引发出一部有声有色、催人泪下的戏剧），编导者都始终冷静地保持着一种高屋建瓴的恢宏的气势和整体把握的科学的态度，把一切都纳入我们民族5000年文化的历史轨迹进行反思。因此，伟大与卑微，崇高与愚昧，壮美与猥琐，渴望"生"的强大欲望与摧残"生"的麻木行为可以相辅相成、共生一体，"恶"的血痕斑斑的非人道的野蛮行径可以出自一个最无可指摘、毫无损人利己的"善"的动机——最基本的生存需要。剧作的这种反思，是冷峻的、严肃的，但不是绝望的，相反充满着赤子般的挚爱，怀抱着巨大希望。

《桑》剧中最辉煌的一页是导演艺术。导演具有一种"万物皆备于我"的大家风范，兼容并蓄，广泛吸收，目光四射，胸怀宽阔。然而在这种大吸收、大综合里，却又始终不失导演的强烈的主体意识和个性锋芒，话剧艺术的张力和潜力得到了强有力的表现。剧作没有附庸于文学身后爬行的足迹，没有生吞活剥西方现代主义变态的呻吟，也没有简单套用流行歌舞的浅薄的"时髦症"。导演有意识地将一切新的、外来的艺术观念、演剧原则和舞台语汇同民族的传统审美心理、欣赏习惯相结合，将话剧再现和表现的艺术原则相结合，在破除了舞台现实幻觉的同时创造了一种和民族审美取向相结合的诗化的意象；在保留了话剧艺术本身固有的优势的同时有机地交融了音乐、舞蹈、造型等艺术的特长。特别是导演不强调剧作场面内部事件与下一场事件的因果关系，重在开掘和舒展场面内部事件的情绪内涵，并不断地以新的形象信息丰富和舒展着这种情绪的内涵，使之呈现出一个绵绵不绝流动着的情绪长河，终于汇成一个汪洋恣肆的情绪的海洋，使情绪的力量从感情激荡的层次深入哲理思辨的深层，使那些看似"零乱"，随意撷取的形象，各自获得了它们的意义。为了保持这种强大的情绪力量，导演运用了一系列革新的艺术手法。太极图般的旋转的平台，象征着岁月苍莽的华夏古原，大型歌队的反复吟唱，在情节中穿针引线，画龙点睛；粗犷原始、几乎不加雕琢的各种群舞，为剧作注入了一种别样的动感和勃勃生机。导演之不足，似在剧中情节的连贯转换上，主要依托灯光的暗转，显得办法不多，过于重复，使剧作稍呈"零碎"之态。

总之，我赞成这样的说法——《桑树坪纪事》是集几十年来中国现实主义戏剧传统和近十年来革新探索成果之大成的舞台杰作，因为它确实把新时期的话剧艺术运动，大大地向前推进了一大步。

二、民族命运的深刻反思

黄宗江　李金斗是个英雄也是个狗熊；是"韩信"能受胯下之辱，也能做皇帝；既温情脉脉又非常残酷；他悲惨地瘸着一条腿走去，但瘸腿也是命定的。中国所有伟大的作品都离不开歌颂悲惨的女性，受"政权、神权、族权、夫权"四条绳索捆绑的女性形象，这个戏里彩芳、青女、月娃等妇女形象，写得好，演得也好。

蓝翎　桑塬就是周原，我们最早的文明发源地之一。我们有历史艰辛创造的一面，也有愚昧落后的、毁灭创造的一面，我们今天改革的阻力，恐怕就有来自老祖宗遗留下来的落后一面的因素，它不仅存在于桑树坪，也存在每一个人的心理、思想、观念、习惯上。我们的民族正像戏里麦客们的舞蹈那样，在历史的发展中上下盘行。

田本相　这个戏的社会意义远比其本身重要，所以不可低估。

顾骧　金斗和狗儿爷一样，是文学艺术中新时期的典型的农民形象。十七年中这种形象是不可能出现的，《白毛女》中杨白劳原是喝盐卤死的，"文革"前就非得抡起扁担不可，否则就是"人性论"。我们长期对农民形成了一种看法，像现在这样写农民，过去是不可能的。金斗的形象体现了人物的真实性，它有很深的历史内涵，能够引起人们的思考。中国近代革命史中有三次革命高潮，太平天国农民运动一方面表现了农民的冲天的革命精神和对封建主义的冲击力量，另一方也反映出他们的小农意识和封建的平均主义、禁欲主义、宗法主义和皇权主义等等；改良主义革命没有重视农民，反对农民革命，想走君主立宪的道路；孙中山革命也不重视农民。中国共产党登上历史舞台，就非常重视农民的作用，充分发挥农民革命的积极性。问题在于另一方面，对农民的浓厚的封建性重视不够，革命胜利后产生了很大的后遗症，封建主义和小农经济那种浓厚的东西渗透到我们社会生活中间而我们不觉得。什么是现代意识？现代意识就是要求民主与科学，反对现代封建主义。这不是老生常谈，是历史面临的任务，是我们文学艺术的一个重要主题。像狗儿爷、金斗的形象出现，具有深刻的历史内涵，具有强大的震撼力，社会生活中封建主义的积淀是深厚的。这个问题不解决，现代化的实现是不可能的。《桑》剧揭示了这个问题，因而我认为它的意义远远超过戏剧本身。

林克欢　编导者以一种冷静的，客观的态度，对农村的现实，对农民的生存状态不进行人为的提升，而是不加修饰和美化地去呈现历史的真实。月娃的出嫁非常典型，编导者不仅仅表现一个天真的女孩被拉走，他的冷峻的目光在对周围人们的反应上：周围的老乡把这一切看成是理所当然的，他们并不哭天抹泪地难过，即使是一个十二岁的小女孩也要"男大当婚，女大当嫁"。正是在这种没有觉醒的生活场景之中，把一种非常不自然的东西看成自然，表现得非常自然，编导并不提升周围人的思想觉悟，从而反映了千百年来不知重复了多少遍的我们农村妇女的命运。彩芳与榆娃情感与肉体的结合本来是非常自然的事情，但是编导者在表现这个场景时，让乡亲们像围住两个牲口一样地围猎！这里又把自然的东西表现得非常不自然。编导者通过这样的戏剧场景对我们五千年来的封建伦理的道德标准的控诉与批判，采取了一种客观的冷静的态度，因此它才具有震撼力。这种冷峻的历史主义态度把观众的思绪引到戏剧场景之外，正是在这种如此深沉的历史场景中来享受作品的思想内涵。扭曲的社会、扭曲的人情、扭曲的道德，以至心爱的主人公的反抗也呈现一种扭曲的形态。彩芳的殉情就是这样，用不正当的手段捍卫正当的利益，正当的人生存的权利。

江晓天　通过麦客，把我们民族的历史与现实与时代非常和谐地融合起来。"估产"关系到农民命运，现在我们的农民还有公粮；"王志科被抓走"表现了农民的一种麻木不仁。

马也　二十世纪是号称工业革命到来的时代，但在这块古老的土地上还笼罩着中世纪乃至史前的野蛮蒙昧的阴影。历史为什么裹足不前甚至是大踏步倒退？舞台向我们形象地展现了这个历史之谜。六十年代的桑树坪被封建主义（封闭、愚昧、家长制、宗法制，集中表现为超稳定的群体意识）、极左思潮、物质上的极度贫困三条绳索及其合力制约着。三条绳索在桑村坪的合力最终又指向贫困，凝成"口粮""工分"这两个符号。戏里的最高统治者实际上不是李金斗，而是工分和口粮，李金斗所有的惊天动地的丰功伟绩和惨无人道的杀人害命，背后都被"口粮"操纵着。"工分"和"口粮"构成了最高法典和最高奖赏。这个戏只能是通俗意义上的生存与贫困的悲剧，还构不成哲学美学意义上的人的生活的悲剧，因为真正的悲剧是人的主体意识被高扬到一定程度上的产物，是自由发展了的个性化的人的"历史的必然要求"，是面对失败死亡、毁灭或对大善大恶的明确追求，也是精神先于存在的较量，是人物性格的超常和悖逆。因此悲剧意识是一种探求和探索，是一种觉醒和觉悟，悲剧土壤应当是知识与个性、文明与文化、信仰和价值。处于精神荒漠中的生存选择既构不成善也构不成恶。这个戏的悲剧应当从哪个方面理解呢？就是作家、艺术家、历史、民族、桑树坪"呼唤悲剧但是难有悲剧"的悲剧，是没有悲剧的悲剧。这是一部振聋发聩的作品。

丁一三　悲剧人物都不承认自己的悲剧，这正是他的可悲之处。小小的舞台就是一个永远跳不出去的太极图。旁边的那口井，既给我们以水，又是归宿，深渊。

朱汉生　李金斗是一个独特的艺术发现，人物很复杂，活生生地体现了在封闭的农村社会，历史积淀的化身。他们复杂就像生活本身一样，很难用统一的道德标准来判断他的好坏。

丁涛　这个戏的深度和力度在于它接触到了命运，不只是对于贫困生活的展示，也不只是我们民族愚昧性的把握。这个戏是悲剧，它和我们认识中的悲剧那么不相像。我明白马克思所说的当旧制度灭亡时它是悲剧的，为什么？这个戏一下子把我震动了，我们民族五千年的文明建立在什么之上？建立在土地和生育这样一种最本源的生命形态上。一百年来我们进行的革命是政治革命。政治关系与所有制关系的改变，而作为民族生存基点的东西，我们并没有触动。我们的一切都建立在农民之上，建立在土地上。桑树坪的土地那么瘠薄，收获也就那么少，多少人来争这点到了手的口粮，它不仅要养活桑树坪的老老少少，还要养活十亿人。这种状况所带来的竞争是相当残酷的。土地已经不是我们的财富，我们都成了土地的奴隶了。把这种状况完全揭示出来，你说该恨谁不该恨谁？像这样一个话剧，它是命运的悲歌，它并不是用笑声在向过去告别，牛死了，我们还希望不希望它活过来？不希望！死了就让它死了吧，尽管我们要流泪，但我们必须这样做。这才是悲剧的力量。

三、艺术手法多样化和综合实验

黄宗江　运用电声音乐一般难以谐调。但这个戏里的电声乐器有一种类似人类脉搏跳动的鼓的节奏，使人感到身处黄土高原，很谐调。舞美设计好得很！化腐朽为神奇，把用惯了的转台又用活了。

曲六乙　我非常喜欢金明杀牛的那场戏，充分体现了导演和演员的创造。老牛虽然是面具，但已经人性化了，因而舞台充满了悲剧气氛。这种方式只能在西北高原才能出现，也只有那里的人民才可能采取这种方式。

田本相　戏虽然是由片段组成的，但从始至终地给予观众以整体冲击，是情绪、心理、情感的巨大冲击，有强烈的感染力。整体性的感受来自它的综合性，是一种流动的音乐与雕塑的结合。音乐非常好，有一种雕塑感在里面，因此我说它是一种雕塑和音乐高度融合的动力所产生的冲击式的美感力。它把音乐、舞蹈的语言有机地化成了戏剧的语言，舞乐都不是独立存在的，而是作为戏剧的构成部分和因素存在的。

林克欢　用歌队（当代人）的冷峻的评判形成另一个层次，构成作品的双层结构。月娃出走，台上站着歌队，乡亲围猎彩芳和榆娃，场景上又出现一阵哼哼的无字的主题歌。歌队引发人们对戏剧场景的思考。抽象化的、程式化的形体动作有两个好处，把模拟自然形态的动作变成舞蹈动作，使舞台形式在观赏美上具有很高价值。另外把现实场景变成象征场景，形体动作的规范化就达到了更高的抽象，使戏剧生动的场景完成了它的形而上的另一个超越。转台不仅仅起到场景转换的功能，它变成一种语汇，五千年的道路形成一个圆，怎么走出去呢？新时代的农民将如何走出这个"怪圈"，将是个令人思索的问题。导演的语汇无非就是运动中的空间语汇，这个戏的空间语汇非常复杂，"唱戏"一场，导演把一个现实空间变成一个心理空间，用此跳接"围猎"的另一个现实空间，这中间还有意会中的青年男女舞蹈。

曹禺　导演的手法和剧本的内容是协调的。金斗这个人物写得复杂，演得也好。福林也演得离奇地好，这个演员是个很有前途的演员。我们培养演员应当挑尖子来培养，这个演员将来如何培养，如何提高，如何用都要想些办法。小寡妇彩芳的死悲剧意味很浓，导演处理和演员表演都是好的。主题歌的歌词非常好，把全剧的立意表达出来了，就是"总是这样不断地自问，总是这样苦苦地追寻"，金明和牛的关系表现得真是深刻，人物的内心刻画决不是读几本心理学书籍就能够达到的。这个戏如果拿到全国去演的话，转台的处理恐怕就要想些办法了。但在这个戏里，它的作用太大了，很好。

马也　艺术成就上有三点：一是为民族自省与反思找到了恰当、完美、统一的艺术形式，剧作所展示的种种生活图景被力、劲、美所统摄。二是导表演处理的细腻与透彻。剧作所展示的任何一点艺术潜力，导表演都能淋漓尽致地使它舞台艺术化，层次清晰、节奏稳准。三是导表演对这几年话剧发展做出了贡献，克服了手法拼凑和形式拼贴的通病，解决了十年话剧所未解决的难题。

叶廷芳　"杀牛"一场把最爱牛的人变成杀牛人，这是一种悖论，但恰恰通过悖论能产生艺术效果。"青女"的处理是神来之笔、是出其不意的方法。"青女入洞房"的处理也是成功的，没有"大吵大闹"的那种一般的方法，反映了中国妇女身上既是优点又是悲剧因素的那种"委曲求全"。

康洪兴　写实与写意结合得很好。总体上是传神写意的，而局部上却是写实的。转台上表现的大都是写意的，而圆台下基本上又是写实的。

朱汉生　导演在形式的追求上很突出。整个戏有一种悲怆、苦涩的基调，由于表演节奏的优美流畅，使很多场面又平添了喜剧色彩，让观众在含泪的笑声中沉浸在深层的历史反思。借助写意性的舞美设计和舞蹈化、象征性转换、时空交错、虚实相间的表演，充分发挥了舞台假定性。歌队的混声合唱、面具、鼓声、舞蹈等象征主义表现手法，使舞台充满一种神秘的气氛、粗犷的诗情，表现出我们民族的生命力和民族精神。

杜清源　导演的总体构思给我很大感受。他用"围猎"作为贯穿始终的导演构思，本来围猎是人类在自然面前显露自觉意识、自觉力量的一种方式，但没想到这种"围猎"在戏里却表现为一种对自身生存构成威胁、人性与兽性、文明与野蛮等一系列因素的混合。这不单单是舞台技巧的搬用问题，而且它也带有我们中国文化正负力量的凝聚，并有现代意识的审视。

王贵　导演上是完美的，它把中国现代戏剧、表现主义的、象征主义的艺术手法运用得非常娴熟。在艺术表现上，创造了一个很难超越的、可以入戏剧史册的大语汇："杀牛。"它已经远远超出了剧本所提供的桑树坪的村民们为了不交这头牛而杀牛的内涵。这个语汇给人以强烈的震动。表演上已达到了我追求但还远未达到的水平，戏剧的本质是演员的表演艺术，这些演员们有很强的现代观念，他们和导演这样一致，我羡慕得不得了。

颜振奋　这个戏在戏剧文学上有三点启示：第一点，进行艺术革新探索，不仅仅是在戏剧观念、导表演上，在创作上也必须进行相应的探索和创新。第二点，要成为不朽之作，一定要真实地反映我们的时代生活。第三点，在创作上进行大胆探索，以现实主义为基础，又糅合表现主义、象征主义等风格流派的方法和美学理想。

李维新　剧本很扎实，导演也很好，但更喜欢这个戏的舞美。既是宏大的又是具体的。转台的使用非常好，围绕转台有几个支点，把戏分成几段。

丁扬忠　这个戏的音乐太好了，连十几岁的中学生都喜欢，而平时他们只喜欢流行歌曲。音乐与舞台非常和谐地统一起来了。

英若诚（书面）　《桑树坪纪事》的导演艺术也值得大书特书。导演和演员充分发挥了舞台的优势，巧妙地利用了它的局限性，使这一台"活的表演"成为其他艺术形式所不能代替的，给观众以极大的艺术享受。那感人至深的

"杀牛"一场，在银幕或屏幕上不可能达到这样的效果，演员的表演生活底子扎实，性格化、形体语言都很出色，其中像扮演李福林的王巍同志达到了很高的境界。

如果要挑一点毛病的话，我觉得场与场之间的暗转往往长了一些，使前一场好不容易演绎出来的"假定性"丧失了。此外，有几位演员在语言上下的功夫不够。但这都是小毛病，无损于《桑树坪纪事》在剧本创作、导表演和舞美方面取得的值得庆祝的成就。

四、对社会意义、理论深层的思考

黄宗江　这些年，写中国愚昧落后的东西是很多的，已经不是伤痕问题，而是真实问题。对此，有人欢迎，有人忧心忡忡。我两者兼有之。我在美国待了一年多，在国外看到这样的描写是很敏感的。但我觉得即使伤心痛心，这样的描写也是应当的，因为这是我们的真实。什么样的真实能接受，什么样的真实不能接受？关键在于看完作品后你会不会得到"我们的民族是大有希望的"结论。《桑树坪纪事》给了我这个结论，给了我力量。这决不等于过去我们所说的"光明的尾巴""亮点"，我从金斗身上看到了我们当前改革的必要性和必然性。

蓝翎　人无完人，真正写成"完人"，那么他也就"完"了。人的两面性是统一的，黄土高原长期受到愚昧落后影响的那一个农民、一个农村干部，他身上存在的某种弱点是完全能够理解的。我们的作品不能太迷人了，过于迷人就会使人不知道我们生活现在是什么样子，过去是什么样子，将来会向什么方向发展。这个戏也有迷人的地方，但完全是迷得让人清醒。

曲六乙　可以称之为"两部戏剧"的话剧今天终于出现了。我们应该珍惜这个给予我们的启示，更加有意识地、自觉地建立不同的区域性的风格流派的戏剧。

曹禺　这样的戏应该有，而且应当鼓励有。希望这个戏扩大影响，想个办法拿到全国上演！进而考虑拿到国外演一演。不要以为自己不行，外国出了奥尼尔、萧伯纳、阿瑟·密勒，其实我们也有不亚于阿瑟·密勒的剧本，也有不亚于莱因哈特、斯坦尼斯拉夫斯基的导演，舞美也是这样。我心里总有一股闷气，说咱们不如人家，其实不是这样，我们的民族是个了不起的民族，有五千年的文明史，又吸收了外国的文明，加上现在的好政策，不会不出好东西。

丁一三　我们现在对文艺理论的清理远远不如经济战线对各种问题的清理那么彻底。真实问题仍然不能坚持，艺术家的"勇于探索"很难。这个戏之所以使人振奋，关键在于它表现了真实。

王贵　这个戏揭示了我们龙的传人自我戕害的意识，这也是一种劣根性，它拨动了我们民族历史的古老心弦。这个戏的戏核是"杀牛"，它使我想站起来狂喊：龙的传人们哪！炎黄子孙们哪！为什么要这样残忍地杀害你们的忠实的、相依为命的老牛呢？杀完牛以后又顶礼膜拜，祭奠老牛。

丁扬忠　现实主义是基础，但不能守旧，现实主义要随着时代前进。不融合当代意识、当代手法，它就没有办法前进。欧洲已出现了现实主义的回归，因为纯形式的东西是不行的，但在某种意义上你又不能说它不起作用啊，只要会用，用活，它还是有意义的。

五、创新精神的体现

黄宗江　这个戏按中国的说法是写实与写意的大综合，实际上它是现实主义的一种开拓，这是一个大功劳。歌舞话熔为一炉古已有之，今天来用，既是复古又是创新的。

蓝翎　我们的戏剧形式应当创新，不创新就没有出路。生活本身都在不断创新，戏剧当然就需要创新。但是用形式创新来表现一个抽象的、观众难以理解的观念，也未必是解救戏剧危机的好方法。《桑树坪纪事》在表现"龙的传人要摆脱历史重负和觉醒起来"的观念时，采用具体画面来表现，它不抽象。

曲六乙　这个戏是对新时期十年实验性剧目的一个概括性总结，有几点经验值得注意。一是巨大的剧场性与巨大的真实性的结合；二是强烈的剧场意识和丰富的现代审美意识的结合。

田本相　祝贺戏剧学院向戏剧界献出这样一出独具创新性的好戏，我完全被它的高度完美的综合性征服。话剧能够具有如此巨大的艺术潜能、充分的艺术表现力是我做梦也没想到的。任何一种综合艺术都存在于艺术兼容性，传统艺术要发展就要从其他艺术形式中吸取营养、丰富自己。这个戏的优点就是在坚持戏剧的基本特征外兼容了其他艺术的东西，很了不起。而且是很自然，是一种有机渗入，浑然一体。这个戏还把西方现代派的东西融合进去了，没有生硬的感觉，带有浓郁的中国特色。

马也　以再现、具象为体，以表现、抽象为用，后者是前者的升华、渲染和强化。把统一的艺术灵魂和精血灌注于表现手段和形式之中，使形式手段成为内容的有机生成和形象自身的组织部分，为舞台找到了最佳的存活状态。

叶廷芳　这个剧一方面表现了现实主义的胜利，另一方面也是非现实主义的胜利。因为这个戏完全用传统的现实主义手法来表现，收不到这样强烈的效果。导演用精神围攻产生了美学效应，这种方法在《贵妇还乡》中应用过，愚昧的人占多数，那么少数的人就必然要遭到毁灭的命运。

康洪兴　它比较恰当地解决了导演与演员的关系，既看到导演的主体意识，又充分发挥了演员的创造力。这个戏比较好地解决了表达哲理内涵的问题，这是探索性戏剧始终解决不好的。舞台时空的灵活运用上也为探索戏剧提供了很好的经验。

丁涛　手段的运用没有一点是导演的首创，但是所有具有创新生命的，在这个戏里活了起来。大艺术家不会被一家一派所束缚，他只会把它消融，他具有这种胆量和才华。

六、关于该剧的不足

黄宗江　焦菊隐主张每人都是一幅肖像。即使是群众角色也要是肖像。这个戏中知青娃处理得不好，召之即来，挥之即去。其实这个形象再有几分钟就能补救成一幅肖像。水井设计为不动的，总是妨碍观众进入情境，其实可以把它加上小轮子。

田本相　作者虽然具有悲剧意识，但在创作心态上明显流露出受了束缚，因而悲剧情绪没有充分表达。戏的结尾，金斗要饭去了，作者显然有很多考虑，其实他即便死了也不为过分，那样他的悲剧意味会更强烈，但是被束缚住了。

马也　自月娃之后，戏就发生了不统一，有断裂处。彩芳之死缺少足够的情境支撑。金斗受伤，减弱了作为族长的心理和生理的力度。"杀牛"之后，戏剧节奏过缓、过软、过拖。

叶廷芳　为什么要把王志科搞成一个杀人犯？情节没有交代清楚。这个人物虽然具有典型意义，但是缺乏艺术感染力，如果搞成"地富反坏右"是否更有典型意义？

童道明　"青女被辱"后变成石像，悲剧意味的延伸消失了。原因在于中断了前面的悲剧场面，没有达到预期效果。

朱汉生　知青娃的形象应当成为贯穿人物，因为在那个封闭落后的小村庄里，只有他还是从城市带来的现代观念和是非观念，把他与村民的落后观念进行对比的话，戏的深刻性还会更强。

李维新　彩芳这个人物在戏里是个很重的人物，很可爱，但她死得太可惜，死得过于实。如果处理成由实到虚是否更好些？内涵更为张大，更与整个戏的风格相一致。

原载《戏剧：中央戏剧学院学报》1988年第2期

先锋话剧研究资料

在兼容与结合中嬗变（上）

——话剧《桑树坪纪事》实验报告

徐晓钟

我一直想通过一台戏的演出（甚至包括剧本创作）表述自己这几年对戏剧发展的思索：继承现实主义戏剧美学传统，在更高的层次上学习我国传统艺术的美学原则，有分析地吸收现代戏剧（包括现代派戏剧）的一切有价值的成果，辩证地兼收并蓄，以我为主，孜孜以求戏剧艺术的不断革新。1986年冬，我选中了朱晓平的桑树坪系列小说的三个中篇——《桑树坪纪事》《桑塬》《福林和他的婆姨》作为实验的文学基础。小说深深地触动了我，它不仅使人看到我们民族非凡的韧性和生存力，而且对民族命运作了勇敢的反思，具有深刻的历史内涵，我认为这是一部在深层意义上呼唤改革的作品。我先后和主要创作人员、演员两次进入西北山区学习，熟悉并贴近了小说中的人物，加深了对原作的理解，并串起了我们自己的生活积累与对生活的思索。生活使我们获得了创作的诗情。话剧《桑树坪纪事》的剧本改编是按我所确定追求的美学原则，在统一的构思下由陈子度、杨健和小说原作者朱晓平三位年轻同志执笔的，陈子度还参加了导演工作。

（一）五千年梦魂的呼唤

桑树坪——历史的活化石

朱晓平笔下的这个西北山区小村——桑树坪，尽管离现代化城市只有四至六小时的汽车路，却因几层大山的阻隔而被封闭起来。那贫瘠苍凉的山塬，那唐代摩崖佛像以及笨重简陋的木轮车，使人想起远古，远古的灿烂文化，远古的蛮荒。在这块"活化石"中凝固着黑暗而漫长的中国封建社会及农民千年命运的踪迹，一方面是李金斗、金明、榆娃、彩芳这些忠厚农民和自然环境、和贫穷的艰苦卓绝的搏斗，另一方面是那闭锁、狭隘、保守、愚昧的封建落后的群体文化心理。桑树坪的先民用自己瘦骨嶙峋的脊背肩负着民族生存和发展的重压，为黄土高原的文明奠定了基础，而桑树坪人自己却仍留在闭锁、愚昧与贫穷的蛮荒之中。这块因封闭而留下的"活化石"可以提供人们领悟民族命运的内蕴。

那年月，三条绳索的捆束

当众叔伯哄劝月娃出门时，十二岁的月娃要求说："妈，我不出门行呀不？"青女见人就问："女人是人呀不？……"这种发问在桑树坪是毫无意义的。几千年来就是这样。像山里人唱的："娶下婆姨做什哩？白天烧锅做饭哩，夜里奶上歇乏哩。炕上养娃做月哩。"桑树坪人把这种摧毁人性的买卖婚姻、收养童养媳、易妹换妻及丑陋的转房亲，视作天经地义的事情，历来如此的。

桑树坪的农民还表现出一种强烈的宗族观念，排外和狭隘的自私心理很重，这种宗族的排外冲突往往表现得十分野蛮、残酷；为了两孔破窑，可以叫王志科这个外姓人家破人亡！

李金斗常常为小利和别人争斗。小说作者写道："些许小利？他们不为些许小利又为什么？苦劳苦作熬磨营生，得来的不就是些许小利吗？生活在这贫瘠闭塞小山村的庄稼人，要挣来这些许小利，也要经过一番多么艰难的挣扎啊！"我们到山区生活时，结识过几个不幸婚姻的中年妇女，基本都是由于女家收了男家五百块（后来是八百块）的财礼，而从此落入了深渊。几百块钱葬送一个女子的爱！一个个有血肉的生灵就这样活活地被吞噬了！

从空间上讲，桑树坪是一个闭锁的西北小村，从时间上讲，它处在极左路线猖獗的年代，这时空的交叉处汇聚着捆束桑树坪人的三根绳索：封建主义的蒙昧、极左思潮和习气以及物质生活的贫穷。它使桑树坪人盲目而麻木地相互角逐和厮杀，制造着别人的也制造着自己的惨剧。

桑树坪人爱牛如子，惜牛如命，可县上的"脑系们"为庆祝革委会成立要杀牛吃，逼着他们卖老耕牛"豁子"，于是一场惊天动地的围猎"豁子"的惨剧发生了，桑树坪人打死了"豁子"，也打死了自己生存的希望。这场惨剧发生之前，桑树坪人也是这样"围猎"了王志科，把这个善良的外姓人捆绑入狱。在封建主义和极左路线交织的罗网里，"桑树坪人"就是这样相互戕害，所谓相互戕害，实质上也是自戕！

李金斗，怎么说他才好！

李金斗，这个桑树坪的"山大王"是中国封建文化心理的一种典型，历史的、文化及政治的诸种复杂因素，铸成了这个基层干部的形象。作为一队之长，他像母鸡护小鸡一样护卫着全村老小几十口的生计，他也常常出自"好心"地为村人奔走婚丧嫁娶，然而他身上的封建宗法家族观念、婚姻伦理道德观念和狭隘闭锁等历史积淀下来的文化心理，以及他身上的"左"的积习，使他可爱、可怜又可恨。在"乌龙"（即暴雨）面前，在估产队、县革委的"脑系"面前，他是一只被人抽打的羔羊，然而在彩芳、榆娃、麦客及外姓人王志科面前，他又是吞噬生灵的一只恶虎！这个李金斗，怎么说他才好呢？！

小桑树坪和大桑树坪

我以为小说作者的视野既超越了一个西北的小村，也超越了极左路线猖獗的一个年代。他把自己的焦距对准桑树坪这些默默无闻的小民，是要通过他们来认识我们的历史和今天。他写的是小桑树坪，观照的是大桑树坪，桑树坪人身上有的某些性格基质、文化心态，我们身上有过，或者现在也还有；桑树坪人的命运，我们有过，或许也还可能有。《桑》剧全体创作人员怀着对我们民族——苦难母亲的赤子之爱，来改编这部小说并把它呈现在舞台上，希望通过李金斗和他的村民们的命运引发人们对五千年中华民族文化心理的反思，激发自己的民族自强意识，希望《桑》剧的演出能折射出改革的必要性和迫切性。

（二）以我为主，辩证地兼收并蓄

兼有叙述体戏剧及戏剧性戏剧的特征

《桑》剧保留了原小说"人物绣像式"的结构，虽只几个人物，几场围猎，但内在的哲理和情绪韵致贯通，揭示了民族命运的内涵。没有中心事件贯串全剧，明显的三个乐章，在结构上可能给人某些纪实性的真切感，小说中作者的叙述和评点，一部分由歌队承担了。叙述体戏剧所追求的"陌生化效果"是通过场面与场面、段落与段落的组接和排列顺序来体现的。

老耕牛"豁子"和外姓人王志科的命运模式是共同的，都是在桑树坪被"围猎"而亡的，看起来是桑树坪人在戕害另外两个生灵，实质上都是桑树坪人的自戕。然而桑树坪人对这两个生灵的态度是不一样的，"打牛"一场，桑树坪人是疯狂的、愤怒的；对待捆绑王志科入狱是冷漠的、麻木的。为了揭示悲剧的这一内涵，引起观众的惊觉，我们把这两条线索交叉组接如下："批斗王志科""王志科在亡妻坟上哭坟""李金斗在密告王志科的状子上按了手印"，插入"饲养员金明护牛"，再接"逮捕王志科"，最后接"打牛"。我希望通过这样的组接，能给这些日常生活的片断赋予更多的历史反思的内涵。在段落或场面的内部基本上是戏剧性戏剧的特征，即展现人物在规定情境中的冲突与行动，大体上遵循创造现实幻觉的原则，追求共鸣与感应；而在某些具有象征因素的舞台调度和细节的处理上，则含有陌生化效果的成分。如李金斗像牲口一样驮着估产队干部在地上爬行，月娃在出门前戴着猴面具在众叔伯面前耍猴戏等。我想，这样既可发挥叙述体戏剧的特长。增强戏剧的思索品格，又可不过多地打扰观众的欣赏习惯。

"情"与"理"的结合

在剧场艺术实践中我观察到，运用布莱希特的理论时，如果割裂了"情""理"的辩证关系，造成对"情"的忽视，往往使观众对剧场里的一切产生冷漠，不仅是情感的冷漠，也导致理性思索的冷漠。导演对观众欣赏戏剧时的情理自然逻辑过分生硬的干预，会给观众的欣赏带来困惑，降低观剧审美的愉悦。我以为，仔细研究中国传统戏曲情理交融的美学观，可能有助于我们加强戏剧思索品格的追求。在《桑》剧中，我希望通过观众对人物命运的贴近、关注与共鸣激发观众思索。我想，在剧场里观众不激动是不可想象的，问题在于是对人物表层的悲欢离合的激动，对戏剧外部情节的激动，还是对人物命运的激动与由此引发的哲理思索的激动。从生活的逻辑来讲这两者是难以割断或对立的，我试图追求偏向后者的倾斜，即重视观众的理性思索，然而应该是不脱离情感激动的思索。

"情"与"理"的结合我想最基本的应该体现在演员的表演上。在《桑》剧里，演员与角色，演员与观众的关系呈现出十分活跃的状况，演员既是作为艺术形象的剧中人，又是作为对自己扮演的人物进行理性评价的中介。有时要求演员与角色的统一，强调共鸣感应；有时又要求演员与角色的间离，强调演员对角色的评价，要求与观众有多种的适应。然而我们在排演过程中首先要求演员遵循"在体验基础上的再体现"的原则，以真挚的体验作为各种表演原则、表演心理状态的基础。即使是在用表现原则的场面或表现性语汇里（如"捉'奸'""打牛"），原则和形式是诗化的，也要求演员情感的逼真与情绪的纯真。无论是强调演员与角色的统一或是演员对角色持鲜明的评价意识，演员对人物命运以及超脱于具体人和事的哲理思索，都应该怀有艺术家自己的真挚、炽热的感情。

然而，在《桑》剧中我们也不提倡舞台上泛情。我习惯于要求演员在表演时或明或暗地传达出自己对角色的评价，即渗透出演员对自己人物的行为、命运的态度和情感。我以为，演员表演角色时怀有评价意识是在所有流派（包括斯坦尼斯拉夫斯基的心理现实主义）的表演实践中都存在的，只是在不同艺术家的理论与实践中对这种意识的性质、程度和体现形式要求不同罢了，有的是直接传递，有的则是间接暗示。在《桑》剧中有许多表演环节要求演员有更鲜明的评价。如李金斗在全剧有三次抱头痛哭：一次是在估产队面前发了急，演员在心里善意地笑李金斗急中生智鬼点子多；再一次是在彩芳当着全村人不认他作爹时他耍无赖，演员是要让观众看到李金斗这副令人恶心的下作的嘴脸；第三次是他威胁利诱地要彩芳答应"转房亲"，演员心里怀有这样一句内心独白："观众请看，李金斗已俨然成为一只吞噬羊羔的猛虎！"月娃出门前众人围上去哄劝，我要求扮演叔伯婶子婆姨的演员均怀着这样一句不平静的内心独白："观众们，你们看，这里既有群众也有干部，有的还是党员，这些混账逻辑居然能被他们讲得如此振振有词，娓娓动听！"

导演主体意识的强化，有时要求演员把自己融化到整体的哲理语汇中去，这时要求演员在舞台上直接传达导演和演出者的情感和态度。在第一章结尾的"诀别"一场：彩芳搀扶起被打断腿的榆娃，把他送进归去的麦客行列时，扮演彩芳的演员先是怀着在这个规定情境中的人物的情感，当榆娃跌跌撞撞进入麦客队伍，化入"麦客"整体形象中去时，则要求演员此刻怀着不是对一个榆娃，而是对农民——民族脊梁整体命运的祝福和沉思。

人物的态度和情感与演员评价人物行为时的态度和情感，应该尽可能保持统一和平衡，然而在不同的段落里，这两种态度和情感的侧重面是会不一样的。遗憾的是在《桑》剧排演过程中，有的我们向演员要求了，而有些环节中演员应该有的正确自我感觉，我自己也是事后才明白过来的。

在激发观众贴近人物、关注人物的命运时，我愿意采用一些以我们观众的神经能够承受为度的"残酷"的因素，以此去撞击观众的情感：小到估产队主任蛮横无理时把一杯开水冲李金斗脸上泼去；估产队员把李金斗当作牲口一样骑在自己的胯下；面对着脉脉含情的青女，福林野性大作，把青女踢打得在地上翻滚、号叫，直至割断她的发辫；大至对福林当众扒去青女的裤子及残酷批斗外姓人王志科等场面的渲染。

李金斗漠然地牵着月娃去甘肃，我们要求月娃在"田埂"上蹦跳嬉戏，知青娃竟顺从地用手电筒为他们照亮出村的小路。我揣摩，观众会因这幅图景而激动地思索；而当他们刚在舞台深处消失，月娃的阳疯子哥哥呼唤着"妹子……"冲向台口，无望地在地上翻滚时，我们是想着意地再度激荡观众的情感，推动观众在兄妹命运的联系中进入一个新的层次，去探求"桑树坪人"共同的悲剧命运的究竟。我试图追求这种为情感所推动的理性思索，伴随着情感激荡的理性思索，和不脱离哲理思索的情感激荡。我向往能使观众在情感的激荡和理性的思索两个方面同时获得满足！

（未完待续）

原载《戏剧报》1988年第4期

85

在兼容与结合中嬗变（下）

——话剧《桑树坪纪事》实验报告

徐晓钟

破除现实幻觉，创造诗化的意象

与情理结合的追求相适应，在对待舞台幻觉问题上我基本是让破除现实幻觉与创造现实幻觉两种原则相结合，两种手法相交替。《桑》剧是大实大虚相结合的原则，在"实"处（如"雇麦客""批斗王志科"等）基本上遵循创造现实幻觉的原则，在"虚"处（如"捉奸""打牛"）一般都遵循破除现实幻觉的原则；即使在实处理的场面也间或用了些破除现实幻觉的手法，如月娃出门时，歌队——桑树坪的良心——在歌唱。

我认为，中国戏曲中也有类似破除现实幻觉的观赏效果，然而它的特征是在破除现实幻觉的同时，却给观众创造着诗意的联想和意境的幻觉。《桑》剧在情感、哲理高潮的几段戏，我试图在破除现实幻觉的同时，在观众的联觉活动中也创造这种诗意的联想和意境的幻觉，以呈现演出者的主观意识，这种诗意的联想和意境的幻觉我称之为"诗化的意象"。在"捉奸"一场，我们避开了一场中世纪式的对男女青年肉体和心灵野蛮摧残的场面，而凝聚为对两个生灵的"围猎"的象征，并升华成为一场象征"围猎"的舞蹈。我在自己的实践中追求的"诗化的意象"，其特征是：不是舞台上创造现实生活的幻觉，而是通过某种象征形象的催化，在观众的心理联觉和艺术通感中创造出再生的饱含哲理的诗化形象；一个诗化形象的完整语汇，应该是一个哲理的形象并体现为一个形象的哲理。因此，诗化的意象可能使观众同时获得哲理思索与审美鉴赏的两重激动。

很自然，导演创造一种体现自己主观意识的形象，总会是自己心灵感觉到的。然而我总想努力去估计并选择我们的观众也可能感觉到并予以接受的形式，设法使中常文化水平的观众能通过我创造的形式听见我心灵的鸣响。我向往能寻找到一种和民族、民间艺术审美取向相结合的诗化的意象。"打死耕牛'豁子'"，这场戏是全剧哲理和情感的高潮，在剧本改编时就决定要创造出一个非幻觉主义的"打牛"场面来，试验过几种方案，最后决定采用民间舞狮子的形式。由两位演员担任"舞牛人"。牛头的造型和装饰以及"牛"的舞蹈动作，尽可能给观众以民族、民间艺术的审美情趣。通过形体、舞蹈设计赵常如、马羚、金小山，舞美设计霍起弟、卢一，灯光设计慕百锁和舞美系85届灯光班同学以及全体演员的努力，创造了一台较为悲壮的"围猎耕牛"的诗化意象。

在追求民族、民间艺术的风格意蕴时，我们又努力融合进若干现代艺术风格的因素，如音乐（郭峰、蒋洪声作曲）和舞蹈的设计与选择上，我们在人物气质、服装及化妆造型"土得掉渣"的场景里，使含有民族风格意蕴的音乐，通过配器等处理手法响彻现代风格的乐音；在彩芳、榆娃心灵对话的场面，台后出现的西北民间双人舞，我们也糅进了若干诙谐的现代舞的动律。总之，希望演出既能给观众以民族、民间艺术审美情趣的亲切感，又能透露出现代风格的新意。

在《桑》剧的语言处理上也作了同样的尝试（台词指导教师：冯明义、黄意璘、段春启），我们试图寻找地方语音与普通话某种程度的结合：对于西北语言结构特色极强的词汇或在传达人物情绪的特殊需要处，鲜明地突出少数几个字的地方语音，一般的则要求用微带地方口音的普通话。

表现与再现原则的结合

近年来，导演们在创造舞台演出时都在努力强化自己的主观意识（自己对生活的感受，对剧本的解释以及对生活哲理的思索），并且将这种主观意识直接予以外化或物化，即往往不是在戏剧冲突发展的逻辑轨道上，也不用生活的形态自然呈现，而是运用远离生活的形态或非生活形态的象征形象予以体现。我相信，真正的表现原则和表现的美只存在于饱含哲理、饱含诗的激情和意境并找到美的形式的那些瞬间。

青女被自己的疯子丈夫当众扯去裤子一场戏是令人惊心动魄的：我感觉

到，被扯去裤子的不是一个青女，几千年来有多少中国妇女不都是这样或那样被封建的愚昧野蛮地损害与凌辱？！我还想，过去几千年如此那还是可以理解的，而今日仍在重现这种惨剧则实在令人难以平静！我仿佛看见青女——这个想做母亲而不得的女人，精赤着那洁白如玉的身子，就这样躺在中华文明的发祥地黄土高原之上！我希望找到一个象征形象，一种象征形式来外化我心灵的震颤，物化我的这种历史深沉感。当福林把自己的婆姨按倒在地，村民们涌上围观，福林当着全村人的面举起自己婆姨的裤子号叫："我的婆姨！钱买下的！妹子换下的！"这时，围观的村民转化成桑树坪的良心和这悲剧历史的见证，规范化地形成半圆展开，此时，歌队无字哼鸣声起，在青女被按倒的地方，一座残缺的汉白玉的古代妇女塑像呈现在观众面前……我的感情要求彩芳——另一个被封建习惯势力所戕害的妇女——徐徐站起走向石像，肃穆地把一条黄绫献上；我的心灵在呼唤：人们，面对着我们民族生生不息的本源——女人、大地、母亲，低下头来吧！这场"围猎"就这样在构思中逐渐显现出来了。当灯光渐渐暗下来，观众隐约地看到转台载着跪在地上的桑树坪人的群体徐徐转动时，我希望观众对这场戏内涵的反思，会一层一层地延展开来！

我观察舞台艺术实践时发现，表现性语汇如果不含有哲理，一定是空有华美形式的"空语汇"；表现性语汇如果没有真正的诗情，就可能沦为导演意念的图解；表现性语汇找不到美的形式，就不可能呈现出表现的美。但是，哲理和诗情并不听命于导演人为的安排，它们是在人物的行为、人物的冲突、人物关系及人物命运发展的过程中逐渐孕育、凝练出来的，有一个从散文到诗的孕育、凝练的过程。基于小说原著的诗情特色，也由于自己创作个性的追求，我确定《桑》剧的改编与舞台呈现采用表现与再现原则的结合，表现与再现手法的交替。

南宋朱熹说文学写作的两种手法比兴是"先言他物以引起所咏之词也"。希望咏诵《桑》剧这首"五千年梦魂"之歌是我们创作《桑》剧的目的，而"言他物"是激发咏诵的需要。如第一章从彩芳与榆娃的"井遇""自乐会上的对唱"发展到两个年轻人在心灵中的"定情"和"捉'奸'"；第二章从"月娃出门""青女过门""青女铺排男人"发展到"福林当着全村人扯下自己婆姨的裤子"及"桑树坪人面对'石雕像'的沉思"，都是这种从散文到诗孕育与凝练的大体过程，也是《桑》剧再现与表现两种原则、两种手法结合与交替的大体轨迹。当然，这只是从大的表现语汇出现的逻辑来讲，事实上即使在所谓"散文"的段落内如"青女铺排男人"一场，也是诗情不断涌现，只不过在这场戏里基本上遵守着再现的原则罢了。"打牛"这场戏之前有一场戏是"护牛、借牛"，饲养员金明"爱牛如子"，不许任何人累了老耕牛"黪子"，我们让两个演员手提民间工艺彩画的牛头上场，这是一段"散文"；在这之后又插入"王志科被捆绑入狱"……这几场戏的顺序出现，都在哲理与诗情的孕育和发展上做了铺垫和准备，当然也在风格、演剧原则的美学属性上为观众的观赏心理做了铺垫和准备。是前面几段戏孕育和逐步凝练了这个横溢诗情的表现原则的语汇——"打牛"，就像随着诗人的情感自然沉浮，再现与表现的两种原则、两种手法在戏中交替出现。

舞台设计刘元声和我们一起爬过黄土高原，和我们怀着同样的诗情出色地找到了《桑》剧空间处理的造型形式：以大写意的原则在转台上安置一个14米直径的倾斜"大圆盘"——象征五千年黄土高原的大塬背，"圆盘"高端的一侧是用提炼的写实手法体现的傍坡而凿的窑洞和牲口棚，"散文"式的场面基本上在这种写实环境里发生，而人物命运和哲理升华的诗化的意象场景，则基本上在这象征广袤黄土高原的塬背上"咏诵"。转台的转动不单是物质空间的转换，而且是物质空间与心理空间两种不同性质空间的转换，也是散文与诗、叙述与咏诵的转换。即再现与表现两种美学原则、两个美学层次的转换。我们利用这种种转换，构建成一组组富有感染力的哲理形象，以传达融化在形象里的哲理。

（三）真实的人物形象和生动的表演艺术是《桑》剧的主要魅力

戏剧的形式和表现手段应该拓展，它在新时期十年中也已经获得了一些拓展。音乐、舞蹈甚至电影以及其他姐妹艺术的艺术手段，不断地丰富着戏剧艺术的表现力，戏剧将会使自己呈现出种种新面貌，这种嬗变的前景不可限量。但就戏剧发展的总体走向来看，我以为它仍将凭借自己的本质特性。我认为，直观的冲突和行动，仍将是戏剧的主要特征，塑造真实、生动的人物形象仍将是戏剧最主要的魅力。导演的主体意识将会不断地强化，舞台演剧艺术的表现手段也会不断地丰富和发展，然而，舞台艺术最基本的表现力和魅力仍将是演员的创造，是演员活人的有精湛技艺的表演！我们就是基于这样的认识来改编剧本、确定剧本结构的。原小说真实、生动的人物形象，真实生动的语言，为我们的人物二度创造提供了坚实的基础。我们也根据这个原则和演员一起工作。

表演干部专修班前一年半的教学为《桑》剧的表演艺术创造了很好的条件。我们从西北山区回来以后做了大量的人物生活观察小品，第二阶段又做了许多"桑树坪人"的人物形象小品，我要求演员通过小品的方式把剧中人物的性格、形象特征糅透，要求剧中人物形象直接间接地与生活中我们亲身观察体验过的人物"接通血管"。我主张，只有当演员闭上眼睛能知道人物在任何一个假定的情境中将会想什么和怎么想，做什么与怎么做，才能说角色的准备工作已做好，可以进入排演了。这次《桑》剧的排演基本上是这样做的。在排演的那些日子里演员满脑子装满了各种各样的人物形象，所以后来在舞台上，即使是台词极少甚至没有一句台词的角色，也被演员们演得极为真实和生动。我要求演员必须像丹钦柯要求的那样，用自己的神经、自己的体验、自己心灵的火花和自己的气质去感染观众，在这个基础上，根据剧本和导演构思的需要，去调节演员与角色、演员与观众的关系，去调节自己在现实空间与心理空间中的表演自我感觉。演出中许多震撼人心的地方，如"青女铺排男人""月娃出门""批斗王志科"等，均是演员的出色创造；即使是十分鲜明的导演语汇（如"捉'奸'""福林扯去青女的裤子""打牛"等），也都是以演员比较坚实的表演为支撑的，抽掉了演员的血肉创造，许多原本可能是精彩的导演处理都将枯萎！

（四）实验后的两点体会

真实地讲，《桑》剧许多构思的产生，有的我能说得清楚，有的却不能。当然，剧中的许多表现性的诗意语汇的哲理内涵和意念我是清楚的，然而，体现这种哲理内涵的诗化的意象，体现出来的形式是怎样产生的，我却说不太清楚。有同志问我"'桑树坪人'举着火把'围猎'一对年轻恋人""福林扯下青女的裤子后，'桑树坪人'跪对古代女雕像的沉思"以及"打牛"这些场面怎么构思出来的？我只能如实地讲：夜半，灯下，对着舞台模型，用耳机听着

《桑》剧的音乐，一遍又一遍，这三个场面就这样渐渐地在脑子里出现了。究竟是怎么出现的？现在我只能说：是生活！生活的、文学的、姐妹艺术的各种视觉、听觉印象在生活诗情的激发下凝聚起来了。它绝非一蹴而就。从最初酝酿改编到最后的演出，《桑》剧的创作延续近一年。回顾整个的创作过程，使我深深地体会到：无论是写实或写意，无论是具体或抽象，也无论是再现或表现，艺术观念、演剧原则可能各异，指导提炼或抽象生活的原则、方法可能不一样，然而一切舞台艺术创造直接间接地来源于生活，我是坚信不移的。

我向往把某些新的或是对我们是陌生的艺术观念、演剧原则予以兼收并蓄；与我国传统艺术的美学原则、观众的欣赏习惯辩证地相结合；而要使"结合"不致成为某些观念与原则的拼凑，这就需要自己的消融和创造。《桑》剧的改编和舞台呈现基本上是这样做了。我相信，追求某一种艺术观念与演剧原则纯化的形式的演出，过去有过今后也应该有，也一定会有它自己的魅力。《桑》剧的实验只能得出这样一个结论："辩证结合"的原则是有生命力的，而且《桑》剧只是"结合"的一种形式。时代在发展，观众的审美经验在变化，每一个剧作家和导演的创作个性与美学追求是不大一样的。因此，"兼收并蓄"的"口味"，"结合"的具体原则、"结合"的形态、"结合"的"临界点"一定是不一样的；"结合"将会出现种种不同的倾斜，因此"结合"应该出现千姿百态的舞台艺术作品。《桑》剧中做的，有些成功，有些并不尽成功，有的是发现了问题但尚未能解决，希望在今后的实验中去完善它、矫正它！

原载《戏剧报》1988年第5期

无模式的舞台模式

——林兆华导演艺术印象记

杜清源

探究导演艺术往往会同导演艺术的创造者一起陷入相似的困境。因为导演创造的艺术成果和提供给人探究的对象，主要体现在舞台和剧场中；而它那稍纵即逝的存在方式，不可重现的呈示形态，无不在淡化它的印象，模糊它的艺术效果。人们常说，某个戏给我留下如何深刻难忘的印象，如何激动不已。其实，观赏者所捕捉到的形象和印象，已不全是导演创造的艺术原貌，而是掺和着接受主体自我选择、"自作多情"的影响，留着主观感受、体验的"杂质"和烙印。其间产生走样、变形、"歪曲"、深化、浅化、浓缩、稀释、丰富等现象都在所难免。时过境迁再去追忆、回顾、反思，时间的剥蚀和记忆的疏离，就更难取得严格的实证材料和可靠的印象。何况，林兆华的导演构想，又不肯"定格"于一端、凝固于一体。他不承认任何模式，不以不变应万变。他时而"回归"，时而"背离"，使人无法一目透底。特别是他又遇到一个不断地给他出难题的主要合作者高行健，逼得他不得不冲破既定成法和传统去寻找新路。于是他的导演艺术给人留下扑朔迷离的印象。然而，正因为如此，反而诱发了人们对他导演艺术的兴趣。

一、导演创造是一次性的"涅槃"

林兆华在一篇题为《涅槃》的短文中，曾对他的导演生涯做过这样的描述："多年来，我像个奴隶似的一个接一个地在那里傻拍戏"，对个中道理，"我想明白，又怕太明白"。①几年来，由他独立执导和与他人合作，相继推

92

出了十几个舞台剧目。诸如《丹心谱》、《公正舆论》、《老师呵，老师》、《为幸福干杯》、《道祸》、《谁是强者》《小巷深深》、《绝对信号》、《车站》、《过客》、《红白喜事》、《野人》、《上帝的宠儿》、《狗儿爷涅槃》、《第二次世界大战中的好兵帅克》（片段）、《纵火犯》、《太平湖》等。这些舞台演出，虽不能说个个都很成功，都是艺术佳品，甚至有的还有明显的败笔；但它们却时不时给剧坛吹来一股清新之风，其中几个实验性剧目，还产生了相当持久的影响。对这些上演剧目是褒是贬，或毁誉参半，并不影响它们存在的价值，这种价值表现为它们给剧坛带来一次次冲击和更新。

林兆华说："我搞了几个戏，做了一些不同的实验。演出风格及形式各异，有写实的，有抽象的，有象征的，也有荒诞的；有强调抒情的，也有强调哲理的。艺术没有一定不变的规定和法则。"②由此可见，他选择这些无助于径直地形成自己统一风格和艺术个性的剧目，不是盲目的瞎碰和拼凑，而是有意为之的。

他要追求什么样的艺术目标？从他已有的创作实践，特别是探索性剧目的演出实践中，已显露了依稀可见的前景和轮廓。不过，他依然自称是个"糊里糊涂"的导演。他不仅弄不明白别人给他指出的"失误"的原因，即执导《绝对信号》《车站》《野人》等而背离了北京人艺的现实主义传统；他也说不清楚《狗儿爷涅槃》为什么是成功的"回归"，以及出现了什么样的突破。他困惑于"迷途知返""浪子回头"。至于像有人说的那样，《狗儿爷涅槃》是他应该遵循的最佳模式，就更使他感到迷茫。相反，他在与这些指点迷津的劝告的逆向思考中，却悟出了一个道理，即导演艺术的创造同其他文艺创造一样，都不过是一次性的"涅槃"。他说："不知为什么，我总觉得艺术创造的经验是总结不得的，更是不能推广的，每一部作品只能是这一个的创作冲动，狗儿爷涅槃不了，艺术家创作的每部作品，都应该是一次涅槃。"③

对艺术家的创作应该是一次性涅槃的认识，与对艺术没有一成不变的规定和法则的感悟，构成了林兆华导演自主意识的"硬核"。他从自己的艺术实践和反思、内省中，将此化为自己的内在素质和多元价值取向的审美尺度。相对于固守一端，独尊一格的自信来，这种糊涂的艺术追求和艺术观念，则称得上是难得的糊涂。把艺术创造视为一次性的涅槃的认识，道出了艺术之所以为艺术，艺术家之所以为艺术家的实质。在这种糊涂的追求和傻干的背后，含蕴着一个艺术家的清醒的自审意识和开拓精神。

执导过《丹心谱》等写实型剧目的林兆华，是懂得现实主义的创作方法、体验派演剧体系和传统剧体范式的特有价值的。他不止一次地重复说过，现实主义可以永世流传，现实主义的戏剧是冲不垮的。按照他对这种创作方法和演剧体系的体会和认识，以及他所置身的剧院在这方面的深厚基础与坚实的传统，他完全可以得天独厚地继承下来并迅疾形成自己的"独特风格"和"艺术个性"。然而，艺术的生命和独有的价值并非是来源于对一种创作方法、某种演剧体系和戏剧文体的反复搬用，并将其捧为至高无上。"时代是流动着的历史。能有一种永恒的戏剧流派适应一切时代的需要吗？"④他作了这样冷峻的审视。

正是这种怀疑精神和批判态度，使他摆脱了实用功利的纠缠和对已有成果的自恋心态。他把审美的目光和选择投向《绝对信号》《车站》《野人》，无疑是一种冒险的行为，一种对既定戏剧范式和传统的反叛，也是对自己以往所持的某种艺术主张的自我否定。然而，没有对艺术迷宫、处女地的探幽和拓荒，也就没有戏剧新境的开拓和审美价值的增长。

艺术创造是一次性的涅槃，它所潜藏的张力，还冲击着单向凝固的思维定式。既然艺术的价值和独有的生命力是独一无二的，是不可重复的，那么任何一次成功的取得，也就为创造者本人和他人堵塞了一条成功之路。如果要想获得真正的艺术价值和艺术生命，就得超越已有的成功，去另辟蹊径，而不是置身于相同的成功之所，或重蹈"成功"的模式。每次艺术创造既是一次精神的升华，又是一次灵魂的自审或自焚。否则，就难免重演狗儿爷的命运。他虽然放火烧掉门楼却未能由此涅槃，在于他未能自焚灵魂。他死守和执着追求的，正是他所恶意烧毁的。即便他能在废墟上留下或建造些什么，也不过是旧日的一个梦境。

二、肖子乎，逆子乎

林兆华曾开玩笑地说："我承认我是北京人艺的儿子，可有的同志不承认我是他的儿子！"⑤这反映了林兆华这一代导演的特殊境遇，及由此带来的困扰与艰辛。

林兆华将北京人艺比作母亲，既是真诚的感情表述，又道出他的艺术家族和文化背景。正是这一戏剧土壤和艺术氛围，滋养了他的导演艺术。在此，首先应该提及的是焦菊隐先生。他是北京人艺传统和风格的奠基者和开拓者。他的美学精神和演剧观念（特别是"心象"说），不仅造就了北京人艺的舞台风貌和一代表演艺术家，对林兆华这一代也产生了深刻的影响。

单从如何处理生活与艺术的关系上看，林兆华就师承着焦先生的审美原则和操作程序。焦先生认为："为剧本找到生活根据，是舞台创造的先决工作，也是基础。否则一切构思、形式、风格，都将建立在沙滩上。"因此，"只有当我相信了剧本所反映的生活是真实的，我才觉得有能力把戏排下去"。[⑥]林兆华读了《红白喜事》的文学剧本，尽管被激起了强烈的创作冲动，但却并非就此着手进行导演构思，他在探寻建构舞台的参照系时，几乎循着焦先生的同一思路：现实生活是这样的吗？

于是，在排戏之前，他带着剧组数次下去体验生活。正是在生活本身面前，他确认了剧本反映生活的真实性、可信性。他基于自己对生活的真切感受与观照，进而把握了剧本的底蕴，领悟到作家对生活独有的发现和艺术上的创造性，并从中找到表现剧作深邃内涵和独特风格的恰当形式。如：他对郑奶奶典型形象的理解是老封建、老家长、老革命三位一体；他将舞台基调和艺术分寸感确定为：这是土里土气的戏，要消除一切舞台感；他赋予郑奶奶的舞台形象以本体象征的意蕴，并采取了简洁的舞台调度和借助的道具，即一把破得不像样的太师椅。这些神来之笔和独特的导演构思，几乎都来自生活的启示，或者是直接从生活中索取而来。

然而，这种几乎直接秉承前辈艺术家的创作方法的艺术构思，这种忠实体现北京人艺传统和风格的舞台艺术，却没有使它免遭指责。"不出所料，评论会上有人对此提出这样的问题：'三中全会以后的新农村难道是这样的吗？''剧中封建迷信活动展览得太多了'，八十年代还'借寿'，不真实。一句话'缺乏时代精神'。"[⑦]

这个击中了《红白喜事》"要害"的常规武器，在十几年前也曾击中焦先生导演的《茶馆》的"要害"。这种现象重复出现，也许是一种"巧合"。但效果却大不一样。因为，这种批判武器对前辈艺术家来说，毕竟失去了原有的威慑力。像焦先生，他的导演艺术的价值和历史地位，随着《茶馆》等剧目被人们所认可和推崇，不仅作为一种优化风格存在着，还被提升到经典性高度，成为中国话剧的传统风格的一种范式。既然强调继承传统的价值，那么，遵循和承传这一传统，本应得到认同和称赞，然而事实并非如此。对前辈艺术家已失去威慑力的常规批判武器，仍然追逐着新一代艺术家。《红白喜事》不过是一个例子，它向人们昭示：皈依、选择和开发传统的道路并非如所想象的那么平坦和宽广。林兆华本想把这传统作为起点和支柱，去全身心地开拓戏剧新境，但在这种批判武器的追逐下，使他不得不去扮演多种角色。他本想当个纯粹的导演，却又不得不分出精力，去对付那种异化戏剧艺术的因袭力量。在《绝对信号》《车站》《野人》等舞台演出相继问世后，他的非导演任务有增无减。他既要抵挡常规批判武器带来的困扰，还要不时地回答在探索、创新中被人提出的种种"反传统"的责问，新的一代导演对传统的认同、继承往往被责为对传统的背离。

为实现创作是一次真正的"涅槃"，林兆华从多方面开发能源，布莱希特也被他纳入自己的艺术视野。布氏"非亚里士多德化"的戏剧结构，"间离效果"的舞台造境，强化理性思考、打破舞台幻觉的演剧观念，在林兆华导演的剧目中，从最早的《公正舆论》到一系列实验性剧目，都留下程度不等却又鲜明的印记。其实，作为与斯坦尼斯拉夫斯基为代表的体验派双峰对峙的，在现代戏剧诸多演剧流派中自成一家的布氏体系，在本世纪五六十年代被介绍到我国来，已经进入了"古典"范畴，成为戏剧传统中的一个组成部分。按理说，林兆华对布氏的借鉴，正是对传统的继承与开发。然而这种对传统的认同与选择，却被视为是对传统的背离，对正宗的叛逆。这就把当代导演推到无所适从的境地：面对种种戏剧传统——中国的、外国的、现代的、"古典的"、写实的、非写实的，都不许涉足，给他们准备的和许可的，就是那被某种理论奉为正宗的唯一的路子。他们对传统的继承和发展，只能是对某一家传统的趋同和回归。如果真的这样，那么当代戏剧将会有什么样的命运呢？

林兆华开始寻找新路。他的实验性舞台艺术，标志着他从画地为牢的桎梏中挣脱出来。

毋庸讳言，与《丹心谱》等一类写实型的舞台风格相比，《绝对信号》《车站》《野人》等舞台实验，有着与前者不同的审美追求。据此来论证林兆华对传统的反叛，似无不可。不过，林兆华不拘于传统而背离它，却不是反戏剧、反艺术。相反，他的实验性戏剧活动，来自他对戏剧本性、功能、价值的新的理解、认识与估量，是对戏剧本体的回归。

林兆华选取《绝对信号》作为实验剧目，本身就是出于对话剧自身的认识，他说："话剧要葆其青春，我们不能不研究这门艺术自己所特有的艺术手段和艺术魅力。"他的实验活动，又遇到一个与他志趣相投，富有探索精神的合作者。高行健经过对流行的话剧形态的反思，发觉这种话剧失落了戏剧的本性，即把无所不能的表演艺术，"变成说话的艺术，即只说话的戏剧"。⑧为了还戏剧本来面目，使戏剧重新获得综合本性，他们产生了重建剧场艺术的构想。

从《绝对信号》开始，林兆华从两方面对戏剧本性做了探寻。一是"加强台上演员同台下观众的交流——剧场的交流"；二是试图在表演艺术上获取更大的真实感和更强的艺术感染力。在近乎光秃秃的舞台上，充分认可舞台的假定性，以"最简朴的舞美、灯光和音响手段，来创造出真实的环境"，"又令人信服地展示不同的时间和人物的心境"。⑨这一预定的目标，在实验中获得了基本的实现。在这里，剧场的交流，不再是演员与演员在"四堵墙"里的交流，而是直接与间接交流共存。演员可以在特定的情景中与对手交流，也可以同观众直接交流，并在这种交流中，激起演员真挚的感情和真切的体验。《绝对信号》舞台艺术系统的质变，在很大程度上依仗结构的更新来实现。它在时空运用上突破了传统舞台的时序逻辑，以心理逻辑取代叙事逻辑，以网络交织取代线形的因果关系。导演将人物的内心世界物化为直观的舞台画面，把人物的现在动作与角色的回忆、想象、思绪、欲求加以组接，构成多层次的舞台时空结构。

在《车站》中，林兆华更多地借助艺术抽象和象征手段，以结构的直喻性取代情节的整一性。虚化的背景、淡化的故事、类型化的舞台具象，寄托着深邃的寓意，使舞台的含义，超越了现实和题材本身的时空意义。

《野人》一戏，导演着意于从宏观视角上建构一个多媒介的综合的开放型的结构形态。导演凭借剧本提供的基础，以求达到一种"全能戏剧"的演出效果。林兆华在前两个剧目探索的基础上，把舞台的包容量和表现力推向新的高度。他以自如的时空流动，借助演员与角色既分离又整合的多重性表演，融合多种艺术媒介，使形体、灯光、音乐、色彩互为照应与对位，构成一个有机的舞台艺术整体。

　　"讲老实话，从《绝对信号》到《野人》，我的主要精力与兴趣是放在对舞台演出形式的探索上。"⑩这常常成了探索戏剧屡遭贬斥的原因所在。即便是对形式探索持以宽容态度者也往往把这看作是探索者取巧的地方。然而，对林兆华来说，此事却并非轻而易举。相反，他深感形式变革之艰难，他认为这"对于艺术家具有头等重要的意义"。在他看来，形式不是戏剧存在的外壳和内容的载体。形式变革是他内在的需要。"《车站》的总体演出形式本身就是内容。"同时，他更领悟到形式本身就含蕴着、并深深启迪着"精神的意义、生命的境界、心灵的幽韵"。《车站》的演出，并非是因为形式荒诞新奇而令人注目，而是使人们在这形式中感受到生命的意义，人生的价值。观众从剧中人物徒然等待中感应着自我失落、生命耗损并因此而痛苦和惊醒。形式同样具有戏剧本体的意义。一次戏剧变革的实现和对一种新的舞台形态的确认，往往是以代表着新观念的形式系统的创立为标志，舍弃形式系统的创建，戏剧将无法独立存在。

　　林兆华不拘一格地进行多种多样的舞台形态的实验与创建，使其导演自主意识和艺术生命在不断的实验、嬗变中取得自醒和活力，并由此增强了自救能力。然而，林兆华的导演生涯，并非就此进入了自由自在的境界。他同一切探索者一样，鉴于探索和实验所获得的艺术潜能被其自身所内耗，他不时处于两难境地。

　　一些探究现代文学生成轨迹的研究者，指出了各种文体演化、发展不平衡的现象。他们认为，由于诗歌活跃的不安分的本性，它的创新探索途径最为坎坷不平。它的每一步试验的新成果，往往在人们竞相效仿中很快老化；而戏剧虽因受制于"观众的接受"，因而戏剧成了现代艺术与大众最直接的冲撞者，但是，"戏剧艺术的创新一旦有所突破，常常得到巩固和持久的承认"⑪。

　　如果说在过去那些年代戏剧创新的价值是这样的话，那么八十年代的戏剧艺术家的探索与创新，就难得有这样的福分与际遇。他们所处的情势，与新诗没有太大的差别。《绝对信号》和《车站》等剧目的舞台形态和表演方式，无场次、多场次的分割转换和多时空建造舞台世界，乃至中性布景、虚拟表演等，几乎一出现便立即得到自发地推广和普泛化。而这种普泛化却又是不可避免的。因为实验戏剧同样需要争取观众，以观众的接受为存在的前提与归宿。

在这普泛化过程中，无论是一种新剧体和舞台形态为他人模仿和搬用，还是争得到更多的观众，都要使创新和探索付出代价。固然，普泛化中实验戏剧显示了自身特有的艺术征服力，它的创造价值和实验效果在更大的范域中得到实现和认可，但也在这个过程中使他的创造价值转化为实用功能。仿效者的搬用与观赏者的共享，使独创性和新鲜感，随之也被一般化和寡味化，一个新的剧体和舞台形态，在普泛化、约定俗成的规范化和程式化中流失了独创的意义。文体自身原有的表述功能与审美经验的统一，开始被肢解并失衡。一旦外在形态与表现手段变成追求的目标时，新的舞台形态便开始失重，甚至成为徒有其表的空壳。

这是一条带有悲剧色彩的道路。林兆华不独尊于某一舞台形态，包括他自创的舞台样式，也许是出于如下考虑：为了避免在普泛化中潜能的损耗，保持一次性"涅槃"的创造价值，他不惜频繁地更替舞台样式，宁可自招"花样翻新"的贬斥。然而新的舞台形态只有形成自身的"结构—功能"系统，才能实现它的审美价值。而频繁地变换舞台样式，不利于一个新生的舞台形态的正常生存并使之精致化和丰满化。没有一个相对稳定的发展和精耕细作的培育过程，它的个体就难以健全。林兆华创立的舞台形态夹杂着粗糙、稚嫩的弱点，究其原因显然与此有关。然而，当一种新生的舞台形态经过多次实验和精心培育而形成了成熟的个体，甚至具有了戏剧文化的经典性价值时，它的动力性作用和创造性价值又常常因其自身的成熟和完善而开始老化，并被人们奉为恪守的范式，从而削弱乃至失却其初创时那种积极参与实验活动的动力作用和开拓意义。

也许是为了增强自身的免疫力，林兆华无论对哪种风格、体系、流派都是"浅尝辄止"。用他的话来说，我对各种流派没有抗药性，也不受各种流派的束缚。因此，你很难对他进行归类，说他属于何种流派、风格。他几乎每次都在"复归"和"背离"。无论是传统的，还是他所苦心创立的，都未能成为他坚守的阵地。他不仅"背离"传统，还背离他自立的规范和自己的领地。按照常规标准来判断，他至今也未形成"独特风格"和"艺术个性"。然而，这是否也可看作一种"风格"和"个性"呢？他的导演艺术也许是不成熟、不完善、不成体系的，但却不能否定这样一个事实：他留下了一个个深浅不等的向不可穷尽的戏剧本体逼近的足印。如果是这样的话，那么，他是肖子乎，逆子乎？他留下了一个令人回味的命题。

三、二极性的导演构想

林兆华以《车站》为例，描述了二极性舞台建构的设想。"观众一进场就造成一种二极（自然与抽象）的空间感觉"⑫。戏是从极为生活化而又极为自然开始的。演员不化妆、跟着观众聊着天就上场了。他们在那里实实在在地等车，呈现在他们面前的是一出近乎自然主义的戏剧。然而，舞台的情境和艺术氛围却不以这种自然形态延伸至终场。导演不以毕肖现实生活为最终目的。导演犹如一个隐身人，时而把观众从日常生活环境引入非现实的、荒诞的戏剧情境，在那写实具象的背后，"（车站）有种象征的意味，也许是个十字路口，也许是人生道路上的一个交叉点或是各个人物生命途中的站"。⑬时而又从一个具象升华到抽象的思考，诱发观众去审察人生价值，体验一个个陌生的未知的感情领域，激发被日常生活所淹没的麻木的情绪与潜意识。

表演艺术是舞台的主体。二极性的舞台建构，要由演员的表演来实现。于是对表演艺术多重性的开掘，成为变革表演艺术的重心。林兆华认为：体验派的"表演是一重性的，即'我就是'。布莱希特的'间离'手法则把表演艺术发展为二重性——角色及跳出角色的演员的客观叙述。而我们所探索的是表演的多重性。从演员到角色这样一个过程中，我们发现，有一个超自我可以审视作为演员的他是如何进入角色的，就像是提线木偶师那样，提着木偶来演他的角色"。⑭林兆华对体验派、布氏的演剧观的概括是否准确尚可商榷，但他以前辈艺术家所达到的高度作为起点，来开拓演员与角色之间多重性的思维空间则有利于提高表演艺术的水平，扩大舞台艺术的包容量。与把演员看作纯粹的"高级傀儡"不同，他强调的是演员要建立自我审视的表演意识，无论是作为客观叙述，还是抒发角色的主观感受，都能应付自如，并在个性化与类型化，从写实场景到非写实情境——变形，夸张，荒诞，抽象的广阔的两极中，演员都有适应性和选择的能力，在与角色或分离或整合中进行自如的表演。

二极性的导演构想，还体现在对传统话剧舞台上仅仅作为辅助因素的审美潜能的开发上。在《绝对信号》之前，林兆华就有把音响效果搬上舞台同演员一起表演的设想。在传统话剧舞台上，音响、灯光、布景、形体等往往只能处于表演艺术的隶属地位，或只是为表演服务而存在。舞台的审美价值几乎等同于表演艺术的价值。林兆华更新了这种价值观念。他赋予这些辅助因素以独立的审美地位与价值。在《绝对信号》中，他把音响节奏当作第六个"人物"来处理。"它既是剧中人物心理动作的总体的外在体现，又是沟通人物与观众的感受的桥梁"⑮。在《车站》中，它们又以"独立的角色，来同剧中人，也同观众进行对话"⑯。灯光、布景、音响，不再仅仅是造成一个表演区，或是为人物活动设置一个环境。它们本身就含有暗示力量和象征意味。在《野人》的演出中，他进一步明确地强调："我不怕景、光、音乐夺演员的戏，我希望景、光、音乐都可以有独立欣赏的价值；我还希望造成景物有流动感。"⑰辅助因素隶从地位的摆脱，它们作为演出的动力因素来运用，使得舞台的表现力和审美价值，不再局限于或等同于表演艺术。经过这样结构性的调整，使舞台审美的内涵和价值获得了伸展与增殖。

林兆华的二极性的导演构想，从宏观文化视角来看，也就是创造主体的审美活动在自然的人化和人的自然化的两极中辩证运动。在这两极之中，创造主体通过艺术的抽象获得对人的生命精神形而上的把握与体现，同时又以返归自然化的艺术画面让自然来代替包括导演在内的艺术家们发言。正如某些抽象艺术创造者所说："我们所允许的抽象的艺术……它是一种企图，替代着我们被世界形象激动的心灵，让世界自身说出话来……我们将不再画森林或马……而是表达出森林或马自己所感觉的，它们绝对的'存在'，那个在我们所见的背后的东西。"⑱这种感觉思维的透视力，激活了林兆华的导演艺术的创造力。

二极性的导演构想，体现了林兆华对艺术思维的新的理解。说到底，包括导演创造的舞台艺术在内的艺术世界，无不是一个个精神的自由王国。它们开放、流动而完满自足。但它们既不是自然的机械运行，物质的层层垒叠，也不是理性化、逻辑化的概念的推理和思辨的沉积。"导演是感觉的艺术，导演对作品的艺术感觉大多是超理性的，而往往导演的总体构思就来自这超理性的天马行空的神想。"⑲为林兆华等艺术家所倾心的、富有自由创造力的直觉思维，往往被指责为"反理性""非逻辑""非艺术""反戏剧"等。其实，这种"天马行空""超理性"的"神想"，具有独有的艺术功能和审美自足性。它"是人与他的生存的一种直接沟通"，是克服了理性化、逻辑化"而对生存的丰富的返回"，它是"包容了文化和理性追求的，本身高度自足的感觉"⑳。

因而，它是对人的生存及其全部感觉、体验的整体而直接的把握。导演凭借直觉思维的投射，使构造舞台艺术的灯光、音响、色彩、布景、形体等，销蚀和化解了它们自然属性和物质的外壳，转化成含蕴生命精神和艺术意味的审美意象。林兆华之所以能赋予景、光、色彩、音响以独立的欣赏价值，并使景物和舞台时空有流动感，个中奥秘正在于此。那象征性的"车站"、景随人生的"守车"的多时空环境的变换，莫须有的"野人"，人格化的花草鸟兽，数载时空穿越于瞬息之间，玩耍者在"倒立"中发现人生、世态的真相……这一个个虚拟化、假定性的戏剧情境和审美意象，它们引发观众的联想，不再是停驻在现实和客观表象世界的关联中，也不是去印证它们的固有属性，或为了比附现实生活而去一一寻找对应物。它们触发、激活了人们的内在感受与体验，与观众的情意网络和精神渠道系结一起。

艺术实践正在证实林兆华创建无模式的舞台模式的重要性和可行性。导演在二极之间建构舞台艺术，使他既可免受任何一种既定规范、模式的拘役，又可以在二极之中借助无数的审美中介，能动地选择、凝聚、综合、营造他的不拘一格的戏剧世界。同时，还可在多元价值取向中开拓导演思维空间，激发其审美潜力和活力。导演构想中的自然与抽象的双向辩证运动，物质与精神的异质同构，理想与现实的冲动和协调，灵与肉的交汇与升华，使戏剧获得了精神生命和形而上的境界，同时，又在归返自然化中得到仪态万千的感性呈现。在这精神自由王国中，无论是酷似生活形态的舞台画面，还是经过特殊艺术处理而呈现的远离生活的表象，甚至是在客观现实中不存在的变形、抽象、怪诞的形象和艺术图景，它们不仅被戏剧的假定性所认可，还在精神自由王国中获得各自的审美地位和价值。艺术家"每新创作一件真正的作品，就是表现一个从不曾存在过的新世界……建立一个与所谓'实在'世界相对的、并立的新世界。这个新世界表面上与'实在性'无关，但其内在灵魂却被'宇宙世界'的普遍法则统治着的"[21]。

无疑，任何一个重塑、再造的艺术世界，都不可能穷尽、涵盖大自然的时空广度和神态风韵。但它们对大自然的美的发现、浓缩、凝聚和升华，却使其同宇宙世界的内在精神、生命律动息息相通。林兆华以二极跨度建构舞台艺术，铸造导演语汇，显示了他的导演探索对"外师造化"的虔诚与追慕。他多次表述过这样的导演构想：舞台构造和表演艺术要的是"看不出导演的导演"

"不象表演的表演""不象戏的戏""没有调度的调度"。其实，任何一个戏，一种表演，一种舞台形态，都是戏剧艺术家自觉自为审美活动的产物，是创造主体以某种参照系的测定对戏剧本体的一种主观认识和自为的建构。林兆华对导演艺术理想境界的追求，他的舞台形态的创建，既不能否定，也不能取代与他不同的包括那些像戏、像表演的舞台样式。他的戏剧的意义与审美价值，在于他力图以更贴近戏剧本体的参照系，合乎戏剧本性的自律性，对凝固、僵化的舞台模式，以及人工伪饰，矫揉造作等艺术弊端，予以突破和校正，以造就一种真正自然、丰满、有活力的舞台艺术，从而实现舞台自身的审美自足性。

林兆华的导演生涯并不算长。他从写实型风格起步，却并不以"此岸"为终点。他不断地把目光投向"彼岸"的荒原，在自我否定和自我超越中，以探索家的姿态，在一次次的"涅槃"中走着"垦荒"之路。

注释：

①③《涅槃》，《文艺研究》1988年第1期。

②④⑤⑦《反省》，《新剧本》1986年第6期。

⑥《焦菊隐戏剧论文集》，上海：上海文艺出版社，第125、126页。

⑧《用自己感知世界的方式来创作》，《新剧本》1986年第3期。

⑨《〈绝对信号〉的艺术探索》，北京：中国戏剧出版社，1985年，第6页。

⑩⑫⑭⑲《垦荒》，《戏剧》1988年第1期。

⑪详见《论"二十世纪中国文学"》，《文学评论》1985年第5期。

⑬⑮⑯《高行健剧作集》，北京：群众出版社，第85、82、134页。

⑰《戏剧观要在实践中革新》，《戏剧学习》1985年第3期。

⑱《宗白华美学文学译文选》，北京：北京大学出版社，1982年，第288页。

⑳《感性的再生》，《读书》1988年第5期。

㉑《用色彩表现的"内在音响"》，《读书》1988年第4期。

原载《文艺研究》1988年第5期

新时期的话剧探索与探索话剧

甄　西

上篇　话剧探索的时代背景和历史源流

话剧探索肇始于话剧危机。

从1906年中国留学生在日本成立春柳社开始至现在，话剧已经走完八十多年的历史。然而，就在话剧以凯旋者的姿态，叩开新时期大门的时候，具体地讲就是1980年以后，它自身却出现危机。

鸟瞰中国文坛，危机实际上不独戏剧有。在阴谋政治和封建文化专制的摧残下，其他艺术品种，如诗歌、小说、电影、美术、音乐等，在新旧之交的时刻，都曾为各自看上去显得暗淡的前途发出过惊呼。1979年至1980年间，展开过一场"为文艺正名"的艺术反省式大讨论。无独有偶，到1983年，戏剧界也爆发一场有关"戏剧观"的大争论。如果说前者是回到文学自身，那么后者就是回到人自身。拯救戏剧于既倒，人首先要进行深刻的自我反省。

关于"戏剧观"问题，在我国最早提出的是著名导演黄佐临先生。有的同志认为，黄佐临提出的戏剧观应改作舞台观。他不以为然，坚持说："不仅指舞台演出手法，而且是指对整个戏剧艺术的看法，包括编剧法在内。"①有的同志尖锐指出，黄佐临的戏剧观不过是"戏剧的形式和手法"②。这就产生一个疑问：为什么要把"形式和手法"强调到戏剧观的高度？众所周知，黄佐临先生一生致力于话剧艺术，但又一生崇拜中国传统戏曲，不仅是那"程式化""形式美"的东西吸引他，更重要的是"汉唐气魄"式的包容性成为他博采众家之长的借鉴。在他看来，话剧要在中国"长治久安"，除去应立足于"为中国老百姓所喜闻乐见"之上寻求契合点以外，还要不断在"形式和手法"方面，从原生地，从"故乡"汲取艺术生命重构与再造的源泉。"形式和手法"固然不是戏剧观，但在另一种情况下可以被"异化"成戏剧观。西方话剧传入中国以后，逐渐形成现实主义旗帜，易卜生模式、斯坦尼斯拉夫斯基体系的中国式话剧的主体格局。在讴歌其丰功伟绩时，却不能不检讨其另一面并非积极的影响；一种话剧形式长期"形单影孤"地存在，不可避免地会使人们在思维中发生错觉——似乎话剧艺术是固定不变的。这种单一的戏剧模式（"有意味的形式"）内化成人们的一种思想，一种意识，其实就是一种观念，一种"对整个戏剧艺术的看法"。由戏剧危机引起的戏剧观争论，是戏剧界对以往形成的关于整个戏剧（话剧）艺术的看法所进行的深刻质疑。

在这场"戏剧观"的论争中，戏剧界对话剧的功能和作用这一古老问题进行了再认识。话剧和其他艺术品种一样，提供给人们的也是审美对象，它给人以愉悦和休息，以精神上"瞬间而永恒"的超越，道德感化作用则自在其中。反思中国话剧成为"工具"而不能自拔的过程，可以看到，造成这种局面既有现实的原因，又有中国文化的原因，更有话剧西方传统的原因。从孔夫子的"兴观群怨"说到韩愈的"文以载道"说，表明"艺术功利"论在中国早就自成体系；特别是顺着这一体系衍生出来的"高台教化"说，专门给戏剧规定了一个达到实用目标的理论范式。另一方面，从话剧的原生地来看，关于戏剧的社会教育作用的论述源远流长。概括地讲：以亚里斯多德的"净化"说为源头，呈两条线索延续，一条是贺拉斯的"寓教于乐"说，另一条是席勒的"时代精神的传声筒"说。到今天为止的中国话剧发展历史过程中，可以认为，"寓教于乐"说在开头和结尾比较受到尊重；"传声筒"说则于中间得到过多的宠幸，"文革"期间，与反封建的浪漫主义有着血缘关系的"传声筒"说，竟和封建专制主义相拥抱，其结果是窒息了话剧的鲜活生命。因此，重新认识话剧的功能和作用问题，正是话剧走出危机的必要前提。

这场"戏剧观"的论争，重新评估了易卜生的"社会问题剧"模式的价值。作为十九世纪批判现实主义戏剧的重要代表，易卜生的模式"影响了许多国家的戏剧发展，中国也在其中"③。然而，当时世界第一流的戏剧典范，为什么到今天却被认为是中国话剧复兴的羁绊？易卜生模式的形成一定程度上受益于"三一律"，而"三一律"是古典主义在戏剧领域里的艺术原则具体化。

批判现实主义的易卜生模式，虽然到中国后获得"现实主义"，以及"社会主义现实主义"乃至"革命现实主义和革命浪漫主义"的再造，但古典主义历史性的积极和消极的内涵，作为"胎记"和沉淀物，注定要一直遗存其中。从左右中国话剧发展的原因分析，除了政治因素以外，十分重要的就在于如何运用易卜生模式。扬其优势抑其劣势，话剧则兴盛；对优势缺少限定的范围，或把劣势当优势，话剧则停滞。今天，易卜生模式存在和发展的前提，在于"创造性的转化"，从封闭走向开放。

这场"戏剧观"的论争，引向了对三大戏剧体系的重新审视和初步确立关于中国话剧（戏剧）多样态的宏观认识，包括重新对西方现代主义戏剧的借鉴。如果说黄佐临在60年代抬出斯氏戏剧观、梅氏戏剧观和布氏戏剧观，人们还漫不经心的话，那么，在80年代的今天，人们重新面对三位大师的时候，不得不承认，不但话剧需要由单一性朝着多样化方向"洗心革面"，而且话剧观念也需要从一元到多元的"凤凰涅槃"。现实世界是"万花筒"，人的情感世界是"第二宇宙"，表现这双重世界的艺术世界更应该是无数面"多棱镜"。艺术上的千姿百态，不在于互相吞噬，而在于彼此共容。三大戏剧体系虽然来源于三种不同的戏剧观，但这三者无一不能根据各自的"系统"体现真善美的理想。

话剧与中国传统戏曲相比，是年轻的艺术，但在世界范围内，它的历史却长得多。然而，话剧自从进入中国以后，许多年的"一贯制"，使话剧的自我更新机制走向衰退。因此，中国的渐趋停滞的话剧艺术与西方不断发展的话剧艺术重逢时出现了差距。人们既从"振兴话剧"的强烈愿望出发，又从"时代呼唤大悲剧、大喜剧、大正剧"的长远与超前目标出发，把眼光转向了世界上更多的流派、更多的体系。由此，久违的西方现代主义戏剧遂被许多剧作家所重新关注，成为促进中国新时期话剧探索的重要参照。

新时期中国话剧在探索中把西方现代主义作为重要的"参照系"并非偶然。1978年底党的十一届三中全会召开，1979年10月第四次全国文代会召开，与此同时，整个社会掀起了思想解放运动和文化的开放，西方现代主义文学影响的到来自在情理之中。1979年，在诗歌界挑头的是"朦胧诗"，小说界"意识流"小说盛行一时，都见出现代主义潮流的初涌。而戏剧界，则是《我为什么死了》和《屋外有热流》揭开了话剧探索的序幕。

除外部环境以外，在中国话剧的历史结构中，现代主义与现实主义应是其不可分割的组成部分。中国话剧开创时期，大力介绍易卜生等现实主义戏剧的同时，现代主义戏剧也曾飘然而至。像约翰·沁孤、夏芝、格莱葛瑞夫人等新浪漫派戏剧，王尔德的唯美派戏剧、斯特林堡的表现派戏剧，汉生克洛佛、地桑、麦尼来梯等的未来派戏剧，梅特林克、安特莱夫、霍普特曼等的象征派戏剧，等等。这些现代派戏剧对塑造中国话剧产生过深刻的影响。与此相似的是，粉碎"四人帮"后的今天，西方现代主义文艺再次大量涌入。自1978年始，一批接一批的翻译编选著作出版，像柳鸣九1979年的《西方现当代资产阶级文学评价的几个问题》，陈焜1981年的《西方现代派文学研究》，石昭贤等编著的《欧美现代派文学三十讲》，伍蠡甫1982年的《西方文论中的非理性主义》等。现代主义戏剧理论方面，有季明琨等1981年翻译的苏联霍洛道夫的《戏剧结构》，中国社会科学院1982年出版的《外国现代剧作家论剧作》，罗小凤选编的收有欧美现代主义戏剧理论与技巧的文章的《编剧艺术》，张绍儒1988年翻译的《欧美现代戏剧史》等。剧作方面，有施咸荣等1980年翻译的《荒诞派戏剧集》，袁可嘉等1982年选编的《外国现代派作品选》。在演出方面，美国阿瑟·米勒的《推销员之死》和瑞士迪伦马特的《贵妇还乡》，先后被搬上中国话剧舞台，等等。这些翻译和介绍，直接或间接地成为话剧探索的诱因和动力。

中国话剧的现实主义的艺术成就是无与伦比的。现实主义话剧可以说是群山起伏、群星灿烂。由于中国话剧对现代主义许多年的冷漠和疏远，这样就使得现代主义在可以为现实主义提供营养和滋补的同时，中国话剧领域对它来说，又有许多"空白"，又有不小的发展空间。然而，一部中国现代文学史，也片断地记载了现代主义在中国话剧史上的坎坷经历。中国话剧界的一代宗师，有的较为成功地运用了现代主义，像郭沫若、田汉等早期新浪漫主义话剧；有的则在成功的同时也提供了值得吸取的教训，像深受象征主义表现主义影响的洪深的《赵阎王》、曹禺的《原野》等。④这些对于努力和探索话剧结合的现代主义，无疑提出了时刻都应反省的问题：那就是现代主义要最终为现代中国人创造出审美体验的新的艺术形式，就得把自身融化在中国原生的、经过改造的、正在从过去走向未来的戏剧文化之中。因此，现代主义对新时期中国话剧探索的影响，一开始就表现为从形式上进行"点化"，其突出特点是大面积的辐射和全方位的渗透。以《我为什么死了》和《屋外有热流》为开端，新时期以来诞生的话剧，有许多自觉或不自觉地接受了现代主义的刺激。

在现代主义的辐射和渗透下，话剧探索呈现出从封闭式走向开放式的倾向。过去中国的话剧，长期因循于一种固定的模式，今天则在坚持现实主义方向的同时，向各种戏剧流派，各种演剧方法全面开放，从而传达了现代中国人对当代生活积极而深刻的思考。像《血，总是热的》，采用时空交叉法烘托出体制僵化、官僚主义盛行的氛围，使观众看到，罗心刚最可悲的是，打了半天还不知道对手是谁，从而使人想到整个社会改革进程中的种种艰难险阻。《陈毅市长》十场戏，十个片段，以"冰糖葫芦"式结构全剧，展示了陈毅在上海工作的各个侧面，日理万机的各种"掠影"。还有像《九一三事件》（下集）的哲理性结构，《生命·爱情·自由》"以一当十"的史诗性结构，在开放性上所做的尝试也是突出的。在从封闭走向开放的话剧探索中，可以看到话剧观念嬗变的蛛丝马迹，看到创造丰富、多样的舞台语汇，重新挖掘戏剧综合性优势的契机。

现代主义的辐射与渗透，促使话剧探索走向"导演·演员·观众"三要素更加广阔的创造空间。西方现代主义戏剧认为，没有观众在场，戏剧就不算完成。观众对剧情的参与和同演员的交流，是戏剧的核心与实质。当代许多戏剧大师如布莱希特、梅耶荷德、格罗托夫斯基等无不从戏剧形式的变更和突破上去解放观众的剧场意识，让观众的审美心理享有更大的自由，使之进入自觉主动的观剧状态中去。"当众孤独"的长短处都在于演员在"墙"那边自顾自地体验，观众却在"墙"这边有所谓无所谓地玩赏。今天的话剧探索中，演员走进观众，观众投入剧情，是在相互认同"人生即舞台"的基点上，重新寻找戏剧艺术的生命支柱。《欲望的旅程》让女主人公刘玉芳站在观众面前，使她个人的自思自省自问自辩，不知不觉地就变成了观众群体的自思自省自问自辩。这就是突出的一例。话剧探索对观众交流的尝试，不仅有面对面的，而且还有立体的、多维的。《母亲之歌》打破镜框式的舞台，采用四面观众的中心舞台演出；《搭错车》把话剧拽向环形万人体育馆，以此占有万名观众的心理空间。话剧探索努力使观众的剧场意识从被动消极状态转为主动积极状态，是在奠定和确立继剧作家、导演、演员之后的第四个创作者——观众的地位，这同欧美的实验性戏剧如外百老汇戏剧、外外百老汇戏剧有异曲同工之妙。

在现实主义的辐射与渗透下，话剧探索在艺术手法和艺术技巧上追求多种多样，色彩斑斓。西方现代主义文学从象征主义到意识流，从表现主义到"黑色幽默"，从新小说派到荒诞派戏剧，每个流派在艺术手法上都有一些重要的开拓，为文艺创作增加了表现手段。今天，话剧探索借鉴现代主义，也正图为丰富自身的艺术表现力开辟道路。当然，对于每一出戏来说，其借鉴又因表现内容的需要而异。比如，《锅碗瓢盆交响曲》采用"悲歌喜唱"的形式；《原子与爱情》借用电影化手法；《路》以另一"自我"的形象反映人物思想情绪的变化；《寻找男子汉》熔正剧、喜剧、闹剧、荒诞剧诸因素于一炉，广泛运用戏剧符号学原理。在演出进行中，舞台上方突然悬放下一根横杆，场景便由马路边过渡到公共汽车上；或者降落一排毛衣样品，剧情就从家庭跳向商店。舞台上放置的若干白色立方块，或为桌椅，或变台阶，或作柜台，它们作为戏剧符号以一当十，充分显示了指代的灵活性和流动性。话剧探索借鉴现代主义技巧进行了各种尝试，不论是成功的，还是失败的，都为在这一过程中分化出来的探索话剧准备了丰厚的土壤。

从话剧探索到探索话剧，说到底，就是从传统话剧走向现代话剧。因此，在概述西方现代主义对话剧探索辐射和渗透的同时，应当着重分析一下1979年至1980年间"开一代创新之风"的两个剧：《我为什么死了》和《屋外有热流》。这两出戏对于整个话剧探索和探索话剧来说，具有"第一个吃螃蟹"的意义。

其一，两出戏不约而同地写了鬼魂。建国以来，话剧一直奉行的是"不语怪力乱神"。《我为什么死了》写屈死的冤鬼对凶手夏俊之流的血泪控诉；《屋外有热流》写高尚的灵魂对陷入市侩泥潭的弟妹的拯救。这两个鬼魂的出现，是对话剧创作领域"禁区"的大胆突破。然而，与西方现代主义戏剧相比，两出戏的鬼魂有一个共同倾向，给人以"太实"的感觉。也许是中西世界观的差异使由之。西方荒诞派戏剧认为世界是荒谬的，人活着也是荒谬的。中国戏剧一般具有乐观主义精神，认为世界是美好的，人生充满了希望。像赵长康和范辛都是理性的象征，他们在舞台上的形象，决不是西式的荒诞，而是荒而不诞。这一特点在后来的探索话剧中反复出现，《一个死者对生者的访问》算是比较突出的力作。

其二，舞台假定性表现手段的大量采用。目前，国际戏剧界对舞台艺术形成了两种观念，一种是"唯恐不真"，制造生活幻觉，这在话剧史上有其悠久的历史渊源。另一种是"唯恐不假"，破除生活幻觉，此乃西方现代主义戏剧的主张，特别是布莱希特提倡的"间离效果"，主张不用布景，有意使观众知道这是舞台而不是生活。新时期话剧探索者们在继承前一种戏剧意识的同时，开始认同后一种戏剧意识，无疑是对传统戏剧观念撕开的第一个口子。《我为什么死了》这出戏置传统的"三一律"于不顾：时间跨越两年多（"四人帮"肆虐的最后时期和被粉碎的最初时期）；地点变换三处（时间的长和地点的多在独幕剧中罕见）；戏剧情节倒置，采取倒叙的写法；大量使用独白、旁白和直接同观众交流的说白，人物跳进跳出，把说故事与戏剧表演糅合在一起，吸收了故事剧、街头剧简洁有力的表现手段，使空间、时间可自由延伸。其舞台布景也一扫写实剧布景的累赘，采用积木式，可拼可拆，在破除幻觉的假定性中通向艺术的真实性。《屋外有热流》的编剧本身采取的就是一种以人物心理活动流程和外在冲突相交融的自由结构方式，全剧围绕一个贯串始终的象征性寓意——冷与热——寒冷中的热流和温暖里的寒流，用声响效果加强两者之间的对比。用灯光处理、切割表演区的方法，使现在与过去、现实与梦幻、人与鬼魂、具象与抽象做到变化自如，衔接流畅，这两出戏对舞台假定性的多方面试用，为话剧探索的广泛展开做了铺垫。

　　综上所述，由于话剧中西同根同源的血缘关系，主要以西方现代主义作为外部影响的话剧探索，为探索话剧的脱颖而出增强了自信和勇气。话剧探索很快就能把现代主义的种种表现手段拿来，其能动灵活的可塑性与中国传统戏曲（比如京剧）高度完善的凝固性形成了鲜明对照。京剧固有的形式是难以突破的，它的改革只能以内容为轴心——对历史故事的改造和对现实生活的吸收。与此相对，话剧却有旨在忠实内容、在内容制约形式的前提下，不断构成内容和形式相互超前的运动，由此达到话剧艺术自身发展的动态平衡。

　　客观地说，话剧探索和探索话剧是交织在一起的。《我为什么死了》和《屋外有热流》两剧，既是话剧探索的起步，又是探索话剧的前驱。中国话剧久为"一个问题，两方人物，三一律，四堵墙"所束缚，突然"松绑"，就产生出前所未有的"反弹力"。话剧探索延续的时间从1979年至现在，横跨了新时期的各个阶段，目的是要创造出为现代中国老百姓所喜闻乐见的审美体验形式，它必然要呼唤探索话剧，也必然要催生探索话剧，同时也规范和制约着探索话剧。它对新时期中国话剧的发展起了不容忽视的推动作用，为中国话剧穿上了使旧有传统瞠目结舌的多彩外衣，它打开了中国话剧的眼界，在艺术表现上大大消弭了中国话剧与世界戏剧的距离。

下篇　探索话剧的不同类型及其特色

中国话剧在寻求激发新的艺术生命力的探索过程中，充分显示了自身的应变能力。平心而论，话剧探索对现代主义的渴求，也有表现出有失风度的"饥不择食"和包罗万象的"综合"的倾向，从而产生内容与形式的游离，内在意蕴和外在表现的不统一等问题。"求新""赶时髦"超过了一定点就会走向反面。对现代主义的接受不当，很可能步入歧途，而使中国话剧的振兴受到挫折。这在某些剧作如《WM（我们）》中并非没有表现。

所谓现代主义文学，"是许多艺术观点和方法并不完全一致的流派的总称。因为这些流派都以反对传统的现实主义文学相标榜，都自以为代表现代的新风格，所以自称现代主义"⑤。现代主义文学总的倾向是反映分崩离析的现代西方资本主义社会里个人与社会、个人与他人，个人和物质、个人和自然之间的畸形关系，以及由此产生的精神创伤、变态心理、悲观绝望情绪和虚无主义思想。现代主义文学奉行的是反理性主义，而反理性主义的哲学、心理学基础是叔本华的"唯意志论"，尼采的"权力意志论"，康德的先验唯心主义，柏格森的直觉主义，威廉·詹姆斯的"意识流"理论和弗洛伊德的精神分析学说等。现代主义行列里也有政治立场进步的作家。因此，现代主义文学作为一个总称，其内涵是错综复杂的，对现代主义作品采取不加分析的笼统否定或无保留赞扬的态度都是错误的。

今天，中国话剧在借鉴西方现代主义的时候，应当遵循"去其糟粕，取其精华"的原则，具体地讲就是把现代主义从内容到形式进行一番有批判的创造性转化。在话剧比较成功的探索中，分化出了两大支流。前一支以现实主义为体，以现代主义为用，讲究部分外在形式的借鉴消化，像在上篇中论述的那些剧作。后一支则把现代主义中国化，注重外在形式切合内容的整体移植和改造，像在本篇中将要论述的一些剧作。这些剧作，从纵的方向回顾，可以找到九个基本的连接点：《绝对信号》《车站》《十五桩离婚案的调查剖析》《野人》《一个死者对生者的访问》《魔方》《狗儿爷涅槃》《中国梦》《桑树坪纪事》等。从横的方面扫描，也可以看到几个立体的骨干构架：写意型——《中国梦》；荒诞型——《车站》《一个死者对生者的访问》《魔方》等；象征型——《绝对信号》《野人》等；写实型——《街上流行红裙子》《十五桩离婚案的调查剖析》《狗儿爷涅槃》《桑树坪纪事》等。下面拟在纵横交叉的坐标线上对各类型剧作进行分析。

写意型　"写意"一词，本出自中国画论。求神似而不求形似是国画的突出特征。从大处泼墨，以"传神"为极致，是中国历代艺术家的共同追求。在西方现代主义的辞典上，虽然找不出"写意"的词汇，但他们的艺术实践表明，不过是换了一种表述方式而已。现代主义戏剧针对传统戏剧的繁复累赘，提倡"质朴戏剧"，主张把布景撤去，把幕布拉下来，把脚光也移开，剥离去戏剧的一切非本质的东西，还原一个空荡荡的舞台空间——从而给戏剧演出的创作者们提供了广阔的创造空间。由此，现代派戏剧特别重视把"无形变为有形"（近似于中国的"写意"），而舞台上的变无形为有形，就是依靠演员富于表现力的表演。今天，新时期中国话剧在探索过程中所实践的"写意性"，可以说已经是传统戏曲和西方现代主义戏剧综合的产物了。

写意型探索剧作中，黄佐临导演的《中国梦》一出，京沪为之震动，戏剧界感到它的冲击波，众所周知，受到现代戏剧观和中国戏剧传统的双重启发，黄佐临继1982年提出"写意戏剧观"构想以后，又在1965年发展了中国戏曲流畅性、伸缩性、雕塑性、规范性的审美特征，提出写意戏剧的衔接性、灵活性、雕塑性和程式性四大特点；而后于1980年进一步提出写意戏剧的生活写意性、动作写意性、语言写意性、舞美写意性四种内部特征，《中国梦》基本实现了他的艺术构想。《中国梦》采用大跳跃、巧穿插的抒情结构，进行一种诗化的组装，以主题的内在联系和戏剧整体效果为纽结，全剧除序而外共八场。一场和八场都是"划船俱乐部"（美国）；以同一场景形成全剧外围，构成首尾呼应的剧本框架，二场和七场都是"山区"（中国）；三场至六场："外祖父家""电影院""中国餐馆""酒吧"均在美国。这就形成一个循环往复时空高度自由的剧本结构形式，使《中国梦》获得了布莱希特所称的"日常生活历史化"的效果。在舞美设计上，《中国梦》一反写实话剧用布景展现和生活一样逼真的环境的做法，使用了两个虚实相衔的"圆"：天幕上是巨大的圆月，舞台上是倾斜的圆平台，构成极富象征意味的舞台美术造型。这一虚一实的两个"圆"，向观众提示故事发生在东、西两个半球上，这故事既是发生在我们身边的实实在在的故事，同时又是虚幻的梦。在导演与表演上，《中国梦》一台大戏只用两个演员，而其中的男演员分别出演郝志强、志强、外祖父、马克、记者五个角色。其次是调动形体、音乐、色彩等多种艺术手段，综合使用话、舞、歌、哑剧等多种戏剧语言于一台，对戏剧动作性作高度艺术化的非生活化处理，这促使观众清醒地知道自己是在看表演。观众在轻松而严肃的艺术享受中参与创造和思索，与编、导、演共同完成戏剧。无论是明明，还是郝志强，他们的"中国梦"毕竟是"梦"，尽管有其美的、富于诗情画意的一面，但也有其虚幻的、充满矛盾悖理的一面。剧中，明明似乎树立了"拼命挣钱"这一西方现代价值观念，而自身追求艺术的受挫和目睹物质利益对人的灵魂的扭曲，又让她感到痛苦揪心；郝志强一味从中国古代文化寻求超然、自由的精神寄托，又终于无法摆脱物质现实的束缚。所以，男女主人公所做的两个"梦"看似相背，实质上却相辅相成。正如作者曾说过的那样，剧作想要表现这场中西方文化冲突，包含着这样的内涵："让那些追求物质的人，做一个富有理想的中国梦；让那些只知道空谈的人，也看看物质的价值。"⑥"有人说，如果以自行车比喻西方文化，黄包车比喻东方文化，那主张东西文化结合的佐临可称为'三轮车之父'。"⑦可以说《中国梦》，为中国写意话剧奠下了基石，同时也立起了第一块里程碑。

荒诞型　荒诞是几乎贯穿西方现代主义文学所有流派和作品的一大艺术特色。从词义上讲，"荒诞"指不合理、不调和、不合逻辑、荒诞可笑。在现代派文学中，荒诞的意义要广泛和复杂得多，它成为现代派作家心目中人和社会的关系的体现。法国新小说派领袖罗伯·格里耶在《自然·人道主义·悲剧》一文中说："阿尔倍·加缪以'荒诞'一词去称呼人与世界之间的深渊，人类的精神渴望和在世界上实现这些渴望的可能性之间的深渊。"⑧荒诞派戏剧的主将尤奈斯库在《不像真的，异常的，我的宇宙》一文中讲得更明确："荒诞指缺乏意义……和宗教的，形而上学的，先验论的根源断绝后，人就不知所措，他的一切行为就变得没有意义、荒诞和无用了。"⑨

中国的荒诞型探索剧作，《车站》《一个死者对生者的访问》以及《魔方》等，都曾引起过颇大反响和尖锐争论。这三部剧作的共同之处在于，学习

先锋话剧研究资料

西方荒诞派戏剧形式的时候，尝试着改造和吸取这类戏剧赖以支撑的西方现代哲学思潮的某些部分。他们似乎在摸索着描写一种永恒的品质和永恒的真理，剧中的人物可能是某些共性的抽象和某种社会情绪的体现，如《车站》里一群人年复一年地等公共汽车。人物连具体的姓名都可以没有，即使有，也不过是作为符号来使用的，如《魔方》中的人物。这三个戏仿佛是为了直取事物的内在本质和人物下意识的心理活动，活人与死人，现实与梦幻，合理的事物与荒诞的事物，现在、过去和将来都没有明确的界限。如《一个死者对生者的访问》，通过一个似死似活，非人非鬼的叶肖肖的"神游"，揭示了人们错综复杂的精神世界的内在本质。《魔方》的九个片段，类似于"现代折子戏"，可以自由拆卸组装，表现了当代青年对当代社会的整体性思考。三个戏都强化各自的舞台形象，用以外化主观思想感情，或者说是"潜在情绪的戏剧化"。如《车站》中的"多声部""汽车的奔驰声""沉默人的音乐"，外化了某种社会心态。又如《一个死者对生者的访问》中面具和架子鼓的运用，面具成为人物性格的符号，架子鼓则"作为一位冷峻的旁观者的内心情绪出现，传达出愤怒、欣慰、激赏、微笑等等情绪"。

　　《车站》公演后，有些评论家认为它是"中国的《等待戈多》"。本文以为这种类比是不恰当的。《等待戈多》表现的是"和宗教的，形而上学的，先验论的根源隔绝之后"的荒诞。剧中的弗拉季米尔和爱斯特拉冈象征战后西方生活在苦难中的人类。世界不可知，人的命运也不可知。人生活在痛苦中，希望有人来搭救，被盼望的人（戈多）一直不来，结果总是幻灭。《等待戈多》深刻地揭示了西方世界的精神危机。而《车站》脱颖于东方，它高扬的主题是："未来属于不说废话，争取时间，认真进取的人们。"剧中的七位乘客，只是"暂时地"被一种习惯惰性所左右的普通人，他们虽然感到了生活的艰辛，但并未动摇各自的理想（进城的目的），对于他们来说，等车并不是目的，公共汽车只是可以帮助他们尽快实现理想的手段之一。应当说《车站》表现了实现理想的艰巨性——取决于客观条件（车）的具备和主观能动性（走）的发挥。《等待戈多》和《车站》相比，前者是彻底的悲观，后者是本质上的乐观，两者之间的根本差别在于等待中的滞留和等待中的前行。《车站》毋宁说是人生道路的起点站。

　　新时期之初，话剧探索是以"鬼魂"揭开序幕的。如果说《我为什么死了》里的妻子现身说法，显出几分可怜的样子，《屋外有热流》里的大哥训斥弟妹，还有"教父"的影子的话，那么，《一个死者对生者的访问》中的叶肖肖，却以平等的姿态与活着的人们进行了对话。剧中有两条滑稽而又实在的线索：一条是肖肖对同车那些乘客灵魂的叩拜；另一条是社会对"肖肖事件"正常的反常态度。肖肖面对匕首，无所畏惧，敢于和死神拥抱，但他"不能忍受欺骗"。因为人们的冷漠，因为舆论的失误，肖肖甚至对献身的价值也产生了疑问。他看到了："人在危急瞬间的怯懦感；保护人的生命还是珍惜小动物的选择；为了占有一个座位而放弃了做人的勇敢；既是一个好父亲又是一个坏干部的阴暗心理；儿童的直觉善恶观和被扭曲的英雄观等等。"⑩即使那条围绕肖肖的"社会态度"情节线，从认为是同类火并，到怀疑肖肖有男女关系问题，待真相大白，又是追认烈士和党员，又是举行隆重的追悼会，尽管可笑，充满讽刺意味，但同时说明社会也在进行痛苦的自我批判和反省。以上这些决定了《一个死者对生者的访问》和斯特林堡的《鬼魂奏鸣曲》各处一端。后者通过死尸、亡灵、木乃伊和活人在舞台上的同时活动，揭示世界的内在实质，是"罪孽深重，痛苦无穷"。《一个死者对生者的访问》中的幽灵，以其"集"探索话剧中同类形象之"精粹"的风采，再次证明了中国荒诞型话剧"荒而不诞"的特点。

《魔方》受西来魔方存在10^{24}种解法的启示，自命采用的是"马戏晚会式"编剧法，结构上没有一条明显的戏剧线索，也没有高潮，"是由几个风格迥异，似乎互不相干的戏剧小品拼成的一个大拼盘"。本文以为，按照《魔方》独有的轻便灵巧，可任意组拆的结构性质，它的小品可以大量增加下去。这种增加不但不会使《魔方》的艺术世界倾斜，而且只会使其更加博大精深，剧作者采用的"魔方式"剧作法，于探索话剧中已经超出了一般的创新意义。现代社会多元化和快节奏，越来越适合松动、灵快、便捷的审美方式。除了少数真正的艺术精品，广大观众愈发不愿意到剧场去承受那种宏大、繁复、严密的情节重担和结构重担。于是，领受到这种审美信息的剧作家，开始对严谨的戏剧机体进行"分割"的工作，或者是从纵向分割成"章回体""冰糖葫芦式"，或是从横向分割成多层次、多声部。可以认为，到分割出"魔方式"的时候，已经集中反映了中国当代戏剧家的现代戏剧思维框架的初步形成。

《魔方》在观赏性和娱乐性中追求丰富的感知因素，谁也说不清它有多少主题。有人说它有"七七四十九个",有人说它有"九九八十一个"。《黑洞》中三人互相坦露平时隐秘的心迹,你能说得清是真是假?《流行色》看似一出精彩的时装表演,却处处喻示人们在追求时尚和保持个性之间的心理变化。《宇宙对话》作为《魔方》的收尾小品,展示人类同外星人在心灵空间对话的一瞬间,观众不仅感到地球的渺小和人生的短暂,而且,感到"宇宙的永恒和生命的无穷"。《魔方》以"思索人生的脊梁骨,多彩多姿的血肉躯,交流对话的精气神",充分发挥自身多主题、无主题、泛主题的特点。《魔方》淡化社会生活的客观性,通过非理性的夸张形式,将现实生活打碎,按主观意象重新组合,或融化现实生活,而以另一形式出现,加以极度的渲染、夸大,将现实与非现实、客观的和主观的混合在一起,把看似正常的东西变得荒诞离奇。《绕道而行》中一块"绕道而行"的木牌就使人们放着平坦的大道不敢走,偏要拥挤在泥泞小路上,在假定性表演中同可怜的国民性开了个玩笑。《和解》中传统(的老人)和现代(的青年)互相对峙,剑拔弩张,结局是一曲京剧旋律和"迪斯科"节奏的"汇合",促使双方化干戈为玉帛。《魔方》的荒诞,给人的不是孤独感、虚无感、幻灭感,而是群体感、充实感、希望感。如果说西方现代主义的荒诞在《佩得罗·帕拉莫》《百年孤独》那里发展成"魔幻"的话,那么,在《魔方》这里却发展成了"人幻"。当《魔方》消失了西方形式和东方内容之间的"艺术差"的时候,人们是否听到真正属于中国自己的现代派剧作躁动于母腹的声音呢?

象征型 象征这一创作方法第一次被大规模采用始于法国诗人波德莱尔。他在《交感》一诗中认为,自然界是一个神秘的所在,万事万物相互感应,互为象征,以种种不同的方式显示自己的存在,并向人发出信息,与人的内心世界相互感应契合而达到物我一致的境界,从而巧妙地揭示了人和自然界的关系;另一方面,他觉得,人自身各种感觉之间的关系是:声音可以使人看到颜色,颜色可以使人闻到香味,香味可以使人听到声音。声音、颜色、香味可以诉诸视觉。后来的里尔克、艾略特又给"象征"赋予新的内容,艾略特要求用"知觉来表现思想","把思想还原为知觉",为思想找到它的"客观对应物"。由于象征主义强调主观经验,这就使它把自然主义和现实主义视为不能共存的对立物。但是,到了当今中国探索话剧这里,现实主义以及其他什么主义与象征主义都变成了伙伴。如果说当年的《赵阎王》《原野》对超自然力量的象征和现实有点隔离的话，那么，现在这一类型的剧作却在向现实的心脏靠近。《绝对信号》的列车象征着艰难前行的国家，《野人》则象征着对美好社会生态环境的呼唤。这些剧作在对现代主义进行转化的过程中，从始至终贯穿着对国家社会民族的义务感、责任感、使命感。

《绝对信号》和《野人》是同一个作者的剧作。这两部作品连同它们的姊妹篇一起，使其作者成为探索话剧潮流中最受争议的剧作家。当年，使《绝对信号》扬名的不是剧情，而是小剧场的演出形式。然而，一部剧作假如仅靠一些外在的东西作为支撑，那么在话剧纷纷走向"综合"的今天，就会黯然失色。可以说，显示《绝对信号》自身艺术价值的，主要还是富于象征意味的艺术本体。《绝对信号》把社会比喻为列车，不论是谁，只要坐在列车上，就得遵守秩序。剧中有三组人，一组是维护和遵守秩序的，如车长、小号、蜜蜂；一组是破坏秩序的，如车匪和他那伙未出场的人；还有一组就是像黑子这样的，本意不想破坏秩序，但其行动会给秩序带来不安。这一方面是写人与社会的关系，另一方面又在这种关系中展示人性善恶的搏斗。黑子在人性的两极痛苦徘徊，最终选择了善，抑制了恶。《绝对信号》透露出这样的寓意：社会不是荒谬的，而是充满理性的。社会对所有的人都是一视同仁的，但由于社会要适应所有的人，社会对每一个人又是苛刻的：人的"权利不是张手就来的，要想得到做人的权利，先得担当做人的责任"（车长语）。

《野人》打破了传统剧作惯常使用的单向思维与闭锁结构，采用多声部的复调结构和多主题的交织错落，时间跨度近万年，空间变幻无定，从地壳颤动、火球翻滚、混沌初开的洪荒时代，到当代人所面临的事业、家庭、婚姻等严峻课题，失去平衡的自然生态与同样失去平衡的当代人的复杂心态，传说、现实、心理、梦幻……交错联结。一方面对历史进程进行大跨度的纵向的历时性考察，一方面又把发生于不同时空的事物进行横向的共时性的并列呈现。通过交响乐式的对位与对比等表现手法，以总体象征的艺术气氛，去激发观众潜在的意识、思想、情感和本能。《野人》开放型的网络结构，为纵横交错的宏观观察，提供了一幅颇为完整的史诗性的现实图像，在表现深层的象征意味方面，为思想找到了它的"客观对应物"：野人——传说中的野人和现实中的"野人"，构成一种整体思索人自身的复调。大家都在关注传说中喜马拉雅山区的"雪人"、北美洲的"大脚怪"和神农架的"野人"，却"无视眼前的野人，以及连记者"、连我们"也可能包括在内的野人"。《野人》提醒人们，要想求得社会生态和自然生态的和谐平衡，作为主体的人就要不断克服自身的悲剧性和劣根性。如果说，西方的社会腐朽没落，使那里的人们不得不变成"犀牛"以求生存的话，那么，有着先进意识形态、优越社会制度的东方中国人，却毫无理由要把自己变成"野人"。《野人》在试验总体戏剧的意义上，和《中国梦》《魔方》一样，是中国探索话剧原野上的一座山峰。

写实型从字面上看，写实型的剧作应当归并在前一节的论述中。然而，在这里分析的《街上流行红裙子》《十五桩离婚案的调查剖析》《狗儿爷涅槃》以及《桑树坪纪事》等剧作，却是有特殊意义的。它们介于传统和现代之间，既可以认为是斯、布、梅三大体系结合的产物，又能够从中看到现实主义和现代主义重叠、过渡的艺术特征。西方现代主义强调从"主观表现"出发，厌弃"反映论"或"模仿论"。他们认为，承认现实表面的真实性，就是承认传统道德观念、价值标准的合理性。可"如今上帝都已经死了"，那些传统观念的虚假性与腐朽性已经充分暴露，怎么还能承认它的"合理"呢？因此，现代主义者提出：不再"复制世界"，要"凭眼力"进行"观察"。卡夫卡就认为，要认识现实的真实就需要"给人另一副眼光"，这副"眼光"要能做到透过或撤开蒙在现实表面的"覆盖层"，以窥见它底下的真实。中国写实型探索剧作虽然借助现代主义的"另一副眼光"，但它们是再现与表现结合，在充分肯定传统价值标准的基础上，对其中某些陈腐过时的东西进行透视和反思。因此，它们的探索创新在于写实内容背后的譬喻意义。

《街上流行红裙子》在"经纬线的交叉纵横构成舞台意象的主体结构"上，"把戏的舞台总体形象处理成当代劳动者建设四化沸腾生活的剪影"。《红裙子》揭示了人性的弱点以及人自身正视弱点的艰难。不仅陶星儿、阿香不是完人，而且其他人如葛佳、值班长、董晓勤、陶思凯等，也各自有自己的缺陷。但只要"强迫自己真实，强迫自己善良，强迫自己真诚"（陶星儿语）就会充满希望。红裙子的譬喻意义，既可以是"姑娘们对美：心灵美、人体美、衣着美——人的全面的和谐的发展——追求"；也可以是"一种生活的美、劳动的美、真实的美的舞台象征"。[11]《十五桩离婚案的调查剖析》作为舞台上的道德法庭，充分展示了当代中国人的爱情婚姻状况，同时，也给予了态度鲜明的褒奖与针砭。《离婚案》在个人与家庭、家庭与社会的关系上做了深入探讨。婚姻上的悲欢离合虽然不外乎感情因素和经济因素，但都要受制于社会的道德规范和义务要求。每个人尽可以独处终身，但如果结成婚姻关系，就应为之负责，这即是对社会负责的具体表现。罗南、路野萍目睹一桩桩稀奇古怪的婚姻官司，社会责任感终于战胜自我情感。无论是《红裙子》，还是《离婚案》，它们的本质喻义又都是在呼唤社会主义的崇高人性。这同西方现代派戏剧表现的人性异化（比如尤奈斯库的《犀牛》）形成鲜明对照。

可以说，现代主义艺术、追求系统把握社会心态的运动流程和透过现实人的心灵屏幕，考察、关注"人自体"的底蕴。《狗儿爷涅槃》和《桑树坪纪事》在对中国农民命运的反思中，创造性地转化现代主义，无疑达到了这样的深度。《狗儿爷涅槃》的缺陷是未能有力地反映中国农民的社会主义积极性，剧中的狗儿爷，作为传统中国农民文化——心理结构的产儿，有着祖祖辈辈遗传下来的超稳定意识：一要土地、二要女人。为了这两个东西，他几回疯癫几回清醒，"虽九死而未悔"。《狗》剧既依赖情节层次，又超越情节层次，"把人从现实生活引向哲理概括"。高门楼是地主祁永年家的"门脸"，是权势和财富的象征，狗儿爷憎恨祁永年，是因为自己不能变成祁永年，是因为自己梦想变成祁永年。高门楼一旦作为土改成果分给狗儿爷，他就誓死捍卫。即使这样，他的家里居然还跳出个想要拆除高门楼的反叛人物——亲生儿子陈大虎。这时的高门楼，成了千年封建文化形态的象征，在拆与不拆的背后，蕴藏着小生产的旧观念与新的社会生产力之间的严重矛盾，预示着属于过去的老一辈中国农民与属于未来的新一代中国农民的尖锐冲突。《狗》剧深受西方表现主义戏剧的影响，它以人物的意识流动为转移，注重把人物的深层心理外化为直观的舞台形象。《狗》剧对于幻影的处理，十分接近恰佩克的《母亲》和阿瑟·米勒的《推销员之死》。母亲和死去的丈夫、儿子的对话，威利和死去的兄弟的对话，狗儿爷和死去的祁永年的对话，都服务于对生者精神心理状态的揭示。狗儿爷的命运，虽不能代表中国所有农民的命运，却也是中国历史文化的一个投影。然而，由于戏剧家对于狗儿爷人生经历中一系列具体历史事件过于贴近和拘谨，尤其是对痛苦内涵的开掘基本局限于中国现代史的范围，使得狗儿爷的人生痛苦未能在更深更广的层面上概括出整个民族在漫长的历史过程中厚重深广的悲剧情绪。因此，《狗》剧的出现，在某种程度上可以看作是对于《桑树坪纪事》的呼唤。

自从话剧探索运动展开以来，在一些人眼里，内容与形式、传统与反传统、现实主义与现代主义、东方戏剧传统与西方戏剧新潮、社会学的戏剧和所谓的审美的戏剧、斯坦尼斯拉夫斯基体系与布莱希特体系等等之间，似乎只存在尖锐对立、激烈碰撞，彼此毫不相容。毫无疑问，这种思维定式只能使戏剧陷入由更深的矛盾和困惑带来的痛苦之中。而那批亢奋执着又清醒冷静的改革者则以辩证思维实现了对戏剧文化、戏剧艺术的整体把握。他们高扬"兼容"的旗帜，怀着开放的文化心态和强烈的主体意识，在东、西方美学观、戏剧观和戏剧本体、戏剧语汇之间寻找结合点。这一批开拓者，把闪光的汗水和足迹留在了有代表性的剧作中。而《桑树坪纪事》的编导，对于戏剧观念充满辩证法的"兼容"意识，似乎带有更多匡正时弊的色彩。他们感觉到"过份人为地将'情''理'割裂、对立"，"贬低'情'在剧场艺术里的价值，造成对'情'的忽视，往往会使观众对剧场里的一切冷漠"。[12]小小桑树坪，盛下了偌大一个中华民族的痛苦，这痛苦，浓缩到舞台上，概括为一个贯串全剧的整体象征动作——"围猎"。起源于表现人与兽激烈冲突的祭祀仪式的戏剧，在全新的生命意识的层面上，"表现"和"再现"了人与人的激烈冲突。第一章里，小寡妇彩芳和小麦客榆娃被村民"捉奸"，质朴又愚顽的桑树坪人手举火把，将这一对追求真挚爱情、追求心灵与肉体自由的年轻人团团围住，在舞蹈化的场面中，这"围猎"成为一种封建文化心理积淀对两个鲜活生命的残酷撕扯、吞噬的诗化象征。"阳疯子"李福林在闲后生们恶作剧的撩拨下，当众扯去自己婆姨青女的裤子，狂喊"我的婆姨！钱买下的！妹子换下的！"这些围观的闲后生们以及可怜的福林，实际上形成了对更加可怜的青女的"围猎"。第二章中的"围猎"场面，似乎寄托了剧作家更为深长的沉吟浩叹。紧接着出现在舞台上的一尊侍女古石雕，以及一个演员将黄绫肃穆而凝重地覆盖在古石雕上，歌队一起跪倒在古石雕四周的戏剧场面，使你真切地触摸到了强烈的感情冲动和深广的理性思索。这时，那痛苦已不仅是青女的，或福林的，而是一个民族在历史的重压下产生的大痛苦，是痛苦的升华。尤为撼人心魄的是第三章出现的两种画面交叉组接：桑树坪人"围猎"外姓人王志科和"围猎"老耕牛"豁子"，封建宗法制社会中长期形成的血统和家族观念驱使李金斗和他治下的李姓同族们，为从王志科手里夺回李姓的两孔破窑，在表面上近乎麻木迟钝的状况下，本能地去"围猎"王志科——一面批斗王志科，一面在要求上级

中国当代文学史资料丛书

逮捕"杀人犯"王志科的"状子"上按手印。与此同时，地、县、公社的脑系们借口庆祝革委会成立要大吃一顿，他们看中了桑树坪那头老耕牛"豁子"。"我们打都舍不得，可他们要杀了吃哩……"纯朴憨厚的桑树坪人愤怒了！他们不让"豁子"活着出去：与其让他们杀，不如我们自己杀！顿时，舞台被猩红的血色所浸泡，发疯的村民"围猎"着发狂的"豁子"——在由人扮演的牛与歌队扮演的村民那缓慢、压抑而悲愤的舞蹈中，一种摧肝裂胆的人生痛苦，一种人在长夜如磐时内心浓郁的悲剧情绪，通过由人畜相搏的象征性戏剧冲突和戏剧场面，得到酣畅发泄和尽情喷射。这舞蹈画面，恰如一段激情澎湃又余音悠扬的交响乐章，把人的思路引向历史画面的纵深处。整个民族淤积了数千年的大痛苦，在这音乐、舞蹈、图画构成的综合的诗化境界中，得到了独特的戏剧的升华。应当说，《桑》剧所实现的，是由再现或表现局部社会人生的浅层痛苦向再现和表现整个民族心灵的深层痛苦的一次比较成功的过渡。它在中国新时期探索话剧的第一个十年结束与第二个十年开始之际的1988年初出现，实在耐人寻味。

结　论

从粉碎"四人帮"算起，中国新时期话剧已经走过了十几年的历程。话剧危机引起了话剧探索，同时又导致了话剧观念的危机，话剧观念的嬗变与更新反过来推动了话剧探索，由于中西话剧同根同源，由于现代主义和现实主义既融合又分离的属性，逐渐产生出探索（实验）话剧——中国式现代主义话剧的雏形。探索话剧的不稳定性和未成熟性，说明它还有未可预料的发展前景。探索话剧的多样态和开放性，是中国话剧与世界话剧双向交流的具体标志。纵观中国话剧发展历史，西方现代主义的影响主要集中在两个时期，一个是五四时期，另一个是三中全会以后的新时期。这两个时期在形式上有着惊人的相似之处。在前一个时期的十年之内，"西欧两世纪所经过了的文学上的种种动向，都在中国很匆促地而又很杂乱地出现过来"。[13]西方现代化戏剧的各种流派曾经蜂拥而至。在后一个时期里，"历史给中国的广大戏剧工作者开了一个严肃的玩笑，欧美剧坛花了将近90年时间才走完的一段历史，在短短的不到10年的时间里又在中国剧坛匆匆重演"。[14]这两个时期既有相互承接的关系，也有本质不同的地方。从承接的关系来看，让一个民族的思维方式、文化习惯、艺术观念、表现手法，为另一个民族所接受并成为本民族的精神现象，需要一个扬弃的过程，融汇的过程。过程，就是时间。前十年，后十年，中间六十年，加起来八十多年的话剧历史（时间），正是这一过程的表现。从本质差异的角度来看，当年西方现代主义戏剧"舶进"中国的时候，它的首要使命是寻求立足之地。当今西方现代主义戏剧旧地重游的时候，尽管是在给"疲软"的话剧艺术注入新的生命冲动，但已经超越了"能否生存"的意义。中国戏剧探索者们积极介入的人生意识，戏剧家创作心理上日益增强的主体意识，戏剧家呈开放状态的戏剧思维方式，戏剧作品在整体上流溢出来的包括强化了的审美意识和文化意识在内的全新意识，戏剧作品在风格流派、结构框架上呈现出来的交叉吸收和广泛融合，都有助于中国作家在新的时代条件下对现代主义进行扬弃和改造，从而建构有别于西方现代主义的中国式的现代主义戏剧。

中国新时期话剧在总体上是一种开放的多样的格局，这一点决定了探索话剧仍将继续探索前行。如果要走出宽广的道路，恐怕对于源诸西方资本主义土壤的形形色色的悲观主义和唯心主义哲学的摒弃是必要的。因为，东方土地上蓬蓬勃勃地建设社会主义的人们，与那种哲学必然格格不入。而在形式的借鉴上也必须顾及中国戏剧的悠久传统，顾及广大人民群众健康的审美志趣，反对艺术教条主义，真正做到"古为今用，洋为中用"，"推陈出新"。

注释：

①黄佐临：《漫谈"戏剧观"》，《人民日报》1962年4月25日。

②马也：《理论的迷途与戏剧的危机》，《戏剧》1986年第1期。

③丁扬钟：《谈戏剧观的突破》，《戏剧报》1985年第3期。

④唐弢：《中国现代文学史简编》，北京：人民文学出版社，1985年，第342、402页。

⑤廖星桥：《外国现代派文学导论》，北京：北京出版社，1988年，第1页。

⑥《孙惠柱和他的〈中国梦〉》，《解放日报》1987年7月7日。

⑦王志超；《"写意话剧"的现实意味》，《新华日报》（南京）1987年12月30日。

⑧转引自《外国现代派文学导论》，北京：北京出版社，1988年，第16页。

⑨尤金·尤奈斯库：《在城市的武器里》，《雷诺——巴洛杂志》1957年第20期。

⑩《探索戏剧集》，上海：上海文艺出版社，1986年，第449页。

⑪《探索戏剧集》，上海：上海文艺出版社，1986年，第270页。

⑫徐晓钟：《反思·兼容·综合》，《剧本》1988年第4期。

⑬郑伯奇：《中国新文学大系小说三集·导言》，上海：上海文艺出版社，1981年，第2页。

⑭廖全京：《当代戏剧的走向》，《戏剧与电影》1987年第7期。

原载《文学评论》1991年第2期

论新时期探索戏剧

胡星亮

　　探索戏剧在新时期中国剧坛的崛起，是因社会问题剧衰微而引起的日益严重的戏剧危机，戏剧家受到强烈刺激而探寻新路的产物。它突破传统的现实主义，在西方现代主义戏剧和民族戏曲中找寻源泉，并很快在社会、历史、人生、文化等哲理层面，和戏剧的艺术表现与舞台语汇等形式层面上，形成汹涌的探索浪潮。尽管探索中还存在着诸如过分诉诸哲理而有思想大于形象，片面追求新奇而有形式大于内容等弊病，但是，正是探索戏剧执着的创新精神，给予新时期剧坛以蓬勃的生机活力；尤其是后期在内容与形式上的整体跨越而带来探索戏剧对现实主义戏剧拓展的促进，更给中国戏剧的发展带来新的憧憬与希望。

（一）探索：中外戏剧在碰撞中交融

　　探索戏剧亦即先锋戏剧、实验戏剧。其探索或实验，灌注着戏剧家对1980年前后中国戏剧危机的深沉反思。面对剧场的萧索，戏剧家在苦闷与困惑中积极地探寻新路。当时整个中国文坛正处在大变革时期。欧美现当代各种哲学、美学、文化、戏剧思潮被大量译介进来，各种新观念、新方法及其汇聚而成的现代意识，对中国文艺形成强有力的挑战和冲击。因而，如同"朦胧诗"等诗界革命的红红火火，"意识游戏流"等小说创新的轰动全国，"探索戏剧"的实验，也很快以谢民的《我为什么死了》，马中骏、贾鸿源的《屋外有热流》拉开帷幕，影响很快就波及全国。于是，北京舞台上出现高行健的《车站》和《野人》，刘树纲的《十五桩离婚案的调查剖析》，王正的《双人浪漫曲》，王培公、王贵的《周郎拜帅》与《WM（我们）》；上海舞台上又推出马中骏、贾鸿源的《路》和《街上流行红裙子》，宗福先等的《血，总是热的》，罗国贤等的《生命·爱情·自由》，陶骏等的《魔方》，孙惠柱等的《挂在墙上的老B》；浙江的《山祭》（贺子壮等）、江苏的《本报星期四第四版》（王承刚）等也先后登台。东北、武汉、天津、广州等地的戏剧家也在努力尝试。1984年前后，戏剧探索在全国形成热潮。

戏剧探索主要是在话剧界展开的，但在戏曲界（歌剧界）也有程度不同的影响。面对同样严重的戏曲危机，戏曲家曾就戏曲的现状与趋势多次召开研讨会，就传统戏曲与当代意识、戏曲的革新与创造、戏曲与观众等问题展开讨论，呼唤戏曲现代化，强调创作主体的自我意识与现代意识，强调戏曲内容的现代精神与形式的现代品格。有些大胆者甚至尝试借鉴西方现代派戏剧，以及电影、舞蹈等姐妹艺术进行新的创造。于是有探索戏曲的出现。其中较好的，如魏明伦的川剧《潘金莲》、孙彬的汉剧《弹吉他的姑娘》、韦壮凡的桂剧《泥马泪》等，都曾轰动剧坛，引起人们的关注与论争。

很明显，西方现代戏剧在新时期的广泛译介，给中国戏剧的蓬勃探索以直接的动力。当改革开放的时代春风打破自我封闭，当代欧美各种戏剧思潮、流派、观念及其不同的艺术形式和手法，纷至沓来，蔚为壮观，强劲地冲击着中国戏剧家的戏剧思维和心灵情感。于是有荒诞戏剧、叙事戏剧、贫困戏剧、残酷戏剧，以及象征主义、表现主义戏剧的走向中国，有《外国现代剧作家论剧作》（中国社科院外国文学研究所编）、《布莱希特论戏剧》（丁扬忠等译）等大量西方戏剧理论专著的译介，以及西方现代戏剧剧本的翻译与演出。西方现代戏剧的流派纷呈，尤其是各流派戏剧家向传统挑战的反叛精神、弘扬个性的自我意识和艺术创新的执着探索，对中国戏剧家的刺激极为强烈。因此，当中国戏剧面临危机，必须探索才能获得生路时，西方现代派的引进就远远超过戏剧本身的译介内涵，而有着更深层的借鉴意义。它使中国戏剧家认识到：借鉴西方现代戏剧，"显然有助于我们开阔眼界，结合我们本民族的戏剧传统，去研究我国戏剧艺术发展的道路"。[1]

但另一方面，20世纪西方戏剧打破写实传统向东方写意戏剧的靠拢，又使中国戏剧家在对西方现代戏剧的借鉴中，对民族戏曲传统产生极大的兴趣。现代西方戏剧曾长时间为其不能突破写实的框范而苦恼，东方戏剧（包括中国戏曲）的舞台假定性给予他们深刻的启迪。梅耶荷德、布莱希特、格罗托夫斯基、阿尔托等著名戏剧家，都曾汲取中国戏曲或东方戏剧的丰富营养而有杰出的创造。正是在这里，探索戏剧强调"对于自己民族古典戏剧传统的重视、吸收和利用"②，按照舞台艺术本身的规律，去创造新的话剧艺术。有人因此认为探索戏剧革新浪潮的实质，在某种意义上是大胆地走向复归戏剧的本质假定性，其趋向之一是在寻找民族传统戏剧艺术的"根"。当然，这主要是指戏曲的艺术形式、戏剧观念和表演方法。正是舞台的假定性本质、虚拟性的时空自由、写意性的表演艺术等戏曲美学的借鉴，给话剧创新带来勃勃生机。还有些戏剧家喜欢"那些更为原始的民间演唱、踩高跷、耍龙灯、撂地摊的、玩把戏的、说道情的、戴脸壳的傩戏和傩舞，也包括那非常原始的藏剧"③，那里面蕴藏着的生命力的冲动和独特的民族艺术风采，也深深地刺激着戏剧家的创作。

　　探索戏剧的发展大致可以划分为两个阶段，其间也可明显地看出其探索的趋向。前期的探索因为戏剧家的侧重不同，而在哲理意识和形式创新方面各有努力：偏重以戏剧诉诸理性，给予观众更多哲理思考的戏剧家，注重从叙事戏剧、荒诞戏剧中借鉴汲取；而侧重戏剧的艺术表现和舞台语汇探索的戏剧家，则更多地受到民族戏曲和贫困戏剧、残酷戏剧等流派的启发。应该说，这两者的探索都各有成就，但也各自有其偏颇。由此出现探索戏剧后期的分化与深化：1986年前后，那些过分张扬哲理而思考大于形象、过分追求新奇而形式大于内容的探索受到观众的冷落乃至唾弃，而真正的戏剧探索则进入较为自觉的阶段。它融合前期探索的经验与教训，既在哲理内涵方面努力提高戏剧的思考品格，又大胆创造具有独特审美价值的演剧形式，完成了内容与形式探索的整体跨越。这就是《桑树坪纪事》（徐晓钟、陈子度等）、《中国梦》（黄佐临、孙惠柱）、《一个死者对生者的访问》（刘树纲）、《红房间、白房间、黑房间》（马中骏等）等话剧，和京剧《曹操与杨修》（陈亚先）、湘剧《山鬼》（盛和煜）、川剧《田姐与庄周》（徐棻等）及大型戏曲《洪荒大裂变》（习志淦等）等戏曲的出现。这些剧作以现代与传统、创新与继承等较完美的融合，昭示着探索戏剧的巨大潜力和发展方向。

（二）诉诸理性与强化哲理意识

陈恭敏1985年总结新时期戏剧观念的新变化，首先谈到的就是戏剧"从对'以情动人'的崇拜到强调诉诸理智"的转变。他认为当代戏剧仅仅以情动人是远远不够的，"戏剧家不再把催人泪下作为追求目标"，"他们希望自己的作品引起读者、观众思考"④。陈恭敏的观点如果剔除以偏概全的偏颇（不能完全包括现实主义等创作）及论述的偏激，只对探索戏剧而言，则是比较准确地把握住了前期探索戏剧，在社会、历史、文化、人生等内涵层面上哲理思索的基本特征的。

其实，关于戏剧的哲理性问题，黄佐临60年代初就有思考。黄佐临对当时话剧创作曾提出十条要求，其中最后两条是："哲理性深高"和"戏剧观广阔"。他觉得这是当时中国话剧最缺乏的两个方面。以哲理性而论，中国话剧少有像《哈姆雷特》《培尔·金特》《伊索》《中锋在黎明前死去》那样哲理性高深的剧作。而只有"这个问题得以解决，我们真正伟大的作品，无愧于我们时代的作品才能涌现"。⑤新时期以来，探索戏剧家更是从力求在更高的层面上把握现实的角度出发，强调在平凡的日常生活和普通人情感世界的描写中，或以荒诞的表现，或以间离的手法，揭示出某些能启人深思的哲理内涵。就连戏曲这种古老的艺术，戏剧家也强调要更多地灌注现代意识，"在追求声、光、色、技等满足观众的感官享受的同时，还追求抽象的哲理思辨给观众以社会的或人生的启迪"。⑥

在探索戏剧的哲理追求中，布莱希特叙事戏剧的影响是极为深刻的。1979年，中国青年艺术剧院上演《伽利略传》获得巨大成功，它使人们发现布莱希特有着独特的戏剧追求，其剧作有着别具风味的艺术魅力。于是，译介、演出和研究布莱希特迅速掀起热潮；布氏的戏剧观念和戏剧创作，也对中国的戏剧探索产生越来越大的影响。

布莱希特对探索戏剧哲理追求的影响，最著名的就是他的叙事戏剧的"间离说"。中国戏剧家懂得，布莱希特运用间离手法破除舞台幻觉，是要防止演员和观众进入剧中人物和规定情境而在感情迷醉中失去理智，不能以清醒的头脑、批判的态度去感受剧本的思想性、哲理性，也就不能理智地以冷静、科学的头脑，去认识现实、改造现实。布莱希特因此在剧作中经常使用演员与角色忽进忽出的"引文"技巧，及其让不断变化的生活暂作瞬间停顿的"日常生活历史化"（亦译"陌生化"）手法等，也都为中国戏剧家所掌握。《魔方》中的"节目主持人"、《十五桩离婚案的调查剖析》中的"男人""女人"、《WM（我们）》中的"女鼓手""男乐手"、《野人》中的"男女演员们"、《潘金莲》中的"叙述人"等等，都是借鉴这种"引文"或"日常生活历史化"手法而使剧情"间离"，再去表达戏剧家对现实的哲理思索的。

荒诞戏剧对探索戏剧哲理追求的影响同样是深刻的。50年代在法国巴黎兴起的荒诞戏剧，以其奇异独特的形式传达出二次大战后西方世界普遍存在的幻灭感与失望情绪，在西方剧坛有很大影响。荒诞戏剧在中国的译介，60年代有尤奈斯库的《椅子》和贝克特的《等待戈多》；80年代有施咸荣译《荒诞派戏剧集》的出版，艾斯林等荒诞戏剧理论的介绍。《我为什么死了》、《屋外有热流》、《车站》、《一个死者对生者的访问》、《潘金莲》、《天才与疯子》（赵耀民）等剧的出现，都可以看出中国戏剧家对荒诞戏剧的浓厚兴趣。

探索戏剧为什么对荒诞派表现出如此兴趣呢？后者又从哪些方面给予探索戏剧以借鉴？这主要体现在两个方面：首先，是荒诞戏剧以奇异的形式表现出作家对现实的哲理思索，其独特的艺术风采对探索戏剧的强大吸引力。于是有高行健写《车站》，用荒诞的形式去表现"等待本身就是荒诞的"[⑦]这种人生的哲理思索；魏明伦写《潘金莲》，就在荒诞不经的情节发展中，去"反思'这一个'古代贫家女儿是怎样走上谋杀亲夫的道路？"[⑧]其次，是荒诞戏剧对现实人生的执着探求、对人生哲理的独特阐释的审美精神，对探索戏剧的强调理性意识、强化哲理内涵的渗透。这种影响更是宽泛的。它在大多数探索戏剧中都有程度不同的表现。

探索戏剧正是在叙事戏剧和荒诞戏剧的影响下，注重戏剧的诉诸理性，强调戏剧的哲理意识，丰富了戏剧的表现内涵，提高了戏剧的思索品位，使其具有较为深沉的艺术思辨力量。比如《野人》关于人类与社会、人与自然、人与人关系的探索，《魔方》对流行色、代沟等社会现象的思考，《潘金莲》对古代妇女命运和现代家庭问题的探讨，《WM（我们）》对"文革"中及"文革"后知青遭遇的反思，等等，确实能够引发人们更深入地去思考人生。而且，那些较好的探索剧其哲理思索并不追随叙事戏剧或荒诞戏剧亦步亦趋，而有自己的独立思考。魏明伦在《我做着非常"荒诞"的梦》等文中，论述《潘金莲》与西方荒诞派的不同，就指出：西方荒诞派"是以存在主义哲学为思想基础，以荒诞形式表现荒诞人生，得出荒诞结论——人与客观世界脱节，人与人不能沟通，人对世界无法理解，无能为力，无所适从"；而他则是"运用'满纸荒唐话，一把辛酸泪'的艺术辩证法写戏，以跨朝越国的'荒诞'形式，去揭示人与社会的密切关系，历史与现实的内在联系，现实与未来的必由之路。结论是——历史悲剧不可重演，妇女要解放，人类要进步，社会要发展"。前期那些较好的探索戏剧，也都蕴含着戏剧家社会人生真诚的哲理思索。

然而前期探索戏剧被批评最多的，也正是其诉诸理性和强化哲理意识，这又是为什么呢？其原因主要有两点：一是某些探索剧借鉴叙事戏剧和荒诞戏剧的表面理解或机械照搬。布莱希特是注重理性和思考的，但他又强调叙事戏剧"决不放弃感情"，因为"感情促使我们大大加强理性，理性则净化我们的感情"⑨。而某些探索戏剧借鉴布莱希特，则将"理"与"情"绝对对立，将哲理极端抽象化，所谓哲理思索也就变成枯燥无味的说教。某些受荒诞戏剧影响的剧作，则在借鉴其艺术表现的同时，也套用它把人生看作是荒谬的，人的存在和努力都是毫无意义的存在主义哲学。而中国没有这种哲学、文化和心理的土壤，因而显得矫揉造作。第二，就是某些探索剧的哲理表现少有戏剧家来自人生或人本体的深层体验。优秀的戏剧都包含着作家的哲理思索，但它不是新观点、新观念的演绎或陈述，而是来自对现实人生的独特体验和真切的感悟。有些探索剧或是以间离和荒诞手法表现那些传统的陈旧观念，或是大肆渲染从生活表面撷取来的些微困惑和感受，有的则干脆大段地引用西方现代哲学教义，其哲理思索就成为游离形象、远离现实的空泛的哲理宣泄。更使人忧虑的是，这两者在很多探索剧中又是同时出现的。它使得这些剧作诉诸观众理性的哲理意识，显得抽象空洞而又晦涩苍白，看来似乎哲理高深，其实给予观众的东西并不多，更难以引起观众强烈而深沉的审美情感。

探索戏剧如何加强和表现对社会人生的哲理思索，戏剧家仍在艰辛地探索。

（三）形式创新："完全的戏剧"

前期探索戏剧最富活力的，还是它在艺术表现和舞台语汇等形式层面上所进行的实验。因为在探索戏剧家看来——

> 戏剧要克服它面临的危机也只有首先从这门艺术自身的规律去找寻它生存和发展的理由。现代戏剧倘要发挥自己的艺术魅力，也必须从这门艺术本身去发掘它蕴藏的生命力。⑩

那么，戏剧的形式创新怎样才能发掘出蓬勃的艺术生命力呢？探索戏剧家认为，这首先应该弄清楚"什么是戏剧？"这个简单而又令人困惑的戏剧本体问题。长期以来，"戏剧是政治""戏剧是文学"等似是而非的概念模糊了人们对戏剧的认识，易卜生—斯坦尼模式更是严格地框范住了戏剧的艺术表现，从而使人们在更根本的意义上把戏剧的舞台假定性本质、舞台上下相互感应的剧场性，以及戏剧表演艺术的魅力削弱乃至遗忘。危机中的戏剧要振兴，探索戏剧家认为，从这里突破才是关键！

戏剧艺术的独特魅力又究竟是什么呢？在探索戏剧家看来，这就是演剧时演员与观众所形成的那种相互感应、你中有我、我中有你的热闹融洽的剧场性。这种演员与观众直接的、活生生的交流，是冷漠的电影银幕和电视屏幕所不可能有的。正是在这里，演员的表演把观众带到想象的、审美的艺术天地去遨游，而观众也以其喜怒哀乐等情感的自然流露感染演员，共同参与并推动着演剧的创造。探索戏剧家认为，戏剧要创造这种令人神迷的剧场性，就要打破现实主义演剧中乐池、帷幕与观众席之间的物质间隔，和舞台上下"目中无人"的表演者与冷漠的旁观者之间的心理障碍，于是出现对剧场改造的新追求，镜框式舞台纷纷被伸出式舞台、弧形舞台、中心舞台、环形舞台和多平台、多表演区的剧场所替代，小剧场的演出形式也相当普遍。而正是在这种种新的戏剧空间和炽热融洽的剧场氛围中，戏剧的舞台假定性本质和表演艺术的魅力，才能焕发出夺目的光彩！

由此，探索戏剧家认为，话剧首先必须借鉴民族戏曲艺术。要借鉴戏曲艺术中的文场武场、台上台下的热闹劲，和戏曲从亮相到自报家门、从道白到唱段的同观众交流的方法，更要学习戏曲强调全能表演的技艺：演员在空空的舞台上，天上地下，人鬼神仙，游梦惊魂，凭其唱念做打的全套功夫，尤其是假戏真做的形体表演，使观众叹服。西方现代戏剧在艺术形式方面的执着追求，同样给予探索戏剧以深刻的启迪。中国戏剧家高度赞扬叙事戏剧"采用多场景的叙事体戏剧结构形式，史诗般地多方面展现生活画面，使叙事因素与戏剧因素有机融合，重新引进歌唱成分，打破四堵墙，舞台与观众直接交流"⑪的艺术革新；荒诞戏剧的非理性结构、非逻辑的言语、直喻的舞台形象、抽去个性的类型化人物等特征，象征戏剧的象征手法和整体象征色彩，表现主义戏剧的内心外幻化艺术，等等，探索戏剧都有所汲取；贫困戏剧和残酷戏剧摒弃戏剧表现现实的种种束缚，而突出戏剧表演和观众参与的审美创造，又使探索戏剧在中外戏剧的碰撞与交流中，坚定其戏剧的探索与追求。

正是在中外戏剧这种碰撞与交融中，探索戏剧家决意创造一种崭新的现代戏剧："完全的戏剧。"这种"完全的戏剧"要能利用各种方法和手段，充分发挥戏剧所有的艺术表现力。为此，探索戏剧家对戏剧各要素都有新的阐释：（一）反对戏剧是语言艺术的观念，强调戏剧的基础是其本来意义上的动作。"动作在先，语言在后。在戏剧中即使表现更新的观念和思想，也必须寄身于动作。戏剧艺术的本质应该说是动作语言的艺术。"⑫（二）"剧作可以写情节复杂的故事，也可以去展示生活的若干场景。还可以叙述事件的过程，并且加以分析与评说。也还可以无故事，无情节，非因果，非逻辑，代之以人物的心理活动，即所谓意识流和人在某种环境下的精神状态。"⑬（三）打破"三一律""四堵墙"的传统结构，在戏剧叙事上不再与现实生活同形同步，以讲故事为满足，而是重叙述、重表现，以深刻挖掘人物内心、表达人物深层意识来结构全剧。（四）主张在舞台上表现有血有肉的人物"形象"，声言塑造鲜明的"性格"是对丰富的活人的格式化，强调要模糊这种格式，找寻特定环境下人物的内心活动，和人物能与观众交流的情绪。因而不注重刻画人物"个性"或"性格"，而求之以喻义的象征、情绪或意象；注重把心理活动还原成舞台形象，在心理时间和心理空间的描写中去探究人物内心世界的奥秘。（五）戏剧语言不只用来表述人物的思想感情，也不只限于人物的对话，它还可以在演员与演员、演员与观众之间建立各种交流，也还可以是形体动作和心理活动的直接投射而成为剧场中的直观，即建立起语言的听觉形象。这就会出现非陈述性的语言：诉诸观众的是暗示、象征与假定，把想象中的彼时彼地的事件变为此时此地的、现实的、客观的；就会出现音乐性的语言：多声部的、和声的和对位的，按乐名和曲式的进行方式来处理，形成种种和谐与不和谐的语言的交响，等等。（六）强调演员的表演是戏剧艺术的生命，表现手段不再单纯是"话"，而应该从表演艺术着眼，恢复戏剧本身所具有的唱念做打等艺术传统，借鉴电影、音乐、哑剧、舞蹈、美术等姊妹艺术，主张"原始宗教仪式中的面具、歌舞与民间说唱，耍嘴皮子的相声和拼气力的相扑，乃至于傀儡、影子、魔术与杂技，都可以入戏"⑭，还要调动音响、舞美、灯光等因素为表演服务，以充分发挥戏剧的综合优势。总之，戏剧要尽力去发现和丰富自己的表现手段，为自身的生存与发展开辟新的道路。

前期探索戏剧的形式创新，就是在这种观念指导下进行的。探索的初期自然难免有生硬的模仿，但《野人》《潘金莲》《车站》《街上流行红裙子》《魔方》《弹吉他的姑娘》《十五桩离婚案的调查剖析》等较好的剧作，已逐渐从模仿走向创新的自觉，在重视形象刻画的复杂性、强化戏剧的综合艺术表现、改进创造者与接受者关系、加强剧场的创造意识等方面，都有相当的成就，给中国戏剧带来诸多崭新的表现形式和舞台语汇。

然而也毋庸讳言，前期探索戏剧的形式创新，更多的剧作表现出那种为创新而创新的工匠气，或是玩弄手法和技巧的形式主义。有人认为探索不在外部形式做文章就算不得创新，而很少想到形式创新中应该积淀着深厚的人生内涵，形式与内容脱节；有人认为创新就是出"新"出"奇"，以新奇怪异为时髦，形式创新在某种程度上变成"花样翻新"；还有的"创新"只是将各种表现方法与手段堆集在舞台上，戏剧家对繁多的表现手段缺乏熟练的驾驭、和谐的体现，杂乱无章。因此在相当长时间里，很多探索戏剧无论表现什么内容，总是离不开迪斯科、架子鼓、中性布景、多场景无场次、叙述者、面具、观众参与、载歌载舞、中性服饰等等，形成抄袭、套搬的新模式，造成艺术创造的枯竭。

探索戏剧的形式创新应刻如何深入发展？戏剧家仍在实验、探索。

（四）在兼容与结合中嬗变

探索戏剧1984年前后形成热潮。然后发展到1985年末1986年初，原先为解救危机而进行的戏剧探索，其本身也遭遇重重困惑和危机。早先的轰动效应已逐渐消失，观众的喝彩声日见低落；戏剧界对探索剧的批评日益增多；有些戏剧家感到探索的艰难，而茫然迷惘或心灰意懒。探索戏剧应该如何发展？这个问题又尖锐地摆在戏剧界面前。

中国需要探索戏剧这是肯定的。尽管前期的探索戏剧还存在着诸如狼吞虎咽多于咀嚼消化、机械模仿多于独特创造等不尽如人意的地方，并且某些剧作由于有内容与形象主观编造的"虚"、形式和手法拼凑花哨的"假"、内容与形式结合杂乱怪涩的"生"等弊病，而受到人们的批评或指责，然而探索戏剧的实验更值得人们注意的，是它以其执着的艺术创新精神，对中国戏剧观念和戏剧创作所形成的强劲的冲击。它不仅意味着一种新生力量和新的戏剧思潮在中国剧坛的崛起，它还对新时期现实主义戏剧的拓展与深化，起着强大的推动与促进作用。不过，探索戏剧家也清醒地看到，面临着观众渐趋冷落的严峻现实，探索戏剧要发展，就必须要解决这样两个问题：一是要将严肃的探索与廉价的赶时髦严格区别开来，真诚地鼓励那种勇敢实验的精神，而对那种并无真实货色的哗众取宠予以严肃的批评。二是要对前期探索中出现的不足进行严肃的反思与批判，以总结经验、吸取教训，使得真正的戏剧探索能够扎实、深入地进行下去。

针对那些偏重哲理追求的探索剧所表现出的不足，很多戏剧家首先就认为"思考大于形象"（或"思考大于欣赏"）的提法在理论上是不合逻辑的，因为观众欣赏戏剧的过程，当然包含着审美判断，包含着对艺术形象思想内涵及社会意义的理性思考。但审美判断应以审美感受为基础，理性思考应以情感体验为前提。戏剧的哲理性应该怎样才是深刻的、艺术的呢？戏剧家在讨论中逐渐认识到，首先这种哲理应该是对现实人生深刻体验、理解的凝聚与升华，要有"发人所未发"的强度和力度，而不是某种观念肤浅的演绎，更不是西方哲学教义的鹦鹉学舌；其次，这种哲理应该是能使观众动情的"情感化的哲理"，并要包容在深刻的形象和生动的情节发展中，而不是通过"警句名言"对某个抽象思想的概念化图解。总之，戏剧中的哲理应该深刻精辟并要赋予直觉形象的形式，感性体验的深度与理性思考的力度应求得审美意义上的平衡与和谐。

同样，对那些偏重形式创新的探索剧，人们在肯定其积极意义后，对其"形式大于内容"的弊病也予以严厉的批评。在这些"形式创新"中，似乎都缺少某种带有根本意义的灵魂性的东西。是什么呢？戏剧家在讨论中认识到，还是少有对社会人生的深刻认识和真切感悟，少有戏剧家经过自我艺术个性渗透的独特创造。因此，针对那种认为"现代戏剧的主要特征是在表现形式上"的错误观念，余秋雨尖锐地指出："外部形式只不过是'量体裁衣'之后自然而然产生的结果。如果仅仅以外部形式的新奇来吸引人，很难有长久的生命力。"⑮

前期探索戏剧之所以会出现"思考大于形象""形式大于内容"等缺憾，其主要原因又是什么呢？这就是片面求"新"的戏剧思维，导致其只看到现代主义与现实主义的矛盾与对立，而忽略对立面的相互包容和补充，将情与理、间离与共鸣、写实与写意、再现与表现、创造幻觉与破除幻觉等绝对地对立起来。认识到这一点，后期的探索戏剧就在各思潮流派的"结合"上，表现出由彼此对峙走向相互吸收的新趋向。黄佐临等编导《中国梦》，就力求"将斯坦尼的内心感应、布莱希特的姿势论和梅兰芳的程式规范融合在一体"；徐晓钟等编导《桑树坪纪事》，更是有意识地针对前期探索戏剧的不足，在深刻的思索中有机地融合各戏剧体系与流派。

探索戏剧深入的关键，是戏剧家无论是在哲理内涵的追求还是艺术形式的创新方面，都不再盲目照搬，而是注重从"表现什么"出发去为我所用，注重在建立自我创造个性前提下的借鉴汲取，各种戏剧观念、演剧原则经过戏剧家对社会人生深刻体验的哲理渗透，以及戏剧家创造个性的综合与消融，凝聚成丰富、完整而深刻的艺术世界。这就使其探索体现出以下几个方面的结合：（一）内容与形式的结合。戏剧家将形式与手法的创新和对现实人生的真切感悟相结合，使剧作在独创的形式美中体现出戏剧家对人生的独到认识。（二）情与理的结合。它不再将西方现代戏剧追求哲理内涵的重理性与传统戏剧的重情感相对立，而是把叙述性与戏剧性、间离与共鸣两者融合起来，能赋予日常生活片断更多的哲理内涵，又使戏剧的哲理思考寓于情感的激动之中。徐晓钟指导编导《桑树坪纪事》，就典型地表现出后期探索戏剧在这方面的审美追求。（三）创造现实幻觉与破除现实幻觉的结合。戏剧家不再绝对地以"表现""写意"为新，而是从表现内容的需要出发，使再现与表现、写实与写意各自发挥其特长。在表现戏剧性的情节、人物的遭遇与命运、人物性格的撞击时大都用写实的再现，在表现哲理与诗情时则多用写意的表现，使真实的生活反映与深刻的哲理诗情、美的形式表现相合无间。《红房间、白房间、黑房间》幕启时人物吃喝吵闹等琐碎生活的逼真描写与结尾诗情盎然的"送别"场面的大写意，《桑树坪》"雇麦客""批斗王志科"等写实场面与"捉奸""打牛"等写意场面的水乳交融，等等，都有如此审美特征。（四）融汇百家与保持戏剧本体的结合。戏剧家反思前期的探索广泛吸收各种表现手段而忽视形象刻画、冲突描写与情节提炼等不足，认为并非包容面越广就越能显示戏剧综合艺术的特性，戏剧创新不能丢掉其本体，认为塑造生动真实的人物形象仍是戏剧最主要的魅力，直观的冲突和行动仍是戏剧的主要特征，演员的精湛演技仍是舞台艺术最基本的表现力。因而出现探索话剧在现代主义的框架内融合现实主义的新趋向。

当然，由于探索戏剧家各自"结合"的原则和"临界点"的不同，其探索也就在不同的"结合"中呈现出不同的风姿。然而，后期探索戏剧正是在这几个层面的结合上，完成了戏剧探索的整体跨越，使得"五四"新浪漫主义戏剧所未能解决的，西方现代派戏剧传入中国与中国民族现实、审美传统和中国民众的欣赏习惯相结合，以及现代派戏剧创作中如何将现代与传统、创新与继承相结合等问题，在实践中取得了重大的突破。

注释：

① 高行健：《论戏剧观》，《戏剧界》1983年第1期。

② 胡伟民：《开放的戏剧（之二）》，《剧艺百家》1985年第2期。

③⑦ 高行健：《京华夜谈》，《钟山》1988年第2期。

④ 陈恭敏：《当代戏剧观的新变化》，《戏剧艺术》1985年第3期。

⑤ 黄佐临：《漫谈"戏剧观"》，《人民日报》1962年4月15日。

⑥ 徐棻：《关于"探索性戏曲"的独白》，《文艺报》1989年3月4日。

⑧ 魏明伦：《我做着非常"荒诞"的梦》，《戏剧界》1986年第2期。

⑨ 转见《布莱希特研究》，北京：中国社会科学出版社，1984年，第198页。

⑩⑫⑬⑭ 高行健：《现代戏剧手段》，《随笔》1983年第1期。

⑪丁扬忠：《谈戏剧观的突破》，《戏剧报》1988年第5期。

⑮余秋雨：《现代戏剧的内涵与外观》，《戏剧丛刊》1986年第4期。

原载《艺术百家》1996年第2期

论新时期的"戏剧观"论争

胡星亮

新时期的"戏剧观"论争是在戏剧的"危机"声中展开的。面对日益严峻的"戏剧危机",戏剧家在痛苦的反思中,深切地感受到中国戏剧(尤其是话剧)长期以来在固定模式的束缚下,其戏剧观的狭窄与板结,从而就拓展、开放"戏剧观"各抒己见,并着重围绕着传统与反传统、写实与写意(或幻觉与非幻觉)等问题进行了热烈的论争。这场论争的影响是巨大的。新时期戏剧无论是现实主义的深化、探索戏剧的探索和新的戏剧体系的崛起,还是其变革中的创新与不足,都可以从这场论争中找寻到理论依据和发生的根源。

(一)戏剧危机与观念更新

"戏剧观"论争,就是关于戏剧观念的理论探讨。然而这场论争其最初的起源却并非"观念"本身,而是新时期戏剧发展到1980年前后,严重的危机对戏剧家的刺激及戏剧家反思的产物。

新时期头几年,中国剧坛无论是话剧、戏曲还是歌剧,都呈现出蓬勃的景象。可是没过多久,它就在演出的表面繁荣中逐渐透露出潜在的危机。虽然当时有人对戏剧是否存在"危机"还在商榷,但观众的走出剧场而趋向电影、电视,乃至歌舞厅,却使大多数戏剧家感受到危机的严重性,而开始对戏剧进行反思。尤其是话剧界,这种危机感更为强烈,其反思也就更为痛切。戏剧家痛苦地看到,前些年观众狂热般地将掌声和喝彩声,献给《于无深处》(宗福先)、《报春花》(崔德志)、《权与法》(邢益勋)、《未来在召唤》(赵梓雄)等社会问题剧,那并非其戏剧魅力本身所引起的,而是因为剧作宣泄出对"文革"强烈悲愤的政治激情在人们心中的共鸣。而当人们走出噩梦，憧憬着美好的未来，在艺术上去寻求更新更美的戏剧时，问题剧的宣教模式就不再能满足观众多向发展的审美需求。反思中的戏剧家又痛苦地看到，前些年那些批判帮派政治的问题剧，其艺术武库中的武器真是少得可怜。充其量不过是新中国前17年话剧模式的沿袭，有些剧作甚至是用帮派文艺的手法去批判帮派政治。这样的戏剧怎么能够拉得住观众？

"戏剧危机"的原因何在？戏剧家在1980年前后的讨论中，普遍认为主要是因话剧自身的"假、干、浅"所致，而造成"假、干、浅"的主要原因则是公式化、概念化地"图解观念"。因而在诸多观点的争鸣中，呼吁还戏剧以自身的艺术品格，最为引人注目。同时，戏剧样式的"熟、老、旧"问题也引起重视。胡伟民的观点在这方面具有相当的代表性。胡伟民认为话剧危机的关键是缺少"真"和"新"。他说，"艺术的真实，是艺术的灵魂。然而，现在我们舞台上出现的人物，他们的思想、心理、性格和命运，还有相当大的虚饰成分"，而"观众厌弃肤浅的乐观主义，要求舞台诚实，有远见。有真正的思想力量"。其次，"与艺术真实同等重要的，是艺术上的创新。我们的戏，如果艺术手法新颖，舞台语汇丰富，风格样式多彩，观众是不会漠然视之的。观众不来看，实在是对我们在艺术上缺乏独创性的无声的抗议"。因而，胡伟民认为应该着重从这两方面去加强中国话剧的现代化——

> 从内容上讲，应该深刻真实地反映当代中国人民的思绪、愿望和命运，抓住现代中国社会发展的真正症结（哪怕是一个侧面、一个局部）。从艺术上讲，剧本的结构方法和演出样式，都应大胆突破，探求新的节奏、新的时空观念、新的戏剧美学语言。[①]

这种着重"新"和"真"的艺术追求，深刻地指出了话剧危机的弊病所在，也体现出走向开放的中国话剧着意创造的审美憧憬。

直到这个时候，戏剧家才猛然感到，长期以来中国话剧界的自我封闭是多么严重！它不仅隔断了中国话剧同世界戏剧的联系，而且使中国现代话剧发展中取得重大成就的现实主义传统也丧失殆尽；同时他们也感到，中国话剧（尤其是新中国以来）长期在创作方面独尊易卜生式现实主义模式，在舞台艺术上独尊斯坦尼体系而形成的观念狭窄的弊病。这种狭窄的戏剧观念在新中国前17年与戏剧为政治服务的口号相扭结，就往往形成根据政治需要去选择题材、确定主题，围绕某个事件去划分正反人物、规定性格特征，最后在冲突中以正面人物用正确道理战胜对方而使任务得以完成的公式化、概念化模式。进入新时期，虽然这种刻意为政治服务的倾向稍减，但是，长期以来话剧在编剧、导演、表演等方面所形成的固定模式，其影响仍然突出地显示出来，使得整个戏剧创作和演出难以跃上新的台阶。

从"观念"出发去思考"戏剧危机"，也正是直到这个时候，中国戏剧家才感受到黄佐临1962年在广州全国话剧、歌剧、儿童剧创作座谈会上发表《漫谈"戏剧观"》，其空谷足音般呐喊的深刻性。黄佐临当年就是从探索民族特色话剧的角度，对当时话剧创作与演出中的固守写实模式和斯坦尼体系而日趋封闭、僵化的倾向提出尖锐批评，呼吁戏剧家要在斯坦尼、布莱希特和梅兰芳等戏剧体系的融汇中去开阔自己的戏剧观。这个问题在新时期也同样严重地存在着。因此，黄佐临当年的呼吁仍具有振聋发聩的现实意义。

那么，何谓"戏剧观"呢？黄佐临说它"是指对整个戏剧艺术的看法"[②]；丁扬忠认为，"戏剧观是戏剧家对戏剧作为一种艺术形式的总体看法，包括戏剧家的哲学、美学思想，对戏剧社会功能的认识，所恪守的艺术方法、原则等许多复杂内容"[③]；童道明说，"一百年来的戏剧发展史证明，戏剧家正是在对舞台和舞台真实的看法上，表明自己的戏剧观的基本倾向；戏剧观的转变与发展，也集中表现在对舞台和舞台真实的观念的转变上。说得再简要点就是戏剧观主要表现在对舞台假定性的看法如何"[④]。其他论者大都与此大同小异。

理解明显地有所不同。一种观点着眼于从总体上去认识戏剧，另一种观点则是抓住艺术表现的"第四堵墙"。这两种不同的观点，其实都来源于黄佐临。黄佐临的《漫谈"戏剧观"》，及其后来据此修改丰富的《梅兰芳、斯坦尼斯拉夫斯基、布莱希特戏剧观比较》，通篇都是围绕着"第四堵墙"来论述的；而他说戏剧观"是指对整个戏剧艺术的看法"，只是为解释"戏剧观"这个名词而作的概念性补充。所以，随着黄佐临《漫谈"戏剧观"》影响的日益加深，围绕着"戏剧观"问题而阐释的理论文章，也就逐渐偏向戏剧舞台的"第四堵墙"、艺术手法的"反传统""写意""非幻觉"等表现形式的探讨。为此，《戏剧报》1985年第3期"编后"指出："讨论时更应把对戏剧本质的认识，戏剧自身的特性和规律，戏剧与社会、生活、政治诸方面的关系等更宏观更广泛的问题，纳入视野之内，对过去长期形成的种种违反创作规律的创作思想和方法，有所突破，对创作有所推动。"有些戏剧家也为此撰文进行商榷、论争。其影响又很快渗到戏曲界和歌剧界。

新时期的"戏剧观"论争就是这样展开的。这场论争从1981年持续到1986年前后，先后参加者有数十人，发表文章近百篇之多。中国戏剧出版社曾将其中具有代表性的文章，汇编成《戏剧观争鸣集》两册。

（二）戏剧的"传统"与"反传统"

论争之一，就是关于戏剧的"传统"与"反传统"。

分歧的由来，是对戏剧危机看法的不同。有些戏剧家认为社会问题剧在1980年前后的被冷落并非是内容挖掘得不够深刻，而"是新的思想和新的内容还没有找到完全相应的审美形式"，危机的根源是由于"内容上的突破被因袭的形式所束缚的矛盾"，是"传统的沉重的包袱"使戏剧家得不到"自由和灵活"。因此，"公式主义地套用传统的话剧形式""形式的老化"和"手法的陈旧"，就成为他们要突破的主要对象，"形式革新"也就成为其戏剧观革新的代用词。正是从这里出发，剧坛上出现"不少中青年作家对传统的写实主义表示鄙薄，不满足于由此形成的一套结构原则和技巧"⑤的现象。"反传统"的呼声日渐高涨。其影响并且渗透到戏曲界。有论者认为"人类整个艺术史的过程，实际是艺术不断对传统挑战，反传统的进步过程"，肯定"反传统精神的产生与发展"。对"创造一个崭新的戏曲艺术世界"将有重大的促进作用。⑥

持"反传统"戏剧观的论者颇多。高行健的《论戏剧观》，杜清源的《戏剧思维辨识》，林克欢的《戏剧的超越》等文都有所论述；陈恭敏的《当代戏剧观念的新变化》⑦，更可以说是"反传统"派戏剧观的代表作。在这篇文章中，陈恭敏把当代戏剧观念的新变化归纳为四个方面：第一是"从诉诸感情向诉诸理智的转化"，第二是"从重情节向重情绪的转化"，第三是"从规则的艺术向不规则的艺术转化"，第四是"从外延分明的艺术向外延不太分明的艺术转化"。陈恭敏的这篇文章在戏剧界引起强烈的反响，尤其是探索戏剧，真可以说是把它作为了自己艺术探索的理论纲领；但它也引起强烈的批评，谭霈生、马也等人纷纷撰文与其商榷。

谭霈生等人认为，因问题剧的衰微而产生的戏剧危机，主要是公式化、概念化地图解观念而造成的"假、干、浅"所致。他们认为"反传统"派的观点，是将"公式主义的观念图解"这危机的根源变成了"公式主义地套用形式"，把观众由于对话剧"假、干、浅"的责难归于现实主义创作方法本身；再者，戏剧表现形式的新探求并非戏剧观念的全部内涵，戏剧观念也不能以新旧去区分其价值，更不能用"新"去否定所有的"旧"。马也撰文《理论的迷途与戏剧的危机》⑧，对"反传统"派进行了全面的批判；谭霈生的《〈当代戏剧观念的新变化〉质疑》⑨，更是针对陈恭敏的文章进行了逐条反驳。在此前后，谭霈生还发表了《"形式革新"小议》《还戏剧以自身的品格》《戏剧观念与走向》等文章，进一步指出公式主义地图解观念的根源，主要在于"工具论"背后的"庸俗社会学"的束缚。它使得戏剧家把复杂的社会生活抽象为单一的政治生活，并把社会的、政治的、伦理的内容当作艺术的内容，把政治的目的、社会学的目的当作艺术的目的，艺术没有了自身的内容和品格，从而公式化、概念化。谭霈生等人因而反复强调，新时期戏剧必须彻底清算庸俗社会学，必须首先恢复戏剧独立的艺术品格。

以陈恭敏和谭霈生为代表的这两种观点，就围绕着"戏剧观念的新变化"而展开了激烈的论争。

关于戏剧观念"从诉诸感情向诉诸理智的转化"，陈恭敏认为"诉诸感情是千百年来文学、戏剧的金科玉律"，而今天的作家"希望自己的作品引起读者、观众思考"；并认为"一出戏引起人们思考的深度与这出戏的价值，几乎是成正比的"，这种转变是"国际思潮"。此论一出，"思考大于欣赏"（或"思想大于形象"）说很是时行。谭霈生指出，陈文关于"过去的戏剧是诉诸情感的"论断是片面的，因为不能说莎士比亚、易卜生、契诃夫等戏剧只"诉诸情感"而不"诉诸理智"；陈文关于"当代有许多问题需要思考"这观念转变的现实根据是站不住脚的，因为每个时代都有需要思考的问题，而戏剧的审美思考又不能离开"诉诸情感"而片面强调"诉诸理智"；陈文把思考的深度作为评论戏剧价值的标准，是肢解了文艺的"历史的批评"和"美学的批评"；陈文把"从诉诸感情向诉诸理智的转化"看作是"国际思潮"是曲解地借鉴布莱希特，因为布氏强调"史诗剧决不放弃感情"。舒强、王世德等也撰文对"思考大于欣赏"说提出商榷。舒强说："本来情感和理智是有机统一不可分离的。怎么只能思考而情感上无动于衷呢？又怎么能只感动而什么也不思考呢？"⑩

关于戏剧观念"从重情节向重情绪的转化"，陈恭敏认为"历来戏剧家重情节"，因而只注重"事件过程"的描写，现在"重情绪"就在描写对象上转向"心理过程"；这类作品的结构往往不是依事件逻辑为线索，而是以情绪变化为线索，情节往往就淡化了。谭霈生认为这个转化与第一个转化自相矛盾，因为"情绪"与"感情"是紧密联系的；再者，不能把"情节"只看作"事件过程"，否则如何理解《麦克白》对主人公杀死邓肯王后复杂的心理过程及其所引起的后果的深刻描写？由此又可见陈文认为过去的戏剧重"事件过程"，现在的戏剧重"心理过程"的"新观念"缺少根据。谭文认为"'情绪'与'情节'本来就不是对立的"，"在戏剧中，人物的行动、事件都应有具体心理动机作为基础和依据，而人物的'心理过程'又需要通过行动得以体现"。

陈恭敏认为戏剧观念"从规则的艺术向不规则的艺术""从外延分明的艺术向外延不太分明的艺术"的转化，这两者是相互关联的。他认为今天的"人们正在努力挣脱经典的结构理论的束缚"，所谓"三一律"、分场分幕、独幕多幕等规则都在被突破；并"借鉴其他艺术门类、艺术形式。这样就形成了戏剧与其他艺术门类之间的相互渗透，通过杂交，取得优势"。谭霈生则认为对"三一律"等规则的突破并非自今日始，而艺术规则也不能简单地以新旧来划分、取舍；其他艺术向戏剧的"渗透"也早已有之，但是，"这种'渗透'既不是'混合'，也不是一般意义上的'交叉'，更不是什么'杂交'在戏剧艺术的这种'综合'体中，有它的主导因素、基础因素，其他艺术形式的因素渗透到戏剧中来，必然要被它所融化"，因此，"探索的结果也就不应该意味着各艺术门类从'外缘分明'向'外缘模糊'的'转化'"。

公正地说，陈恭敏和谭霈生为代表的这两种观点，都触及"戏剧危机"的某些方面，因而都有其各自的道理；但是，他们都想把自己的理论作为解决危机的根本而忽视其他，因而又各自有其偏颇。从根治"戏剧危机"出发，谭霈生等人强调戏剧要恢复其自身的艺术品格，反对戏剧领域内的庸俗社会学倾向，显示出其眼光的敏锐和理论的执着。因为后来的戏剧发展确实表明，戏剧家如果不能摆脱庸俗社会学的枷锁而确立戏剧艺术的内部规律和内在的规定性，则任何张扬"主体创造性"和"创作自由"都会落空，任何"形式创新"都难以克服公式化、概念化的弊病；而陈恭敏等人呼唤"戏剧观念的新变化"，强调"形式创新"以突破话剧长期以来的陈旧模式，也确实是看到了中国话剧发展的某些薄弱环节，以及观众新的审美需求对话剧艺术创新的影响，并由此推动了探索戏剧浪潮的壮大。只是陈恭敏等人急于为探索戏剧树立"新观念"而"矫枉过正"，把原本是探索戏剧的审美追求看作是新时期整个剧坛的现象，把新中国以来话剧发展的模式看作是世界话剧的"传统"，从而把探索戏剧对新中国话剧模式的突破看作是对世界话剧传统的"反叛"，因而在理论上出现诸多漏洞；而谭霈生等人在坚持现实主义美学原则、强调话剧艺术本身的特性的同时，则对戏剧探索的新思潮少有宽容的态度，没有看到探索戏剧的艺术创新对发展中国话剧的革命性的意义，因而在批评新理论的某些偏颇观点中也同样夹杂着偏激的锋芒，在否定新理论某些偏颇的观点的同时，也否定了新理论正确、合理的内核。

这样一来，本来是应该相互融补的两种观点变得竟然水火不容，乃至其论争被人们戏称为戏剧观念的"南北战争"。综合这两种不同的观点，正确的戏剧观念发展应该是这样的：在新时期初始，变非戏剧为戏剧，恢复戏剧自身的艺术品格，探索"文学是人学"在戏剧中的深化，是当务之急；而当戏剧恢复其自身艺术品格后，广泛探索新的表现形式以反映人的精神世界的无比丰富性和复杂性，也是戏剧自身的深化与发展的必然途径。

（三）"写实"与"写意"，"幻觉"与"非幻觉"

论争之二，就是关于戏剧的"写实"与"写意"、"幻觉"与"非幻觉"。

最早谈论这个问题的，是黄佐临的《漫谈"戏剧观"》。黄佐临认为世界戏剧存在着斯坦尼、布莱希特和梅兰芳三大体系，他们最根本的区别，是"斯坦尼斯拉夫斯基相信第四堵墙，布莱希特要推翻这第四堵墙，而对于梅兰芳，这堵墙根本不存在，用不着推翻；因为我国戏曲传统从来就是程式化的，不主张在观众面前造成生活幻觉"。他并且以这"第四堵墙"作为检验戏剧观的试金石，进而指出：

归纳起来说，二千五百年话剧曾经出现无数的戏剧手段，但概括地看，可能说共有两种戏剧观：造成生活幻觉的戏剧观和破除生活幻觉的戏剧观；或者说，写实的戏剧观和写意的戏剧观，还有就是，写实写意混合的戏剧观。

　　黄佐临认为产生纯写实戏剧观的自然主义戏剧只有75年发展历史，世界戏剧早已进入多元创造的变革时代，但是中国话剧仍然长期受其影响并奉为正宗。他因而呼唤要"突破一下我们狭隘戏剧观，从我们祖国'江山如此多娇'的澎湃气势出发，放胆尝试多种多样的戏剧手段，创造民族的演剧体系"。

　　黄佐临60年代初所指出的现象，直到80年代初仍然在中国剧坛严重地存在着；黄佐临当年那深沉的呐喊，也因此时时撞击着戏剧家的心灵。很快地，跳出"斯坦尼模式"，借鉴一切可能借鉴的戏剧流派，成为戏剧家众所首肯的"艺术战略"；而突破"写实"、"造成生活幻觉"戏剧观，尝试"写意"、"破除生活幻觉"的戏剧观。也就成为戏剧界最热门的话题。中国剧坛到处都可以听见推倒"第四堵墙"的轰隆隆声。

　　戏剧家正在寻求话剧作为戏剧最富魅力的本质特征，正在探索打破"造成生活幻觉"的"写实"而达到"写意""破除生活幻觉"的艺术彼岸的手法。他们把眼光转向西方现代派戏剧和民族传统戏曲，眼睛突然一亮，那就是"舞台假定性"！人们似乎突然间明白了戏剧是"假戏真做"这个最平常的道理。戏曲戏剧"这是舞台""这是演戏"这最普通的观念，此时可以说已经成为话剧家创新的"经典"。人们不无遗憾地发现，长期以来中国话剧被封闭在"第四堵墙"之内，已将民族的戏剧美学精神遗忘殆尽；而舞台假定性等戏曲美学的西传，却直接影响到梅耶荷德、布莱希特、格罗托夫斯基等西方现代戏剧的创造。这使戏剧家认识到，中国话剧的发展确实需要拓展戏剧观。而要突破写实性的幻觉主义的束缚，就必须加强舞台假定性，充分利用舞台假定性，寻找和创造多种多样的舞台假定性手段。探索中的戏剧家被戏剧重视舞台假定性后，将会出现的那片迷人的艺术世界所陶醉："充分利用舞台假定性，我们的话剧艺术也就可以同我国传统戏曲艺术、电影艺术一样，在表现广阔的生活方面，突破时间和空间（表现环境）的局限。……那时，我们的话剧舞台，可以表现现实生活中所可能有的一切场景，也可以表现现实生活中所没有的场景。凡是剧情所要求的环境和场景，我们都应该不难找到和可以找到用假定性的手段去表现。"⑪

从"舞台假定性"出发，戏剧家对话剧艺术有了新的探索和认识。比如舞台，长期以来它都是指正规剧场中的镜框式舞台，假定性中的舞台则被理解为"演出场地"，是"观演共享戏剧空间"。因此，凡是可以进行戏剧演出活动的各种场所，都应被看作是舞台的不同样式。并且这个戏剧空间是由演员与观众共同存在和享有的，它又打破镜框式舞台以乐池、帷幕与观众的间隔，把观众活动的空间也纳入到整个空间中去考虑。比如表演，原先是在"第四堵墙"后面制造酷似生活的舞台场景，现在，戏剧家意识到活人的精湛表演不仅可以表现真实的现实，而且能"夸张，变形，多层面透视人物，强化人物意识，潜意识的外化"⑫。这样，话剧就不仅可以用"话"去表现现实，更能以戏剧传统的唱念做打等手段去丰富自己的艺术表现力，甚至"原始宗教仪式中的面具、歌舞与民间说唱，耍嘴皮子的相声和拼气力的相扑，乃至傀儡、影子、魔术与杂技，都可以入戏"⑬。再比如戏剧演出，它不再是演员隔着"第四堵墙"的"当众孤独"，戏剧家认识到演员的创作与观众的欣赏是同步进行的，演员与观众活生生的交流与感应能相互产生令人心醉的创造境界，因而主张戏剧要"最大限度地动员观众的创造意识，使观众从被动的欣赏意识转化为创造意识"⑭。

长期以来，中国话剧舞台上大都是写实性的幻觉主义戏剧。作为模式，它确实限制了戏剧家的创作思维，而建立在舞台假定性基础上的写意性的非幻觉戏剧的出现，确实为话剧自身的生存与发展开辟了一条新路。因此，有关戏剧的"舞台假定性"，以及关于舞台、表演和剧场性等新理论的阐释，戏剧界几乎毫无疑义，并能在实践中创造性地发挥运用。在戏剧的"写实"与"写意"或"幻觉"与"非幻觉"问题上引起争议的，主要有两点：一是应该如何理解"幻觉"和"写意"？二是"写实"与"写意"或"幻觉"与"非幻觉"，它们之间是否存在着谁是谁非？

第一个问题是马也先提出来的。马也不同意黄佐临说戏剧"破除生活幻觉"的看法，并认为黄佐临片面地将"幻觉"等同于"写实"或"再现"、"复制"和"错觉"，指出："一切艺术的欣赏都离不开积极的联想，一切艺术幻觉都是主动联想的结果，一切艺术都可以产生幻觉；艺术幻觉是无法扑灭的，彻底破除幻觉就是破除艺术本身。"⑮耘耕的《舞台假定性与舞台幻觉》也赞同此论。这就存在着对"幻觉"的不同理解。马也、耘耕是指舞台"造成逼真的感觉"；而童道明、吴光耀等人认为，从戏剧美学的特定内涵出发，"在舞台上制造幻觉，便是指追求逼真，以假乱真"，因而在这里"幻觉"与"写实"是可以通用的，戏曲的"演戏"意识和"写意"手法"当是破除生活幻觉"。⑯这种观点逐渐为戏剧界所认同。与此相联系的是关于戏曲的"写意"性问题。马也等人不同意黄佐临提出的"戏曲的实质是写意的"观点，但更多的戏剧家则认为黄佐临的论述抓住了戏曲"离形得似"的本质；并且黄佐临是为呼唤中国话剧突破封闭观念而去论述戏曲美学的，其理论启迪的戏剧史意义比其论断本身是更为重要的。

当然，论争中更值得注意的，是有人将写实与写意、幻觉与非幻觉绝对地对立起来，并且抑前者而扬后者的倾向日益严重，似乎非得在两者之间分出个谁是谁非。这之间究竟是否存在着是非呢？应该说，中国话剧突破斯坦尼体系的独尊是很有必要的，但是无须走向极端，以写意性的非幻觉主义去否定写实性的幻觉主义存在的价值。因为写实的风格与写意的风格，幻觉式的空间与非幻觉式的空间都各有千秋，并没有是非之分和高下之别，不必厚此薄彼。很多戏剧家对此提出了不同的看法。针对由此产生的某些戏剧有意回避写实、幻觉、情感体验和共鸣，乃至表演的真实感等现象，舒强指出："我认为表演还是需要真实的"，"这个真实感很重要，如果一个演员没有真实感，如果一个演出演得不动心不动情，那你还能打动观众吗？还能引起观众的思考吗？"⑰至于有人将"写实""幻觉主义"与现实主义戏剧画等号，进而在突破写实和幻觉主义的旗号下要彻底否定现实主义，这种偏激的观点更受到戏剧界的严厉批评。

其实，写实与写意、幻觉与非幻觉只是戏剧观的两极，在这两极之间还有一片更开阔的中间地带，那将是戏剧家驰骋创造的艺术天地。论争中的戏剧家对这点的认识越来越深刻。必须承认这两极的存在价值，更需要在这两极之间去寻找某种联结和不同的组合。以创造出各具特色、丰富多彩的戏剧艺术。中国话剧需要百花齐放。正如徐晓钟所说："舞台上的演出应该有写意的、反幻觉主义的、假定性原则的，也应该有写实主义的、幻觉主义的逼真性原则的，也会有这些原则的种种结合和变种。"⑱

（四）创新、不足及影响

论争本身并不是目的。论争是为了拓展戏剧观，寻求话剧的生存和发展。从这个意义上说，这场论争已经达到了它的目的。经过论争，大多数戏剧家都认识到拓展戏剧观的重要性。因而论争本身的"戏剧观"也从单一走向多样，从非此即彼走向兼容并包。本来，戏剧观念不是排他性而应该是互补性的，世界上不存在一个包罗万象可以解决所有艺术问题的戏剧体系，任何一种戏剧观念的自我封闭都不可能完成对戏剧艺术潜能的深刻开掘。又因为戏剧艺术表现的丰富性是和戏剧观念的多样化分不开的，戏剧家就应该以繁荣戏剧为目标，以能更真实深刻地反映现实为前提，"拓展戏剧观念，通晓多种戏剧艺术语言"，把各个流派"戏剧家的理论加以综合，形成戏剧观念的多样化，便可以给他们提供相当充分的选择余地。而越有选择的余地，便越有创作的自由"。⑲这样，原先在论争中似乎尖锐对立的传统与反传统、写实与写意、幻觉与非幻觉等观念，戏剧家也都各自纠正其偏颇而走向综合，使各自的戏剧观在保持独立存在价值的基础上得到丰富和发展，创造出一批思想深刻、形式创新的戏剧作品。

那么，论争所带来的戏剧观念的拓展，及其对新时期戏剧发展的影响。又主要表现在哪些方面呢？

戏剧观的论争首先带来探索戏剧的兴起，成为新时期戏剧从封闭走向开放的最突出的标志。探索戏剧把西方现代派戏剧的各种新的观念、创作方法、表现手法都介绍过来，并从民族戏曲美学中汲取艺术精华，以其对当代生活思考的哲理性追求，和创造新的舞台语汇的强烈探索精神，对传统戏剧观念形成有力的挑战。布莱希特、荒诞戏剧、存在主义戏剧等西方现代戏剧的影响强化了探索戏剧的哲理性追求，认为戏剧应该渗透着哲学意识，要能启迪观众对其所生存的现实进行的理智的思考；而从西方现代戏剧去反观民族戏曲，又激发起他们戏剧艺术的创造活力。他们强调戏剧首先得给观众以娱乐，主张戏剧必须恢复其特有的剧场性，加强演员与观众的情感交流，使舞台上下在炽热的情感交流中创造出真正的戏剧艺术；而要做到这些，就要学习戏曲创造剧场性的手段、与观众交流的方法，以及天上地下、人鬼神仙、千军万马、游梦惊魂随心创造的全能表演技艺，创造出"完全的戏剧"。在哲理性追求和创造舞台新语汇这两者间，探索戏剧对后者似乎更迷醉。戏剧外部形态的重要性在这里被强调到极点。应该说这有其合理的成分，因为正如黑格尔所说，美是观念的感性显现，形式在某种意义上是艺术的归结。而且形式不仅是艺术表现内容的载体，它也是戏剧家把握其所描写内容的独特方式。加上论争中有些戏剧家再三强调批判庸俗社会学，戏剧恢复其自身的艺术品格对根治戏剧危机的重要性，探索戏剧的发展也就在思想内涵的深刻和形式创新的新颖这两方面都有所注重。当然，这是指《桑树坪纪事》（朱晓平等编剧，徐晓钟导演）、《中国梦》（孙惠柱编剧，黄佐临导演），以及《野人》（高行健编剧，林兆华导演）、《一个死者对生者的访问》（刘树纲编剧，田成仁等导演）等优秀的或较优秀的戏剧。戏曲舞台上也出现《山鬼》（盛和煜）、《潘金莲》（魏明伦）、《田姐与庄周》（徐棻等）、《曹操与杨修》（陈亚先）、《洪荒大裂变》（习志淦等）、《盘丝洞》（上海京剧院）等较好的作品。但也不可否认，有些探索戏剧还只停留在"形式创新"乃至"手法翻新"的阶段，出现重形式轻内容、重技巧轻生活、重艺术轻思想的倾向，哲理性追求成为人生哲理教义的化装演讲，手法的翻新也很快落入雷同，出现新的概念化与公式化而受到观众的批评。

戏剧观论争对现实主义戏剧的影响也同样是深刻的。这场因新时期初始现实主义的社会问题剧衰微而引起的论争，一度曾使现实主义陷入极为尴尬的境地。然而正是观众的冷落和探索戏剧的兴起，使现实主义戏剧猛然清醒，在危机的"绝处"焕发出蓬勃生机，显示了现实主义强大的艺术生命力。猛然清醒的现实主义戏剧，毅然突破自己在问题剧中所沿袭的新中国前17年那早已公式化概念化的模式，而把眼光转向中国现代以曹禺、田汉、夏衍为代表的真正的现实主义戏剧传统，以诗人般的热情去拥抱现实和感受现实，注重在日常生活的真实描写中去发掘时代精神的潜流，在普通人形象的深刻刻画中去倾听时代跳动的脉搏，从而使得新时期的现实主义戏剧得到真正意义上的回归。更进一步，现实主义在探索戏剧强劲势头的猛力冲击下还呈现出前所未有的开放性，借鉴西方现代派戏剧和民族戏曲的一切可能借鉴的艺术表现，走向"新现实主义"的道路。这就是："在现实主义创作方法的基础上，处理诸如再现与表现、情节与人物、说理与抒情、客观与主观、感情与思考、事件与哲理等矛盾方面时，不应忽视或削弱后者。我们可以扬百家所长，不拘一格，别具一格，运用多种艺术手法深入揭示人的心灵的复杂性，借此表达对现实的深刻思考。"[20]由此出现《狗儿爷涅槃》（锦云）、《洒满月光的荒原》（李龙云）、《黑色的石头》（杨利民）、《古塔街》（李杰）、《天下第一楼》（何冀平）等优秀剧作。这些剧作不再只从社会政治视角去反映现实，而是站在历史、哲学、美学、文化学、心理学等更高层次，去探索现实社会问题的民族历史文化根源；或是在现实描写中表现人的命运、存在与价值，并启迪人们去思考人、人性和人道；即便是写改革，他们也主张在写出经济改革给社会带来变化的同时，更应揭示出改革中人们深层意识的动荡与变化，使其思想内涵与审美价值都超越出题材本身的时空意义。为此，戏剧家在艺术表现上突破真实性与生活化的写实观念，借鉴民族戏曲和现代欧美象征主义、表现主义、存在主义戏剧，以及叙事戏剧、荒诞戏剧、贫困戏剧等多种艺术手法，使现实主义戏剧的表现手段和舞台语汇不断得到丰富和发展。

戏剧观念的拓展及影响，还表现在导表演和舞美设计等方面。探索者有徐晓钟、林兆华、胡伟民、陈颙、王贵等话剧艺术家，以及戏曲界的马科、余笑予等。观念的突破是从导演建立自己的主体意识开始的。他们强调导演的创作不再是简单复述剧作者的思想观念，把剧本直译成舞台艺术语汇，而是要根据生活来形成真正是自己的观念，用真正是自己独创的艺术构思、艺术手段去赋予自己的观念，去创造自己的舞台艺术形象。为此，导演要充分运用舞台的假定性去多样化地结构舞台的时空关系，去对生活和形象作诗化的概括提炼，去寻找凝练诗意的舞台艺术语汇，去追求演出的传神与写意风格。去发掘和发展戏剧的本质因素，去诱发观众的想象并使其参与艺术创造。而就表演观念论，戏剧家认为表演是戏剧艺术的根本，要求演员具有精湛的表演技巧，充分发挥活人艺术的魅力。如此，演员可塑造人物，也可表演有形的物质与无形的情绪等。这就要求演员要做到形体、语言与心理的统一，演员、角色与其作为生活中独特的人的统一多层次地透视、表演其审美对象，并能同观众进行活生生的情感交流。再者，戏剧创作和导表演所遵循的舞台假定性，必然会带来舞台美术对长期以来现实主义酷似生活的舞美观念的变革。戏剧家突破戏剧只有在正规剧院演出的模式，认为剧场只是观众与演员的交流场所，积极地探索新的剧场形式，突破传统演出的镜框式舞台以及"第四堵墙"，由封闭而开放，主张创造多样的舞台样式；他们突破舞美设计的幻觉主义，主张装饰性和风格化；他们追求富有独创性的演出形式，让布景、道具、灯光和音响等都起到演员似的角色作用，并把观众及整个剧场都纳入自己的创造视野，使演出具有鲜明的形式感。以上这些戏剧观念的突破，在相当程度上改变了20世纪中国戏剧（尤其是话剧）创作偏重文学性而忽视舞台性和剧场性，导表演和舞美等只是机械地图解剧作而丧失自我等弊病，预示着中国戏剧新的演剧体系的崛起。当然，创新中也有不足。有的演出只是炫耀导演的舞台艺术创新，而对剧作的理解肤浅，未能深刻揭示现实本质内涵和人物的心灵世界；有的演出导演意识过于突出而忽略演员的艺术创作，演员只是导演指挥下的舞台符号；有的演出借鉴现代派未能咀嚼消化，舞台语汇晦涩难懂；也有的舞美设计未能融入整个舞台演出而只顾"自我表现"。为创新而创新不是真正的艺术创造。

总的说来，戏剧观念的拓展给中国戏剧的发展带来了生机和活力。当然，是创新总会出现不足。但是，只有创新才能发展，只有创新才能前进。而中国戏剧的创新与发展必将会克服其自身的不足而走向深入。那将是一片辉煌灿烂的戏剧艺术世界！

注释：

① 胡伟民：《话剧要发展，必须现代化》，《人民戏剧》1982年第2期。

② 黄佐临：《我与写意戏剧观》，北京：中国戏剧出版社，1990年，第283页。

③ 丁扬忠：《谈戏剧观的突破》，《戏剧报》1983年第3期。

④ 童道明：《也谈戏剧观》，《戏剧界》1983年第3期。

⑤ 陈恭敏：《戏剧观念问题》，《剧本》1981年第5期。

⑥ 蓝纪先：《戏曲艺术的活力在于对本体和传统的超越》，《剧本》1986年第12期。

⑦ 该文先后发表于《戏剧报》1985年第10期和《戏剧艺术》1985年第3期，内容基本相同。

⑧ 载《戏剧》1986年第1期。

⑨ 载《戏剧报》1986年第3期。

⑩ 舒强：《关于创新问题》，《戏剧》1987年第2期。

⑪ 薛殿杰：《摆脱幻觉主义束缚，大胆运用舞台假定性》，《舞台美术与技术》1981年第1期。

⑫ 王贵：《戏剧·向前看》，《戏剧报》1987年第3期。

⑬高行健：《我的戏剧观》，《戏剧论丛》1984年第4期。

⑭胡伟民：《开放的戏剧（二）》，《剧艺百家》1985年第2期。

⑮马也：《戏曲的实质是"写意"或"破除生活幻觉"的吗》，《戏剧艺术》1983年第4期。

⑯童道明：《再谈戏剧观》，《戏剧艺术》1984年第1期。

⑰舒强：《关于创新问题》，《戏剧》1987年第2期。

⑱徐晓钟：《导演创造意识的觉醒》，《戏剧报》1986年第11期。

⑲童道明：《我主张戏剧观念的多样化》，《戏剧报》1986年第3期。

⑳胡伟民：《开放的戏剧（之一）》，《文艺研究》1985年第2期。

原载《文艺争鸣》1996年第2期

先锋话剧研究资料

戏剧的生命力

林兆华

我就是一个排戏的人，一个实际的做戏剧的人。这爱好上瘾。年岁大了，但我依然觉得，只要我还排得动，我想我就一直排下去。

要我写文章说理论，干不来。艺术创造最生动的是你内心流动着的行云飘忽的感觉。这个戏是这么个模样，那个戏又可能会是另一副德行。你想创造什么？你又想怎样创造？你去做就是了。

三年前，我在《读书》上写过一篇叫《"狗窝"独白》的文章，我在那上面说：什么写实、写意，唯心、唯物，什么象征、荒诞，还有什么现代、后现代、后后现代，等等，都叫它们站立在我的周围等待着新生儿的诞生……现在我还是这个想法。我根本就不为任何"主义"去排戏。任何"主义"对于我排戏只是我去了解它，作为我的知识，而不能用某一个戏剧观、某一个戏剧理论来指导我排戏。

有人对我说，到我这份儿上了，怎么还这么没完没了地折腾？

我说我最普通真实的心态。第一，我脸皮厚，意思是我不怕一些意见，甚至是一些非议，包括一些极不宽容的挑剔。我对这些东西，有的这耳朵听那耳朵就冒出去了，有的这耳朵听了还经过大脑过滤一下再出去。基本就是这样的排戏的状态。第二，我胆儿比较大，条条框框少，还有那么一些自信。第三，我可能心态最好的就是我不怕失败。我没这概念，什么成败，什么票房，褒的，贬的等等，我对这些东西看得特别地淡。如果我排一个戏，我就想我前面做了这样的一个戏，现在这个戏会不会失败，你出现这样一个戏会不会把自己都给否定了。我想如果人处在这样一个状态，那就没法创作了。我的心态基本上是这样的。道家说"无为而治"，我脑子里是这个东西比较多。

1

1982年之前我排过一些戏，和老导演合作过，也独立执导过，像《为了幸福干杯》《谁是强者》等，作为一种社会问题剧，社会上影响还可以。但讲心里话，那些戏和真正的戏剧艺术我觉得还相差甚远。

1982年我搞《绝对信号》时就一个思想：我觉得中国话剧舞台太贫乏了，太整齐了。我认为一个国家在戏剧上用一个"主义"、一种样式去统治是非常荒诞的事情。怎么这个戏就得这么写？怎么这么写了就得这么导、这么演？不明白。

我当时接触的也就是一些翻译过来的外国剧本。但在表、导演方面除了斯坦尼斯拉夫斯基以外没更多的东西。虽然后来有了彼得·布鲁克、布莱希特，80年代末又出了梅耶荷德，还有格洛托夫斯基，但都不是完整的介绍。我并没有什么雄心大志，但多少还算有些追求，觉得戏剧这个现状太过于单调了。但恰恰我们的某些人却以所谓的现实主义独于一尊。

我至今也不认为现实主义是坏东西。现实主义作为一种伟大的创作思想，在艺术史上的地位永远不可磨灭。但关键是在创作实践中如何正确对待它。我当时也就是想到这一点，没有别的。具体到舞台上，我作为导演只是想拓宽一些表现手段。恰好这个时候剧院想进一批作家充实创作队伍，高行健、李龙云、刘锦云他们差不多都是那时来的。

高行健分到剧院来积极性挺高，一下拿出来几个提纲。我们俩年岁相当，一块聊。他就谈了《车站》。我觉得挺好玩。和那么多年看的都不一样。当时，我们的剧作家在戏剧观念上、在剧作上还没有大的突破。尽管高行健说他的这个戏模仿了《等待戈多》，但也还是有他新的意思。我对他说他的三个提纲中我对这个有兴趣。几个人等车，左等右等，等了十年，一抬头发现站牌早改了。后来我和当时的书记谈，说这个戏有点意思。他说让他写出来吧，我说写出来我想排。赵启扬是挺好一个书记，他说：兆华，先别排这个戏，你先跟他说让他写一个现实主义的戏。这一点在当时完全可以理解。其实后来过士行也同样是这个命运。这在一个传统的剧院也是情有可原的。后来我跟高行健谈了。谈完以后他和一位铁路的作者觉得铁路上的生活有的可写，两人就下去深入生活了。回来后就有了《绝对信号》。

现在回想起来，我真是特别怀念过去的一种创作状态。从剧本创作过程开始我们就一起交谈，跟演员一块琢磨，这个怎么演，那个怎么作。这种创作状态和创作空气是非常有意思的。现在找这个太难了。创作中有的是你事先想好的，有些是这些年轻的艺术家们碰撞出来的火花。这种东西太可贵了。交换意见，不同意的可以相互争论。排练场上演员怎样表演，编剧也随便来看，和大伙坐在一块研究。

尽管《绝对信号》的人物、情节、故事很传统，但它有一些新的因素。戏剧当中写现实也写回忆，但这出戏出现了想象，就是在现实生活中未曾发生的事情。这对导演来说面临着如何展示心理空间的问题。这个在以往现实主义戏剧表现方法当中没有什么手段。今天看来不管这个戏成功与否，但它的确拓展了戏剧的观念，对于导演也带来了新的挑战。我当时也正是在对戏剧现状不满的情况下，憋出这么一个《绝对信号》来。当然带来好多争论。

后来我和剧作者有个"对话"，集中反映了我们对戏剧的看法。在那里我提到了我对中国的传统戏剧的认识。可以说，在我找寻新的戏剧表现方法的时候，传统的戏曲艺术才真正进入了我的头脑中。现在看来，包括我今天的一些舞台实践，从《狗儿爷涅槃》《风月无边》，到搬演莎士比亚，还有很多当代题材的戏剧，确实，戏曲给了我最大的心理的自由、创作的自由。

2

中国的传统戏曲给我的话剧舞台创作带来了什么呢？

具体来说，一是在戏剧表现手段上，二是在对表演的重新认识上。但更重要的是，它带给我心灵的一种解放。

戏曲使我开阔一个大的思路还是在排《野人》的时候。

开始，《野人》这戏我没办法排，不知道怎么排。剧本提供你天上地下三条线索所谓复调，这东西怎么排。一个多月我不知道怎么排。在这过程当中，我脑子里转来转去突然想到什么呢？戏曲。戏曲的美学原理。

戏曲有一个特点：在舞台上没有不可以表现的东西。戏曲的舞台是空空的舞台。空的空间，好像舞台上什么都没有，这是咱们戏曲的原则——无。无布景，一桌二椅。但这个无，是无限。你如果脑子里有这个，就没有不可以表现的东西，什么都可以。所以在《野人》中，天上地下、人、鬼、洪水、森林、石头、幻觉、想象、意识，都可以表现。你如果没有这样一种精神上的解放，就不可能在舞台上有这样的表现方式。

有限的舞台可以表现无限的空间。戏曲是极大的自由。

从表演上说。中国的传统的戏曲——我不仅只说京剧，秦腔、梆子……包括我们的说唱艺术，评弹、评书，我指一个大的概念——中国传统表演的美学原则，是我们当今作为一个导演，或者作为一个剧作家，应该很好去思索的问题。我认为我们重视戏曲不应只在表面，应当在本质上下功夫。

在表演理论上，斯坦尼斯拉夫斯基实际上也是大革新家。对资产阶级戏剧的反叛才产生斯坦尼。你不能说斯坦尼是没价值的，当然不能说。是我们今天的人，而且是非常狭隘的戏剧人去片面地抓住斯坦尼的一些东西，变成所谓自己的主流。我们认为的所谓现实主义的东西，是片面狭隘地拿了一些东西来作为我们自己的主流。实际上它不是中国自己的艺术的主流。

布莱希特也是个大革新家，他发展了斯坦尼、创造"陌生化"效果等。但是这些东西跟中国传统的戏曲相比，单从表演的角度来说，我觉得是小巫见大巫。

什么"跳进跳出"，什么"写实写意"。我们总在这两个圈子里做文章，没有更多的东西。中国的戏曲岂只是"跳进跳出"？这个自由度，咱们听评弹、看戏曲，和观众的交流是多么自由，方式有多么丰富。什么一会我进角色，一会我出角色，根本没这界限，没有这个所谓"跳进跳出"的界限。这个不是某个西方戏剧理论所能总结的。这是我们中国传统戏剧太高明的地方。

西方传统戏剧大多顺着心理体验的路数去营造舞台的逼真；中国传统戏曲是通过虚拟的手、眼、身、法、步，唱念做打各种精湛的程式绝活儿，来确立舞台的表演感、观赏性。

西方传统戏剧的表演理论大多主张演员与角色的二重关系，也就是说演员创造角色的至高境界是"我就是"，即演员与角色合二为一。中国传统戏曲的表演艺术是多重的关系，它在扮演中不刻意追求合一。就像我经常跟演员讲的提线木偶：演员的表演状态既是木偶，又是提线者，而体验艺术只演那个木偶。演员与角色时而交替、时而并存、时而自己都讲不清此时此刻我到底是角色还是我自己；经常还时不时地同观众一起审视、欣赏、评价、调节、控制自己的表演，这种中性的状态能使演员获得心理的、形体的、声音的解放。拉开这个距离他能感觉得到自己是如何扮演角色的，自自由由地与观众交流，时而进、时而出，叙述的、人物的、审视的、体验的无所不能。这才是表演的自由王国，是表演艺术成熟的标志。

自我观审的心理训练要成为演员的自觉。

从表演上来说，这是中国的传统戏曲与中国的说唱艺术的贡献。如果这些我们能够很好地研究，我认为中国的戏剧是西方的戏剧没法比的。但恰恰我们自己并不这么认识。很多人总认为我搞的一些东西是从外国学来的，所谓现代派，岂不知我就是从咱自家东西里头发现的很好的玩意儿。

中国传统戏曲，根本就不承认或根本不谈你要演一个角色你就要死在人物身上，也就是我们历来所强调的体验艺术，根本没这一说。那些片面抓住斯坦尼的人，给戏曲加以解释，再加上我们有一个口号：戏曲要向话剧学习。拿这些来抠中国戏曲，简直是笑话，不客气地说是欺宗忘祖。

我排戏的时候公开声明：我不喜欢纯体验。我希望你演员是什么状态呢？就是说评书、评弹、戏曲演员的那个状态。

我多年能够在戏曲里面领悟到一些东西，使我自己开阔多了。最简单说还是刚才讲的，就是精神上，得到一个自由。

如果我们的当代戏剧，回到光光的舞台，空间无限的自由，演员的表演进入自由王国的境地，这舞台将是多么有意思。

如果我永远固定在某一个戏剧观念上——比如说现实主义戏剧观念上，或者是我在布莱希特、格洛托夫斯基、法国的阿尔比、日本的铃木的戏剧观念上，等等，我如果在这些个圈子里头，在这些个大师们已形成的所谓的学派、主义里，去找出路，我认为找不出来。我只能说有些东西我可以借鉴，却不必跟随某一权威、某一主义、某一潮流叫它牵着走。戏剧艺术自上世纪末以来，流派、主义五花八门，新观念、新方法、新技术忙不停地花样翻新。与其追赶和重复别人，真不如找寻自己的路。

艺术家在创作中心灵的自由是最大的、最宝贵的自由。

排了这么多年戏，我经常想：什么是戏剧。

当今各种门类艺术、思想都可以入戏，表达方式令人眼花缭乱，无禁忌的求新已成时尚。而戏剧的演进过程早已提示我们，任何完整的体系、出奇的形式、惊人的观念都是会过时的，唯有演员在不同空间面对观赏者展示活生生的表演，这门古老的艺术才能越活越有生气。我又想到戏曲，唯有中国传统戏曲能代表中国戏剧。戏曲的唱念做打绝对精彩，具有永不消失的魅力。它全面，就像我在80年代那篇"对话"中说的：它是全能的戏剧。未来的戏剧，我想还是要回到戏剧的本源，以演员当众扮演为中心，从这里开始，综合其他因素去拓展现代戏剧的各种可能性，这才是戏剧灵魂之所在。

中国戏曲形成的历史都是财富。服饰脸谱，都是对世界戏剧的贡献。

不是说不要学西方，你搞自己的呀。你有这个传统，是我们自己不重视。现在振兴了半天，有几个超过样板戏？这么现实的问题为什么不去多想一想？

传统戏曲有三个方面值得我们认真琢磨：一是表现的自由，二是舞台空间的无限，三是表演的自由王国。但恰恰我们实际上忽视表演。舞台的变革与表现的手段现在已经层出不穷，但表演艺术不发展，这个戏剧没有明天。

中国话剧的叙述方式太僵死了。我们的所谓现实主义戏剧就是对白，要不动点胳膊腿（肢体语言）就叫丰富了，什么这个体验那个外化。说句简单的话，如果说一个人在舞台上，既能真正进入角色的精神世界，进入他的思维，进入他的思想，又能真的站在旁边看看你自己如何扮演的角色，加之多变的叙述手段，那舞台就将会具有经久不衰的魅力。当然，你得弄好，弄得好才行。这不是一下子能解决的，这就要你改变表演状态和话剧的旧有的叙述方式。

实际上排戏时我经常辩论的是表演问题。不要纯体验，而代之以一种鲜活的、有灵气的、转换自如的表述方式。这说来容易做来难。

我和一位演员讲，在舞台上你真的去思想占百分之多少时间？我看10%都不到。是过去演戏的经验，加上各种得意的手段的套用。若说现实主义戏剧，斯坦尼斯拉夫斯基还有一条：真听、真看、真感觉。你如果真在舞台上思想，真的听，真的感觉，这个戏就好看。为什么我们在舞台上不禁看，为什么做作，他不是在舞台上真的思想。真的思想在舞台上是活灵活现、有感染力的。

实际上舞台充斥得更多的是伪现实主义，伪真实。戏剧要往前走，你还别说别的，你先解决最基本的问题。

演员的表演应该说去感觉这个人物，你不要光说去体验这个人物。中国戏曲上更多的不是体验，是扮演这样一个人物。扮演和体验是两码事。

我们以往强调戏剧表演是合二为一的，它不要演员和这个角色分裂。但恰恰分裂或者说拉开距离有时更丰富、更有生命力。当然，合要合得好，它也是有生命力的。

说白了，你今天遵循的方式是你多年片面学来的。今天戏剧的发展，早不是易卜生的时代了，早不是奥尼尔的时代了，也早不是契诃夫的时代了。也不是荒诞剧、现代派后现代派的时代了。

归根到底，我说，建立自己的东西很难，但是有价值，有意思。

3

我一直认为，戏剧的生命力就在于不断的创造。我创造的是我的，不仅对别的艺术家没有什么作用，就是我自己也决不愿意重复我自己。我做一个戏，我要自己在戏里发现一个我原来没有的东西，哪怕就一点我过去排戏还没顾及的新的因素，哪怕就出现一点我就心里头特别愉悦。找不到这点，创作就没激情。我不赞同艺术上的所谓学习，所谓的经验交流。你给我总结出经验，完后去指导别的艺术家干什么。你排一个戏，大家给你总结然后给你推广，我们总搞这个。我们好这个，好推广，好一律的东西艺术！怎么能推广呢？他是他，你是你，艺术本来就是个人精神世界的东西，每一个创作都是从你心底里流出来的东西。

有人问我是什么风格我特坦率地说：我没风格。说句俗话，我什么都不是。我的创造逻辑是：每出戏找每出戏的风格。一个导演排戏，不是为自己的风格服务的，应当为这个戏剧服务。是个什么戏，就排成什么样；你感觉到什么，就排什么；感觉多少，就排多少。但我不求风格的统一完善不等于说我完全没风格、没观点，我想的只是不要作茧自缚。

往大了说，风格之上还有个所谓学派的问题。比如北京人艺就有自己的演剧学派。但我的观点很明确：任何学派，形成过程中是有生命力的，一旦形成，固守在那，就走向反面。如再被推而广之，就变成了灾难。

剧院也是，传统不是包袱，是财富。任何尝试都应该允许。只有不断创造新的财富，剧院才能往前走。

我是北京人艺培养的，我那点本事都是从这里来的，没有人艺就没有我林兆华。我说《绝对信号》等戏是"憋出来的"，就是因为我当时愣是想不通戏剧为什么只能是一种样式。我不愿做一种风格、一种传统的奴隶。几年前我说过：居然会有人相信，似乎代表人艺的保留剧目一代一代原封不动地演下去，人艺风格传统也就后继有人了。我想，真是这样，过不了多时，首都剧场就不会有多少人来了。

人艺的传统是好东西。我们应该站在一个新起点上去丰富、发展它。我认为，你有传统，再创造新的传统，这个剧院才能生存。

世界几大剧院的兴衰史早已告诉我们，艺术风格是守不住的，不立足于发展，原有的好的东西也会被毁掉。我两次在巴黎看法兰西喜剧院的莫里哀戏剧的演出。莫里哀去世快三百三十年了，演出还保留着原来的样式，难怪观众不多。斯坦尼斯拉夫斯基开创的莫斯科艺术剧院，在五十年代中后期出现了"叛逆"者，组成"现代人"剧院，才算多少挽救了艺术剧院的艺术生命。而到了六十年代，当留比莫夫的塔干卡剧院出现在莫斯科时，艺术剧院再次临近崩溃。因为它固守斯坦尼不能动。在布莱希特的剧院也是这样。我几次在柏林布莱希特剧院看戏，《大胆妈妈和她的孩子们》，还是当年那样排。所以它干不过在它旁边的德意志艺术剧院。布莱希特的学生在这家剧院当导演，他有布莱希特的东西，但他又兼收并蓄。彼得·布鲁克告诉我说：布莱希特有两个助手，他排戏时他的助手就提醒他说，你这样做是在反对你自己的理论。布莱希特对他的助手说：时代是流动的，新的问题在出现，要求着新的方法。

包括前面提到的中国传统戏曲，我所推崇的是它的美学原则，以及蕴含其中的自由的艺术精神。如果僵死地原样保留，这同忽视它一样，说白了，真是对不起我们祖宗留下来的家底。

九十年代我排了几部过士行的戏。当时也有关于是否这戏还是"人艺风格"一类的争论。这样的争论可以休矣。我一直弄不明白，多么陈旧、多么一般化的戏，那些大专家们都很少置疑。稍有异样，便招来满城风雨。过士行的《鱼人》遭遇和当年《车站》同样的命运，起先没通过。和先演《绝对信号》后演《车站》一样，第二个戏《鸟人》先于《鱼人》上演。每每遇到这样的事情，我就想，对于艺术风格上的"异类"，我们能否更宽容一些呢？

　　我怕烦烦琐琐、枯枯燥燥、反反复复的理论，对戏剧理论界的状况我也比较失望。我做戏真的是不靠理论。我特别尊重我的感觉。这艺术感觉太重要了！没感觉就没有艺术。这是我个人的经验，我靠感觉。读书可以丰富你，增加你的修养，但禅的悟性，是天才的发现；而禅的思维与艺术思维是相通的。我想艺术感觉是你总体修养的一种爆发。

　　作家阿城有句话：不需要理论，只需要知音。这话我可以认同，但有些片面。

　　我谈不来理论，但我不是不重视理论。各种流派我也浏览，剧本也读，音乐也听，画展也看，手边也一堆书在读，这些东西构成一个人的总体的文化修养。文化修养对你的艺术感觉、直觉是起很大的作用的。不是说什么都不看就胡乱可以感觉的。

　　保卫独立的自由创造心态，必须清醒地扫荡观念、体系甚至逻辑的障碍。天才的作家、艺术家大多不是理论指导出来的。

　　我的感觉的东西是谈不完的。我排一个戏，经常是拿到一个剧本，感觉应该是这么排，钻进去我就这么排了。所以我没有一个这样排是不是违反这个违反那个了，没有。律条、规律在我这不大起作用。我骨子里有一个东西，就像我原来排《野人》时说的：规律是有可循的，但你要创造新的规律才行。这才使你能有点新的东西。

　　当今的戏剧评论与批评，说不好听的话，没多少有价值的东西。当理论、批评形成刻板的模式，那就是艺术的灾难。不超越观念、意识形态难得有什么生气。

　　我之所以这样讲，是因为我看到的评论、批评总是在过去的条条框框里打转转，就那么点理论说来说去，还是外来的。如果再掺进过多的个人好恶与某种隐情，就只能看见硝烟、套语以及言之无物的空话。诸如：多视角、多层面、立体涵盖、深邃跌宕。最后把一部活生生的戏剧装到他熟悉的各种主义的箩筐里，这个戏是"写实与写意的交叉"，那个戏是"抽象到象征的升华"，等等；有的戏没箩筐可装了，就质问：这难道是戏剧？要我说真正的戏剧评论、戏剧理论应当是从对新戏剧真诚的感受中梳理出来的，用头脑思索，更要用心灵去体味。创作需要灵性，理论同样需要。

为什么我们多年建立不了新的戏剧理论？当然，从戏剧创造来说也没有太多的东西。但问题是，这些年来出现的新的东西，我们未必好好研究过就匆忙地或下了结论或忽略过去。包括对过士行的作品。也许有人不大承认，但九十年代以来，他的几部戏还是有不大一样的地方，他的戏剧观念很有新意。他的戏剧表现出了超越一般性的深刻思索和很机智的幽默。

我总觉得应该这样：比方说一个真的戏剧理论家，看一个艺术品，看一个戏剧，尽管这个戏好像不成熟，但从某一点能看出未来戏剧的萌芽状态的东西，他也可能悟出些道道来。这是对未来戏剧有个启迪的东西，理论的作用应当是发现这个。理论应当抓住那种直观的、对人有所冲击的东西。戏剧原本是现场艺术。现场的冲击、现场的感受，你应该把这些东西作为讨论的出发点。

人家问我是什么戏剧观，80年代时，我说我是自由戏剧观。我不受戏剧观的制约。我凭着我的感觉排戏。那么我排出这个戏来，也许有新的戏剧观的萌芽，所以我说戏剧观是我创造出来的。至于你感觉到没有，同意不同意那是另外一回事。再有一个，从我的心态上说，戏剧不是讨论出来的，去做就是了。本来做戏就比较难，尤其在当前的各种诱惑下，踏踏实实去做，最有说服力的事就是做。我想，别再去讨论那些"戏剧幼儿园"的东西了。

我反对任何律条。但非要说的话，我倒还真有两条。

我的第一个律条是，没感觉时我不做戏。

有感觉了，感觉到一些东西，感觉到我有话要说了，我才去做。有话要说，才能是我该怎么去说它。当我找到了我的表述方式，我要说的话才能说得出来。

我到底喜欢什么戏剧，凡是我有感受的，有感触的，有现实触动的，我都喜欢。

比如《理查三世》。我重读剧本，如果我要表现宫廷的谋杀、争权夺利，一点意思都没有。那么我要表现什么我就琢磨，我要表现对于阴谋的麻痹感。这个有意思。

就是说你身边的亲人身边的朋友身边的同事身边的领导可能在算计你，在给你制造陷阱下套，你却根本没有觉察。这是生活当中司空见惯的事。就是说，我们生活在阴谋当中却并不感觉到阴谋，这是可怕的。不在于我们表现出来血淋淋的那种阴谋的外在形式。再往深了说，如果这个麻痹感的东西，实际上让阴谋者的野心得以无限扩张，你们都没感觉，更增加、助长了他这东西，无限的膨胀。那么结果是，麻痹的人群好像和谋杀者是敌对的，但在麻痹的状态下，在谋杀中他们成了谋杀的帮凶。自觉不自觉的就是这样。如果我来表现这个，我就有的可说。

如果《理查三世》这部戏我能表现这个，我就觉得我可以给莎士比亚这个戏输入点新的东西。我今天排《理查三世》，我不替莎士比亚说话，我替我林兆华说话。我是当代的人，我身处在当代的生活环境当中，我遇到的是当代的事，我看到的也是当代的现象。有这个东西，那当然我就有感觉了。当然，莎士比亚的伟大也在于给新的创作提供了无限可能性。

我的第二个律条是，作为导演每排一部戏，都得有个第二主题。

这第二主题是我的。第一主题是文学的。比如我排莎士比亚的剧可以不改他的台词，只作一点删节，可以按照他原来的台词去演。但我强烈地把我自己的一些东西，把我独立的一些思索、独立的状态，放在这个戏当中。这是导演的第二主题。每排一个戏，我都这样，我追求这个。

我不去过多地解释原本的戏剧文学，如果我总是钻到《理查三世》戏剧文学里出不来，我不会得出这个结论。透过文学我能发现我感悟的东西。我去做我的。

《哈姆莱特》也是这样的道理。如果我仅是表现哈姆莱特的犹豫不决、篡位、谋杀，我不会选择那样的表述方式。哈姆莱特痛苦是因为他有思想他才痛苦，没思想痛苦什么。这是可贵的。我还想表现历史的偶然性，你今天是国王明天可能就是小丑，你今天是哈姆莱特，明天也可能是国王。人的处境是经常变化的，所以角色也是置换的。这个变化有意思。我要表现的东西是我现在感觉到的东西。哈姆莱特是我们的兄弟或者就是我们自己，那些折磨他的思想每天也在折磨着我们，他面临的选择我们每天也在面临。生存或死亡是哲学命题，也是生活中每一件具体的大事和小事。是或者不是，你只能选择一个。我们今天面对哈姆莱特，不是面对为了正义复仇的王子，也不是面对人文主义的英雄，我们面对的是我们自己。能够面对自己，这是现代人所能具有的最积极、最勇敢、最豪迈的姿态。除此之外，我们还有什么。

再比如我排《三姊妹等待戈多》，是因为我发现人生的流程中有无数期待与等待。我不认为爱情是艺术永恒的主题，我认为等待才是。我排这个戏，就是要把我心中的这种感受融进去。

有人又说我搞形式主义，就让他们说去吧。艺术怎么能没形式呢？是我们多年教条的结果：先有主题，内容决定形式。这个东西我坦率地说应该彻底推翻。创作过程中它是自然产生的，内容和形式是交替地活跃在你的头脑里的。蛋生鸡鸡生蛋的关系。

没感受、没内容的戏我不会去排，没找到形式感我不会排。多年前我讲过：真正的艺术品，没有无内容的形式，也没有无形式的内容。几十年来在对内容的认识上，我们总是习惯把内容与政治等同。一旦出现不习惯的形式，不是所谓约定俗成的规范，就很容易刺激一些人的警觉，宁可扼杀艺术也不去犯政治错误。相信历史不会再有"艺术霸权"的时代；百花齐放、百家争鸣、推陈出新，当今生动活泼的艺术局面谁也阻挡不了。

《理查三世》开始就是从形式入手的。我就是找我的形式，这个形式能替我说话。我再细致调整戏，我就是这样排的。因为我建立不了这个形式它就替我说不了话。这个戏从头到尾建立一个游戏状态，而这个游戏的状态又是残酷的游戏。儿童时的老鹰捉小鸡，理查和群众的关系可以在这样一个形式下去演。那种仇恨的语言，血淋淋的语言，怎么在游戏状态中说这些台词。很困难。老鹰捉小鸡时说这个台词说不出来，就是我们所谓的现实主义的那个表演方法让他说不出来。我首先要把心理基础打牢了，这个牢是建立在对莎士比亚语言的理解上，是对人的理解。我不希望把莎士比亚的东西弄没了。那是经典，好端端的语言，人类文化的结晶，傻瓜才会把它丢掉。要把莎士比亚的语言，加上我建立的演员的表演状态，强烈地传达给观众。

从形式上说，强烈的对比、差别、过程、叙述、惊奇，以及动作等等，是有戏可看的。戏剧的概念不是"冲突说""性格化"所能解决的，至少不完全是，构成戏剧是有多种因素的。

5

有人在我头上加了"先锋""实验""前卫"等帽子。其实错了。实际上我是中庸的，改良主义的。因为从根本上说，我不是那样一个起点。我是在传统戏剧里成长的，又在传统厚实有风格的剧院里走到今天，我的根基是现实主义的。只是从80年代开始的那个时候起，我不满足于千篇一律的戏剧现状，戏剧那么丰富，为什么只有一种表现方式，我是想让人们看到更多的样式。先锋的概念是与传统戏剧决裂，创造一种新的戏剧。而我，从一开始就没有进入与传统戏剧决裂的状态，我没有这想法，更不想反戏剧。另外我只是不愿受任何局限，我相信我的感觉。所以我排出来的一些戏，不入这个流那个流。但我也没有一个概念说我要搞先锋戏剧。说实在的，我对现代派、后现代只是浏览一下，没什么研究。而且欧洲走入后现代或者是后现代有人家那个文化背景。中国就是中国，我们完全可以做我们自己的戏剧，为什么不去做呢？

说到先锋，早期我的工作室，牟森，包括孟京辉，我是支持的。他们有一个好处，他们不像我们。他们敢于提出来：我就是要反戏剧。原本的先锋戏剧就是这样的，要彻底地反。问题是你要允许他反，不能守着这个流那个流，而且还要标榜自己是主流，而且还强制人们入你这主流。怎么可能的事情。

他们这些人，包括曲六乙，从开始做戏起就是有这样一个观念：创造新的戏剧。这是可贵的，所以在这个意义上说，他们的起点比我高。

论现在的条件，我觉得给戏剧人的自由比原来大，真的比原来大，制作一个戏，不像过去那么困难了。过去，比如80年代我建立自己的工作室，当时还不敢大张旗鼓地弄。为什么建立工作室？最起码我在工作室做的戏，我赢得一个精神的自由，创作的自由。我可以稍微地没什么顾忌地做一些艺术上的事。国家剧院有个票房问题等等，这个要求也是合情合理的。

实际上，世纪末的这个状态比原来要好得多，宽泛多了。你现在是可以做戏。但紧跟的一个问题是，戏剧人自身的状态。既然有了这些条件，如果愿意做的话我认为是可以做的。如果你愿意做一个好的真正的戏剧艺术品你是可以做的。问题就在你做不做。

有些事你可以不做。今天的戏剧人别说别的，这个电视，那个电影，你不搞不就成了吗？还是挡不住诱惑。比如我对评奖有看法，那么我就声明不参加。所以我只领过一个奖，就是曹禺院长发的中央戏剧学院第一届学院导演奖。今后我不会上台领任何奖。况且我也知道不可能总有奖找到我。我做完一个戏，有点价值就行了。

从新戏剧出现的角度来说，我们的戏剧还是贫乏的。但从戏剧市场来说，制作戏剧的群体有了变化。出现了制作人，把几个艺术家凑一块自由组合。这个出现我觉得是一个好事。尽管有的不成熟，但这是一个过程。从发展上来说，这种自由组合的群体我觉得是越多越好。他们的创作有新的生命力。欧洲的新戏剧差不多也是这样发生的。现在，国家剧院领导戏剧潮流的时代早已过去了。靠一两家大剧院统治中国戏剧或想影响中国戏剧，我觉得更是不可能的。

1985年到欧洲，回来我说过，看了不少戏，真正惊人的戏剧也是不多的。我们有时候自己看不起自己。我们如果有比较宽松的创作空间，中国的艺术家只要敬业，真的是可以做出东西来的。关键还要发挥个性，否则怎么能有风格、有独立的艺术性。这不是最一般的规律、常识吗？

我能自己调整到有一个比较自由的心态，我觉得是最满足的。我比较皮实，也皮实好多年了。所以感谢老天爷给我一个好的心态。

我没有什么太大的奢求。比如我要创立一个学派，没有。没那根基，骨子里也不想。我希望什么派都不是，我只关心怎么排好我的戏。前边说了，我就是有瘾，我就是想排戏。也不想扯什么先锋、实验的大旗。我排任何戏从来不发表任何宣言。我就跟着感觉走。如果说我的戏中还有可看的，我特别感谢我的这个感觉。

艺术的独立说到底是精神的独立。

拉杂写了这么多，我就是这么想的。不同意可以批评争论。但有一条，我不参加。我从不参加任何讨论，我还是顾自去排戏吧。

我忽然想到：排戏就跟放焰火一样，放完就完了。

狗儿爷他其实无法涅槃，但戏剧艺术家每一次创造都应当是一次涅槃。完了后你再弄新的。得逼着自己弄点新的、不曾有过的玩意儿。

先锋话剧研究资料

高行健——中国话剧艺术的叛逆者

贾冀川

在中国二十世纪后期的戏剧史上，高行健是一位颇受争议但又绝对不可忽视的戏剧艺术家。批评家们对他褒贬不一，誉之者谓之中国话剧艺术发展的里程碑、时代之子；毁之者谓之缺乏创见的西方现代思潮和现代戏剧观念的贩卖者、否定现实主义戏剧美学的始作俑者，更多的批评家则是综合上述两种观点对高行健的戏剧试验毁誉参半，即肯定高行健对新的戏剧表现方式的探索、认为他丰富了戏剧舞台的表现手段，而否定其戏剧试验的结果，认为他只会玩花样翻新的戏剧手法而不见核心精神。这些观点既有某些合理之处，但也不乏偏颇，一些否定的观点里甚至不能排除批评者意气用事的因素。如今，面对新世纪戏剧艺术如何发展的巨大课题，我们需要认真检讨二十世纪戏剧发展史，而高行健作为中国二十世纪后期戏剧发展史上的代表人物则必须给予特别的关照。我认为高行健是中国话剧艺术的叛逆者，他以自己的戏剧探索改变了中国话剧艺术的面貌和发展道路。因此，从作为一个叛逆者的角度我们可以更加准确地认识高行健在中国二十世纪戏剧发展史上存在的价值和意义。

一、现代戏剧意识的确立

作为叛逆者，高行健首先背离了中国话剧艺术长期形成的传统戏剧意识，确立了现代戏剧意识。中国话剧艺术的传统戏剧意识是封闭的、狭隘的，甚至是僵化的，它是以为戏剧艺术之外的某种更高更大的存在服务为最高宗旨的。而现代戏剧意识则是开放的、宽容的，强调自由原则，它是以戏剧艺术自身的建设为出发点和归宿。

中国话剧艺术的传统戏剧意识初步形成于五四文学革命运动中。中国传统戏曲发展到二十世纪初已经日渐衰落和颓败，一方面它的唱腔和表演艺术高度发达，另一方面它又充斥着对封建伦理道德的说教，这导致其越来越远离现实生活，文学性和思想内容极大地贫困化。为了扭转中国戏剧艺术不断衰颓的趋势，五四文学革命的先驱们对中国传统戏曲进行了空前严厉的批判，甚至从根本上否定其作为艺术存在的价值。与此同时，他们又放眼世界戏剧，积极倡导西方以易卜生为代表的现实主义戏剧。在这场疾风暴雨般的文学革命运动中，尽管文学革命的先驱们能够参照并引入西方戏剧，视野具有一定开放性，但是其戏剧意识仍基本上是封闭的、狭隘的。这首先体现在他们根本否认中国传统戏曲的艺术价值上。傅斯年的观点颇具代表性，他认为中国传统戏曲"不仅到了现在，毫无价值，就是当他的'奥古斯都时期'（指元杂剧，明南戏、传奇时期），也没有什么高尚的寄托"[1]。这种矫枉过正的偏激观点固然有助于新的戏剧观念和话剧艺术的建立，但它无视中国传统戏曲艺术的巨大成就和独特的艺术魅力，因而它显然不是一种开放和宽容的戏剧意识。其次体现在他们对西方戏剧的选择上。西方戏剧经过数千年的发展产生了数以百计的戏剧大师和戏剧流派，可他们单单选中了"把社会种种腐败龌龊的实在情形写出来叫大家仔细看"[2]的易卜生的现实主义。西方戏剧发展到浪漫主义阶段，确立了西方现代戏剧发展的中心原则——自由原则，"雨果以自然和真理的名义强调了戏剧艺术的自由原则，它是现代戏剧发展的中心原则"[3]，这种自由原则是导致西方现代戏剧从剧本创作到舞台演出不断地出现令人眼花缭乱的革新，从而不断地走向繁荣的重要原因之一，但文学革命的先驱们却对这种自由原则视而不见，这是造成后来只剩下僵化的"易卜生—斯坦尼斯拉夫斯基"模式的重要根源。因此，尽管选择易卜生是对西方戏剧进行筛选后的选择，但他们的戏剧意识却不是开放宽容的现代戏剧意识。更重要的是，文学革命先驱们反对中国传统戏曲提倡话剧艺术并非基于发展中国戏剧的艺术自觉，而是为了借重话剧艺术的力量启国民之蒙、宣扬民主与科学精神、鼓吹人性自由和个性解放，胡适对易卜生主义所作的诠释很能说明问题，"易卜生把家庭社会的实在情形都写了出来，叫人看了动心，叫人看了觉得我们的家庭社会原来是如此黑暗腐败，叫人看了觉得家庭社会真正不得不维新革命"[4]。戏剧的社会教益功能压倒了戏剧作为艺术的独立性，戏剧艺术只是他们实现其社会理想的工具。显然，这与中国传统文学强调文以载道、中国传统戏曲注重高台教化的传统意识是有渊源的。

此后，随着民族危机的加深、民族救亡运动的高涨，这种传统戏剧意识不断被强化。①当斯坦尼斯拉夫斯基体系传入中国后，戏剧文学创作和舞台演出相结合形成了"易卜生—斯坦尼斯拉夫斯基"模式，这一模式很快成为中国话剧艺术不容置疑的圭臬，而戏剧的工具性则更强，从为抗战服务到为政治政策服务，戏剧艺术日益失去自身的独立性而成为政治的附庸。这种戏剧意识在新中国成立后由于政治力量的倡导而支配了整个剧坛，"易卜生—斯坦尼斯拉夫斯基"模式在戏剧实践中也日益僵化，戏剧艺术的发展受到了严重束缚。

新时期开始后，随着党在文艺政策上的拨乱反正，中国的文艺建设日趋自由和繁荣。以高行健为代表的一批戏剧艺术家开始反思戏剧艺术发展严重滞后的症结所在，并进而展开对戏剧艺术发展的新的探索。在进行戏剧探索的过程中，高行健确立了与中国话剧艺术的传统戏剧意识截然不同的现代戏剧意识。这种现代戏剧意识是开放而宽容的、以自由原则为中心的。

高行健首先打破"易卜生—斯坦尼斯拉夫斯基"戏剧模式，他指出："易卜生的戏剧和斯坦尼斯拉夫斯基的方法不过是戏剧史上的两家。"[5]他将自己的视野无限放宽，大至整个世界戏剧发展史，小至某个偏远地区的民间戏剧。高行健对世界戏剧发展史的关注主要集中在二十世纪欧美戏剧家对戏剧艺术的探索，他对布莱希特、梅耶荷德、戈波、阿尔托、格洛托夫斯基等戏剧家的戏剧思想和戏剧实践表现出浓厚的兴趣，对表现主义戏剧、荒诞派戏剧、法国七十年代末兴起的咖啡戏剧、意大利的民间喜剧、美国的外外百老汇戏剧等戏剧流派的戏剧理想进行了认真的关照。他说："西方当代戏剧家们的探索，对我的戏剧试验是一个很有用的参照系。"[6]高行健对中国传统戏曲赞赏备至，认为它"是世界戏剧艺术中公认的一笔极其宝贵的财富"[7]。他主张向中国传统戏曲学习，甚至说："我在找寻一种现代戏剧的时候……主要是从东方传统的戏剧观念出发的。"[8]对一些民间戏剧，高行健进行了实地考察，他曾三次去长江流域，行程一万五千公里，考察了西藏的藏剧、贵州的"地戏"、湖南江西的傩戏或傩舞，以及彝族、苗族、畲族的民间戏剧。开阔的视野使高行健能够对多种多样的戏剧进行关照，并在此基础上容纳百川广泛汲取养料从而进行自己的戏剧探索。高行健的戏剧探索绝不停留在某一种戏剧形式上，他的艺术风格是不断发展、不断变化、不断丰富、自由发展的。同时，高行健从来没有认为自己的艺术风格是唯一的、代表了戏剧艺术发展方向的，他并不排斥其他的艺术风格，当然他也没有唯我独尊的权利话语，实际上，他的戏剧探索启发了其他的戏剧艺术家进行新的探索，从而使整个剧坛的艺术风格也日益丰富起来。

高行健的戏剧意识又是以探索戏剧艺术自身的艺术特性、以繁荣戏剧艺术为目标，而没有超越戏剧艺术自身建设之上的功利目的。在现代戏剧史上，无论是中国传统戏曲还是话剧都拥有大量的观众，都不存在自身生存的危机。但是，到了新时期，以高行健为代表的中国戏剧家们突然发现戏剧艺术受到影视愈来愈强大的冲击，观众的大量流失使戏剧家们产生了强烈的生存危机感。基于这种强烈的危机意识，高行健不满于中国话剧传统的镜框式的"易卜生—斯坦尼斯拉夫斯基"模式而开始探索戏剧艺术自身独特的表现方式。"戏剧要得以生存和发展，就必须找到自身非存在不可的理由，也就是说，现今时髦的电影和电视无法替代之处。戏剧只有发挥这门艺术自己的特长，才有可能夺回被抢走的观众。"[9]高行健通过实地考察、戏剧创作、理论探讨探索了戏剧艺术的剧场性、假定性、叙述性，强调戏剧艺术是表演艺术，乃至戏剧艺术是过程、是变化、是对比、是发现、是惊奇，认为歌、舞、哑剧、武打、面具、魔术、木偶、杂技等手段都可入戏。与新时期前的戏剧艺术仅作为政治的工具存在的观念不同，高行健明确宣称："我的戏同政治没有关系。"[10]不仅如此，高行健走得更远，他甚至不愿承认戏剧可以有主题。当有人问他《彼岸》的主题时，他竟回答："我不知道这个戏的主题是什么。"[11]高行健认为："对艺术家来说，重要的不是说明什么，重要的是找到自己的艺术表现。"[12]因此，可以说在高行健看来，根本不存在戏剧艺术之外的东西，戏剧艺术自身就是全部、就是一切。当然，这种对现实不再承诺的戏剧意识让我们感到戏剧艺术无所负载之轻，离开现实这片广阔的土地，戏剧艺术将会成为无根之木、无源之水。

这种现代戏剧意识的萌芽六十年代就已出现。黄佐临先生早在1962年就指出："在舞台上制造生活幻觉的'第四堵墙'的表现方法，仅仅是话剧许多表现方法中之一种；在两千五百年话剧发展史中，它仅占了七十五年。"[13]黄佐临先生在阐述了两千五百年戏剧史上的各种表现方式，探讨了布莱希特、梅兰芳、斯坦尼斯拉夫斯基的戏剧观后提出了写意戏剧观。这种观点若空谷足音，但却无人响应，在当时没有产生影响。1980年前后，在高行健之前探索戏剧就以谢民的《我为什么死了》、马中骏与贾鸿源合作的《屋外有热流》拉开帷幕，其影响很快波及全国，现代戏剧意识的形成向前推进了一大步。直到高行健以一系列戏剧创作和理论探讨的论文出现，现代戏剧意识才在创作实践和理论主张相结合的基础上得以确立。现代戏剧意识确立后很快就在全国产生了广泛的影响，二十世纪后期的中国戏剧家们无论对这种戏剧意识认同与否，都受其影响能够在开阔的视野下广泛借鉴和学习，积极地进行各种戏剧探索，中国剧坛冲破僵化的"易卜生—斯坦尼斯拉夫斯基"模式日益走向多样化和多元化。

二、对一种新的戏剧理想的追求

　　高行健认为中国传统话剧艺术观念是将戏剧视为一种语言的艺术、视为一种文学样式。"作者写剧本也像写文学作品一样，在故事情节上，在台词上下功夫，并不考虑这个剧本在舞台上怎么演的。导演要的也只是文学剧本，至于如何立在舞台上似乎只是导演的事情。"[14] 这应该说是抓住了中国传统话剧艺术的本质。中国传统话剧艺术是以剧本为中心，剧本乃是一剧之本，剧作家在剧本创作中关注着现实人生。著名导演洪深指出："排演必有其道焉，道者维何？即将剧中之主义、对话、动作、表情、化妆、布景之力，一一为之传出，而其间尤易了解编者之本旨，于剧情不可有丝毫之增减……"[15] 因而，剧本及其创作者剧作家也就自然在话剧艺术中居于支配地位，对整个话剧艺术的发展起着主导作用。中国话剧史几乎就是剧作家加戏剧文学的历史，曹禺、田汉、郭沫若、老舍、夏衍及其展示人的情感与命运的《雷雨》《北京人》《关汉卿》《屈原》《茶馆》《上海屋檐下》等剧作代表了中国现代话剧的主要成就，而导演、表演及舞美设计等与之相比就显得黯然失色了。当然，由于传统戏剧意识的影响，这种以戏剧文学为中心的中国传统话剧艺术后来为了达到为政治服务的目的而日益模式化，戏剧文学的创作越来越失去活力。高行健的戏剧探索根本上就是要突破这一传统，他的戏剧理想用他自己所认同的命名来说是一种"绝对的戏剧"[16]。

"绝对的戏剧"的核心观念是：戏剧艺术是一种表演艺术。高行健首先对戏剧文学支配话剧艺术的现象提出质疑，"说话剧是语言的艺术，在一定意义上说，这话并不错，但这只是上个世纪一种易卜生式的戏剧观念。……这种戏写好了无疑可以引人入胜，易卜生便是这种语言艺术的大家。但戏剧艺术的发展并不到易卜生为止"[17]。进而高行健明确提出："戏剧不是文学。"[18]尽管他并不反对剧作家可以写出文学价值很高的剧本。高行健认为戏剧艺术在本质上是一种表演艺术，他在《京华夜谈》里说："我首先确定戏剧就是戏剧，是一门表演艺术，归根结底要靠演员的表演来征服观众。"[19]不仅如此，他还在《论戏剧观》《要什么样的戏剧》《对一种现代戏剧的追求》等文里也有过类似的阐述。戏剧文学就这样一步步地遭到高行健的贬斥。

　　在确认戏剧艺术是一种表演艺术这一观念的基础上，高行健探索了戏剧艺术的特性。受格洛托夫斯基贫困戏剧的启发，高行健认为："戏剧艺术之所以有其特殊的魅力，则在于所谓剧场性。"[20]所谓剧场性是指在剧场里演员和观众面对面相互影响、活生生的交流。在戏剧艺术的剧场里，观众所面对的是活人的表演，而不是冷漠的银幕和冰凉的荧屏上可望而不可即的图像，演员在众目睽睽下的表演和观众观赏的反应可以互相影响、交流，演员因观众的热烈反应越演越有味道，观众因演员精湛的演技而反应越来越强烈，台上台下融合成为一个具有浓厚氛围的整体。探索了剧场性，高行健接着探索了假定性。"戏剧艺术的特点除了剧场性，还有其独特的舞台假定性。"[21]"无中生有，假戏真做，才是表演艺术的真谛。"[22]假定性揭示了演员、角色和观众的真实关系。演员是扮演成角色而不是成为角色，它们之间是一种假设关系，对于观众来说，只是对这种假设关系信服与否的问题。一出戏艺术上的成败决定于演员与观众对这种假定性的处理，如果二者能够共同确定这种假定性，那将是理想的戏剧。在假定性的基础上，高行健指出戏剧是游戏，只不过是一种智力发育完全了的成人的游戏，做起来比孩子的游戏复杂、吃力得多。进而，高行健探讨了面具的意义，面具使人成为另外一个人的可能得以实现，成人进行游戏必须戴着面具。与影视相比，剧场性和假定性作为戏剧艺术的本质特性可以为演员的表演开拓更广阔的空间，使观众在获得交流中可以更直接地感受到戏剧艺术的魅力。"剧场性同舞台上的假定性结合起来，演员便在众目睽睽之下，使出全身的解数，同观众进行交流，以其精湛的演技令观众折服、震动、兴奋、鼓掌、叫好。……这也才是戏剧这门艺术的精髓。"[23]

　　由于对布莱希特的偏爱，高行健还探索了戏剧艺术的叙述性。叙述性是指演员离开角色从一个旁观者的角度对角色和剧情的说明乃至批评。早在六十年代，布莱希特与斯坦尼斯拉夫斯基模式不同的戏剧观念和表现形式就吸引了高行健。布莱希特的史诗剧不去煽动观众的热情，而诉诸观众的理智，利用间离的手法进行叙述。布莱希特的这种戏剧观是受到中国京剧的深刻影响的。在布莱希特的启示下，高行健主张借鉴中国传统戏曲的演员对角色时进时出的叙述性，甚至主张演员恢复到说书人的地位，"最好的表演便是回到说书人的地位，从说书人再进入角色，又时不时地从角色中自由地出来，还原为说书人"[24]。高行健还具体探索了叙述的方式，《喀巴拉山口》借用了江南一种曲艺形式——评弹的叙事方式，《车站》用到七个声部探索复调叙述方式。我们知道戏剧艺术最受时间和空间的限制，戏剧家们不得不把自己的想象力和创造力局限在分幕分场的格式里，但叙述性却可以打破时空的限制，使戏剧艺术获得广泛的自由。高行健认为："一旦承认戏剧中的叙述性，不受实在的时空的约束，便可以随心所欲建立各种各样的时空关系，戏剧的表演就拥有像语言一样的自由。"[25]

　　高行健反对将戏剧艺术视为一种语言艺术，但这并不意味着他忽视语言在戏剧中的功能，他对戏剧语言进行了一番重新认识。高行健认为戏剧语言不同于诉诸视觉文字的一般文学语言，它是一种有声的语言，"它在剧场里是一种可以感知的直接的现实，它不仅仅表述人物的思想感情，还可以在演员与演员之间，演员与观众之间，实现一种活生生的交流"[26]。当然这种语言的交流不只限于人物的对话，可以在演员和人物、人物和观众、演员和观众之间建立多种多样的交流。高行健进一步指出："剧场里的语言既然是一种有声的语言，就完全可以像对待音乐一样来加以研究。"[27]有声的戏剧语言可以是多声部，可以通过和声和对位形成语言交响，也可以不按通常的语法和逻辑的表达方式而利用乐句和曲式的方式来处理。高行健认为语言比音乐更容易激发意象和联想，如果通过戏剧语言诉诸暗示、象征、假定，把角色从"我"的立场诉说"他"转变为向观众"你"来诉说"我"，那么彼时彼地就能变为此时此地，想象就能转成现实，可能的就能变成直观的，戏剧语言实际上就拥有了神奇的魔力，从而成为演员和观众一种身心的需要。语言作为一种生理和心理现

中国当代文学史资料丛书

象又是不受时空限制的，如果戏剧能够让戏剧语言充分发挥其自由的表现力，那么"在剧场里就可以创造出各种各样的时间与空间的关系，把想象与现实、回忆与联想、思考与梦境，包括象征与叙述，都可以交织在一起，剧场里就可以构成多层次的视觉形象"[28]。经过高行健诠释的戏剧语言成为增强戏剧舞台表现力的重要手段，它与通常意义上的作为戏剧文学重要特征的诗意的或个性化的语言已大相径庭。

强调戏剧本质上是一种表演艺术则往往导致对演员的表演技艺的高度重视。高行健不止一次表现出对中国传统戏曲中演员高超演技的由衷赞赏，他认为戏曲演员"与其说要打动观众，不如说靠表演的技艺叫观众折服，……让观众欣赏他这番技艺的创造"[29]，他主张话剧应该学习戏曲那种全能的表演，话剧演员应该具备戏曲演员那种唱、念、做、打样样功夫齐全的高超技艺。而高行健对戏剧艺术剧场性、假定性和叙述性的探索，对戏剧语言的重新认识又极大地拓展了戏剧演员舞台表现的空间，唱、念、做、打，面具、木偶、杂技、魔术皆可入戏，演员的表现手段空前丰富。他认为"现代戏剧应该回到传统戏曲那个光光的舞台上去"[30]，通过演员全能的表演表现出天上地下、人鬼神仙、千军万马、游梦惊魂，从而达到一种更高的精神境界。演员的表演技艺征服了观众，至于表现了什么、说明了什么则并不重要。

高行健首先是剧作家，但是由于他贬斥戏剧文学，强调戏剧是表演艺术，剧作家在戏剧艺术中的地位大大削弱。高行健开始时强调剧作家应该有强烈的剧场意识，因为剧本写出来是为了上演而非为了阅读，应该说这种见解是不错的。但是他进而表示，"为了给表演留出创造的余地，剧作得先提供这种可能"[31]，"我以为戏剧归根结底是表演的艺术，我总想在剧作中为演员的表演提供尽可能宽阔的天地"[32]。演出的天地是广阔了，可剧作家成了为演出服务的仆人，其创造力的空间越来越狭小，其作为艺术家的地位岌岌可危。不仅如此，高行健甚至反对在戏剧中塑造人物形象、设置戏剧情节，反对批评者讨论戏剧主题，他只强调艺术表现，《绝对信号》的人物心理活动的多层次表演，《车站》的多声部，《野人》的复调，《彼岸》的禅意与意象，《躲雨》通过对比而造成的情绪等等一方面显示出他对艺术表现的不懈追求，另一方面也显示出他对现实人生的关注越来越淡漠的轨迹。高行健进行戏剧试验的剧本尽管表现手段十分丰富，但只有为舞台演出服务的脚本的意义，已很难视为戏剧文学了，戏剧文学离作为剧作家的高行健越来越远。因此，作为剧作家的高行健反而成为戏剧文学的放逐者。

高行健的"绝对的戏剧"用他自己的话说，是"一种被加强了的演员与演员、演员与角色、角色与演员与观众交流的活的戏剧；一种不同于在排演场里完全排定了的近似罐头产品的戏剧，一种鼓励即兴表演充满着强烈的剧场气氛的戏剧，一种近乎公众的游戏的戏剧；一种充分发挥着这门艺术蕴藏的全部本性的戏剧，它将不是变得贫困了的戏剧，而是得到语言艺术家们的合作不至于沦落为哑剧或音乐歌舞剧的戏剧；它将是一种多视象交响的戏剧，而且把语言的表现力推向极致的戏剧；一种不可以被别的艺术所替代的戏剧"。[33] 不能否认，中国传统话剧艺术确实存在过于强调戏剧文学的倾向，为政治服务论又使戏剧文学的创作不断僵化。但是，高行健对此明显矫枉过正。在高行健这种"绝对的戏剧"里，我们很难找到剧作家和戏剧文学的位置，更难找到戏剧文学所关注的我们这个世界的主体——人，戏剧仅仅成为戏剧家们进行艺术表现的领地。

尽管高行健并不主张为话剧这一名称正名，但是，话剧艺术经过他的戏剧探索已很难再称为话剧了。戏剧意识的变革、表现手段的丰富、戏剧文学的放逐已经完全动摇了话剧之被称为话剧的语言艺术的根基，高行健可以说是话剧艺术的彻底的叛逆者，乃至终结者。高行健经过戏剧探索所确立的戏剧理想明确了戏剧艺术相对于其他艺术的特性和优势所在，从而极大地拓展了戏剧艺术的发展空间。但是，任何戏剧理想都不会成为最终的戏剧模式，高行健的戏剧理想也不会。他对戏剧表演的强调、对戏剧文学和剧作家的贬斥乃至于否定导致戏剧艺术再次走向表演的技术化、核心思想的贫困化。这是其戏剧理想的本质使然，不是在外部进行修修补补就能改变。董健先生指出："召回戏剧文学——戏剧舞台除了种种物质的表现手段还必须靠文学负载其精神"[34]，世纪之交新排《茶馆》火爆京城、轰动全国，显示出戏剧文学的巨大魅力及不可替代性，剧坛正呼唤老舍、曹禺和优秀的戏剧文学的出现。高行健的戏剧理想正受到质疑和新的背叛。当然，艺术的发展在于创新，而创新则往往意味着对传统的背叛。美国著名戏剧家诺里斯·霍顿指出："在我们这个时代，叛逆者太少了，也就是说，那种真正扭转艺术乾坤的叛逆者太少了。"[35] 因此，尽管高行健的戏剧探索为我们留下了许多东西，有些还颇受争议，甚至造成了极恶劣的后果，但不能否认的是，他艺术上的叛逆精神是一种宝贵的财富。

注释：

①我不否认在现代戏剧史上某些戏剧家及某个历史时期具有现代戏剧意识，如余上沅、向培良，早期的田汉等戏剧家。如二十年代这一时期，但是从总体趋势上看，话剧艺术的传统戏剧意识是不断被强化的。

参考文献：

［1］傅斯年.戏剧改良各面观［J］.新青年，1918年10月15日5卷4期.

［2］［4］胡适.易卜生主义［J］.新青年，1918年6月15日4卷6期.

［3］［美］约翰·加斯纳.关于戏剧形式自由的观念［A］.现代西方艺术美学文选·戏剧美学卷［C］.童道明主编.沈阳：春风文艺出版社，辽宁教育出版社，1989年，第76页.

［5］［17］［20］［21］高行健.论戏剧观［J］.戏剧界，1983年第1期.

［6］［7］［8］［16］［33］高行健.对一种现代戏剧的追求［J］.文艺研究，1987年第6期.

［9］［23］高行健.我的戏剧观［A］.高行健戏剧集［C］.北京：群众出版社，1985年，第275，278页.

［10］［11］高行健.京华夜谈［J］.钟山，1988年第3期.

［12］［32］高行健.京华夜谈［J］.钟山，1988年第2期.

［13］黄佐临.漫谈"戏剧观"［A］.戏剧美学论集［C］.上海：上海文艺出版社，1983年，第22页.

［14］［19］［31］高行健.京华夜谈［J］.钟山，1988年第1期.

［15］洪深.转引自葛一虹主编.中国话剧通史［M］.北京：文化艺术出版社，1997年，第63页.

［18］［22］［24］［25］［26］［27］［28］高行健.要什么样的戏剧［J］.文艺研究，1986年第4期.

［29］［30］高行健.京华夜谈［J］.钟山，1988年第4期.

［34］董健.中国戏剧现代化的艰难历程：20世纪中国戏剧回顾［J］.文学评论，1998年第1期.

［35］［美］诺里斯·霍顿.二十世纪世界戏剧［J］.外国戏剧，1985年第3期.

先锋话剧研究资料

原载《戏剧：中央戏剧学院学报》2002年第2期

奔向戏剧的"彼岸"

—— 高行健论

陈吉德

1986年，高行健在《十月》杂志第5期上发表了无场次现代戏剧《彼岸》。剧中有这样一段台词：

> 啊，到彼岸去！到彼岸去！
>
> 到彼岸去！到彼岸去！到彼岸去！到彼岸去！
>
> 啊——啊——啊——好清亮的河水——噢，真凉！
>
> 当心，石子扎脚呢。
>
> 真快感！

"到彼岸去"是高行健在戏剧艺术领域中执着追求的最形象写照。多少年来，高行健为了到达戏剧的"彼岸"，可谓是殚精竭虑，顽强拼搏。不重复别人，也不重复自己是他艺术追求的鲜明特征。高行健在剧坛出现的"信号"是1982年发表的无场次话剧《绝对信号》。此剧在北京人艺小剧场演出后，引起强烈反响。当时的北京人艺院长曹禺亲自写信鼓励说："《绝对信号》的优异成绩是北京人艺艺术传统的继续发展。"[1] 1983年，高行健发表了无场次生活喜剧《车站》。此剧的艺术探索力度远远超过了《绝对信号》，但却在内容上引起了极大的争议，致使不能公演。这一年，高行健还发表了四出小品式的现代折子戏：《模仿者》（喜剧小品）、《躲雨》（抒情小品）、《行路难》（闹剧小品）、《喀巴拉山口》（叙事小品），这对拓展现代戏剧的表现手段有着不可忽视的意义。1985年，高行健发表的独角戏《独白》对传统戏曲语言进行了大胆尝试。1986年，高行健发表了迄今为止结构最为复杂的一出戏《野人》，他将之命名为多声部现代史诗剧。此剧以多声部对话、多情节线索、复调主题的艺术探索在当时中国剧坛显得别具一格。1988年，高行健发表了《冥城》，这也是他对传统戏曲艺术的勇敢借鉴。上述几部剧作被瑞典汉学家马悦然翻译成法语后，在欧洲也产生了很大反响。80年代后期，高行健移居法国，创作出了《逃亡》《生死界》《对话与反诘》《夜游神》《八月雪》《山海经传》等剧作。这些剧作也都在国外引起不小的轰动。在互联网上，经常有这些剧作演出的报道。

虽然在高行健之前已有先锋戏剧出现在中国当代剧坛，如谢民的《我为什么死了》、马中骏等人的《屋外有热流》等，但真正使中国当代先锋戏剧产生广泛影响的却始于高行健。他以其骄人的成绩使得人们不得不对中国当代先锋戏剧刮目相看。有的人是先知道高行健，然后才知道中国当代先锋戏剧的。比起同时代的开拓者，高行健的文化艺术视野更为开阔，探索更为自觉，目标更为明确，成绩更为卓著。难怪叶廷芳先生称他是"艺术探险的'尖头兵'"。[2]

一

高行健进行艺术实验的最初动机是对"戏剧是语言艺术"这个传统观念的突破。在高行健看来，把戏剧仅仅定位为语言艺术的观念是狭隘的和极端的。同样，剧作家把自己仅仅视为一种文学样式作者的观点也是错误的。他说："话剧通常被称之为一种语言的艺术，主要就剧作而言。这种说法有极大的片面性，是业已古老了的易卜生的戏剧观念。"高行健冲破语言的牢笼，并不是不重视语言。他同时又说道："然而，现代戏剧一般毕竟摆脱不了语言，除非是哑剧。语言可以规定戏剧情境的时间与空间。语言也还有更奇妙的能力，可以充分调动观众和演员的想象。而想象是不受时间与空间的制约的，极其自由，不同的空间在想象中能够任意地组合在一起，还毫不顾及时间的顺序。"[3]高行健在语言艺术方面实验最明显的表现是多声部语言。多声部本是音乐术语，指几种不同的旋律同时进行。高行健认为，戏剧艺术也可以借鉴这种艺术手段。人们可以把两组以上不相干的对话放置在一起，同时进行；也可以让多个人物同时说自己的话；可以以一个人物的语言作为主旋律，用其他语言来进行陪衬；也可以在人物对话进行的同时，用音乐来同他们进行对比，形成一种更为复杂的复调。总之，形式是多种多样。请看《野人》中的一段多声部语言：

〔以下Ⅰ、Ⅱ两组同时进行。

（Ⅰ）

老歌师　（唱）一股清泉水，

　　　　　　打姐田里过，

　　　　　　掐片青菜叶子，

　　　　　　舀点凉水喝。

（Ⅱ）

扮生态学家的演员　那连绵不断的，从火车上看是一条线，从飞机上往下俯视是一张网，那网之间便是田地。

男演员甲　
女演员甲　〕田地、田地、田地。

扮生态学家的演员　又网罗着城市，市郊连着市郊。

男演员甲　市镇连着市镇。

扮生态学家的演员　城市。

男演员甲　城市。

女演员甲　城市。

　　高行健冲破语言牢笼的束缚后，提出了自己的艺术主张。他最鲜明的观点是：戏剧是动作。他说："戏剧之所以成戏，仰仗于所谓戏剧性，戏剧性归根结底指的是戏剧动作。只要在舞台上找到了动作便有可能成戏。动作乃戏剧艺术的根本。现代戏剧艺术的探索令人眼花缭乱，但都未摆脱这个根本。"[4]动作是一切戏剧冲突的基础，也是台词的支撑物和灵魂。因此，他尽量把人物思想和心理上的冲突转化为舞台上可视的动作。在这方面，最明显的代表是《绝对信号》。在传统的戏剧艺术中，对人物心理的表现大都用画外音的方式，而此剧却用演员的表演加以处理。当人物进入回忆或想象状态时，灯光一打，演员在不同色调的灯光下表演回忆或想象的内容。其实，把戏剧视为动作的观点并非高行健所独创。亚里斯多德早在《诗学》一书就已提出。高行健认为，现代戏剧只要把握住这个根本，无论怎样变化，都不会失去戏剧艺术的独特魅力。

在戏剧是动作的命题基础之上，高行健又提出了"戏剧是过程"的命题。高行健认为："凡是一个过程，总有渐进和突变。差异也就在过程中展现。现代戏剧更为看重的不是那种硬编造出来的矛盾冲突，而是从渐进、突变和显现差异的过程中去找戏。这种戏来得更为生动自然，往往令观众更为信服。"[5]比如《彼岸》一剧，几乎没有什么戏剧，它展现的就是过程，从现实的此岸到彼岸又回到此岸的过程。

在戏剧是动作的命题基础之上，高行健还提出了戏剧是对比、戏剧是变化、戏剧是惊奇、戏剧是发现等诸多命题。不管是哪一种命题，高行健都是为了到达戏剧艺术的"彼岸"，追求一种集说唱、舞蹈、杂技、哑剧、相扑等各门艺术为一体，熔唱、念、做、打等艺术功底为一炉的戏剧，他称这种戏剧为"完全的戏剧"。他曾借助《野人》一剧来阐释自己的艺术主张："戏剧需要捡回它近一个多世纪丧失了的许多艺术手段。本剧是现代戏剧回复到戏曲的传统观念上来的一种尝试，也就是说，不只以台词的语言的艺术取胜，戏曲中所主张的唱、念、做、打这些表演手段，本剧都企图运用上。因此，导演不妨可以根据演员自身的条件，发挥各个演员的所长；或讲究扮相，或讲究身段，或讲究嗓子，或讲究做功，能歌者歌，善舞者舞，也还有专为朗诵而写的段落。这也可以说是一种完全的戏剧。"[6]在高行健看来，只有这种"完全的戏剧"才能显示出戏剧的本性。"完全的戏剧"具有以下一些特点。

一是重视综合性。戏剧本是一门综合艺术，它讲究文学、音乐、舞蹈、雕塑、建筑、美术等艺术成分的综合，讲究时间和空间的综合，讲究视觉和听觉的综合。但长期以来，中国传统话剧的综合性不是很明显。"话"的成分相当重要，"剧"的特征退居边缘，音乐、舞蹈等艺术成分充其量不过是陪衬。而高行健的"完全的戏剧"则突破了这一局限性。他主张："戏剧是一种综合的表演艺术，歌、舞、哑剧、武打、面具、魔术、木偶、杂技都可以熔于一炉，而不只是单纯的说话的艺术。"[7]1991年推出的独白剧《生死界》即是如此。剧中大量出现了哑剧、舞剧、魔术、光影、杂技等艺术形式，这些艺术形式对剧中的独白起到了很好的表现作用。《冥城》亦如此。高行健在有关此剧的演出说明中这样写道："本剧在剧场中排除环境与人物的真实感的时候，运用了傩舞的面具、京剧的脸谱、川剧的变脸、民间游艺中的高跷，以及锣鼓点、打击乐的板眼，浓妆重彩和杂耍与魔术般的表演，极尽夸张之能事，为的是恢复近代戏剧丧失了的娱乐和游戏功能。"[8]

高行健强调戏剧的综合性，有一个明显的落脚点，即表演。也就是说，他所谓的"完全的戏剧"实际上是一种以表演为中心的综合艺术。高行健说："话剧同戏剧一样，应该是表演的艺术，如果只是文学上把词修饰得漂漂亮亮的，演员没戏可演，那就只好朗诵了，导演也只好把演员当成牵线木偶，摆布来摆布去。"[9]这是他综合考察东西方戏剧之后得出的结论。欧洲戏剧从古希腊开始就强调语言的重要作用。后来，这种观念遭到了一部分人的质疑。阿尔托在《残酷戏剧——戏剧及其重影》一书极力贬低语言在戏剧艺术中的地位，认为只有傻瓜、疯子、同性恋等人才会极力地尊重语言。阿尔托设想一种集动作、符号、姿态、音响等为一身的、具有世界通用性的表演语汇。格洛托夫斯基明确主张戏剧是发生在演员与观众之间的东西。东方戏剧无论是中国传统戏曲，还是印度戏曲，抑或是日本的能乐和歌舞伎，都十分讲究表演。在高行健看来，这种以表演为中心的戏剧艺术有着多种魅力，观众可以从唱、念、做、打中选择自己的喜好。因此，高行健非常重视演员的表演作用。关于《彼岸》一剧，高行健说道："为了把戏剧从所谓话剧即语言的艺术这种局限中解脱出来，恢复戏剧这门表演艺术的全部功能，便需要培养一种现代戏剧的演员。他们将象传统的戏曲演员那样唱念做打样样全能，可以演莎士比亚，可以演易卜生、契诃夫，可以演阿里斯托芬，可以演拉辛，可以演老舍、曹禺、郭沫若，可以演布莱希特，可以演皮蓝德娄、贝克特，也可以演哑剧，也可以演音乐歌舞剧。本剧正是为了演员的这种全面训练而作。"[10]他的《独白》《现代折子戏》等剧都非常讲究表演方法，可以说是特意为演员的表演而写的。

在综合性中，高行健还比较重视音乐性。在高行健看来，戏剧和音乐都是一种时间的艺术，因此，戏剧完全可以借鉴音乐艺术的长处。音乐在高行健的剧作中有两种表现：一种是作为表现的手段，这主要体现在语言艺术上。如前面讲到的多声部语言。此外，高行健还讲究语言艺术抑扬顿挫的节奏之美。《冥城》一剧就将古代语言、民间口语和现代语言三者有机结合起来，试图表现出汉语的音响效果和听觉上的直感。另一种是作为追求的目标，因此有着本体的意义。在《车站》中，沉默的人的音乐响起达9次之多。这样的音乐就不仅仅起到音响的伴奏作用了，它成了剧中必不可少的一种角色。高行健因此"希望把剧中的音响节奏当作剧中的第六个人物来处理，这同剧中人一样是生动积极的"[11]。

二是重视假定性。高行健对假定性问题的重视与其对表演艺术的重视有着必然联系。高行健认为，表演是建立在假定性之上的一门艺术，讲究无中生有，假戏真做。"因此，最好的表演便是回到说书人的地位，从说书人再进入角色，又时不时地从角色中自由地出来，还原为演员自身，因为在成为说书人之前，他先是作为一个人的演员自己。一个好的演员善于从自己的个性出发，又保持一个中性的说书人的身份，再扮演他的角色。"[12]演员自由地出入角色在《车站》一剧中体现得比较明显。结尾时，演员跳出角色，运用第三人称叙事方式对剧情进行评价：

扮愣小子的演员己　……不明白……好象是……他们在等……当然不是车站……不是终点站……他们想走……那就该走了……说完了……我们在等他们……啊，走吧……

扮戴眼镜的演员庚　……真不明白……也许……他们在等……时间可不是车站……人生也不是车站……并不真想走……那就走吧……该说的都已经说完了……我们在等他们……走吧！

高行健还十分重视表演的虚拟性，主张尽量减少舞台上的道具、灯光、舞美等因素，从而呈现出一个光秃秃的舞台，给演员虚拟性的表演以充分发挥的余地。在《野人》一剧中，洪水泛滥、土地干旱、森林毁坏、城市污染、树木生长等自然现象都是通过演员的形体表演来表现的，这一点无疑受到中国传统戏曲的影响。

在高行健的剧作中，假定性还有一个非常明显的表现，即时空的自由。高行健认为，现代戏剧没有必要再对时间和空间恪守形而上学的观念，应该发挥灵活性，努力创造出一个假想的天地。时间的自由在《车站》中体现得最为明显。一群人等车竟然等了整整10年，而这10年的时间就是通过戴眼镜的一句话来表现的："六年——七年——八年——，这说话就整整十个年头啦！"《野人》的时间跨度相当长，从七八千年前到现在。这样长的时间跨度在剧坛实属罕见。空间的自由在《绝对信号》中体现得比较明显。全剧的空间可分为三种：现实中的空间、回忆中的空间和想象中的空间，这种多重空间对刻画人物的心理起到了很大的作用。剧中有一段蜜蜂姑娘的独白，长达6分钟，空间的变化非常大，从守车到草原，再到没有具体场景的心境，最后又回到守车。叙事小品《喀巴拉山口》的空间变化也很自由。时而海拔五千米的山口，时而海拔八千米高空的机舱。这种自由的空间变化按常规的手法是无法表现的。关于自由时空问题，高行健曾经说过："把剧中的时空体现在演出中是再度创造，换句话说是一个假想的天地，并不等同于剧中的真实环境，也不等同于剧作中规定的时间。剧中十年或三天发生的事情，在剧场里不过两三个小时，剧中人心理上瞬间的感受有时候也可以演上十分钟。因此，谈戏剧中的时间与空间就不能不首先承认戏剧艺术的这种假定性。戏剧艺术正是建立在这种假定性之上。"[13] 自由的时空观使得高行健打破传统的"三一律"和"第四堵墙"，从单纯讲故事的狭小胡同里走了出来，从而赢得了自由驰骋的广阔艺术天地。

三是重视剧场性。可以这么说，高行健不管是重视综合性，还是重视假定性，其最终目的都是为了获得剧场性。关于剧场性，高行健是这样定义的："观众来剧场里看戏与其说来找寻一个逼真的生活环境，不如说要的是剧场里那种台上台下交流的气氛，这不妨可以称之为剧场性。"[14]

我们可以从多种角度来看剧场性在高行健戏剧作品中的表现。从舞台美术设计上看，高行健力求做到简洁明了，给观众以充分的想象余地。《绝对信号》的舞台非常简单，主景的守车只是一个平台，平台上有几把椅子。这种假定性的设计形成了接受美学上所谓的"空白"，需要观众用自己的想象力去"填空"。高行健在此剧的演出建议中是这样提示人们的："戏剧是剧场里的艺术。本剧的演出强调这种剧场性。希望对真实的追求不要掩盖了剧场性。演员需要向京剧学习，去唤起即兴的剧场效果。"[15] 从戏剧形态上看，高行健对小剧场戏剧有着浓厚的兴趣。《车站》《独白》《彼岸》《对话与反诘》《生死界》等都是小剧场戏剧，大剧场戏剧只有《野人》一部。比起传统的大剧场，小剧场戏剧在观演空间距离上大大缩短，观演的空间变化也十分灵活，因此，有利于调动观众的参与意识。《车站》曾经在维也纳一个尚未使用的地铁新车站里演出，三四十米长的站台和入口都是表演区。高行健自己执导的《对话与反诘》，表演区和观众区连成一片，观众都能看清演员的每个眼神。从语言上看，高行健经常让演员跳出角色与观众直接交流。如闹剧小品《行路难》的开头一段：

> ［扮演四丑的甲乙丙丁四个演员上
>
> 甲　今儿咱哥儿四——
>
> 乙　四个人。
>
> 丙　来演一出戏。
>
> 丁　一出什么戏？
>
> 甲　新编的一出掐头去尾的折子戏。
>
> 乙　可有个名儿？
>
> 丙　走路的故事！
>
> 丁　这绕口，啥故事？
>
> 乙　说的是行路之难难于上青天。这故事又名行路难是也。

　　高行健之所以高度重视剧场性，基于这样一些原因：一是为了赢得被影视艺术夺去了的观众的需要。一个显而易见的道理是，影视艺术是冰冷的艺术，不可能存在观演双方的直接交流，而戏剧艺术是活人演给活人看的艺术，观演双方的交流是直接的、活生生的。因此，高行健认为，把握住了剧场性，也就把握住了戏剧艺术的长处，就会赢得一个戏剧艺术复兴的时代。二是为了探索戏剧艺术的本性。高行健十分重视民间艺术，如皮影、傀儡、武术、杂技、魔术、高跷、龙灯等，这些民间艺术的一个很重要特点是存在着浓烈的剧场性。高行健认为，这里蕴藏着戏剧艺术无穷的生命力。三是受中国传统话剧的启发。中国传统话剧遵循的是斯坦尼斯拉夫斯基演剧体系，讲究"第四堵墙"，主张演员在"墙"内进行当众孤独式的表演，而不要顾及观众的反应。这种戏剧虽然也存在观演双方的交流，但这种交流显然不是直接和强烈的。这种戏剧作为一种艺术形态当然无可非议，但如果一直占据剧坛主景，就显得单调乏味。这就从反面启发了高行健对剧场性问题的探讨。

　　高行健所追求的剧场性讲究观演双方的共同参与，由此带来了戏剧的另一种特性，即游戏性。高行健认为："人们到剧场里来既不是朝圣，也不是来听取教训。那将是一种有艺术趣味的公众的游戏。它不同于孩子的玩耍的地方只在于这种成人的游戏带有一种审美的体验。"[16] 所以，高行健反对把剧场气氛搞得非常沉闷，主张演员在自娱的同时，也该使观众得到娱乐。《彼岸》一剧就是一场游戏，一场由演员与观众共同参与的游戏。诚如玩绳子的演员开场时所言："我这里有一条绳子，我们来做个游戏，认认真真的，像孩子们在玩。我们的游戏就从这里开始……"于是演员们两人一组，分别玩着一根绳子，气氛越来越活跃，并伴随着各种招呼和喊叫。然后，游戏的规模越做越大，越做越复杂。

综合性、假定性和剧场性是我们解读高行健"完全的戏剧"三把最主要的钥匙，缺一不可。可以发现，高行健"完全的戏剧"像晶莹剔透的宝石，从不同的角度可以看出不同的颜色。这种戏剧是多元的，而非单调的；是开放的，而非封闭的；是流动的，而非固定的。因此，在沸沸扬扬的中国当代先锋剧坛显得独树一帜。

二

从艺术资源上看，高行健"完全的戏剧"深受东西方戏剧的影响，这是一个不争的事实。高行健在吸取东西方戏剧的艺术乳汁时，坚持的是西为体中为用的艺术策略。

高行健受西方戏剧的影响是很明显的。他从北京外国语大学毕业后任中国国际书店的翻译，后来又调到中国作协对外联络委员会工作。他的法语基础很牢固，曾经翻译过法国荒诞派剧作家尤奈斯库的《秃头歌女》。这就使得他有机会并有能力大量接触西方戏剧。有人问过高行健，西方哪些戏剧家对他的影响最大？他列出了长长的一大串名单："他们是布莱希特、贝克特、热奈、阿尔托，以及和布莱希特一样算不上是西方的波兰的格洛托夫斯基，还有阿里斯托芬。但他们都是欧洲人，在亚洲的西方。""当然也还有莎士比亚。我也喜欢契诃夫的戏。"[17] 在这些戏剧家中，我们不妨看看布莱希特和格洛托夫斯基对高行健的影响。

高行健在大学四年级时就对布莱希特产生了狂热，曾看过布莱希特的

《大胆妈妈和她的孩子们》《高加索灰阑记》等剧作和理论著作《戏剧小工具篇》。这大大开阔了高行健的眼界，使得他在传统的斯坦尼斯拉夫斯基体系之外找到了一块肥沃的草地。当时限制在中国传播布莱希特的东西，这更增加了他对布莱希特的兴趣。高行健是这样描绘自己心情的："他（布莱希特）立刻推翻了我对斯坦尼斯拉夫斯基的敬仰。戏剧居然还可以有这么一种样子，布莱希特正是第一个让我领悟到戏剧这门艺术的法则竟也还可以重新另立的戏剧家。从这个意义上说，他对我日后多年来在戏剧艺术的追求起了决定性的作用。"[18]布莱希特对高行健产生最大影响的是叙述体戏剧。在布莱希特的眼中，戏剧可以像小说一样进行叙述，且多用第三人称，如《四川好人》中杨太太对观众说的一段话："我们真不知道怎样感谢隋达先生才好。他几乎没有用办法，而只是他的严厉和智慧就使杨森身上的好东西发挥出来……"这种叙述方式可以使得演员保持正确的间离态度。高行健的《车站》《野人》《现代折子戏》中的演员不时地从戏中跳出来，以演员的身份对所演的戏进行评说，这都是对布莱希特叙述体戏剧的明显借鉴。当然，高行健还探讨过别的叙述方式，但不管什么方式，都受到了布莱希特的启发。

格洛托夫斯基对高行健的影响也是很明显的。《迈向质朴戏剧》一书出版后，高行健马上撰文进行评介，认为格洛托夫斯基"向我们展示了一种新鲜的戏剧，一种不同于我们所熟悉的斯坦尼斯拉夫斯基的心理现实主义戏剧，一种非程式化了的戏剧"[19]。格洛托夫斯基的主要观点是，戏剧艺术中的道具、灯光、音响、布景等诸多成分都丢掉，唯独演员的表演不能丢，因此，他非常重视对演员的严格训练。主要方法是通过大量的形体和发声练习来解除演员的心理障碍，从而挖掘其自身的潜力。在《迈向质朴戏剧》一书的后半部分，我们可以发现许多有趣的形体和发声训练材料，如学虎、蛇、牛等动物的吼叫。而高行健反复强调要重视演员的表演，这与格洛托夫斯基的启迪不无关系。高行健这样说过："我以为重要的不在词句，主要靠剧作和表、导演艺术创作的实践来探索出路。我和林兆华的合作便企图找这样一条出路。而格洛托夫斯基的试验戏剧便给了我们启发。"[20]

高行健"完全的戏剧"虽然深受西方戏剧的影响，但绝对不是西方戏剧的翻版。因为高行健意识到西方戏剧有着自己的文化背景，而文化背景是无法照搬的。综观高行健"完全的戏剧"，我们可以发现高行健坚持的是以西方戏剧为技法，以中国传统戏曲为主干的西体中用原则。高行健选择这样一种原则有多种原因，其中一个不可忽视的原因是，对高行健产生影响的西方戏剧家多半对中国传统文化有着浓厚的兴趣。例如布莱希特，他对中国古典哲学、唐诗、宋词、绘画、陶器、毛泽东著作等诸多东西都有着一定的研究，尤其是中国传统戏曲，还直接影响了他所提出的"陌生化效果"理论。他曾写作《中国戏剧表演艺术中的陌生化效果》《论中国人的传统戏剧》等文来表述自己的艺术主张。这就启发了高行健把艺术探寻的目光投向中国传统戏曲。高行健说："话剧这种戏剧样式本来自西方。西方的戏剧家们现今又在研究东方的传统戏剧，以求革新。我想，我在探索现时代的戏剧的时候，与其追踪西方人在现代戏剧上的追求，倒不如从我们东方传统的戏剧观念出发，反倒更见成效。"[21]这种"出口转内销"的方式颇耐人寻味。到了80年代后期，"内销"的现象在高行健身上体现得更加明显。

我们可以从戏剧本体和创作主体两个角度进行分析高行健以中国传统戏曲为用的做法。首先从戏剧本体论角度来看，高行健"完全的戏剧"所体现出的综合性、假定性和剧场性都可以在中国传统戏曲中找到存在的依据。中国传统戏曲是最有资格称综合艺术的。它吸取了武术、杂技、音乐、雕塑、滑稽等艺术的长处，因此，表现手段十分丰富，尤其是讲究唱、念、做、打的表演艺术，更是为人称道。这就使得中国传统戏曲既有别于以说为主的话剧，又不同于以唱为主的歌剧，也不同于以舞为主的芭蕾。中国传统戏曲的假定性也是很明显的，这体现在脸谱、道具、表演等诸多方面。脸谱本身就是一种象征和写意，所谓红色表示忠诚、白色表示奸诈、黑色表示粗野等等都是戏剧与观众达成的一种默契。在道具方面，中国传统戏曲常见的是"一桌二椅"，它既可以表示上方佛殿，也可以表示下方僧院；既可以表示高高的宝塔，也可以表示低低的床榻；既可以表示浪漫的洞房，也可以表示严肃的法堂，这一切都要借助于演员的程式化的表演才能实现。在中国传统戏曲中，开门、喝酒、划船等都有着固定的程式，这就出现了开门无门、喝酒无酒、划船无船等虚拟性动作，而所谓的门、酒、船等只有靠观众的想象才能达到其修辞目的。至于中国传统戏曲的剧场性，更是明显。演员经常以亮相、提嗓子等方式来引起观众的注意，还喜欢跳出角色直接与观众进行交流。尤其是丑角，常常插科打诨，从而创造出浓烈的剧场性。

从创作主体上看，高行健对中国传统戏曲非常重视。他想以中国传统戏曲为主创立一种现代东方戏剧，这种戏剧还包括日本的能乐、歌舞伎，印尼的巴厘戏剧。因此，高行健在不同的场合反复强调要从中国传统戏曲中借鉴丰富的艺术表现手法。他说："戏剧这门艺术既源远流长，现今其生命力又远远尚未充分得以发挥，向传统戏曲汲取复苏的力量，正是现代戏剧发展的一个方向。"[22]高行健反对以西方戏剧为用的做法，他告诫人们不要以为外国的月亮比中国圆，中国人与外国人一样都可以成为艺术家。但他同时也提醒人们不要夜郎自大，闭门造车，否则，就会丧失艺术的生命力。

在此，我们要强调两点：一点是高行健主张现代戏剧要回复到中国传统戏曲绝不等于照搬唱、念、做、打的程式，搞现代复古运动。他的主要意思是要从中国传统戏曲吸取新鲜的艺术营养，而这些营养的吸取"又是建立在调动各种现代戏剧手段的基础上的"[23]。另一点是最近我从互联网上发现一篇署名赵毅衡的文章《高行健在世界戏剧史的地位》。文章中说："中国戏曲这个源头屡被提起，大半为吸收西方技巧做辩护。"我们固然可以对网络的可靠性进行大胆的质疑，但这并不妨碍我们对这种观点进行分析。在我看来，吸收西方技巧是很正常的，无须做辩护。从高行健"完全的戏剧"本体来看，其源头无疑是在中国传统戏曲之中，虽然它在一定程度上受到西方戏剧的影响。这一点，高行健本人讲得很清楚："西方当代戏剧家们的探索对我的戏剧试验是一个很有用的参照系。而我在找寻一种现代戏剧的时候则主要是从东方传统的戏剧观念出发的。"[24]

先锋话剧研究资料

三

谈到高行健，我们不得不涉及政治这个复杂而又敏感的话题。尤其是在高行健获得2000年度诺贝尔文学奖后，我们更不能回避这个问题。

尽管高行健旗帜鲜明地宣称："我以为戏剧是一种由观众参与的公众的游戏。把政治交给报纸、电台和电视，把哲学还给思想家们。"[25]但实际上，他的戏剧作品一开始并没有拒绝政治，其主题还是符合主流意识形态要求的。《车站》一剧通过沉默的人这个人物形象，让我们感受到了洋溢其中的乐观主义氛围，一种对善于行动者的赞誉，一种对思想保守者的揶揄。这与"改革开放""解放思想""争取到本世纪末工农业总产值翻两番"等主流话语是一致的。《绝对信号》通过困顿青年黑子从失足到新生的过程表现了在新的时代背景下年轻人成长所面临的问题。车长的话可谓是点了题:"孩子,你们都还年轻,还不懂得生活,生活还很艰难啊!我们乘的就是这么趟车,可大家都在这车上,就要懂得共同去维护列车的安全啊。""别哭,别哭,你好好干嘛,咱国家不是好起来了吗。咱这趟车总算安全的进站了。"车长充满亮色的话显然是指向正在以飞快速度向前发展的中国,昭示出"稳定压倒一切"的主流政策。至于《野人》所揭示的问题,如破坏森林、官僚主义、封建迷信、买卖婚姻等也是主流意识形态所要解决的问题。

从1986年的《彼岸》开始,高行健真正做到了"把政治交给报纸、电台和电视"。在此剧中,我们只能听到哗哗的流水声,看到变化不停的绳子,而政治却毫无踪迹。弥漫其中的是一种虚无和失望:"我们到彼岸去干什么?真不明白。是的,我们为什么要去彼岸。彼岸就是彼岸,你永远也无法达到。但你还是要去,要去看个究竟。我们什么也看不见。没有绿洲,没有灯光。在幽冥之中。是这样的……不,我们过不去了。"

到了1992年的《对话与反诘》,高行健对政治表现出一种嘲讽态势。剧中的中年男人喜欢看个人的回忆录,认为政治是一套骗人的把戏,只有回忆录才是真情实感的流露。请听他与年轻女子的一段对话:

　　女子　能问你看些什么吗?
　　男人　政治。
　　女子　了不得,你是个政治家?要不,你想从事政治?
　　男人　谢天谢地,我希望最好别同他们沾边。
　　女子　那你为什么还读?
　　男人　我只读他们的回忆录。
　　女子　你敢情专攻研究历史?
　　男人　也谈不上研究,只是看看他们怎么一本正经撒谎,相互欺骗、讹诈、讨价还价,做交易,下赌注,玩弄民意像玩牌一样;他们只有挤下台了,在回忆录中才透出点真话。生命不就只有一次?免得上当。
　　女子　你最好别同我讲什么政治,男人一个个都好这个,好显示他们聪明，能干，个个都能治理国家。

　　男人　同女人在一起，当然还是谈女人更有趣，这你尽可以放心。

　　在这里，政治显然成了高行健躲之不及的东西。从亲近政治，到疏离政治，再到嘲讽政治，高行健在与政治疏离的道路上越走越远。众所周知，政治有进步的政治与反动的政治、开明的政治与昏暗的政治，所以，与政治有关的作品未必就是坏作品；反之，与政治无关的作品也不一定就是好作品。比如抒发政治理想的《离骚》，表现封建大家庭毁灭的《雷雨》，揭示出只有社会主义才能救中国的《茶馆》等作品虽然都体现出强烈的政治性，但这并不妨碍它们成为中国文学史上的经典。而那些有意疏离政治的作品，如徐志摩的《别挤，我痛》、李金发的《弃妇》，照样遭到历史的唾弃。而高行健却全盘地消解政治，这无疑是一种形而上学式的做法。

　　高行健全盘地消解政治，我想还是因为在他身上存在着个人主义的东西。在高行健的作品中隐隐约约地显现出个人与众人的叙事模式。像《车站》中沉默的人与其余七个等车的人、《躲雨》中退休老人与明亮的声音和甜蜜的声音、《彼岸》中玩绳子的演员与众人、《对话与反诘》中禅师与中年男女等等。在这里，沉默的人、退休老人和禅师始终是沉默的，给人以众人皆醉我独醒的感觉。只有玩绳子的演员开口说话，不过他是这样说的："我们还可以建立一些更为复杂的关系。比方说，你围着我转，以我为中心，你便成了我的卫星。你要是不肯围着我转，我也可以自转，并且以为你们大家都围着我旋转，究竟是你在转？还是我在转？是我围绕你还是你围绕我还是你我都转还是你我围着他人转还是他们都围绕着我你转还是我们大家都围绕着上帝转还是上帝是没有的有的是宇宙这个磨盘在自转……"这显然是一个以自我为中心主义者。而所谓的荒诞和不幸大都发生在众人身上，如等车等白了头（《车站》）、无情的杀戮（《对话与反诘》）。高行健说："勇敢与胆怯，明智与愚钝的界限只差一步。在越过这一步之前，人自己其实都是清楚的。一旦越过了，就装糊涂了，也可能真糊涂下去了。在没有越过这一步之前他是人，越过了这一步就混同为众人。"[26]高行健将一群人称为众人而不称为群众，原因在于他认为群众是个政治概念，而他的戏是拒绝政治的。

　　在互联网上，经常可以发现高行健拒绝政治的言论。他在《我的创作观》

一文中说："我应该说，无论政治还是文学，我甚么派都不是，不隶属于任何主义，也包括民族主义和爱国主义。我固然有我的政治见解和文学艺术观，可没有必要钉死在某一种政治或美学的框子里。"我想，在一个全球化进程日益加快的今天，高行健仍然完全拒绝政治，一味地坚持个人写作的立场，难免给人以自我陶醉的感觉。一句话，政治是一把双刃剑，我们要看到其有利的一面，也要看到其不利的一面，而不应该一味地拒绝。

四

高行健的后期剧作深受宗教尤其是禅宗的影响。对此，高行健在《京华夜谈》中说得很清楚："中国哲学中的道家和禅宗，都直接影响我的创作。"[27]高行健从政治转向宗教是从《彼岸》一剧开始的。剧中，高行健描写了和尚、尼姑和禅师。他们口念南无阿弥陀佛，诵经声飘然四起。人尾随着他们，口中也念念有词。其中，禅师的话禅宗意味颇浓：

> 禅师　（右膝着地，合掌恭敬，念诵《金刚般若波罗蜜经》）。如来善护念诸菩萨，善付嘱诸菩萨。世尊，善男子，善女子，发阿耨多罗三藐三菩提心。云何应住，云何降伏其心。佛言善哉善哉，须菩提，如汝所说，如来喜获念诸菩萨，善付嘱诸菩萨，汝今谛听，当为汝说……〔诵经声中，香烟缭绕，众人均合眼打坐。人渐渐也闭上了眼睛。目光少女出现了，蹲在一个角落里，眼睛微闭，做着功夫，象在透明的蛋壳里睡得不很踏实的婴儿，手脚都顶着这看不见的蛋壳四壁。隐伏在人身后的少年缓缓站起受了诱惑，小心翼翼，一步步悄悄接近这少女。诵经声渐起，众人消失。
>
> 禅师　（诵经声始终隐约可闻）善男子，善女子，发阿耨多罗三藐三菩提心。应如是住，如是降伏其心，难然，世尊，愿乐欲闻。佛告须菩提，诸菩萨摩诃萨，应如是降伏其心……

在禅师身上，高行健寄托着人们摆脱生存困境的一种希望。高行健把希望寄托于禅，并不是弘扬佛法，逃避人生。他说："这是东方人认识自我，找寻自我同外界的平衡的一种感知方式，不同于西方人的反省与忏悔。东方人没有那么强烈的忏悔意识，那是被基督教文化所发展了的一种社会潜意识。东方人靠超越自我的悟性得以解脱。"[28]在高行健的眼中，禅不仅是一种宗教情绪，而且也是一种审美经验，更是一种智慧，一种不同于西方人理性思维的智慧。

1991年，高行健创作出了实验性极强的独白剧《生死界》。全剧只有一个女人在反复讲述着她与男人的种种困惑。背景处，一个小丑在表演着该女子提到的几个男人。后来，男人或许被她杀死了，变成衣架上的衣帽，她顿感孤独寂寞："这个安适的小窝，怎么一夜之间竟然变成了可怕的地狱。"更为可怕的是她发现自己的四肢无情地脱落。她不知所措，四处张望，并狂乱地奔跑。禅宗主张通过个体内在精神的自我解脱而达到自由和美的境界，因此难免给人以凄静孤独之感。杭州智觉禅师有偈曰："孤猿叫落中岩月，野客吟残半夜灯；此境此时谁得意，白云深处坐禅僧。"（《五灯会元》卷二六）剧中女主人公的身世，也给人以这种感觉。

《对话与反诘》与《生死界》一样都写到了生与死的问题，所不同的是此剧不再是独白，而变成了男人与女人的对话；背景处做哑剧表演的不再是小丑，而是一个和尚。上半场开始时，中年男人和年轻女子好像已经享受过了一夜鱼水之欢。尔后，发现彼此无法交流，于是开始争吵。此时，一个和尚低首、垂目，着袈裟、麻鞋，双手合掌，吟诵着"南无阿弥陀佛……"缓缓移步上场，到台前右边一角，转身背着观众，屈膝盘腿坐下，敲击木鱼。两人停了下来，倾听着剁剁不已的木鱼声。女人向男人讲述了自己的性经历。当两人谈到爱情时，和尚开始一次次地倒立。当两人谈得厌倦，相互催促脱去衣服时，和尚兴致勃勃地从怀中衣襟里掏出一个鸡蛋，进而企图把鸡蛋立在棍子顶端。鸡蛋从棍子顶上滚落到地。和尚从衣襟里又掏出一个，仍然耐心试图将它立在棍子顶端。当女人用匕首杀死男人，男人也杀死女人时，和尚干脆把鸡蛋朝木棍上一敲，鸡蛋终于倒立在棍子顶端。下半场的舞台只有男女两颗头颅。两人的灵魂仔细看着割掉的头颅，他们的言谈举止显得更加地怪诞，谈话也显得毫无逻辑。而和尚却独自地洒水扫地。禅宗的根本思想是"充分发挥'自性'的力量，超越人世的有无、是非、得失，达到一种绝对自由的境界，亦即禅宗所说的'佛'的境界"[29]。这里所谓的"自性"，强调的是"心"的作用，认为"心"可以包万物，生万境。因此，语言是身外之物，说什么无关紧要，关键是我们"悟"到了什么。所以，高行健在舞台背景处安排了和尚的哑剧表演。

高行健认真研究禅宗，后来发现了收藏在巴黎图书馆的敦煌版，于1997年写了《八月雪》，这是高行健迄今为止唯一的一出京剧。写的是六祖慧能开悟到创立禅宗的过程及禅宗后来的转变。在此剧中，僧人与俗人各得其乐。僧人有的会劈砖，有的会棒喝，有的会喷火；俗人有的要求慧能大师给一个光圈从而变得不俗，有的爱玩把戏而对政治和股票之类的东西毫无兴趣。最后，慧能大师在众多喧闹声中从容圆寂。宗教与世俗、出世与入世这一组组相互对立的概念，在此得到了很好的诠释。

为了更好地使人们"悟"出禅宗味，高行健在语言上自觉追求一种有别于大雅的大俗语言。讲究以大白话、方言、俚语、土语等生活化的、活生生的语言直接走进戏剧。高行健曾这样表明自己的语言观："它不靠修辞，不靠警句和格言，不靠漂亮的句子，甚至不诉诸意识，它作为一种活生生的直观，参与到演员和观众的交流中去。它当然也就不再顾及语法与逻辑，类似音乐，而且能比音乐更积极地调动观众的想象力和感受力。"[30]请听《对话与反诘》中男人与女子的一段禅宗味很浓的对话：

〔和尚击木鱼两响。
女子　得了吧！没什么可得意的。
男人　我什么也没说。
女子　最好别说。
〔男人低头。
　和尚转为轻轻连击，南无阿弥陀佛，喃喃呐呐，不断吟颂。
女子　怎么没话了？
男人　说什么？
女子　随你说什么。
男人　你说，我听。
女子　说说你自己。
男人　一个男人。

女子　这用不着说。

男人　那说什么？

女子　你不会谈话？

男人　只怕你不爱听。

女子　问题是你得有可说的。

比起精致、高雅、含蓄的儒家正统语言，这种平淡、朴实、流畅的语言更多地带有随"心"所"欲"的意味，这与《庄子》《金刚经》等语言对高行健的影响不无关系。

高行健从政治转向了宗教，究其质，还是个人主义在作祟，因为宗教可以作为他个人情感的一种寄托。但结果却使得高行健引禅入戏，这可谓是一个创举，因为在此之前禅与中国戏剧是毫无联系的。

在奔向戏剧"彼岸"的过程中，高行健既不重复别人，也不重复自己，其探索意义应该值得肯定：一、高行健追求的是"完全的戏剧"，这种戏剧讲究综合性、假定性和剧场性，从而突破了话剧以"话"为主的单调局面，丰富了话剧的表现手段。更重要的是它给人们带来了多元化的、开放的艺术观念和思维方式。二、高行健率先在中国舞台推出了小剧场戏剧艺术，为小剧场在中国舞台的发展起到了先锋示范作用。1982年，高行健推出了《绝对信号》，导演林兆华说："我不是反对斯氏和易卜生。他们都是戏剧史上的大师，我们没有他们的功力。我想琢磨的是，除了他们的路子，戏剧艺术是否还有别的路子。我希望拿到不象易卜生的本子……这次《绝对信号》这个不象戏的戏给我提供了基础，我将在最便于与观众产生交流的小剧场进行实验。"[31] 此剧在北京人艺小礼堂上演时，连走道上都站满了人，这其中就有上海的胡伟民。他从中感受到了小剧场探索的活力，于是排出了《母亲的歌》。三、高行健一直强调要向中国传统戏曲学习，这一点显然是对北京人民艺术剧院传统的继承和发展。早在五六十年代，北京人民艺术剧院的著名导演焦菊隐先生就注意借鉴中国传统戏曲的艺术精华。只是由于种种原因，这一探索并没有得到深化。而现在高行健可谓是接过了焦菊隐先生的接力棒，在新的征程中继续奋力奔跑。高行健虽然重视中国传统戏曲，但没有忽视向西方戏剧学习，而是坚持一种以西方戏剧为体、以中国传统戏曲为用的原则，这一点是值得人们学习的。四、高行健的探索扩大了中国戏剧在世界上的影响。一个明显的事实是，高行健的作品只有《绝对信号》和《野人》在国内公演，《车站》在内部演出，其余作品均在国外演出。如果我们撇开政治因素不谈，便可发现，这对中国戏剧走向世界无疑有着积极的意义。

关于高行健在先锋探索过程中存在的问题，我想说明两点：一是高行健主张戏剧应该熔歌舞、杂技、魔术、高跷等各种艺术于一炉，集唱、念、做、打等各种功法为一体，这就出现了一个问题，即叙事的混乱。《绝对信号》和《车站》的叙事尚算清晰，《野人》就开始令人眼花缭乱了。所谓的复调主题，给人的感觉是剪不断，理还乱。《彼岸》根本就没有叙事。后来的《独白》《对话与反诘》《夜游神》等对叙事因素也并不重视。这或许是高行健有意而为之。不过，我想说明的是真正的经典是不排斥受众的。二是高行健作品的政治倾向性问题。前面说过，政治是一把双刃剑，我们不能一味地拒绝。高行健不但一味地拒绝，而且几乎是走向了反动。如他移居法国后写的《逃亡》就以八九政治风波为背景，烘托出不怕逃避迫害，不怕逃避他人，却逃避不了自我的主题。对此，我们是应该批评的。

参考文献：

［1］曹禺，高行健，林兆华. 关于《绝对信号》的通信［A］. 高行健. 高行健戏剧集［M］. 北京：群众出版社，1985年，第9页.

［2］叶廷芳. 艺术探险的"尖头兵"：高行健的戏剧理论与创作掠影［J］. 艺术广角，1988年第4期.

［3］高行健. 剧场性［J］. 随笔，1983年第2期.

［4］高行健. 动作与过程［J］. 随笔，1983年第5期.

［5］高行健. 动作与过程［J］. 随笔，1983年第5期.

［6］高行健. 对《野人》演出的说明与建议［J］. 十月，1985年第2期.

［7］高行健. 对一种现代戏剧的追求［J］. 文艺研究，1987年第6期.

［8］高行健. 对一种现代戏剧的追求［C］. 北京：中国戏剧出版社，1988年，第150页.

［9］林兆华，高行健. 再谈《绝对信号》的艺术构思［J］. 戏剧学习，1983年第2期。

［10］高行健. 《彼岸》演出的说明与建议［J］. 十月，1986年第5期.

［11］高行健．对一种现代戏剧的追求［C］．北京：中国戏剧出版社，1988年，第88页．

［12］高行健，要什么样的戏剧［J］．文艺研究，1986年第4期．

［13］高行健．时间与空间［J］．随笔，1983年第6期．

［14］高行健．我的戏剧观［J］．戏剧论丛，1984年第4期．

［15］高行健．对一种现代戏剧的追求［C］．北京：中国戏剧出版社，1988年，第89页．

［16］高行健．对一种现代戏剧的追求［C］．北京：中国戏剧出版社，1988年，第213—214页．

［17］高行健．对一种现代戏剧的追求［C］．北京：中国戏剧出版社，1988年，第60页．

［18］高行健．对一种现代戏剧的追求［C］．北京：中国戏剧出版社，1988年，第53页．

［19］高行健．评格洛托夫斯基的《迈向质朴戏剧》［J］．戏剧报，1986年第5期．

［20］高行健．评格洛托夫斯基的《迈向质朴戏剧》［J］．戏剧报，1986年第5期．

［21］高行健．对一种现代戏剧的追求（自序）［C］．北京：中国戏剧出版社，1988年，第2页．

［22］高行健．时间与空间［J］．随笔，1983年第6期．

［23］高行健．时间与空间［J］．随笔，1983年第6期．

［24］高行健．对一种现代戏剧的追求［J］．文艺研究，1987年第6期．

［25］高行健．对一种现代戏剧的追求［C］．北京：中国戏剧出版社，1988年，第128页．

［26］高行健．对一种现代戏剧的追求［C］．北京：中国戏剧出版社，1988年，第195页．

［27］高行健．对一种现代戏剧的追求［C］．北京：中国戏剧出版社，1988年，第241页．

［28］高行健．对一种现代戏剧的追求［C］．北京：中国戏剧出版社，1988年，第197页．

［29］刘纲纪．美学与哲学［M］．武汉：湖北人民出版社，1986年，第348页．

［30］高行健．对一种现代戏剧的追求［C］．北京：中国戏剧出版社，1988年，第225页．

［31］高行健．对一种现代戏剧的追求［C］．北京：中国戏剧出版社，1988年，第101—102页．

原载《戏剧：中央戏剧学院学报》2003年第1期

回归传统

——论中国当代先锋戏剧对中国传统戏曲的借鉴

陈吉德

20世纪70年代末80年代初，中国当代先锋戏剧出现在剧坛。他们对斯坦尼斯拉夫斯基体系进行了大胆的反叛。其反叛的策略是"东张西望"[1]。"东张"即向东方戏剧，主要是中国传统戏曲中汲取营养，"西望"即向西方戏剧，主要是西方先锋戏剧汲取营养。中国当代先锋戏剧的"东张"做法表现得非常明显。作为中国传统戏曲的受益者，高行健说："戏剧这门艺术既源远流长，现今其生命力又远远尚充分得以发挥，向传统戏曲汲取复苏的力量，正是戏剧发展的一个方向。"[2]林兆华对中国传统戏曲也很偏爱，他说："我是在传统戏剧里成长的，又在传统厚实有风格的剧院里走到今天……从一开始就没有进入与传统决裂的状态，我没有这种想法，更不想反戏剧。"[3]孟京辉通过一段时间的探索，很快认识到中国传统戏曲对于先锋戏剧的重要意义，他说："我发现原来中国戏曲里不是没有有意义的东西。这时候，我身上那些潜伏的属于中国古典的东西浮现了出来。我意识到这种血液里带的气质是挥之不去、无法摆脱的。"[4]由于对中国传统戏曲的高度重视，因此，中国当代先锋戏剧的所标之"新"、所立之"异"，大都可以从中国传统戏曲中找到存在的影子。下面，我们从假定性、剧场性、综合性等三个主要方面分析中国当代先锋戏剧身上所体现出的"文化恋母"情结。在进行正式论述之前，为了不至于引起表述上的混乱，我们需要对"回归传统"中的"传统"一词进行技术性的界定。这里所谓的"传统"，指的是中国传统戏曲，不包括20世纪初被引进中土的传统话剧。原因很简单，在中国当代先锋戏剧看来，中国传统话剧遵循的是斯坦尼斯拉夫斯基体系，而这正像一种制度似的压迫着他们，因而成为他

196

们所要极力解构和革命的对象。

一、假定性

"假定性"一词源于俄文，与"谈妥""约定"同意，大约相当于中文所说的"约定俗成"，也曾译为"有条件性"或"虚拟性"。关于假定性的界定，法国戏剧理论家萨赛的观点经常被人引用："戏剧艺术是普遍或局部的、永恒或暂时的约定成的东西的整体，人靠这些东西的帮助，在舞台上表现人类生活，给观众一种关于真实的幻觉。……为了一些真实的事物在观众眼里逼真起见，必须使用一套约定俗成的东西或伎俩。"[5](257-258)谭霈生先生将此定义进行进一步简化："'假定性'的含义在于对生活的自然形态进行变形与改造，使形象与它的自然形态不相符。在戏剧艺术中，诸方面的假定性程度唯一的限度是与观众之间的'约定俗成'。"[6](3)在我看来，所谓假定性，质言之，就是以假为真：这里的"假"，指的是舞台艺术之假；这里的"真"，指的是内在意蕴之真。假定性离不开戏剧与观众之间的"约定俗成"，否则，就不能成立，甚至还会闹一些笑话。比如中国传统戏曲中的以鞭代马，俄国的一位记者看后评论道："中国人愚昧无知，他们在表演骑马打仗时，拿着棍棒当马骑，还觉得骑在真马上呢！看到这些，我不禁想起了亚历山大剧院的演出。当时，作战的不是瘦弱的中国演员，而是勇猛的俄国士兵，骑的也不是棍棒，而是欢快嘶叫的体壮膘肥的枣红马！"[7](120)

毫无疑问，假定性是一切艺术的本质特征，但是，不同的艺术，其假定性程度是不同的，这就像梅耶荷德所说的那样："每一种戏剧艺术都是假定性的，但对戏剧假定性不能等量齐观。"[8]遵循斯坦尼斯拉夫斯基体系的戏剧当然也不例外。它再写实，再制造舞台幻觉，也不能"幻"到跟现实生活一模一样的程度。况且，斯坦尼斯拉夫斯基本人也不是完全排斥假定性的。他说："戏剧，以及随之而来的布景本身，都是假定性的，并且不可能是别的。"[9]当然，斯坦尼斯拉夫斯基对假定性的运用是有前提条件的，这就是不能影响整体演出效果的真实性。这里，我认为有人把假定性分为"唯恐不真"和"唯恐不假"两种是很有道理的。所谓"唯恐不真"的假定性，是指通过演员生活化的表演以及写实性的布景、灯光等"真"的舞台设计以创造艺术的真实，斯坦尼斯拉夫斯基体系追求的即是这种假定性；所谓"唯恐不假"的假定性，是指通过演员非生活化的表演以及虚拟性的布景、暴露性的光源等"假"的舞台设计以创造艺术的真实，中国传统戏曲所追求的即是这种假定性。

中国当代先锋戏剧对假定性问题相当重视，但是，有一个潜在的前提和心理参数，即遵循斯坦尼斯拉夫斯基体系的中国传统话剧是写实主义的，而写实主义就等于非假定性。在这方面，胡伟民的观点颇具代表性，他说："我想突破些什么，想突破70多年来中国话剧奉为正宗的传统戏剧观念，想突破我们擅长运用的写实手法，诸如古典主义剧作法的'三一律'，以及种种深受'三一律'影响的剧作结构；演剧方法上的'第四堵墙'理论，以及由此派生的'当众孤独'；表导演理论上独遵斯坦尼斯拉夫斯基体系一家的垄断性局面。简言之，想突破依赖写实手法，力图在舞台上创造生活幻觉的束缚，倚重写意手法，到达非幻觉主义艺术的彼岸。为此，需要更大胆地走向戏剧艺术的本质——假定性。"[1] 把假定性跟讲究写实手法的斯坦尼斯拉夫斯基体系划清界限显然是对斯氏体系的一种误读，但正是这种误读却使得中国当代先锋戏剧把讲究"唯恐不假"的假定性的中国传统戏曲当成了自己丰富的艺术资源。对此，我们可以从创作主体和戏剧文本两方面进行分析。

从创作主体上看，中国当代先锋戏剧的实验者们呈现出鲜明的本土化姿态，他们非常重视从中国传统戏曲中获取艺术的濡养，认为中国古老的传统戏曲艺术在动作、语调、造型、化妆、布景、音乐等诸多方面都充满了极强的假定性魅力。高行健专门写作《论假定性》一文，认为"对戏剧的假定性的最彻底的肯定莫过于我国传统的戏曲"。现代戏剧在展示现代人的生活和精神世界时，一定要回到戏剧的传统中去找寻假定性手段，因为假定性手段能给现代戏剧带来诸多好处，比如，"现代戏剧中用来制造幻觉的那道大幕往往干脆被吊了起来"；"演员也就公然当着观众的面换景和化妆"；"写实的布景则被写意的取代了"；"第四堵透明的墙被拆除干净了，代之以多层次的空间结构"；"剧场里对风格化和装饰性又重新追求了"；"恢复了剧场性并找寻种种办法加强演员同观众的交流"；"新的戏剧程式和仪式出现了，并且热衷于即兴表演"；"假面具和哑剧在舞台上复活了"。所有这一切，"都是在假定性这匹老马的鞍子上耍出的新的花招，而这些花招其实并不新鲜，不过是在回顾戏剧的源起时重新拣回了这门艺术一度失去了的传统"[10]。导演林兆华认

中国当代文学史资料丛书

为："传统戏曲有三个方面值得我们认真琢磨：一是表现的自由，二是舞台空间的无限，三是表演的自由王国。"[11]这"值得我们认真琢磨"的三个方面，都与假定性特征密切相关。导演胡伟民对人们"离开了民族艺术的乳汁"而"捧着金饭碗讨洋饭吃的怪事"甚为不满，主张要回到传统，"充分注意把根须牢牢扎进民族艺术传统的土壤中"。他进而论述了走向舞台假定性的三种途径："东张西望""得意忘形""无法无天"[1]。

从戏剧本体上看，中国当代先锋戏剧对"唯恐不假"的假定性追求非常明显。在舞台设计方面，中国当代先锋戏剧只注重内在意蕴的真实，而不注重外在形式的逼真，因此经常运用夸张、变形、象征等艺术手法。李维新等人编剧的《原子与爱情》在"关牛棚"一场中的舞台设计是这样的：一道阶梯平台横贯舞台，深处的背景空旷漆黑，一个极度变形的蜘蛛网悬挂于舞台的左上方，这象征着主人公正身处困境。"总之，我们看到了一个完全解放了的舞台，舞台假定性的威力发挥得淋漓尽致"[12]。孟京辉导演的《思凡》舞台设计非常抽象。用白布以软雕塑手法在黑色墙面上勾勒出远山形态，一盏孤灯悬挂在舞台中部，舞台侧面有粗大的蛇形水管及水盆，从而渲染出小尼姑色空和小和尚本无的孤独寂寞心态。中国当代先锋戏剧在舞台设计上体现出的假定性深受中国传统戏曲的影响。中国传统戏曲经过漫长的孕育过程，形成了一门成熟完整的"合歌舞以演一事"[13](7)的假定性极强的演剧体系。它体现在舞台设计上，就是讲究虚实相生，即写实和写意相统一，再现与表现相统一。它不追求表面的真实，而追求内在意蕴的真实。如"一桌二椅"的简单道具，可以是桌、是床、是城、是山。这正如画家齐白石老先生常说的那样：作画妙在似与不似之间。

与舞台设计相关的是时空问题。中国传统戏曲对时空处理得非常超然与自由。它将纷繁琐碎的生活现象高度符号化和抽象化，从而直逼生活意蕴的真实。天上人间、阴曹地府、千山万水……只要是有利于表现生活内蕴真实的，都可以大胆地使用。演员就在这样自由的时空中进行虚拟性表演，不断地诱发观众的想象力，从而在"贫困"的舞台上创造出一个个假定性的情境。中国当代先锋戏剧对舞台自由时空的认识和运用也是很明显的。高行健专门将时间与空间列为现代戏剧探索的手段。他说："剧中十年或三天发生的事情，在剧场里不过两三个小时，剧中人心理上瞬间的感受有时候也可以演上十分钟。因此，谈戏剧中的时间与空间就不能不首先承认戏剧艺术的这种假定性。戏剧艺术正是建立在这种假定性之上。"[2]林兆华也曾直言："中国戏曲舞台的空间意识，曾是我最感兴趣的课题。"[14]他导演的《绝对信号》一剧在时空处理上非常地灵活。该剧利用不同色调的灯光，将时空在回忆、现实和想象三个层次中自由地转换，从而使狭小的舞台体现出丰厚的立体感和流动感。如当黑子陷入回忆时，蓝色的灯光一打，演员在光圈中表演回忆的情境；当蜜蜂进行想象时，一束白光照在她的脸上，然后演员表演想象的情境。这样一来，就把人物无形的复杂内心活动外化为了可视可听的舞台形象。张献于1989年推出的先锋性极强的作品《屋里的猫头鹰》也体现出灵活自由的时空转换特点。该剧不追求生活表象的真实，而向人的意识深处进行挖掘，表现人的情感、情绪的真实。戏剧时空的变换都以这种真实为基调：时而城里，时而乡下；有朦朦胧胧的梦境，也有真真切切的现实，从而渲染出主人公孤独的生命体验。此外，谢民编剧的《我为什么死了》、马中骏等人编剧的《屋外有热流》、孙惠柱编剧的《挂在墙上的老B》、吴玉中编剧的《情感操练》、景宽编剧的《夕照》等剧都体现出戏剧时空自由转换的特点。

"唯恐不假"的假定性特征在表演艺术上的体现是不求外在的形似，但求内在的神似。在林兆华导演的《野人》一剧中，洪水泛滥、土地干旱、森林毁坏、城市污染、树木生长等自然现象都是通过演员的形体表演来表现的。这样一来，演员的表演就突破了中国传统话剧主要只能模仿日常生活中言谈举止的单一功能。孟京辉导演的《思凡》在表演上把"唯恐不假"的假定性特征可谓发挥到了极致。最明显的一点是重叠表演，也就是每一个角色都由两个演员同时表演。此时，舞台左右分开，两边演员的服装、动作、语言几乎一样。这种极大的假定性不但在中国传统话剧中不存在，就是在中国当代先锋戏剧中也是绝无仅有的。中国当代先锋戏剧进行"唯恐不假"的假定性表演还有一种方式是演员自由地出入角色。在王培公编剧的《WM（我们）》一剧中，演员都有着各自的角色，同时还不时地跳出角色模拟风声、雨声、蝉鸣声等自然现象。演员自由地出入角色在王晓鹰和宫晓东导演的《挂在墙上的老B》等剧中也有所体现。还有一种方式是角色互换，即演员轮流表演某一个角色。著名导演林兆华在1990年以"戏剧工作室"名义推出的《哈姆雷特》一剧便存在这种现象。剧中人物分别以不同的形式扮演着哈姆雷特的角色。角色的这种互换，目的是为了更好地表达"人人都是哈姆雷特"的主题。中国当代先锋戏剧在表演上所体现出的"唯恐不假"的假定性很容易使人想起中国传统戏曲。中国传统戏曲的虚拟性和写意性特征很强。如人们常说的开门无门、划船无船，即是此理。同时，演员可以不时地跳出跳入角色，对剧中人或事情进行评价。如传统戏曲中有一种丑角叫小花脸，他可以对着主人点头哈腰，也可以跳出角色面对着观众手指主人骂道："瞧，这个蠢货！"难怪有人这么说："话剧舞台借助假定性的艺术革新，从根本上说是和传统戏曲的美学原则相一致的。"[15](248)

通过创作主体和戏剧文本两方面的论述，我们可以发现中国当代先锋戏剧在"唯恐不假"的假定性特征方面明显吸取了中国传统戏曲的营养。毫无疑问，中国当代先锋戏剧对"唯恐不假"的假定性追求是正确的、合理的。这使人想起了彼得·布鲁克的话："在日常生活里，'假如'是一种虚构，在戏剧里，'假如'是一种实验。在日常生活里，'假如'是一种逃避，在戏剧里，'假如'都是真理。"[16](155)可以这么说，"唯恐不假"的假定性给中国当代先锋戏剧的艺术实验提供了重要的理论支点，它像个美丽绝伦的佳人，吸引着人们满怀激情地向前走去。但是，真理哪怕向前迈了一小步，就会变成谬误，中国当代先锋戏剧在运用"唯恐不假"的假定性手法时也出现了一些不足。一是相互模仿，如20世纪80年代前期鬼魂戏的流行。二是有的假定性超过了戏剧与观众之间"约定俗成"的界限，无形中把"假定"变成了"虚假"。如在景宽编剧的《夕照》等剧作中，出现了现在的"我"与过去的"我"的胡乱对话，这不但形假，而且神也假。

二、剧场性

剧场性是戏剧艺术的重要特征。按照日本戏剧理论家河竹登志夫的观点，"剧场"一词起源于希腊的"小剧场"（Theatron），含有把原来的舞蹈场所当作"观看场所"的意思。既然是一种"观看场所"，那么，理解"剧场性"一词的重点就不在于"剧"，而在于"场"。这里所谓的"场"，不是指戏剧作品中的"场"（Scene）或"场所"（Scenery），如第几幕第几场的"场"，而是指物理学和心理学意义上的"场"（Field）。观众只要处在剧场的时空里，就会形成一系列心理上的"场"。戏剧中的"场"在物理学意义上可以是封闭的，但在心理学意义上却是开放的。它的最大特点是相互交流，即舞台上的演出作为一种对象的存在具有势能（Potential Energy）诱惑力，影响着观众心理能量的增大、紧张、失衡，直到恢复均衡；反过来，观众席上的氛围也影响着演员的情绪，这是一种直接的感情交流[17]。由此可见，剧场性是一切戏剧艺术的根本属性，只要有戏剧演出的地方，就一定有剧场性。但同时也应该看到，不同的戏剧艺术，剧场性是不同的，套用前面梅耶荷德的话说就是："每一种戏剧艺术都是有'剧场性'的，但对戏剧'剧场性'不能'等量齐观'。"

我们姑且按照"第四堵墙"的存在与否，把戏剧艺术大致分为"有墙派"和"无墙派"两类。斯坦尼斯拉夫斯基体系戏剧主张"第四堵墙"，反对演员与观众进行直接交流的"匠艺"式的表演，而应该关在"墙"内完全化身为角色，进行"当众孤独"式的表演，不管观众如何反应，都要无动于衷。一些人由此得出结论，斯坦尼斯拉夫斯基体系的戏剧不存在剧场性。中国当代先锋戏剧也因此把它当作"革命"的对象，如有人说道："在最近几年的话剧创作中，出现了一些创新的剧作和创新的演出实践，它们试图冲破第四堵墙理论的束缚和局限，改变观众只能消极地处于接受地位的状态，同时也改变台上对观众冷漠的态度，力争台上演员和台下观众尽可能地相互交流，相互融合，共同进行艺术创造。"[18]高行健说得更直接："这第四堵墙把台上台下一隔断，台上的演员关在屋里，哪怕再激动，台下的观众照样打哈欠。"[19]在此，剧场性和"第四堵墙"显然成了水火不相容的两样东西，这其实是一种误解。我们知道，演员尽管在"墙"内进行生活化的表演，在主观上不愿与观众进行直接交流，但在客观上会作为一种"对象的存在"，对观众产生势能诱惑力，否则，演出就根本无法进行下去。另一方面，演员再"当众孤独"，也"孤独"不到完全不顾"墙"外反应的程度。也就是说，"墙"外的东西总会形成一种反馈信息影响着演员的情绪。据说，斯坦尼斯拉夫斯基有一次在公园内发现一处地方很像他们演出《村中一月》中的布景，于是他们就兴致勃勃地开始在"大自然的怀抱里举行即兴演出"。可是，不一会儿就演不下去了，他们感到自己的表演在活生生的自然环境里显得非常虚假。这位体验派大师慨叹地说："我们在舞台上习惯去做的那些东西，显得多么程式化。"[20]（334）这说明演员并不能完全化身为角色，难免会受到"墙"外因素的影响。所以，只要是活人的演出，就一定存在着观演双方的交流，即剧场性。只不过，"有墙派"的戏剧由于演员在主观上不直接与观众交流，不考虑观众的反应，因此其剧场性只是单向的，即从"墙"外到"墙"里，也就是从观众到演员。

"无墙派"戏剧演出时，演员自由地跳出跳入角色，主动与观众进行交流，共同营造出一种鲜活的剧场性。在这方面，中国传统戏曲可谓是个代表。它主张以程式化和虚拟性的表演造成戏剧与现实生活的差异。在与观众的关系上，它通过自报家门等方式不时地打破观众的舞台幻觉，并诱发观众积极主动地参与。这种剧场性是双向的，即从观众到演员和从演员到观众。

由此，我们可以把剧场性分为"单向"和"双向"两种：单向剧场性只存在从观众到演员的交流，这种交流是不完全的、不明显的、不强烈的；双向剧场性既存在从观众到演员的交流，也存在从演员到观众的交流，这种交流是完全的、明显的、强烈的。中国当代先锋戏剧从中国传统戏曲中得到启发，追求的是双向剧场性。高行健说："在传统的戏曲艺术中，演员通过亮相、提嗓子、身段和台步提起观众的注意力，在观众的注视中，直对观众抒发胸臆和情怀，有唱段和念白，独白和旁白。倘若是丑角，还能插科打诨。兴致所来，灵气顿起，还可以即席发挥到淋漓尽致的地步。活人与活人之间这种活生生的交流，艺术创作中没有比这更动人心弦的了。现代话剧艺术没有理由不重新拣回这些手段。"[21]一些戏剧研究者也积极肯定双向剧场性在戏剧中的重要地位。中国当代先锋戏剧的理论鼓吹者林克欢先生说道："什么是戏剧的本质属性？什么是戏剧的最基本的要素呢？各国的表导演艺术家、学者、戏剧家，通过实验演出、理论研究、历史回顾，几乎殊途同归地发现了构成戏剧的两个最根本的要素：演员和观众。"[22]

中国当代先锋戏剧对双向剧场性的追求体现在诸多方面，最明显的方式是演员跳出角色直接对观众说话。这在20世纪80年代刘树纲编剧的《十五桩离婚案的调查剖析》、王培公编剧的《WM（我们）》、罗国贤编剧的《生命·爱情·自由》等剧作中有着很明显的体现。到了90年代的先锋戏剧，这种方式仍然被经常使用。如乐美勤编剧的小剧场话剧《留守女士》第五场中剧中人丽丽和该剧导演对观众这样说道：

丽丽：亲爱的朋友们。再次感谢大家光临我们的戏剧沙龙，下面就请我们沙龙的组织者——《留守女士》的导演、我们剧院的副院长俞洛生先生向大家说几句话。

导演：谢谢大家的掌声。这是我们上海人民艺术剧院小剧场戏剧的一次尝试和实验。刚才大家和我们一起共同体验了一次耐人寻味的人生经历。我想它一定会激起大家的许多思考。根据这个剧本的内容、体裁和风格，演出时我们作了些修改，创造了这样一种形式的演出，我们希望大家能够喜欢，当然大家也完全可以不喜欢。我们非常希望知道大家的想法、感受、意见和要求。下面大家可以就各自的感兴趣的问题，进行自由交谈，在这儿没有台上台下之分，我们同在一个空间里，大家贴得非常近，也没有红色的帷幕把我们隔开，大家可以无拘无束地自由地和我们的演员交谈、聊天、跳舞、玩儿，要不，你们花八元钱就亏了！

在此，演员显然推倒了"第四堵墙"，直接与观众进行交流，从而有利于调动观剧的积极性和主动性，共同营造出浓烈的剧场性。

还有一种方式是请观众直接进入戏剧的规定情境中，成为戏剧演出的一个有机组成部分。肖宗环执导的《爱情迪斯科》有意在一家舞厅里演出。演出开始前，演员们有的在请观众跳舞；有的在向观众介绍剧情，并请他们填写"爱情测试表"。演出开始后，"由戴着'信息员'绶带的主持人，组织剧中人和观众共同进行测试爱情的游戏——'考爱神'。通过游戏，观众初步了解到两位女主人公的恋爱观。紧接着是戏的主体部分，它由两位女主人公分别向观众倾诉自己充满悲观的爱情遭遇，坦诚地与观众探讨人生和爱情的真谛。当剧中人的爱情纠葛演到难分难解时，戏突然收煞了。演员一边邀请观众跳舞，一边向观众征询对戏剧结局的建议。舞毕，根据不同观众提出的不同方案，再由演员依次进行多种结局的演出。有时还可以请批评指正提建议的观众出任结局部分的即兴导演"[23]。牟森的《与艾滋有关》在这方面体现得也比较明显。在一次的演出过程中，牟森亲自邀请在场的民工上台跳舞。民工们开始有些害羞，可盛情难却，只好上场。最后，他们终于合上节拍。牟森当即决定：下一场演出加进民工跳舞一段。运用观众直接参与剧情方式的作品还有中国青年艺术剧院演出的《火神与秋女》、上海青年话剧团演出的《屋里的猫头鹰》等。

为了便于演员与观众之间进行直接交流，更好地创造浓烈的双向剧场性，中国当代先锋戏剧打破了传统的镜框式舞台的束缚，积极寻求能使观众更方便、更直接地参与戏剧演出的剧场形式，这在小剧场戏剧艺术中体现得比较明显（导论部分已经说过，先锋戏剧未必都是小剧场戏剧，同样，小剧场戏剧也未必都是先锋戏剧，但中国当代先锋戏剧大部分是以小剧场戏剧形式出现的，却是个不争的事实）。常见的剧场形式有如下几种。

中央式舞台（Arena Stage），也叫圆形舞台或圆周形舞台，即表演区设在剧场中心，观众四周围坐。如胡伟民导演的《母亲的歌》、牟森导演的《关于〈彼岸〉的汉语语法讨论》、上海青年话剧团演出的《屋里的猫头鹰》。这种类型的剧场很容易使人想起打把式卖艺的场景或者抗战时期的街头剧，给人以随和感和亲切感。

伸出式舞台（Thrust Stage），这种类型剧场的布局是让观众三面而坐，把延伸到剧场中央的舞台包围起来。王晓鹰在导演《挂在墙上的老B》之后总结经验时就有这样一条："拉近空间距离，变台上演出为平地演出，让观众三面围坐在演区前，第一排观众几乎都能摸着演员的衣服，演区和观众席都亮着灯，不以光线的阴暗来造成空间区分，并且把一些戏挪到观众席里去演。"[24]（184）中国当代小剧场戏剧经常运用这种舞台形式，如中国青年艺术剧院演出的《火神与秋女》《灵魂出窍》等。

多焦点式舞台（Multiform Stage），即剧场内有多个表演区，观众席也无所谓最佳位置，因为每个表演区的表演都一样重要。如赫刚导演的《天上飞的鸭子》有三个表演区：象征先锋派文化的女诗人宿舍、象征俗文化的小白的咖啡厅、象征傅尔完美理想的中心平台。这三个表演区分别设在观众区的两侧和前方，其间用栈道连了起来，以象征三种不同文化观念之间的相互联系。这种做法创造了新的观演关系，增强了剧场的空间表现力。

此外，还有环境式舞台，即把现实生活中的空间稍加处理当作舞台。如哈尔滨一家夜总会里演出的《人人都来夜总会》、广州一家舞厅里演出的《爱情迪斯科》；最明显的是中国青年艺术剧院演出的《爱在伊甸园》，此剧在北京饭店的"伊甸园酒吧"演出，每一场剧情都取决于演员与观众（顾客）的情况。上述这些剧场形式的实验，都是为了缩短观演的空间距离和心理距离，从而创造出活生生的剧场性。有人这样描绘观众在观看《关于〈彼岸〉的汉语语法讨论》演出时的感受：“《彼岸》真正创造了某种炽热的氛围，有效地将观众包裹到演出活动中。当演员血红的脸色、暴涨的青筋、淋漓的汗水、隆起的肌肉、粗重的呼吸、喉头的喘息、亢奋的呼叫、弥漫的汗味，就在你眼皮底下呈现时，当你看到一群人在你身边和头顶翻滚扑跌撕扯时，当你被演员用绳子捆绑在椅子上，在一定程度上丧失了身体的活动自由，陷入了由大小绳索纺织的巨大网络时，当你被演员拉住一条腿扯住一只手无意中充当了他们攀援的平衡支点时，你能不被这活生生的搏斗而不是装模作样的表演，这充满了力度与动感的生命喷发，这狂放的生命激情的流泄，这热血的奔突所震撼所刺激所引发吗？”[25](228)这种感受在传统的大剧场里是无法感受到的。

在中国当代先锋戏剧所探索的双向剧场性中，我们还要特别提到游戏性。大而言之，“一部戏就是游戏”。[16](155)但是，“有墙派”戏剧所主张的游戏性是反对观众参与的，而中国当代先锋戏剧所主张的游戏性是观演双方共同参与的游戏，这是一种真正的游戏。在中国当代先锋戏剧中，导演王贵对游戏性的追求最为执着。他在《我的戏梦》一文中写道：“我曾说过‘演戏是玩耍、是游戏，戏要好玩才好看’。这不是戏谑，也不是单为话剧艺术的过分严肃、沉着而发。纵看人类戏剧文化的长河，我歪打正着地发现，戏剧的本质就是游戏，只不过成人的游戏稍有些不同于儿童的游戏罢了。戏剧的第一属性是娱悦性。我坚持戏要好玩些。”[26]他导演的《WM（我们）》中的“杀鸡”一场即是如此。知青们为报复恶语伤人的生产队长，便偷了他家的鸡。杀鸡的时候，知青们像唱儿歌一样齐声念着：“杀鸡啦！杀！杀！杀！拔毛啦！嚓！嚓！嚓！洗干净！哗！哗！哗！”同时对着观众做着虚拟性的吹火煮鸡动作。这种游戏性的场景使观众体悟出了知青们以苦为乐的生活。高行健明确主张：“戏剧是一种由观众参与的公众游戏。”[27](128)他的《彼岸》一剧就是一种名副其实的“由观众参与的公众游戏”。玩绳子的演员一开始就对观众说：“我这里有一条绳子，我们来做个游戏，认认真真的，象孩子们在玩。我们的游戏就从这里开始。”然后，游戏越做越活跃，越来越紧张，越来越热烈，越来越复杂，并且伴着各种招呼和喊叫，直至达到激动人心的高潮。孟京辉也主张“放任游戏于假设和可能的创造力之间”[28](371)。他导演的《思凡》一剧充满着大量奇思妙想的游戏，剧场效果十分强烈。最明显的是小尼姑色空随着欢快的音乐大声说着“离经叛道”的台词，同时，人们把经文碎片撒向观众席。至此，观众充分感受到了游戏的愉悦。谷亦安导演的《生存还是毁灭——谁杀死了国王》中，谷亦安亲自扮演成主持人与观众一直讨论：谁杀死了国王？为何杀死？如何杀死？一种游戏的气氛充满了剧场。

中国当代先锋戏剧在追求双向剧场性时有时也走过了头，以至于观众感到一片茫然。上海青年话剧团的《屋里的猫头鹰》1989年在南京演出时，剧场被布置成了一个等待拆迁的黑屋。观众披着黑衣，戴着荧光眼罩走进剧场。中间，演员还煽动观众上台殴打女主人公沙沙。可看完演出，观众根本不知道"屋里的猫头鹰"代表着什么[25]（252）。

三、综合性

戏剧是一门综合艺术，这种综合性可以表述为：从构成要素上说，戏剧是文学、音乐、舞蹈、雕塑、建筑、美术等艺术成分的综合；从存在形式上说，戏剧是时间和空间的综合；从观众的感官上说，戏剧是视觉和听觉的综合。就构成要素来说，长期以来，中国传统话剧突出的是文学性，这主要体现为对剧本和语言的高度重视。在剧本方面，强调剧本是一剧之本；在语言方面，高尔基关于"文学的第一个要素是语言"的观点被视为至理名言，因此，特别重视"话"的作用，认为人物性格的揭示、情节的展开都要依靠"话"的力量。作为一种戏剧类型，中国传统话剧突出文学性本无可厚非，但是，文学性一直占据剧坛主景，单调乏味就在所难免，因此，文学性成了中国当代先锋戏剧"革命"的对象。孟京辉说："从我做导演工作开始，我就摆脱了对剧本的文学解释，因为我是中文系毕业的，我觉得剧本的文学性从它的字面上已经传达出来了，不需要我再耗费一个月的时间去挖掘、分析。"[4]中国当代先锋戏剧追求的是高度的综合性，而在这一点上，讲究唱、念、做、打的中国传统戏曲无疑给了他们以很大的启发。林兆华说得很明白："戏曲的唱念做打绝对精彩，具有永不消失的魅力。它全面……它是全能的戏剧。未来的戏剧，我想还是要回到戏剧的本源，以演员当众表演为中心，从这里开始，综合其它因素去开拓现代戏剧的各种可能性，这才是戏剧灵魂之所在。"[3]与林兆华的"全能的戏剧"概念相似的是高行健提倡的"完全的戏剧"：即现代戏剧应回到中国传统戏曲中，充分发挥唱、念、做、打等表演手段，"或讲究扮相，或讲究身段，或讲究嗓子，或讲究做功，能歌者歌，善舞者舞"[29]，《野人》一剧就是"回复到戏剧的传统观念上来的一种尝试，也就是说，不只以台词的语言的艺术取胜，戏剧中所主张的'唱、念、做、打'这些表演手段，本剧都企图充分运用上"[29]。歌舞、说唱、面具、杂技、木偶等表现方式在剧中均有所运用：歌舞有薅草锣鼓、上梁的劳动号子、赶旱魃的傩舞、幺妹出嫁时人们唱的"陪十姐妹"民歌；说唱有老歌师在火塘边吟唱的民族史诗《黑暗传》；面具的运用更是明显，该剧结束时，男女演员纷纷走上舞台，每个人都戴着面具。《彼岸》一剧寻求的是形体、语言和心理三者的有机统一，高行健希望此剧的演员能"像传统的戏曲演员那样唱念做打样样全能"[30]。刘树纲对戏剧的综合性也很重视，有人这么评价他："中国戏曲讲究'唱、念、做、打'，这种综合能力才是刘树纲心目中更要紧的东西。"[31]他编剧的社会伦理调查剧《一个死者对生者的访问》很能说明这一点。歌舞、雕塑、说唱、独角戏、哑剧、面具、合唱队等多种表现手段都融进了剧中。胡伟民明确提出"戏剧就是一切"的主张。他说："我们开始意识到戏剧就是一切，戏剧除了文学（作家写出来的台词），它同时是音乐，是舞蹈，是雕塑，因此最大效能地发挥戏剧的综合优势，正是现代戏剧又一特征。"[32]（36）

在中国当代先锋戏剧探索的综合性中，音乐性是一个重要的内容。中国传统戏曲是一种"乐本位"的艺术，拿王国维的话说就是"以歌舞演故事"，因此，音乐性是其重要的特征，位于"四功"之首。中国当代先锋戏剧对音乐性的追求也是很明显的，这主要体现在三个方面：一是把音乐当作构架全篇的手段。王炼编剧的《祖国狂想曲》即是如此。它以音乐的章法统架全篇，全剧分序曲、第一乐章"如歌的行板：《难忘的巴黎》"、第二乐章"抒情的慢板：《壮丽的重逢》"、第三乐章"欢畅的快板：《祖国的儿女》"、第四乐章"慢板转急板：《深沉的思念》"等几部分，表现了音乐学院教授辛柯为祖国付出一切的高贵品质。编剧王炼曾言："在创作过程中，我试着把电影、小说、戏曲以及音乐的一些表现手段嫁接到话剧中来，让故事在音乐的演奏中叙述。"[33]这样一来，整部戏剧就成了一首节奏或急或缓的"狂想曲"。二是把音乐作为烘托气氛、揭示主题的表现手段。孟京辉导演的戏剧就有这种特点。《爱情蚂蚁》在一个小时的戏里："作曲张广天和他的助手用一把吉它、一把大提琴、一把小提琴为十三首歌伴奏。音乐总在适当的时候响起——说得酣畅淋漓时自然该唱了，说得没词儿了也不得不唱。这种类似酒吧弹唱的方式轻易就煽起了观众的情绪。或许语言太像'固体'因而难于流动，而音乐则如液体般自由得多。"[34]《思凡》出现了大量的背景音乐和众佛的歌声，从而烘托出小尼姑和小和尚从山上来到"凡间"后春心荡漾的难耐心态。《恋爱的犀牛》里也出现了很多插曲，如《只有我》《玻璃女人》《做爱》等，这都有利于表达人类中的"犀牛"在物质过剩的时代对恋爱的狂热与偏执。此外，《WM（我们）》（王贵导演）中的女鼓手和男乐手、《挂在墙上的老B》（王晓鹰导演）中的歌队等都体现出很强的音乐性。三是把音乐当作戏剧语言和主题实验的手段。在这方面，高行健表现得最为突出。他对戏剧语言的音乐性相当重视，他说："我在我的剧作的语言和音响中都追求某种音乐性。"[35] "剧场里的语言既然是一种有声的语言，就完全可以像对待音乐一样来加以研究。从原则上来说，音乐具有的一切表现力，语言也同样可以达到，而且只会更加细致，更为感性……于是也就会出现一种音乐性的语言结构，这当然是一种非文学性的新的戏剧语言。"[36]高行健在戏剧语言方面的实验主要体现在多声部对话上。诚然，多声部对话并非高行健首创，比如焦菊隐先生导演的《茶馆》和北京人艺的传统节目《叫卖大合唱》对此均有所尝试，但大面积使用并发表理论主张的，高行健似乎是第一人①。除多声部对话外，高行健还追求戏剧语言的韵律美，这在他的四出现代折子戏和《冥城》中都有所体现。高行健在主题方面的实验主要体现在复调上。复调本是音乐术语，指若干旋律同时进行而又组成有机统一的整体。高行健将复调的概念引入到戏剧艺术中，是指"将几个不同的主题交织在一起，构成一种复调，又时而和谐或不和谐地重叠在一起，形成某种对位"。[29]在《野人》中，作者将生态问题、寻找野人、现代人的悲剧、民族史诗《黑暗传》的发现等几个主题重叠到了一起，增加了作品的立体感。高行健在进行音乐性实验时，有时候甚至突破了方法论的层面，具有了本体论的意义。在《车站》一剧中，他"把剧中的音响节奏当作剧中的第六个人物来处理，它同剧中人一样是生动积极的，而不是仅仅起到音响的伴奏作用。它既是剧中人物心理动作的总体的外在体现，又是沟通人物与观众的感受的桥梁"[27]（88）。这就是说，音响节奏不仅仅是音乐，而且还成了剧中必不可少的角色。

中国当代先锋戏剧对形体表演也很重视。上海青年话剧团演出的《屋里的猫头鹰》中，莎莎寂寞时的梦呓、空空对莎莎的催眠、康康在失去对手后的惆怅主要是靠演员的形体表演来体现的，此时的人物语言已经退居次要位置。在中国青年艺术剧院演出的《火神与秋女》中，褚大华身残后的迷茫以及得知秋妹要走后的伤感也主要是一种形体表演。牟森非常重视演员的形体表演训练。1991年11月，他应邀到美国8个城市访问考察，考察重点就是美国的演员表演训练方法。1993年2月至7月，牟森在北京电影学院主持了演员交流培训中心首届表演方法实验班，训练内容是演员的形体表演。牟森的这些做法在他的先锋戏剧中都得到了明显的表现。他的先锋戏剧可以说是形体语言的"盛宴"。在《关于〈彼岸〉的汉语语法讨论》中，形体语言与人物语言是分离的，且压倒了人物语言，这就使得该剧呈现出一定的行为艺术的特征。对此有人是这样评论的："这是一次不是表演的表演，是戏剧大致既定情境下的一次自由的形体运动，一次消耗大量体能的全身心运动。"[25]（228）

以上，我们从假定性、剧场性和综合性三个方面论述了中国当代先锋戏剧回归中国传统戏曲的主要内容。但这并不是说中国当代先锋戏剧就把中国传统戏曲当成了自己艺术革新的终极目标，从而进行一场现代复古运动，拿高行健的话说就是"并不回到前清的辫子和小脚上来"[27]（61）。因为中国当代先锋戏剧与中国传统戏曲有着本质的区别，即程式化。中国传统戏曲是非常讲究程式化的，它的假定性、剧场性和综合性等特征都离不开程式化。对此，张赣生先生说道："中国戏曲在表现形式上的特征是什么呢？用一句概括就是：表现形式的程式化。""即不是把生活的本来面目原封不动地搬上舞台，而是对生活的自然形态进行艺术加工，主要是通过精选和装饰这两种处理后使之成为一种规范化的形式。"[37]（55-56）这在动作、化妆、服装、唱腔等方面都有明显的体现。如笑这一动作就有大笑、三笑、冷笑、苦笑等许多固定的程式。中国当代先锋戏剧虽然像中国传统戏曲一样强调假定性、剧场性和综合性，但是，它并不讲究程式化。王晓鹰说："在话剧的舞台演出创造中吸收中国传统戏曲的养料，绝不是简单地对戏曲表演的身段、念白、舞台调度图形等诸如此类的表面技巧的挪用，而是在一个共同特征和相通机制之下对传统戏曲的内在艺术精神的摄取。"[24]（223）高行健说得更明白："我的试验虽然扎根于对东方传统戏剧的这种认识，却又不受这种传统戏剧的任何程式的束缚。我认为传统戏剧中的情节、表演、唱腔、音乐、行当、脸谱，进而所谓性格，都属于程式。

当程式要求把一切都固定在种种模式中，艺术却渴望新鲜的创造。我不想重复西方传统戏剧的格式，也不愿受东方戏剧传统和程式的束缚。"[38]他的《彼岸》一剧"希望达到的恰恰是非程式化的、不规范的、没有固定格式的表演。演员在排演时象进入竞技状态的球队的运动员，或者说，象斗鸡场上的鸡，随时准备跳起并且迎接对手的反应，因此，这种表演总应该是新鲜的、再生的、即兴的"[30]。这种"非程式化""不规范""没有固定格式"等特征正是中国当代先锋戏剧在艺术特征上有别于中国传统戏曲的关键所在。比如在孟京辉导演的《思凡》一剧中，皮奴乔和阿德连诺骑马的动作是这样设计的：两人双腿弯曲，腰略往前倾，双手平直前伸，同时用嘴模拟马蹄声，这与中国传统戏曲中以鞭代马的程式化动作有着本质的区别。所以，中国当代先锋戏剧并不是简单地向中国传统戏曲回归，而是坚持"古为今用"的原则，执着地探索戏剧艺术的现代化道路。这正如董健所言："新一代的改革者们在艺术上迈出的步子更大，其作品既吸收传统艺术，又更有现代意味。他们既与'五四'时期的'国粹'派不同，也与三十年代末以来的'民族化'派不同，他们是站在戏剧观念的现代化的高度上重新来审视传统的。"[39]

注释：

①高行健曾发表《谈多声部戏剧试验》一文，见《戏剧电影报》1983年第25期，或者《对一种现代戏剧的追求》，第125页。

参考文献：

［1］胡伟民.话剧艺术革新浪潮的实质［J］.戏剧报，1982，（7）.

［2］高行健.时间与空间［J］.随笔，1983，（5）.

［3］林兆华.戏剧的生命力［J］.文艺研究，2001，（3）.

［4］张璐.孟京辉的"业余"状态［J］.中国戏剧，1999，（6）.

［5］古典文艺理论译丛：第11册［M］.北京：人民文学出版社，1966.

［6］中国大百科全书：戏剧卷［M］.北京：中国大百科全书出版社，1986.

［7］童道明.梅耶荷德论集［M］.上海：华东师范大学出版社，1994.

［8］A.格拉特柯夫.梅耶荷德谈话录［M］.北京：中国戏剧出版社，1986.

［9］高鉴.戏剧的世界［M］.北京：知识出版社，1990.

［10］高行健.论假定性［J］.随笔，1983，（7）.

［11］林兆华.戏剧的生命力［J］.文艺研究，2001，（3）.

［12］安振吉．陈明正导演艺术研究［J］．戏剧艺术，1992，（4）．

［13］王国维．宋元戏曲史［M］．上海：华东师范大学出版社，1995．

［14］林兆华．并非他山石［J］．戏曲研究（第21辑）．

［15］童道明．他山集：戏剧流派、假定性及其它［M］．北京：中国戏剧出版社，1983．

［16］彼得·布鲁克．空的空间［M］．北京：中国戏剧出版社，1988．

［17］河竹登志夫．戏剧概论（第四章"剧场与观众"）［M］．北京：中国戏剧出版社，1983．

［18］应群．话剧创新思潮初探［J］．当代文艺思潮，1983，（6）．

［19］高行健．论戏剧观［J］．戏剧界，1983，（1）．

［20］戏剧美学论集［M］．上海：上海文艺出版社，1983．

［21］高行健．谈剧场性［J］．随笔，1983，（2）．

［22］林克欢．演员与观众［J］．文艺研究，1985，（2）．

［23］耘声．让观众成为戏剧探索的参与者：创作舞厅戏剧《爱情迪斯科》的一点体会［J］．戏剧报，1986，（1）．

［24］王晓鹰．戏剧演出中的假定性［M］．北京：中国戏剧出版社，1995．

［25］麻文琦．水月镜花：后现代主义与当代戏剧［M］．北京：中国社会出版社，1994．

［26］王贵．我的梦戏［N］．文汇报，1988—01—22．

［27］高行健．对一种现代戏剧的追求［C］．北京：中国戏剧出版社，1988．

［28］孟京辉．不懂！还是不懂！［A］．先锋戏剧档案［M］．北京：作家出版社，2000．

［29］高行健．对《野人》演出的说明与建议［J］．十月，1985，（2）．

［30］高行健．《彼岸》演出的说明与建议［J］．十月，1986，（5）．

［31］钱竞．变化中的戏剧观念：论刘树纲的话剧创作//中国当代剧作家研究（第2辑）［C］．北京：文化艺术出版社，1989．

［32］胡伟民．再谈开放的戏剧//导演的自我超越［C］．北京：中国戏剧出版社，1988．

［33］王炼．《祖国狂想曲》写作过程［J］．剧本，1982，（1）．

［34］刘君梅．我哭你笑，谁难受谁知道［J］．三联生活周刊，1997，（12）．

［35］高行健．我的戏剧观［J］．戏剧论丛，1984，（4）．

［36］高行健．要什么样戏剧［J］．文艺研究，1986，（4）．

［37］张赣生．中国戏曲艺术［M］．石家庄：百花文艺出版社，1982．

［38］高行健．对一种现代戏剧的追求［J］．文艺研究，1987，（6）．

［39］董健．论中国现代戏剧"两度西潮"的同与异［J］．戏剧艺术，1994，（2）．

高行健与中国戏剧

关于高行健的研究已经不少。对高行健与中国戏剧的关系，以往的研究中已经有两点共识：1. 高行健的戏剧受到中国传统戏剧，即戏曲的影响；2. 高行健作为一个戏剧革新者，曾在上个世纪80年代对中国戏剧发生过影响。本文要在上述认识上有所推进。这种推进，不限于上述两点的具体化，即说明戏曲对高行健的影响有多大和高行健对当代中国戏剧的影响达到什么程度，而是希望整体性地思考高行健与中国戏剧的关系。于是，本文将涉及四个问题：1. 从中国当代戏剧看高行健；2. 从高行健看中国当代戏剧；3. 高行健戏剧是怎样的；4. 中国当代戏剧是怎样的。3、4两个问题是1、2两个问题进行探讨的前提，但在很大程度上，它们又是1、2两个问题探讨的结果。本文并不期望说清这四个问题，而是期望把它们当作审视角度，在四者的转换互动中进行探讨，从而达到主要目标：说明高行健戏剧的性质及其对中国当代戏剧的意义。

高行健影响中国戏剧的时间主要在上个世纪80年代。发挥影响是通过几部戏剧作品和一本戏剧理论著作。几部作品的剧名和发表情况如下：《绝对信号》（《十月》1982年第5期）、《车站》（《十月》1983年第3期），一组现代折子戏：《模仿者》《躲雨》《行路难》《喀巴拉山口》（《钟山》1983年第4期），独角戏《独白》（《新剧本》1985年第1期）、《野人》（《十月》1985年第2期）、《彼岸》（《十月》1986年第5期）。这些作品不仅发表时间密集，发表规格高（大都发表在通常不登剧本的大型文学刊物上），而且上演规格高（得到演出的三部剧作《绝对信号》《车站》和《野人》都是由北京人民艺术剧院上演）。在1982年之前，高行健发表的论文只是关于法国文学和小说技巧，而在《绝对信号》上演引起轰动后，他连续发表戏剧论文阐述他的戏剧思想，这些论文和各个剧本后所附的演出说明后来结集为一本理论著作，以论文《对一种现代戏剧的追求》的名字为书名（中国戏剧出版社1988年出版）。高行健在《绝对信号》之前没有发表过剧本，所以还是个新出的剧作家，但1985年就出版了《高行健剧作集》，1986年中国剧协北京分会就组织了"高行健剧作讨论会"，这是专题研究中年剧作家的第一次，1987年，就编出了全是由著名戏剧研究家和剧作家的论文结集而成的《高行健戏剧研究》一书。其风头显然盖过了70年代末80年代初一批名满全国的剧作家。

高行健为什么能迅速走红？当时戏剧界对他是什么看法？——这是我们首先要思考的问题。

高行健走红应该说是应运而出。在机运到来之前，他是不被接受的。中国艺术研究院研究员许国荣先生曾介绍说："他在1981年当专业编剧之前，写出了整整十部戏。……他的那些剧本曾经送到北京几家剧院去过，也有消息说有希望上演。但是终于不曾搬上舞台。原因之一是他的剧本和传统的有别。"[①]那些剧本可能是他"文革"中烧掉了的10个剧本的某些恢复文本。[②]不能上演的原因除了"和传统有别"，可能还和思想内容有关。因为从"文革"结束到1981年，中国大陆话剧有一个1978—1980年的繁荣期，这种繁荣呈爆发之势，好作品众多，其创作路子主要两种，首要的是反思和抨击"文革"以至更长时期以来政治、社会体制的弊病，如《报春花》（为"右派"遭受的不公鸣冤）、《权与法》（提出权大还是法大的问题）、《骗子》（又名《假如我是真的》，从干部子女走后门现象提出特权问题）等，其次是写"文革"中蒙冤蒙诬的老革命家，为他们恢复名誉，如《曙光》（写贺龙）、《报童》（写周恩来）等。从高行健1981年后的作品看，这并不是他的创作路子，而"文革"前写的剧本更不可能是这个内容。

然而从1980年到1982年，中国的戏剧创作形势发生了重大变化。变化起于中共中央宣传部1980年召开的"剧本创作座谈会"。这个会议结束前，政治局委员、中宣部长胡耀邦作了长篇讲话。会议的内容是把当时创作了思想锋芒最尖锐的作品的剧作家召到北京，进行交谈和劝说，会议的主要话语是剧作家应该"注意社会效果"。会上批评的重点剧本是沙叶新的《骗子》（已经上演，引起了全国反响）和叶楠的《太阳与人》（写知识分子回国报效国家，却遭到迫害。已经由话剧改成电影，拍摄完成，还没有上映），还有河南的《谎祸》（写1958年农村谎报高产量后造成饿死人的惨剧。剧本已发表，还未演出）等。这次会后，这样的剧本不再出现，戏剧界的流行口号"触及时弊"不得不收敛，"社会效果"论则大行其道。话剧的繁荣迅即降温。1981年，尽管最尖锐的作品已经不见，但还是有一批思想解放的好作品推出（它们其实是前一年写的），到了1982年，已是创作惨淡，剧场冷落，戏剧界一齐哀叹"戏剧危机"了。而在反思批判的潮流降温的同时，艺术革新的潮流却在升温。"文革"结束，思想解放，戏剧界本就有艺术革新的需要，有了许多形式革新的表现。但它处于戏剧潮流的边缘，中心位置是由思想尖锐的反思的剧本创作占据着的。现在后者被阻遏，前者便来扩展自身，占据空出的中心地位了。戏剧危机的来临成了这种扩展和占据的机遇，因为艺术创新被当成了解除危机的应对之道。所以从1981年到1982年，大陆戏剧界掀起了"布莱希特热"，开始了小剧场运动，一批导演和舞台美术家频繁发表文章和见解，取代了剧作家在剧坛的主导地位。在1982年之后，艺术革新热继续升温，出现了1983—1985年的戏剧观大讨论。高行健就在这样的形势下应运而出了。

　　高行健是戏剧形式革新浪潮的一个令人惊喜的礼物。上个世纪80年代初，上海一位新锐的著名导演胡伟民有个广为流传的口号："东张西望，无法无天。"意思是，要放开眼界，向东方和西方寻找戏剧观念和手段，要大胆地冲破原有的戏剧观念的束缚。不曾想到，这样的事情有一个人已经做过了。当大陆戏剧界正在奋力突破旧观念的时候，高行健已经形成了他自己的追求现代戏剧的思想，可以付诸实施了。这就是《绝对信号》于1982年上演一下子就引起轰动，并被公认为大陆小剧场运动的开山之作的原因。但高行健这个礼物并不能被充分接受。他提交给北京人民艺术剧院的第一个剧本是《车站》，这个写等待的戏，表现了"文革"后的中国人不应等待，而应该奋力前行的现实内容，却因更表达着一般的人类处境，运用了一点荒诞化手法而使剧院迟疑，要求他"先写一个更现实主义的戏"。于是才写了《绝对信号》，这个戏是高行健的退一步之作，描写青年为解脱生活困境而失足，参与车匪作案，却在最后关头悔悟，比《车站》内容要浅得多，但却没有接受障碍。《绝对信号》成功

（北京人艺连演上百场，全国一致喝彩，多家剧团上演）后，《车站》也得以排演，但只是在内部演了13场，显然，它获得的是肯定其实验性，但对作品有所保留的态度。第三个戏《野人》上演后，观众和评论界陷入了混乱，虽然肯定该剧的探索精神，但说好的、说坏的、说根本看不懂的构成了纷纭一片。《彼岸》发表以后，干脆就没能上演。一位评论家直截了当地说："革新者总是走在大众的前头的。……但是他不能走得太前，太远，太急，以致和众多的欣赏者之间拉出了不能互相交流的审美'距离'。……因此我不认为《彼岸》是高行健的成功。我还是希望高行健的戏剧思维之船，暂时还得在《绝对信号》和《野人》之间游弋，而不要盲目地驶向多数人都觉得陌生的'彼岸'。"③显然，《野人》已经是戏剧界所能容忍的最大限度了。

高行健戏剧究竟是什么样的戏剧，使得人们不能全部接受呢？

二

高行健也是个戏剧理论家。他对创作中的现象和理论的术语、概念能够做非常清晰精微的解说，远比大多数文艺的、戏剧的评论家说得明白。其原因，除了他具有很好的理论思辨能力外，还因为他的理论是长期在实践中琢磨的结果，也因为他的知识广博，对世界上各种戏剧思想达到了通晓的程度。因此，《对一种现代戏剧的追求》一书对他追求什么样的戏剧已经有比较充分的说明。他的剧本创作，其中有许多（如一组现代折子戏、《独白》、《彼岸》、《冥城》等）更是专为其戏剧试验的目的写的，可以用来参照。所以，理解高行健的戏剧理想有着充足的基础。但这种理解仍然不容易。这是因为：一、高行健的阐述是在中国戏剧追求戏剧观念解放的语境中说的，因此这种表述就同流行的一般戏剧思想（如学习布莱希特、借鉴中国戏曲、打破"第四堵墙"、追求表演性、提倡剧场性和假定性、时空自由等等）混在一起，让人看不清高行健的独特追求是什么。二、高行健的戏剧实验内容很丰富，如运用意识流的直观化、运用荒诞化手法、运用艺术的抽象等，许多戏又标榜"无场次""多声部""多主题"等，这些都吸引人的眼球，让人眼花缭乱，让人以为他只是多方尝试大胆创新，而不容易形成一个他有一种独特完整的追求的概念。于是，在把握高行健的戏剧理想的时候，要注意把上述两种因素尽量排除。

高行健在《对一种现代戏剧的追求》一文中对他的戏剧追求是这样表述的：

西方当代戏剧家们的探索对我的戏剧试验是一个很有用的参照系。而我在找寻一种现代戏剧的时候则主要是从东方传统的戏剧观念出发的。简而言之：

一、戏剧是一种综合的表演艺术，歌、舞、哑剧、武打、面具、魔术、木偶、杂技都可以熔于一炉，而不只是单纯的说话的艺术。

二、戏剧是剧场里的艺术，尽管这演出的场地可以任意选择，归根结底，还得承认舞台的假定性。因而，也就无需掩盖是在做戏，恰恰相反，应该强调这种剧场性。

三、一旦承认戏剧中的叙述性，不受实在的时空的约束，便可以随心所欲建立各种各样的时空关系，戏剧的表演就拥有像语言一样充分的自由。

我的试验戏剧虽然扎根于对东方传统戏剧的这种认识，却又不受这种传统戏剧的任何程式的束缚。我认为传统戏剧中的情节、表演、唱腔、音乐、行当、脸谱、进而所谓性格，都属于程式。……我不想重复西方传统戏剧的格式，也不愿受到东方戏剧传统的程式的束缚。我的《野人》和《彼岸》便是我的这种戏剧观念的比较充分的两个不同的表现。④

这已经是一个完整的宣言了。让我们分两步来解读。第一步，看这里宣布了哪些原则。第二步，看这些原则意味着什么，或者说通向什么。

首先，这里有一个方针，就是从东方传统戏剧出发，但不要任何程式。就是说只要其美学原则。这些原则，高行健列出了三条。第一条，讲戏剧是"综合的表演艺术"。如果联想到东方戏剧的形式，可能理解成这样的意思：高行健主张一种像京剧那样，主要是看表演的戏剧。但这不是他的意思。如果从文字表述来看，容易理解成这样的意思：戏剧在说台词、写实的表演之外，还应该把各种表演形态容纳、安放进来。而高行健也不止是这个意思。例如在《绝对信号》中，就有对现实、回忆、想象的三种表演，对现实的表演是写实的，对回忆的表演是缥缈的，对想象的表演是冲动、热狂的。这就不止是可以把歌、舞、魔术、杂技容纳、安放到戏剧中的意思了。联系到高行健的戏剧作品和他的其他论述，这条原则的意思是，戏剧是表演艺术，而表演应该是多样的、全能的。第二条，讲剧场性、假定性。这一条很容易被从一般的意义上理解，理解为说戏剧是当场演给观众看的，舞台上的时空、布景、人物归根到底都是假定的。其实这里还是在说表演，并且特指东方戏剧的表演状态，就是"无须掩盖是在做戏"，这就是"应该强调这种剧场性"的意思。第三条，讲"承认戏剧中的叙述性"。这一条容易理解成是说戏剧中应该允许叙述成分的存在。其实高行健的意思是指东方戏剧具有根本的、整体上的叙述性，他要强化、贯彻这个原则，于是戏剧就像说书，过去、现在、未来、描述、回忆、想象、抒情、评论，可以纵横驰骋，说到哪里演到哪里，所以才说"不受实在的时空的约束，便可以随心所欲建立各种各样的时空关系，戏剧的表演就拥有像语言一样充分的自由"。

这里第三条描述的状态，就是高行健的戏剧理想。而这一条是要以前面两条（全能的表演、不加掩饰的表演）为基础的。高行健戏剧理想的秘密就包含在"戏剧的表演就拥有像语言一样充分的自由"这一句话里。

为了说清"戏剧的表演就拥有像语言一样充分的自由"一语，需要追究高行健的戏剧表演理想和戏剧语言理想。

高行健的戏剧表演理想，一个概念是表演应该是全能的，就是说演员应该可以用任何可能的方式表演。这一点已经明确了。而他的另一个概念是戏剧表演具有三重性。这一点需要分析理解。高行健说：

> 《独白》可以说是我对表演艺术的一个小小的宣言，在这个独角戏中，我提出了表演艺术的三者关系：演员和他的角色，以及作为一个活生生的有着自己个人独特的人生经验的人。我理想的表演是通过那个中性的演员来沟通另外两者，而这三者之间可以互相审视，互相交流，而这三者又都可以同观众进行交流。我以为表演艺术这个领域里，前人并没有把事情做完。[5]

在西方的戏剧表演中，有所谓"表现派"。表现派提出了表演中有"两个自我"的理论，"第一自我"是演员，"第二自我"是角色，表演活动就是"第一自我"监督"第二自我"去完成在排练中形成的关于角色体现的"范本"。这个理论提出后，演员与角色的二重性就成了探讨表演问题的理论架构。高行健提出三重性，是前所未有的，十分新颖独特，也十分令人费解。我们不禁要问，表演中真有三重性吗？这个三重性的想法从哪里来的呢？这个三重性有什么意义呢？高行健在《京华夜谈》中指出，戏曲表演就有三重性：

> 戏曲演员的表演有三层关系，而不只是西方人谈的表演艺术的那种二重性。……演员的表现有这样一个过程，他先把他自己放在一边，进入一个准备阶段，再进入到他的角色中。也就是从自我到演员到角色这么个过程。这虽然只是瞬间的事，如果把表演的这个身心的过程放大拉长的话，演员就摆脱了自我的束缚，取得了形体和心理的余裕和自由，投入到他的角色中去。他那个搁置一边的自我，则时不时审视他扮演的角色，沉静地调节和玩味他的角色，走向一种精神的境界……⑥

高行健的这种描述，是可以用艺术经验来验证的，但是不是三重性，却大可商榷。假定有一个戏曲演员，在侧幕边等着上场，由于戏曲表演是程式化的，他不必此时就进入角色状态，可以完全是生活中的自我，但上场时刻来到，他便把生活中的自我"搁在一边"，在迈步穿过侧幕条的时候迅即提足了精神，进入了演员的状态，而在幕条外一露脸，他就已经是角色了。这里的确是"从自我到演员到角色这么个过程"，而且"只是瞬间的事"。这种过程能"放大拉长"吗？完全可以。假如这个演员是头牌，演的大角色，那么他可以在幕条里"嗯哼"一声，即便出了这一声，他还是生活中的自我，然后音乐响起，或锣鼓响起，他再进入演员状态，出场后必有一个几秒钟的亮相，这时灯光照着他，观众投来"碰头彩"，他仍然主要是作为一个演员展现着自己的风采，享受着观众的拥戴，只是到结束亮相，缓步向舞台中心走去，他才从容进入角色。问题在于，不管是"瞬间的事"还是过程被"放大拉长"这里都是三种身份的先后转换，而不是三种身份的同时存在，所以不能叫作三重性。戏曲演员的自我"时不时审视他扮演的角色，沉静地调节和玩味他的角色"，这种现象在戏曲表演中是极为清晰的，因为戏曲表演是有确定的形式的，因此演员有充分的心理自由去审视和调节他的表演，还可以表现出演员自身的气度风采来。这种审视是与角色表演同时的，只是审视者究竟是演员，还是演员生活中的那个自我，却无法分清楚，其实这二者是合一的，所以这里还是二重性而不是三重性。

在独角戏《独白》中，我们看到一个人在砌一堵墙（想象的墙），台词说这是为了把自己和观众隔开，这时候他是演员生活中的自我；墙砌好后，他在墙后的台词说着表演的心态，表明他是个演员；当他开始说角色的台词时，他显然是角色；接下来他说真要演得好，还得拆掉这堵墙，说这话的时候，他又是演员身份了；于是他拆墙，一边拆墙一边说着演员这一行的甘苦，这时候，他又是演员生活中的自我了。在这个戏里，自我、演员、角色三者的区分以及三者的转换过渡可以看得非常清楚。问题在于，如果让一个具体的演员来演这个戏，剧中的自我、演员、角色就都是这个演员要扮演的角色。三者都是各有其台词加以表现的，三种身份是先后的，而不是在表演角色时同时进行的。我们能不能理解为这本是戏剧表演中同时并存的三重关系，只是为了研讨，才弄成这个样子，把三者分别先后展示呢？问题又要回到戏曲中对角色表演的审视者究竟是演员还是演员生活中的自我，还是二者的合一的问题。从《独白》来看，其中的台词绝大部分属于自我和演员，角色的台词只有很少几句，显然演员演角色不是这个戏探讨的重点，自我和演员的关系才是有试验探讨价值的东西。从表现派的理论说，就是"第一自我"能不能拆分成自我和演员两层的问题。问题到这里显示出它精细微妙的性质。一方面，我们应该认定语言是思维的直接现实，演员在演一个角色时不能同时进行三种不同身份的思维，也就是脑子里不能同时出现《独白》三种身份的台词。另一方面，无论从理论可能性还是从表演实践说，一个演员在演角色时是可以同时有着演员的和生活中的自我的意识和感受的。那么，它们之间的关系是什么？笔者认为，这种关系是自我的一部分合一于演员。高行健十分强调地指出，"自我"是"一个活生生的有着自己个人独特的人生经验的人"。如果这个人完全对演员保持独立，那么演员将除了我在表演的意识之外空无所有，哪里还能审视、调节、玩味他的角色？所以，"自我"与创造角色能够发生关系的部分（人生价值观、审美趣味、艺术素养等）必要合于演员，使之成为具体的、充实的演员，而其他的部分暂不存在。对于其他部分的去向，高行健有一个很好的表达，就是"搁在一边"。在《独白》中，"自我"自诉做演员一行的甘苦，说就在今天自己的妈死了，可是能把这个带进表演吗，不能，只能忘掉，因为自己必须对得起观众。显然，活生生的人，除了与创造角色有关的部分外，就是搁在一边。如果在表演时想起妈来了，不能叫作表演艺术的一部分、一层次，只能叫作"走神"。于是，表演时还是演员和角色两层次。作为完整的活生生的人的"自我"的出现，只有在他跳出角色的时候。

那么，高行健的三重性，或者三层次的思想从哪里来的？笔者猜测，这个思想的来源一是对东方戏剧表演（以及说书）的观察；一是布莱希特，因为布莱希特就是常让演员跳出角色，在一旁评论，以造成间离效果的；还有一个来源应该是高行健文学创作的经验，因为他不仅写小说，还探讨现代小说技巧，更在讲上述表演三层次时直接谈到："这种分离也就体现为一种关系，犹如作家同他的作品中的叙述人和作品中的人物的关系。"⑦这种思想有什么用呢？高行健自己认为，作用在于"给他的表演带来更大的自由。他便能超越日常生活中那个习以为常的自我，使他的表演达到日常生活中所达不到的极致。……去扮演牛魔王……孙猴子，去扮演一个冤魂，一个目光，一种精神，一棵树或一片飘零的叶子……"笔者认为作用并不在此。因为这种自由度和可能性在以往的世界戏剧中已经存在，这种自由度的实现只需要明确演员和角色分离的意识，而不需要三重性的思想。笔者认为，三层次思想的意义在于扩大了戏剧表演的范围。过去的戏剧表演只是表演角色，但高行健却把演员和自我也纳入了戏剧表演的范围。其作用大体有二：一、彻底地确定了自己戏剧的叙述性质，这不仅意味着自己戏剧文体的充分的叙述性质，而且意味着叙述行为本身就是戏剧，成了观众的观照对象。二、造成了自我、演员、角色三者之间的审视关系。由于这里的"自我"实际上是高行健写出来的一个自我，而不是可能被找来演戏的某个演员的自我，所以"自我"实际上是戏中的一个角色。于是表现自我、演员、角色三者之间的审视关系其实不是在探讨表演艺术，而是利用舞台在探讨人类生活中的多重关系，这就给对人的审视、分析开拓了舞台表现的空间。据此，我们也就可以理解高行健从《彼岸》以下的众多剧作的内容为什么不是对作为历史现象的现实生活的表现，而总是执着地指向对人的审视。⑨

让我们再来探讨高行健的戏剧语言理想。

高行健主张戏剧是表演的艺术，但又表示："我只反对把戏剧当成语言的艺术，并不反对在戏剧中运用语言。……而戏剧中使用的语言总要通过表演为中介，它本质上是非陈述性的，非抒情性的，包含着动作，是一种能够唤起可见的舞台形象的有声语言，不同于一般的文学语言。"⑩这些看法似乎只是清晰通达的戏剧常识，其实其中已经包含着某些新的思想。这就是"是一种能够唤起可见的舞台形象的有声语言"一句。要知道在以往的戏剧中，有许多语言是表达观念性的思想而不能唤起可见的舞台形象的。这种现象本是传统：在亚里士多德的悲剧定义中，悲剧的六个成分里就有"思想"一项。表达思想的语言的突出表现就是警句。但高行健的戏剧里没有警句，也找不到表达剧本主题的核心话语，高行健根本反对谈论自己的剧本的主题。高行健主张戏剧语言"应该在舞台上成为一种直观而非观念，它应该是形体动作和心理活动的直接投射，而不是文学修辞。……它可以是破碎的、非逻辑的、突如其来的，并不都是完整的句子。它可以语义含混却获得鲜明的舞台表现"⑪。是有声的口语，能够化为舞台直观，具有可演性——这是高行健戏剧语言理想的一个方面。

戏剧语言应该有极大的自由度——这是高行健戏剧语言理想的又一个方面。他说：

> 意识流对小说语言是巨大的革新，扩大了小说艺术的表现力。如果我们也认识到戏剧中的语言也可以是个流程，不同的时态都可以变成舞台上的直观，我们就会找到一种新的戏剧语言。对话可以立即转入内心独白，转入回忆，转入想象。而且比通常现代小说中的意识流还有更大的自由。因为在戏剧中，不像小说的叙述语言中的意识流，只限定在一个叙述角度，即发自一个人物的内心活动。舞台上有几个人物，原则上就有几个叙述角度。⑫

这段话读来有点跳跃感：怎么把戏剧语言专门同意识流相联系呢？为什么说这就"找到一种新的戏剧语言"呢？为了排除这种跳跃感，必须注意到高行健的戏剧是总体上具有叙述性的，而且他特别注意审视人，表现他们的内心，所以意识流那样的叙述就自然成为一种理想了。由于其语言是可演的，"不同的时态都可以变成舞台上的直观"，因此，这样的叙述就是可行的了，这种成为一个叙述的流程的戏剧语言，比之传统的在一个确定的时空中进行人物对话，当然是"一种新的戏剧语言"。明白了高行健戏剧语言理想的这一方面，我们发现高行健不是"不反对在戏剧中使用语言"而已，他对语言的运用有着极高的期望：像写小说（而且是意识流小说）那样无限自由！

高行健要求把可以直观化的，无限自由的戏剧语言和全能的表演统一起来。他激动地说道：

> 基于对语言的这种认识，戏剧将取得多大的自由！舞台上只要一句话，便可以从现实进入到想象，……存在的与不存在的，抽象的与具体的，都在语言的流程中，在舞台上都可以得到表现。而演员的表演本无所不能，同语言一样，可以演现实中的活人，可以表现一种情绪，可以表演梦境，可以表演回忆，可以是风格化的，可以是逼真的，可以夸张到怪诞的地步，可以表演死亡，可以真的吃或者喝，可以表现为物，也可以表演此与彼的关系。语言与表演能达到这种统一则建立在把语言变成舞台上的直观这种认识上。⑬

在上面这段话里，高行健的戏剧理想已经表达无遗。

高行健认为《野人》和《彼岸》便是他的"戏剧观念的比较充分的两个不同的表现"，我们在《野人》中看到戏剧对各种表演形态无不可以容纳的表现，而在《彼岸》中，则看到语言是一个自由的流程，表演无所不能，说到哪里就演到哪里，成为舞台直观的境界。

三

在对高行健的戏剧理想作了一番探究之后，我们可以来探讨高行健与中国戏剧的关系。这种关系可以分成三段来考察：第一段是1981年高行健进入北京人民艺术剧院做编剧之前的时间；第二段是1981年到1988年，即高行健对大陆戏剧界产生影响的时间；第三段是高行健离开中国定居法国之后。

第一段开始的时间，准确一点说应该从1958年高行健进入北京外国语学院算起，因为在此之前他还没有进行自己的戏剧探索。高行健在大学的低年级是斯坦尼斯拉夫斯基的信徒，到了高年级，他接触了梅耶荷德、瓦赫塔戈夫和布莱希特，尤其受布莱希特影响。在此之后，由于他精通法语，他接触法国现代的文艺思潮，受到了阿尔托的影响，而由于他是从小热爱戏剧的中国人，他又深受中国戏曲的影响，在1979年出访欧洲的经历中，他更发现西方戏剧家正大力寻求东方戏剧的启发，到他进入北京人艺时，已经有了自己的戏剧思想了。所以这一段是高行健戏剧思想逐渐成形的时期。这时期他写过10个剧本，但没有发表和上演过，根本不为人所知。由于没有进入戏剧界，高行健这一段对中国戏剧没有影响，但中国戏剧对他有影响，包括中国传统戏剧、中国现代话剧（尤其是曹禺、老舍、田汉的剧本），还有统治当时中国剧坛的斯坦尼戏剧体系。这一段的高行健尽管对中国戏剧没有影响，但不是对中国戏剧没有意义。这种意义表现为两点：1. 高行健的存在是该时段中国戏剧史的一部分。2. 高行健不是天外来客，他是在中国的戏剧文化土壤上吸收外来戏剧思想而产生的成果。他幸而没有进入戏剧界，因为如果不是在戏剧界之外，他就不能进行这一段的自由的探索。这意味着如果不那么禁锢，整个戏剧界也可以自由地利用高行健所利用的中外戏剧资源进行创造，那么中国当代戏剧本来可以是另一个样子。所以，高行健显示了中国当代戏剧的可能性，也构成了对禁锢的批判。

第二段是高行健影响中国戏剧的时间，他给了艺术革新中的戏剧界启发和推动，而戏剧界对他则没有影响。80年代的高行健评论都不言而喻地把高行健看作当时戏剧革新潮流的一部分。其实高行健并不是一部分，而是比当时戏剧界探索的总和还要多。当时的戏剧革新潮流是理论和实践并举的。理论上是引进布莱希特，推崇中国戏曲，从而打破斯坦尼写实戏剧美学的一统天下，达到戏剧观念的解放；实践上是出现了"探索戏剧"，一个一个地尝试新的手段，如80年代初的《屋外有热流》让鬼魂出现、《路》在主人公的现实形象之外又出现了他的潜意识的另一个"自我"的形象、《我为什么死了》采用了把故事的段落倒叙的形式、《爱在我们心中》尝试了时空自由转换和不同时空交错的手法，等等。但这些对高行健来说早就不是问题了。高行健能够弄懂布莱希特和阿尔托，并把他们的艺术因素吸收到自己的戏剧理想中去，但80年代的戏剧界对布莱希特是半懂半不懂的状态，大热了一阵，把他作为打破"第四堵墙"的工具使用过后就丢弃了，至于阿尔托，人们当时还不知为何物，更不能看出高行健受他的影响来。80年代戏剧革新潮流的成效是巨大的，几年之内舞台面貌已经根本改变，在戏剧观讨论开始的1983年，戏剧界的观念已经前进到认为戏剧形式没有限制，探索没有边界，到了1985年，导演们已经达到在一个戏中把古今中外各种戏剧手段自由使用熔为一炉的境界，黄佐临还提出了"写意剧"的理想。然而自由使用各种手段者并没有成形的戏剧理想，"写意剧"的理想则相当朦胧，模糊不清，这离高行健有明确的戏剧理想，语言形成自由的流程，诉诸无所不能的表演的境界还有很大距离。所以，高行健的探索，从进度和范围上都超过戏剧界的整个探索。这大约就是高行健从来无意理会评论意见的原因。由于这种领先性，高行健显然可以成为戏剧革新浪潮的理论上与实践上的引领者。但在那段时期，他并不具有这个地位，也没有人想过他可能具有这种地位。当时理论的引领者是黄佐临。高行健只是被作为形式创新的一名闯将看待，而他的形式创新，除了"无场次"被广泛接受外，其他独特的形式（如多声部、多主题）都只得到困惑的注视。实际上，中国戏剧界艺术革新所取得的进展，没有高行健也一样会获得，而且取得最终成果的时间（大约在1985年）也不会有什么推迟。另一方面，高行健的确有超出整个戏剧界水准的东西可说，并且也说了出来，但不被理解。造成这种状况的原因，并不是各种手段无所不包、无限自由的语言与无所不能的表演相结合的戏剧理想深奥得叫人无法理解，而是高行健的戏剧与中国当代戏剧有着不同的性质。高行健的戏剧是在空中飞翔的，是以人类的情怀对人类处境和本性的哲理性的审视，他的形式探索是为此服务的。当代中国戏剧却是在大地上行走的，是对现实生活的反映和对社会问题的思索，要以此来呼唤民主和法制，表达人民的疾苦和心声，这是它的历史使命，也是观众的兴趣所在。正因为如此，当这种潮流被阻遏，戏剧竟然别无出路，只有陷入危机。这样的戏剧，只有与此有关的创新才是被探索和接纳的，超出这个限度，例如《彼岸》中没有社会身份的人渡到想象的河流彼岸又返回来是什么意思，自由的语言流程有什么意义，就无法理解。于是在这一段，高行健与中国戏剧就是这样的关系：他坐在劫难后的中国这条船上，人们便把他看作一个划手，以为他的探索当然是在寻找更好的划桨方法（或任何推进方法），却不能想到他是要从空中俯视人类的境况。《绝对信号》一出，大家对他划出这漂亮的几桨倾心喝彩，但《车站》让人觉得他的划法有点怪，《野人》则成了全身性的舞蹈，有的人叫看不懂，更多的人则猜想他总是在探索什么推进方法吧，但《彼岸》终于显示这个人是要飞向空中，于是就不能再被接受了。所以，有评论家希望高行健游弋在"《绝对信号》和《野人》之间"，这并不是狂妄的教训，实在是反映了中国戏剧的现实要求，因为《野人》仍然可以被理解为表现现实生活的剧本，接下来的《彼岸》却不再具有这种性质了。

第三段，即高行健定居法国以后，他与中国戏剧的关系表现在两个方面。一方面是他对香港、台湾的戏剧发生着直接但有限的影响。《生死界》在香港上演，《八月雪》在台湾上演，都是引人注目的戏剧事件。其影响是直接的。但港、台两地的戏剧观念早就同世界接轨，充分解放，所以高行健在艺术形式方面不会发生如80年代对大陆戏剧界那样强烈的影响，而他的作品内容也不是反映现实生活和迎合大众的，所以影响必然有限。另一方面，高行健的离去造成了大陆戏剧界的某种真空。其表现就是90年代以来大陆的先锋戏剧虽然惹眼，却失去了思想内容，形式的探索也没有方向，使人想到如果有高行健，情况或许不同。

不过，这种"如果"也只有联想的意义，因为高行健能对大陆戏剧发生的影响在他离去之前已经到了尽头。高行健与中国戏剧的关系给人的感受是：高行健本是中国土地产生的重要成果，但他对于在现实中艰难跋涉的中国戏剧却像一颗来去匆匆的彗星。中国有名为"新时期文学精品大系"的书，其中收剧本六种，高行健有《绝对信号》一种入选。高行健不会认为该剧就是他作品的代表，但编选者显然认定就是。这意味着该剧就是高行健与中国戏剧完全重合的一点，过了这一点后，高行健的戏剧线索就与中国戏剧渐行渐远。尽管如此，高行健定居法国后的剧作却大有禅意，中国味道越来越浓厚。但对这些剧本的研究已经主要是高行健与中国文化、高行健与世界戏剧关系的问题了。

注释：

①许国荣：《为革新者歌》，《高行健戏剧研究》，北京：中国戏剧出版社，1989年。

②高行健自述他在"文革"中"共烧掉了8个话剧剧本，一个电影剧本，一个歌剧剧本"，又说《绝对信号》"是我写的第12个剧本，只不过是第一个上演，《车站》还写在《绝对信号》之前"（见《京华夜谈》）。而他所有发表的剧本都写于1981年之后。

③童道明：《〈绝对信号〉和〈野人〉之间》，《高行健戏剧研究》，北京：中国戏剧出版社，1981年。

④⑤高行健：《对一种现代戏剧的追求》，见同名论文集，北京：中国戏剧出版社，

1988年，第84、85页。

⑥⑦⑧⑩⑪⑫⑬高行健：《京华夜谈》，《对一种现代戏剧的追求》，北京：中国
戏剧出版社，1988年，第211、212、217、218、221、222页。

⑨高行健后来的作品如《瞬间》《生死界》《对话与反诘》《夜游神》《八月雪》等
都是这种倾向。

原载《扬子江评论》2007年第7期

先锋话剧研究资料

完全戏剧：丰富中的贫困

——从高行健作品看戏剧的文学意义

施旭升

华人诺贝尔文学奖获得者高行健是十分推崇文学的价值的。然而，他在完成《绝对信号》（1982）、《车站》（1983）、《野人》（1985）以及《彼岸》（1986）等一系列剧作的同时所提出的"完全戏剧"观却是"非文学"甚至"反文学"的。他明确指出："戏剧不是文学"①，认为"戏剧是一种综合的表演艺术，歌、舞、哑剧、武术、面具、魔术、木偶、杂技都可以熔于一炉，而不只是单纯的说话的艺术"。②这是否意味着高行健戏剧创作完全否定文学的意义？而他所谓的"完全戏剧"，是否完全消解了文学的价值？或者说，究竟怎样理解作为"综合的表演艺术"的戏剧的文学意义？高行健的"完全戏剧"观在表现形态的丰富中是否意味着文学意义的贫困？以及，高行健是如何在戏剧艺术的创造中践行他的文学使命的？诸如此类，对于理解高行健创作实践及其观念演变无疑有着十分重要的意义。

本文拟结合高行健的戏剧创作实践，就"完全戏剧"观的提出、内涵及其意义做一简要的阐释。

一 话剧突围：文学意义的消解与重构

高行健"完全戏剧"观是在怎样的一个时代背景与艺术态势之下提出来的呢？

我们知道，高行健步入剧坛始于1981年调入北京人艺担任专职编剧。而在上世纪80年代初的中国，经济上的改革开放与思想上的拨乱反正都已经起步；

此时的中国剧坛，也在经历了"文革"这个荒诞的年代之后，开始了艺术上的全面复苏。一场旷日持久的关于"戏剧观"的讨论正在广泛展开。中国戏剧从观念到实践都面临深刻的嬗变。于是，以一个高调的"闯入者"的姿态涉足剧坛的高行健所面临的，一方面是五四以来的现代话剧传统，一方面则是上世纪50年代以来北京人艺的演剧传统；一方面是中国传统戏曲乃至传统文化的价值已越来越被人们所看重，一方面形形色色的西方现代戏剧流派纷纷涌入。

如果说，五四以来的现代话剧传统作为中国现代新文学的一部分主要体现为话剧艺术的文学性的成就，那么，以北京人艺为代表的演剧传统则代表了走向成熟的话剧艺术的剧场性的最高成就。这两个方面原本是不可分割的，正如作为杰出剧作家的曹禺就曾经长期担任北京人艺的院长，曹禺、老舍、郭沫若的剧作对于成就北京人艺的演剧艺术功不可没。然而，实际上却由于戏剧艺术的特殊性而常常被人们分别开来加以谈论和对待。

更重要的，20世纪初兴起的中国现代话剧，自从20年代被洪深等命名为"话剧"且成为新文学运动的重要一员以来，一方面出于适应"启蒙与救亡"[3]的急切的现实需要，表现出明显的急功近利的色彩（即所谓话剧的"战斗传统"），另一方面，也由于深受西方写实剧的影响从而一直行走在一条相对逼仄的写实的路途上，并逐渐成为一种只注重"说话"的剧。在"文化大革命"的"十年动乱"中，话剧基本上被取消；而江青主导的"革命样板戏"更是形成了诸多的艺术教条，其中，"剧本，剧本，乃一剧之本"甚至流传至今，其实质就是企图以剧本文字去一劳永逸地规范舞台演出，以至于作为"样板"而一字不易。[4]其后，被称为"新时期话剧"的复苏又是从"社会问题剧"开始，《于无声处》（宗福先，1977）、《丹心谱》（苏叔阳，1978）乃至《小井胡同》（李龙云，1981）、《天下第一楼》（何冀平，1988）等基本上都还是重复着五四以来的特别是1950年代以来关注"问题"并以"说话"见长的编剧与演剧的路数。

于是，"文革"结束之初的中国话剧状况是：一方面是文字所体现的思想意义的日趋僵化，一方面是剧场演出形式的极度贫乏。而中国话剧的新变究竟路在何方？或者说，如何寻找中国话剧的突围之路？也就自然而然成为人们的一个挥之不去的话题。

可以说，高行健的"完全戏剧"观也就是在这样的一个文化语境中应运而生的。

诚然，戏剧艺术应该既具有文学性，又具有剧场性。而对于高行健来说，他更确信："戏剧的生命在剧场里。"⑤而且，有趣的是，在面临着剧场性与文学性的两难选择的时候，作为剧作家的高行健宁愿选择了前者；并且高行健似乎是以对文学性的否定来显示其对于剧场性的强调。从而，受其影响，差不多与之同时兴起的探索剧的热潮中难免使得戏剧的文学意义有意无意地被弱化甚至被取消，不仅有些所谓"探索剧"的剧本让人难以卒读，而且其文学意义的贫乏仿佛回归到游戏和杂耍。

然而，结合高行健上世纪80年代以来的戏剧创作，他所倡导的"完全戏剧"观却完全可以有着另外一种解读。那就是：它不仅是对于既往文学意义的消解，而且更主要的还着眼于新的意义的重构；它不仅是寻求中国话剧突围的一种策略，而且也体现了高行健等一代中国剧人一个根本性的美学选择，即所谓"东张西望，开拓新路"。为了到达他的戏剧的"彼岸"，高行健伫立于东西方的交叉路口上，左顾右盼，既汲取东方戏剧特别是中国传统戏曲之所长，更能够自觉地以西方现代戏剧为样本，并根据自己的体验加以取舍，从而提出了迥异于东西方其他任何一种戏剧的"完全戏剧"。

二　完全戏剧：丰富抑或贫困

那么，高行健所谓的"完全戏剧"究竟是一种什么样的戏剧？

对此，高行健曾经明确宣示："我相信未来的戏剧的时代将是戏剧更加繁荣的时代，未来戏剧会是一种完全的戏剧，一种被加强了的演员与演员、演员与角色、角色与演员与观众交流的活的戏剧，一种不同于排演场里完全排定了的近乎罐头产品的戏剧，一种鼓励即兴表演充满着强烈的剧场气氛的戏剧，一种近乎公众的游戏的戏剧，一种充分发挥着这门艺术蕴藏的全部本性的戏剧，它将不是变得贫乏了的戏剧，而是也得到语言艺术家们的合作不至于沦落为哑剧或音乐歌舞剧的戏剧，它将是一种多视像交响的戏剧，而且把语言的表现力推向极致的戏剧，一种不可以被别的艺术所替代的戏剧。"⑥

显然，高行健关于"完全戏剧"的这种"未来式"的表述，无疑表明它是某种理想的戏剧状态。这有些类似于上个世纪20年代的余上沅等在"国剧运动"中所提出的"国剧"理想；所不同的是，余上沅等由于缺乏创作的实绩而使其"国剧"的理想流于空谈，而高行健却在自己的身体力行当中，以其一系列卓有成效的创作实践印证其艺术理念，且不管这种印证是否完全符合原初的艺术旨趣。

如果追根溯源，我们还可以追问：高行健所谓的"完全戏剧"究竟源自何处？正如有论者所指出的：高行健的"完全戏剧"有些类似于阿尔托所提出的"总体戏剧"（total spectacle）的理念。在其《残酷戏剧——戏剧及其重影》（The Theater and Its Double）中，阿尔托阐述了他从东方戏剧中找到"空间的诗意"（a poetry in space）；他曾亲眼见识过的印尼巴厘岛仪式剧，他认为：其中的"空间的诗意"不仅融合了舞台上音乐、舞蹈、造型、哑剧、仿真、动作、声调、建筑、灯光及布景等要表达的众多手段，而且，这些手段亦为戏剧纯粹的特点，将这些表达潜力联系起来，便可恢复戏剧的原始目的，恢复戏剧的宗教及其形而上的色彩，使戏剧得以与宇宙和谐⑦。同时，也还有论者认为：高行健的"完全戏剧"与瓦格纳所谓的"总体戏剧"应该有一定的关联。瓦格纳所谓的"总体戏剧"，就是一种把诗歌、音乐、舞蹈三种因素合在一起的乐剧⑧。这是一种合成的艺术作品，它将融合一切戏剧成分。他就把欧洲近代以来一般所谓的戏剧"综合性"进一步拓宽了。"戏剧"原本起源于歌、舞、诗，但在欧洲，这三个方面的因素后来被分流，各自形成不同的戏剧样式：话剧、舞剧和歌剧。瓦格纳则主张应将这三者再度结合在同一戏剧样式里，而且断言将来理想的舞台艺术必将如此。瓦格纳试图以这种综合式"总体戏剧"来对抗欧洲文艺复兴以来戏剧艺术的分化。

其实，以上的表述虽然不无道理，但是，高行健的"完全戏剧"似乎更应该是"古今中外兼容并蓄"⑨的。它不仅借助中国传统戏曲，甚至直接借用中国古代的神话传说、戏曲题材、禅宗公案等，而且在表现方法上明显地借鉴布莱希特、彼得·布鲁克的观念与实践，特别是格洛托夫斯基的"贫困戏剧"⑩的探索经验。比如，高行健认为，布莱希特提供了一种前所未有的戏剧，曾对他产生了巨大的影响，他的《车站》《野人》《现代折子戏》等剧作就明显运用了布莱希特的间离法（陌生化方法）。而不管运用什么方法，目的无非都是用以"探索人类心灵的幽暗之处，及生命的终极意义与价值"⑪。

然而，如果要深入考察所谓"完全戏剧"的得失，还必须进一步提问：在高行健的"完全戏剧"当中，究竟是以形式的丰富掩盖了意义的贫困，抑或相反，是在质朴的形式中寻求丰厚的意义表达？

事实上，形式与意义，丰富与贫困，正构成了这样一个深刻的艺术矛盾！形式上的多样、手法上的驳杂，并不一定能与意义的丰富与深厚成正比；反过来说，表现形态上的单纯也并不意味着意蕴的单一。对于高行健来说，戏剧表现的可能性是应该无限丰富多样的，所以，"完全戏剧"可以不拘一格、广泛借鉴；同时，更重要的，"完全戏剧"还应该是一种"纯粹"的戏剧，而不是诸多现象与手法的大杂烩，应该有着自己的独特的话语方式与艺术规则。故而，所谓"完全戏剧"与其说是高行健关于某"一"种理想戏剧形态的表述，还不如说根本上就是关于其自身戏剧理想的一种建构。它构成了高行健戏剧艺术探索的核心和原点。它至大无外，兼收并蓄，具有极大的包容性与无限的丰富性，从而使得剧作家能够以一种开放的心态来融会传统戏曲与西方戏剧，并兼及其他一切可能的艺术表现方式；同时，它又是至小无内，质朴无方，意趣生动，在简洁、素朴、机趣、灵动的形态表现中追求情感意义的丰厚。这两个方面相反而相成，丰富中包含着质朴，或者，贫困中寄寓着丰富。它既与西方20世纪以来的表现主义戏剧、荒诞派戏剧、"贫困戏剧"等的艺术启迪有着密切的关联，又直接汇通东方的佛道美学，特别是道家的"以少总多"的观念、"道生一，一生二，二生三，三生万物"[12]的思想，以及"空故纳万境"[13]的佛心禅韵，等等，都与其有着直接的因缘。而上述这一切，似乎都应该是"完全戏剧"的题中应有之义。

在这个意义上，可以说，高行健所倡导的"完全戏剧"绝不只是简单的戏剧文体实验，而是对更为广泛的文学意义的探索。

三 禅境剧：走向人性体验的深处的戏剧与人生

进而言之，高行健的戏剧创作又是怎样践行他的"完全戏剧"观的呢？或者说，纵观其戏剧创作的历程，我们可以看出高行健有着怎样的一个创作轨迹与艺术走向呢？

自1982年发表并上演《绝对信号》以后，高行健戏剧创作便一发而不可收。20多年来18部剧作的问世，数量上虽然并不是十分可观，但他的每一部戏似乎都在不断地探索与创新，然而在总体上却又有着一个明显的趋向，那就是：以一种全新的戏剧形态的探索来阐释他对于戏剧和人生的深度体验与理解。

从纵向的维度上来看，高行健的戏剧创作以《彼岸》（1986）为界，可以分为前后两个阶段。如果说，《彼岸》之前的一些剧作，如《车站》《野人》等，都还在某种程度上暗合当时的主流话语的话，那么，从《彼岸》开始，高行健便转向个体心灵的抒写；此后的一系列作品，尤其是90年代以来的《生死界》《夜游神》《山海经传》《周末四重奏》《对话与反诘》和《八月雪》等，则主要凸显了人类情感体验及交往的困境、乌托邦世界的虚幻以及一种元历史（metahistory）观的破灭；或者更确切地说，高行健对于社会人生的关注已经逐渐由外在的生存状态转向内在的心灵状态，由对"此在"的描绘转向对"彼岸"的向往。就艺术表现而言，如果说，《车站》和《野人》还难免有着一些模仿的痕迹，甚至是勉力而为之的话，那么《彼岸》之后，特别是在《对话与反诘》《八月雪》《生死界》等作品当中，已经有了更多的机趣与灵动，而全无斧斤之痕。

在高行健的戏剧创作中，《彼岸》一剧之所以有着十分特殊的意义，恰恰就在于它象征性地显示了高行健的这一转向。"彼岸"，原本就是一个事关宗教信仰的概念；在彼岸的世界里，一切都是那么令人神往。与"彼岸"相对的，是现实的"此在"。现实中，更多的情况下，人们所面临的总是各种人生的困境。究竟怎样才能摆脱困境，而到达这种人生的"彼岸"呢？然而，在经历种种磨难、逃亡、挣扎之后，人们仍然在叹息，在沉思，在流泪，甚至永远也不可能到达彼岸。而人生的一切无奈与荒诞、困惑与悲剧的根源也都在于此。于是，高行健随后的一系列戏剧作品，无非都是展示那些挣扎在"此在"与"彼岸"之间的一个个活生生的灵魂，戏剧化地呈现他们的生存状态与心理状态。如果说，稍早前的《车站》中所表达的还是作者对于历史目的论的迷恋和信任，那么到了《彼岸》，就转化成个人在群体面前的无助与无望以及内向化的生存体验。从而可以说，作为一种象征，《彼岸》确实开启了高行健的"另一种戏剧"的创造。

那么，这"另一种戏剧"究竟有着怎样的审美特质呢？对于高行健在《彼岸》之后的一系列戏剧作品究竟应该怎样来进行认识和评价？刘再复在《高行健论》中干脆就将其称为"内心戏剧""心灵剧"或"状态剧"⑭。诚如刘再复先生所言,在高行健90年代以后的作品中,他总是努力"把看不见的人性状态展现于舞台"⑮。但是,这种"看不见的人性状态"之于戏剧舞台,原本就难以直接呈现。这一点,上一个世纪之交的欧洲表现主义、象征主义戏剧就有了很多的经验与教训。如果非要将那些深层的非理性的心理内容直接形之于舞台,那就只能采取抽象、象征乃至变形的手法来表现。相比较而言,赵毅衡先生将高行健90年代以来的作品称为"一种现代禅剧"⑯,并进行了相当广泛深入的论述,还是非常令人信服的。只是高行健的戏本质上毕竟是"剧"而非"禅",有着戏剧本体意义上的"情境"特质⑰。所以,借鉴赵毅衡的说法,我更愿意把这种戏剧称作为"禅境剧"(Zen-situation Theatre)。

归结起来,作为高行健所力图创造的一种当代东方式的戏剧,"禅境剧"大致建筑在如下一些艺术原则之上:

首先,高行健的禅境剧十分注重一种禅意的开掘。较之此前的其他戏剧,禅境剧一般并不十分注重情节的构造与"主题"的提炼,禅境剧的立足点不在于此,它们并不指向某种现实的主题或者某种理性的认知,而是诱导观众自己体味在可能与不可能之中游移的意义,从而改变寻找意义的方向,获得某种人生的顿悟;剧中也可能有着某些象征以至荒诞的意味,却更多地渗入了作者的一种统摄其间的禅悟与意趣。

就拿《野人》与《对话与反诘》相比较,《野人》一剧,共交织了四条平行的情节线索,如生态问题、寻找野人的闹剧、现代人的悲剧和人类创世的史诗,通过事件的目击者和评论者——生态学家的个人经历而贯穿全剧;而生态学家的经历又可分为三个层面,一是他在现实生活中的种种遭遇,在进山寻找野人的过程中所遇到的很多人和事;二是他的意识活动和内在心理,角色自身被纠缠于想象和回忆之中;三是他作为一个学者的理性思考,对历史、现实、人性的存在与意义的反思。从而,就剧情构造与立意来说,该剧基本上可以归结一种心理剧的模式,但其中明显渗透了剧作者心灵的体悟,已透露出剧作家创作转向的某些迹象。而在《对话与反诘》一剧中,高行健则采用了上下两场的结构方式,不是把下场作为上场的发展:下场成了上场的"亡灵",一次"后历史"的游戏,一次历史经历暴力之后的追忆和失忆。这里的历史已不再是集体的、宏大的、民族的历史叙事,而是一次男女之间小小的邂逅,以及微观的、非理性的诱惑、攻击和杀戮。剧作者以个体的深刻体悟来反思历史的理性，历史变得不可拯救，不可"扬弃"，而只能在男女主人公难以理解的重复与聒噪之下陷入一种绝境。剧中唯一明朗的存在乃是不时在男女背后表演哑剧的和尚，他用禅宗公案的方式解构了这对男女在前台的种种行为。和尚竖立棍子和置鸡蛋于木棍之上的不倦实验几乎是对人类理性生活和历史的一次西西弗斯（Sisphus）式的戏仿，他把不可能实现的目标变成了人生行动的唯一目的，从而与同台表演的男女之间时而认真时而胡闹的语言交流相互映衬。这里，很明显，不仅剧情的展示中已充满了种种人生的玄机，而且那个原本游离于剧情之外的和尚角色的穿插更使得整部戏禅意盎然。

其二，戏剧创作最为本质也是最为重要的，是戏剧情境的营造。因为，仅仅追求一种禅悟显然还不足以创造出引人入胜的戏剧，原因就在于"不立文字"的禅悟往往是非传达的。禅意更需要有一种情境的依托才能形之于舞台。故而，高行健的"禅境剧"，不仅以禅悟的机趣，更重要的还是因心造境，境由心生。正是在一个强有力的戏剧情境的统摄之下，剧中的情节、语言虽然本身往往是平常的，非雕琢的，但却在作者不透明或半透明的处理当中，显示出极大的情感张力与舞台效果。作为剧作者的高行健，其所悟所感，只有通过剧中角色在某种规定情境中的"对话与反诘"而传达出来，甚者，为了启导观众本有的根基悟性，在剧中剧作者还往往需要通过舞台提示来显示演出本身的控制与被控制。

从而，在高行健的禅境剧中，语言并不以意义为指归，相反，意义成为戏剧文本展开的借口，必要但并非必然的外衣。因为，作为一种东方的宗教"神学"，佛教禅宗不仅否定造物主，而且否定可以用语言企及自我心中的神性，但却一再用语言诱导之，即所谓公案。禅宗对待语言的几种处理方式，在高行健禅境剧中一再成功地转化成一种非常有效的戏剧手段。比如，禅宗的平俗但流畅的语言与儒家经典和主流文学冠冕而精致的语言相比，更是一种"不存心机"的表达方式。有些问题，不能说，即使说也不能说破，因此禅者的机辩、讨论都只能文不对题，答非所问，甚至不是影射暗示，而只是以一种姿态，一种相当于棒喝那样非传达的语言，指点对方自己去领悟。这样的公案有意玩弄无意义。如此不交流的言语行为，如果不得不用于应答，戏剧张力也就更为强烈，即所谓答非所问，言非所指。

比如，在《生死界》的结尾段落，我们就可以看到如下一种情境：

> 女人：说的是一个故事？一个罗曼史？一场闹剧？一篇寓言？一条笑话？……
>
> （老人渐渐走到舞台中央，有一块石头。老人低头，小心翼翼，绕石头而行。）

独白的女人问的问题，只得到沉默的不相干行为作答，这样，女人的话，男人的动作都只具有一个意义，即无意义。在《对话与反诘》的结尾还有一段：女人问男人门后有无梦、记忆、幻想，男人重复说："绝对没有"。

> 女子：（更轻）这不能说的。
>
> 男人：（很轻）为什么？
>
> 女人：（近乎耳语）这不能说的！
>
> （男人哑然。和尚上，潺潺水声。）
>
> （和尚急步趋前，单膝着地，躬身，双手合掌做掬水状，用小手指沾水，洗耳，左右两耳毕，起身恭听，渐渐咧嘴，露出弥陀佛般的笑容。）

为什么门后（彼岸？）什么都没有，乃是因为无可言说之物。只有洗耳恭听，或许才能从自己内心的声音中听到真正的佛性。所以禅师要求佛徒"望南看北斗"，因为只有从一个不合常理的方向，才可能寻找到不可言说之物的正确途径。

这里，一种统摄其间的特殊的戏剧情境（即所谓"禅境"）的营造是决定性的。生存还是死亡，这是一个问题。面对这样一个根本性的追问，高行健以其东方禅悟式的智慧做出了自己的戏剧化的应答与呈现。

其三，在观演关系上，禅境剧更努力诱导观众共同创造一种"诗意的空间"，一种超越神圣与个体的公共体验。这种境界所呈现的远非世界的表象，而是纷纭众相背后的某种无法言说的超越状态。事实上，戏剧作为一种"人类精神的对话"[18]，本质上都是离不开其角色之间的话语的交流。确实，在这种禅境剧中，高行健需要"努力捕捉的是心理感受的真实"[19]，但是，更为重要的还是要把这种心理感受转化为能够向观众传达且充满诱意的观演的空间，形成一种戏剧观演所特有的审美场效应。这种审美场的构建，西方写实剧的务求真实是一条途径，而在中国源远流长的诗画艺术传统浸染之下所形成的大笔写意亦不失为一条有效的途径。"写意戏剧"虽然早已有之[20]，但自觉地在佛道哲学的源头处为当代写意戏剧寻找精神命脉，高行健当属首创。写意与禅悟，成为高行健禅境剧创造的两翼；或者说，在禅境剧中，禅悟与写意已不仅是一种有效引导观众的技巧，而且更成为其自觉的艺术精神的体现。从而，正是有了这份自觉与坚持，高行健才自然而然走上一条与个体禅悟体验密切相关的大笔写意的禅境剧的创造之途。

在这里，唯其以写意为原则，逸笔草草当中，一切写实剧的理性的准则都遭到了质疑。无论是情境的设置，还是情节的展开，高行健都无意于表达舞台呈现背后的所谓的真实，也不关心是否存在主人公行为的理性基础，剧中玄妙的机趣也许才是剧作家唯一关注的重心。比如，在《生死界》男女死后的那个场面当中，男女二人都被幻觉和梦境缠绕，最后发现"门后什么都没有"，连记忆都没有，梦都没有，有的仅仅是自己都"不明白讲的什么"的空洞言语。这种人生的荒诞，也就是高行健所谓的"无意义中的意义"，观众究竟如何去体悟呢？剧作家唯一办法也许就是用各种可能的方式给观众以暗示，让观众终有所悟；或者说，这种禅境剧，就是从无办法中找办法，以言说暗示不能言说。从而，高行健以近乎禅悟的心灵对话，为观众营造出了一个越过语言障碍、让观众自主投入的"诗意的空间"。它不是企图重建戏剧"公众娱乐空间"，而是把戏剧观演双方的交流重建于共同参与、个体充分体验的基础上，从而显示出一种超越公众性的努力。这种禅境剧，与其说是一种"公众性的参与"，还不如说所追求的是一种个体性的大彻大悟。它无关娱乐，亦非教化，更是与亚里士多德的"卡塔西斯"（Katharsis）大异其趣。

总之，依据其"完全戏剧"的理念，高行健不拘一格，兼收并蓄，积极汲取西方自表现主义戏剧以来的经验，特别是结合自身独特的人生体悟，独出机杼，创造出一种典型的现代东方式的禅境剧。如果说，"完全戏剧"还是属于高行健艺术探索的思想之花的话，那么，某种意义上可以说，"禅境剧"的创造便是属于由"完全戏剧"之花所结出的智慧之果。

四　结语

无论怎样评价，高行健都已无可怀疑地成为中国戏剧从20世纪走向新世纪的一个值得研究的现象。

研究"高行健现象"，对于"完全戏剧"的理解和把握又是必不可少的。"完全戏剧"作为高行健戏剧艺术探索的一个宣言，其意义不仅在它所蕴含的学理价值，而且，更重要的还在于它的实践价值。当然，"完全戏剧"无论是对于中国话剧还是对于高行健来说，都只是一个起点，而不是终点；或者说，它还只是高行健戏剧艺术探索的一个原点；同时也是处在东西文化的交叉路上的高行健所不得不然的一个艺术选择。从而，高行健的戏剧创作，从追求丰富的剧场效应，到讲究简洁的剧情及舞台语言的表达，再到在简洁中追求丰富的人生体验和人性表达，真正完成了一个自我否定、自我扬弃、自我实现的过程。特别是他的"禅境剧"的创造，借鉴自表现主义以来的西方戏剧的丰富的艺术经验，结合对于包括禅宗在内的东方式的艺术体验，努力营造出一种简洁、质朴而又意味深长的戏剧形式，一种典型的现代东方式的禅境剧。

注释：

① 高行健：《要什么样的戏剧》，《文艺研究》1986年第4期。

② 高行健：《对一种现代戏剧的追求》，北京：中国戏剧出版社，1988年，第84页。

③ 李泽厚：《中国现代思想史论》，北京：东方出版社，1987年，第7页。

④ 施旭升：《中国现代戏剧重大现象研究》，北京：北京广播学院出版社，2002年，第229页。

⑤ 高行健：《戏剧：糅合西方与中国的尝试》，香港《二十一世纪》第21期。

⑥ 高行健：《对一种现代戏剧的追求》，北京：中国戏剧出版社，1988年，第86页。

⑦ 参见［法］阿尔托《残酷戏剧——戏剧及重影》，桂裕芳译，北京：中国戏剧出版社，1993年，第33—82页。

⑧ 因为在德文中，"诗歌艺术"（Tichtkust）、"音乐艺术"（toukunst）和"舞蹈艺术"（tauzkunst）的第一个字母都是T，所以，瓦格纳所谓"总体戏剧"又被称为"三T艺术"。

⑨⑪ 胡耀恒：《高行健戏剧六种：百年耕耘的丰收》，台北：帝教出版社，1995年，第3页。

⑩ "贫困戏剧"亦译"质朴戏剧"。参见 ［波］耶日·格洛托夫斯基《迈向质朴戏剧》，魏时译，北京：中国戏剧出版社，1984年。

⑫《老子》第四十二章。

⑬ 苏轼：《送参寥师》，《四部丛刊》影宋本《集注分类东坡先生诗》卷二十一。

⑭ 刘再复：《高行健论》，台北：联经出版事业股份有限公司，2004年，第107、117页。

⑮ 刘再复：《高行健论》，台北：联经出版事业股份有限公司，2004年，第3页。

⑯ 赵毅衡：《建立一种现代禅剧》，香港天地图书出版公司，2001年。

⑰ 20世纪80年代以来，中央戏剧学院谭霈生教授曾不遗余力地张扬"戏剧情境本体论"，应该是有其独到的理论贡献的。谭氏认为："情境"之于戏剧不是可有可无，而是一种本体存在。参见谭霈生著《论戏剧性》（北京大学出版社1979年版）、《戏剧本体论纲》（《剧作家》1988年第4期至1989年第1期连载），以及施旭升著《戏剧艺术原理》（中国传媒大学出版社2006年版）中的有关论述。

⑱ 施旭升：《戏剧：作为人类精神的对话》，《香港戏剧学刊》第七辑，香港中文大学2007年。

⑲ 高行健：《戏剧：糅合西方与中国的尝试》，香港《二十一世纪》第21期。

⑳ 参见黄佐临：《我的"写意戏剧观"诞生前前后后》，《我与写意戏剧观》，北京：中国戏剧出版社，1990年。

原载《中国现代文学论丛》2009年第2期

新时期话剧三十年的探索与发展

刘　平

　　1979年，《人民戏剧》第7期发表第一篇介绍外国戏剧流派的文章——《盛行西方的一个戏剧流派——荒诞派》，详细介绍了荒诞派戏剧的产生背景、主要作家、代表作品及其艺术风格。1980年，《人民戏剧》第7期发表《争奇斗妍的演出形式与舞台美术——观摩南斯拉夫戏剧会演随记》；第10期发表《美国之行——曹禺赴美讲学归来答本刊记者问》；第11期发表《西方话剧表演的新发展》，都从不同的方面介绍了国外戏剧创作与演出的情况。与此同时，停刊多年的由中国戏剧家协会主办的刊物《外国戏剧资料》（后改为《外国戏剧》）也于1979年复刊，陆续介绍了外国戏剧的发展现状、思潮流派、作家作品等，如《近三十年美国剧作家概貌》《阿瑟·密勒的六个剧本》《杰出的德国戏剧家布莱希特》《澳大利亚戏剧界简况》《法国的"咖啡戏剧"》《日本的歌舞伎》《罗马尼亚的人民戏剧》《斯坦尼斯拉夫斯基同记者的谈话》《论古希腊悲剧》《阿根廷当代戏剧一瞥》《美国的露天戏剧》《土耳其的流动剧院》《当代法国著名导演巴洛和普朗松》等。话剧舞台上演出的外国戏也逐渐多起来，如中国青年艺术剧院演出的《伽利略传》（1979年）、《威尼斯商人》（1980年）、《蒙塞拉》（1980年）；北京人民艺术剧院演出的《贵妇还乡》（1981年）、《推销员之死》（1983年）；中央戏剧学院演出的《安娜·克里斯蒂》（1982年）、《饥饿海峡》（1983年）、《培尔·金特》（1983年）等。对于与世界隔绝多年的中国艺术家来说，这些资料和剧作的演出都是上好的精神食粮。另一方面，中国戏剧家协会和各级政府的文化主管部门也加强了对外文化交流，派艺术家（包括剧作家、导演、演员、舞台美术家等）走出去观摩学习，同时请国外艺术家来排戏或介绍创作经验。这些活动的开展，开阔了艺术家的视野，拓展了他们的创作思维，为话剧的探索与创新奠定了基础。

在外国戏剧思潮的影响下，中国话剧艺术家已不满足于传统的现实主义话剧单一的创作方法和表演形式，而80年代初社会问题剧由"红火"到"衰落"的现实，也把他们"逼"上了梁山，促使他们必须去探索、实验，必须突破传统的种种束缚去寻找一条艺术创新之路。1979年中国青年艺术剧院演出德国剧作家布莱希特的剧作《伽利略传》，让艺术家们看到了一种新的演剧样式；《血，总是热的》中电影蒙太奇手法的运用；《陈毅市长》中"串糖葫芦式"的结构形式；独幕剧《我为什么死了》中故意颠倒场景的时间顺序的方法，等等，都表达了艺术家们希望在艺术创作中弃旧图新的愿望。这些作品与传统的现实主义话剧创作方法是不相同的，它们的初试成功增强了艺术家们的信心与勇气。而现实主义话剧也正是在对新形式的探索与追求中，完成了内容方面的不断深化，逐步地实现了内容与形式方面的比较完美的结合。

一、突破原有的舞台形式

新时期话剧的探索，最初是从突破传统的舞台表现形式开始的。一是打破原来关于舞台观念的框框，增强舞台的表现力；二是在表演方面，突破斯坦尼斯拉夫斯基的表演体系，引进更多的手法，如布莱希特的"间离效果"以及国外现代派艺术（如荒诞派、表现主义、象征主义、超现实主义、意识流等）的表现手法，开阔艺术家的创作思维，丰富舞台艺术的表现力。最初在戏剧界产生较大影响的是1980年出现的《屋外有热流》和《灵与肉》。

《屋外有热流》（编剧马中骏、贾鸿源、瞿新华，导演苏乐慈，上海工人文化宫话剧团演出）是一个情节简单的哲理剧。大哥赵长康在黑龙江农场农业研究所工作，他怀揣着集体的稻种在大雪天里爬行两天两夜，不幸以身殉职。而他生活在上海的弟弟、妹妹，却挖空心思向国家伸手申请补助。对于大哥的牺牲他们不是感到悲痛，而是为分大哥的抚恤金而互相攻击、谩骂。剧中，赵长康的"幽灵"回来了，看到弟弟、妹妹见利忘义、浑浑噩噩、没有灵魂的生活，非常痛心，呼喊着："回来吧，弟弟、妹妹们的灵魂！"并劝告他们快到屋外去，用纯洁的冰雪擦一擦身子，投身到广阔的社会斗争中去，去感受生活的热流。在艺术上，全剧的风格、结构都是由这样的主题决定的，一切都为了这个"死者"与"生者"的交流而安排，不讲究故事的完整与情节的连贯，突破"三一律"，各种表现手法为我所用。现实主义的人物、表现主义的手法、象征主义的寓意和超现实主义的情节……杂糅在一起，毫无突兀和不和谐之感。现实场景与回忆、梦幻场景的交替运用，空间的灵活扩展与时间的自由转换，以及与此相适应的非自然主义的舞台调度和灯光投射，构成了此剧的特殊风格。近乎荒诞的细节和不合常规的戏剧冲突，被用来表现严肃的主题；"大哥"来无踪、去无影、能够穿墙而过的幽灵形象，展现了新的舞台表现形式。

作者说："《屋外有热流》是通过不合常理颇含怪诞的戏剧冲突展现于舞台的。我们试图以虚拟来反映真实，用与观众直接交流的手法来使观众入戏、思考，通过观众与我们的共同创作来完成剧本所表达的主题。"① 为此，他们进行了一系列的探索。如内容上"冷与热""内与外""生与死"的描写。冷与热的对比，不仅贯穿全剧，也构成了大哥和弟妹的矛盾冲突。屋外，漫天大雪，零下五十度，能够冻死人，却因火热的社会生活而充满着热流，充满着生命。屋内，炉火通红，却没有丝毫热气，热菜热汤都结了冰。弟弟、妹妹用棉被裹身，浑身仍止不住地发抖。"你们光想吃国家、用国家、玩国家会不冷吗？你们光想吃别人、用别人还会不冷吗？"这里自然属性的"冷"与"热"，被转化为一种生命的象征。屋里、屋外，也超越了建筑空间的区分，获得一种哲理化的升腾。同时，剧作也赋予"生"与"死"以不同含义——人活着没有灵魂犹如死尸，有灵魂的人即使死了也生命永存。这样一来，该剧就在新的舞台表现手法的创造与运用过程中使主题得到了深化。

多场景话剧《灵与肉》（编剧刘树纲，中央实验话剧院演出）则有着多方面的艺术追求。作者在《关于剧本及演出样式的几点说明》中说："《灵与肉》改编本试图打破传统的分幕分场和时空观念，在场景的变幻上要有更大的跳动的自由，结构上是多场次的；场次的变换用灯光控制，场次之间的组接应当达到电影上的'淡出'、'淡入'、'溶'、'划'、'化'、'甩'、'渐隐'、'渐现'，甚至无技巧剪接的直接切入，以图能达到一种特殊的蒙太奇效果。因此，与之相适应的舞台也是虚拟的非写实主义的。另外，利用舞台表现人的想象、幻觉、记忆的闪回、潜意识等等思想形态，也想做一点尝试……"②

舞台美术设计为这个戏的探索与实验提供了有利的条件。为适合多场景和时空转换自由的需要，采用了两个扇形"土转台"和一个固定平台组成的舞台布景，用特利灵布制成的几个条屏，后面布置上三组霓虹灯广告，通过抽象的扇形土转台与具象的图片、油画、广告相结合，配以灯光和音响，启发观众的想象：这是却利的家，那是街道、拳击场、旅店和酒吧间，等等。该剧演出两个多小时，更换的场景有29个，时空随着剧情的发展而改变，有些戏是在换景中完成的。如却利访问碧姬公主公寓的一场戏，随着却利在街头行进的脚步，转台开始转动，当把碧姬画室一景转出来时，却利也来到了碧姬的身边。该剧的演出，创造了话剧艺术一种新的结构形式，也创造了话剧舞台一种新的时空复合形态。

此后，在话剧舞台上，无场次、多场景、段落体的话剧渐渐地多起来，逐渐形成一股话剧探索、实验、创新的热潮，为话剧内容的开拓与深化提供了艺术创造的平台。

二、"叙述者"的出现

经历了《屋外有热流》和《灵与肉》等剧的探索与实验，戏剧艺术家增强了话剧探索的自觉意识，而观众对实验戏剧的接受也进一步激发了创作者的创造热情。

1982年11月，北京人民艺术剧院演出了无场次小剧场话剧《绝对信号》（编剧高行健，刘会远，导演林兆华），立刻在剧坛引起了强烈反响，有人认为这个戏"为话剧艺术的改革和创新生起了一颗耀眼的信号"[③]。该剧的故事发生在一节夜行货车的守车上。车匪利用失足青年黑子与见习车长小号的同学关系混上守车，伺机扒窃，被老车长察觉。蜜蜂姑娘为追赶蜂车也上了这节守车，她与小号和黑子之间又有着情感纠葛。车匪胁迫黑子扒窃，老车长和小号、蜜蜂姑娘极力挽救黑子并同车匪展开了较量。表面上看这个戏似乎是单调的，语言少，人物动作也少，但人物的内在情绪变化却非常激烈。每个人都各揣心事，互相观察、揣摩，从不安到内心的高度紧张，一扣紧似一扣，形成了强烈的戏剧冲突，时时给人一种紧张感和压迫感。

这个戏的舞台创作与传统的现实主义话剧完全不同了。为了重点刻画、表现人物情感的内在矛盾与发展变化，舞台表演完全以人物为主，舞台美术"能省略的都省略掉"了，布景就几把椅子、一个硬铺。导演说："这个戏布景并不重要，音响、灯光是灵魂。"强调"走戏曲的路子。戏曲舞台的时空变化，是演员演出来的，环境随着人走，人在景也在，人无景也无"。但音响要"节奏鲜明，要'说话'"，要"和演员一起表演"④。该剧的演出，在"充分承认舞台的假定性"的前提下，使话剧舞台的时空观念更自由、更大胆地打破"第四堵墙"的限制，充分发挥演员的表演技能。音响效果的强调，不仅发挥着调整全剧的节奏、控制场上气氛的作用，而且对突出人物的心理变化也起到了非常重要的作用。而在灯光、音响的配合下，借用电影蒙太奇的手法，将舞台上所表现的现实与人物的回忆、想象、内心独白及梦境"外化"，在同一舞台时空中自由转换和重叠，以此突出人物，表达人物内心的复杂情感，既给观众一种视觉上的冲击，同时也给观众以情感上的震动。

《绝对信号》的演出成功，拓展了戏剧"假定性"的作用，强化了"剧场性"的效果。其直接的结果：一是为话剧的探索与发展奠定了基础；二是促生了新时期小剧场戏剧的发展。当时，上海青年话剧导演胡伟民在北京看了《绝对信号》的演出，回到上海就导演了一出小剧场话剧——《母亲的歌》，采取中心舞台的形式演出，四面观众，突出"剧场艺术的主体——表演艺术"，为刻画人物形象服务。该剧演出后，很多观众给导演写信，"对采用中心舞台演出式样表现出浓厚的兴趣"⑤。

这些戏在艺术上的探索，开阔了戏剧艺术家的创作思路，也培养了一批新的观众，为话剧的探索与发展铺平了道路。此后，话剧探索已不限于北京和上海，全国各地的话剧艺术院团开辟各种可利用的空间，进行不同形式的小剧场戏剧的实验演出。中国青年艺术剧院在公共食堂或会议厅，以摆地摊的形式演出了《挂在墙上的老B》；哈尔滨话剧团把剧场休息厅改造成夜总会的样式，演出了《人人都来夜总会》；广东省话剧院将自娱性的跳舞与观赏性的演出结合起来，演出了舞厅戏剧《爱情迪斯科》，等等。

话剧探索热潮的兴起，突破了传统现实主义僵化、单一的创作模式，为话剧创作注入了鲜活的生命之水，给话剧的发展带来了无限生机。而当话剧探索的坚冰打破之后，随之而来的便是万舰竞发的局面。从1983年起，话剧舞台出现了几部引人注目的作品，如《周郎拜帅》《十五桩离婚案的调查剖析》《双人浪漫曲》《野人》等。这些戏的创作，既借鉴外国现代派戏剧的创作方法，同时也把中国戏曲和曲艺中的一些表演手法"拿来"使用，使舞台的演出样式出现了多样化。

《周郎拜帅》（编剧王培公，导演王贵，空政话剧团演出）主要探索"表现形式"方面的出新。创作者的目的是："通过《周》剧，我们决心大胆地去探索形式美。"⑥为此，编剧方法和导演的手法都不一样了，一切为"我"所用，以"戏"取史。借助"假定性"，剔除现实生活中的那些烦琐的合理过程和细枝末节，原剧中十数次的"随从"上场和"探马来报"的戏，都被取消或代替了。周瑜拜印、点卯一场，应是几万人的场面，舞台一角的小光圈中却只有周瑜、黄盖、张昭三人。朦胧的音响和光波，代替了数万人马的存在。舞台美术设计只用一个铜锈斑驳的大鼎。在舞台上它既是鼎，又是祭坛，又是屏壁和墙、柱。它可以在多层次的平台上随意改变位置和角度，造成各种假定的环境感。因为有了这个鼎和全黑底幕，便使有限的舞台空间无限扩大了。各段戏的衔接，环境的改变，完全可以如戏曲舞台上那样："车步行，马步行，三五步，四海九州"了。人物可以自由来去，就连史书上详细记述的孙权劈案的"真戏"也以虚处理了。任何一个角落和光区的使用，都有了假定的内在根据，观众可以凭借着想象去"看到"那些可能存在的景物。这种无场幕、"高空台"的使用，打破了舞台的封闭性，产生了现场性、立体性、活动性。高平台伸出到大幕线之外的部分，是为了强化演员和观众的交流，产生更强烈的剧场"反馈"效果。

然而，以这样"剔除现实生活中的那些烦琐的合理过程和细枝末节"的"假定性"来把一个人人熟悉的古代故事讲完整，仍有一定的困难。为弥补这样的不足，导演在剧中增加了一个"叙述者"的角色，让他来弥补故事中的"漏洞"。为此，编导让剧中人物孙权承担了"叙述者"的任务。演出开始，孙权领着主要角色上场，面对观众，自报家门："在下孙权""水军都督周瑜""东吴老将程普""长史张昭""黄盖""若玉""小乔"……之后，孙权便直接向观众叙述发生在三国时代的这一段历史故事："东汉建安十三年九月，曹操为一举征服荆州刘表、东吴孙权及新野刘备，亲率八十三万兵马，号称百万，直下江南。"戏就这样开始了。

尽管有人说，这个戏的"探索过分偏重于形式方面，忽略了对思想内容的开掘，内容的贫弱妨碍了形式探索可能获得的成就"⑦。但多数人看戏后仍对这种艺术上的探索和实验给予了肯定。有人说，《周郎拜帅》"舞台处理的全部秘诀就是一个'假'字。当人们只承认写实原则时，总想千方百计去掩盖舞台上的'假'，然而不管怎样努力，总是难免捉襟见肘，因为假定性乃是舞台艺术的基本属性。一旦人们不再回避舞台上的'假'，让它假个够、假个透，情形又将如何呢……假中可以见真"⑧。

不管怎么说，"叙述者"的出现，舞台"假定性"的被充分运用，确实给传统的、单一样式的舞台形式开阔出一片新天地。如果说《周郎拜帅》的演出还有些争议的话，那么，1983年中央实验话剧院演出的现代话剧《十五桩离婚案的调查剖析》（编剧刘树纲，导演耿震，舞美设计薛殿杰）却得到了普遍的承认。该剧描写当代中国人的爱情婚姻问题，主要情节围绕罗南、路野萍、盼秋这三个主要人物的关系和矛盾展开，其间穿插了四对不同职业、不同年龄男女的婚姻问题。编剧的意图是通过对"生活中曾经发生的正剧、喜剧、悲剧、甚至闹剧"的"调查剖析"，"引发人们的联想和思索——为什么婚姻并不都是和谐美妙的爱情交响曲；却往往蕴含着酸涩、悲愁、痛苦？离异的矛盾，危机的家庭，毕竟只占少数，并不是每个人都要经历的事。然而，我们却需要共同深思，什么是爱情、婚姻、道德的真正含义？什么是我们人生高洁的情怀和时代的文明？"⑨为加强台上演员与台下观众的交流，整个舞台演出采取开放式的结构，打破镜框式舞台的限制，让舞台的时空和角色的心理时空变得相当自由。剧中还专门设置了男女两个"叙述者"，他们像晚会的主持人，串联起几组人物的生活故事，连贯全剧，把观众自然地带进剧中。他们随着剧情的进展，讲述故事，夹叙夹议，画龙点睛，不断地启发观众思考，充分发挥着"叙述者"的作用。同时，这两个"叙述者"又是剧中的主要角色，分别扮演了四对相互依存的人物——即以各种理由正在闹离婚的夫妻。他们当众换装，当场改变形象，变换声音，创造出一种独特的舞台艺术效果。这种新的舞台样式，使观众感到非常新奇、有趣。由于剧中表现的内容是观众身边的事，讨论的是他们平日里十分关心的家庭、婚姻与爱情问题，使他们的情感与台上人物的故事产生了交流，尤其是对剧中三个主要人物——路野萍、罗南、盼秋的爱情、婚姻与道德、人格的评价与思考，更触动了观众的情感。人们普遍认为，这是一出形式新颖、内容深刻且值得深入思考的戏。

此后，很多戏里不仅出现了"叙述者"，而且作用也越来越广泛。如在《阿Q正传》（陈白尘编剧）中，导演就为全剧增加了一个当代人形象的叙述者，由她承担介绍人物、连缀场景、揭示角色的内心活动、提供历史背景、评价人物行为、干预剧情进展等多种职能，沟通舞台演出与观众的联系。《魔方》（陶骏等编剧）中的"主持人"则成了这台"组合戏剧"演出中的不可缺少的"人物"。他不仅跳进跳出，连结剧中九个段落演出的关系，还直接"采访"观众，使舞台演出的内容得到扩展。有的戏中还出现了"舞者"，如《双人浪漫曲》（王正编剧），该剧原本是一男一女两个角色的戏，在舞台演出时增加了六男六女组成的舞队。随着男女主人公从邂逅、误会、争吵到和好、相爱的情感变化，舞队也通过队列移动与造型表演，不断地传达着矛盾、和谐、参差、整一甚至是欢快的复杂情感内涵，使形体动作具有了一种象征的意味。这些形式的采用，对拓展剧作的主题和内容的深化都起到了积极的作用。

三、戏剧手段的创新

话剧的探索与实验，给戏剧理论提出了很多值得研究的新问题。为深入探讨这些问题，戏剧界曾开展过一次大规模的关于"戏剧观问题"的讨论。这场讨论是以黄佐临的"写意戏剧观"理论为基础，结合新时期以来的戏剧创作实践展开，讨论的范围极其广泛，涉及戏剧本质、戏剧功能、舞台假定性、戏剧生态结构、民族化、观众学等。可以说，这次讨论是思想解放运动在戏剧界的一次深入体现，它对戏剧创作的发展无疑又一次起到了助推作用，在中国戏剧发展史上具有深远意义。尤其是对一些具体问题的认识，比如关于"写实"与"写意"、"表现"与"再现"、"假定性"与"舞台幻觉"、"演员"与"角色"、"创新"与"传统"、"创作者"与"观众"关系，等等，都有了进一步的认识。如果说，此前创作的话剧《周郎拜帅》《绝对信号》等还处于艺术探索的阶段，那么，这之后创作的话剧明显增加了自觉的意识并有了比较明确的创作目的——即通过叙述角度的改变，深入开掘主题的含义。如《街上流行红裙子》《红房间·白房间·黑房间》《一个死者对生者的访问》《蛾》《中国梦》等。

《街上流行红裙子》（编剧马中骏、贾鸿源，导演陈颙，中国青年艺术剧院演出）描写纺织战线女劳动模范陆星儿的故事，但作者没有像往常那样写陆星儿作为"劳模"的模范事迹，而是写了她在被评为"劳模"过程中的"失误"。通过写她对"失误"的认识过程，表现出她的人格成长，展现她思想的成熟过程，使她从"隐瞒失误"的思想包袱中彻底解放出来，逐渐成为一个人格完善的人，成为一个令广大工友从心里佩服的、真正的"劳模"。这样写"劳模"，改变了以前那种单纯表现好人好事的创作模式，使人物更加有血有肉，亲切感人。

《一个死者对生者的访问》（编剧刘树纲，导演田成仁、吴晓江，中央实验话剧院演出，以下称《访问》）的视角更为独特，为了调查在一辆公共汽车上的凶杀案，作者不是让公安人员去调查，而是让被小偷杀害的见义勇为者叶肖肖的"灵魂"重返人间，去"访问"当天同坐那趟车的乘客。他的目的是想了解那些乘客在他与小偷搏斗时为什么没有上前帮他一把。因为是"死者"的"访问"，所有的"生者"就没有了顾虑而敞开心扉讲出了自己的真实想法。这样的写法，看似"荒诞"，实际上是把主题的表达引向了深入。

叙述角度的改变，表面上看只是一个叙述方法或表现形式的改变，实际上它是为深入开掘主题铺设了一条新的通道，从而改变了传统的内容与形式的关系，以一种新的样式去表现内容，使作品在新的形式里蜕去了陈旧之感而获得了一种新的艺术生命。如《访问》这个戏，据作者刘树纲说，最初是让他参加一个公安战线的英模会，让他写哈尔滨的一个反扒英雄侯培生，在公共汽车上抓小偷，被小偷刺了七刀，一车的人都没有帮他，只有一个人喊了一声"把车开到公安局去！"听完这个报告，刘树纲没有写表彰英模的报告文学（因为当时已写了很多），却产生了另外一种想法，想从普通人的角度写写那些围观的人。他联系到当时广州发生的"安珂事件"，感到有必要探讨一下"人与人之间为什么会这样冷漠"的问题。

在《访问》的创作中，作者没有一般化地表现英雄与歹徒搏斗的过程，也没有仅仅歌颂英雄的见义勇为的精神，而是在现实主义的基础上，吸取我国传统戏曲和民间艺术的创作精神，借鉴外国荒诞派和象征主义的某些表现手法，着力对英雄的思想性格、对英雄行为的价值、对当事人的心理活动，以及对某些人的官僚主义作风等，从社会学的角度，通过哲学的思考，进行深刻的剖析，从而表现出丰富的、多层次的思想内涵。作者把实有的与荒诞的因素结合起来，让幽灵回到人间游荡、查访，这些当然是荒诞的。但是，这种荒诞形式所表现的具体内容却是实实在在的。不论是叶肖肖与歹徒英勇搏斗壮烈牺牲的事迹，还是那位自私保身不敢承认钱包被偷的官僚主义者郝处长，以及那些围观的人们，都是现实生活中存在的。剧作家只是借用了荒诞派和象征主义的某些表现手法，有意违背生活的外在真实，构思出这样一个荒唐离奇的情境，目的是创造出一种新颖奇妙的舞台景象，以充分表现超越生活表象的内在真实，重在对社会人生作深层次的思考。剧中有些手法虽然荒诞，但却起到了现实主义手法所无法达到的作用。这样写，比起平铺直叙地描写英模人物的模范事迹来，不仅内容方面具有一种新的深度，而且通过对"人物"心理的深层开掘与剖析，更能产生一种情感的震撼，引起人们对种种社会问题和人的生命价值的思考。这些话剧的创作，无疑是话剧在回归戏剧本体——即"文学是人学"的过程中，从注重写"事"向写"人"转变的开始。

话剧内容方面的开拓与深化离不开舞台新形式的探求，而舞台表现形式的创新则需要导演、表演的艺术再创新。我国传统话剧的导演方法主要学苏联斯坦尼斯拉夫斯基的导演手法，其美学观念是以"再现"为原则，以"写实"为表现方法。进入新时期，我国话剧导演的美学观念有了明显的变化，其美学原则由"再现"向"表现"转化，艺术表现方法由"写实"向"写意"转化，并努力寻求两者之间的有机结合。导演艺术家在从事二度创造时，不再是简单地复述剧作者创作文本的思想观念，把剧本直译成舞台艺术语汇。他们强烈地要求在舞台演出中表述自己对生活的理解，表达自己的主观感受，用自己所追求的艺术观念去解读文本，去创造舞台的新样式。

导演创作观念的转变，为舞台演出新样式的出现奠定了基础。在此过程中，舞台美术家的创造功不可没。他们与导演几乎是同时迸发出追求演出新样式的热情，他们孜孜不倦地寻找富有独创性的舞台表现形式，一方面把导演艺术表达的一些新观念，用视觉形象、物质手段呈现出来；另一方面，他们也主动参与舞台演出的创作，即通过自己对剧本和导演意图的理解，创造出具有独特风格的舞台样式，丰富、完善导演的艺术构思，为演员的表演提供更广阔的舞台空间。如《绝对信号》的舞台美术创作。根据导演林兆华要求"设计的构思也要从人物心理活动出发，不必受生活的时间、空间的限制"[⑩]，要求舞台美术创"要以不挡戏，突出演员表演为原则，几面都能看到"，还要适合演员

"从四面八方上场"的需要。舞美设计黄清泽根据这个戏"时空多变,假定性强"的特点,以"透明空间"作为这个戏舞美创作的原则,在设计时"打破了舞台空间的限制,把有限的空间转为无限广阔灵活多变的多层次的空间舞台。在形式上不拘泥于模拟生活的自然现象,尽可能地做到布景的虚化、净化,给演员提供广阔表演场地"⑪。整出戏的舞美是用平台表现守车的厢体,用几根铁管勾画出简单的车厢轮廓,用几把椅子交代守车的环境特点,简洁空旷,在灯光的配合下,为表现剧本内容和人物心理提供了随意变换的多维场景空间。灯光设计方塑林一方面利用灯光色彩的变化创造环境,一方面发挥灯光这个造型手段来展示人物心理活动的时间和空间,并结合导演对人物的舞台调度,充分使用追光,以不同形象的追光诸如圆形的、长方形的、窄条形的光斑照明人物,从而突出演员的表演效果。同时,利用灯光的明、暗变化与音响的强弱变换相配合,表现人物的复杂的心理情绪与情感变化。由于这些舞台美术设计者的创造,该剧在演出中比较好地完成了在同一舞台上的不同场景——"结婚现场""小河边""大草原"等时空的自由转换,也清楚地展示了人物的情感变化。全剧的演出一气呵成,既自由流畅,又完整统一,对突出该剧的主题和人物形象的塑造起到了很好的作用。这样的艺术效果在传统的话剧舞台上是很难实现的。

在这一时期,薛殿杰设计的《十五桩离婚案的调查剖析》《一个死者对生者的访问》《和氏璧》,黄清泽等设计的《狗儿爷涅槃》,刘元声等设计的《桑树坪纪事》,莫少江设计的《中国梦》,周本义设计的《蛾》等,都对话剧内容的开掘与舞台艺术创作产生了很大影响。在《十五桩离婚案的调查剖析》的舞美设计中,薛殿杰用中性布景和抽象布景,用多个方块搭起一个平台,作为演员的主要活动空间。以数张现代壁画为布景,突出地表现创作者的诘问与呐喊。他还把"换景"也作为戏的一部分纳入整个演出之中,增强了不同演出幕次的协调感与整体感。黄清泽设计的《狗儿爷涅槃》的舞台几乎是空的,戏随着演员的行动上场。布景很简单,用几张景片表示环境的变化,与导演写意手法的运用配合非常默契。莫少江设计的《中国梦》,导演黄佐临非常满意,他说这个舞美设计"最能体现导演意图又能充分发挥个人才华",直接参与了舞台演出。比如台中两旁的双排垂直白色松紧带的运用,演员放排时虚拟的动作表演等,都为突出人物的内心情感、塑造人物形象产生了极大作用。

四、戏剧体式的转变

新时期话剧的探索，始终遵循着"文学是人学"的创作原则，突出的是对人物"个性"的塑造和对人的生命价值的追问。80年代后期出现的两部作品——《狗儿爷涅槃》和《桑树坪纪事》，就是典型的代表。

《狗儿爷涅槃》（编剧锦云，导演刁光覃、林兆华，设计黄清泽、宋垠、宁天祥，北京人民艺术剧院演出）与传统现实主义话剧的不同之处就在于它的叙事角度和表现方法以及舞台演出风格的改变，尤其是对狗儿爷这一形象的塑造更为明显。该剧是以一个人的一生反映着时代的变化，而不是以时代的变化去表现人生。这样一来，人物就成了剧中真正意义上的"主角"，他的命运变化不仅可以让人们透视时代风云，也吸引着观众对时代发展历程的反思及对人物命运的思考。剧中的狗儿爷（本名陈贺祥）因为没有自己的土地，给地主祁永年当了半辈子长工。为此，他恨地主祁永年。土地改革运动圆了狗儿爷的梦，他不但分到了好地和牲口，连祁家地主的高门楼也姓了"陈"。可是好景不长，"一场合作化运动除了门楼都归了大队"。狗儿爷因此疯了，但痴迷中仍念念不忘对土地的追寻，他的一句刻骨铭心的话就是："有了地，没的能有；没了地，有的也没。""文化大革命"结束后，土地、牲口又回到他的手中。可是，儿子陈大虎不愿过那种"土里刨食"的生活，想推倒"门楼"开办采石场。狗儿爷一气之下，一把火烧了门楼。剧作不仅真实地写出了作为农民的狗儿爷的勤劳与朴实，也写出了他思想上的狭隘与局限，成功地塑造了狗儿爷这一具有典型意义的人物形象。

这部戏在结构形式上采用了一种叙述体的手法。狗儿爷既是剧中的主角，又是叙述的主体。剧情就以狗儿爷的"叙述"开始，他的回忆、思辨和内心独白，构成了戏剧的主要情节，剧中的"主要矛盾"也集中在狗儿爷"一个人"身上。在舞台演出中，导演大胆地运用戏剧假定性，借鉴中国传统戏曲和说唱艺术（如评弹）的表现方法，将表现与再现、写实与虚拟、荒诞与象征有机地融为一体。通过主人公狗儿爷的内心独白，既能和观众直接交流，又可外化为有意味的戏剧情景。为此，导演与舞台美术设计密切配合，把剧本规定的物质环境进一步虚拟化，使整个舞台为演员的表演提供充分的表演空间，把影影绰绰的景片放在暗处，让扮演狗儿爷的演员林连昆有更多的机会处于能和观众面对面交流的舞台明处，形成电影中的特写镜头。比如狗儿爷在失去心爱的土地后，满腹委屈地跑到父亲的坟前"哭诉"一场戏，导演没有按照生活的真实那样让狗儿爷背对着观众"哭诉"，而是借鉴京剧《玉堂春》里"三堂会审"的表现手法，让狗儿爷面对观众跪在舞台口向他爹诉说"咱的地没啦"的痛苦。这样的场面调度和狗儿爷那如泣如诉的大段独白，具有强烈的舞台效果，对刻画人物个性、突出戏剧主题起到了重要作用。剧中地主祁永年鬼魂的出现同样借鉴了戏曲《乌盆记》中的表现手法，它既是狗儿爷心灵的外化，也是狗儿爷性格的补充。剧作运用这样的手法，通过对狗儿爷的土地情结以及他与地主祁永年在思想感情上千丝万缕关系的描写，揭示了这一人物丰富的文化内涵和复杂的思想情感：作为被剥削者，狗儿爷无比仇视并痛恨地主，但在他的灵魂深处，他做梦都想着能成为祁永年那样的地主。这一人物形象的复杂性，比较深刻地揭示出农村中地主与农民这一对立阶级的本质特征，引发人们对中国的农民问题以及中华民族的历史与现实的深入思考。林连昆在扮演狗儿爷这个人物时，充分运用"体验"与"体现"相结合的手法，借鉴中国戏曲中的表现手法，在高度假定性中，自然地驾驭角色不同心理层次与状态，既演活了狗儿爷的"形"，又演出了狗儿爷的"神"，把这个人物成功地"立"在了舞台上。该剧在矛盾设置与处理方面，显然已不同于那种把人物之间的矛盾冲突作为剧作主要矛盾来处理的创作方式，而是把个人内心的矛盾冲突作为主要的问题来写，这就为塑造典型的人物形象、深入开掘人物的内心情感提供了充足的客观条件和思想基础。从这一点上说，该剧是从戏剧体戏剧向叙述体戏剧转变的开始。

　　而中央戏剧学院表演系干部进修班演出的话剧《桑树坪纪事》（编剧陈子度、杨健、朱晓平，导演徐晓钟、陈子度，舞美设计刘元声、慕百锁、霍起弟、卢一），则把叙述体戏剧创作推上了一个新的台阶。

　　《桑树坪纪事》是根据朱晓平的小说《桑树坪纪事》《桑塬》和《福林和他的婆姨》综合改编而成的一部无场次话剧。它以热烈而冷峻、激越而苍凉、悲情而深沉的笔触，描绘了现代中国西部黄土高坡上的桑树坪人因贫困与生存的冲突所发生的一幕幕扭曲可笑而又令人惨不忍睹的悲剧。剧作以现代人、知识青年朱晓平的双重视角，展现了70年代前后陕西农村一个叫桑树坪的生产队里发生的故事。生产队长李金斗是剧中描写的主要人物。在他的性格中，美

中国当代文学史资料丛书

与丑杂糅，善与恶相混，是一个难以用好与坏衡量的人物。为了全村人的温饱，他在公社估产干部面前跑前跑后赔笑脸，费尽心机，软磨硬泡，讨价还价，为的是给村民们"多留下十斤八斤的麦"。为抢救生产队的饲料粮，他在一次塌窑事故中被砸断了腿。可是，在外来的麦客面前他却欺行霸市，故意压低价钱迫使麦客就范。为霸占外姓人王志科住着的两孔窑洞，他竟发动村民写检举信，把无辜的王志科送进了监狱。他的寡媳许彩芳与麦客榆娃相爱，硬是被他拆散。他想要彩芳转嫁他的残疾儿子仓娃，彩芳不从，以死抗争，最后只得跳井结束了生命。剧中描写的其他人物和事件也具有典型性。如阳疯子福林的媳妇是用妹妹月娃"换"来的，这便成为他敢于当众凌辱妻子青女、扯下她的衣裤、逼得她发了疯的"理由"——"我的婆姨！钱买下的！妹——子——换——下的！"公社成立"革命委员会"要请客，强行要拉走村里的宝贝耕牛豁子杀了吃，桑树坪人忍无可忍，气愤之下一起动手打死了心爱的豁子。在这些事件中，桑树坪人既是悲剧的受害者又是悲剧的制造者。剧作在赞扬桑树坪人勤劳、善良的人格和不屈不挠品质之时，也对他们思想中的狭隘、自私、排外的小农意识进行了批判性反思，令观众痛心疾首地感到，在这块贫瘠的土地上封建主义的愚昧、狭隘、闭锁、保守的习惯势力，就像一条无形的精神枷锁一样扼杀着人性、窒息着青春，束缚着社会生活的进步。人物的形象化，语言的个性化，形成了该剧的独特的艺术风格。

　　《桑树坪纪事》是一部现实主义戏剧，但又不是传统意义上的现实主义戏剧，它在表现形式和舞台艺术处理方面已经与传统的现实主义话剧有了很大的不同。该剧汲取了当今世界和我国新时期以来戏剧艺术探索的各种成功经验，采用了多种舞台手段，写实与写意、现实与超现实、再现与表现，以及话剧表演形式与音乐、舞蹈的融会，都在舞台表演中得到了很好的体现，实现了社会内容与艺术形式之间相当完美的结合。该剧的成功与导演的舞台创造和舞美设计的成就分不开。导演徐晓钟在导演该剧时有意识地针对前期探索戏剧的不足，在深刻的思索中有机地融合各戏剧体系与流派，其指导思想是："坚持现实主义基础。在更高层次上研究传统艺术的美学原则。有分析地吸收现代戏剧（包括现代派戏剧）的一切有价值的成果，辩证地兼收并蓄，以我为主，孜孜以求戏剧艺术的不断革新。"⑫导演在叙述体戏剧与戏剧体戏剧的兼容中，一方面找到了从表现到再现的自由过渡，避免了此前一些话剧在探索过程中在上述两方面的疏离；另一方面在寻找情与理的和谐上进行了大胆尝试，使舞台表演带给观众以情感的激荡，同时又提供了理性的思考。

该剧的舞美设计既恢宏大气，又意蕴深远，为主题的拓展与深化提供了有力保障。设计者刘元声等以大写意的原则在转台上安置了一个14米直径的倾斜"大转盘"——象征着五千年黄土高原的大塬背，"圆盘"高端的一侧是用提炼的写实手法体现的傍坡而凿的村民居住的窑洞和牲口棚。窑洞上背负着一座大山，远远看去又似蹲伏着几尊佛僧，木讷地瞪视着辽阔的黄土高原，任凭人世间悲欢离合的演化。面对大山的是一口深不可测的唐代古井，正中一个硕大的太极图，那伸开去的阴阳两极八卦图符的弯曲小路，仿佛就是人生复沓的轨迹，既无始又无终。而人生命运的主题旋律，就随着舞台的转动"奏响"了。剧中所体现出来的舞台艺术魅力远远超过它的剧本形态，其宏大的场面，众多的人物，尖锐的冲突，强烈的民族色彩，浓郁的西北地域风情，鲜明生动的艺术形象，深刻的历史反思和所传达的丰富的艺术信息，加之演员纯熟的演技，使《桑树坪纪事》在新时期话剧舞台上闪烁着独特的光彩和艺术魅力，尤其是"转台"的使用，更为整个演出增添了艺术魅力，它"不单是物质空间的转换，而且是物质空间与心理空间两种不同性质空间的转换，也是散文与诗、叙述与咏诵的转换，即再现与表现两种美学原则、两个美学层次的转换"⑬。导演充分利用这种种转换，构建成一组组富有感染力的哲理意象，以传达融化在形象里的哲理，并通过"围猎"手法的运用，使"捉奸""打牛"等写意性场面产生了震撼人们心灵的艺术效果。该剧的成功，充分体现了导演的艺术创造在戏剧创作中的重要性。

该剧演出后在中国剧坛引起极大震动，被称为"桑树坪现象"。它是自80年代初"探索戏剧"兴起、从《绝对信号》等开始的实验话剧艺术发展的一个里程碑式的作品；是戏剧观念更新、戏剧理论深入探讨和多年准备的结果，是戏剧艺术在吸收外来戏剧影响、不断革新的过程中所创造出来的一条艺术创新实践的道路。这种"现象"集中反映了对传统现实主义戏剧美学传统的继承与发展的艺术创造。它的艺术完整性令人信服，几乎所有的戏剧艺术家面对这一戏剧艺术的新现象都产生了由衷的认同感。著名剧作家曹禺在评价《桑树坪纪事》时说："首先，从剧本结构上讲不是传统写法，不是起承转合的老套子，是散文式的话剧，是一片生活。但是奇怪，凝聚力和吸引力却非常强。散文式的剧本演起来并不散，给人以完整、圆满的感觉。第二点，演出效果十分强烈，震撼人心，观众的情绪完全被台上的戏控制住了，几乎无暇去挑剔，也没有机会让你去琢磨其中的缺憾和不足。有许多地方让人激动不已。写意的东西与写实的东西结合得如此完美，应该找一找其中的规律。第三，从立意上讲，与《狗儿爷涅槃》同样的深厚、含蓄。《狗儿爷涅槃》基本上是以一个旧式农民的心理来说明解放后的农民政策。这个戏的焦点，是对生活在这块有五千年历史的土地上的农民，实际上也是我们这个民族身上的和心灵上的重大负担的一种批判。因此，它所蕴含的内容是巨大的，可以引起人们深刻的反思。导演的功力是少见的，是非常突出的。"⑭而更多的评论家则把《桑树坪纪事》的演出看成一个"标志"，那就是："中国话剧剧坛历经了十年艰辛的探索，已经结出丰收的硕果，已经迈入新的里程。"⑮

确实，《狗儿爷涅槃》和《桑树坪纪事》的出现，标志着中国新时期的现实主义话剧经过蜕变后走向了成熟，也标志着传统的现实主义话剧在戏剧观念不断更新的"涅槃"中获得了新生。

注释：

① 贾鸿源、马中骏：《写〈屋外有热流〉的探索与思考》，《剧本》1980年第6期。

② 刘树纲：《剧坛往事〈灵与肉〉——忆耀邦同志对戏剧的关怀》，《戏剧文学》1996年第10期。

③ 王敏：《对舞台真实的执着追求》，《作品与争鸣》1983年第3期。

④ 冯钦：《试验·探索·创造——谈〈绝对信号〉音响效果的构思》，《〈绝对信号〉的艺术探索》，北京：中国戏剧出版社，1985年，第173—174页。

⑤ 胡伟民：《舞台沧桑竞峥嵘——中心舞台演出〈母亲的歌〉随想》，《艺术世界》1983年第3期。

⑥ 王贵：《假定性、形式美、民族化——话剧〈周郎拜帅〉演出形式探索》，《戏剧报》1983年第6期。

⑦ 林克欢：《要有新思想，才有新形式——评〈周郎拜帅〉》，《戏剧报》1983年第7期。

⑧ 熊源伟：《朝闻道，夕死可矣——王贵和他的导演艺术》，《戏剧报》1985年第10期。

⑨ 见《十五桩离婚案的调查剖析》1983年11月演出说明书。

⑩ 方堃林：《展现与陪衬——谈〈绝对信号〉的灯光设计》，载《〈绝对信号〉的艺术探索》，北京：中国戏剧出版社，1985年，第168页。

⑪黄清泽：《谈〈绝对信号〉的布景设计心得》，载《〈绝对信号〉的艺术探索》，北京：中国戏剧出版社，1985年，第181页。

⑫徐晓钟：《在兼容与结合中嬗变——话剧〈桑树坪纪事〉实验报告》，《向"表现美学"拓宽的导演艺术》，北京：中国戏剧出版社，2000年，第271页。

⑬徐晓钟：《在兼容与结合中嬗变——话剧〈桑树坪纪事〉实验报告》，《向"表现美学"拓宽的导演艺术》，北京：中国戏剧出版社，2000年，第283页。

⑭见《悲壮的历史画卷精美的舞台创作——首都文艺界座谈话剧〈桑树坪纪事〉》，《人民日报》1988年2月23日。

⑮谭霈生：《评话剧〈桑树坪纪事〉》，《文艺报》1988年3月12日。

原载《文学评论》2009年第3期

论心理型探索戏剧

宁殿弼

戏剧与其他文体一样都需要和看重人的心理表现，即使是着意以故事情节离奇曲折、引人入胜的"情节戏"也不能没有人物的内心刻画，因为"在戏剧中，人物的行动、事件都应有具体心理动机作为基础和依据，而人物的心理过程，又需要通过行动得以体现"（谭霈生语）。尽管戏剧界大家在不应轻忽人物心理刻画这一重要观点上并无歧异，但实际在观念上、理论阐释上、创作实践的体现上不同国度、时代、流派、理论家和剧作家对此的认识、理解、表达之差异却不小。

一

纵观中外两千年戏剧发展史的轨迹，戏剧在艺术形象塑造的历史进化过程中大致先后走过了三个阶段：人物情节化——依凭情节刻画人物；人物个性化——通过人物外部性格特征刻画人物；人物心理化——重在揭示人物内在心理、内部性格。显然，第三阶段超越了外在情节和外部性格的表层遮蔽，直抵人的灵魂深处，是深度刻写人本体的质的飞跃和更高级阶段。许多理论家、戏剧家都高度评价人的思想、情绪、心理活动的精神价值。举其荦荦大者：法国作家斯汤达认为作家是"人类心灵的观察者"；法国大文豪维克多·雨果早就提出"内心的戏"的观点；德国大哲学家黑格尔曾提出"动作源于心灵"之说，他说："心灵产生动作"，要"保持内心生活与动作的联系"，"艺术真正职责就在于帮助人认识到心灵的最高旨趣"。"只有通过心灵而且由心灵创造活动产生出来，艺术作品才称其为艺术作品"[1]（P49）。黑格尔赞扬莎士比亚剧作"善于发掘人物心灵生活中的全部财富"，让观众"看到心灵前进运动的过程"；美国当代戏剧理论家贝克教授评《哈姆雷特》"属于一种外部动作少而内心活动多的戏剧"；20世纪德国思想家卡西尔在《人论》中认为"艺术使我们看到的是人的灵魂最深沉和最多样化的运动"，"在艺术家的作品中，情感本身的力量已经成为一种构成力量"。[2]（P189）回眸众多剧作家也有大致相同的见解。如"近代戏剧之父"易卜生说："我一定得渗透到他灵魂的最后一条皱纹"[3]（P175）；瑞典剧作家斯特林堡与19世纪末就在自己的戏剧集"前言"中表白："对于新时代的观众来说，他们最感兴趣的是人的心理过程。"比利时剧作家梅特林克创立了"静态戏剧"理论，即只表现人的"静态的生活"（内心生活）而"无外部情节的静剧"。他说："在大多数情况下，你一定会发现心理动作——比较那种仅是形体的动作真是无限高贵。"他认为，实际上人物的心理活动、内心冲突比外部行动、冲突更有戏剧性的价值。他在《群盲》《闯入者》《室内》等作品中将自己的理论付诸实践，把戏剧场景捏弄得俨如一幅静态的油画一般；在俄国，屠格涅夫推出了被名导演斯坦尼斯拉夫斯基称之为"一幅心理织物的复杂图案"的以描写内心生活取胜的名剧《村居一月》，斯氏赞其"使观众能够欣赏到几个处在恋爱、痛苦和嫉妒之中的人物的心理的微妙变化"；1987年7月导演张奇虹把列夫·托尔斯泰的《复活》改编为"无场次心理话剧"，由中央戏剧学院导演系本科班演出。托尔斯泰说："文学作品中最主要的是作者的灵魂"；契诃夫则在梅氏"静态剧"理论基础上创造并成就了"心理剧"这一崭新戏剧样式，他的《海鸥》《三姊妹》将大量外部行动、事件均推置幕后暗场处理，只为人物的"内部行动"提供背景和动力。契诃夫讲："全部的戏都在人的内心，而不在外部情节的表现上。"斯坦尼执导他们的剧作时要求演员"表达剧本的内部生活、内部动作和心灵的积极活动"，"在心灵的隐秘角落里寻找真实，人类心灵的真实"、"内部的真实、情感和体验的真实"。他说："有时候形体之所以不动是由于强烈的内部动作所造成的，艺术的价值就决定于这种动作的心理内容"；现代戏剧奠基人尤金·奥尼尔曾提出创造"一种灵魂的戏剧"和"戏剧性地表现人的内心世界"的主张，倡导"以一种新的戏剧形式，表现出心理学的探索，不断向我们揭示人的心中隐藏的深刻矛盾"。他强调："深藏在人们心理的矛盾冲突是当代最典型的思想和独特的精神活动，是促使剧中男女角色采取行动和作出反应的内心力量。"[4]（P75）他的《悲悼》《大神布朗》《琼斯皇帝》《天边外》等作品都可归入用"现代心理学的处理方法"创作的"现代心理剧"之类；法国存在主义戏剧家萨特写道：当代剧作家应"有能力写出人的全部复杂性及其完整的真实性，为此，我们不能排斥心理学，那样做将是荒谬的"；荒诞派戏剧大师尤奈斯库认为"戏剧是内心世界在舞台上的外化"，"一部艺术品就是把一种具有独创精神的直觉表达出来，至于其他则几乎无关紧要"[5]（P133）；中国戏剧巨擘曹禺也有关于创造"内部性格"的阐述和实践，他说："刻画人物，重要的又在于揭示人物的内心世界——思想和感情。人物的动作、发展、结局都来源于这一点。"[6]"我们要放开眼界看到更多人的心灵。要不怕艰难，探索他们的灵魂深处。"[7]曹禺的力作《原野》《北京人》等的杰出成就"即在于对人的复杂的精神和心理的探秘和揭示，他是环绕着对人的灵魂的发现和探索而发展他的现实主义的"。其他中国戏剧家重视心理描写的言论多不胜数。

　　我之所以不惮烦地胪列了一大批宗师耆宿的论述和实践，旨在说明戏剧致力于人的精神世界的深入表现，揭示人物深层心理奥秘是历代戏剧大师们早已有之的追求和夙愿，是他们戏剧创作的着力点。他们本人身体力行的创作实践也雄辩地证明这一向度的探掘不仅具有很强的艺术表现力和很高的审美欣赏价值、很好的审美效应，而且存在巨大的发展潜力。然而，纵览中国当代戏剧创作，长期以来固守现实主义的幻觉主义一统天下的格局，政治化的写实型体式确立为主流体式和唯一体式，政治视角起决定性作用，排斥了此外的其他创作路向和方法。加之对"人学"的片面理解，甚而批判，只强调集体共同心理诉求，轻蔑或扼制个体的意识、情感的抒发，只重视人的社会本质，不深入揭示心理隐微，只写人的行为、外部性格特征，而对世界范围走向人物深层心理的扩大直接表现之趋势反应冷淡，或有意回避，甚至斥为反科学的神秘主义、资产阶级创作逆流而加以遏制。但是随着历史进入新时期，柏格森的直觉主义、弗洛伊德的精神分析学说、詹姆斯意识流理论等对人的潜意识领域的精微掘奥发隐、现代科技发展使人类对浩渺无限的"外宇宙"探索取得巨大进展的同时，也要求对人自身——同样是胸藏万汇的"内宇宙"的了解从相对贫乏走向日益加深。现代人面对高速运转的信息化社会内心感受空前丰富复杂，也使人们更加关注人的精神世界。这些新情况、新思潮都促使当代戏剧家不能不思考如何更加深入地进入人的精神内部进行探析揭秘，以便更深刻地认识本体，从而完善自我。于是戏剧探索也顺乎这一社会心理和文艺思潮，将探索方位"向内转"，将笔触聚焦在人的内心世界，应运而生出一批"心理型"探索戏剧。诚如陈恭敏先生所言，1980年代戏剧趋向是"从重情节向重情绪的转化"，"历来戏剧家重情节事件过程"，现在描写对象趋于转向"心理过程"。

二

1980年，是当代中国戏剧史上的一个重要年份，这一年心理型探索戏剧的滥觞之作从独幕剧《屋外有热流》发硎。此剧一出，以其开掘人物内心世界的深度、蕴含哲理性的人生启示，特别是新颖别致的演出形式、首开探索风气之先使戏剧界为之震动，眼界大开。业内人士一致公认为它是探索戏剧的起点、标志。剧评界称之为"新时期舞台艺术挣脱旧躯壳的第一次不安的躁动"，"揭开了话剧探索的序幕"。《屋外有热流》马中骏、贾鸿源、瞿新华编剧，导演苏乐慈，上海市工人文化宫业余话剧队演出，载《剧本》1980年6月号，荣获中华全国总工会、文化部授予的"勇于探索、敢于创新"奖状。该剧通过远赴黑龙江下乡的上海知识青年赵长康与其同胞弟妹三人在生活态度、价值取向、道德理想上的对比透视，赞美了有革命信念和理想的新人的精神境界，鞭挞了利己主义的庸俗的市侩哲学，揭示了"人最可宝贵的是灵魂""那发光发热有生命的灵魂"这一人生哲理。剧作重在以犀利的笔锋解剖、鞭答一个孤儿家庭里弟弟、妹妹两人被利己主义腐蚀变异了的灵魂：弟弟妹妹为金钱而争吵角逐得不亦乐乎自我暴露了灵魂的卑污、丑陋。妹妹指责弟弟"一分钱看得比圆台面还大"；弟弟揭露妹妹盗用哥哥名义拿困难补助费。弟弟哂笑妹妹替哥哥买书把车费都算上了；妹妹则反唇相讥弟弟寄书花邮费八毛六分却跟大哥报销两块。这当儿，哥哥所在农场送来一千元哥哥因公殉职的抚恤金电汇单，顿时弟妹俩争抢着夺门而出去领取，在锱铢必较的弟妹钩心斗角为金钱而争吵的过程中，弟妹遭污染而发霉的心灵之丑暴露无遗。除了通过自我暴露开掘人物内心世界外，作家还借助"他者"的揭发、评判来剥露其阴暗心理，这就是以鬼魂形象出现在舞台上的已故哥哥赵长康的形象。赵长康在上山下乡运动中到黑龙江农场当勤杂工，为了护送一袋农科研究所需的稻种牺牲在暴风雪途中。他公而忘私、舍己奉献的高蹈灵魂与弟妹自私卑琐的灵魂恰成尖锐对比和冲突。弟妹处于朦胧欲睡状态，哥哥便穿墙入室出现在他们面前，弟弟说自己正构思写小说，哥哥开导他搞创作先要有灵魂；妹妹在幻觉中把哥哥当作自己的情人，乞求哥哥把她带到国外去多弄一些金钱，表示即便是吃苦受累、受资本家剥削压迫也在所不辞。哥哥点拨她："国外有人无非多了一点钱，可一个人的灵魂用金钱是买不到的。"妹妹鬼迷心窍，不以为然，反问"灵魂有什么用？"表明价值失范、丧失灵魂而不自知的可悲，而当此之时她便感到浑身发冷，打寒噤，这似乎是老天对"恶之花"绽放的惩罚吧！正当弟弟、妹妹为争夺领取抚恤金汇款单而闹得不可开交的时刻，哥哥的灵魂倏忽出现在他们面前，断喝一声："你们回来！"把两个私欲膨胀的灵魂震慑住了，使他们幡然猛醒，觉悟在追逐个人蝇头微利、蝇营狗苟的小天地里是没有前途的；只有把自己汇入时代大潮中才能让生命发光闪亮。

剧作用具有象征性寓意的对"冷"与"热"的感受贯穿全剧，来表达对心灵美丑善恶的揄扬和鞭笞。每当私欲、金钱欲冲昏头脑时，弟弟妹妹就冷得受不住，即便披上毯子、大衣仍然冷得打战，他俩给哥哥吃的热饭热汤都结了冰。而赵长康扛集体的稻种在雪地里爬了两天一夜一点也不觉得冷。哥哥提醒弟妹："从心灵深处发出来的冷，是任何东西都不能抵御的。走出屋外和人民在一起，你们就不会冷。去！快到屋外去，屋外有热流。"呼唤"回来吧，那发光发热有生命的灵魂！"身体的冷感隐喻自私只会冷冻僵化良心，虽生犹死，哥哥积极向上的精神代表屋外的热流，代表旺盛有活力的生命，由此全剧把屋外与室内、社会与个人、肉体和精神的生与死加以对照表现，形象化地揭示了一个深刻严峻而又富于哲理意味的主题："一个人如果逃避火热的斗争，龟缩于个人主义的小圈子，就必然抵挡不住脱离集体失去亲人的寒冷。他只有走出屋子才有热流，才有生命。"（贾鸿源、马中骏：《写〈屋外有热流〉的探索与思考》）"人活着没有革命的信念和理想就虽生犹死，有了革命的信念和理想则虽死犹生。"该剧的思想穿透力在于它站在社会主义核心价值观的时代先进思想高度上，审视被"十年动乱"荒疏了的一代青年物质和精神双重贫困状态，抱着"哀其不幸，怒其不争"的态度，发出"救救灵魂"的振聋发聩的呼声，督励像弟妹一类的青年净化心灵，幡然猛醒，走出个人主义狭隘小天地，投身到建设"四化"的洪流中，借助社会大课堂拯救自己，重新确定人生的正确坐标。

　　传统话剧一向奉行"不语怪力乱神"的原则，绝无超现实魔幻的东西，而此剧在基本上运用现实主义手法刻画人物性格的同时，又大胆借鉴了西方现代派的表现主义、象征主义、荒诞派的表现手法，让现实和幻境交融、活人与亡灵同台对话交锋，展示出高尚的死魂灵对猥琐生者的灵魂拯救。在弟妹正为金钱而打口水战的当儿，已死的哥哥的幻影先后三次出现，或在半梦半醒中，或在往事回忆中，或在激烈口角时。幻影每现一次，哥哥与弟妹思想境界高下的反差便加大一分，弟妹内心的道德善恶冲突便激化一层。该剧也学习、继承中国戏曲的写意手法，以虚写实，虚实相间互衬，情节、场景、细节、人物行动、对话都是亦真亦幻，亦虚亦实。哥哥身影神出鬼没，若梦若幻，似真非真，引起弟妹半昏半醒、真真假假的反应，这种超验的中西合璧的真实与荒诞结合的手法，便于更深地剖示人物内心世界的矛盾冲突，从而显化高尚与卑微的比对落差，点明"救救弟弟妹妹"的警世醒人的主题。结构上，该剧也一反传统写实话剧的结构模式，采取以人物外在冲突和心理活动流程相交融的自由结构方式，使其具有时序颠倒、空间灵活转换的特点。舞台调度也是大写意的，导演用灯光切割多个表演区，用道具、声响效果来加强屋内室外、冷热、生死之间的对比，使现在与过去、现实与梦幻、活人与鬼魂、具象与抽象做到转换自如，衔接流畅，观众信然。对于此剧之运用"抽象的人与物、寓言的风格、诗的自由结构、直喻或隐喻的手法，表达一种人生哲理、一种对世界的认识"的率先艺术探索，不少人作了充分肯定的评价。认为它是"写实主义演出的幻觉主义一统天下的格局萌生变动的征兆"，是"戏剧新潮滥觞之作、开山之作"，"吹响了探索戏剧的号角"。不过也有人持相反的意见，认为剧作表达的价值观"集体的事再小，也是大事；个人的事再大，也是小事"，"用抽象道德的高点去批判弟妹重钱利，否定具体的个人乃至生命的价值，没有摆脱'文革'中极左的束缚，藐视市场观念，无视个人生命价值，缺乏时代主题、对新的道德价值观起码的敏感，站在历史潮流反面，持保守态度"云云，这些观点以今天市场经济意识审度之并非没有道理，是啊，不能以集体名义否认个体。但不要忘记《屋》剧诞生于改革开放之初、市场经济刚起步的1980年，彼时作家倡扬公而忘私的集体主义精神也并不悖乎社会主义核心价值观，不违背时代精神，故不能视为误导。对它全盘否定显然属有失偏颇的"酷评"。

中国当代文学史资料丛书

三

五幕现代话剧《路》，副题"写给开拓新路的年轻一代"，编剧贾鸿源、马中骏，导演苏乐慈，载《剧本》1981年10月号，同年上海市工人文化宫业余话剧队演出。此剧演绎的是一群城市筑路工人平凡的生活、劳动和爱情。由于劳动工具极其落后——笨重的手工劳动，工作条件十分艰苦——长期"没改变什么"，"受气、挨骂、吃灰扒土"，马路工不免遭到怀有世俗偏见的人的贱视轻忽。致使他们内心充满矛盾、苦楚，有的"变坏"："酗酒、吵架、磨洋工，想走"；有的让妻子厌烦闹离婚。但是毕竟有敬业爱岗、甘于茹苦的坚守者，那就是以主人公工程队工地主任周大楚为代表的积极向上的一批马路工。周大楚忘我工作，全身心扑在事业上，顾不上家庭，冷落了妻儿，使妻子琼妹感到"他根本不需要我"，以至于提出离婚。事业和家庭的矛盾、严峻的情感危机迫使周大楚陷入进退维谷的两难困境。当此时际，他的内心矛盾激烈碰撞，舞台上便出现了他的"另一（第二）自我"——"内心自我"。这个"内心自我"站出来嘲讽周大楚"固执、自信"，劝他"妥协吧，把马路丢掉一半，把家庭捡回一半"。可周大楚回答："我决不放弃自己的事业。""人的行为，不仅受着外界的强迫，而且要适应内心的必然。"[8]（P42-43）周大楚批判了自称"真正的本质"的"内心自我""没有一点他人的概念""伪善、妒嫉、愚昧、私利、懒惰"终而战胜了这个"虚弱""渺小"的"内心自我"，和工友们协力反省自我，扫除积习，更新故我，践行了"在建设道路的同时建设自己"，从而赢得了社会的尊重理解。最后，琼妹在电子管厂厂长等的开导下重新认识了丈夫的美德和价值，返回周大楚的怀抱，骄傲地向众人宣告："我是一个马路工的妻子。"此剧旨在阐明一个"形而上"的人生探究的主题：路是文明的象征，现代人在筑路的同时还必须扫除愚昧、旧习的障碍，抛弃故我，完善自我，才能铺起一条清洁、坦荡的心灵之路，向健康文明进军。这一创作意图无疑是很可取的，可它并非像恩格斯所希冀的那样"从场面和情节中自然而然地流露出来"（恩格斯《致敏·考茨基》）的，也并非通过人物形象的戏剧行动体现出来的，而主要是凭着人物的台词口头表述出来的。全剧剧情较简单，人物关系没有充分展开，人物形象单薄，因此它的哲理性主题表达未免流于空洞的说教、悬浮的意向，缺乏艺术表现的张力。让这个剧声誉鹊起的倒是它在演出形式方面的创新：

首先，它第一次把人物内心世界的矛盾冲突对立面一方外化为"第二自我"（"内心自我"）的形象多次呈现在舞台上，时而自言自语，直抒胸臆；时而与周大楚对话、交锋。"第二自我"代表了周大楚内质：人性的弱点、自私、怯懦、不文明不健全的阴暗面，这第二自我最终被周大楚（第一自我）战而胜之，那个可爱可敬的周大楚挣脱了他的卑琐偏狭的第二自我的羁绊，走向文明高尚，成为大写的人。这样就把一向由行动、语言表现的人物内心矛盾加以视觉化、具体化、形象化，改成直观的展现在观众眼前的赤裸裸的思想意念本真，让观众直击、洞悉人物内心深处的隐秘，满足了窥探心灵底蕴的欣赏欲求。只有站在自己的对面，才能正确认识自己。有了另一自我的借镜参照，对自我的认识才更清晰。

其次，运用象征手法，赋予"路"以总体象征意蕴。剧中人的职志是筑路，路既是客观世界的自然物实体，又是作家寄寓深意的超然物外的象征意象，既是人物工作的对象，又是剧情、人物活动规定情境的汇聚点、发人深思的剧名。它昭示观众：路是文明的象征——通向未来文明之路，建设社会主义精神文明需要在人们心灵深处铺通一条互相理解、沟通、信任之路，修这条路更为艰难。诚如周大楚所说："世界上比筑路更困难的是要战胜自己，筑起一条心灵之路。"但它也因之更有价值和意义。有的学者称《路》为"写实——象征异面融合剧"[9]（P330）是颇有道理的。

再次，在演出形态上成功地使用灯光切割表演区，扩大了舞台表现生活的能力。例如第四幕电子管厂厂长劝琼妹珍惜与周大楚的爱情时列举了生活中的几种常见爱情形态，这时导演用灯光把舞台先后切割成五个表演区，依次是：厂长站在黑丝绒衬底的纱幕前的高平台上与琼妹对话；马路工吉娜用琴声回答大孟的朦胧爱情；舞台前方斜坡上医生齐丽同工程队团支书邬军喁喁私语；舞台右侧白衣姑娘依偎着七贵，沉浸在举行婚礼的遐想里；舞台左侧亮出女大学生梁男的身影，她用脚踢着石子，突然蒙住脸抽泣起来。五个表演区展示的五个不同场景、五组不同人物的造型为厂长所发的关于爱情观的高论作了生动注脚，使抽象议论具象化、形象化，哲理与形象互为印证。并且舞台场景迅速频繁切换，使观众在短短时间内、小小舞台上看到五彩缤纷的生活场景，听到各类人物的心声，领略到广阔的社会生活情状。再者，舞台画面因灯光切割而动中有静，静中有动，动静相间，还增加了观赏趣味的调剂。

四

在心里开掘和表现方面最为成功、影响最大、名盛誉满的探索剧当推刘会远等1982年推出的"无场次现代心理剧"、小剧场戏剧《绝对信号》，北京人民艺术剧院首演，导演林兆华，剧本载《十月》1982年第5期。故事情节并不曲折复杂，发生的时间仅在从黄昏到夜深的几个小时内，但演出过程从始至终都紧紧扣动着观众心弦。男青年黑子为筹集与养蜂姑娘蜜蜂结婚的费用链而走险，与车匪结伙蹿上一列货车的守车，密谋伺机劫车夺货，制造车祸。偏巧黑子最亲近的两个人——未婚妻蜜蜂和同学小号也恰恰登上同一货车，加上车长，五个人在守车上各怀心事，内心发生激烈冲突、撞击、搏战。在命悬一线的危急时刻，黑子在车长、蜜蜂、小号的正义声音感召下，幡然猛省，反戈一击，会同车长等制伏车匪，确保了货车安全正常行驶，自己也重新赢得了做人的权利和爱情。全剧在"光明的号角"声中落幕。

黑子是个本质不坏但灵魂受到腐蚀跌入犯罪边缘的危险待业青年，已经与犯罪分子车匪合谋作案，但他良知未泯，属于可挽救的那种青年。他身处两种人、两种势力的包围、夹攻、争夺中：一方面是车长、蜜蜂、小号等人引导他做好人，走正道；一方面是车匪教唆、利诱、威逼他上贼船作恶。前者是强大光明的；后者是脆弱阴暗的，两相较量的结果，前者占上风取胜是必然的。剧作家对黑子形象刻画着力点不在他如何误入迷途、旧迹前科，而在如何催发他觉醒弃旧，走向新岸，演绎的是"浪子回头金不换"的古老箴言。黑子的弃暗投明启示青年一代应如何做人、走什么路。尽管对黑子濒于失足境地的主观原因的揭示和批判不够，且流露出些许曲宥和同情，但剧作对黑子挣扎在善恶正邪之间的自我心理斗争的开掘还是历历如见、饶有深度的。全剧采用的是现代派戏剧的多种艺术手法进行人物心理剖析，就总体风格而言，还是写实的，其主题的深刻意义在于警示世人：加强对青少年思想品德教育，使之树立社会主义核心价值观、荣辱观，从而健康成长，这该是多么重要的全社会都应关注的大问题。守车车长有一句语重心长、耐人寻味的心语："大家都在这车上，就要懂得共同去维护列车的安全啊！"这话强调了人作为社会的一员就应该无时

先锋话剧研究资料

或忘自己对全社会必须承担的历史责任、必须履行的义务和必须遵守的道德准则，也点明了一个国家的安全稳定是何等重要的治国大政方略。

戏的重点不在刻画人物性格、行动，而在展示人物心理流程、人物思想感情复杂的辩证运动——心理描写技法，该剧最为人称道的亮点也在于此。按话剧传统惯例，展现人物内心世界的手法多采用独白、对白、旁白、画外音等方式，此剧则将现实场景与往事回忆、幻觉、想象、梦境交错，将人物内心活动变换成可观可听的直观舞台形象，使抽象隐秘的心语：黑子与恋人蜜蜂在车上邂逅，两人都急于向对方诉衷情示爱，但碍于他人在场却欲亲不能近，欲笑笑不起来，为了刻画此刻男女主人公内心的深微隐曲，剧作家用画外音的"内心的话"来表达，在白色的光圈中两人互相凝视着诉说想念之情，传递着心跳之声。当货车出站，车厢变昏暗，守车上的几人各怀心事，以下进入黑子的回忆：在"蓝色的光圈"中追忆往日黑子与蜜蜂的恋情，他们嫁娶婚后的生活，找工作的艰难，老子的反对，蜜蜂与小号的关系，以及车匪教唆黑子入伙劫车的经过。接着以黑子与蜜蜂一人一句极简短的问答式对话透露黑子的心思重重，百般掩饰；随后号声响起，又把人们带入爱吹号的小号的回忆，在红光中小号忆起在姐姐的婚礼上他对蜜蜂的追求示爱，邀请蜜蜂跳舞；尔后货车进入隧道，舞台全暗，只有一束白光照着黑子的脸，"造成黑子想象中的人物变形，在他的想象中车长、小号是冷漠、严酷的，车匪是亲切的，而蜜蜂则飘忽不定，如梦一般。他处在极度紧张的心理状态下，是非全颠倒了"。货车进入第二个隧道，以下进入蜜蜂的想象，伴随着抒情的音乐，在白色光圈中她走到离观众仅一臂之远的近处，开始长达6分钟的大段独白，与观众作近距离冲击式直接交流，形成共振的心理感应。她"边追逐黑子的幻影，边倾诉着自己的心声"，规劝黑子"堂堂正正地做人，不要做违法的事情"，又呼吁小号救救黑子，希望他俩握手言和。货车进入第三个隧道，以下是小号的想象：在"小号的想象中，黑子是粗野的，蜜蜂是神经质的"。小号一连串的想象情景有：他劝告黑子罢手，黑子粗野蛮横地打他欲倒。蜜蜂出现袒护着黑子，埋怨他告发黑子，并愿代黑子挨打。小号警告黑子，表白对蜜蜂的爱。蜜蜂劝黑子"干干净净地下车"，并赞扬小号"高贵"，求小号原谅自己对他的伤害；下面又进入车长与车匪的"内心对话"，车匪企图拉车长入伙，车长坚拒。"投蓝色顶光，场上人物都凝结不动，恰似电影中的定格"，"追光消失，小号的想象结束"。最后车进曹家铺，坏人扒车行窃欲逃，危机到了千钧一发时刻，车长命小号发"绝对信号"停车，刹那间，场上一片喧哗。在决战决胜的生死对决之时，各种不同心理的冲撞之激烈达于极点，作家用在场的每个人一句几乎同时呼喊出的"内心的话"迸发他们心理的惊悚震撼，真如弗洛伊德比喻的"一口疯狂的混乱的大锅"。在舞台艺术中能如此多样化地层层深入地解剖人物隐微的心理活动的佳构并不多见。心理活动能否被视为戏剧动作或构成情节？内部行动（内部描写）是否具有戏剧性？如何保证心灵生活充分戏剧化、舞台化？《绝对信号》一一作了很好的回答，昭示了表现心灵的无限可能。演出对构筑舞台形象本来仅起辅助性作用的灯光、音响等元素的作用作了大幅度的加强，借助戏曲舞台的假定性，在一个被雕空了的守车车厢、框架式布景中，配以白、蓝、红色频频更迭的灯光和音响、道具，在固定的写实布景中任意变换出不同情境的戏剧场景，罗列出多重空间。表面看故事发生在此时的守车上，但通过回忆、想象、幻觉，又是发生在彼时的河边，新房、婚礼仪式以及无所知的地点。戏剧场景随着人物主观视像自由流动，从而展现出丰富多彩的层次来。剧本在布局上舍弃了分幕分场的格式，采取无场次的场面组接，以思想意识流动作情节构架，构成心理时空与现实时空交织的双重时空结构，使舞台空间跟着人物意识流动灵活扩展。"火车行进声与怦怦心跳声伴着戏的进行"，现实时间依据心理时间自由转换，心理逻辑取代了时序逻辑、事件叙述逻辑，心理逻辑成了全剧的杠杆。这种自由流动的时空结构比之于一般的时序逻辑大大拓展了人物心理的探掘深度，更能形象而清晰地展现人物内心奥秘，不失为心理刻画的上乘手法。

五

小剧场戏剧《火神与秋女》，编剧苏雷，导演张奇虹，中国铁路文工团话剧团、中国青年艺术剧院"黑匣子"小剧场演出，获"第五届全国优秀剧作创作奖"，剧载《戏剧》1988年5月号。该剧用朴实无华的场面调度和生活流般的自然呈现，展示煤矿工人的生活和人性美。先进煤矿工人褚大华热爱本职工作，在一次井下故事中为救工友不幸砸断了双腿，他的朋友吕晓刚为解决生活困难替他找了个来自农村的小保姆秋女。秋女善良贤惠，在照料褚大华的共同生活中萌生爱意。但坐在轮椅上的大华发现挚友王立雄也爱上了秋女，与秋女互通款曲，因此自己陷入矛盾和苦痛中。秋女命途多舛，自有难言之隐，她在老家先遭哥哥的强暴后，又被父母逼迫嫁给一个不爱的男人。现在又面临两个好男人的追求，更加使她无所适从。三个人都在爱情与嫉妒、追求与放弃、情欲与理智的自我搏斗中饱受痛苦和煎熬，秋女与大华虽然真心相爱却无法实现结合，末了，不得不离开两个可爱的男人回到丈夫那里。走前她为褚、王做好了最后一顿饭，褚、王相对无言，为她饯行，借酒浇愁，秋女泪如雨下，心伤欲碎。王立雄把自己心爱的雕塑作品送到秋女手中，此时外面传来《一无所有》的歌声，秋女踏着充满祈愿的歌声洒泪而去，带走了"火神"的爱、人间的真情。

《火》剧运用朴实的生活场景和真真切切的人际沟通传达了煤矿工人的内心世界情感微波细澜。他们普通、实在、默默无闻，却是我们身边的火神、为普天下的人们带来光和热的普罗米修斯。尽管有内心弱点缺点，但他们超越了自我，实现了人格的升华，可是他们的离合悲欢、酸甜苦辣又有几人能解呢？褚大华身残后坐轮椅度日，在生与死、爱情与嫉妒、友谊与自私、理解与误会的矛盾冲突中辗转苦斗，"要友谊还是要爱情，是当仁不让，还是发扬风格"，他徘徊着。"人的特点在于担负多方面的矛盾，忍受多方面矛盾，保持本色，忠实于自己。"（黑格尔：《美学》）最终他战胜了自己，超越了自己，不仅顽强活下去，并为成全他人幸福作出牺牲，升华了自己精神境界，也找到了新的生活乐趣——根雕。王立雄也不失质朴敦厚、真诚侠义，他同情恋慕秋女，当他发现褚大华也深爱着秋女时，他能舍己为人，表示主动退出情感纠葛，让大华优先选择，尽管为此他内心充满苦楚。两个男人既有火一般燃烧的激情，又有以理节情的理性，心灵都一样质朴纯洁、美好。这不是一出演绎矿工抢救弟兄的英雄事迹的故事剧，而是捕捉、开掘三个青年人感情纠葛、自我心理冲突的"心理剧"。导演张奇虹阐释："这是一出多层次、多侧面的充满内心矛盾的心理话剧"，她建议剧作家修改"加强揭示男女主角内心世界的内容，刻画褚大华因双腿致残失去追求爱情勇气，但又渴望得到爱情的矛盾心理，为此增加一段褚大华在心神恍惚中双腿恢复如初、与秋妹相拥相吻的心理幻觉（或称"白日梦"）的戏"。[10] 在刻画人物内心活动方面细腻入微的手法使观众对人物心理隐秘能够察微辨细，达到心灵感应的效果。

结束语

由以上分析可以看出，在现代哲学和心理学影响下、现代社会人类对本体认识的深化下诞生的心理型探索戏剧由外向视角转为内向视角，表现重心"内向化"，蓄意淡化生活的外在过程、情节结构、人物典型形象塑造，而以人物的心灵冲突为创作出发点。将笔触聚焦在人的内心世界，直指人心，向心理学方向延伸，着力深度剖析人的灵魂空间，尽展人的心理和精神的无穷的差异性、复杂性（人的杂色）、变异性，增加心理时空的深广度和延伸性。在人物关系上弱化物质关系，强化心灵关系，戏剧冲突情感化，是一种"写情型"的戏剧。它标志人的心灵生活开始审美化、题材化，内心生活超越外部情节与外部性格而成为观众最感兴趣的审美对象。内向型典型的美学观念对沿袭千百年的从外部性格特征上塑造人的传统观念产生强大冲击，使人的心灵从长期封闭状态走向对外开放。这是戏剧思维的一场空前深刻的革命。它显现出探索戏剧秉具的现代主义特征：人的心灵世界成为审美观照的主体对象，甚至是唯一的对象，对人命运的关注由外部世界转向内在的精神深处，突出的是人物自我的内心矛盾、灵肉冲突，人与社会现实的矛盾被折射在人自我的内心矛盾中。心理探索的深入标明戏剧创作由社会学的宣教向心灵的审美转移，戏剧侧重心理透视力，审美触角更多地伸向人类千差万别的心灵世界底里，表现人的清醒意识和朦胧意识、显意识与潜意识、人的内心世界与外部世界的相互关系。这种多层次的立体化的心理结构使新型戏剧语汇应运而生，这是对传统戏剧语言的延伸和变革，因之提高了戏剧艺术的整体美学品位，使人们在观赏戏剧之时走向对人本体认知的深处。

参考文献：

［1］黑格尔. 美学：第1卷［M］. 北京：商务印书馆，1979.

［2］恩斯特·卡西尔. 人论［M］. 上海：上海译文出版社，2004.

［3］中国社会科学院外国文学研究所外国文学研究资料丛刊编辑委员会. 外国现代剧作家论剧作［M］. 北京：中国社会科学出版社，1982.

［4］奥尼尔. 关于面具的备忘录［A］. 外国现代剧作家论剧作［C］. 北京：中国社会科学出版社，1982.

［5］尤奈斯库. 关于我的戏剧以及他人的评论［A］. 现代西方艺术美学文选·戏剧

美学卷［C］.沈阳：春风文艺出版社，辽宁教育出版社，1989.

［6］曹禺.看话剧《丹心谱》［N］.人民日报，1978—04—24.

［7］曹禺.和剧作家们谈读书和写作［J］.剧本，1982，（10）.

［8］爱因斯坦.我的世界观［A］.爱因斯坦文集：第3卷［M］.北京：商务印书馆，1979.

［9］王新民.中国当代戏剧史纲［M］.北京：社会科学文献出版社，1997.

［10］康洪兴.小剧场戏剧艺术规律探寻［J］.戏剧文学，1994，（5）.

原载《东方论坛》2010年第6期

高行健对戏剧的开创性贡献

刘再复

5月28日，我在高行健学术讨论会上说，在我心目中有四个到六个高行健，四个高行健包括小说家高行健、戏剧家高行健、画家高行健和思想家（理论家）高行健。四个之外还有戏剧导演高行健和电影诗作者高行健。今天我要声明说，我比较熟悉的是思想家高行健和文学家高行健，而对于画家和戏剧家的高行健，我只是个读者与观赏者，缺乏深入研究。因此，今天我的讲话只能算门外谈戏，在各位戏剧家面前，我只是一个小学生，借此机会向各位请教而已。

在我以往论述高行健的文章中，一再强调，无论小说创作、理论表述，还是戏剧、绘画创作，高行健都有一种高度原创性、开创性特点。中国现代伟大作家鲁迅说过一句话：第一个吃螃蟹的人是值得尊敬的，一定有人第一个吃蜘蛛，不过不好吃。高行健是一个在多重领域里第一个吃螃蟹的人，即第一个提出新思想，第一个实验新文体、新形式的人。在长篇小说创作中，《灵山》创造了一种用人称代替人物，用心理节奏代替故事情节的小说新文体；在理论上，他提出"没有主义""冷文学""回归脆弱人""真实即文学最后判断"等新命题；在水墨画中，他在抽象与具象之间找到第三种绘画的可能性，第一次在水墨画中充分展示人的内心，并以内心的光源取代外部的自然光源，从而与印象派的光源区别开来。在戏剧上，他更是第一个吃螃蟹的人。从希腊悲剧到现代的奥尼尔，两千年来的戏剧，就其精神内涵而言，只展示人与命运、人与自然、人与上帝、人与社会、人与他者的关系。高行健则第一次开辟了人与自我的关系。除了这一总创造之外，他在中国戏剧史上与西方戏剧史上还做出下列几个开创性贡献。

（一）高行健在中国创造了第一个荒诞剧《车站》。20世纪西方的荒诞戏剧，特别是贝克特的《等待戈多》，其荒诞性主要表现在"理性与反理性"的思辨，而高行健则把荒诞的重心放在展示现实的荒诞属性。高行健这一剧作，为中国当代文学开辟了新的脉络。原先中国当代小说只有现实主义写作之脉，《车站》之后，便出现了荒诞写作的第二脉。属于此脉的还有残雪、莫言、阎连科等优秀作家。

（二）高行健在人类戏剧史上第一个创造出"内心状态戏"。我在2005年所写的《从卡夫卡到高行健》一文中曾经指出，不懂得卡夫卡就不懂得高行健。卡夫卡的《变形记》《审判》《城堡》写透了人类的生存困境，高行健也写透了同样的生存困境。但是卡夫卡的重心是揭示外部困境即生存的困境；而高行健则从外转向内，侧重于"观自在"，即侧重于揭示人性困境与心灵困境。他的状态戏，便是把心灵状态呈现于舞台的心灵戏，可称为"内心状态戏"。"内心状态戏"是我概括的戏剧概念。这种首创性戏剧，可用高行健的名字命题，不妨称之为"高氏内心状态戏"。这种戏的难点在于必须把看不见的人性状态、心理状态变成看得见的戏剧形象。即把心理感觉诉诸视觉。《生死界》就是第一个把不可视的内心炼狱（即内心矛盾、冲突）展示为可视的状态戏。这个戏是高行健本人戏剧创造的里程碑，它标志着高行健的戏从中国走向普世，从外走向内。《周末四重奏》则把人内心的忧伤、焦虑、嫉妒、青春梦、女人梦统统呈现于舞台。个人在经历人生苍白的瞬间时，可能会出现怎样的内心状态，《周末四重奏》展示得淋漓尽致，《周末四重奏》带有很大的文学性。《夜游神》中的自我只是在开场时出现，这个"我"进入梦境之后，即进入内心的潜意识深层之后，出现了第二人称的"你"，作为自我投射的"你"，一个个形象——"那主"，流氓、妓女等形象全都是主人公的内心图景。这是一个把看不见的内心梦境、潜意识呈现为可视意象的十分完美的"内心状态戏"。李欧梵先生说，高行健戏剧反映了欧洲高级知识分子的审美趣味。这种趣味正是观赏人类丰富复杂内心世界变幻无穷的趣味。

（三）高行健在展示人的内心世界时，通过"人称转换"这一写作技巧即审美形式把人物的内心图景展示得极为丰富复杂。这里我要再次强调：人称转换是高行健的重大艺术发明。在小说《灵山》中，他就通过"你、我、他"等主体坐标的相互转换，从而构成极为复杂的主体内部的语际关系（我称之为内部主体间性），而在戏剧中，高行健又通过人称转换，使人物的内心图景得到充分表现。例如《周末四重奏》的四个角色A、B、C、D，每个角色都有内主体"你、我、他三坐标"，这样就形成对话的广阔空间和无限可能。因此，这部戏不仅把每个人物内心的各种情感"独白"出来，而且形成四个角色你我他的互动，变成"复调与多重变奏"。此剧被法兰西国家戏院破例上演（该剧院从不上演活着的剧作家的戏）。这部剧本让人阅读起来就像阅读小说文本。

（四）高行健的戏剧还创造了有别于斯坦尼斯拉夫斯基和布莱希特的"中性演员"即演员表演的三重性。关于这一点，高行健自己已经讲得很清楚，不必我再赘述。

总之，高行健的戏剧为世界现代戏剧史增添了精彩的、独一无二的一页。我相信，今天我们在这里共同探讨这一页，具有很重要的意义。

原载《华文文学》2011年第6期

话剧的八十年代

林克欢

20世纪80年代，对许多人来说，似乎相当遥远了，零零碎碎的回忆或听人转述的传言，已变得模糊不清；对另一些人来说，一切恍若昨天，如在眼前。作为一个戏剧从业人员，我有幸亲历了这一令人激动又令人懊恼的复杂年代。文学界的一些朋友，将80年代说成是中国当代一个浪漫、悲壮、短暂又脆弱的年代。我想在话剧界，真能感受到浪漫与悲壮的人，大概不多。

"文革"结束，沉寂十年的话剧独占先机，舞台成了民众被压抑多年的不满情绪的宣泄口与批判"四人帮"罪行的利器。1977年夏天，中国话剧团率先演出了新创作的《枫叶红了的时候》《转折》等剧目。至1978年8月11日上海《文汇报》发表卢新华的短篇小说《伤痕》（由此开启了文学创作的"伤痕"阶段）时，话剧在全国各地已红红火火地推出了《曙光》（白桦）、《银河曲》（陈健秋等人）、《悲喜之秋》（丛深）、《丹心谱》（苏叔阳）、《报童》（王正等人）、《杨开慧》（乔羽等人）等一大批作品。然而，重建历史叙事的努力，一开始就矛盾重重：一方面，保持革命文化历史延续性的热情始终存在；另一方面，对宏大叙事与主流意识形态与日俱增的疑虑，使得实验戏剧家们不得不千方百计地寻求新的表意方法。历史的机缘，令人兴奋；现实的挫折，使人警醒。启蒙与审美的多重缠绕，政治与商业的双重压力，使这一既充满活力又充满曲折的探索时期显得异常复杂。

最早在剧作方面进行探索的，是谢民的独幕悲喜剧《我为什么死了》和马中骏、贾鸿源、瞿新华的哲理短剧《屋外有热流》。《我为什么死了》的女主人公，度过"文革"的艰难岁月，却在"四人帮"倒台、春天初临时节猝然倒下。在作品中，剧作家颠因倒果，让女主人公范辛以一种死者现身说法的形式，向读者／观众诉说在那十分可悲又十分可笑的年月里，一个纯真女性十分可笑又十分可悲的经历。在《屋外有热流》中，作者借助一个为保护稻种、冻死在冰天雪地的勤杂工——赵长康的幽灵形象，来去自由地穿堂入室，目睹弟妹们见利忘义、浑浑噩噩的生活，表达他们对十年内乱使年轻人灵魂变质的那种"强烈的义愤、强烈的爱憎、强烈的焦心"。随后涌现的《一个死者对生者的访问》，剧作家刘树纲平列地讲述在公共汽车上孤身与两个扒手搏斗而牺牲的"业余时装设计爱好者"叶肖肖，死后一一去访问那些在车上见死不救的人……三出戏的作者不约而同地写死者重新现身，追溯／摹写他们生前死后的故事。这看似纯属偶然或巧合的现象，其背后存在着并不偶然的合理性。这种借助外来者（来自阴间）的"他者"（幽灵）还阳看人世间的叙事手段，其实是五四新文化运动以来，启蒙文学所惯用的外来者、返乡者看故园、故乡形式的变种。在这类模式里，外来的"他者"，代表着具有与现代思潮有着千丝万缕联系的文明、进步意识，或与革命有着某种关联的正义、果敢的悲剧色彩（范辛是反"四人帮"的斗士；赵长康是为科学研究献出年轻生命的楷模；叶肖肖是见义勇为的英雄）。80年代大多数话剧，无论是新创作剧目还是旧戏重演，或是理论上对"主体""人学"的强调，都充盈着浓浓的启蒙意识与理想主义色彩。这种情形，要到80年代中后期，经济改革浪潮兴起之后才有所改变。

另一方面，传统的剧作结构在这些探索中，已自觉或不自觉地松动起来，叙述性成分渗入了以往严谨的戏剧性结构。传统的写实主义戏剧，几乎都采用线性编年结构，情节进展的连续性，严格地遵循开端、高潮、结尾前后相生的因果序列。因此，《雷雨》第一幕，周公馆闹鬼的前史，必须通过鲁贵与四凤的对话，将"过去"变成"当下"。在《我为什么死了》中，死者颠倒因果的叙述，情节发展并不顺时地指向未来，"过去"取代"当下"成为主要内容，角色间的对话变成主体性（主人公）的叙述。《一个死者对生者的访问》虽略有变化，在"死者"对生者探访的假定性事件中，过去与当下相遇，但目的仍然是为了追索过去事件的真相。

1980年5月，沙叶新创作了轰动一时的段落体戏剧《陈毅市长》。作品选取十个生活横切面，由陈毅这一中心人物贯串始终，表现解放初期在上海这个"冒险家乐园"所展开的一系列纷繁复杂的斗争场景。各个场景既保持某种关联，又独立存在，从而拓展了舞台表现生活的视域。作者本人将这种构成方式称为"冰糖葫芦"结构。随后，段落体、多场景、无场次的戏剧作品渐渐地多起来。由李维新等人集体创作的《原子与爱情》，采用大跨度（前后十五年）、多场景（近三十场）、大段回述的结构形式。而刘树纲根据美国电影《出卖灵肉的人》改编的舞台剧《灵与肉》，场景竟达四十二个之多。然而，无论是《陈毅市长》千方百计地讴歌老一辈革命家的光辉形象，还是《原子与爱情》着力塑造新老军事科学家的生动形象，其主题内容仍然停留在我们以往所熟悉的"启蒙＋革命"的范围之内；而松散的场景组合，却是对过分凝聚的、锁闭式情节结构的有意反拨。这就是我上文所说的启蒙与审美的缠绕。这是任何巨大的社会转变、文化延续与断裂并存的历史阶段，艺术变革初始阶段常见的现象。中国话剧的颓败不发生在此时，而是在随后岁月的苟且存活。不仅在于多次禁演、批判之后艺术家的自我防卫，更在于编导者艺术视野、艺术思维的狭窄与因循守旧所致。

我在写于1986年的一本小书（《舞台的倾斜》）中曾写道："随着生活的飞速发展和当代文学艺术各种艺术样式发展变化的微妙对应过程，话剧艺术结构同样正经历着由简到繁、由单线到复线、由平列到交错、由平面到立体的生动的历史发展。""到了'多声部现代史诗剧'《野人》和'马戏晚会式'的组合戏剧《魔方》等一系列新型话剧的出现，从主题的开放到结构的开放，话剧艺术自觉或不自觉地从自身独特的形式，参与了社会对陈旧的思维模式和全民族的心理结构的整体改造。"今天看来，我是期望过高且言过其实了。

二

　　1982年9月，北京人民艺术剧院在首都剧场三楼的小排练厅以小剧场的形式演出了高行健、刘会远编剧，林兆华导演的《绝对信号》。可以说，这是导演艺术全面变革的一个明确信号。此前，黄佐临、陈颙在《伽利略传》，徐晓钟、郦子柏在《麦克白》，胡伟民在《秦王李世民》，王贵在《陈毅出山》，苏乐慈在《屋外有热流》，于村、文兴宇在《阿Q正传》……众多导演艺术家已在各自的实践中，作过多种多样的舞台探索。《绝对信号》接续我国间断了四五十年的小剧场演出史，改变了多年以来演员与观众的空间构成关系，大幅度地更新了舞台语汇：人物内心活动的图像化外化，开拓了戏剧时间的心理向度；甜蜜的话语与麻木的表情，将对婚恋幸福的回忆与犯罪时的紧张情绪，同时展现在演员的现时性表演中，提供了一种"多重性表演"的舞台经验；打人与被打被分隔在两个空间中，将同一事件的动作加以分解；用演员的肢体（手臂）构成示意性的舞台图像（手铐）；演员手持电筒为自己照明，演员自身与演员所扮演的角色，同时成为戏剧呈现的有机构成……这一系列打破制造生活幻觉的奇思与灵巧的演出，改变了舞台表现生活的方式，在一定程度上也改变了观众观剧的习惯。

　　紧接着，胡伟民在上海青年话剧团的排练厅以中心舞台的形式演出了《母亲的歌》；中国青年艺术剧院在各类院校、机关的公共食堂、会议厅，以撂地摊的方式演出了《挂在墙上的老B》（导演宫晓东、王晓鹰）；广东话剧院实验剧团在舞厅中演出《爱情·迪斯科》；哈尔滨话剧团将观众休息厅加以改造，摆放一批类似茶座或咖啡厅的桌椅，演出《人人都来夜总会》；南京市话剧团在新改造的小剧场——小百花剧场，演出台湾作家马森先生的荒诞短剧《弱者》；黑龙江省伊春林业文工团话剧团也以小剧场形式演出了无场次话剧《欲望的旅程》……小剧场演出因应时代的需求和戏剧发展自身的需要，在全国遍地开花，并促成了1989年4月由九个演出团体和上海戏剧学院参与，共13台剧目参加展演的"南京小剧场戏剧节"。

　　到了90年代，随着商业戏剧的强势扩张，小剧场沦为众多剧团求生存、争票房的小空间演出。少数戏痴或知识精英仍在小剧场顽强地进行艺术探索，但已淹没在主旋律戏剧和商业戏剧的汪洋大海之中。

今年九月，话剧界一些朋友举办各种活动，纪念新时期小剧场演出活动三十周年。小剧场演出固然有着自身的空间构成和审美特点，但在我看来，它只是上世纪八九十年代戏剧剧变的有机组成部分，脱离特定的语境与历史规定性，单独谈论小剧场的审美转向与艺术成就，恐怕意义不大。

"文革"结束不久，在不可胜数的大大小小的舞台实验中，第一次给观众和戏剧界带来大震动的，是1979年3月，《茶馆》的复排公演和《伽利略传》的演出。这是老一代戏剧家"南黄（佐临）北焦（菊隐）"的同时亮相。

《茶馆》于1958年春、1963年秋两度公演，招致不少批评，也因给剧作平添一条"革命红线"带来难以避免的时代性曲折。《茶馆》是编剧老舍先生和导演、演员的完美结合，是焦菊隐先生多年舞台探索的结晶。时空幻化古今事，不断人流上下场。三教九流的几十个人物，个个栩栩如生。一座小小茶馆的荣枯，透视出中国社会半个世纪的兴衰。《茶馆》的复排演出，让人们见识在排除政治干扰因素之后，地道的中国特色的现实主义戏剧可以达到什么样的艺术高度和舞台演出的完整。

1959年，黄佐临在上海人民艺术剧院导演过《大胆妈妈和她的孩子们》，观众寥寥，影响有限。黄老后来不无自嘲地说：间离效果把观众间离到剧场外面了。此次应陈颙之邀，到北京共同执导《伽利略传》，第一次真正地向观众展现了布莱希特"叙述体戏剧"和间离效果的魅力，引发了超出艺术圈的文化争论和广泛的社会影响。而引起戏剧家们浓厚兴趣的，不仅在于作品塑造了一个既动摇神学统治又屈服于教会淫威、既推动科学发展又阻碍社会进步的复杂的人物形象，还在于由15个片段式、插曲式场景所构成的叙述体结构模式，以及一反道德判断的褒贬并存、选择两难的间离效果。

事实上，假若将《茶馆》作为我国当代现实（写实）主义戏剧的代表作，其叙述形式已悄然与传统的情节结构拉开距离。跨度将近半个世纪的三幕戏，除了借助几个主要人物——王利发、秦仲义、常四爷——贯串始终外，编导者增加了一个说数来宝的大傻杨作为串场人物。只是大傻杨的存在，并未以独特的视角形成"叙事自我（主体）"，他实际只是编导者一种结构性的外在连缀手段。这类似于易卜生在《群鬼》中，将"当下"推移至"过去"的"分析技巧"，或契诃夫在《三姐妹》中，"过去"和"未来"对"当下"的弃绝，其出发点都是叙事性的。

叙述体戏剧的观念和技法，80年代初在我国的广泛传播与接受，促使一大批段落体、多场景、组合戏剧……作品的涌现。戏剧叙述观念的转变，必然引起导演技法、舞台语汇的一系列变革。更引人注目的是，叙述体戏剧观念的接受与传播，不仅仅是指舞台叙述功能的引入，同时也是扮演性功能的凸现，也就是说，表演者被表演，表演者不是隐身在角色的背后，而是与他所扮演的角色一道，成为戏剧表演的对象。如果说《绝对信号》中，演员拿着电筒为自己照明只是牛刀小试，那么在《WM（我们）》中，王贵已把这种戏剧的扮演性发挥到极致。

《WM（我们）》演出开始，导演与众演员从观众席登台，击掌互相激励演出成功。然后，穿着当代服饰的男女演员，披上搭在台口的破旧的羊皮袄，扮演"集体户"的知识青年。只是羊皮袄的下端并不掩盖众演员的当代服饰与鲜亮的皮鞋。自始至终，演员／演员所扮演的角色，同时呈现在舞台上。演员既扮演剧中的人物，又扮演树木、门框，用人声制造风声、开门关门的吱吱声等各种音响效果。演出中，"叙述性"表演比比皆是。如屠鸡一段戏：

于大海　杀鸡啦！

青年们　杀！杀！杀！

李江山　拔毛啦！

青年们　嚓！嚓！嚓！

岳　阳　洗干净！

青年们　哗！哗！哗！

在这类演出中，"叙述性"表演代替了模拟真实动作的"戏剧性"扮演，这涉及布莱希特在《戏剧小工具篇》中所说的"双重形象"，以及"元戏剧"（Metatheatre）中"扮演中有扮演"等问题。现代主义／后现代主义观念与技法在中国的接受与创造性变异，在小剧场及实验戏剧舞台上，各家争胜，杂陈繁喧。

1980年10月，北京人民艺术剧院资深演员董行佶在《人民戏剧》上发表《戏，是演给观众看的》一文，提出对演员表演达到"忘我"境界的质疑，明确地指出："舞台上所反映的一切，毕竟不是生活，而是'戏'，是演来给观众看的。"这看似缺少理论色彩的大实话，其实是几十年来定于一尊的"体验派"演剧观念转变的信号。

1982年2月，在有关戏剧民族化的讨论中，胡伟民发表了《话剧要发展，必须现代化》的重要文章，呼吁"从艺术上讲，剧本的结构方法和演出样式都应该大胆突破，探求新的节奏、新的时空观念、新的戏剧美学语言"。（刊于《人民戏剧》1982年2月号）这是导演艺术家第一次自觉地提出当代戏剧"审美现代性"的要求。

这一要求在导演群体中极具代表性。林兆华认为，导演应该是"新戏剧观念的创造者""演出形式的创造者"，导演"应该创造自己的舞台语言""发现新的表现手段"。（《杂乱的导演提纲》，见《艺术世界》1986年第3期）徐晓钟提出"向表现美学拓宽的导演艺术"。（见《向表现美学拓宽的导演艺术》一书，中国戏剧出版社，1996年3月第一版）陈颙努力"寻找布莱希特与中国民族戏剧传统的连接点"。（见《从〈伽利略传〉到〈高加索灰阑记〉——在"中国第一届布莱希特学术研讨会"上的发言》，1985年）王贵强调，要使戏剧进入诗格，"突破'非如此不美'的规则，强调现代感和传统神韵的统一的审美理想"。（《开拓高层戏剧构想》，载《戏剧学习》1985年第3期）……假若我们不斤斤计较实践艺术家在理论表述上的精确性，导演群体自觉／不自觉所追求的，正是当代戏剧的审美现代性。从艺术实践方面看，林兆华导演的《红白喜事》《狗儿爷涅槃》，徐晓钟等人导演的《桑树坪纪事》，王贵导演的《WM（我们）》，陈颙导演的《三毛钱歌剧》《老风流镇》，黄佐临等人导演的《中国梦》，胡伟民导演的《红房间、白房间、黑房间》……其对当代社会转型的思考与批判，对舞台叙述结构与导演语汇的革新，以及对艺术创新独立性、自主性（也即对于社会、政治的自律或半自律）的要求，在说明对现代性的言说，已超越对西方话语与范式的全盘接受，而建基于本土社会实践与艺术实践的需要。

这里所说的"半自律",借用的是阿尔都塞（Althusser）论及古典美学时所用的一个概念。也就是说，舞台呈现的毕竟不是真实的生活，而是"戏"。与现实生活的这种分离，使它有可能保持某种自我限定的自律性。然而，戏剧之所以能够感人，恰恰在于它关涉某种外部存在，与西方后现代主义的语言转向、能指／所指完全成为自由漂浮、自我指涉的"自律"不同，在《WM（我们）》"地震"一段：在一场巨大的灾难过后，"集体户"的青年们从废墟中爬了出来。演员们用手举着一个粗糙的木框，密密麻麻的脑袋紧凑在一起，透过木框用惶惑的目光望着这个满目疮痍的世界。在这里，演出机制（扮演者的扮演）本身成为演出对象，并没有成为纯粹自我指涉的闭合空间，也没有遮蔽编导者、演出者对现实世界（巨大的政治灾难）的反思与批判。在《红白喜事》中，一家之主郑奶奶一出场，旋即被随侍在前后左右的儿孙们拥落在太师椅上。太师椅上至尊至圣又老迈昏聩的主人，及其左右八字排开的随侍者，使人极容易联想起旧戏中那些封建权贵出场的舞台程式。一个集老革命、老封建、老家长于一身的人物形象和那过时的派头，借助一把破旧的太师椅与相关的舞台调度，将编导者、演出者对生活的感悟、思索，不动声色地传递给观众。程式化的舞台调度，将舞台的程式化，化为对社会生活的程式化的讽喻。在《桑树坪纪事》中，高举火把、围堵自由恋爱的彩芳、榆娃的众村民；挑逗、围观福林扒光青女的衫裤的众后生；与饲养员一道棒杀耕牛的愤怒的群众……几乎都在情感最饱满之际恢复其舞队队员的身份。生活场景中模拟自然形态的举止，转化为整齐划一的舞步。参差不齐的舞台站位，逐渐聚拢成一堵压迫性的围墙。一再重复的戏剧仪式，不仅仅呈现自身的美感与观赏价值，也诱发观众直面当代中国人窘迫的文化困境与深广的历史人生内容。……在一系列的演出中，努力寻找审美现代性与整个社会的现代化进程紧密结合起来的途径，正是80年代探索戏剧最值得肯定的宝贵经验之一。

可惜好景不长。一如二三十年代，启蒙与救亡的双重压力，使得陶晶孙、向培良、白薇、杨骚、徐讦等一批剧作家，对表现主义、象征主义、未来主义、唯美主义等现代主义戏剧观念与技巧的稚拙实验过早地夭折；提倡新浪漫主义的郭沫若、田汉等名家，也先后转向遵命文学与现实主义。80年代先后发生的"批判资产阶级自由化""清除精神污染"，以及对《假如我是真的》《车站》《WM（我们）》等戏的禁演与公开批判，致使一批探索戏剧家从此噤声或改弦更张，说明了国家政治生活左右摇摆对艺术创作所产生的严重影响。90年代经济（商业）大潮兴起之后，大众通俗文化大行其是，小剧场与实验戏剧的艺术探索被挤到社会、文化的边缘。审美现代性的追求，最终成了少数知识精英难以割舍又难以企及的奢望。

需要说明的是，文中所说的"80年代"，并不是指严格历史纪年的断代史，而是泛指从"文革"结束后到商业大潮兴起、商品逻辑逐渐成为社会生活主导原则这一历史阶段。套用弗雷德里克·詹姆逊（F·Jameson）在《60年代断代》一文中的说法：历史乃是必然。80年代只能那样地发生，其机缘与困局，相互交错，不可分割。80年代已成过去。蓬勃满溢、急切偏执的艺术创造力的大解放，以及它与政治、经济制约力量的抵牾、扦格、勾连、纠结……也早已成为历史的一部分。今日旧事重提，不仅仅是为了忘却的纪念，也是为了与戏剧现状相比较，思索在主旋律戏剧与商业戏剧的夹击之下，实验戏剧还能做些什么？

原载《中国戏剧》2012年第11期

现代戏剧追求中的"激进"与"保守"之争

——高行健话剧《野人》及其论争研究

李兴阳　许忠梅

20世纪70年代末至80年代，随着中国社会政治、经济、文化等的变革，中国当代话剧经历了一个起伏多变的曲折发展过程。"文革"结束之初，社会"问题剧""领袖剧"等"盛极一时"，1980年召开的"剧本创作座谈会"使当代话剧创作遭遇"寒流"，"触及时弊"的好作品锐减，剧场冷落，出现了始料不及的"戏剧危机"。为了应对危机，中国话剧界掀起了戏剧革新浪潮，即所谓"二度西潮"。1981年至1982年，戏剧界出现了"布莱希特热"和小剧场运动；1983年至1985年，戏剧界进行了戏剧观大讨论。高行健就是在这样的大时代背景中"闪亮登场"的。在"文革"后的戏剧形式革新浪潮中，高行健不是"始作俑者"，但称得上是最有影响也有最有实绩的"弄潮儿"，是"戏剧形式革新浪潮的一个令人惊喜的礼物"①。

高行健的戏剧探索从戏剧理论与创作实践两个方面展开。戏剧理论探索方面，高行健在《绝对信号》（1982）演出成功之后，发表了系列戏剧理论文章，阐述自己的戏剧思想，这些论文和各个剧本后所附的演出说明，后来结集为《对一种现代戏剧的追求》。戏剧创作实践方面，高行健创作了《绝对信号》（1982）、《车站》（1983）、《野人》（1985）、《彼岸》（1986）等一批"新锐"的实验剧本。这些剧本的发表与演出均产生了很大的影响，引起了广泛的争论。本文仅以话剧《野人》及其论争为研究对象。

高行健的"多声部现代史诗剧"《野人》，剧作首发于《十月》1985年第2期，同年由北京人民艺术剧院首演。剧作发表与上演后，随即引起毁誉参半的激烈争论，高行健也成为备受关注的"剧坛新秀"与"争议人物"。关于

《野人》的论争，较为集中的时间是1985年至1989年，论争的焦点主要有三个：一是《野人》与"完全的戏剧"观念；二是《野人》的"多主题"；三是《野人》变"话"剧为"戏"剧。20世纪90年代以来，关于《野人》的研究文章虽然多为"学理"性的学术探讨，较少针锋相对的争论，但也能反映出不同历史时期，人们对《野人》的意义与价值的不同理解。事隔三十余年，《野人》及其论争已然成为一种历史。重新梳理和认识这段历史，不是没有意义的。

一、"完全的戏剧"："捡回"与"拿来"

《野人》是高行健"完全的戏剧"观念的"比较充分"的"表现"②，而"观念的变革是最隐蔽又最彻底的变革，由此引起戏剧观念上的冲突与广泛争议，是必然的同时也是极有意义的。在关于《野人》的演出建议与说明中，高行健提出："戏剧需要捡回它近一个多世纪丧失了的许多艺术手段。本剧是现代戏剧回复到戏曲的传统观念上来的一种尝试，也就是说，不只以台词的语言的艺术取胜，戏曲中所主张的唱、念、做、打这些表演手段，本剧都企图充分运用上。因此，导演不妨可以根据演员自身的条件，发挥各个演员的所长，或讲究扮相，或讲究身段，或讲究嗓子，或讲究做功，能歌者歌，能舞者舞，也还有专为朗诵而写的段落。这也可以说是一种完全的戏剧。"④"完全的戏剧"的提出，要早于《野人》的创作及这篇"建议与说明"。

在谈"现代戏剧手段"的《现代戏剧手段》（1982）、《剧场性》（1982）、《戏剧性》（1983）、《动作与过程》（1983）、《时间与空间》（1983）、《假定性》（1983）以及《我的戏剧观》（1984）等文章之中⑤，高行健提出并阐述了他的"完全的戏剧"观念，这是旨在变革日趋僵死的中国话剧艺术的一种戏剧观念。何谓"完全的戏剧"，在写于《野人》之后的论文《对一种现代戏剧的追求》中，高行健做了简明的概括："我相信未来的戏剧的时代将是戏剧更加繁荣的时代，未来戏剧会是一种完全的戏剧，一种被加强了的演员与演员、演员与角色、角色与演员与观众交流的活的戏剧，一种不同于排演场里完全排定了的近乎罐头产品的戏剧，一种鼓励即兴表演充满着强烈的剧场气氛的戏剧，一种近乎公众的游戏的戏剧，一种充分发挥着这门艺术蕴藏的全部本性的戏剧，它将不是变得贫乏了的戏剧，而是也得到语言艺术家们的合作不至于沦落为哑剧或音乐歌舞剧的戏剧，它将是一种多视象交响的戏剧，而且把语言的表现力推向极致的戏剧，一种不可以被别的艺术所替代的戏剧。"⑥高行健这里所描述和界定的"完全的戏剧"，是一种理想中的"未来戏剧"，也是一种探索实验中的"理想戏剧"，《野人》及《绝对信号》和《车站》等，都是这一戏剧观念在实验中的呈现形态。这些"完全的戏剧"之作，使人们看到了不同于"传统话剧"的"新样子"。

高行健探索实验"完全的戏剧"，是对中国当代乃至世界性的"戏剧危机"的积极应对。高行健所谈到的造成"戏剧危机"的原因主要有两点：一是"一次大战之后，随着电影、电视在世界各国的发展与普及"，使"戏剧这门身跨文学与艺术之间最古老的综合艺术正面临着危机"⑦；二是中国的话剧越来越有"话"无"戏"，形成了令人生厌的僵化模式，失掉了它自身所独有的不同于电影电视的艺术魅力。化解戏剧危机的最佳策略，在高行健看来就是让"话剧"重新回到"戏剧"的艺术道路上来。这就需要"捡回"，通过"捡回"建构能"充分发挥这门艺术蕴藏的全部本性的戏剧"，即"完全的戏剧"。

高行健所谓的"捡回"，实际上包含"回复"与"拿来"两个方面的意思，"回复"就是复归或曰"继承"中国戏曲艺术的传统，"拿来"就是向西方当代戏剧学习，采取鲁迅所说的"拿来主义"。就前者而言，高行健提出要"捡回"传统戏曲的唱、念、做、打等表演手段，"在传统的戏曲艺术中，演员通过亮相、提嗓子、身段和台步提起观众的注意力，在观众的注视中，直对观众抒发胸臆和情怀，有唱段和念白，独白和旁白。倘若是丑角，还能插科打诨。兴致所来，灵气顿起，还可以即席发挥到淋漓尽致的地步。活人与活人之间这种活生生的交流，艺术创作中没有比这更动人心弦的了。现代话剧艺术没有理由不重新拣回这些手段"⑧。"捡回"这些传统的"手段"，就是要"捡回"现代戏剧已丧失的魅力，"我们今天的话剧不应该把这样丰富的表现手段都抛弃了，只诉诸台词。现代戏剧正需要扩大自己的艺术表现力，不必作茧自缚，只局限于语言。不断去发掘新的表演手段才是现代戏剧表演艺术追求的方向"⑨。就后者而言，高行健要"捡回"亦即"拿来"的对象，主要是法国戏剧家阿尔托、波兰戏剧家格洛托夫斯基和德国戏剧家瓦格纳与布莱希特等的戏剧观念及其艺术实践的经验。高行健的"完全的戏剧"与阿尔托的"总体戏剧"（total spectacle）有一定的渊源关系。高行健认为阿尔托是"现代戏剧的吹鼓手"，说他"从东方太平洋中的小岛巴厘的民间戏剧中找到了西方戏剧艺术发展的方向。他生前的艺术实践尽管失败了，可他提出来现代戏剧也得恢复唱念做打，主张所谓完全的戏剧，不能不说是个有远见的预言家。而他预言的时候居然从西藏喇嘛庙的仪式中得到灵感"⑩。高行健的"完全的戏剧"也受到了来自布莱希特的诸多影响，如间离法等。布莱希特是"第一个"让高行健"领悟到戏剧这门艺术的法则竟也还可以重新另立的戏剧家"，对他"日后多年来在戏剧艺术上的追求起了决定性的作用"。⑪格洛托夫斯基的"质朴戏剧"（"贫困戏剧"）理论也是高行健"完全的戏剧"的重要理论来源。高行健说，格洛托夫斯基对戏剧艺术的本质有"透彻的理解"，特别重视表演，"认为戏剧中诸多的成分，诸如灯光、音响效果、布景、道具乃至于剧本都不是非有不可的，而谁都离不开演员。演员的表现才是戏剧艺术的核心。这也就解除了戏剧对文学的隶属关系，恢复了戏剧这门艺术的本来面目。……格洛托夫斯基直言不讳，承认东方传统戏剧的技巧训练给他的启发，而且特别提到了京剧"⑫。从这些打破"第四堵墙"的先行者那里，高行健找到了西方当代戏剧与中国戏曲艺术传统的联系点。

在西方当代戏剧与中国传统戏曲之中，高行健更偏重于后者，他自述说："西方当代戏剧家们的探索对我的戏剧试验是一个很有用的参照系。而我在找寻一种现代戏剧的时候则主要是从东方传统的戏剧观念出发的。"⑬但不论是"捡回"还是"拿来"，都不是简单的"复古"或"崇洋"，而是为了新的戏剧艺术的创造。高行健的"试验戏剧虽然扎根于对东方传统戏剧的这种认识，却又不受这种传统戏剧的任何程式的束缚"，他"不想重复西方传统戏剧的格式，也不愿受到东方戏剧传统的程式的束缚"，《野人》和《彼岸》便是他的"这种戏剧观念的比较充分的两个不同的表现"。⑭高行健秉着艺术创造的自由精神，不拘一格地"捡回"与"拿来"，做到古今中外兼容并蓄，使"话"剧回复到"戏"剧，就是要更好地"探索人类心灵的幽暗之处，及生命的终极意义与价值"⑮。

"比较充分"地表现高行健"完全的戏剧"观念的《野人》，在发表与上演后，"观众和评论界陷入了混乱，虽然肯定该剧的探索精神，但说好的、说坏的、说根本看不懂的构成了纷纭一片"⑯。"纷纭一片"的首要问题就是《野人》探索实验的"完全的戏剧"观。"说好"的论者，大都是能"看懂"《野人》的专家学者和戏剧界的专业人士，他们一般从三个方面论述《野人》的戏剧观念：其一，对《野人》所表现的戏剧观念进行理论总结，有了"总体戏剧""整体戏剧"等不同的指认与指称。林克欢将《野人》所表现的戏剧观念指认为"总体戏剧"，他从构成与功能两个角度予以界说："《野人》将歌舞、音乐、面具、傀儡、哑剧、朗诵熔于一炉，探索一种将众多的艺术要素加以综合的总体戏剧，以此表现艺术家所认识的人类情感，并将这种内在的情感系统呈现出来，诉诸观众的视听，供人观赏，以总体的艺术气氛，去激发观众深层的意识、思想、情感和本能。"⑰夏刚将《野人》所表现的戏剧观念指认为"整体戏剧"，认为高行健"给人的最大启示，恐怕是通过某种飘渺的整体风格，构筑'整体戏剧'的整体发想"⑱。其二，对《野人》动用的"知识资源"进行清理，辨析其与阿尔托、布莱希特、格洛托夫斯基等外国当代戏剧家的戏剧观念及中国传统戏曲之间的"影响"关系，肯定《野人》在"借鉴"中所进行的"创新"，如张毅的《论高行健戏剧的美学探索》、童道明的《〈绝对信号〉和〈野人〉之间》等。其三，肯定《野人》在中国当代戏剧观念探索中的意义，如一些论者认为该剧"在演出中大量运用了歌舞、朗诵、灯光、音响、傀儡、面具等多种艺术手段，就比重而言，大大超过了我们见到的其他话剧，显示了较强的语汇性，我们认为这是一种有价值的尝试"⑲。林克欢的评价更高一些，他认为"《野人》爬了一个陡坡，它使高行健达到一个前所未有的高度"，"它在实验'总体戏剧'上，在恢复戏剧交流的本性上，超越了文学上的意义"。⑳这几个方面的论说，现在看来，都是对高行健戏剧观念的进一步发挥，没有超过高行健自己的解说所达到的理论高度。但在20世纪80年代中期，这些可以用"激进"来形容的肯定性论说扩大了高行健戏剧观念及其实践的影响，推动了中国当代戏剧观念的变革。

对《野人》及其所表现的戏剧观念的质疑与批评也主要有三点：其一，对《野人》所表现的戏剧观念不理解，觉得这个戏"不像戏"，"有些怪"，不知道"该站在什么'观'上去谈它"。㉑其二，在"对戏剧本质的认识上，高行健不仅没有突破传统戏剧理论的框架，而且未能达到传统理论已经具备的高度。他的理论和理想错位了"。《野人》"等作品整体结构上的弱点从实践方面印证了理论认识的缺陷"。[22]其三，以《野人》为代表的高行健戏剧推动了中国当代戏剧的实验潮流，但不宜过高估计其价值。《野人》的"完全的戏剧"实验综合性是很高，但未必称得上是"突破"。[23]在这些质疑的与批评性的意见中，有一些否定意见是以人们习见的话剧形态作为批评的标准，这样的意见，不言而喻，是非常"保守"的。有一些批评意见则是非常有见地的。如高鉴在肯定高行健以《野人》为代表的戏剧实验有不可否认的积极意义的同时，指出高行健的戏剧理想、创作实践与戏剧理论之间存在矛盾，认为"高行健的理论中确实引入了新的思想，只不过它们不是对戏剧本性的认识，而是对构成戏剧的某些元素以及手法的认识"[24]。这样的分析与批评是很有学理性的，超越了所谓"激进"与"保守"之争。

二、"主题交织"：多声部与复调戏剧

《野人》被称为"多声部现代史诗剧""复调戏剧"，其引起争议的第二个重要问题，就是其名噪一时的"多主题"特征。在关于《野人》的演出建议和说明中，高行健说："本剧将几个不同的主题交织在一起，一种复调，又时而和谐或不和谐地重叠在一起，形成对位，不仅语言有时是多声部的，语言同音乐和音响也形成某种多声结构，甚至同画面造成对位。正如交响乐追求的是一个总体的音乐形象一样，本剧也企图追求一种总体的演出效果，而剧中所要表达的思想也通过复调的、多声部对比与反复再现来体现。"[25]为什么要实验"多主题"，搞"多声部"与"复调戏剧"，高行健曾做过这样的论说："当戏剧赢得像文学一样的自由、不受时空限制的时候，在剧场中就可以创造出各种各样的时间与空间的关系，把想象与现实、回忆与幻想、思考与梦境，包括象征与叙述，都可以交织在一起，剧场中也可以构成多层次的视象形象。而这种多视象又伴随着多声部的语言的交响的话，这样的戏剧自然不可能只有单一的主题和情节，它完全可以把不同的主题用不同的方式组合在一起，而难得有什么简单明了的结论。其实，这也更加符合现时代人感知和思考的方式。"[26]

高行健在《野人》中的"多主题"实验，有很多人支持，也有不少人表示了适度的疑虑甚或反对。支持者们虽然持肯定态度，但观点"相去甚远，甚至大相径庭"[27]。概括起来，主要有三点：第一，"多主题"的多样化阐释。

有的论者刻意在"多"上做文章，为《野人》找出了七到八个之多的主题；有的论者从发生学的角度，论证多个主题的缘起："《野人》反映了近年来对野人的考察和争议的情况，谴责了人类对原始森林的破坏，展示了中华民族的古老文化及影响，表现了现代文明人对历史、婚姻、爱情、伦理等问题的思考"，指明"这些不同的内容构成了不同的主题，彼此相对独立，但又交织在一起"。[28]有的论者力图论证"多主题"存在的合法性与合理性："《野人》则表现了价值判断的困惑与逻辑的二律背反。作者不再用同一的价值观念去评判一切、协调一切，不同声部的对立，既表现了权衡不定的矛盾认识，也表现了错综复杂的情感。复调性，或者说二元化的审美观照，成为这一现代史诗剧最显著的特征。"[29]恩·迈耶尔说："不是两个任意的主题，而是两个在性格方面互相对立的至少也是互不相同的主题。通过这两个对立的主题的辩证性的对比，就产生一种斗争性的戏剧成分……"[30]有论者据此论证说，戏剧"并不一定只有冲突、抵触才能构成戏剧性，平列有时也能构成戏剧性。但这种平列往往是各种具有独立价值和独立意识的不同事物的对比，是美学效应的二元对立。高行健在《野人》中，不把重点放在对丰满的人物形象的刻画与对完整的人物命运的描绘上，不提供理想的典型；也不提供同一的价值尺度，不依据统一的意识来展开情节，而是平列地展现各种彼此无法代替的意识和不相混合的声音"[31]。这样的实验是有道理的，因此也是值得肯定的。第二，分析"多"与"一"的关系。有论者既肯定《野人》的多个主题，同时又认为这些表面不同的主题有着内在的一致性，如曾镇南即认为"《野人》的主题是把人与自然的关系展开为自然史、文化史及至现实生活中不同层次的人群与人群、个人与个人的反差和冲突。在这反差和冲突中，把人类最古老的痛苦与最现代的痛苦，最切近的痛苦与最幽深的痛苦，肉的痛苦与灵的痛苦，汇聚起来。但又用理性之光穿透这种人类的痛苦，使之与人类的明天沟通"[32]。这种分析，在浅层意义上肯定"多主题"，在深层意义上又否定了"多主题"。第三，分析"多主题"与戏剧结构和戏剧观念的关系。唐斯复认为，高行健"对现实和人生复杂、重叠、丰富的感受，在一个传统的封闭式的戏剧结构里是无论如何容纳不下的，而非人工雕琢的结构更符合生活的原型，并且接近现代观众的审美要求。于是，他提炼出四条平行的线索：对野人的寻找和推理；保护森林维护生态平衡；通过一个老巫师表现非文人文化；现代人的生活、感情、婚姻。

还有关于妇女命运、人与人的关系等小主题。剧作借鉴交响乐的结构，以多主题、多层次对比的框架为结构"㉝。这种论述，与高行健自己的观点是一致的。

与肯定意见一样，否定或质疑《野人》的意见之间也"相去甚远，甚至大相径庭"。概括起来，主要有四点：第一，"多主题"概念的提出，直接与主题的整一性相抵触。"主题和作品本身一样，是独特的'这一个'，没有任何东西可以替代它。从这个意义上说，一部作品只有一个主题，它具有独特性、宽泛性、模糊性。"《野人》"把主题结构中的某种元素当作主题本身，这不仅是形式逻辑的错误，而且粗暴地割裂了思想情感意蕴的完整性。这种理论用于指导实践，则会导致作品结构的崩溃"㉞。第二，《野人》的"多主题"是创作上的另一种"观念先导与概念化"。有论者认为，"多主题"不是"两个以上主题"的相加，也不是"一部作品多涉及一些领域，多反映几个问题"，"作品的主题是一部作品的整体结构所负载的创作主体的思想情感，它是一个浑然统一的整体"，而"《野人》的多主题是靠涉及不同问题或领域的各种情节相加获取的，而不是来自整一情节的多意性"，"《野人》想用'多主题'来反对文艺创作中主题公式化、概念化的弊病，却依然落入了概念化的沼泽"。㉟第三，《野人》的"多主题"表达并不成功，杂乱、晦涩、难懂。"过去话剧存在着直奔主题、浅露直白的毛病，招致观众的反感。《野人》可能是想反其道而行，破破格；遗憾的是，我们很难完全捉摸到它到底想要表现些什么"㊱，"它像一篇杂乱、晦涩的讲话，想说很多却没说清楚。纷复的内容随着变化多端的表现手法时来忽去，加之全剧台词音量太小，灯光光度太低，使人昏昏然、惶惶然"㊲。第四，《野人》的"多主题"没有什么新意，一些主题内容"大多被反映过，有的还不及其他作品反映得那样尖锐、深刻"㊳。

在近些年发表的有关《野人》的学术论文中，一些论者的观点重复了在中国一度盛行的艺术创作观念——要"莎士比亚式"不要"席勒式"，认为《野人》对所要表达的思想进行了"直接的呼喊"，不是在剧情发展、人物形象的塑造中自然而然地揭示出来的，因而违背了艺术创作的"一般规律"，"犯了大忌"。近年出现的这些论点，与高行健在20世纪80年代中期的戏剧理论探索与戏剧创作实践相较，不是进步而是倒退了；与当年那些支持高行健的论者们的虽然"激进"但富有学理的论说相较，既无真知灼见又很"保守"。

三、"话剧变形"："话"剧与"戏"剧

《野人》的剧本及其舞台呈现（林兆华导演），在话剧创作方法、剧体格式和舞台演出形态等方面的大胆探索与突破，"不仅体现了作者的鲜明的艺术个性，而且也使话剧习常的面目改了个样子"[39]，由"话"剧复归为"戏"剧，高行健"完全的戏剧"观念由此有了具体"可读"与"可观"的新实验样本。中国话剧是舶来品，"这一新品种，经我们的改造和独尊某一创作方法、演剧体系的反复运用，便形成了一个凝固的格式和确定不移的面目，并产生了与此相应的审美习惯。所谓'话剧'姓'话'，话剧姓'实'（写实）大凡就是这么形成的观念"[40]。高行健对此进行反思时发现"戏剧并不等于话剧，话剧也不以'话'为限"[41]，"话剧通常被称之为一种语言的艺术，主要就剧作而言。这种说法有极大的片面性，是业已古老了的易卜生式的戏剧观念"[42]。"如今我们称之为话剧的戏剧，不必把自己仅仅限死为说话的艺术。剧作家也不必把自己弄成仅仅是一种文学样式的作者的地步。"[43]话剧是戏剧，而"戏剧就不只是一种语言的艺术，原始宗教仪式中的面具、傩舞与民间说唱、耍嘴皮子的相声和拼气力的相扑，乃至于傀儡、影子、魔术与杂技，都可以入戏"[44]。《野人》就是高行健"捡回"戏剧在一个多世纪丧失了的许多艺术手段的一次尝试。

《野人》的"话剧变形"尝试就是要让"经过不断的剥离与纯化已经远离了戏剧的'综合的本性'"的"话"剧再度复归于"戏"剧。[45]这在当时是超前的，就连行内专业人士都感到很陌生。导演林兆华看了剧本后说："《野人》算是什么样的戏剧，似乎讲不清楚，以前没见过，当然也没排过这样的戏。按传统的分类，它是写实的？写意的？荒诞的？象征的？……《野人》属哪类？想来想去它像是十二属相以外的新玩艺儿。时间它写的是上下几千年，戏中四条平行的线（生态问题、找野人、现代人的悲剧、《黑暗传》）按作者的话讲是'几条不同的主题交织在一起构成一种复调'；这个戏人物不怎么贯穿，故事也不完整，说是三章，其实写了跳跃很大的三十多段戏，还有歌、舞和朗诵。看到这种戏一则以喜，一则以忧，喜的是导演大有可发挥的天地，忧的是驾驭不好不知会弄成什么样子。本子看过数遍，一个来月过去了，我真想不出该怎么排这个戏。"[46]林兆华最后排演出来的舞台版《野人》，在实践高

行健的"完全的戏剧"观念的同时也有自己的创造。有论者称赞说："欣赏《野人》的演出，你会感到你面对的是多种艺术手段融汇、冶炼、升华而成的一个艺术的生命有机体。"⁴⁷这个新异的"艺术的生命有机体"及其原创剧本，在当时已超越了人们所能接受的话剧变革的最大"限度"，引起激烈争论是必然的。

高行健的支持者们对《野人》的新异形式进行了多方面的分析，对其实验的"合法性"也进行了"学理"上的辩护。概括起来，主要有几点：第一，分析《野人》的艺术形式特征：其一，多媒介综合，《野人》将歌舞、音乐、面具、傀儡、哑剧、说唱等熔于一炉，探索一种将众多的艺术要素加以综合的"完全的戏剧"，从而结束了话剧单靠对话的局面；其二，变传统话剧的"再现体"为实验话剧的"叙事体"，高行健"不管三面墙，根本不受舞台的严格制约：他既可以把天涯海角、古今中外连在一起，又可以把人的漫长的一生在几分钟之内演完。这种叙事体的演出不必处处再现原来的情节人物，而大可居高临下地'操纵'他的情节人物"⁴⁸；其三，自由的时空形态与开放的戏剧结构，《野人》"既不分场，也不置景，整个剧情、人物、场面在七八千年至今的漫长时间里，在一条江河的上下游，城市和山乡的庞大空间中，自由自在地演变"⁴⁹，从而形成时间流动的连续性、整体空间的连续性与多重空间的对列等特征，由此变闭锁的戏剧结构为开放的戏剧结构；其四，演员、角色之间自由变换，以此制造艺术的"间离"效果，其具体手法有表演者在演员与角色之间来回变换、一个演员同时分担多个角色，等等，如"《野人》里演梁队长的兼扮守林人，以及美国教授，扮刘拐子的演员兼扮烧香的赤膊汉子，扮女服务员的兼演孙四嫂子等等。他就这样用多种手法时刻提醒观众别忘了这是在演戏，千方百计缩短演员与观众的距离，为他们之间的交流提供条件"⁵⁰；此外，多主题、多层次视觉形象并置等，也是《野人》新异的艺术特征。第二，分析《野人》的艺术思维特征，认为《野人》的艺术思维方法，具有"开放性"与"多维性"，它表现在多声部的对话、多表演区、多情节线索和复调主题等方面。第三，论证《野人》在戏剧形式上进行实验探索的"合法性"及其艺术价值，这些论证大多从三个方面展开：一是中国话剧艺术僵化与衰落的现实危机；二是重估中国戏曲艺术传统与外国现代戏剧艺术在中国话剧变革中的借鉴与承传的价值；三是以戏剧"发展观"为据，肯定戏剧艺术的新探索与新创造。在当时，戏剧探索实验虽然已蔚然成风，成为一种时代的大趋势，但这些颇有理论见地的"新锐"论说还是比较"激进"的。

也有不少论者对《野人》的形式探索持否定的态度，他们的否定性批评意见或质疑，概括起来主要有四点：第一，批评《野人》过分偏重形式实验，没有做到形式与内容的有机结合，吴继成等批评说："《野人》这种'新的形式'，未见得有利于生动而深刻地体现'多主题'。它在形式上的求奇，远重于在内容上的表意。此外，不管你如何'突破'，话剧总还要受时空局限，它所表现的内容，总还是宜精不宜杂，这是由戏剧本性所决定的。"[51]王育生认为，"新形式的创造是可贵的"，但"新形式需与新内容同步，为增强戏剧性服务"[52]，而《野人》没能很好地做到这一点。第二，批评《野人》中的部分人物形象的塑造不成功，一些论者认为剧中的幺妹子、曾伯、媒婆、刘拐子等人物是"传统"的有个性的人物，塑造得比较成功；生态学家、梁队长等是"非传统"的类型化、符号化的人物，苍白干巴，缺乏感染力，是不成功的。第三，批评《野人》的原创性不够，"戏剧的综合性是生而有之的（随着戏剧观念、舞台技术和物质材料的发展，戏剧的综合性也越来越高），譬如传统戏曲，从来就是综合歌舞、脸谱（活的面具）、朗诵等多种手段。又如运用形体组合来外化人物的思想感情或深化立意，在我国话剧舞台上已早有先行者。至于布景和灯光的手法，也难称'突破'，大多已为戏剧舞台所普遍运用。当然，《野人》的综合性更高更强烈（这是很有启发和借鉴作用的），但未必高得像一座'里程碑'。"[53]第四，《野人》"曲高和寡"，没有"依约定俗成的欣赏习惯使之为人所理解和接受"[54]，没有"考虑观众的接受量和消化度"[55]，这是《野人》的一大"不足"[56]。这些否定性的批评意见，虽然没有完全否定高行健《野人》的实验探索的意义，但其用以质疑和否定的理据是"内容与形式的统一""人物性格塑造""大众化"等，也透露出不少"保守"的气息。

如有论者所说："在当代中国，极少有像高行健这样注重形式试验和形式创新的戏剧家。几乎他的每一出新戏，都是一次新的艺术尝试。他不断地为自己、也为导演和演员提出新的难题与新的挑战。"《野人》所进行的"完全的戏剧"的有益尝试，"使得以文学手段进行创作的戏剧文学超越了文学的范畴。对多媒介、多手段的总体构思，对剧场性与戏剧假定的高度重视，使剧本近乎演出总谱。它将对今后的剧本创作产生深远的影响”(57)。围绕《野人》的剧本及其演出所展开的“激进”与“保守”之间的论争，其意义不仅在于证明《野人》的意义和价值，更在于扩大了《野人》的影响，将新的戏剧观念、戏剧探索精神和新的话剧形态植入人们的心中，为中国当代话剧艺术的探索创新拓展了更加宽松、自由的生长环境与社会文化土壤。

注释：

①⑯陆炜：《高行健与中国戏剧》，《扬子江评论》2007年第6期。

②⑬⑭高行健：《对一种现代戏剧的追求》，《对一种现代戏剧的追求》，北京：中国戏剧出版社，1988年，第85、84、85页。

③⑱夏刚：《当代启示录——高行健话剧面面观》，《当代作家评论》1986年第2期。

④㉕高行健：《关于演出本剧的建议与说明》，《有争议的话剧剧本选集（二）》，北京：中国戏剧出版社，1986年，第443、443页。

⑤高行健谈“现代戏剧手段”的系列文章发表于《随笔》1983年的第1到7期，后收于文集《对一种现代戏剧的追求》中。

⑥高行健：《对一种现代戏剧的追求》，《文艺研究》1987年第6期。该文收于同名文集《对一种现代戏剧的追求》。

⑦⑨高行健：《现代戏剧手段》，《对一种现代戏剧的追求》，北京：中国戏剧出版社，1988年，第1、5页。

⑧㊷高行健：《剧场性》，《对一种现代戏剧的追求》，北京：中国戏剧出版社，1988年，第10、12页。

⑩㊸㊹高行健：《我的戏剧观》，《对一种现代戏剧的追求》，北京：中国戏剧出版社，1988年，第43、44、45页。

⑪高行健：《我与布莱希特》，《对一种现代戏剧的追求》，北京：中国戏剧出版社，1988年，第53页。

⑫高行健：《评〈迈向质朴戏剧〉》，《对一种现代戏剧的追求》，北京：中国戏剧出版社，1988年，第78、79页。

⑮胡耀恒：《高行健戏剧六种：百年耕耘的丰收》，台北：帝教出版社，1995年，第3页。

⑰⑳林克欢：《陡坡》，《戏剧报》1985年第7期。

⑲㉗王小琮、陶先露等：《兴奋之后的思考》，《戏剧报》1985年第7期。

㉑㉓㊲㊳(51)(53)(55)吴继成等：《〈野人〉五问》，《中国戏剧》1985年第7期。

㉒㉔㉞㉟高鉴：《从书斋到舞台——高行健和他的时代》，《戏剧文学》1987年第

10期。

㉖高行健：《要什么样的戏剧》，《文艺研究》1986年第4期。

㉘大勇：《高行健新作〈野人〉》，《剧本》1985年第7期。

㉙㉛㊲林克欢：《高行健的多声部与复调戏剧》，《文学评论》1987年第6期。

㉚恩·迈耶尔：《音乐美学的若干问题》，北京：人民音乐出版社，1984年，第70页。

㉜㊼曾镇南：《释〈野人〉——观剧散记》，《十月》1985年第6期。

㉝唐斯复：《毁誉参半的话剧〈野人〉》，《文汇报》1985年5月17日。

㊱㊷㊴王育生：《看过〈野人〉后的几点质疑》，《光明日报》1985年7月13日。

㉞㊵㊶㊺杜清源：《不像"话"剧却是"戏剧"》，许国荣编：《高行健戏剧研究》，北京：中国戏剧出版社，1989年，第80、81、81、83页。

㊻林兆华：《〈野人〉导演笔记》，《探索戏剧集》，上海：上海文艺出版社，1986年，第356页。

㊽㊾胡润森等：《"高行健剧作"对话录》，《烟台大学学报》1992年第2期。

㊿张毅：《谈高行健的戏剧美学探索》，许国荣编：《高行健戏剧研究》，北京：中国戏剧出版社，1989年，第39页。

㊽钟艺兵：《漫谈〈野人〉》，《中国戏剧》1985年第7期。

原载《文学评论丛刊》2013年第1期

20世纪80年代"实验剧"的人文关怀

罗长青

　　"实验剧"指的是20世纪80年代初期兴起，大胆颠覆传统戏剧手法，表现方式区别于斯坦尼斯拉夫斯基戏剧体系的话剧样式。人们又称之为"探索剧""新潮剧""前卫剧"或"先锋剧"。虽然"实验剧"尚未形成定名，但这并不妨碍人们就此达成的一致，"实验""先锋""探索""新潮""前卫"这类命名，已经很好地暗示批评家对"实验剧"表现手法的重视。

　　也正如"实验剧"复杂命名所暗示的，先前对"实验剧"展开的三方面研究（包括"具体剧本解读""个别作家评介"和"戏剧思潮概括"），大多围绕剧作的艺术表现形式而展开，大部分批评文章讨论的是"形式探索""技巧创新"和"手法借鉴"问题。在"实验剧"兴起的20世纪80年代初期，这种情形表现得尤为明显，如《谈戏剧观的突破》[①]《开放的戏剧》[②]《新花新路新尝试—访〈绝对信号〉导演林兆华》[③]等等，这些批评文章言及的都是艺术表现形式创新问题。当然，进入20世纪90年代以后，部分研究者开始注意到"实验剧"也体现出现实干预特征。詹碧蓉的《新时期社会问题剧新探》虽然批评"新时期"戏剧创作"在总体上还没有找到与现实的最佳契合点"，但还是肯定"新时期"戏剧创作"反映社会现实和时代情绪"[④]；胡星亮的《论新时期的"戏剧观"论争》则较为明确地谈到了像《桑树坪纪事》《中国梦》《野人》《一个死者对生者的访问》这类剧作，在"思想内涵的深刻"和"形式创新的新颖"两方面均有所注重[⑤]。提及"实验剧"人文关怀的论述屈指可数，更不要说对此的专门性探讨。

　　我们认为，"实验剧"在艺术表现形式方面的创新应该得到肯定，但它也同样是特定社会历史条件下的产物，同当时的社会生活有着十分紧密的联系。批评家应该重视艺术表现形式创新背后的作家诉求，将文学作品介入现实和干预生活的努力解读出来。这样做的价值并不仅在于，证实"形式与内容具有高度统一性"的重要文艺理论命题，而且更为重要的是，对重新评价"新时期文学"的性质和文学史地位具有重要意义。正因为如此，本文将以20世纪80年代"实验剧"的发展作为基础，通过"实验剧"的发展演变过程最具代表性的作品解读，具体阐释"实验剧"形式创新背后的人文关怀。

一

虽然20世纪80年代才是"实验剧"的时代，但话剧的变革与实验却发端于1970年代末，因此，阐释20世纪80年代"实验剧"人文关怀，就有必要提及20世纪70年代末期的"社会问题剧"，这样才能解释"实验剧"的精神资源和创作承传。

讽刺喜剧《假如我是真的》（1979）是沙叶新的成名作，也是"戏剧创作座谈会"期间讨论最多的一部作品。青工李小璋冒充高干子弟骗取"回城"机会，最终受到了相应惩罚，但他的辩护却博得了人们的同情——"我错就错在我是个假的，假如我是真的……那我所做的一切就将会是完全合法的"。[⑥]这部作品和果戈理讽刺喜剧《钦差大臣》之间的区别与联系，当时就成为热门讨论话题。作为俄国批判现实主义创作的奠基人之一，果戈理在《钦差大臣》中揭示了俄国社会的腐朽。真正的问题在于，如果说二者就有类似性，那就意味《假如我是真的》这部作品，也试图去揭示社会主义制度下类似的荒唐。

沙叶新本人也曾就两部戏剧的比较作过解释[⑦]，此后也有批评家驳斥过沙叶新的解释[⑧]。比较沙叶新的解释和批评者的驳斥，那就不难发现，双方的分歧并不在于，二者"是否"或者"有多少"相似，而是"应不应该""可不可以""恰不恰当"等价值评判。毫无疑问，这种讨论现象已经很好地暗示了，戏剧《假如我是真的》具有很强的现实批判性。从这个角度，我们就能理解作品支持者的断言："作品提出了客观上存在、大家都感受到、都希望解决的一个重要问题，就是要反对特殊化、不正之风。作品的题材是现实的，有尖锐的现实意义的。"[⑨]

像这样的"社会问题剧"还有很多，如邢益勋的《权与法》、赵梓雄的《未来在召唤》、王景愚的《撩开你的面纱》等。这些作品在戏剧艺术形式、表现手段、创作方法等方面付诸的努力极为有限，但是，文学作品对社会生活的深刻揭示以及为开拓人文关怀传统所作的努力，却成为蔚为壮观的潮流。探索剧《我为什么死了》正式发表在1979年《戏剧》第8期。该剧曾引发过一定程度的社会反响，在罗马尼亚、加拿大、美国也曾演出过⑩。编剧谢民曾是广西艺术学院讲授西方戏剧史的教师（后调入广西大学），对西方戏剧表现手法较为熟悉，因而运用了几种在当时绝对不失为新颖的创作手法：一是通过"死者（范辛）"而不是"活人（夏俊）"的视角来叙述故事；二是采用"逆时针"而不是"顺时针"方式来叙述；三是用"喜剧"手法来叙述"悲剧"。如果就创作手法而言，《我为什么死了》的"实验"特色是鲜明的，不过，这部作品的人文关怀特色也极为突出。剧作的现实批判意义，是通过"常书记"和"夏俊"两人的"政治投机"表现出来：首先，在"文革"时期，常书记制造了冤案；在"文革"结束之后，他仍然位居高位；他不但拒绝承认自己先前犯下的罪行，而且暗中阻挠给受害者"平反"。其次，在"文革"时期，为了自己的政治前途，夏俊不惜以"妻离子别"的方式换取政治前途；在"文革"结束之后，同样是为了自己的政治前途，厚颜无耻地哀求先前离异的妻子能够"破镜重圆"。结合"文革"结束后的社会历史背景，我们不得不说，该剧对当时社会现象的揭示具有极强的针对性。

与《我为什么死了》同期出现，但受到更多关注的探索剧则是马中骏、贾鸿源、瞿新华的独幕剧《屋外有热流》（1979）。编剧本人亦承认，"我们（他们）吸收了我国传统的写意手法，对外国意识流小说和荒诞派剧等表现手法，也采取了拿来主义的态度"⑪，尽管如此，作品创作主题也同样值得解读。该剧值得特别注意却又容易受到忽视的是，剧作题名为《屋外有热流》，但剧作对"冷"的刻画却远远超过对"热"的描绘。自然环境方面的"冷"自然用不着赘述：穿上大衣、披上毛毯也无济于事；刚烧好的饭和汤马上结冰；炉火通红却有光无热。与自然环境相吻合的则是兄妹之间亲情的冷漠。"弟弟"和"妹妹"二人为争夺大哥的抚恤金闹得不可开交，这自然是亲情冷漠的体现；大哥赵长康若真是病退回城，弟妹都不愿意领养，这种冷漠又算进了一步；赵长康曾孤苦伶仃将弟妹抚养成人，病退回家竟然无人领养，这种冷漠又较前者更甚；当大哥的"魂灵"出于激愤撕掉电汇单，他被骂成是"绝无仅有的疯子"和"天字第一号傻瓜"，并被弟妹二人赶出家门，这种冷漠算是尤甚。同张爱玲的《金锁记》、莫泊桑的《我的叔叔于勒》、巴尔扎克的《欧也妮·葛朗台》等作品类似，《屋外有热流》这部作品也同样是批判那些受金钱腐蚀的灵魂，以及描绘在金钱的腐蚀之下亲情的脆弱。不要说剧本创作的20世纪70年代，即便时至今日，恐怕也仍然没有失却它的人文关怀价值。

二

谈到20世纪80年代的"实验剧"，我们无法回避《绝对信号》（1982）、《车站》（1983）、《野人》（1985）三部具有广泛影响的重要作品。我们首先来看《绝对信号》这部作品，剧中许多线索表明该剧涉及20世纪80年代特殊"就业"制度问题。迟疑而又犹像的青年人"黑子"之所以走上"劫车"的犯罪道路，那是因为他无法获得一份稳定的工作。做临时工所获得的微薄报酬，又不足以让黑子过上体面生活。黑子与蜜蜂姑娘相好，却遭到蜜蜂父亲的阻挠，这又是因为工作的问题——"他娶得起我们家姑娘吗？我不能叫我们家姑娘喝西北风去！"⑫除此之外，"车匪"也可能是"就业"制度的受害者。虽然《绝对信号》这个剧本对"车匪"的家庭出身等情况没有做过任何交代，但我们也能够推断得出，"车匪"的父母很可能不是铁路系统的职工。一方面，剧中的其他人物都是铁路系统的家属，小号的父亲是铁路系统的局长，黑子的父亲是铁路扳道工，蜜蜂姑娘是客运列车服务员，老车长是货运列车的车长；另一方面，在黑子、蜜蜂姑娘、车匪三人搭便车的过程中，蜜蜂姑娘出示了行车证，黑子则以父亲也是铁路系统职工求情，只有车匪是以做买卖扭伤了脚作借口。正因为如此，"车匪"之所以劫车，很可能因为自己不好的家庭出身而无法获得稳定的工作。我们也还能够列举大量例证，证明剧作涉及20世纪80年代特殊的"就业"制度：因为父亲是铁路系统的局长，所以小号毕业后当了见习车长；因为父亲在客运列车上工作，蜜蜂姑娘过几年可以顶替父亲的岗位；因为父亲是列检工，黑子到货场当临时工（当然比没有工作要好）……在此基础之上，我们可以信心十足地判定，这部无场次试验话剧再现了20世纪80年代初期特殊的"接班"就业制度，细腻逼真地揭示了待业青年痛苦的人生道路抉择及其命运⑬。

实验剧《车站》则因为剧情的荒诞性，被人们当成是中国版的《等待戈多》⑭，即便这样一部作品也是当时现实生活的反映。在《车站》这部戏剧当中，人们苦苦"等待"并不是毫无目标，而是为了"进城"：姑娘希望能够进城约会；母亲恬记着城中的丈夫与孩子；老大爷要到城里文化宫赶一局棋；戴眼镜的要进城报考大学；师傅应外贸公司邀请进城开班授徒；愣小子要进城喝酸牛奶；马主任要到城里赶一个饭局。正因为如此，实验剧《车站》涉及"城乡差别"问题。无论是下棋、上学还是恋爱，无论是照顾家人、进城吃饭、进城喝酸牛奶……与《绝对信号》不同，《车站》这个剧本没有出现"黑子"那样的中心人物，但不同年龄、职业、身份的"农村人"苦苦等待进城，却反映了当代中国颇受关注的"城乡差异"问题。戴眼镜的进城报考大学、老大爷进文化宫赶一棋局、农村的愣小子不学无术，这些反映的是城乡之间的教育差别。愣小子想进城吃酸牛奶，老大爷却觉得酸牛奶像马尿一样难喝；姑娘喜欢吃白糖、豆沙、五仁馅的元宵，她的男朋友却"偏偏"要吃芝麻馅的元宵：这些反映的是城乡之间的消费差别。"姑娘"想在公园里、路灯杆下、飞鸽自行车旁与男友会面，这又代表着城乡之间的生活条件差异。马主任进城去赶饭局，气愤地说进城告汽车公司，担心"两个沉默的中年人"是下乡调查的干部，这又说明城乡之间的政治权力差别。不难看出，这确实算得上一部现实之作[15]。

实验剧《野人》曾因为创新的表现形式而遭遇过措辞激烈的批评，有批评家描述这部作品"像一篇杂乱、晦涩的讲话"[16]。事实上，这部作品的"生态"主题却是较为明确的：首先，剧中的"生态学家"出场和对白最多并且贯穿全剧，因而应该被当成理解戏剧主题的重要线索。其次，戏剧出现大量"生态"危机事件，例如旱灾、森林被伐、物种灭绝等等。再次，该剧涉及文化、爱情、权利等方面的问题，但也同样服务于"生态"主题。如"芳"向生态学家提出离婚，那是因为她对"生态学家"所作的环境保护努力没有任何兴趣，她需要能够整日陪伴她的爱人，致力于环境保护的"生态学家"却无法满足她的要求。如生态学家建议林主任建立自然保护区，林主任却勃然大怒，"我懂的就是砍树！建设和开发！"与批评这部作品的批评者同样，我们也承认作品表现手法存在着多样性与跳跃性，但我们却认为，这样的表现手法也能表达出清晰的主题。以这部作品的第一章"薅草锣鼓、洪水与旱魃"为例，开头部分呈现的是现代水灾，人们应对灾害的方式是非常科学的，水灾到来之前有准确的天气预报；洪峰到来之时有精确的水文测量；险情出现之后有大量的军人待命……结尾部分呈现的是古代旱灾，古代人只能"祈求天灵"，希望通过"驱赶旱魃"让老天能够降雨，他们打着锣鼓，吹着喇叭，戴着面具，穿着麻鞋，

中国当代文学史资料丛书

束着红布……这种科学与迷信的对比具有极强的跳跃性，普通读者很难把握其中的原委，不过，细心的读者还是能够体会到作者的良苦用心：古代人"驱赶旱魃"求雨确实可笑，但是现代人同自然展开搏斗，而不遵守人与自然和谐相处的规律，这又怎么不是一场疯狂的徒劳。

提及《绝对信号》《车站》《野人》这样的作品，大多数当代文学史、当代戏剧史、当代艺术史通常将之当成"文革"结束后文艺表现手法创新的代表，然而，正如文本分析所能证实的那样，"就业制度""城乡差异""生态环境"都是具体的社会问题。不要说在创作之时的远见，时至今日，这些问题也没有失却它们的社会关注价值。

三

到了20世纪80年代中期，"先锋"和"现代"已成潮流。在小说创作方面则有"先锋"小说；在诗歌创作方面则有"第三代"诗歌；在文艺批评方面，则有"方法年（1985）"和"观念年（1986）"之说。此时的戏剧创作，在艺术表现形式方面也同样迈入了一大步。尽管如此，这些被人们称之为"先锋戏剧"的作品也同样体现着强烈的人文关怀。王培公的探索剧《WM（我们）》（1985）就是其中一部。这部作品上演之后曾导致过一场文艺批评风波[17]。批评者不仅声称作品"没写出本质真实"，"没有一个成功的正面人物形象"，"主题灰暗、格调不高"，"演出作风低下"[18]，而且指责这部作品"是文艺界一些人士在资产阶级自由化思潮泛滥的气候下所组织的一次示威"[19]。姑且不论正确与否，这些指责恰恰说明"形式创新"同"主题表达"之间的内在联系。我们认为，析《WM（我们）》这部作品的主题，应该从作品当中的细节入手。比方说，戏剧人物均为年轻人；这些年轻人有着不同的家庭出身；该剧的题词是"谨以此剧献给国际青年年（1985）"；据此，我们可以判定该剧探讨的是年轻人的问题。又比方说，全剧分成冬、春、夏、秋四章，这是一种时间演进关系；先前过着"集体户"生活的年轻人，他们有着不同的理想追求和社会处境；在剧本的第一章（冬）和第四章（秋），年轻人都讨论过"人是什么"的问题；"WM"既是"我们"二字的拼音缩写，又代表着倒立和正立的人，象征着人的倒置与复位[20]。据此，我们可以判定该剧涉及的是"人的命运"问题。正因如此，《WM（我们）》这部作品关注的是"青年人的追求与命运"，在这个意义上，《WM（我们）》与《绝对信号》确实有异曲同工之效。

在戏剧创作的当时，批评者便已经注意到，戏剧中的青年人充满着寂寞、苦闷、懊丧、颓废情绪[21]，并据此认为这部作品"主题灰暗、格调不高"[22]，并陷入无休止的创作意识形态论争，不过，近年已有研究者注意到，青年人的消极情绪也同样能够表达出积极的主题。在戏剧结尾，大多数人的角色都在时代潮流的追随与顺应中，逐渐成为"强者"或者"能人"：升官的升官（"板车"），发财的发财（"大头""小可怜儿"夫妇），成名的成名（"公主"），深造的深造（"修女"），发达的发达（"鸠山"）……就是在这种情况下，他们还是寂寞、苦闷、懊丧、颓废情绪。正因为如此，《WM（我们）》这部探索剧也可能宣传了这样一个主题：金钱、权力、地位等等，这些只是实现人生价值的方式手段，而不能被当成是终极目标，否则便会陷入精神的"虚无"[23]。如果按照这样的思路，那我们就能够理解，全剧只有"将军"没有陷入"虚无"，因为"将军"没有将获取金钱、权力、地位当成自己的人生目标。在《WM（我们）》的结尾，"将军"为自己所作的辩护便是最好的脚注：

> 你们没有看到过战友怎么在面前倒下！你们不会懂的！……是啊，我当不成将军了……又有几个士兵真正能当上将军呢？但只要我不全瞎掉，我还会在这条路上走下去的！不管你们怎么看我，我自我感觉良好！人呢，活着总得有点精神，总得奉献点什么，创造点什么。没有这个支柱，恐怕一天也挺不下去！别强迫我吧！

从"将军"这段表述当中不难看出，他将"奉献点什么，创造点什么"当成人生价值，而不是以金钱、权力、地位为目标。这种社会奉献精神给予了他生活的责任、信心、勇气。即使他的"将军梦"完全破碎，他也没有像其他青年那样陷入"虚无"之中。

除了探索剧《WM（我们）》之外，刘树纲的《一个死者对生者的访问》（1985）也是较有影响的一部力作。后者有较前者更为显著的人文关怀特征。主人公叶肖肖因为制止扒窃，在公交车上身中七刀身亡。虽然此事目击者甚多，却一度被传为"流氓斗殴"事件。死者的灵魂不得安宁，于是逐个造问当时袖手旁观的各位乘客。这显然不是传统现实主义创作原则所能解释的，但是，荒诞的剧情设计也同样有对现实生活的关注：一是英雄的壮举与旁观者的冷漠。肖肖在制止扒手行窃的过程中，公交车上的其他乘客却无动于衷，坐视肖肖与歹徒之间展开搏斗。二是生前的寂寞与死后的哀荣。在戏剧表演方面，肖肖一直未能有好的发展，在剧团中只演过匪兵、特务、民兵等非主流角色；被推举为"英雄"之后，为他召开的追悼会也办得极为隆重。三是鲜活的英雄与虚构的神话。在现实生活当中，肖肖怯懦而不自信，连情人恬恬向他表露爱意，他的表现都是犹疑和窘迫，没有勇气直接接受，然而，在英雄的宣传当中，连肖肖小时候的恶作剧都被捧为从小就有"抗暴精神"。凡此种种尖锐现实问题的关注，如果不通过"魂灵"造访的形式，又怎么可能表现得出来呢？

如果就具体表现手法而言，《一个死者对生者的访问》也不乏人文关怀特色。以"魂灵充当遗像"这部分为例，虽然肖肖生前曾是一名演员，但人们却找不到一张合适的遗像，因而剧中出现了肖肖的魂灵伫立在相框后充当遗像的情节。这类荒诞的剧情很能引发深思，作为一名剧院正式职工，连一张合适遗像也没有能够留下，人们完全能够想象得到，肖肖在他生前的剧院究竟受到了何种程度的冷落。这种令人痛惜的冷落与隆重气派的追悼会仪式又形成了鲜明的对比——生前受到严重忽视，死后的"哀荣"却不计排场。即便如此，这种排场又不是因为肖肖的壮举，而是因为市委领导的亲自出席。除此之外，戏剧中"面具"的暗示和间离效果也是值得注意的。比方说，歌队队员临时扮演过相当多的角色，这些都是通过面具的变换加以完成，如车上的扒手、医院护士、看管太平间的工人、商店售货员、公安干警等等。当着观众用面具扮演不同人物，所产生的间离效果能够激发读者思考，因为"面具"很可能促使读者去思考"真/假"或"诚实/虚伪"的问题。

尽可能地注意到实验剧在表现手法方面的创新，这样的做法无可厚非。不过，也正如我们此前大量作品分析所能证明的那样，实验剧的人文关怀研究其实也同样重要，批评家们也应该同样程度地重视作品与当时生活的密切联系。罗杰·加洛蒂曾对现实主义作过这样解释，像卡夫卡、圣琼·佩斯和毕加索这类艺术家，当然不像斯丹达尔、巴尔扎克、库尔贝那样符合严格现实主义标准，但批评家不应该将他们排斥在外，而是应该拓展现实主义的定义，以便将之与先前的现实主义的作品融于一体[24]。同样的道理，我们对"实验剧"的分析与解读，也不能忽视这些作品同当时社会的密切联系。如果批评家在手法、技巧和审美等艺术的评价当中，长期忽略作家对现实生活的关注，那么，这种"选择性解读"便有可能压抑剧作家们介入现实生活的努力。

注释：

①丁扬忠：《谈戏剧观的突破》，《戏剧报》1983年第3期。

②胡伟民：《开放的戏剧》，《文艺研究》1985年第2期。

③牛耕云：《新花新路新尝试——访〈绝对信号〉导演林兆华》，《人民戏剧》1982年第11期。

④詹碧蓉：《新时期社会问题剧新探》，《戏剧文学》1990年第2期。

⑤胡星亮：《论新时期的"戏剧观"论争》，《文艺争鸣》1996年第2期。

⑥沙叶新：《假如我是真的》，选自沙叶新编：《中国新文学大系1976—2000 第二十五集 戏剧卷一》，上海：上海文艺出版社，2009年，第243页。

⑦沙叶新：《关于〈假如我是真的〉戏剧创作断想录之三》，《上海戏剧》1980年第6期。

⑧白慧：《重提往事论是非——评沙叶新〈关于《假如我是真的》〉一文》，《上海戏剧》1981年第1期。

⑨李庚：《对剧本〈假如我是真的〉的意见——在剧本创作座谈会上的发言》，《人民戏剧》1980年第3期。

⑩陈肖人：《谢民这个热血汉子走了》，《南国早报》2011年2月21日。

⑪贾鸿源、马中骏：《写〈屋外有热流〉的探索与思考》，《剧本》1980年第6期。

⑫刘会远：《绝对信号》，《十月》1982年第5期。

⑬罗长青：《从就业制度的角度解读〈绝对信号〉》，《北京社会科学》2011年第3期。

⑭杨蓉莉：《〈等待戈多〉与〈车站〉》，《外国文学研究》1988年第4期。

⑮罗长青：《城乡差别：〈车站〉被忽视的主题》，《兰州学刊》2010年第10期。

⑯吴继成、徐念福、姚明德：《〈野人〉五问》，《戏剧报》1985年第7期。

⑰杨志今、刘新风：《新时期文坛风云录（上下）》，长春：吉林人民出版社，1999年，第185页。

⑱⑳㉑㉒《剧本》记者：《对〈WM（我们）〉的批评》，《剧本》1985年第9期。

⑲宜明：《〈WM（我们）〉风波始末》，《剧本》1990年第11期。

㉓吕永林：《"我们"和〈WM（我们）〉》，选自王晓明、蔡翔主编：《热风学术（第3辑）》，上海：上海人民出版社，2009年。

㉔［法］罗杰·加洛蒂：《代后记》，选自《论无边的现实主义》，吴岳添、胡维望译，上海：上海文艺出版社，1986年。

原载《文艺争鸣》2013年第7期

附录

先锋话剧研究资料索引

一、报纸期刊研究资料（大陆）

张应湘：《〈我为什么死了〉导演札记》，《戏剧艺术》1980年第1期。

陈白尘：《"讳疾忌医"与讲究"疗效"》，《文艺研究》1980年第2期。

沙叶新：《戏剧创作断想录（之一）》，《上海戏剧》1980年第3期。

李庚：《对剧本〈假如我是真的〉的意见——在剧本创作座谈会上的发言》，《人民戏剧》1980年第3期。

《话剧〈陈毅市长〉的成就与不足——上海剧协召开座谈会的发言记录》，《上海戏剧》1980年第4期。

沈毅：《有益的探索——〈原子与爱情〉观后》，《剧本》1980年第4期。

《探索话剧演出的新形式——〈原子与爱情〉座谈会小记》，《人民戏剧》1980年第5期。

李超：《要鼓励话剧探索新的表现形式——谈〈屋外有热流〉》，《上海戏剧》1980年第5期。

沙叶新：《戏剧创作断想录（之二）》，《上海戏剧》1980年第5期。

沙叶新：《写在〈陈毅市长〉发表的时候》，《剧本》1980年第5期。

沙叶新：《关于〈假如我是真的〉戏剧创作断想录之三》，《上海戏剧》1980年第6期。

贾鸿源、马中骏：《写〈屋外有热流〉的探索与思考》，《剧本》1980年第6期。

黄维钧：《评〈屋外有热流〉》，《人民戏剧》1980年第7期。

初晓：《重睹老市长的风采——评话剧〈陈毅市长〉》，《人民戏剧》1980年第7期。

不易：《勤奋　探索　责任感——记青年剧作家沙叶新》，《剧本》1980年第7期。

辛兵：《不同凡响的〈陈毅市长〉》，《剧本》1980年第8期。

周玉明：《两个勇于探索的青年业余作者——介绍〈屋外有热流〉的编剧贾鸿源和马中骏》，《剧本》1980年第8期。

林克欢：《生活与艺术的热流——评〈屋外有热流〉》，《剧本》1980年第8期。

春芳：《座谈话剧〈陈毅市长〉》，《剧本》1980年第9期。

舒强、胡思庆、魏启明、杜澎、英若诚、李丁：《仿佛忘记是看戏——话剧〈陈毅市长〉表演座谈会》，《人民戏剧》1980年第9期。

陈炳：《立异出奇》，《人民戏剧》1980年第10期。

林克欢：《美中不足——对话剧〈陈毅市长〉的几点意见》，《人民戏剧》1980年第11期。

白慧：《重提往事论是非——评沙叶新〈关于《假如我是真的》〉一文》，《上海戏剧》1981年第1期。

杨启伦：《可贵的创新——看话剧〈陈毅市长〉》，《陕西戏剧》1981年第1期。

谭天名：《要引导人民正确认识生活——对〈关于《假如我是真的》〉一文的不同看法》，《编创之友》1981年第1期。

倪宗武：《突破与创新——近几年来话剧创作一瞥》，《河北师范大学学报（哲学社会科学版）》1981年第2期。

贾鸿源、马中骏：《我们写〈路〉》，《上海戏剧》1981年第3期。

吴瑜珑：《上海话剧队伍中的一支生力军——上海市1981年职工业余话剧会演述评》，《戏剧艺术》1981年第3期。

马中骏、贾鸿源：《我们在探索道路》，《戏剧艺术》1981年第3期。

黄维钧：《有进无退——看〈血，总是热的〉》，《人民戏剧》1981年第4期。

温广鲤：《读〈小井胡同〉》，《剧本》1981年第5期。

陈白尘：《关于话剧〈小井胡同〉的通信——给李龙云的信摘录》，《剧本》1981年第5期。

贾鸿源、马中骏：《路——写给开拓新路的年轻一代》，《剧本》1981年第10期。

登春：《路漫漫等待求索——从苏乐慈导演话剧〈路〉谈起》，《上海戏剧》1982年第1期。

张炎荪、张宏梁：《论〈陈毅市长〉剧作的语言艺术》，《扬州师院学报（社会科学版）》1982年第1期。

桂荃：《试论话剧〈陈毅市长〉的艺术特色》，《通化师院学报》1982年第2期。

丁楠：《论独幕剧的艺术特点》，《剧本》1982年第3期。

丁罗男、孙惠柱：《话剧现代化和民族化的探索——上海工人文化宫话剧队的几个话剧观后》，《文学评论》1982年第4期。

胡伟民：《话剧艺术革新浪潮的实质》，《戏剧报》1982年第7期。

范华群：《从话剧〈路〉谈对外来形式的借鉴》，《人民戏剧》1982年第7期。

闻起：《引人注目的活跃局面——看入夏以来首都话剧演出有感》，《人民戏剧》1982年第11期。

牛耕云：《新花新路新尝试——访〈绝对信号〉导演林兆华》，《人民戏剧》1982年第11期。

唐斯复、罗君：《一个引人注目的信号——介绍北京人艺演出的〈绝对信号〉》，《文汇报》1982年11月21日。

行之：《征服观众》，《人民戏剧》1982年第12期。

张仁里：《话剧舞台上的一次新探索》，《人民戏剧》1982年第12期。

曲六乙：《吸收·融化·独创性》，《人民戏剧》1982年第12期。

刘斯侠：《别丢掉自己的特色》，《北京晚报》1982年12月4日。

《人艺又树起一个站得住的老工人形象——话剧〈绝对信号〉受到首都观众的一致好评》，《北京日报》1982年12月6日。

方轸文：《具象的心理片段与现实主义——看话剧〈绝对信号〉所想到的》，《光明日报》1982年12月9日。

本刊记者：《〈绝对信号〉与话剧形式创新》，《戏剧论丛》1983年第1期。

高卧：《小议〈绝对信号〉小剧场演出》，《戏剧报》1983年第1期。

黄宗洛：《吹起小号——观话剧〈绝对信号〉随感》，《文汇月刊》1983年第1期。

王贵：《话剧艺术的一条新路——谈〈绝对信号〉的演出形式》，《北京艺术》1983年第1期。

林荫宇：《内心活动的具象化——〈绝对信号〉有感》，《北京艺术》1983年第1期。

胡伟民、袁国英、祝希娟、娄际成、张先衡、刘玉、任广智：《话剧〈母亲的歌〉七人谈》，《上海戏剧》1983年第1期。

国杰：《〈绝对信号〉使人不安》，《北京晚报》1983年1月10日。

郁进：《可贵的是精神》，《读书》1983年1月30日。

高行健：《〈绝对信号〉剧组艺术创作构思荟集》，《戏剧学习》1983年第2期。

林兆华：《谈〈绝对信号〉的艺术构思》，《戏剧学习》1983年第2期。

丁扬忠：《探路——〈绝对信号〉及其他》，《剧坛》1983年第2期。

谭霈生：《生活库藏、艺术提炼及其它——从几部话剧新作的得失谈起》，《戏剧报》1983年第2期。

阮维仁：《话剧〈母亲的歌〉的空间处理介绍》，《上海戏剧》1983年第2期。

林连昆：《两点感受》，《戏剧学习》1983年第2期。

丛林：《丛林中的随想》，《戏剧学习》1983年第2期。

刘会远：《四年押运生活，十年消化酝酿》，《戏剧学习》1983年第2期。

沈毅：《话剧革新的信号——也谈话剧〈绝对信号〉》，《春城戏剧》1983年第2期。

尚丽娟：《在〈绝对信号〉中处理六分钟独白的体会》，《戏剧学习》1983年第2期。

肖鹏：《试论黑子的形象塑造》，《戏剧学习》1983年第2期。

谭宗尧：《给车匣以"活气"》，《戏剧学习》1983年第2期。

黄清泽：《〈绝对信号〉的布景设计心得》，《戏剧学习》1983年第2期。

方堃林：《谈〈绝对信号〉的灯光设计》，《戏剧学习》1983年第2期。

冯钦：《〈绝对信号〉音响效果的构思》，《戏剧学习》1983年第2期。

曹禺、高行健：《关于〈绝对信号〉的通信》，《十月》1983年第3期。

丁扬忠：《谈戏剧观的突破》，《戏剧报》1983年第3期。

陈中宣：《话剧的创新——看〈绝对信号〉有感》，《陕西戏剧》1983年第3期。

亚之：《寻找戏剧新原则的信号——谈话剧〈绝对信号〉》，《当代文艺思潮》1983年第3期。

王敏：《对舞台真实的执着追求》，《作品与争鸣》1983年第3期。

润生：《关于话剧〈绝对信号〉的讨论综述》，《作品与争鸣》1983年第3期。

沙叶新：《写〈马克思"秘史"〉所想到的——戏剧创作断想之四》，《上海戏剧》1983年第3期。

高卧：《赞扬声中的"非议"——也谈〈绝对信号〉及小剧场》，《艺术新观》1983年第3期。

窦晓红：《一次着眼于艺术形式的探索（我看〈绝对信号〉的演出）》，《艺术新观》1983年第4期。

钟艺兵：《真实与创新——看剧断想》，《文艺研究》1983年第4期。

马力黎：《访〈绝对信号〉编导》，《中国青年》1983年第4期。

于勤：《"小号，吹得再热情些，再嘹亮些！"——看四川人艺演出话剧〈绝对信号〉》，《文谭》1983年第5期。

窦晓红：《思想本是心灵的音乐——看北京人艺〈车站〉的演出》，《戏剧电影报》1983年第7期。

林克欢：《再现心理形象的大胆尝试——评〈绝对信号〉的剧作与演出》，《河北戏剧》1983年第8期。

罗国贤：《我是如何找到殷夫的——〈生命·爱情·自由〉创作散记》，《剧本》1983年第11期。

颜振奋：《对〈十五桩离婚案的调查剖析〉的剖析》，《戏剧报》1983年第12期。

高行健：《谈多声部戏剧实验》，《戏剧电影报》1983年第25期。

张工：《老院长和他的"封箱戏"：记上海人艺院长〈生命·爱情·自由〉总导演黄佐临》，《戏剧电影报》1984年第1期。

立木：《中国式史诗剧的一次尝试：观〈生命·爱情·自由〉想到的》，《戏剧艺术》1984年第1期。

陈恭敏：《话剧舞台上史与诗的结合——观〈生命·爱情·自由〉散记》，《戏剧报》1984年第2期。

蒋维国：《戏剧观与表演》，《戏剧艺术》1984年第3期。

唐因、郑高、杜伯农：《〈车站〉三人谈》，《戏剧报》1984年第3期。

何闻：《话剧〈车站〉观后》，《文艺报》1984年第3期。

汪培：《生活，新人及探索》，《文艺研究》1984年第3期。

刘树纲：《追求、探索、借鉴——〈十五桩离婚案的调查剖析〉创作絮语》，《上海戏剧》1984年第3期。

叶涛：《无情人难成眷属——〈十五桩离婚案的调查剖析〉观后》，《上海戏剧》1984年第3期。

羽军：《试论"第四堵墙"与假定性》，《戏剧报》1984年第3期。

唐因、杜高、郑伯农：《〈车站〉三人谈》，《戏剧报》1984年第3期。

何闻：《话剧〈车站〉观后》，《文艺报》1984年第3期。

熊源伟：《首都流行一条"红裙子"》，《上海戏剧》1984年第4期。

张辛欣：《陈颙穿着街上流行的红裙子》，《上海戏剧》1984年第4期。

辛程：《补天者——记剧作家沙叶新》，《上海戏剧》1984年第4期。

计家俊：《昨天、今天、明天：看〈生命·爱情·自由〉随想》，《云南日报》1984年4月29日。

康洪兴：《对话剧剧作创新的思考》，《戏剧创作》1984年第5期。

熊源伟：《戏剧画廊又添新人形象》，《戏剧报》1984年第6期。

吕复：《形式新颖 内容欠佳》，《戏剧报》1984年第6期。

梁秉堃：《探索可贵 尚未成功》，《戏剧报》1984年第6期。

曲六乙：《评话剧〈车站〉及其批评》，《文艺报》1984年第7期。

宗福先：《〈于无声处〉〈血，总是热的〉创作谈》，《江苏戏剧》1984年第7期。

曲六艺：《评话剧〈车站〉及其批评》，《文艺报》1984年第7期。

溪烟：《评价作品的依据是什么？——曲六乙同志文章读后》，《文艺报》1984年第8期。

林克欢：《〈街上流行红裙子〉的可贵探索》，《戏剧报》1984年第8期。

李钦：《话剧创作的两种发展趋向》，《戏剧报》1984年第10期。

杜清源、林克欢：《对三十五年话剧的思考》，《剧本》1984年第10期。

敬达：《话剧〈车站〉在论辩中》，《作品与争鸣》1984年第10期。

吴祖光：《发展文艺需要自由讨论的空气》，《戏剧报》1984年第11期。

杨雪英、程世鉴整理：《对有争议的话剧剧本的争议》，《剧本》1985年第1期。

杜清源：《略谈话剧本性多元化》，《戏剧艺术》1985年第1期。

子庸：《一种现代戏剧观》，《文艺研究》1985年第1期。

林克欢：《朴实的美——评林兆华的导演艺术》，《戏剧报》1985年第2期。

林连昆：《我喜欢林兆华这样的导演》，《戏剧报》1985年第2期。

邹安和：《关于戏剧新潮的一点思索》，《剧艺百家》1985年第2期。

林克欢：《内化与外化》，《剧艺百家》1985年第2期。

童道明：《戏剧的幻想》，《剧艺百家》1985年第2期。

《〈绝对信号〉与〈车站〉的争鸣》，《剧本》1985年第2期。

胡伟民：《开放的戏剧》，《文艺研究》1985年第2期。

胡伟民：《再谈"开放的戏剧"》，《剧艺百家》1985年第2期。

林克欢：《马森的荒诞剧》，《剧本》1985年第3期。

宫晓东：《关于〈挂在墙上的老B〉演出的一点想法》，《上海戏剧》1985年第3期。

孙惠柱、张马力：《挂在墙上的老B》，《剧本》1985年第3期。

王育生：《为〈小井胡同〉公演而作》，《剧本》1985年第3期。

余林：《〈挂在墙上的老B〉（中国青年艺术剧院演出）》，《戏剧报》

1985年第3期。

王晓鹰：《老B，我的兄弟！》，《剧本》1985年第3期。

何养明：《话剧艺术形式的可贵探索——无场次话剧〈绝对信号〉观感》，《老人天地》1985年第3期。

陶骏、陈亮：《我们的解法——〈魔方〉编导原则的几点诠解》，《上海戏剧》1985年第4期。

杜清源：《戏剧思维辨识》，《戏剧艺术》1985年第4期。

余秋雨：《生机在于创新——〈魔方〉的联想》，《上海戏剧》1985年第4期。

王育生：《看过〈野人〉后的几点质疑》，《文艺报》1985年5月13日。

康永莉：《〈野人〉和我们不接近》，《工人日报》1985年5月19日。

吴铭：《外国观众看〈野人〉》，《工人日报》1985年5月19日。

陈晓轩：《关于高行健和话剧〈野人〉的无标题作文》，《中国青年》1985年第5期。

吴星、李涵：《沙叶新的成才之路》，《戏剧创作》1985年第5期。

邢铁华：《高行健抛出的又一颗"彩球"——简评多主题话剧〈野人〉》，《戏剧界》1985年第5期。

萧攀：《话剧〈我们〉上演》，《上海戏剧》1985年第5期。

林克欢：《〈WM〉的实验与探求》，《上海戏剧》1985年第6期。

周惟波：《〈WM〉和现代审美意识》，《上海戏剧》1985年第6期。

魏威：《"嘲弄什么"和"怎么嘲弄"——评大型喜剧〈天才与疯子〉》，《上海戏剧》1985年第6期。

赵耀民：《〈天才与疯子〉断想》，《上海戏剧》1985年第6期。

曾镇南：《释〈野人〉——观剧散记》，《十月》1985年第6期。

杜清源：《"多媒介综合型"剧体的成因及其审美价值》，《文艺研究》1985年第6期。

吴乾浩：《从第一次吃螃蟹想起》，《剧本》1985年第6期。

胡伟民、刘擎：《"魔方"的探索》，《文汇报》1985年6月3日。

凤子：《看〈野人〉》，《光明日报》1985年6月13日。

大勇：《高行健新作〈野人〉》，《剧本》1985年第7期。

林克欢：《陡坡》，《戏剧报》1985年第7期。

杨雪英、程世鉴：《对有争议的话剧剧本的争议——中国戏剧文学学会召开有争议的话剧剧本讨论会发言纪要》，《剧本》1985年第7期。

吴继成、徐念福、姚明德：《〈野人〉五问》，《戏剧报》1985年第7期。

阿华：《大型话剧〈我们〉即将问世》，《剧本》1985年第7期。

钟艺兵：《漫谈〈野人〉》，《戏剧报》1985年第7期。

钟惦棐：《〈野人〉呓语》，《文艺报》1985年7月13日。

冼济华：《标新立异，志在探索：看话剧〈一个死者对生者的访问〉》，《中国青年报》1985年7月14日。

熊源伟：《深层的开掘，诗化的追求——评话剧〈一个死者对生者的访问〉》，《剧本》1985年第8期。

康洪兴：《探索人物心灵的奥秘：看话剧〈一个死者对生者的访问〉》，1985年8月11日。

雪英：《探索内容与形式创新的同步发展——话剧〈一个死者对生者的访问〉座谈会》，《剧本》1985年第8期。

《访问〈W·M（我们）〉的作者》，《剧本》1985年第8期。

王培公、少华、星光：《〈W·M（我们）〉》，《剧本》1985年第8期。

《话剧〈野人〉评论综述》，《新华文摘》1985年第8期。

王忠明：《〈一个死者对生者的访问〉观后》，《光明日报》1985年8月8日。

《剧本》记者：《对〈WM（我们）〉的批评》，《剧本》1985年第9期；《作品与争鸣》1986年第1期。

林兆华：《戏剧观要在实践中革新》，《戏剧学习》1985年第9期。

王培公、王贵：《WM（我们）——谨以此剧献给国际青年年（1985）》，《剧本》1985年第9期。

王步苹：《话剧艺术的新篇章——欢呼〈WM（我们）〉的问世》，《剧本》1985年第9期。

周振天：《〈WM（我们）〉印象记》，《剧本》1985年第9期。

林克欢：《不安的灵魂仍在求索——〈WM（我们）〉读后》，《剧本》

1985年第9期；《作品与争鸣》1986年第1期。

钱竞：《在话剧变形的背后》，《戏剧报》1985年第9期。

《一批探索性剧目出现于话剧舞台：打破近几年戏剧创作沉闷气氛》，《文学报》1985年9月26日。

杜清源、林克欢：《对三十五年话剧的思考》，《剧本》1985年第10期。

沙叶新：《就〈W·M〉在沪首演答观众问》，《文汇报》1985年10月7日；《作品与争鸣》1986年第1期。

张曙：《给观众提供更多的思索余地：沙叶新谈〈WM（我们）〉上演》，《解放日报》1985年10月3日。

《让舞台多些声音多些色彩，上海人艺上演话剧〈W·M〉》，《解放日报》，1985年10月3日。

花建：《艺术效果的不平衡：也谈〈W·M〉》，《文汇报》1985年10月14日；《作品与争鸣》1986年第1期。

唐斯复：《一位导演的追求与探索：访话剧〈W·M我们〉的导演王贵》，《文汇报》1985年10月22日。

胡雪桦：《戏剧，要让人们去思考：谈〈WM—我们〉的创作》，《文学报》1985年10月31日。

周惟波：《失落的"太阳"没有升起（谈对〈W·M〉的一点看法）》，《解放日报》1985年10月27日。

唐斯复：《毁誉不一的话剧〈野人〉》，《作品与争鸣》1985年第11期。

陈瘦竹：《谈荒诞派戏剧的衰落及其在我国的影响》，《社会科学评论》1985年第11期。

杜清源：《戏剧创新三题——时代、思维、哲理》，《戏剧报》1985年第11期。

冬：《京沪上演〈WM（我们）〉》，《戏剧报》1985年第11期。

林克欢：《表现的美——评〈WM（我们）〉的导演艺术》，《戏剧报》1985年11期。

黄邨：《毁誉不一的话剧〈野人〉》，《作品与争鸣》1985年第11期。

钟惦棐：《评〈一个死者对生者的访问〉》，《光明日报》1985年11月7日。

陈先元：《不能以戏谑对待生活——浅评话剧〈WM（我们）〉》，《解放日报》1985年11月20日。

卢新华：《不应原谅他们——谈〈访问〉之不足》，《剧本》1985年第12期。

吴朝红：《〈访问〉的立意与开掘》，《剧本》1985年第12期。

张子扬：《让我们共同来解"魔方"——谈青艺演出〈魔方〉的舞台艺术》，《戏剧报》1986年第1期。

胡树琨：《论谢民对悲喜剧的艺术探索》，《学术论坛》1986年第1期。

凌寒：《外报评〈野人〉》，《外国戏剧》1986年第1期。

李一波：《在"话剧危机"中的思考——谈创作如何满足观众的三个问题》，《剧艺百家》1986年第1期。

吴星：《探索的"航次"——记青年工人剧作家贾鸿源》，《戏剧艺术》1986年第1期。

张健钟：《品格、〈魔方〉和组合观念》，《上海戏剧》1986年第1期。

《超越戏剧的思考》，《戏剧艺术》1986年第1期。

王晓鹰：《关于〈魔方〉的组合》，《剧本》1986年第1期。

王晓鹰：《关于话剧与观众的几点思考》，《上海戏剧》1986年第1期。

耘声：《让观众成为戏剧探索的参与者——创作舞厅戏剧〈爱情迪斯科〉的一点体会》，《戏剧报》1986年第1期。

蔡体良：《荒诞的情趣：看〈魔方〉随想》，《戏剧电影报》1986年1月5日。

蔡体良：《〈魔方〉与五颜六色的生活》，《中国科技报》1986年1月17日。

蔡体良：《〈魔方〉的魔力——演员与观众直接对话》，《工人日报》1986年1月5日。

蔡体良：《富有哲理情趣的〈魔方〉》，《人民日报》（海外版）1986年1月13日。

王长安：《〈WM（我们）〉的舞台创新》，《艺谭》1986年第2期。

邵桂兰、王建高：《谈情感结构》，《戏剧文学》1986年第2期。

夏刚：《当代启示录——高行健话剧世界面面观》，《当代作家评论》

1986年第2期。

童道明：《戏剧的幻想（之二）》，《剧艺百家》1986年第2期。

曹晓鸣：《戏剧观念的一次拓展——看话剧〈红房间、白房间、黑房间〉》，《上海戏剧》1986年第2期。

不易：《新的探索 新的思考——小议"寻找男子汉"》，《上海戏剧》1986年第2期。

车薪：《话剧舞台上的突破与争鸣》，《今日中国（中文版）》1986年第2期。

聂海风：《多样化：戏剧危机中的生机——略论戏剧艺术多样化的发展趋势》，《戏剧文学》1986年第3期。

郗龙：《〈戏剧报〉讨论〈野人〉》，《作品与争鸣》1986年第3期。

赵家捷：《应当如何看待新的观念——与谭霈生同志商榷》，《剧艺百家》1986年第3期。

童道明：《我主张戏剧观念的多样化》，《戏剧报》1986年第3期。

高行健：《要什么样的戏剧》，《文艺研究》1986年第4期。

王晓鹰：《关于〈魔方〉的组合》，《剧本》1986年第4期。

吴光耀：《规律性及其他——对〈戏剧观念及戏剧规律〉一文的几点商榷》，《戏剧艺术》1986年第4期。

汪文智：《话剧的现代选择》，《戏剧艺术》1986年第4期。

姜明吾：《海市蜃楼，遗形失神：析〈红房间、白房间、黑房间〉》，《文艺报》1986年4月12日。

王新民：《再谈话剧的"海派"和"京派"》，《上海戏剧》1986年第4期。

林克欢：《导演艺术的多元发展与整体垮越》，《戏剧艺术》1986年第4期。

顾鸣竹：《上海观戏记》，《戏剧报》1986年第4期。

吴方：《震荡着的历史反省——读〈天良〉与〈桑树坪纪事〉》，《小说评论》1986年第4期。

王绍林：《将我们的视觉从蒙昧之中唤醒：从〈魔方〉设计说开去》，《戏剧：中央戏剧学院学报》1986年第4期。

王晓鹰：《让戏剧的胸怀宽广一些：〈魔方〉导演谈》，《戏剧：中央戏剧学院学报》1986年第4期。

高惠彬：《偏离轨道的奇异光彩：〈魔方〉演出随想》，《戏剧：中央戏剧学院学报》1986年第4期。

《寻求新的戏剧意识》，《上海戏剧》1986年第5期。

唐鸿棣：《"须教自我胸中出"——论沙叶新的话剧创作个性》，《当代作家评论》1986年第5期。

李薰陶：《浅谈现代派戏剧中的怪异手法》，《当代戏剧》1986年第5期。

柏松龄：《在艺术的阶梯上勇于攀登——记李龙云》，《剧本》1986年第6期。

黄梅：《话剧〈陈毅市长〉演出受到热烈欢迎》，《剧本》1986年第6期。

赵耀民：《"'海派'话剧"的窘境》，《上海戏剧》1986年第6期。

方华：《小说在向戏剧渗透——〈狗儿爷涅槃〉读后》，《剧本》1986年第6期。

吴戈：《论新时期戏剧观念的变化》，《思想战线》1986年第6期。

林克欢：《戏剧的超越》，《文学评论》1986年第6期。

史学东：《局部娱乐性和整体哲理性——对探索性话剧的思考》，《上海戏剧》1986年第6期。

林兆华：《反省》，《新剧本》1986年第6期。

叶涛：《"导演戏剧"与"演员戏剧"》，《戏剧报》1986年第7期。

高行健：《评格洛托夫斯基的〈迈向质朴戏剧〉》，《戏剧报》1986年第7期。

锋：《刘树纲着手构思"三部曲"中的第三出戏》，《戏剧报》1986年第9期。

柏松龄：《大胆的创新　执着的追求——记中央实验话剧院编剧刘树纲》，《剧本》1986年第9期。

赵家捷：《具有现代意识的〈天才与疯子〉》，《戏剧报》1986年第10期。

先锋话剧研究资料

丁曦林：《形象的光采来自深邃的内涵：简介话剧〈狗儿爷涅槃〉》，《文汇报》1986年10月31日。

过士行：《时代的杰作——看话剧〈狗儿爷涅槃〉》，《北京晚报》1986年10月24日。

林克欢：《戏剧观念的本体性调整》，《剧本》1986年第11期。

童道明：《从封闭到开放》，《戏剧报》1986年第11期。

胡图：《狗爷——崭新的形象，观话剧〈狗儿爷涅槃〉》，《工人日报》1986年11月2日。

刘平：《掉个个儿——狗儿爷的追求》，《中国青年报》1986年11月2日。

童道明：《新的戏剧现实主义——话剧〈狗儿爷涅槃〉观后》，《光明日报》1986年11月13日。

齐乃聪：《从〈笨人王老大〉到〈狗儿爷涅槃〉：访剧作家锦云》，《文学报》1986年11月13日。

顾骧：《话剧舞台上的现实主义艺术力量——浅谈"狗儿爷"的典型意义》，《人民日报》1986年11月24日。

张福宜：《别出心裁的演出：谈青艺话〈高家索灰阑记〉和〈魔方〉》，《羊城晚报》1986年11月26日。

阎纲：《狗儿爷向土谷祠走去——〈狗儿爷涅槃〉观后》，《戏剧报》1986年第12期。

锦云等：《踩着收获的泥土，注视农民的命运（三人谈〈狗儿爷涅槃〉）》，《文汇报》1986年12月15日。

林兆华：《并非他山之石》，《戏曲研究》1986年第21辑。

梅朵：《话剧舞台上的一株大树：评话剧〈狗儿爷涅槃〉》，《新观察》1986年第24期。

弘弢：《林连昆：表演"狗儿爷"赏析》，《剧坛》1987年第1期。

刘普林：《话剧观念的突破与更新——评近年来我国话剧舞台上的一批新作》，《安徽师范大学学报（哲学社会科学版）》1987年第1期。

张先：《话剧〈狗儿爷涅槃〉的不足：心理阻断》，《中国文化报》1987年1月18日。

育生、宏韬：《如饮甘醇——赞林连昆演狗儿爷》，《戏剧报》1987年第1期。

叶廷芳：《现代审美意识正在觉醒——一个门外人的管见》，《戏剧报》1987年第1期。

任宝贤：《一出引起人们共同兴趣的好戏：谈话剧〈狗儿爷涅槃〉》，《剧坛》1987年第1期。

丁罗男：《在反思和探索中前进——试论新时期话剧十年》，《戏剧艺术》1987年第1期。

刘晓波：《十年话剧关照》，《戏剧报》1987年第1期。

《一九八六年上海剧坛一瞥》，《上海戏剧》1987年第1期。

阿兴：《一个西方人眼中的世界戏剧》，《上海戏剧》1987年第1期。

刘彦军：《中国戏剧近年发展势态我观》，《戏剧艺术》1987年第1期。

叶君健、高行健：《现代派·走向世界》，《人民文学》1987年第Z1期。

高行健：《文学需要相互交流，相互丰富》，《外国文学评论》1987年第1期。

林连昆：《关于"狗儿爷"的创造》，《光明日报》1987年1月4日。

胡沙、王育生等：《〈狗儿爷涅槃〉五人谈》，《戏剧评论》1987年第1期。

刘自筠：《论现代文学中的现代派戏剧》，《内江师范学院学报》1987年第2期。

过涛：《看林连昆扮演狗儿爷》，《中国文化报》1987年第2期。

董子竹：《要真正作高层次的回归：评话剧〈狗儿爷涅槃〉》，《文论报》1987年第2期。

高鉴：《探索性戏剧的走向和前景》，《文艺评论》1987年第2期。

斯南：《狗儿爷跑圆场合适吗》，《戏剧报》1987年第2期。

刘川：《创新的思考》，《剧本》1987年第2期。

沙叶新、潘志兴：《对话——一次愉快的精神散步》，《上海戏剧》1987年第2期。

刘擎、陶骏、张昭、刘洋：《我们实验什么——"白蝙蝠"四重奏之一》，《上海戏剧》1987年第2期。

徐晓钟：《蝉儿脱壳欣欣然——北京迎春联合演出三台新戏引起的思索》，《戏剧报》1987年第3期。

郁声：《有层次，有绝活儿——赞王领演金花》，《戏剧报》1987年第3期。

宛柳：《新时期戏剧文学探索的回顾》，《文史哲》1987年第3期。

李龙云：《戏剧随想（上）》，《戏剧报》1987年第2期。

李龙云：《戏剧断想（中）》，《戏剧报》1987年第3期。

李龙云：《戏剧断想（下）》，《戏剧报》1987年第4期。

胡伟民：《最初的对话——试论导演的艺术直觉》，《戏剧艺术》1987年第3期。

聂海风：《新时期话剧哲理渗透的轨迹和走向》，《艺术百家》1987年第3期。

聂海风：《话剧：哲学意识的觉醒和强化》，《文艺争鸣》1987年第4期。

康洪兴：《舞台创作深层结构的嬗变——谈当前话剧导演创新意识的总体流向》，《戏剧艺术》1987年第4期。

谢文娟：《东西方价值观的冲突与交融——对〈中国梦〉的一点伦理思考》，《上海戏剧》1987年第4期。

周捷：《探索者的足印——记〈中国梦〉作者孙惠柱》，《上海戏剧》1987年第5期。

锦云：《话剧〈狗儿爷涅槃〉的创作及其它——剧作家锦云答本刊记者问》，《戏剧文学》1987年第5期。

温愠：《李杰剧作的悲剧意识》，《文艺争鸣》1987年第5期。

高蓝：《黑色的石花——观看话剧〈黑色的石头〉演出之后》，《文艺评论》1987年第6期。

高行健：《对一种现代戏剧的一种追求》，《文艺研究》1987年第6期。

刘树纲：《寻求理解——〈十五桩离婚案的调查剖析〉在美国》，《戏剧报》1987年第6期。

林克欢：《高行健的多声部与复调戏剧》，《文学评论》1987年第6期。

马中骏：《漫说全国戏剧小品电视比赛》，《戏剧报》1987年第7期。

张先：《尚未结束的历史有待超越的现实：对剧作〈车站〉的反思》，

《戏剧（中央戏剧学院学报）》1987年第8期。

肖丁：《话剧〈狗儿爷涅槃〉反应强烈》，《作品与争鸣》1987年第8期。

李龙云：《话剧〈野人〉两三语》，《黑龙江日报》1987年8月19日。

方杰：《黄老的"梦"——看上海人艺〈中国梦〉随想》，《戏剧报》1987第9期。

刘晓川：《黄佐临与〈中国梦〉》，《北京日报》1987年9月8日。

余秋雨：《在东西方文化间遨游：话剧〈中国梦〉观后》，《人民日报》1987年9月10日。

刘晓川、王佩杰：《一石激起千层浪（写意话剧〈中国梦〉引起强烈反响）》，《生活报》1987年9月11日。

童道明：《〈中国梦〉与中国写意话剧》，《戏剧电影报》1987年9月20日。

马也：《别具一格的〈中国梦〉》，《中国文化报》1987年9月20日。

林克欢：《梦非梦，评写意话剧〈中国梦〉》，《光明日报》1987年9月25日。

高鉴：《从书斋到舞台——高行健和他的时代》，《戏剧文学》1987年第10期。

高鉴：《〈中国梦〉，奇特的梦》，《文艺报》1987年10月10日。

马道远：《〈魔方〉的启示》，《剧本》1987年第11期。

李龙云：《洒满月光的荒原——〈荒原与人〉》，《剧本》1987年第11期。

小希：《马中骏推出实验戏剧〈野古马〉》，《戏剧报》1987年第11期。

余秋雨：《他们渴念着新的时空——谈谈从〈搭错车〉到〈走出死谷〉的探索》，《戏剧报》1987年第12期。

王志超：《"写意话剧"的现实意味——上海人艺在宁演出〈中国梦〉简评》，《新华日报（南京）》1987年12月30日。

梅朵：《话剧舞台上的一株大树——评话剧〈狗儿爷涅槃〉》，《新观察》1987年第24期。

《生命的神示和流动的意向：关于〈中国梦〉的对话》，《新剧本》1988年第1期。

王宏韬：《看林连昆演狗儿爷》，《文艺研究》1988年第1期。

锦云：《关于"狗儿爷"》，《文艺研究》1988年第1期。

余秋雨：《沙叶新戏剧论》，《戏剧研究》1988年第1期。

郁生：《李龙云作品讨论会在京举行》，《戏剧报》1988年第1期。

李龙云：《人·大自然·命运·戏剧文学——〈洒满月光的荒原〉创作余墨》，《剧本》1988年第1期。

梁倩：《李龙云剧作研讨会在京举行》，《剧本》1988年第1期。

叶廷芳：《一曲动人的挽歌》，《戏剧研究》1988年第1期。

谭需生：《人的本体观的嬗变——评〈黑色的石头〉和〈欲望的旅程〉》，《戏剧报》1988年第1期。

林克欢：《一代农民的终结——评狗儿爷》，《文艺研究》1988年第1期。

冯其庸：《狗儿爷悲剧的历史内涵》，《文艺研究》1988年第1期。

吴乾浩：《〈狗儿爷涅槃〉的结构艺术》，《文艺研究》1988年第1期。

邹平：《艺术需要整体的发展》，《上海戏剧》1988年第1期。

王蕴明：《〈狗儿爷涅槃〉在导表演艺术上的突破》，《文艺研究》1988年第1期。

田本相：《我们仍然需要现实主义》，《文艺研究》1988年第1期。

康洪兴：《审美机制的多样统一》，《文艺研究》1988年第1期。

李培澄：《关于话剧文学走向的思考》，《河北师范大学学报（社会科学版）》1988年第1期。

程宏宇：《走向双向思维的统一》，《上海戏剧》1988年第1期。

吴济时：《话剧的新突破态势——新时期话剧研究之一》，《武汉大学学报（社会科学版）》1988年第1期。

张建：《背躬：一座内心活动交流的桥梁》，《上海戏剧》1988年第1期。

黄丽华：《高行健戏剧时空论》，《戏剧艺术》1988年第1期。

张艳华：《中西话剧舞台上的荒诞色彩》，《戏剧艺术》1988年第1期。

丁罗男：《看〈中国梦〉随想》，《上海艺术家》1988年第1期。

唐海力、刘育文：《"梦"的错位：观话剧〈中国梦〉》，《上海艺术家》1988年第1期。

郭浩波：《新瓶装劣酒看柳遇：是梦，就不允许人把它当真：由〈中国梦〉引起的思考》，《上海艺术家》1988年第1期。

胡伟民、马中骏、秦培春：《〈红房间、白房间、黑房间〉书简》，《艺术百家》1988年第1期。

王志超：《并非巧合：看〈中国梦〉和〈生不带来，死不带去〉》，《上海戏剧》1988年第1期。

林兆华：《涅槃》，《文艺研究》1988年第1期。

《中央戏剧学院学报》记者：《首都戏剧界座谈〈桑树坪纪事〉》，《戏剧·中央戏剧学院学报》1988年第2期。

喻清：《〈中国梦〉带来的启示》，《上海艺术家》1988年第2期。

康洪兴：《写意话剧，大有可为：〈中国梦〉观后片谈》，《上海艺术家》1988年第2期。

范道桂：《我观戏剧"新潮流"》，《云南师范大学学报（哲学社会科学版）》1988年第2期。

毛金钢：《空间戏剧的流动和谐》，《戏剧评论》1988年第2期。

道木：《简单的〈中国梦〉》，《戏剧与电影》1988年第2期。

蔡宇知：《略论话剧〈中国梦〉之得失》，《西部学坛·哲社版》1988年第2期。

丁扬忠：《探索的探索——谈话剧〈桑树坪纪事〉的艺术》，《戏剧评论》1988年第2期。

高鸣鸾：《戏剧叙述观念的流变与拓展——从一个侧面看话剧的新变化》，《烟台大学学报（哲学社会科学版）》1988年第2期。

汪丽亚：《摹仿的肯定与否定——对新时期话剧的一点思考》，《文艺争鸣》1988年第2期。

舒张：《大庆作者杨利民——写在〈黑色的石头〉进京之际》，《戏剧报》1988年第2期。

谭霈生：《他站在新的起跑线上——评杨利民的〈黑色的石头〉》，《剧本》1988年第2期。

易凯：《五千年梦魂的呐喊：话剧〈桑树坪纪事〉观后》，《戏剧电影报》1988年第2期。

马也：《民族历史的真诚反思：评话剧〈桑树坪纪事〉》，《光明日报》1988年2月12日。

唐达成等：《悲壮的历史画卷，精美的舞台创作（首都文艺界座谈话剧〈桑树坪纪事〉）》，《人民日报》1988年2月23日。

张东钢：《戏剧的贯穿色彩》，《上海戏剧》1988年第3期。

高行健：《迟到了的现代主义与当今中国文学》，《文学评论》1988年第3期。

曲六乙：《西部黄土高原的呼唤——评话剧〈桑树坪纪事〉的演出》，《戏剧报》1988年第3期。

姜：《四报刊联合举行盛大座谈会　众口齐赞话剧〈桑树坪纪事〉》，《戏剧报》1988年第3期。

君：《话剧〈桑树坪纪事〉速写》，《戏剧报》1988年第3期。

王永敬：《新时期的戏剧美学思潮》，《艺术百家》1988年第3期。

邵桂兰：《论"淡化性剧作"》，《艺术百家》1988年第3期。

唐鸿棣：《〈耶稣·孔子·披头士列侬〉的艺术个性》，《当代作家评论》1988第3期。

周翼男：《高行健其人》，《中国作家》1988年第3期。

王佩英：《话剧的观念更新与传统的审美思维习惯》，《上海戏剧》1988年第3期。

黄维钧、王育生、葛芸生、林克欢、童道明、谭霈生、曹其敬、陈坪、李超：《"〈搭错车〉现象"如是观——本刊召开音乐歌舞故事剧〈搭错车〉座谈会纪要》，《戏剧报》1988年第3期。

李欣春：《〈搭错车〉超千场纪念演出在京举行》，《戏剧报》1988年第3期。

马惠飞：《"中国梦"，写意话剧民族化的新界碑》，《剧影月报》1988年第3期。

谭霈生：《评话剧〈桑树坪纪事〉》，《文艺报》1988年3月12日。

丁扬忠：《〈桑树坪纪事〉观后》，《北京日报》1988年3月12日。

肖路：《桑树坪是"活化石"：访话剧〈桑树坪纪事〉导演徐晓钟》，

《文学报》1988年3月17日。

丁涛：《命运的悲歌：话剧〈桑树坪纪事〉观后》，《中国文化报》1988年3月24日。

徐晓钟、唐斯复：《从民族的土壤上展翅——关于话剧〈桑树坪纪事〉的对话》，《文汇报》1988年3月29日。

徐晓钟：《在兼容与结合中嬗变（上）——话剧〈桑树坪纪事〉实验报告》，《戏剧报》1988年第4期。

张晶：《〈中国梦〉的形式意义》，《戏剧丛刊》1988年第4期。

廖全京：《中国戏剧思潮1978—1988》，《社会科学研究》1988年第4期。

林克欢：《活的形式》，《戏剧报》1988年第4期。

高鉴：《"桑树坪"冲击波》，《艺术世界》1988年第4期。

杨蓉莉：《〈等待戈多〉与〈车站〉》，《外国文学研究》1988年第4期。

阿勇：《论新时期话剧对民族文化心理的批判》，《艺术百家》1988年第4期。

叶廷芳：《艺术探险的"尖头兵"——高行健的戏剧理论与创作掠影》，《艺术广角》1988年第4期。

张雅安：《小有小的妙处》，《当代戏剧》1988第4期。

王延松：《创造与困扰——由〈搭错车〉现象所引起的自我反思》，《文艺研究》1988年第4期。

梁倩：《李龙云戏剧作品研讨会纪要》，《剧本》1988年第4期。

林涵表：《关于戏剧创新问题的对话》，《文艺理论与批评》1988年第4期。

徐晓钟：《反思、兼容、综合——话剧〈桑树坪纪事〉的探索》，《剧本》1988年第4期。

沈康：《剧坛"马路工"——记青年剧作家马中骏》，《戏剧文学》1988年第4期。

王敏：《生活、哲理、诗情与美的形式——试论话剧〈桑树坪纪事〉的导演艺术》，《文艺理论与批评》1988年第4期。

锦云：《关于戏剧文学》，《当代文坛》1988年第4期。

廖全京：《在生命意识的层面上——从三部话剧看现实主义的拓展》，《剧本》1988年第4期。

徐晓钟：《在兼容与结合中嬗变（下）——话剧〈桑树坪纪事〉实验报告》，《戏剧报》1988年第5期。

杜清源：《无模式的舞台模式——林兆华导演艺术印象记》，《文艺研究》1988年第5期。

车薪：《北京人民艺术剧院推出〈背碑人〉〈桑树坪记事〉》，《今日中国（中午版）》1988年第5期。

林荫宇：《表演的张力——评〈桑树坪纪事〉中的福林形象》，《戏剧报》1988年第5期。

陆颖华：《中国新时期话剧的十年》，《北京大学学报（哲学社会科学版）》1988年第5期。

邝亦农：《像吟唱一首诗一样：〈桑〉剧赴新加坡演出首访徐晓钟》，《人民日报》（海外版）1988年6月22日。

熊源伟：《杂谈"杂交"——〈耶稣·孔子·披头士列侬〉导演随想之一》，《上海戏剧》1988年第6期。

任仲伦：《有气无力：戏剧评论的一种困境》，《上海戏剧》1988年第6期。

沙叶新：《写得出，说不清》，《上海戏剧》1988年第6期。

棠：《加拿大导演史东生与〈耶稣·孔子·披头士列侬〉》，《上海戏剧》1988年第6期。

张立行：《观〈耶稣·孔子·披头士列侬〉》，《上海戏剧》1988年第6期。

魏威：《但却不伦不类 指望亦庄亦谐——观话剧〈耶稣·孔子·披头士列侬〉有感》，《上海戏剧》1988年第6期。

田文：《转台的艺术威力》，《戏剧报》1988年第6期。

孟繁树：《狗儿爷——一个内涵丰富的农民形象》，《戏剧文学》1988年第6期。

林克欢：《故事框架与叙述模式——"戏剧的叙述结构"之一》，《剧本》1988年第6期。

文佳：《淹没了内涵的形式——评〈一个死者对生者的访问〉》，《电影评介》1988年第7期。

林克欢、王墨林：《关于实验戏剧的对话》，《中国戏剧》1988年第7期。

林克欢：《叙述者——"戏剧的叙述结构"之二》，《剧本》1988年第7期。

林克欢：《历史的疑问，舞台的探询：评话剧〈桑树坪纪事〉》，《文论报》1988年7月5日。

谭霈生：《话剧舞台的一部力作：〈桑树坪纪事〉》，《桥》1988年第7期。

丁涛：《戏剧艺术的走向——〈桑树坪纪事〉一剧对当代戏剧的意义》，《光明日报》1988年7月15日。

林克欢：《"不连续"的连续——"戏剧的叙述结构"之三》，《剧本》1988年第8期。

沈小英：《〈桑树坪纪事〉——向传统文化心态的猛烈冲击》，《新观念》1988年第8期。

杜清源：《开拓现代民族戏剧》，《戏剧文学》1988年第8期。

王育生、林克欢、林兆华：《小剧场三人谈》，《中国戏剧》1988年第9期。

《沙叶新谈剧院改革》，《中国戏剧》1988年第9期。

林克欢：《多声部与复调——"戏剧的叙述结构"之四》，《剧本》1988年第9期。

孙安堂：《希望在青年——记〈天下第一楼〉中的青年演员》，《中国戏剧》1988年第9期。

张健钟：《思想的失重——话剧创作隐忧之我见》，《中国戏剧》1988年第9期。

徐天明：《买椟还珠：对写意剧〈中国梦〉的思考》，《上海艺术家》1988年第9期。

加乘：《一曲中国农民的悲歌：话剧〈桑树坪纪事〉观后》，《中国农村经营报》1988年9月9日。

钱建平：《内容与形式间的强大反差——〈耶稣·孔子·披头士列侬〉随记》，《中国戏剧》1988年第10期。

景迅：《共同意识的崩溃与当代话剧涅槃》，《戏剧文学》1988年第11

期。

《〈天下第一楼〉辩——中戏老同学"侃大山"记》，《中国戏剧》1988年第11期。

廖全京：《痛苦的升华——话剧〈桑树坪纪事〉的意义》，《戏剧与电影》1988年第11期。

马中骏：《猜测林兆华——心理分析训练笔记》，《中国戏剧》1988年第12期。

沙智红：《加拿大导演史东森给沙叶新的信》，《中国戏剧》1988年第12期。

熊源伟：《就〈耶稣·孔子·披头士列侬〉给加拿大导演史东森的复信》，《中国戏剧》1988年第12期。

胡志毅：《象征、荒诞与哲理化倾向——对新时期探索戏剧的评价》，《戏剧文学》1988年第12期。

丁柏铨、张建勤、夏波：《话剧审美取向三题：谈话剧〈桑树坪纪事〉以及其他》，《剧影月报》1988年第12期。

窦晓红：《新高度，新问题——评杨利民的剧作〈黑色的石头〉》，《戏剧文学》1988年第12期。

吴颖：《写在何樊论争之后》，《瞭望周刊》1988年第34期。

林兆华：《垦荒》，《戏剧》1988年春季号总第47期。

易凯：《林兆华的导演艺术思维》，《文艺研究》1989年第1期。

徐忠明：《新时期话剧艺术形式和表现手法的探索创新》，《浙江师范大学学报》1989年第1期。

林克欢：《舞台的表现》，《文艺研究》1989年第2期。

许文郁：《理性的支点——桑树坪的反思》，《文艺理论与批评》1989年第2期。

陆葆泰：《论沙叶新剧作审美的低层次性——关于话剧创作观念的思考》，《上海师范大学学报（哲学社会科学版）》1989年第2期。

陈宝昌：《试论新时期的话剧创作》，《内蒙古民族师院学报（社会科学汉文版）》1989年第2期。

谭霈生：《戏剧创作与美学精神》，《剧本》1989年第3期。

吴光耀：《中国舞台设计——寻找新的语汇》，《戏剧艺术》1989年第3期。

林克欢：《反叛、超前的青年戏剧》，《戏剧艺术》1989年第3期。

菲章：《"蛾"的彷徨——评实验话剧〈蛾〉》，《文艺评论》1989年第3期。

吴戈：《历史遗症、文化选择与戏剧困顿》，《文艺争鸣》1989年第4期。

绿阳：《新时期探索剧中的奇葩——评话剧〈狗儿爷涅槃〉》，《黄淮学刊（社会科学版）》1989年第4期。

金嗣峰：《荒诞派戏剧和中国的荒诞剧》，《外国文学研究》1989年第4期。

唐育寿：《谈戏剧的抒情性》，《山东师范大学学报（社会科学版）》1989年第4期。

黄佐临：《"小剧场"艺术之我见——在南京小剧场戏剧节上的发言》，《上海戏剧》1989年第4期。

陈欲航：《"〈搭错车〉现象"的自我思辨》，《文艺研究》1989年第4期。

韩生：《在多伦多的舞台上——为加拿大演出〈耶稣·孔子·披头士列侬〉作舞美设计》，《上海戏剧》1989年第6期。

沙叶新：《瞧，沙叶新这个人（之一）》，《山东师范大学学报（社会科学版）》1989年第6期。

刘平：《戏剧创作与观众欣赏之间的误差》，《剧本》1989年第7期。

古榕：《贫困的桑树坪——谈话剧〈桑树坪纪事〉导演创作上的某些失误》，《中国戏剧》1989年第7期。

高鉴：《背叛时尚——杨利民和他的时代》，《剧本》1989年第10期。

康洪兴：《谈杨利民剧作的艺术特点》，《剧本》1989年第10期。

柏：《〈杨利民戏剧创作研讨会〉在京举行》，《剧本》1989年第10期。

张勤：《杨利民印象》，《剧本》1989年第11期。

张先：《让灵魂获得自由　剧作〈大雪地〉读后》，《中国戏剧》1989年第12期。

杨利民：《我写〈大雪地〉》，《中国戏剧》1989年第12期。

胡润林：《"高行健剧作"对话录》，《烟台大学学报（哲学社会科学版）》1990年第2期。

余叔芹：《现实，又在召唤现实主义——兼谈新时期上海的话剧舞台》，《上海戏剧》1990年第2期。

詹碧蓉：《新时期社会问题剧新探》，《戏剧文学》1990年第2期。

贾振强：《新时期话剧的形象心理历程》，《黄淮学刊（社会科学版）》1990年第3期。

刘永来：《中国先锋戏剧的彷徨》，《上海戏剧》1990年第3期。

徐忠明：《剧本〈桑树坪纪事〉谈片》，《浙江师范大学学报（社会科学版）》1990年第3期。

卢微一、周安华：《现代人困境的艺术摄影——〈等待戈多〉与〈车站〉比较》，《当代外国文学》1990年第4期。

陈思和：《舞台上的外行话》，《上海戏剧》1990年第5期。

余秋雨：《上海失去了他》，《上海戏剧》1990年第5期。

陈旭：《沙叶新如是对待批评》，《当代戏剧》1990年第6期。

龙小妹：《危机　反思》，《上海戏剧》1990年第6期。

张兰阁：《殊途同归：从紫禁城到白城——李龙云、李杰创作趋向比较》，《戏剧文学》1990年第6期。

张葆成：《黑的石，白的雪——杨利民剧作〈黑色的石头〉、〈大雪地〉印象》，《文艺评论》1990年第6期。

马风：《自觉与自由：蜕变中的杨利民》，《文艺评论》1990年第6期。

杨利民：《决不在生活面前低头——我对当代话剧的一些看法》，《文艺评论》1990年第6期。

刘翔安：《〈绝对信号〉的艺术创新》，《中文自学指导》1990年第8期。

宜明：《〈WM（我们）〉风波始末》，《剧本》1990年第11期。

袁振保：《戏剧思维的发展方向》，《理论与创作》1991年第1期。

景迅：《符号结构的调整——当代话剧的艺术嬗变》，《戏剧艺术》1991年第1期。

赵耀民：《"探索戏剧"得失谈》，《戏剧艺术》1991年第1期。

丁罗男：《探索戏剧的价值与走向》，《戏剧艺术》1991年第1期。

吴乾浩：《"新潮话剧"的得失兴衰》，《戏剧文学》1991年第2期。

田佳友：《话剧改革的理论误区》，《戏剧文学》1991年第2期。

甄西：《新时期的话剧探索与探索话剧》，《文学评论》1991年第2期。

谢玉珊：《我看探索戏剧》，《驻马店师专学报（社会科学版）》1991年第4期。

刘方政：《新时期话剧的结构探索与布莱希特的"间离效果"》，《文史哲》1991年第4期。

胡星亮：《中国话剧在国外》，《文艺研究》1991年第5期。

肖杉：《寻找戏剧艺术的不冻港》，《当代戏剧》1991年第6期。

郭英德：《中西戏剧观念的当代形态》，《戏剧文学》1991年第8期。

胡星亮：《新时期"探索派"戏剧观论》，《文艺争鸣》1992年第1期。

康洪兴：《对传统导演美学观念的超越——谈八十年代"探索戏剧"导演艺术的一种新追求》，《艺术百家》1992年第1期。

安振吉：《导演的舞台形式感》，《戏剧艺术》1992年第1期。

叶廷芳：《"垦荒"者的足迹与风采——评林兆华的艺术探索》，《文艺研究》1992年第5期。

徐勇：《戏剧批评的姿态》，《中国戏剧》1992年第6期。

林兆华：《艺术风格要发展》，《中国戏剧》1992年第8期。

赵德崇：《对"新潮戏剧"的再思考》，《艺圃·吉林艺术学院学报》1992年第3期。

郭宝亮、连州：《探索话剧的与戏曲传统》，《海南大学学报》1993年第2期。

董健：《论北京人艺的文化生态》，《戏剧艺术》1993年第2期。

张鹰：《新时期社会剧的总体流向》，《戏剧艺术》1993年第4期。

叶志良：《略说当代戏剧的后现代现象》，《当代戏剧》1993年第4期。

郑江：《对生命意义的思考——新时期探索戏剧的反思》，《当代戏剧》1993年第5期。

邹霆：《"剧坛黑马"：林兆华的追求》，《今日中国》1993年第10期。

叶志良：《当代戏剧的时空模式》，《当代戏剧》1994年第1期。

徐晓钟：《"置于死地而后生"的创造性格》，《戏剧艺术》1994年第1期。

童道明：《小剧场戏剧心理深入的可能性》，《戏剧艺术》1994年第1期。

熊源伟：《一个实践者的絮语》，《戏剧艺术》1994年第1期。

刘平：《戏剧改革与小剧场运动》，《大舞台》1994年第1期。

晚晴：《认识李龙云——采访手记》，《北京政协》1994年第1期。

康洪兴：《小剧场戏剧艺术规律探寻》，《戏剧文学》1994年第Z1期。

董健：《论中国现代戏剧"两度西潮"的同与异》，《戏剧艺术》1994年第2期。

倪宗武：《从庄济生到狗儿爷、李金斗——新时期话剧人物谈》，《福建师大学报（社会科学版）》1994年第2期。

吴彤：《林兆华》，《大舞台》1994年第3期。

陈颙：《我与"青艺"》，《戏剧》1994年第3期。

王晓鹰：《小剧场戏剧艺术特质辨析》，《戏剧艺术》1994年第3期。

张健钟：《小剧场戏剧的艺术震撼力》，《戏剧》1994年第3期。

叶志良：《当代文化语境中的戏剧策略》，《戏剧文学》1994年第3期。

李龙云：《北大荒与我的文学》，《新青年》1994年第8期。

厉震林：《论新时期话剧艺术的接受美学嬗变》，《戏剧文学》1994年第9期。

江枫：《绝对信号——面对中国戏剧》，《文化月刊》1994年第11期。

刘建军、张宝贵：《双重的掠险——从小剧场戏剧的艺术探索看转型期戏剧的生存境遇》，《戏剧文学》1994年第12期。

张专：《戏剧就是归故乡——林兆华访谈录》，《现代传播（北京广播学院学报）》1995年第1期。

贺黎：《对有争议话剧的再争议》，《戏剧文学》1995年第Z1期。

宋宝珍：《杨利民的荒野情结与剧作的形象系列》，《大庆高等专科学校学报》1995年第2期。

林泉：《大雪地大荒野上的大风歌——杨利民话剧作品评析》，《大庆高等专科学校学报》1995年第2期。

乔丽娜：《试谈新时期探索剧》，《邢台师专学报》1995年第2期。

张鹰：《论"文化反思剧"》，《徐州师范学院学报》1995年第2期。

刘颖：《高行健剧作的历史定位》，《戏剧艺术》1995年第3期。

周安华：《苦难与反抗的卓然超升——论当代先锋悲剧形态》，《南京大学学报（哲学社会科学版）》1995年第3期。

曾艳兵、陈秋红：《新时期戏剧结构的转换与变形》，《人文杂志》1995年第4期。

陈龙：《现实主义：新时期戏剧探索的归宿地》，《艺术百家》1995年第4期。

晓里：《近看中国戏剧》，《艺术广角》1995年第4期。

王雅男：《导演艺术要走出象牙塔——〈桑树坪纪事〉随感》，《当代戏剧》1995年第5期。

倪宗武：《当代话剧：三次高潮的表现形态与启示》，《福建论坛（文史哲版）》1995年第6期。

胡星亮：《论新时期话剧舞台的演剧革新》，《戏剧文学》1995年第8期。

徐妍、张向东：《小剧场：话剧中兴的契机——试论小剧场话剧的兴起和变革》，《戏剧文学》1995年第8期。

罗辑：《小剧场：后现代主义文化形式》，《戏剧文学》1995年第10期。

厉震林：《拆解与放逐——论中国前卫话剧的文化体验》，《戏剧文学》1995年第11期。

斐人：《新戏剧观的寻找与初创》，《常州工业技术学院学报》1996年第1期。

尔东：《80年代戏剧形象创造的嬗变发展与不足（上）》，《戏剧文学》1996年第1期。

严明邦：《上海话剧的环境与机遇》，《上海艺术家》1996年第2期。

叶志良：《当代戏剧形态新格局》，《戏剧文学》1996年第2期。

黄一璜：《荒诞变形：创造悲剧的新境界——对中外戏剧变形手法的比较研究》，《外国文学研究》1996年第2期。

王新民：《高行健：新时期实验戏剧的杰出代表》，《无锡教育学院学报》1996年第2期。

倪宗武：《当代话剧透视》，《河北师范大学学报（社会科学版）》1996年第2期。

颜振奋：《前进中的中国话剧》，《中外文化交流》1996年第2期。

胡星亮：《论新时期探索戏剧》，《戏剧百家》1996年第2期。

胡星亮：《论新时期的"戏剧观"论争》，《文艺争鸣》1996年第2期。

张鹰：《艰难的蜕变——新时期中年剧作家剖析》，《河北学刊》1996年第3期。

倪宗武：《八十年代戏剧探索得失谈》，《福建论坛（文史哲版）》1996年第3期。

周治杰：《1907—1996：中国新戏剧简论》，《徐州师范学院学报》1996年第3期。

钱旭初：《新戏剧观的寻找与初创——新时期探索话剧略论》，《镇江师专学报（社会科学版）》1996年第4期。

张鹰：《人性的失落与回归——八十年代话剧主题探讨》，《戏剧艺术》1996年第4期。

张鹰：《从戏剧矛盾冲突方式看八十年代话剧的风格特征》，《戏剧》1996年第4期。

周宪：《布莱希特对我们意味着什么？——布莱希特对中国当代戏剧的影响》，《戏剧》1996年第4期。

吴戈：《当代中国的"先锋戏剧"》，《戏剧艺术》1996年第4期。

韩丽萍：《舞台与生活——谈高行健〈彼岸〉的荒诞价值》，《戏剧之家》1996年第5期。

张莉：《桑树坪女性的悲剧观照——评剧本〈桑树坪纪事〉》，《福建论坛（文史哲版）》1996年第5期。

胡星亮：《新时期"新现实主义"戏剧思潮论》，《江苏社会科学》1996年第5期。

廖全京：《中国戏剧的整合趋势》，《四川戏剧》1996年第6期。

刘章春：《风景这边独好》，《文化月刊》1996年第9期。

李世宁：《教师 导演 学者——与徐晓钟对话》，《大众电影》1996年第11期。

郭溥澜：《演剧艺术于当今舞台的嬗变》，《艺圃（吉林艺术学院学报）》1997年第2期。

乔榆：《现实主义的深化与拓展——陈健秋新时期以来剧作论》，《艺海》1997年第3期。

张帆：《北京人艺　辉煌春秋》，《新文化史料》1997年第3期。

刘锦云：《剧本之难》，《艺术广角》1997年第3期。

张启生：《论戏剧的主观表现（续）》，《安徽新戏》1997年第4期。

洪丽霁：《论新时期探索话剧的艺术特点》，《楚雄师专学报》1997年第4期。

刘增人：《论探索话剧体式的类型》，《东方论坛（青岛大学学报）》1997年第4期。

吴戈：《论当代中国"先锋戏剧"的意义》，《民族艺术研究》1997年第5期。

胡素娟：《重铸话剧艺术的辉煌——记北京人艺第一副院长兼党委书记刘锦云》，《前线》1997年第8期。

《站在世纪之交的顾盼——纪念中国话剧90周年座谈会纪要》，《中国戏剧》1997年第9期。

张鹰：《八十年代话剧新形态研究（节选）》，《戏剧》1998年第1期。

宋宝珍：《失语的戏剧批评》，《戏剧文学》1998年第1期。

叶志良：《能指化的舞台具象》，《浙江师范大学学报》1998年第1期。

叶志良：《当代戏剧：时空交错和结构张力》，《艺术百家》1998年第1期。

叶志良：《当代戏剧的叙述方式》，《戏剧》1998年第2期。

曹树钧：《尊重创作心理规律，推动艺术精品诞生——话剧史上成功剧作给我们的启迪》，《上海艺术家》1998年第2期。

沈亮：《图存与求真——浅议新时期小剧场理论》，《上海艺术家》1998年第2期。

刘明厚：《博采众长　借鉴交融——西方戏剧与中国话剧关系的重新审视》，《上海艺术家》1998年第2期。

冯涛：《"表现"什么——表现主义在中国剧坛的回想和命运》，《艺术百家》1998年第2期。

黄丽华：《探索戏剧之旅》，《上海艺术家》1998年第2期。

曹凌燕：《对新时期中国话剧现实主义思潮的观照》，《上海艺术家》

1998年第2期。

陈龙：《从戏剧冲突看"探索戏剧"的现代派特征》，《艺术百家》1998年第2期。

余志平、贺建平：《试论中国探索戏剧与西方现代主义戏剧的差异》，《贵州师范大学学报（社会科学版）》1998年第3期。

黄莉莉：《新时期话剧20年》，《艺术广角》1998年第3期。

夏康达、刘顺利：《新时期话剧探讨略论》，《中国戏剧》1998年第3期。

胡星亮：《再出发　创造中国话剧的繁荣》，《中国戏剧》1998年第3期。

汤逸佩：《八十年代中国话剧形式创新的美学前提》，《华东师范大学学报（哲学社会科学版）》1998年第3期。

李江：《阿尔托与中国探索戏剧》，《外国文学评论》1998年第4期。

叶志良：《走向开放的戏剧叙述》，《学术论坛》1998年第4期。

叶志良：《论当代戏剧艺术的互渗现象》，《艺术广角》1998年第4期。

丁罗男：《中国话剧文体的嬗变及其文化意味》，《戏剧艺术》1998年第1期。

钟羲：《探索戏剧　探索人生——记徐晓钟教授》，《艺术教育》1998年第5期。

陈龙：《新时期探索性戏剧的舞台语汇及其艺术价值》，《学术交流》1998年第5期。

吴济时：《话剧民族化的新进程——新时期话剧演出形态的新变化》，《武汉大学学报（哲学社会科学版）》1998年第5期。

刘增人：《论新时期探索话剧的艺术空间》，《甘肃社会科学》1998年第5期。

丁罗男：《中国话剧文体的嬗变及其文化意味（续）》，《戏剧艺术》1998年第6期。

傅谨：《20世纪中国戏剧的现代性追求》，《浙江社会科学》1998年第6期。

林兆华：《"狗窝"独白》，《读书》1998年第7期。

林如：《话剧繁荣：真实的谎言？——与林兆华一席谈》，《大众电影》1998年第10期。

贺黎：《话剧：探索与再建》，《瞭望新闻周刊》1998年第50期。

汤逸佩：《新时期话剧片段组合式结构的形态描述》，《戏剧艺术》1999年第1期。

丁罗男：《"后新时期"和小剧场戏剧》，《戏剧艺术》1999年第1期。

陈坚、盘剑：《二十世纪中国文化转型与话剧兴衰》，《文学评论》1999年第1期。

尹永华：《在主动与无奈之间——上海小剧场戏剧启示》，《四川戏剧》1999年第1期。

吴祖光、贺黎：《戏剧与梦想》，《戏剧文学》1999年第1期。

田旭修：《论新潮戏剧的心灵表现》，《戏剧文学》1999年第2期。

房观：《一份著名戏剧人的问卷调查》，《上海戏剧》1999年第2期。

倪宗武：《中国话剧：世纪之交的思考》，《福建师范大学学报（哲学社会科学版）》1999年第2期。

张余：《胡伟民导演风格简述》，《上海艺术家》1999年第2期。

陈厥祥：《论新时期戏剧的叙述者类型》，《宁波大学学报（人文科学版）》1999年第2期。

丁罗男：《读解赵耀民》，《戏剧艺术》1999年第4期。

胡星亮：《融汇贯通：话剧与戏曲的艺术整合——论新时期中国话剧的发展趋势》，《戏剧艺术》1999年第4期。

叶志良、赖勤芳：《二十年来当代戏剧的结构类型》，《浙江师范大学学报》1999年第5期。

叶志良：《当代戏剧：模糊的时空观》，《当代戏剧》1999年第5期。

童道明：《戏剧的讨论》，《戏剧艺术》1999年第6期。

袁联波：《论前新时期探索戏剧中的形而上空间》，《戏剧文学》1999年第7期。

洪忠煌：《话剧文学中现代主义的意象表现》，《戏剧文学》1999年第10期。

简兮：《从营建圣殿到走出圣殿（下篇）——也看话剧五十年》，《戏剧文学》1999年第10期。

周星：《中国话剧20年变化的价值分析》，《戏剧文学》1999年第11期。

张帆：《剧坛明珠——北京人艺五十载》，《前线》1999年第11期。

林克欢：《当代戏剧批评的可能性》，《中国戏剧》1999年第12期。

孙惠柱：《话剧的大和小》，《戏剧文学》1999年第12期。

刘祯：《新时期戏剧人物创造论》，《戏曲研究》总第55辑，2000年7月。

厉震林：《意义流失与话语再生——论中国前卫话剧的误读形态》，《戏剧艺术》2000年第1期。

姜静楠：《后现代话剧的理论思路》，《齐鲁艺苑》2000年第1期。

刘祯、周玉宁：《新时期话剧与戏曲革新探索述论》，《东南大学学报（哲学社会科学版）》2000年第1期。

张兰阁：《中国话剧缺少什么？——从前苏联"解冻"以来的话剧看中国新时期话剧的病症》，《剧本》2000年第1期。

钟勇：《"没有主义"的主义和"你别无选择"的自由——高行健讲座引起的对话和联想》，《粤海风》2000年第2期。

高音：《世纪之交的北京戏剧——传统与实验的虚拟现实》，《北京社会科学》2000年第3期。

贾冀川：《召回被放逐的戏剧文学》，《戏剧文学》2000年第4期。

王丽华：《高行健：社会转型下的戏剧实验》，《辽宁师专学报（社会科学版）》2000年第4期。

叶志良：《改革开放以来中国戏剧的艺术走向》，《黑龙江社会科学》2000年第4期。

王恒升：《论新时期话剧文学文体的变异与发展》，《昌潍师专学报》2000年第4期。

宁殿弼：《新时期探索戏剧成因考释》，《青岛大学师范学院学报》2000年第4期。

孙惠柱：《现代戏剧的三大体系与面具／脸谱》，《戏剧艺术》2000年第4期。

黄岳杰：《解读"假定性"戏剧》，《杭州师范学院学报》2000年第5期。

徐日晖：《我读沙叶新》，《同舟共济》2000年第6期。

张强：《艺术创新与理论自觉——小剧场戏剧的理论突破》，《广东艺术》2000年第6期。

廖奔：《中国戏剧：回顾与前瞻》，《福建艺术》2000年第6期。

贾冀川：《〈过客〉与〈车站〉的比较研究》，《鲁迅研究月刊》2000年第11期。

张健、林蕾：《先锋戏剧：对谁说话》，《北京师范大学学报（人文社会科学版）》2001年第1期。

胡星亮：《论中国话剧与民族戏曲传统》，《中国社会科学》2001年第1期。

罗辑：《小剧场：后现代主义文化形式》，《中国戏剧》2001年第1期。

刘明厚：《李龙云及其剧作杂感》，《上海艺术家》2001年第Z1期。

彭礼贤：《评80年代初对三个剧本的论争》，《井冈山师范学院学报》2001年第1期。

冯毓云、杨利民：《寻觅心中的梦——杨利民访谈录》，《文艺评论》2001年第1期。

冯毓云：《融合与超越——杨利民戏剧艺术的诗美追求》，《文艺评论》2001年第1期。

陈映真：《天高地厚——读高行健先生受奖辞的随想》，《文艺理论与批评》2001年第2期。

董健：《迈入21世纪的中国戏剧》，《南方文坛》2001年第2期。

于天文：《中国当代戏剧的流变轨迹》，《吉林艺术学院学报》2001年第2期。

叶志良：《当代戏剧对"情节剧"意识的超越》，《戏文》2001年第2期。

过士行：《我的戏剧观》，《文艺研究》2001年第3期。

厉震林：《论转型期中国戏剧学的学术分析》，《戏剧艺术》2001年第3期。

蜀人：《检阅过去，开创未来——北京当代小剧场戏剧研讨会侧记》，《中国戏剧》2001年第3期。

林兆华：《戏剧的生命力》，《文艺研究》2001年第3期。

黄振林：《对话机制的松弛与拆解——新时期话剧形态变化趋势分析》，《艺术百家》2001年第4期。

林兆华、田沁鑫：《林兆华自白》，《天涯》2001年第4期。

黄振林：《戏剧法则与艺术创新——当前戏剧舞台技巧形式变化思考》，《戏剧之家》2001年第4期。

獭户宏：《试论林兆华的导演艺术》，《戏剧艺术》2001年第6期。

宁殿弼：《新时期探索戏剧的戏剧观》，《社会科学辑刊》2001年第6期。

胡小云：《"在思想与姿势之间"——中国当代话剧实验的美学姿态》，《广东艺术》2001年第6期。

林克欢：《小剧场的理论与实践》，《中国戏剧》2001年第11期。

宋宝珍：《探索剧：摸索中国话剧的现代化途径》，《戏剧文学》2001年第11期。

丁春华：《〈推销员之死〉与〈狗儿爷涅槃〉之比较》，《浙江工商职业技术学院学报》2002年第1期。

程宏宇：《高行健与沙叶新戏剧创作比较》，《上海戏剧》2002年第1期。

蔺海波：《新时期中国话剧论纲》，《云南艺术学院学报》2002年第1期。

黄振林：《话剧舞台语汇：如何改造和转换？》，《四川戏剧》2002年第1期。

汪开寿：《戏剧与文化》，《皖西学院学报》2002年第2期。

李阳春：《新时期戏剧艺术探索的成就与困顿》，《南通师范学院学报（哲学社会科学版）》2002年第2期。

黄振林：《新时期话剧表演体制转换的成功与迷失》，《戏剧之家》2002年第2期。

贾冀川：《高行健——中国话剧艺术的叛逆者》，《戏剧：中央戏剧学院学报》2002年第3期。

汤逸佩：《叙事者的出场——试论中国当代话剧叙事观念的演变》，《戏剧艺术》2002年第3期。

阿瑟：《有多少戏可以重排》，《华夏时报》2002年2月1日。

杨文华：《中国话剧与西方哲理剧》，《文艺理论与批评》2002年第3期。

刘忠惠：《对高行健文学作品表达中的人称层次感悟》，《松辽学刊》2002年第3期。

张宇静：《浅议中国小剧场戏剧的发展》，《大舞台》2002年第3期。

蔺海波：《论李龙云与杨利民的戏剧创作》，《戏剧》2002年第4期。

吴戈：《中国梦与美国梦——〈狗儿爷涅槃〉与〈推销员之死〉》，《戏剧艺术》2002年第4期。

黄振林：《新时期话剧表演体制转换的理论总结与分析》，《赣南师范学院学报》2002年第4期。

田本相：《近20年来华文戏剧发展的特点和趋势》，《贵州大学学报·艺术版》2002年第4期。

郭玉琼：《综合与拆解：新时期实验戏剧颠覆文学语言的策略分析》，《贵州大学学报·艺术版》2002年第4期。

叶志良、吴素萍：《不流血的"革命"——新时期戏剧的艺术嬗变》，《浙江师范大学学报》2002年第4期。

周安华：《论当代中国戏剧的电影化倾向》，《文艺研究》2002年第5期。

安艳：《论新时期的中国先锋戏剧》，《江淮论坛》2002年第5期。

贾冀川：《离开文学的戏剧——论二十世纪贬斥文学的戏剧思潮》，《戏剧艺术》2002年第6期。

马宏柏：《生命意识·存在意义·诗剧品格——略论李龙云〈洒满月光的荒原〉的创新追求》，《河南师范大学学报（哲学社会科学版）》2002年第6期。

黄振林：《话剧创作的边缘取向与横向生长》，《戏剧文学》2002年第6期。

陈坚：《论新时期话剧的现代品格》，《戏剧艺术》2002年第6期。

贾朝辉：《〈狗儿爷涅槃〉中的民族性格》，《福建艺术》2002年第6期。

张幼梅：《大火之后的涅槃——复排〈狗儿爷涅槃〉观感》，《中国戏剧》2002年第8期。

陈吉德：《林兆华："我是自由戏剧观"》，《上海戏剧》2002年第8

期。

孙中文：《一代农民的终结——析狗儿爷的悲剧性》，《上海戏剧》2002年第11期。

叶志良：《论80年代中国实验戏剧的奠基》，《浙江艺术职业学院学报》2003年第1期。

叶志良：《"叙述"与"展示"的合谋》，《当代戏剧》2003年第1期。

陈世雄：《新时期戏剧的"综合"趋势与徐晓钟的探索》，《戏剧艺术》2003年第1期。

田本相：《近二十年来华文戏剧发展的特点和趋势》，《广东艺术》2003年第1期。

陈吉德：《奔向戏剧的"彼岸"——高行健论》，《戏剧：中国戏剧学院学报》2003年第1期。

王钟陵：《20世纪中国戏剧理论之变迁》，《社会科学战线》2003年第2期。

陈吉德：《论当代先锋戏剧在表演艺术上的实验性》，《当代戏剧》2003年第2期。

吾文泉：《〈推销员之死〉在中国》，《艺术百家》2003年第3期。

宁殿弼：《论新时期写意型探索戏剧》，《青岛大学师范学院学报》2003年第3期。

陈吉德：《中国当代先锋戏剧的演变流程》，《四川戏剧》2003年第3期。

丁罗男：《重提"戏剧观"》，《戏剧艺术》2003年第3期。

陈吉德：《每一次创造都是一次涅槃——林兆华论》，《四川戏剧》2003年第5期。

宁殿弼：《论荒诞型探索戏剧》，《东方论坛（青岛大学学报）》2003年第5期。

汤逸佩：《中国当代戏剧理论也需要创新和实验》，《广东艺术》2003年第6期。

贾朝晖：《〈狗儿爷涅槃〉中的民族性格》，《福建艺术》2003年第6期。

汪皞阳：《西方戏剧语境下的东方戏剧现代化尝试——析张献剧作特色》，《戏剧艺术》2003年第6期。

卜兴建：《因情赋事 得意忘形——从〈风月无边〉看锦云话剧的写意性》，《戏剧文学》2003年第7期。

胡星亮：《徐晓钟的话剧舞台创造与戏曲美学》，《戏剧文学》2003年第7期。

林兆华、张驰：《林兆华访谈录》，《戏剧文学》2003年第8期。

周星、粟牧：《经典的失落与应世对策——中国话剧世纪变迁的思考》，《戏剧文学》2003年第10期。

袁联波：《新时期中国探索戏剧的"对话性"艺术》，《戏剧文学》2003年第12期。

薛支娟、林阿川：《破与立——高行健80年代探索剧初探》，《黔东南民族师范高等专科学校学报》2003年第21卷第1期。

王音洁：《是"先锋的品格"还是"先锋的技巧"？——评孟京辉与高行健的"先锋戏剧"实践》，《浙江学刊》2004年第1期。

刘增人：《论中国话剧体式流变的几对范畴》，《甘肃社会科学》2004年第1期。

邓如冰：《潜文本：解构男性神话——对"寻找男子汉"的再度阐释》，《东莞理工学院学报》2004年第1期。

陈吉德：《中国当代先锋戏剧的后现代主义特征》，《当代戏剧》2004年第1期。

陈吉德：《论中国当代先锋戏剧在导演艺术上的创新意识》，《艺术百家》2004年第1期。

陈吉德：《回归传统——论中国当代先锋戏剧对中国传统戏曲的借鉴》，《四川师范大学学报（社会科学版）》2004年第1期。

胡志峰：《渴望交流——80年代探索戏剧的语言特质》，《重庆社会科学》2004年第Z1期。

郑凌娟：《〈终局〉与〈活着〉及〈彼岸〉中不同人生观之比较》，《山西煤炭管理干部学院学报》2004年第2期。

陈吉德：《中国先锋戏剧在社会结构上的边缘性》，《四川戏剧》2004年第2期。

闫四稳：《笑面人生的剧作家：沙叶新》，《语文世界》2004年第Z2期。

张海冰：《试论李龙云剧作的创作特征》，《贵州大学学报（艺术版）》2004年第3期。

陈淑华：《先锋戏剧"热"后的"冷"思考》，《艺术百家》2004年第3期。

周传家：《小剧场戏剧的美学定位》，《戏曲艺术》2004年第3期。

汤逸佩：《空间的变形——中国当代话剧舞台叙事空间的变革》，《云南艺术学院学报》2004年第3期。

杨文华：《对中西戏剧交流史上"布莱希特现象"的回味与思考》，《戏曲研究》2004年第3期。

刘永来：《新时期中国戏剧形态及戏剧美学的嬗变》，《戏剧文学》2004年第4期。

李城希：《先锋戏剧的"先锋"式研究——读〈中国当代先锋戏剧1979—2000〉》，《四川戏剧》2004年第4期。

刘毅：《当代话剧的边缘化横向性发展质疑》，《四川戏剧》2004年第4期。

成慧芳：《中西荒诞戏剧承传论》，《邵阳学院学报》2004年第4期。

陈吉德：《论中国当代先锋戏剧在舞台美术上的实验性》，《当代戏剧》2004年第5期。

周光凡：《作为自我保护的疯癫——狗儿爷形象解读》，《大舞台》2004年第5期。

厉震林：《论新时期实验话剧的导演工作方法》，《艺海》2004年第5期。

贾喜锋：《早期荒诞派戏剧在中国的研究综述》，《兰州学刊》2004年第6期。

杨文华：《中西戏剧现代化进程比较》，《文艺理论与批评》2004年第6期。

汤逸佩：《时间的扭曲——中国当代话剧舞台叙事形式的变革》，《上海戏剧学院学报》2004年第6期。

林婷：《两种距离与两种交流——兼论20世纪80年代戏剧探索》，《上海戏剧学院学报》2004年第6期。

陈吉德：《中国当代先锋戏剧成就及其不足》，《戏剧文学》2004年第6期。

宁殿弼：《论哲理型探索戏剧》，《辽宁大学学报（哲学社会科学版）》2004年第6期。

田本相：《中国20世纪80年代戏剧观论争的回顾与思考》，《戏剧文学》2004年第9期。

黄维钧：《小剧场戏剧的实验意识》，《剧本》2004年第9期。

查莉：《体味中外戏剧的荒诞性》，《上海戏剧》2004年第9期。

陈吉德：《拷问孤独——张献剧作论》，《上海戏剧》2004年第10期。

厉震林：《关于实验、先锋和前卫的概念问题》，《戏剧文学》2004年第10期。

陈吉德：《目前中国先锋戏剧文本的实验性》，《戏剧》2005年第1期。

周安华：《视听娱乐与当代戏剧的新质滋生》，《云南艺术学院学报》2005年第1期。

胡志峰：《渴望交流——20世纪80年代探索戏剧的语言特质》，《戏剧之家》2005年第1期。

李勇强：《民俗监控的生命存在——〈桑树坪纪事〉解读》，《宝鸡文理学院学报（社会科学版）》2005年第1期。

乔悦：《导演中心主义与中国当代探索戏剧》，《艺苑》2005年第Z1期。

董健：《戏剧文学衰微的文化背景》，《戏剧文学》2005年第2期。

高音：《旗语——在戏剧实验的20世纪80年代》，《湖南文理学院学报（社会科学版）》2005年第2期。

叶志良：《思想解放语境中的革命历史传记剧创作》，《当代戏剧》2005年第3期。

杨新宇：《"探索话剧"辨析》，《戏剧之家》2005年第3期。

季玢：《当代小剧场戏剧理论摭谈》，《云南艺术学院学报》2005年第3期。

李金媚：《由20世纪80年代戏剧主题多义性讨论引发的随想》，《四川戏剧》2005年第3期。

刘莹：《荒诞的实质　荒诞的现象——兼谈〈等待戈多〉与〈车站〉》，《达县师范高等专科学校学报》2005年第3期。

付治鹏：《生态批评与中国生态戏剧——对三个戏剧文本的生态主义批评》，《戏剧》2005年第4期。

《对一种现代戏剧的追求——高行健20世纪80年代戏剧研究简述》，《艺苑》2005年第4期。

薛传会：《阐释先锋：评陈吉德著〈中国当代先锋戏剧研究1979—2000〉》，《上海戏剧》2005年第4期。

董健：《论中国当代戏剧精神的萎缩》，《中国戏剧》2005年第4期。

季玢：《叩访当代小剧场戏剧理论》，《当代戏剧》2005年第4期。

苏琼：《八十年代女性戏剧研究》，《戏剧艺术》2005年第4期。

郭跃进：《谈中国话剧艺术的民族化和表现力》，《齐鲁艺苑》2005年第4期。

邹平：《他们的血总是热的——论"市宫剧作家群"的硬派风格》，《上海文学》2005年第5期。

赵哲：《诙谐幽默沙叶新》，《教师博览》2005年第5期。

贾鸿源：《群体写作，一种集体使命》，《上海文学》2005年第5期。

韩曦：《荒诞派戏剧在中国》，《外国文学》2005年第6期。

曹树钧：《上海实验戏剧的艺术特色》，《戏剧文学》2005年第6期。

黄振林：《百年话剧舞台，如何改造和转换？》，《戏剧文学》2005年第6期。

张星岩、伏盛红：《林兆华的"舞台秀"和"媒体秀"》，《艺术百家》2005年第6期。

解玺璋：《悲剧时代：惴惴不安的戏剧灵魂》，《艺术评论》2005年第7期。

吴秉杰：《工人阶级写作——关于上海市工人文化宫剧作家群》，《上海戏剧》2005年第8期。

徐玉梅、李磊：《小人物·荒原——李龙云新时期话剧作品浅析》，《山东文学》2005年第10期。

胡志锋：《从语言到表演到禅——谈高行健的戏剧观念》，《重庆社会科学》2005年第12期。

林婷：《"结构"的自由与危机——20世纪80年代探索话剧再讨论》，《莆田学院学报》2006年第1期。

叶志良：《中国当代先锋戏剧的语言策略》，《戏剧》2006年第1期。

吴玉杰：《女性戏剧的审美建构》，《沈阳师范大学学报（社会科学版）》2006年第2期。

徐健：《都市舞台空间的创造与呈现——20世纪都市话剧创作论》，《齐鲁艺苑》2006年第2期。

张颐武：《先锋二十年沧桑岁月》，《山花》2006年第2期。

陈吉德：《论当代剧作中的荒诞色彩》，《当代戏剧》2006年第3期。

陈吉德：《中国当代先锋戏剧的爱情主题》，《四川戏剧》2006年第3期。

佘爱春：《〈野人〉：生态戏剧的经典之作——高行健剧作的生态解读》，《四川教育学院学报》2006年第3期。

邱远望：《话剧与散文的合奏——浅析杨利民话剧的散文化特色》，《戏剧文学》2006年第3期。

张勇：《论中国当代先锋戏剧的艺术源泉》，《当代戏剧》2006年第3期。

黄振林：《当代话剧演艺风格的变迁及动因透视》，《当代戏剧》2006年第4期。

杨文华：《西方现代主义戏剧对中国戏剧的深层影响》，《山西师范大学学报（社会科学版）》2006年第4期。

杨新宇：《探索话剧的惊奇化效果》，《艺术广角》2006年第4期。

姜永波：《从中西戏剧差别看话剧舞美的多元化趋势》，《戏文》2006年第4期。

胡星亮：《戏剧现代性的追求与失落——新时期戏剧思潮与戏剧运动述论》，《首都师范大学学报（社会科学版）》2006年第4期。

王宇：《新时期之初的"男子汉"话语——一个性别政治视角的考察》，《文艺研究》2006年第5期。

吴戈：《〈中国梦〉和"跨文化交流与东、西方文明对话"》，《民族艺术研究》2006年第5期。

黄振林、李小兰：《对话机制的创构与解构——论百年话剧艺术形态的创制与变迁》，《艺术百家》2006年第5期。

黄振林：《新时期话剧表演体制转换的观念创新和内在矛盾》，《当代戏剧》2006年第6期。

苏叔阳：《心灵的歌哭——读李龙云剧作集》，《山东文学》2006年第6期。

谭杰：《论沙叶新在〈陈毅市长〉中对陈毅形象的塑造》，《江西科技师范学院学报》2006年第6期。

张伯男：《纷纭人世　多彩舞台——剧作家杨利民的戏剧作品例话》，《剧作家》2006年第6期。

季玢：《理论的弱化与弱化的理论——对当下中国戏剧理论的一点建设与思考》，《戏剧文学》2006年第7期。

隗瑞艳：《国话重头大戏〈荒原与人〉接受"检阅"》，《中国文化报》2006年7月17日。

袁联波：《先锋戏剧的实验向度与价值取向》，《戏剧文学》2006年第8期。

李冀：《当代中国探索话剧的探索性话语》，《戏剧文学》2006年第9期。

袁联波：《新时期中国实验性话剧文体变革的文化命运》，《中国戏剧》2006年第10期。

袁联波：《新时期实验性话剧的三次文体变革》，《学术研究》2006年第11期。

景晓莺：《相似和对立：〈车站〉与〈等待戈多〉主题之比较》，《语文学刊》2006年第19期。

向金韵：《貌合神离的"等待"——〈等待戈多〉与〈车站〉》，《电影评介》2006年第23期。

姜南：《论新时期实验话剧主题的先锋意义》，《文教资料》2006年第36期。

黄世智：《实验戏剧与中国现代戏剧传统》，《四川职业技术学院学报》2007年第1期。

秦良杰：《论当代先锋戏剧的创作实践——以孟京辉、林兆华为中心》，《浙江海洋学院学报（人文科学版）》2007年第1期。

胡星亮：《论新时期小剧场戏剧的艺术变革》，《江海学刊》2007年第2期。

李冀：《当代中国探索话剧的探索性话题》，《文艺评论》2007年第2期。

潘薇：《论新时期以来中国话剧创作与表演方法的多元化》，《吉林艺术学院学报》2007年第2期。

程宏宇：《沙叶新戏剧美学风格论》，《剧作家》2007年第2期。

陈昆峰：《中国话剧的中国性》，《当代戏剧》2007年第3期。

袁联波：《当代中国实验性话剧文体的电影化倾向》，《中国文学研究》2007年第3期。

黄世智：《实验戏剧与中国现代戏剧传统》，《河南商业高等专科学校学报》2007年第3期。

袁联波：《论新时期实验话剧文体与创作主体的身份、"角色"意识》，《戏剧文学》2007年第3期。

袁联波：《新时期实验性话剧的文体"规范性"》，《中国戏剧》2007年第3期。

赵艳明：《论赵耀民的戏剧创作》，《电影文学》2007年第3期。

袁联波：《文学的与舞台的——对新时期中国实验性话剧文体思维方式变革的反思》，《戏剧艺术》2007年第3期。

季玢、金红：《追求原始的野性——论高行健戏剧观的传统资源》，《韶关学院学报》2007年第4期。

刘琦：《观众：交流的彼岸——简析高行健探索剧中的"观演关系"》，《沧桑》2007年第4期。

张琦：《游戏在当代戏剧中的缺席与出场》，《海南师范大学学报（社会科学版）》2007年第4期。

黄振林：《百年中国话剧艺术观的回顾与思考》，《文艺理论与批评》

2007年第4期。

　　刘悠扬：《沙叶新：戏剧与生命同等重要》，《深圳商报》2007年4月5日。

　　刘悠扬：《哪些剧曾震撼过百年舞台》，《深圳商报》2007年4月6日。

　　苏丽萍：《实验话剧的地位》，《光明日报》2007年4月17日。

　　王震亚：《把戏剧创作视为生命存在的方式——李龙云论》，《湖南文理学院学报（社会科学版）》2007年第5期。

　　袁联波：《论先锋戏剧的空间化叙事》，《戏剧文学》2007年第5期。

　　李曙豪：《论当代戏剧的时空艺术》，《韶关学院学报》2007年第5期。

　　方守金：《关键词新解戏剧》，《东方论坛》2007年第5期。

　　黄振林：《当代精品话剧现实主义艺术的发展和创新》，《当代戏剧》2007年第6期。

　　袁联波：《当代中国实验性话剧的音乐化倾向》，《江西社会科学》2007年第6期。

　　陆炜：《高行健与中国戏剧》，《扬子江评论》2007年第6期。

　　曹树钧：《上海实验戏剧的艺术特色及存在的问题》，《中华艺术论丛》2007年第7辑。

　　李宝群：《当代中国话剧的一大困境》，《中国戏剧》2007年第8期。

　　陈春燕：《新时期戏剧语言新识》，《戏剧文学》2007年第9期。

　　宋毅、宁殿弼：《论文化型探索戏剧》，《福建论坛（社科教育版）》2007年第10期。

　　冯丽君：《人类生存的困惑与超越——从〈等待戈多〉与〈车站〉的比较谈起》，《戏剧文学》2007年第11期。

　　谷海慧：《从"求似"到"戏仿"——论中国当代史剧观念的演变》，《理论学刊》2007年第12期。

　　冉东平：《先锋还是去先锋——评新时期中国先锋戏剧得与失》，《广州大学学报（社会科学版）》2007年第12期。

　　胡宇锦：《话剧上海（一）》，《上海戏剧》2007年第10期。

　　胡宇锦：《话剧上海（二）》，《上海戏剧》2007年第11期。

　　胡宇锦：《话剧上海（三）》，《上海戏剧》2007年第12期。

　　刘文辉：《论百年话剧场面机制的生成与变迁》，《电影文学》2007年第

14期。

李前平：《谈20世纪80年代实验戏剧的叙事策略》，《语文学刊》2007年第21期。

谷海慧：《从自我认同到欲望放纵——上世纪80年代与90年代话剧精神价值比较》，《戏剧文学》2008年第1期。

朱明胜：《戏剧中台词的翻译——以英若诚对 *Death of A Salesman* 和〈狗儿爷涅槃〉的翻译为例》，疯狂英语（教师版）》2008年第1期。

谷海慧：《中国式荒诞剧的精神指向分析》，《江汉论坛》2008年第2期。

黄丽洁、魏文苏：《新世纪李龙云研究综述》，《安徽文学（下半月）》2008年第2期。

林婷：《传统如何生成现代：戏剧探索两路径之比较》，《首都师范大学学报（社会科学版）》2008年第2期。

朱智勇：《"史诗剧"样式与"史诗性"缺失——略论话剧〈野人〉的艺术得失》，《扬州教育学院学报》2008年第2期。

慈祥：《论新时期"探索戏剧"舞台艺术的二元结构》，《艺术百家》2008年第4期。

胡星亮：《戏剧的"人学"转向与深化——论新时期现代现实主义戏剧创作》，《文学评论》2008年第4期。

季玢：《重提"戏剧观"的意义》，《四川戏剧》2008年第4期。

尹雨：《漫谈复调戏剧》，《艺海》2008年第4期。

安静、韩传喜：《打捞细节 记忆历史——重返"戏剧观大讨论"》，《宿州学院学报》2008年第4期。

吴戈：《小剧场·小剧场戏剧·现代戏剧教育》，《云南艺术学院学报》2008年第4期。

陈文勇：《构建一座连接写实到写意的"金的桥梁"——评话剧〈桑树坪纪事〉的两度创作》，《湖南医科大学学报（社会科学版）》2008年第5期。

陈军：《戏剧中的叙述者》，《哈尔滨工业大学学报（社会科学版）》2008年第5期。

袁联波：《"虚"、"实"如何相生？——对新时期中国实验性话剧文体呈现方式的反思》，《文艺争鸣》2008年第5期。

廖奔、刘彦君：《新时期戏剧30年轨迹》，《中国戏剧》2008年第5期。

穆海亮：《先锋戏剧舞台上的戏曲因子——林兆华借鉴戏曲艺术的话剧舞台创造》，《艺术广角》2008年第5期。

陈磊：《对传统的修补与重构——浅析新时期话剧文体及其文化意味》，《滁州学院学报》2008年第6期。

苏晨：《高行健从花城起步》，《粤海风》2008年第6期。

王文斌、刘小玲、王文霞：《一部现实主义的探索剧——〈狗儿爷涅槃〉赏析》，《电影文学》2008年第6期。

张敏：《西方现代派戏剧与中国探索性戏剧比较》，《戏剧文学》2008年第6期。

张吉庆：《新时期中国话剧表演的多元化》，《剧作家》2008年第6期。

王佳磊：《小剧场戏剧理论探要》，《齐鲁艺苑》2008年第6期。

高发：《间离效果在当代中国戏剧中状况的剖析》，《中国戏剧》2008年第7期。

吴景明：《生态危机与戏剧危机的双重探寻——中国当代生态戏剧简论》，《戏剧文学》2008年第8期。

袁联波：《叙述性与舞台性——论新时期中国实验性话剧的言说方式》，《学术研究》2008年第8期。

穆海亮：《先锋戏剧舞台上的戏曲因子——林兆华对戏曲艺术的吸纳与借鉴》，《戏剧文学》2008年第9期。

汤逸佩：《他总是在独立思考——论赵耀民的话剧创作》，《上海戏剧》2008年第9期。

林瑞艳：《行走着的"等待"——简析高行健〈车站〉》，《艺苑》2008年第11期。

刘妮丽：《话剧三十年：先锋话剧"破圈"走市场》，《北京商报》2008年11月10日。

王蕴明：《新时期话剧美学理念的拓展与提升》，《中国戏剧》2008年第11期。

宋宝珍：《话剧三十年：走出沉寂，走向多元》，《北京日报》2008年11

月24日。

王力：《〈狗儿爷涅槃〉之后——锦云剧作道路转型得失探因》，《文教资料》2008年第30期。

吕永林：《"我们"和〈WM（我们）〉》，选自王晓明、蔡翔主编：《热风学术（第3辑）》，上海人民出版社，2009年版。

张荔：《精神解放的历史性反思——20世纪80年代戏剧对精神解放的历史性担当》，《戏剧文学》2009年第1期。

刘伶：《我本闲云舒卷久，依山恋水畏高寒——沙叶新访谈录》，《杂文选刊（下旬版）》2009年第1期。

刘彦君：《改革与发展 回望中国话剧30年》，《中国戏剧》2009年第1期。

长庚：《话剧〈WM·我们〉在京重演》，《中国戏剧》2009年第1期。

宋毅、宁殿弼：《再论文化型探索戏剧》，《赤峰学院学报（汉文哲学社会科学版）》2009年第1期。

王艳：《打破中国传统戏剧意识的坚冰——从〈野人〉看高行健的现代戏剧观》，《潍坊学院学报》2009年第1期。

吴怀尧：《沙叶新：我天下无敌》，《延安文学》2009年第2期。

高音：《舞台与现实的互动——对〈天下第一楼〉的另一种解读》，《艺术评论》2009年第2期。

杨景辉：《近三十年中国话剧印象》，《中国现代文学论丛》2009年第2期。

宋毅、宁殿弼：《论娱乐型探索戏剧》，《文化艺术研究》2009年第2期。

施旭升：《完全戏剧：丰富中的贫困——从高行健作品看戏剧的文学意义》，《中国现代文学论丛》2009年第2期。

宋宝珍：《"危机"与"转机"中的戏剧思辨——改革开放30年戏剧理论与批评浅谈》，《中国戏剧》2009年第3期。

姜南：《简论新时期实验话剧的语言策略》，《滁州学院学报》2009年第3期。

徐健：《新时期北京人艺研究述评》，《北京社会科学》2009年第3期。

思伽：《〈WM我们〉：剧场考古》，《书城》2009年第3期。

胡德才：《赵耀民与中国当代荒诞喜剧》，《长治学院学报》2009年第3期。

于冠男：《论20世纪80年代中国话剧形式革新的分期及其特征》，《大舞台》2009年第3期。

胡星亮：《新时期"探索戏剧"的反思与批判》，《浙江艺术职业学院学报》2009年第3期。

刘平：《新时期话剧三十年的探索与发展》，《文学评论》2009年第3期。

刘再复、高行健：《禅性与文学的本性——与高行健的对话录》，《书屋》2009年第4期。

翟业军、施军：《为政治服务　老舍〈西望长安〉与沙叶新〈假如我是真的〉对照记》，《上海文化》2009年第4期。

刘平：《在"寻找"中"突围"——对新中国60年话剧创作道路的思考》，《广播电视大学学报（哲学社会科学版）》2009年第4期。

姜南：《简论新时期实验话剧的人性抒写》，《淮阴工学院学报》2009年第4期。

张琼：《幻觉舞台的破灭与话剧观念的解放》，《戏剧文学》2009年第4期。

李伟：《怀疑主义美学视野下的赵耀民剧作论》，《戏剧艺术》2009年第4期。

季玢：《从中心到边缘：20世纪中国戏剧文学观念的变迁》，《戏剧文学》2009年第6期。

胡景敏：《巴金与话剧〈假如我是真的〉》，《四川戏剧》2009年第6期。

张小平：《论20世纪80年代中国先锋戏剧的思想主题——以高行健作品为例》，《齐鲁艺苑》2009年第6期。

梁伯龙：《试论新时期的戏剧表演艺术》，《新时期戏剧创作研究文集》（会议论文集）2009年7月1日。

马喜文、吕春媚：《存在主义在荒诞派戏剧中的体现》，《辽宁行政学院学报》2009年第8期。

李强：《小剧场话剧的魅力》，《艺海》2009年第8期。

侯小琴：《论中国当代戏剧的电影"蒙太奇"式思维及手法》，《青年文学家》2009年第9期。

张小平：《论中国化的先锋戏剧》，《大众文艺（理论）》2009年第10期。

张小平：《论20世纪80年代中国先锋戏剧的艺术探索》，《社科纵横》2009年第11期。

袁联波：《传统话剧的模式化与新时期话剧文体变革的发生》，《戏剧文学》2009年第12期。

胡德才：《中国当代戏剧六十年的回顾与反思》，《名作欣赏》2009年第27期。

顾威：《林连昆与〈狗儿爷涅槃〉》，《中国戏剧》2010年第1期。

张小平：《论20世纪80年代中国先锋戏剧的思想主题》，《兰州学刊》2010年第1期。

张小平：《论20世纪80年代中国先锋戏剧的主题》，《大连海事大学学报（社会科学版）》2010年第1期。

张小平：《试论中国化之先锋戏剧》，《理论月刊》2010年第1期。

胡星亮：《在中外交融中创造现代民族话剧——20世纪后半叶中外戏剧关系研究》，《文学评论》2010年第1期。

濮波：《简论戏剧性在当代的演绎和嬗变》，《剧作家》2010年第1期。

马悦然：《〈高行健论〉序》，《当代作家评论》2010年第2期。

李娅菲：《论都市新时空关系对先锋戏剧的影响》，《云南民族大学学报（哲学社会科学版）》2010年第2期。

刘平：《建国60年中国话剧创作与发展》，《剧作家》2010年第2期。

吴戈：《中国内地新时期戏剧观念论争与理论建设（上）》，《云南艺术学院学报》2010年第2期。

吴戈：《中国内地新时期戏剧观念论争与理论建设（下）》，《云南艺术学院学报》2010年第3期。

贾玉婷：《"野花"的困惑——再评沙叶新〈耶稣·孔子·披头士列

依〉》，《西昌学院学报（社会科学版）》2010年第3期。

王琴：《20世纪中国"先锋戏剧"的悖论与困境》，《求索》2010年第3期。

胡星亮：《融入世界戏剧大潮探索与发展——新时期（1977～1989）中外戏剧关系研究》，《安徽大学学报（哲学社会科学版）》2010年第3期。

胡星亮：《舞台演剧假定性与戏剧精神——新时期话剧演剧变革的反思与批判》，《首都师范大学学报（社会科学版）》2010年第4期。

蒋芳：《〈绝对信号〉中转喻及其语用功能》，《大众文艺》2010年第4期。

李前平：《突围与嬗变——20世纪80年代中国喜剧创作探魅》，《剧影月报》2010年第5期。

梅斐：《在行动中塑造人物形象 浅析林连昆在〈狗儿爷涅槃〉中的形象创造》，《中国戏剧》2010年第6期。

康建兵：《高行健与中国传统戏曲》，《广州大学学报（社会科学版）》2010年第6期。

刘再复：《当代世界精神价值创造中的天才异象》，《作家》2010年第6期。

杨晓文：《试验着是美丽的——论高行健》，《华文文学》2010年第6期。

宁殿弼：《论心理型探索戏剧》，《东方论坛》2010年第6期。

袁联波、穆兰：《表现主义与当代中国实验性话剧》，《西南民族大学学报（人文社科版）》2010年第7期。

罗长青：《城乡差别：高行健〈车站〉被忽视的主题》，《兰州学刊》2010年第10期。

穆海亮：《戏剧观论争的理论偏颇及其消极影响》，《文艺争鸣》2010年第10期。

徐伟：《相似的等待，不同的结果——〈等待戈多〉与〈车站〉等待主题之比较》，《淮海工学院学报（社会科学版）》2010年第10期。

李珊珊：《〈野人〉的戏剧符号学解读——试以老歌师曾伯的唱词为例》，《青年文学家》2010年第12期。

黄振林：《当代小剧场舞台变革的焦点回顾与理性反思》，《文艺争鸣》2010年第12期。

编辑徐馨对话林兆华的记录稿：《探索话剧的中国学派》，《人民日报》2010年12月14日。

邓福田：《启蒙与先锋：20世纪末中国戏剧的发展轨迹》，《黑龙江史志》2010年第17期。

王咏梅：《新时期"黑土戏剧"艺术形式创新的多元探索》，《华文文学》2010年第20期。

张恩丽：《黄土地上泥泞的生命和精神追寻——论话剧〈桑树坪纪事〉》，《焦作师范高等专科学校学报》2011年第1期。

沈炜元：《戏剧观论争及其评价》，《戏剧艺术》2011年第1期。

丁文霞：《历史镜像下的意识形态建构——1980年代历史剧创作研究》，《中国现代文学论丛》2011年第1期。

姜南：《新时期实验话剧：如何诞生，怎样诞生？》，《商丘职业技术学院学报》2011年第1期。

姜南：《论新时期实验话剧的创作策略》，《柳州职业技术学院学报》2011年第1期。

姜南：《新时期实验话剧结构：开放与多元》，《宿州学院学报》2011年第1期。

郭越、Dew、Luc、刘亦斌：《林兆华×濮存昕×易立明　戏剧审美三十年》，《明日风尚》2011年第1期。

刘家思：《论中外剧场性理论的发展历程》，《四川职业技术学院学报》2011年第2期。

周靖波：《对当代戏剧的扫描　刘平〈新时期戏剧启示录〉读后》，《上海戏剧》2011年第2期。

程雪蓉：《一个人，一段历史——评刘锦云剧作〈狗儿爷涅槃〉》，《绥化学院学报》2011年第2期。

徐震：《关于戏剧观讨论的反思》，《戏剧》2011年第2期。

辛禄高：《王晓鹰的小剧场戏剧理论与实践》，《当代戏剧》2011年第2期。

陈肖人：《谢民这个热血汉子走了》，《南国早报》2011年2月21日。

罗长青：《从就业制度的角度解读〈绝对信号〉》，《北京社会科学》2011年第3期。

秦锦屏：《小剧场话剧兴盛原因刍议》，《神州民俗（学术版）》2011年第3期。

杨雪梅：《小剧场话剧的先锋、实验与时代特征》，《艺术广角》2011年第3期。

康建兵：《高行健〈野人〉的生态批评》，《华南理工大学学报（社会科学版）》2011年第4期。

牟雷：《小剧场话剧空间解析》，《艺海》2011年第4期。

顾春芳：《林兆华舞台艺术的禅心与意象》，《戏剧艺术》2011年第4期。

彭礼贤、彭晓农：《真实、深刻、本土化——评刘树纲荒诞剧〈一个死者对生者的访问〉》，《井冈山大学学报（社会科学版）》2011年第4期。

和璐璐：《小剧场迎来大变革》，《光明日报》2011年4月18日。

曾慧林：《一次对中国传统戏曲的回归——读话剧〈绝对信号〉有感》，《群文天地》2011年第5期。

宁殿弼：《论新时期探索戏剧艺术形式的创新》，《艺术百家》2011年第5期。

邵志华：《文化回返影响观照下布莱希特与中国戏剧的互动》，《广西社会科学》2011年第6期。

刘再复：《论高行健对戏剧的开创性贡献》，《华文文学》2011年第6期。

姜慧：《中国小剧场戏剧艺术审美品格探微》，《理论月刊》2011年第7期。

张京：《浅析杨利民剧作的黑土地情结》，《大舞台》2011年第7期。

梁源：《从〈车站〉看西方荒诞派在中国》，《重庆科技学院学报（社会科学版）》2011年第8期。

李汇：《试论探索戏剧的现代性》，《理论学刊》2011年第9期。

周玉明：《宗福先的传奇》，《上海采风》2011年第10期。

黄维钧：《小剧场话剧漫议》，《中国戏剧》2011年10月20日。

宋宝珍：《探索、跋涉的步履：有关高行健的剧作〈车站〉〈野人〉的争议》，《名作欣赏》2011年第18期。

李志敏：《试论高行健的戏剧理想及其影响》，《电影评介》2011年第23期。

赵红帆：《〈狗儿爷涅槃〉：农民与土地及命运的纠缠》，《名作欣赏》2011年第24期。

胡志峰：《20世纪后20年中国先锋戏剧语言衰落现象研究》，《东方企业文化》2011年第24期。

李兴阳、姚悦月：《历史反思与道德批判——重读李龙云的〈小井胡同〉》，《名作欣赏》2011年第24期。

周静波：《〈WM（我们）〉：真诚而新锐的艺术探索》，《名作欣赏》2011年第30期。

孙惠柱：《从实验到主流：跨文化语境中中国实验戏剧的路径》，《艺术百家》2012年第1期。

濮波：《论戏剧的复合观演空间》，《四川戏剧》2012年第1期。

宁殿弼：《论探索戏剧对传统戏曲的继承》，《青岛大学师范学院学报》2012年第2期。

刘再复：《高氏思想纲要——高行健给人类世界提供了什么新鲜的思想》，《华文文学》2012年第3期。

黄维若：《剧本剖析——剧作原理及技巧（续）》，《剧作家》2012年第3期。

郭海洋：《大众文化语境下的戏剧生态与戏剧教育》，《吉林艺术学院学报》2012年第3期。

刘剑梅：《现代庄子的凯旋——论高行健的大逍遥精神》，《华文文学》2012年第3期。

刘再复：《高行健的自由原理》，《华文文学》2012年第3期。

陈艳萍：《从〈对话与反诘〉看禅宗对高行健的影响》，《安徽文学》2012年第3期。

陈吉德：《为每部戏找到各自独特的风格——新世纪林兆华导演论》，

《新世纪剧坛》2012年第3期。

曾慧林、刘上冰：《"大师"的追求——试述林兆华话剧创作追求及其与西方名导舞台理论的暗合》，《商业文化（上半月）》2012年第3期。

孙凌：《减少便是更多——林兆华导演艺术的极简之美》，《新世纪剧坛》2012年第3期。

牛鸿英：《艺术创造的互文与交响——从〈车站〉与〈等待戈多〉的对比看高行健戏剧的民族性》，《新世纪剧坛》2012年第4期。

杨秀丽：《我国80年代小剧场戏剧的兴起和蔓延》，《兰州教育学院学报》2012年第4期。

丁文霞：《论1980年代中国话剧的改革叙事》，《戏剧艺术》2012年第4期。

张帆：《话剧民族化：从未停下的脚步》，《新世纪剧坛》2012年第4期。

何文珺：《小剧场戏剧的嬗变：从先锋到边缘》，《神州》2012年第4期。

徐健：《最难割舍是戏剧——何冀平与她的〈天下第一楼〉》，《戏剧文学》2012年第6期。

焦阳：《残酷叙述与"装置化"剧场——中西交互影响下的林兆华导演手法研究》，《四川戏剧》2012年第6期。

陈晓明：《浅析林兆华的导演艺术风格》，《音乐大观》2012年第6期。

刘家思：《从剧场性到假定性——论高行健"现场表演剧场性"的理论得失》，《新世纪剧坛》2012年第6期。

宁殿弼：《论探索戏剧对外国戏剧的借鉴》，《齐鲁艺苑》2012年第6期。

闫景敏：《简析中国话剧观念的演变》，《剑南文学（经典教苑）》2012年第6期。

谷宇：《当代戏剧〈狗儿爷涅槃〉的作品内涵》，《大舞台》2012年第8期。

赵亮、陈忱子：《小剧场话剧30年："先锋"和"实验"已成寻常概念"艺术"与"票房"仍是最大压力》，《光明日报》2012年8月6日。

黄薇：《戏剧革新：八十年代的探索与交融》，《文史参考》2012年第9

期。

许旭：《小剧场的独特性和大众化》，《渭南师范学院学报》2012年第9期。

晓文：《当代·剧场·三十年》，《中国戏剧》2012年第10期。

水晶：《30年新的开始——中国小剧场戏剧30年》，《中国戏剧》2012年第10期。

杨鲜灵：《小剧场话剧的得与失》，《大众文艺》2012年第10期。

米乔：《话剧30年 从发轫到危机》，《华夏时报》2012年10月15日。

林克欢：《话剧的八十年代》，《中国戏剧》2012年第11期。

高艳鸽：《没有一个人能把林兆华说清楚——当代剧场30年研讨会探讨林兆华导演艺术》，《中国艺术报》2012年10月17日。

王海波：《浅谈新时期的中国先锋戏剧》，《大众文艺》2012年第12期。

宋宝珍：《小剧场戏剧的源流与嬗变》，《艺术评论》2012年第12期。

陶子：《小剧场戏剧三十年》，《艺术评论》2012年第12期。

高鸽：《从探索到流行文化的演变——中国小剧场话剧对城市文化的影响》，《戏剧文学》2012年第12期。

杨军：《谈编剧的剧场性思维》，《云南艺术学院学报》2012年第12期。

和璐璐、娄雪：《小剧场戏剧风雨三十年》，《光明日报》2012年12月24日。

徐庆全：《〈WM（我们）〉的悲剧》，《中国新闻周刊》2012年第28期。

关馨：《一切从〈绝对信号〉开始》，《中国文化报》2013年1月2日。

郭启宏：《君子交不谄不渎 忆剧作家李龙云》，《中国戏剧》2013年第1期。

陈晓辉：《新时期中国话剧舞台空间的转换——基于〈荒原与人〉的考察》，《宝鸡文理学院学报（社会科学版）》2013年第1期。

李子轶：《小剧场戏剧在国内的发展与现状》，《剧影月报》2013年第1期。

李兴阳、许忠梅：《现代戏剧追求中的"激进"与"保守"之争——高行健话剧〈野人〉及其论争研究》，《文学评论丛刊》2013年第1期。

董岳州：《流亡与边缘——高行健与奈保尔比较》，《衡阳师范学院学报》2013年第2期。

谭霈生、顾睿实：《戏剧研究历程与戏剧本体论的构建——谭霈生教授访谈录》，《艺术学界》2013年第2期。

任金凤：《论杨利民剧作中荒原意象的文化寓意》，《大庆师范学院学报》2013年第2期。

赵国君：《沙洲满眼，此叶独新——小记沙叶新》，《社会科学论坛》2013年第2期。

彭琼香：《关于高行健的三重性论》，《神州民俗（学术版）》2013年第2期。

闫小杰：《李龙云与奥尼尔的时代遇合》，《新世纪剧坛》2013年第3期。

周宁：《现代化与民族化：戏剧观念的坦途或迷途——20世纪中国戏剧批评的基本问题之二》，《艺苑》2013年第3期。

宁殿弼：《论综合型探索戏剧》，《齐鲁艺苑》2013年第3期。

陈庆华：《在音乐与宗教中探索的现代戏剧——浅谈高行健戏剧》，《现代妇女（下旬）》2013年第3期。

汪树东：《构筑主流与民间之间人性的多维景观——论杨利民话剧的生命意识》，《戏剧艺术》2013年第4期。

郭玲玲：《话剧〈桑树坪纪事〉写意导演手法刍议》，《剧作家》2013年第4期。

胡静燕：《中国80年代探索戏剧》，《绵阳师范学院学报》2013年第4期。

陈新：《论高行健戏剧的审美意识形态意义》，《东莞理工学院学报》2013年第6期。

石远蕾：《从〈狗儿爷涅槃〉看八十年代实验话剧的人文关怀》，《金田》2013年第6期。

李璐言：《浅谈戏剧〈狗儿爷涅槃〉的悲剧性》，《丝绸之路》2013年第6期。

罗长青：《20世纪80年代"实验剧"的人文关怀》，《文艺争鸣》2013年第7期。

罗长青：《从人物塑造看实验剧〈野人〉的生态主题》，《海南师范大学学报（社会科学版）》2013年第8期。

周凌玉：《歌颂与暴露：重评话剧〈假如我是真的〉》，《参花（下）》2013年第8期。

邵慧芳：《〈绝对信号〉：多重对话空间的构建》，《名作欣赏》2013年第9期。

任金凤：《杨利民剧作中的意象研究》，《赤峰学院学报（汉文哲学社会科学版）》2013年第11期。

高淑敏：《黑暗中的真实，明亮中的面具——浅析〈一个死者对生者的访问〉》，《戏剧之家（上半月）》2013年第11期。

吴戈：《戏剧性·戏剧情境与"戏剧本体"的立体结构》，《中国戏剧》2013年第11期。

刘永来：《关于"小剧场戏剧"的误读与误评》，《上海戏剧》2013年第11期。

段沛：《论中国实验戏剧的探索性》，《大众文艺》2013年第17期。

张莉：《从〈彼岸〉看高行健创作的荒诞性》，《短篇小说（原创版）》2013年第19期。

汤海涛：《从高行健先锋戏剧看中国现代戏剧创作》，《短篇小说（原创版）》2013年第19期。

李文红：《高行健戏剧创作与复调理论》，《短篇小说（原创版）》2013年第19期。

刘宇：《剧场性视阈下高行健戏剧创作》，《短篇小说（原创版）》2013年第19期。

蒋汉阳：《同一文学意图的双重变奏——高行健〈灵山〉、〈野人〉的跨文类比较》，《考试周刊》2013年第68期。

温大勇：《对当前戏剧创作与戏剧评论问题的探讨》，《戏剧丛刊》2014年第1期。

钱洪波：《梅耶荷德对中国当代戏剧的影响》，《新世纪剧坛》2014年第2期。

黄云、刘方政：《李云龙英雄悲剧的文化阐释》，《齐鲁学刊》2014年第2期。

李媛：《从实验先锋到商业大众：小剧场戏剧主流创作的变迁》，《四川戏剧》2014年第2期。

雷欣：《去伪存真——试论小剧场话剧的观演关系》，《影剧新作》2014年第2期。

宁殿弼：《论文化型探索戏剧之一：历史文化意识的觉醒》，《东方论坛》2014年第2期。

蔡明宏：《论刘锦云戏剧话语场域的美学流变》，《戏剧艺术》2014年第3期。

宁殿弼：《论文化型探索戏剧之二：对传统文化的反思与批判》，《东方论坛》2014年第3期。

蒋泽金：《长夜漫漫路迢迢——中国校园戏剧的彷徨与迷失》，《武陵学刊》2014年第3期。

王俊虎：《〈茶馆〉与〈桑树坪纪事〉中的舞台假定性》，《社会科学家》2014年第3期。

徐州：《中国农民的代言人——浅析话剧〈狗儿爷涅槃〉中的狗儿爷形象》，《戏剧之家（上半月）》2014年第3期。

叶吉娜、首作帝：《论中国先锋戏剧的时间意识》，《湖南工程学院学报（社会科学版）》2014年第3期。

孙惠柱、费春放：《激化、淡化和深化：叙事艺术处理冲突的方法》，《艺术评论》2014年第3期。

薛莉莎：《例谈高行健对布莱希特戏剧理论的借鉴》，《文学教育（下）》2014年第4期。

卜一文：《舞台上的诗化意境　以〈荒原与人〉和〈这里的黎明静悄悄〉为例》，《上海戏剧》2014年第4期。

魏钟徽：《从〈茶馆〉到〈天下第一楼〉——论剧作家的主体精神》，《戏剧丛刊》2014年第4期。

张静：《对〈车站〉"等待"主题新的诠释》，《甘肃广播电视大学学报》2014年第4期。

宁殿弼：《论文化型探索戏剧之三：文化回归意识的复苏》，《东方论坛》2014年第4期。

叶吉娜、首作帝：《中国先锋戏剧重构时间意识》，《中国社会科学报》2014年4月25日。

解玺璋：《20世纪以来中国戏剧的创新之路》，《戏剧：中央戏剧学院学报》2014年第5期。

周珉佳：《论小剧场话剧的题材拓展》，《社会科学辑刊》2014年第5期。

景晓莺：《论高行健戏剧艺术的借鉴与创新——〈车站〉和〈等待戈多〉戏剧手段之比较》，《华文文学》2014年第5期。

郑悦：《大文化缺失与小剧场尴尬：小剧场戏剧发展的现状与展望》，《新世纪剧坛》2014年第5期。

苏珊：《简论台词课中的人物独白教学——以话剧〈荒原与人〉第十八场为例》，《剧影月报》2014年第5期。

郭兴：《〈车站〉中的人本关怀与现实理性》，《鸭绿江（下半月版）》2014年第5期。

陶朋、朱江：《北京小剧场戏剧的泛娱乐化倾向探究》，《长城》2014年第6期。

李扬：《论后焦菊隐时代的北京人艺》，《广州大学学报（社会科学版）》2014年第6期。

宋向阳：《重复与潜文本——锦云〈狗儿爷涅槃〉新解》，《剧本》2014年第10期。

胡泽：《浅析话剧〈绝对信号〉的人物声音》，《青春岁月》2014年第11期。

解宏乾：《林兆华　中国戏剧的先行者》，《国家人文历史》2014年第12期。

邵兰兰：《黄土人生存状态及精神表达——试谈〈桑树坪纪事〉人物设置对情节发展的作用》，《戏剧之家》2014年第17期。

黄梦娟：《论实验戏剧〈车站〉对荒诞派戏剧精神的吸收与超越》，《文教资料》2014年第31期。

刘妍：《寻找与冲突——李龙云剧作悲剧主题初探》，《新世纪剧坛》2015年第1期。

张荔：《"铁变成了钢"——李龙云剧作〈荒原与人〉的诗美阐释》，《新世纪剧坛》2015年第1期。

黄维钧：《锦云的戏》，《剧本》2015年第1期。

姜南：《"两岸三地"实验话剧现代性初探》，《淮阴工学院学报》2015年第2期。

林青虹：《在此岸想象彼岸　时间之河上的〈中国梦〉》，《上海戏剧》2015年第4期。

陆军：《中国剧坛的"八有"与"八缺"》，《戏剧之家》2015年第4期。

二、学位论文类

（一）博士学位论文

陈吉德：《中国当代先锋戏剧研究（1979-2000）》，南京大学博士论文，2002年。

汤逸佩：《中国当代话剧舞台叙事形式的演变》，上海戏剧学院博士论文，2003年。

吴保和：《中国当代小剧场戏剧论》，上海戏剧学院博士论文，2003年。

吴卫民：《中美戏剧交流的文化学意义》，上海戏剧学院博士论文，2005年。

卢炜：《从辩证到综合——布莱希特与中国新时期戏剧》，苏州大学博士论文，2006年。

张小平：《论新时期以来的中国先锋戏剧》，复旦大学博士论文，2007年。

张默瀚：《新时期三十年中国戏剧理论流变论》，上海戏剧学院博士论文，2010年。

李汇：《现代性视野中的1980年代探索戏剧研究》，山东大学博士论文，2011年。

李世涛：《从李二嫂到狗儿爷——建国以来戏剧舞台上农民人物形象演变轨迹研究》，上海戏剧学院博士论文，2013年。

（二）硕士学位论文

姜涛：《论新时期小剧场戏剧的观演关系》，上海戏剧学院硕士论文，2000年。

赵靖夏：《焰火、涅槃与自由戏剧观》，上海戏剧学院硕士论文，2001年。

朱海华：《沙叶新新时期剧作简论》，福建师范大学硕士论文，2002年。

陈永平：《八十年代喜剧精神的特质和艺术表现》，福建师范大学硕士论文，2002年。

杨昕巍：《声音世界的戏剧冥想——论话剧导演的听觉语汇》，上海戏剧学院硕士论文，2002年。

过璟玮：《新时期中国话剧探索的文化反思》，扬州大学硕士论文，2003年。

冷耀军：《从危机到彼岸：一个尚待实现的梦想——论先锋剧作家高行健的戏剧探索》，广西师范大学硕士论文，2003年。

蔡明宏：《在斑斓中放歌——试论刘锦云的话剧创作》，福建师范大学硕士论文，2004年。

卜兴建：《20世纪80年代中国探索话剧的叙事研究》，福建师范大学硕士论文，2004年。

郭玉琼：《中国现代话剧艺术的诗性精神研究》，福建师范大学硕士论文，2004年。

周春雨：《当代海派话剧的发展历程与艺术特性》，上海戏剧学院硕士论文，2004年。

景晓莺：《比较〈等待戈多〉与〈车站〉——影响研究与平行研究》，上海师范大学硕士论文，2004年。

徐康：《中国当代实验探索小说文化价值批评》，重庆师范大学硕士论文，2005年。

曹盛曙：《实验话剧叙事时空研究》，中国艺术研究院硕士论文，2006年。

孙凌：《舞台上的减法艺术——评林兆华的实验戏剧作品》，上海戏剧学院硕士论文，2006年。

陈军：《九十年代先锋戏剧论》，厦门大学硕士论文，2006年。

周启华：《论布莱希特与中国戏剧》华南科技大学硕士论文，2006年。

魏博：《荒诞派与中国80年代戏剧》，苏州大学硕士论文，2006年。

赵萌：《"表现"的暧昧——对中国八十年代探索戏剧的再思考》，苏州大学硕士论文，2006年。

钱洪波：《梅耶荷德和中国当代新戏剧运动批判》，苏州大学硕士论文，2006年。

穆海亮：《先锋戏剧与传统资源——以林兆华、孟京辉为例》，河南大学硕士论文，2006年。

姜慧：《中国当代小剧场戏剧的美学阐释》，山东师范大学硕士论文，2007年。

张驰：《论林兆华的导演艺术特色及其成因》，中国艺术研究院硕士论文，2007年。

余琳：《另一种现代戏剧：高行健戏剧及其理论初探》，厦门大学硕士论文，2007年。

王燕：《寻找之旅——李龙云剧作论》，扬州大学硕士论文，2007年。

张亦辅：《戏剧与空间——试探导演的空间观念和处理手段》，上海戏剧学院硕士论文，2008年。

孙雯：《论新时期探索话剧对戏曲的借鉴与发展》，北京师范大学硕士论文，2008年。

黄丽洁：《记忆的漩涡：李龙云论》，厦门大学硕士论文，2008年。

金英：《相同的等待，不同的结果——塞缪·贝克特的〈等待戈多〉与高行健的〈车站〉之比较》，延边大学硕士论文，2008年。

曾辉：《"灵山"路上执迷的行者——高行健研究》，华中科技大学硕士论文，2008年。

叶长海：《布莱希特与贝克特之后——论叙事体戏剧与荒诞派戏剧剧作理论的发展》，上海戏剧学院硕士论文，2008年。

李天然：《"新写实"戏剧：传统与现代的交融》，上海戏剧学院硕士论文，2009年。

任金凤：《杨利民对西方古典戏剧传统的接受与拓展》，吉林大学硕士论文，2009年。

刘畅：《赵耀民喜剧创作论》，上海戏剧学院硕士论文，2009年。

冯鑫：《〈剧本〉（1979-1989）研究——以话剧作品为中心》，四川师范大学硕士论文，2011年。

戴晨：《我国小剧场戏剧的市场化发展及其积极意义》，安徽大学硕士论文，2011年。

岳帅：《中国新时期先锋戏剧研究》，安徽大学硕士论文，2011年。

李芳：《从〈有这样一个小院〉到〈荒原与人〉——李龙云剧作"人学"内涵的演变》，山东戏剧学院硕士论文，2011年。

濮波：《论戏剧空间的三种形态》，上海戏剧学院硕士论文，2011年。

薛慧：《1980年代中国农村题材话剧研究》，福建师范大学硕士论文，2011年。

马连花：《困境与突围——高行健旅法期间戏剧创作主题论》，暨南大学硕士论文，2011年。

周俊杰：《女性生存境遇的时代书写——1980年代女性剧作家研究》，河南师范大学硕士论文，2011年。

王武：《时空视角下的中国1980年代婚恋话剧文本研究》，福建师范大学硕士论文，2011年。

蒋鑫：《戏中戏：从戏剧结构到戏剧观念》，安徽大学硕士论文，2011年。

阚磊：《从语境顺应看〈狗儿爷涅槃〉的英译》，郑州大学硕士论文，2011年。（英语专业）

杨婕：《质朴戏剧对中国当代戏剧的价值》，上海戏剧学院硕士论文，2012年。

徐婷：《〈外国戏剧〉与八十年代中国戏剧》，上海戏剧学院硕士论文，2012年。

樊尚婧：《荒诞世界的生命唱响——比较西方荒诞派戏剧与中国80年代探索戏剧》，海南师范大学硕士论文，2012年。

何春晓：《论中西先锋戏剧中的"合唱"》，辽宁师范大学硕士论文，

2012年。

徐晓：《中西当代小剧场戏剧剧场艺术的探索》，辽宁师范大学硕士论文，2012年。

牛宇清：《论中西小剧场戏剧的文化定位》，辽宁师范大学硕士论文，2012年。

包睿：《中国话剧的民族特色与诗化精神》，哈尔滨师范大学硕士论文，2012年。

王鑫：《高行健对戏剧现代性的追求》，湖南师范大学硕士论文，2012年。

王晓华：《无望等待中守候到希望——〈等待戈多〉与〈车站〉的比较研究》，南昌大学硕士论文，2012年。

沈清风：《潜流、浅绿到深绿——新时期戏剧生态意识的嬗变》，东北师范大学硕士论文，2012年。

宋颖颖：《论尤金·奥尼尔对中国现当代话剧的影响》，福建师范大学硕士论文，2012年。

马希凤：《戏剧舞台之美——论布莱希特对中国戏剧审美的影响》，西北大学硕士论文，2012年。

杨春梅：《论新时期以来戏剧中的疯癫形象》，海南师范大学硕士论文，2013年。

范龙：《新时期小剧场话剧空间的拓展》，南京航空航天大学硕士论文，2013年。

鲁易：《〈等待戈多〉与中国戏剧之剧场身体的流变》，华东师范大学硕士论文，2013年。

方敏：《论孙惠柱与中国的社会表演学》，广西师范大学硕士论文，2013年。

陈菲：《文本中的实验——过士行先锋实验剧的戏剧实验研究》，广西师范大学硕士论文，2013年。

丁徽：《八十年代"戏剧观大讨论"与剧团体制改革 ——以八十年代戏剧期刊为主》，河南大学硕士论文，2013年。

陈小珍：《西方现代主义戏剧思潮在中国1980年代的接受》，福建师范大学硕士论文，2013年。

高沁：《舞美的力量——林兆华戏剧研究的新维度》，福建师范大学硕士论文，2013年。

董娟：《法国荒诞派戏剧在中国的接受》，四川外国语大学硕士论文，2013年。（法语专业）

丘琳：《戏剧观与电影观念论争比较研究：1979-1989》，西南大学硕士论文，2013年。

曾慧林：《论林兆华话剧对戏曲假定性的借鉴和发展》，湖南师范大学硕士论文，2013年。

李杨：《哈罗德·品特戏剧及其对中国戏剧的影响》，中国艺术研究院硕士论文，2013年。

金莎莎：《二十世纪八九十年代中国大陆小剧场戏剧剧本创作流变研究》，湖南大学硕士论文，2013年。

雷慧园：《20世纪80年代中国实验话剧研究》，延安大学硕士论文，2013年。

闫景敏：《高行健戏剧研究》，哈尔滨师范大学硕士论文，2013年。

黄婧媛：《融合与分裂——高行健先锋实验戏剧复调艺术思维研究》，四川外国语大学硕士论文，2013年。

高冉：《新时期沙叶新话剧的接受研究》，扬州大学硕士论文，2014年。

陆娴：《趋近时代、关注现实的一种戏剧艺术——沙叶新编剧艺术研究》，广西师范大学硕士论文，2014年。

陆展：《1980年代高行健探索戏剧的接受研究》，扬州大学硕士论文，2014年。

张小燕：《布莱希特对中国当代戏剧的影响》，海南大学硕士论文，2014年。

张守志：《中国当下话剧舞台空间的美学思考》，辽宁大学硕士论文，2014年。

三、相关著作

高行健：《现代小说技巧初探》，广州：花城出版社，1981年。

高行健：《高行健戏剧集》，北京：群众出版社，1985年。

谭霈生：《话剧艺术概论》，北京：中国戏剧出版社，1985年。

谭霈生：《戏剧艺术的特性》，上海：上海文艺出版社，1985年。

谭霈生、路海波：《话剧艺术概论》，北京：中国戏剧出版社，1986年。

杜清源：《戏剧观争鸣集》，北京：中国戏剧出版社，1988年。

许国荣：《高行健戏剧研究》，北京：中国戏剧出版社，1989年。

朱栋霖、王文英：《戏剧美学》，南京：江苏文艺出版社，1991年。

林克欢：《林兆华导演艺术》，北京：北京文艺出版社，1992年。

田本相、焦尚志：《中国话剧史研究概述》，天津：天津古籍出版社，1993年。

王新民：《中国当代话剧艺术演变史》，杭州：浙江大学出版社，2000年。

陈吉德：《中国当代先锋戏剧（1979-2000）》，北京：中国戏剧出版社，2004年。

刘再复：《论高行健状态》，台北：明报出版社有限公司，2000年。

董健：《戏剧与时代》，北京：人民文学出版社，2004年。

刘再复：《高行健论》，台北：联经出版事业股份有限公司，2004年。

田本相、胡志毅主编：《中国话剧艺术通史》（3卷本），太原：山西教育出版社，2008年。

董健、胡星亮主编：《中国当代戏剧史稿》，北京：中国戏剧出版社，2008年。

陈军：《工与悟——中国现当代戏剧论稿》，合肥：安徽大学出版社，2009年。